Viktoria Platowa

Die Frau mit dem Engelsgesicht

Kriminalroman

Aus dem Russischen
von Olga Kouvchinnikova
und Ingolf Hoppmann

Aufbau Taschenbuch Verlag

Die Originalausgabe unter dem Titel
»В тихом омуте«
erschien 1998 bei EKSMO-Press, Moskau.

ISBN 3-7466-1875-4

1. Auflage 2002

Umschlaggestaltung Torsten Lemme
unter Verwendung eines Fotos
von Frank P. Wartenberg, © PICTURE PRESS
Druck Elsnerdruck GmbH, Berlin
Printed in Germany

www.aufbau-taschenbuch.de

Erster Teil

Iwan starb als erster.

Als erster von uns dreien.

Es war ein leichter, argloser, jungenhafter Tod im fünften Studienjahr an der Filmhochschule, kurz vor dem Staatsexamen.

Er fiel betrunken aus einem Fenster im fünfzehnten Stock des Studentenwohnheims – Iwan, waghalsiger Drehbuchautor, Georgier zu seinem besten Viertel, fauler Schönling, der einzige, der mich liebte …

Miteinander geschlafen haben wir nie, aber die ganzen fünf Jahre haben wir miteinander geschrieben.

»Du bist meine bessere Hälfte«, sagte Iwan. Begnadeter Liebhaber, der mit jeder zweiten an der Hochschule ins Bett ging, wenn sie nur halbwegs passabel aussah, mich aber niemals anrührte. »Du bist meine bessere Hälfte, Maus. Dein zynischer Leib und mein zynisches Hirn bilden einen vollkommen eigenständigen Organismus …«

Er nannte mich immer Maus, und ich habe den starken Verdacht, er meinte »graue Maus«. Genau das bin ich nämlich, eine graue Maus. Aber solange mich Iwan unter seine Fittiche nahm, konnte mir das egal sein. Es konnte mir egal sein, ob irgendein Mann verächtlich auf meine kurzen, unlackierten Fingernägel schielte, die nur zum Tippen da waren; ich brauchte mir keine Sorgen zu machen über mein weiteres Schicksal – ich mußte nichts tun, als seine unglaublichen Geschichten zu Papier zu bringen.

Iwan war bis zum Bersten voll mit den phantastischsten Geschichten und Geschichtchen – als hätte er schon mehrere Leben gelebt. Dabei war er bloß fünf Jahre älter als ich trostloses Mauerblümchen, das überhaupt noch nie etwas erlebt hatte.

In Iwans Phantasien wurde seine staubige Heimatstadt Mariupol zum Chicago der dreißiger Jahre: da wurde Wodka gesoffen, gekifft und gekokst, da wurden die abenteuerlichsten Schmuggelwaren verschoben, lieferte man sich Schießereien mit den Bullen oder untereinander, wurden Lippen wundgeküßt bis aufs Blut, da gab es Doppel- und Dreifach-Selbstmorde und natürlich immer das unvermeidliche Riesenrad im Sand, am Ufer des sterbenden Meeres. »Hauptsache, möglichst viel Ketchup«, sagte Iwan zu den blutigen Showdowns. »Und damit's voll geil wird, lassen wir noch so 'ne Intellektuellentunte aufkreuzen, als Ornithologieprofessor, und machen ihn ganz langsam kalt.«

Er korrigierte meine Manuskripte (im fünften Studienjahr hörte er damit auf, im fünften war ich fast er), schrieb mit seinem Kugelschreiber versaute Sprüche dazu, die so irrsinnig komisch waren, daß die Kommilitonen gelb wurden vor Neid.

Seine Weiber haßten mich. Ich, die graue Maus, hatte das ausschließliche Recht, seine Jeans zu waschen, echte »Lee Cooper«.

Alle anderen bemerkten mich gar nicht. Ich war bloß die zweite Zeile in allen seinen unglaublichen Drehbüchern. Aber bereut habe ich nichts, keine Sekunde lang.

Ich sah die Welt mit seinen Augen – genauer gesagt, ich sah eine Männerwelt mit Männeraugen. Ich wußte, welche Zigaretten man rauchen mußte und welche Feuerzeuge man benutzte, ich wußte, wie man das Häutchen am Penis zurückzieht, wenn man onaniert – vor und zurück; ich wußte, wie man jede Frau ins Bett kriegt. Meine Sicht auf Sex war ausgesprochen männlich – zynisch und lustabhängig zugleich.

Am Ende des dritten Studienjahres schleppte Iwan Nimotsi an. Nimotsi hieß eigentlich Igor Istomin. »Nimotsi« hat Iwan ihn getauft – Istomin umgekehrt. Der Spitzname paßte wunderbar auf Nimotsi, einen mickrigen flachsblonden Typen mit den Augen eines kranken Vogels.

»Ein genialer Regisseur«, stellte Iwan ihn vor. »Er wird unser Drehbuch verfilmen, ›Jung sterben‹.«

Jung sterben.

Iwan hat es geschafft. Er hätte sich ernstlich gewundert über seinen absurden Tod – setzt sich ans Fenster, um zu rauchen, und fällt raus – ha-ha, wenn er nüchtern gewesen wäre. Aber er war nicht nüchtern, und sein Herz blieb stehen zwischen dem fünften und dem vierten Stock. »Verräter«, sagte Nimotsi. Und zog ab ins Leichenschauhaus mit dem nackten toten Körper Iwans, den man achtlos auf eine Bahre geworfen hatte.

Zwei Stunden später kehrte Nimotsi zurück und fand mich dort, wo er mich finden mußte. Ich kroch halb bewußtlos mit Eimer und Lappen über den Asphalt und wischte Iwans dunkel werdendes Blut auf – damit es die Hunde nicht aufleckten. »Verstehst du? ... Wenn man es so läßt, dann kommen die Köter und lecken das Blut auf ... Sein Blut, verstehst du? Sein ...«

Nimotsi gab mir einen Satz Ohrfeigen, damit ich zu mir kam – wie unter Männern. Iwan hatte mich nie geschlagen.

»Gehn wir«, sagte Nimotsi sanft. »Er wartet.«

»Niemand wartet. Niemand.«

»Doch, er. Iwan.«

Mein Herz krampfte sich schmerzhaft zusammen. Ich schlug meinen Kopf auf die Steinplatten, die noch feucht von Iwans Blut waren.

Nimotsi zog mich hoch und drückte mich fest an sich.

»Die Abschiedsnacht, hörst du? Du, ich und er. Und sonst niemand. Er wartet ...«

Ich war noch nie vorher in einem Leichenschauhaus gewesen – vielleicht hatte ich deshalb keine Angst: nicht vor den hingeschluderten, halbverwischten Schildchen an den Metalltüren, nicht vor den Wänden, die in derbem Ocker angestrichen waren, nicht vor den trüben Birnen der Notbeleuchtung hinter ihren Gittern.

Ich hatte einfach nicht die Kraft, Angst zu haben; ich sank gleich neben der Tür in die Hocke, obwohl zwei Schritte weiter ein paar miteinander verschraubte Holzstühle standen – wie in einem billigen Kino.

»Bin gleich wieder da«, sagte Nimotsi und ging zielstrebig über den Flur. Ich hörte das Knarren einer sich öffnenden Tür – jemand kam und ging, undeutliche Stimmen; das Knirschen der Räder einer fahrbaren Krankenbahre, das durchdringende Geräusch eines Schlüssels, der sich im Schloß umdrehte.

»Danke, Chef«, Nimotsis Stimme klang jetzt deutlicher, »danke für Ihr Verständnis … Gott segne Sie …«

Schwerer Formalingeruch waberte vorüber – ein kleiner kahlköpfiger Mann streifte mein Gesicht mit seinem völlig verdreckten Kittel. Und huschte davon – drei Flaschen Wodka im Arm.

Nimotsi war verschwunden.

Ich hatte Angst zu gehen und Angst zu bleiben. Ich war unfähig, zu begreifen, wieviel Zeit tatsächlich verstrichen war.

Endlich erschien Nimotsi – war aus irgendeiner Tür geschlüpft, zwischen zwei Schlägen meines Herzens, das trotz allem immer noch schlug.

Er hob mich vorsichtig auf, hielt mich eine Sekunde in den Armen.

»Gehen wir …«

Ein kleines Zimmerchen, offensichtlich ein Abstellraum. Ein Fenster, dick übertüncht mit Farbe, derselben wie im Flur, miteinander verschraubte Stühle, ein Metallschrank, ein weiterer aus Glas; medizinisches Gerät auf einem schäbigen Tisch, Kittel auf einem Kleiderständer, eine mit Kunstleder bezogene Liege.

Auf dem Boden war eine dünne Decke ausgebreitet. Schwarzbrot, Wodka und riesige ungarische Äpfel. Große kantige Gläser.

Auf dem Boden, an die Liege gelehnt, saß Iwan.

Nimotsi hielt mich fest – er fürchtete, ich könnte ohnmächtig werden.

Ich wurde nicht ohnmächtig. Ich stand da und betrachtete den toten Iwan. Er trug seinen besten Anzug, den ich tausendmal gebügelt hatte. Er war barfuß. Seine nackten, starren Fersen ragten steil nach oben. Am großen Zeh baumelte eine Stoffmarke.

»Ich dachte, sein Gesicht sei zerschmettert.« Nur auf seiner rechten Wange war die Haut abgeschürft.

»Sein Hinterkopf ist wie weggehobelt«, erklärte Nimotsi flüsternd, »keine Ahnung, wie das kommt ..., aber das Gesicht hat fast nichts abgekriegt.«

Ich zögerte nur einen Augenblick. Dann durchquerte ich den Raum und sank vor dem toten Iwan auf die Knie. Ich berührte seine zerschrammte Wange.

»Jetzt mußt du mir wohl endlich zuhören ... Selber schuld, hast mich nie zu Wort kommen lassen ... Ich nahm Iwans Hand – die weich und unerwartet nachgiebig war.

»Vorsichtig«, warnte Nimotsi. »Es hat ihm alle Knochen zertrümmert ...«

»Geh raus«, bat ich ihn.

»Nein.«

»Dann eben nicht.« Ich wendete mich wieder Iwan zu: »Du hast ja ein graues Haar, sehe ich ... Es ist schon scheußlich, brünett zu sein ... Ich liebe dich, was sagst du dazu? ... Wir sind jetzt gleich, wir sind uns jetzt sehr ähnlich, findest du nicht?«

Nimotsi goß Wodka in die Gläser: zwei voll bis zum Rand, eins bloß viertelvoll. Das viertelvolle steckte er Iwan in die Hand. »Entschuldige, Alter, ich hab dir nicht so viel eingegossen, du hast heut schon genug getrunken. Hier, nimm, Maus!«

Er reichte mir ein Glas und nahm das andere.

»Weißt du, was dieser Mistkerl jetzt gesagt hätte? Schlicht und ergreifend: Legt mir doch meine Lieblingsscheibe auf ... Ray Charles, ›Go, Johnny, Go‹. Und: Weg mit dem Zeug, eh's verdunstet!«

Ich kippte den Wodka runter – ohne etwas zu spüren.

»Alle Achtung!« Nimotsi nahm mir das leere Glas ab und klopfte mir anerkennend auf die Schulter.

»Das hätte ihm gefallen. Iß was nach!«

Er hielt mir einen Apfel hin, aber ich schüttelte nur den Kopf. Courage, genau das hat mir immer gefehlt. Ihm hätte es tatsächlich gefallen.

»Und jetzt wir …« Nimotsi trank nie Wodka – er war in Zentralasien aufgewachsen und lebte nach dem Prinzip: »Shit ist der beste Wodka.« Aber das jetzt war etwas anderes. Nimotsi füllte die Gläser wieder – unsere bis zum Rand und ein kleines Schlückchen in Iwans Glas. »Auf dich, du Rindvieh, obwohl du's nicht verdienst!«

Dann erhob er sich auf unsicheren Beinen und machte ein paar Schritte auf Iwan zu. Die ungarischen Äpfel, die er mit der Spitze seiner Schuhe traf, stoben auseinander wie Billardkugeln. Er ließ sich neben ihn auf die Erde plumpsen und umarmte seine leblosen Schultern. Plötzlich hatte ich auch das schmerzhafte Verlangen, Iwans totes Fleisch zu berühren. Für eine Sekunde haßte ich Nimotsi dafür, daß ihm zuerst der Gedanke gekommen war, sich zu ihm zu setzen und ihn zu umarmen … Ich war immer, immer die Zweite …

»Das werde ich dir nie verzeihen!« Seine Stimme schlingerte und schlug an meinen armen Schädel. »Du hast dich wie ein Schwein benommen. Du hast alles hingeschmissen wie ein Schlappschwanz und bist abgehauen … Du bist ein Stück Scheiße und kein Mann … Du glaubst wohl, du kannst einfach die Tür hinter dir zumachen und hast es geschafft? Unsere ganzen Pläne sind für den Arsch, bloß weil du in deinem dämlichen Schädel die originelle Idee gehabt hast zu krepieren … Ach, leck mich! …«

»Halt die Schnauze«, sagte ich düster. »Er war dir absolut nichts schuldig!«

»Ach! Und wer sagt das?« Jetzt ging er auf mich los. »Eine Null … eine Schreibtussi bei einem kleinen Provinzhäuptling. Wer bist du denn?! Guck dich bloß mal an, für dich allein interessiert sich doch kein Mensch. Du hast grade genug Hirn, um seine stinkenden Socken zu waschen …«

»Das sind deine Socken, die stinken! Du bist ja selber eine Null ohne ihn … ein Hänger! Das warst du immer! Du hast doch einen Scheiß was gemacht, du hast gedacht, daß er sich abrackert unter deiner beschissenen Regie bis in alle Ewigkeit! Geld auftreibt für deine Filme … Ich habe ihn geliebt, ich wollte nichts von ihm …«

»Du lügst!«

»Ich wollte nichts ... Aber du wolltest ihn ausnutzen ... Du hast Ideen aus ihm gesaugt wie ein Vampir ...«

»Du hättest auch gern gesaugt ... weißt du selber ... Bei dir ist bloß nichts rausgekommen ...«

Ich kippte ihm den Rest von meinem Wodka ins Gesicht – das meiste traf Iwan. Wir hatten uns inzwischen ordentlich vollaufen lassen. Die Tropfen rollten über Iwans Gesicht – einer nach dem anderen, von den Augen zum Kinn, und er konnte nichts dagegen tun. Ach, Scheiße ... Ich mußte ihn beschützen, das hatte ich immer gewollt, aber er hatte mir nie Anlaß dazu gegeben. Ihn beschützen – war das nicht das Wichtigste?

Ich kroch ganz nah zu ihm hin, und im selben Moment begriff ich, daß es den alten Iwan nicht mehr gab; alle seine Gerüche waren verschwunden. Seine Gerüche, die ich so mochte, seine Haut, sein Haar – dies seltsam herbe Gemisch aus einer südlichen Stadt, in der ich niemals war.

«Warte ...« Ich begann sorgfältig den Wodka von Iwans Gesicht zu tupfen.

Nimotsi schluchzte verzweifelt und böse. Es war unerträglich.

»Mann, hör schon auf ...«

»Bitte, verzeih mir«, bat Nimotsi. »Verzeiht mir ...«

Ich umarmte beide – den toten Iwan und den lebendigen Nimotsi; Nimotsi klammerte sich an meine Schulter.

»Ich ... ich weiß nicht, was ich machen soll ... Verzeih mir!«

»Schon gut.«

»Wie könnt ihr dieses Gift bloß trinken? ... Hör mal, Maus, mir ist übel.« Nimotsis Zunge wurde schwer. »Mir ist schlecht ...« Er kroch zur Tür. Eine Minute später war ich mit Iwan allein.

»Du hast mich jedenfalls nicht betrogen, du hast mich nicht im Stich gelassen.« Ich streifte mit den Fingerspitzen Iwans kalte Lippen – so hatte er es immer bei mir gemacht. Iwan reagierte nicht auf diese Berührung, er blieb gleichgültig – so wie ich sonst immer. »Du warst bei mir bis ganz zum Schluß ...«

Die Zeit blieb stehen.

Ich begann sein Gesicht zu küssen, das schon kalt war; die Brauen, die an der Nasenwurzel fast zusammengewachsen waren, die harten Wimpern, die zerschundene Haut der Wange, die Lippen ... Nur, sie mit meinen Küssen einen kleinen Spalt zu öffnen, das getraute ich mich nicht. »Nicht mal vernünftig küssen kannst du, Maus«, hätte Iwan jetzt gesagt.

Aber er sagte es nicht und würde es nie mehr sagen – ich glaubte zu ersticken vor Hoffnungslosigkeit.

»Mein Gott, wie ich dich liebe ...«

»Ich dich auch ...« Ich fuhr zusammen.

»Ich liebe dich auch.« Das war Nimotsi, der zurückgekehrt war.

»Ist dir besser?« Ich wandte mich nicht um.

»Ein bißchen.« Er zog mich von Iwan fort, umarmte mich von hinten und vergrub sein Gesicht in meinem Haar.

Und schlief augenblicklich ein.

Ich weiß nicht, wie lange ich so dasaß, Nimotsis warmen Atem am Hals und den kalten Iwan neben mir.

Dann stand ich auf – Nimotsi fiel sofort um wie ein Sack. Wie eine Schlafwandlerin ging ich zum Kleiderständer, nahm einen von den Kitteln herunter und deckte damit den schlafenden Nimotsi zu.

Ich kehrte zu Iwan zurück und legte meinen Kopf auf seine Knie – jetzt sah ich sein Kinn mit den Bartstoppeln. Iwan war tot, aber seine Barthaare wuchsen weiter – das war zum Verrücktwerden.

Ich begann leise zu weinen. »Wo bist du jetzt?« fragte ich kläglich, nur um mich nicht allein zu fühlen. »Guckst du irgendwo von da oben auf deine blöde Maus, ja? Sieht sie komisch aus? Kriegst du jetzt ein Paar Flügel und eine Harfe dazu ... Aber die versäufst du bestimmt und verführst eine ganze Armee unschuldiger Engel ... Ach, von wegen, du bist ja ein unverbesserlicher Atheist!«

Ich nahm Iwans Hand in meine Hände. Bald erwärmte sie sich in meinen Handflächen, und mir wurde warm neben Iwan.

»Du hast mir mal eine tolle Nacht versprochen – wie's aussieht, hast du nicht gelogen, was? Ich habe bloß nie gedacht, daß sie so sein wird ... Na, schon gut, ich höre auf zu heulen ... Ich heule nicht mehr, ich liebe dich bloß und werde mich sehr nach dir sehnen ...«

In der Prüfung bekam ich ein »Ausgezeichnet« – was sonst. Die Stützen der vaterländischen Dramatik, die beim Staatsexamen anwesend waren, ergingen sich in sentimentalen Sprüchen über Iwan: »Im Andenken an den begabten, aussichtsreichen, vielversprechenden, Besten des Studienjahrs und So-früh-von-uns-Gegangenen.«

»Auf jeden Fall, Iwan, wirst du kein Problem mit dem Arbeitsplatz haben«, flüsterte ich lautlos und lächelte.

Zum Abschiedsbankett des Studienjahres ging ich nicht.

Die Hochschule war zu Ende.

Danach kamen noch zwei Jahre Praktikum bei »Mosfilm«.

Ich erlebte eine Menge Regisseure und noch mehr Schauspieler: von lebenden Klassikern (»halblebendigen Klassikern«, hätte Iwan unvermeidlich eingeworfen) bis zum (mittlerweile scheußlich erwachsenen) Rotkäppchen aus dem Kultfilm meiner Kindheit. Ich tat mich nirgendwo hervor, und ich schrieb keine einzige Zeile.

Nimotsi verteidigte erst gar nicht sein Diplom. Er verschwand von Zeit zu Zeit einfach. Unsere Beziehung nahm nach Iwans Tod einen irgendwie seltsamen Charakter an – wir konnten ohne einander nicht existieren, und gleichzeitig gingen wir einander auf die Nerven, jeder tief vergraben in seinen eigenen Grübeleien und ohne jegliche Lust am Leben. Mit Iwan wäre alles anders gewesen.

Wir mieteten gemeinsam ein Zimmer in einer kleinen Wohnung in der Nähe der Metrostation Awtosawodskaja –

bei der tauben Alten Elina Rudolfowna. Das Bemerkenswerteste an der Alten war ihre Katze Sonja, die wahrscheinlich an Katzennymphomanie litt und sich unentwegt mit einer Art Katzenonanie beschäftigte.

Manchmal ließ sie uns ganze Nächte lang nicht schlafen. »Ich beneide dieses Katzentemperament«, resümierte Nimotsi dann und steckte den Kopf unter das Kissen. »Ihr Weiber habt wirklich nur eins im Sinn.«

In dieser ganzen Zeit hatte ich nicht einen einzigen Mann, wenn man die verqualmte, versoffene Nacht nicht mitrechnete, die ich mit dem Neffen Elina Rudolfownas verbrachte – dem operettenhaften Kosakenhauptmann Micha aus Naltschik. Ich hatte nicht einmal die armseligste Geschichte. Sogar die Beleuchter und Kameraassistenten von Mosfilm brachten nicht das geringste Interesse für mich auf. Dabei haftete ihnen der Ruf von unverwüstlichen Terminatoren an, die alles bumsten, was sich bewegte und Wärme ausstrahlte.

Nimotsi wälzte sich ganze Tage zu Hause auf seinem durchgelegenen Sofa, rauchte Shit und las Sébastien Japrisot.

So dahinzuvegetieren war ganz nach seinem Sinn.

»Mein Rhododendron«, nannte ich ihn.

»Mein Opferlamm«, nannte er mich.

Inzwischen passierte im Land Unglaubliches – Putsche, Aufstände, Zusammenbruch der Wirtschaftsstruktur; danach wurde alles anders als früher. Auch Moskau veränderte sich radikal, aber an mir ging das alles vorbei. Die Zeit rann mir wie Sand durch die Finger. Ich dachte, ich brauchte nur noch geduldig auf meinen Tod zu warten.

Das Praktikum war irgendwann zu Ende, und ich kam in einem Videoverleih unter. Nimotsi trieb einen Videorecorder auf, und unser Leben bekam eine Art Ordnung. Ich brachte Videokassetten von der Arbeit mit nach Hause, und wir saßen ganze Nächte vor der Glotze, zogen uns eine Kassette nach der anderen rein. Manchmal gerieten wir uns in die Wolle: Ich schwärmte ganz banal für Melodramen, allerdings mit Happy-End. Nimotsi war ein stiller Genießer von harten Krimis und Horrorfilmen.

Er haßte auf einmal das ernsthafte Kino, die Namen großer Regisseure lösten bei ihm Anfälle dumpfer Wut aus. In solchen Augenblicken tat er mir leid, der kleine, begabte Mann, der mit seinem Schicksal nicht fertig wurde.

Eines Tages kam ein Anruf aus der großen weiten Welt des Kinos, jemand erinnerte sich an Nimotsi, an seinen Film, der irgendwann einmal einen Preis gewonnen hatte. Aber Nimotsi spuckte bloß ein paar ekelhafte Flüche in den Hörer, unter den gequälten Schreien der Katze Sonja, die nach Zärtlichkeit lechzte. Es kamen keine weiteren Anrufe mehr.

Die Zeit der Begeisterung für Japrisot ging vorbei. Jetzt war unser Zimmer zugeschüttet von billigen Krimis mit glänzenden Schutzumschlägen. Nimotsi klaute sie skrupellos von den nahegelegenen Buchhändlerständen und in den Antiquariaten. Schlechte Literatur und schlechte Filme waren sein einziger Trost.

Weil es sonst nichts gab, womit ich ihn trösten konnte, spielte ich ihm ununterbrochen Videos vor. Wenn wir jetzt miteinander sprachen, dann nur in Phrasen aus amerikanischen Unterhaltungsfilme, und wir ertappten einander bei Ungenauigkeiten – in diesem Spiel zog ich immer den kürzeren.

Dann verschwand er plötzlich ohne ein Wort. Er lag einfach nicht mehr auf seinem durchgebogenen Sofa, als ich nach Hause kam. Das war gerade, als mein Videoladen den Film »Waterworld« mit Kevin Costner reingekriegt hatte, auf den Nimotsi schon seit Ewigkeiten vergeblich gewartet hatte.

Zwei Wochen später erschien er mitten in der Nacht mit zwei Flaschen Martini und einem ganzen Paket voll mit unsinnig teurem Essen. Er trug einen neuen edlen Mantel und ein Angeberhalstuch. Nur seine Schuhe waren alt, aber trotzdem Spitze.

Nimotsi ließ sich mit Schuhen aufs Sofa plumpsen – sofort bildeten sich auf der Tagesdecke schmutzige Pfützen – legte die Hände hinter den Kopf und verkündete pathetisch: »Küß mich, Maus, Göttersklavin! Wir sehen das Licht am Ende des Tunnels!«

»Bis jetzt sehe ich noch nichts.«

»Du bist nicht nur eine Maus, du bist eine blinde Maus! Eine Fledermaus! Ich habe einen Auftrag!«

»Ach, zufälligerweise von Spielberg?«

»Nein, du Dummerchen, wenn ich einen Auftrag von Spielberg gekriegt hätte, hätte ich Campari mitgebracht. Kannst du dir doch denken!«

»Hast du jetzt etwa beschlossen, die vaterländische Filmkunst zu bereichern?«

»Um Gottes willen! Du wirst das tun. Ich fliege nach Griechenland – übrigens morgen schon. Du sitzt schön in der Hütte und schreibst Drehbücher, tust also deine Pflicht. In den fünf Jahren mußt du ja schließlich irgendwas gelernt haben.«

»Und was soll ich schreiben?«

»Wir nehmen erst mal einen kleinen, dann sage ich's dir.« Nimotsi füllte zwei Gläser mit Martini.

»Siehst du, wir kommen auch ohne Iwan klar.«

»Ich habe dir ›Waterworld‹ mitgebracht.«

»Deine ›Waterworld‹ kann mich mal«, sagte Nimotsi. »Aber diese bläßlichen Meeresfrüchte sind gar nicht so schlecht, wer hätte das gedacht.« Nimotsi lutschte eine Garnele aus und spuckte die glimmerige, zerknitterte Schale in die Hand. »Die ursprüngliche Akkumulation des Kapitals in der Natur hat schon ihren unerklärlichen Reiz, findest du nicht?!«

Fand ich nicht. Erst gestern hatte mir jemand, zu meinem tiefen Schrecken, meine abgewetzte Tasche mit dem Pfandgeld aus dem Videoverleih geklaut und eine Kassette mit Sexfilmen noch dazu – ich versäumte nicht, dem so plötzlich verbürgerlichten Nimotsi die Ohren davon vollzujammern.

Nimotsi lachte gönnerhaft und zog mit großer Geste ein zusammengerolltes Bündel zerknitterter Geldscheine aus seiner Manteltasche.

»Na, das sollte reichen. Und was deine Sexfilmchen angeht – bestell mal ein paar Kassetten. Aber richtig harte Pornos.«

»Du bist wohl verrückt geworden! Wir haben einen anständigen Videoverleih. Unsere Kunden sind Frauen mit Kindern und Professoren mit Riesenschnauzern. Wieso interessierst du dich auf einmal für Pornos? Hast du etwa vor, endlich von deiner Impotenz zu genesen, und willst jetzt hinter der Bühne Provinzschauspielerinnen bumsen?«

»Ich bin längst geheilt. Hat dir dein verstorbener Guru etwa nicht gesagt, daß das große Geld immer sexy ist?«

»Er hat nicht lange genug gelebt, um an das große Geld ranzukommen, deswegen hat er's mir nicht gesagt.«

»Aber wir kommen jetzt ran, mein Opferlämmchen! Wir haben einen Job, und was für einen!« Nimotsi trank Martini und sprach schnell: »Wir werden harte Pornos drehen, Sado-Maso, Lederpeitsche, schwarze Westen, Handschellen und so weiter. Und bitte keine Einwände.«

»Habe ich aber.«

»Dachte ich mir ...« Nimotsi schob sich ein paar von den noch warmen Garnelenleichen in den Mund. »Du bist scheinheilig, Maus. ›Habe ich aber. Habe ich aber.‹ Dabei hast du selber früher für die Pornozeitschrift von dieser verrückten Estin geschrieben.«

Das stimmte. Aber das war vor zwei Jahren, da hatte ich einfach kein Geld. Nimotsi wollte aber jeden Tag essen. Deshalb hatte ich Sirjes Angebot angenommen.

Sirje gab in Tallinn die russischsprachige pseudoerotische Zeitschrift »Vadim« heraus, für die hatte ich damals ein paar Geschichtchen geschrieben, harmloses Zeug, sogar das Wort »Penis« vermied man schamhaft; irgendwelche sterilen Variationen auf das Thema »gut gewaschene Körper, die ideal zusammenpassen«.

»Also erst einmal war das eine erotische Zeitschrift!« Ich versuchte mich zu rechtfertigen und wurde rot. »Zwischen Erotik und Pornographie ist ein großer Unterschied.«

»Aber der Vorgang ist derselbe«, bemerkte Nimotsi sachlich.

»Und in jedem Fall Orgasmus. Also nimm die Schlüssel!«

Und er ließ ein Schlüsselbund in mein unberührtes Glas fallen.

»Der eine ist von der Haustür, der andere von der Wohnung. In dem Haus soll übrigens Fasil Iskander* wohnen, ein noch lebendiger Klassiker. Also, ihr werdet einträchtig die Schreibmaschinen vergewaltigen, er für die Ewigkeit, du für die niedereren Leidenschaften.«

»Ich kann das nicht. Das ist pervers.«

»Und in einem vermieften Videoverleih sitzen oder in einem Lebensmittelladen, zwischen Gurken und Strömlingen in Tomatensauce, das ist nicht pervers?! Also, entscheide dich! Die Kohle ist wirklich phantastisch. Wenn ich nur daran denke, stehen mir die Haare zu Berge.«

»Pornos und jede Menge Geld?« Ich sträubte mich.

»Für Sado-Maso-Pornos mit Ritualmorden am Schluß; in einer Fleischerei – nachdrückliche Bitte des Auftraggebers. Alles andere bleibt dem Flug deiner hemmungslosen Phantasie überlassen.«

»Hemmungslose Phantasie – das sind ja große Worte. Wenn man bedenkt, daß es in meinem Leben bisher bloß zwei nicht ganz nüchterne Männer gegeben hat, alles in allem wenige Minuten magere Erotik und keine Spur von wunderbarer Harmonie der Gefühle!«

»Um so besser«, sagte Nimotsi optimistisch. »Ich habe sowieso den starken Verdacht, daß das ›Kamasutra‹ von Eunuchen verfaßt wurde. Sei kein Idiot, das ist eine einmalige Gelegenheit, an Kohle zu kommen.«

»Sieht ganz danach aus.« Ich betrachtete noch einmal kritisch sein neues Outfit, fand nichts daran auszusetzen und wurde weich. »Aber wie konntest du mit deinen Prinzipien in puncto Film dich eigentlich auf so eine Sache einlassen?«

»Ich war doch immer ein Anhänger des Popkornkinos, da gibt es keinen Widerspruch.«

Ich nippte an meinem Martini, gedachte meines so uner-

* Zeitgenössischer abchasischer Lyriker und Erzähler.

wartet im Herrn entschlafenen sterilen Lebens als Mitarbeiterin eines Videoverleihs und fischte die Schlüssel aus dem Glas. »Welcher gehört zur Haustür?«

Nimotsi blieb seiner neuen Rolle als teuflischer Versucher treu und besorgte den teuersten Wodka. Wir tranken den ganzen Rest der Nacht. Gegen Morgen versprach ich Nimotsi, alles brav durchzustudieren: de Sade, Sacher-Masoch, Limonow*, unsere gelbsüchtigen Pornomagazine und die deutschen Athletenpornos.

Ich schlief auf Nimotsis weich gepolsterten Knien ein – der Stoff des neuen Mantels war tatsächlich sehr edel – mit einem Klingeln wie von Kristall in meinem armen betrunkenen Kopf. Und zum ersten Mal während der letzten fünf Jahre träumte ich nicht von Iwan, er ließ mich frei; endlich einmal traf das farblose Waisenkind eine selbständige Entscheidung und brauchte keinen Vormund mehr.

Die Wohnung an der Metrostation »Aeroport« war ziemlich angenehm. Die Vermieterin war die verarmte Witwe eines bedeutenden sowjetischen Akademiemitglieds. Der verstaubte mathematische Geist war noch nicht aus den Zimmern gewichen, hintern den Glastüren der Bücherschränke dämmerten Werke der hohen Mathematik, der Quantenphysik, der Kosmogonie und der Theorie der infinitesimalen Größen.

Ich ergänzte diese edle Sammlung mit scheußlichen Schmökern in Hardcover und Paperback. Schon längst errötete ich nicht mehr, wenn ich am Kiosk in der Metro die bunten Heftchen mit den prallen Silikonbrüsten auf schlecht gedruckten Doppelseiten kaufte.

»Sei nicht faul, guck dir Videos an«, trug mir Nimotsi auf, bevor er nach Athen abflog. »Wenn dir schlecht wird, gibt es einen ganz einfachen Trick: zwei Finger in den Hals.«

Wir saßen schon seit zwei Stunden in einer Bar im Flughafen Scheremetjewo. Nimotsi hatte die provinzielle Ange-

* Zeitgenössischer russischer Skandalautor.

wohnheit, sich lange vor Abfahrt des Verkehrsmittels zum Abfahrtsort zu begeben.

»Vielleicht kann man noch absagen?« fragte ich plötzlich.

»Zu spät«, antwortete Nimotsi düster und knirschte mit den Zähnen. »Ich hätte nie gedacht, daß meine leidgeprüfte Mutter mich ausgerechnet für diese Art von Tätigkeit geboren hat.«

»Aber der Job ist doch nicht für ewig ...«

»Das will ich sehr hoffen. Dich wird ein Mann anrufen. Er heißt Alexander Anatoljewitsch. Dem übergibst du die Drehbücher.«

»Ein Redakteur?« fragte ich naiv.

»Mhmhm. Nach seiner Gaunervisage zu urteilen. Mit so einer Fresse bleibt ihm gar nichts anderes übrig, als den Geschäftsleuten mit dem heißen Bügeleisen die Bäuche zu polieren, um Zaster rauszukitzeln.«

»Du erschreckst mich, Nimotsi.«

»Tja. ›Angst essen Seele auf.‹ Von wem«?

»Fassbinder. Rainer Werner.«

»Prima. Du hast deine gute Nase nicht verloren ... Ich habe selber Angst, aber ich habe auch schreckliche Lust, abends Meeresfrüchte zu futtern. Jeden Tag, den Gott werden läßt.«

Wir warteten lange an der Zollkontrolle. Nimotsi umarmte mich und deckte mich mit den Schößen seines Mantels zu. Von ihm ging ein Geruch fast wie nach Frauenschweiß aus. Plötzlich wurde mir bewußt, daß auch dieser Geruch, einer der wenigen Gerüche anderer Menschen in meinem Leben, für lange von mir fortging, vielleicht für immer. Wenn Nimotsi zurückkam, dann als ein anderer, was für einen Sinn hätte es sonst, zurückzukehren? Ich dachte daran, daß ich immer blieb, immer am selben Ort blieb, egal was passierte. Und wenn dem toten Iwan plötzlich der Gedanke käme, zurückzukehren in diese Welt, fände er mich als genau dieselbe vor, als die er mich zurückgelassen hatte, außer daß mein graues Haar mit billigem Henna gefärbt wäre. Ich drückte mich noch enger an Nimotsi und schloß die Augen.

»Mann, o Mann«, sagte Nimotsi in entschuldigendem Ton. »Ich bin völlig durchgeschwitzt, wie eine Maus vor der Mauser.«

»Mäuse haben keine Mauser.«

»Was du alles weißt, du wandelndes Lexikon!«

»Über Mäuse weiß ich viel.«

Er drückte mich fest an sich und barg sein Gesicht in meinem Haar. Dann kramte er in der Innentasche seines Mantels und zog eine kleine Amateurphotographie heraus.

»Hier. Für dich. Ich hab zwei davon. Eine behalte ich, als Andenken an uns Volltrottel.«

Ich widerstand der Versuchung, einen Blick auf das Photo zu werfen, und steckte es in die Tasche meines Regenmantels – Nimotsi war jetzt wichtiger.

»Also«, lächelte er. »Wünschen wir uns alles Gute, was meinst du, Maus? Auf unsere Art – pornographisch?«

Er küßte mich fest auf den Mund, so unerwartet, daß ich den Kuß zurückgab. Nimotsis Lippen waren erfahren und genauso fraulich wie der unaufdringliche Schweißgeruch. Sieben Jahre hatte ich mit ihm gelebt und hatte nicht einmal das mitgekriegt. Mir wurde flau.

»Meine Güte, ich wußte gar nicht, daß du so gut küßt.« Nimotsi löste sich mit Mühe von mir.

»Ich auch nicht ...«

»Werde mir schnell die Technik beibiegen und komme wieder.«

»Ich hoffe, daß du wiederkommst ... Wenn du nicht irgendeiner üppigen griechischen Sirene ins Garn gehst.«

»Ich werde dich vermissen.«

»Und ich werde dir Grüße schicken. In jedem Drehbuch. Ein Kettchen um den Knöchel der Hauptdarstellerin, ja? Geh jetzt! Du mußt los!« Ich gab Nimotsi einen leichten Schubs und schlüpfte aus seinem Mantel.

Nimotsi warf sich die Tasche über die Schulter und ging zum Zoll. Er sah sich nicht um, hob nur die rechte Hand hoch und schwenkte die Fingerspitzen in der Luft.

»Welcher Film?« schrie er als Letztes.

»Cabaret!« Ich schrie ebenfalls. Wir mochten beide diese wunderbare Schlußszene mit dem aufrechten Rücken Liza Minellis und der Hand mit den verwegen nachtgrün lakkierten Nägeln, zum letzten Gruß erhoben. »Viel Glück!«

Im Flughafenbus zog ich die Photographie hervor. Natürlich, genau die: Mitte des fünften Studienjahrs, Iwan, Nimotsi und ich. Trunkene Gesichter, nüchterne Augen, die Zeit der Leidenschaft für Tom Waits und Ray Charles – »Go, Johnny, go!«

Ich fuhr nach Hause, halbwegs im Einklang mit mir und der Welt, wusch peinlich genau das Geschirr, fiel auf's Sofa und legte einen deutschen Porno ein. Kein schlechtes Lehrmittel, aber er schläferte mich ein.

Am Morgen wartete die Schreibmaschine auf mich. Sie kam mir jetzt wie eine Gestalt aus einem Horrorfilm vor – ich hatte fast verlernt zu schreiben.

Aber nach und nach kam alles in Gang. Daran gewöhnt, anderen zuzuarbeiten und fremde Ideen zur Vollendung zu bringen, indem ich sie gewissenhaft durchkaute, fand ich es jetzt nach und nach reizvoll, den Marquis de Sade als potentiellen Koautor zu haben. In puncto Anatomie und Physiognomie war ich inzwischen ziemlich beschlagen, spezielle Psychologie und existentielle Reflexe waren nicht erforderlich. Das lag am Sujet.

»Ketchup, möglichst viel Ketchup«, rief ich mir Iwans Instruktion ins Gedächtnis, und für den Anfang bastelte ich ein paar banale Morde auf sexueller Basis zusammen, mischte eine Sado-Maso-Sekte dazwischen, und später auch ihren Anführer, getarnt unter der Maske eines bescheidenen Lehrers für Umweltschutz – ein Modethema.

Ein paar Mal rief Alexander Anatoljewitsch an, und eingedenk der »Gaunervisage« sprach ich mit ihm mehr als respektvoll. Das Drehbuch eierte mehr recht als schlecht auf sein logisches Finale zu, eine Blutsauna, eine Orgie der Perversität – ich machte meine Arbeit immer exakt und gewissenhaft.

Irgendwo im zweiten Drittel packte es mich sogar, und

ich erlaubte mir ein paar zaghafte Anfälle von Phantasie, quasi eine schriftstellerische Abschweifung oder Variation auf das Thema. Jetzt saß ich Tag und Nacht an der Maschine, ungewaschen und ungekämmt. Die Wohnung verließ ich nur, um Äpfel zu kaufen.

Die Äpfel waren immer die gleichen, Sorte »Jonathan«. Ein paar schreckhafte Ukrainerinnen, hinter denen die Miliz her war wie der Teufel hinter der armen Seele, verkauften sie direkt unter meinen Fenstern. Eine von ihnen war aus Mariupol, und als ich das rausgekriegt hatte, kaufte ich die Äpfel nur noch bei ihr.

Wieder rief Alexander Anatoljewitsch an. Wir machten aus, uns an der Metrostation »Nowokusnezkaja« zu treffen, in der Halle. Ich sagte ihm, daß ich dort mit der Zeitung »Speed-Info« in der Hand als Erkennungszeichen stehen würde, und er grunzte zustimmend.

Wenn Alexander Anatoljewitsch auch ein Bandit war, dann einer, der keine Angst einflößte, fast ein zahmer Bandit: strenger Bürstenschnitt, ausgezeichneter Anzug und teurer Kaschmirmantel. Nur die zerdrückten Ringerohren verdarben den Eindruck ein wenig.

Alexander Anatoljewitsch gab sich wortkarg – wir tauschten unsere Mappen aus, er murmelte irgendwas durch die Zähne wie »ich rufe an« und verzog sich.

Erst zu Hause traute ich mich, die Mappen zu öffnen. Darin lag ein Umschlag, in dem Umschlag zweitausend Dollar. Alles Hunderter. Das erste Mal, daß ich solche Scheine in den Händen hielt.

Jetzt gab es ein neues Problem. Was tun damit? Mit Geld um mich werfen konnte ich überhaupt nicht. Sollte ich Klamotten kaufen, oder was!?

Ich war immer heikel mit Klamotten, und umgekehrt verachteten die Klamotten mich. Ich vertrug mich nur mit Rollkragenpullovern und Jeans.

»Kauf dir Wodka und laß dich vollaufen«, flüsterte mir der tote Iwan in das eine Ohr.

»Setz eine Anzeige in die Zeitung, greif dir einen Gigolo

und bums endlich mal«, flüsterte mir der abgereiste Nimotsi in das andere Ohr.

»Versteck das Geld und warte auf den nächsten Anruf«, flüsterte ich mir selbst zu.

Alexander Anatoljewitsch rief zwei Wochen später an.

»Ihr Drehbuch ist gut angekommen«, sagte er kurz. »Das beste aus dem ganzen Paket. Schreiben Sie das nächste. Wir geben ihnen volle Freiheit – im Rahmen der schon abgesprochenen Bedingungen. Aber machen Sie es härter.«

Wenn er es härter will, kriegt er es härter. Ich setzte mich an ein neues Opus. Jetzt ging es um ein ziemlich imposantes Pornosyndikat, deren einflußreiche Mitglieder der Reihe nach durchdrehten und sich und andere eimerweise mit Blut übergossen.

Für dieses Drehbuch bekam ich schon dreitausend Dollar.

Es tat mir leid, die schönen grünen Scheinchen zu vergeuden, ich kehrte zurück in den Videoverleih, und nach zwei weiteren Drehbüchern schlich sich ein toller Gedanke in meinen Kopf – vielleicht solltest du dir, für dich, Maus, ganz allein, eine Bude irgendwo am vermüllten Stadtrand zulegen?

Die Mutter meines Vaters war gestorben, ich verkaufte ihre Wohnung in meiner Heimatstadt, legte alles Geld zusammen, es reichte grade für eine winzige Wohnung in Bibirewo. Die Wohnung war absolut scheußlich, im achten Stock eines versifften Plattenbaus. Die Wände im Treppenhaus, von unvorstellbarer grüner Farbe, waren mit widerlichen Sauereien vollgeschmiert, der Fahrstuhl funktionierte nicht, der Müllschlucker auch nicht, und aus dem Fenster der kleinen Küche sah man nichts als ein trostloses Stückchen Wald.

Aber es war mein Revier. Mein eigenes, durch den Mangel an Geruch gekennzeichnetes Revier.

Als ich mich zum letzten Mal mit Alexander Anatoljewitsch traf, war ich rangmäßig schon Moskauerin und hinterließ ihm meine neue Telefonnummer.

Er rief nicht an.

Ich machte mir deswegen keine großen Gedanken, und das Pornointermezzo schlug ich mir so leicht aus dem Kopf, wie es reingekommen war.

Den Marquis de Sade und die »Venus im Pelz« ließ ich unauffällig auf dem Fensterbrett eines nahegelegenen Antiquariats liegen, die Pornokassetten warf ich in den Müllcontainer, und zu guter Letzt besuchte ich die Witwe des Akademiemitglieds, um meine Bibirjowo-Telefonnummer für Nimotsi bei ihr zu hinterlegen.

Jetzt brauchte ich nur noch auf ihn zu warten; der Abschiedskuß war tatsächlich gut gewesen.

Aber statt Nimotsi erschien Venka.

Sie platzte mit einem schrillen morgendlichen Klingeln in mein Leben. Der Telefonanruf allein war schon ein Ereignis für meine runtergekommene, von keinerlei Renovierung angetastete Mönchszelle.

Einige Zeit hörte ich einfach dem Läuten zu – wie angenehm, verdammt noch mal! Wenn das Nimotsi ist, heißt das: Kußwiederholung; wenn es Alexander Anatoljewitsch ist, heißt das: Geldwiederholung; wenn jemand sich verwählt hat, schicke ich ihn zum Teufel ... Schließlich hob ich ab.

»Hi!« Die unbekannte ferne Stimme klang frech und lustig. »Hier ist Venera aus Taschkent ...«

»Aus Taschkent?«

»Na, eigentlich aus Taschkent, aber jetzt bin ich in Moskau. Sergej Woloschko hat mir Ihre Telefonnummer gegeben. Sie haben doch an der Filmhochschule studiert?«

Sergej Woloschko war der Kameramann, der Nimotsis Film – den einzigen, unvergänglichen – gedreht hatte. Sergej hatte mir immer gefallen. Er war aus Taschkent, und Asien hatte sich unauslöschlich in sein braunes, ukrainisches Gesicht eingeprägt. Die Haare »Salz und Pfeffer«, ein gutmütiger Schnurrbart, stämmige Figur – er mußte einem gefallen. Nach dem Studium war Serjosha nach Petersburg gegangen und ziemlich groß rausgekommen mit Clips und

Werbung. Er hatte sogar etwas Epochales für einen der führenden Lenfilm-Snobs gedreht.

Und vor drei Wochen hatte ich ihn zufällig in einer Unterführung in der Kiewskaja getroffen. Er schrieb sich meine Telefonnummer auf, natürlich nur, um sie gleich wieder zu vergessen – und mich auch.

Eine Minute später hatte ich Venera meine Adresse diktiert, und zehn Minuten später war ich schon im nahegelegenen Supermarkt und kaufte Lebensmittel. Immerhin, das würde der zweite Mensch sein, der die Schwelle meiner Wohnung überschritt; der erste war der Klempner, der die Klospülung reparierte.

Ich erlaubte mir, mit Geld um mich zu werfen; wie sich herausstellte, ein angenehmes Gefühl. Ich kaufte Fisch und Garnelen (Nimotsi läßt grüßen), Weißwein (zum Fisch), Obst (zum Wein) und Eis (zum Obst). Damit war meine provinzielle Phantasie am Ende.

Venera aus Taschkent kam eine Stunde später.

Sie klingelte genauso lustig und frech an der Tür, wie sie am Telefon mit mir gesprochen hatte.

Und als ich sie vor mir in der Tür stehen sah, durchbohrte mich messerscharf die Vorahnung, daß ein neuer Abschnitt in meinem Leben begann: Ich kniff die Augen zusammen, so schön war sie.

Nein, schön – das war nicht das passende Wort, korrigierte ich mich sofort. Ich spürte in ihr diese ungestüme Lebenslust, mit der Iwan mich damals erobert hatte. So etwas konnte man sich nicht im Laufe des Lebens aneignen (was heißt im Laufe des Lebens, sie war doch höchstens neunzehn, die Rotznase) – damit mußte man geboren werden.

»Ich war das mit dem Telefonterror heute morgen.« Über das junge Gesicht meines Gastes lief ein Schatten – ja, natürlich, sie war sofort von mir enttäuscht, das arme Ding.

»Schon klar.« Ich drehte mich schnell um und ging in die Küche, ohne mich umzusehen, mit geradem Rücken – na was denn, den Rücken konnte ich gerade halten, wie ein guter Boxer gerade Schläge in den Kiefer einstecken kann.

»Du kannst dich frisch machen, im Bad hängt ein sauberes Handtuch, heißes Wasser haben sie gestern eingeschaltet.« Sie brauchte jetzt erst einmal etwas Zeit, um sich an mich zu gewöhnen – zumindest, um die Grimasse vom Gesicht zu nehmen.

»Eigentlich bin ich geflogen, ich hab gar keine Gelegenheit gehabt, mich einzusauen«, rief sie aus dem Flur, und ich zuckte zusammen: »Einsauen« war Iwans Lieblingswort.

»Wie du willst...«

Ich saß schon in der Küche, in meinem Lieblingssessel, den ich nach dem ersten Drehbuch gekauft hatte. Die unangebrochene Flasche Wein auf dem Tisch erschien mir auf einmal dumm – wen willst du verführen, Maus? Ich sprang hektisch auf und kippte gut die Hälfte in den Ausguß. Dann machte ich es mir wieder im Sessel bequem und goß mir, schon wieder ruhiger, Wein in ein französisches Weinglas. Die Weingläser hatte ich nach dem dritten Drehbuch gekauft.

Endlich erschien sie in der Küchentür.

»Trinkst du was?« fragte ich. Gestern waren ein paar Leute vom Fernsehen hier, das ist der Rest. Der Wein ist nicht schlecht.«

»Eigentlich trinke ich morgens nicht. Typisch usbekische Frau, weißt du.«

»Venera, das ist kein usbekischer Name.«

»Mir gefällt er auch nicht. Du kannst mich Venka nennen.« Sie lächelte entwaffnend.

»Und du mich – Maus«, rutschte mir heraus. »Meine Freunde nennen mich so – Maus.«

Ich wollte ihr unbedingt gefallen, ihr Interesse wecken, Eindruck auf sie machen. Und so zog ich lässig den »Amphora«-Tabak hervor, den ich gerade im Supermarkt gekauft hatte, und dazu eine Kirschholzpfeife: Die Pfeife hatte Nimotsi vor ein paar Jahren in irgendeinem Kramladen geklaut, hatte ein paar Monate damit rumgespielt und sich dann nicht mehr darum gekümmert.

Ich füllte die Pfeife ungeschickt mit Tabak, hielt ein

Streichholz dran, und unter Venkas interessiertem Blick nahm ich einen Zug – es sah aus, als würde sie anbeißen.

Eine Frau, die frei und ungezwungen Pfeife raucht, das mußte ja ihr Interesse wecken.

»Ich trinke vielleicht doch was«, sagte Venka, »auf unsere Bekanntschaft.«

Wir tranken, ohne anzustoßen, und beäugten uns eine Weile wortlos. Aus der Nähe, in der sonnendurchfluteten Küche, schien sie mir noch interessanter: helle Haare, launisch gebogene Lippen, ein wenig schwere Lider über den hellen, fast durchsichtigen Augen. Ich sah mir alles genau an, auch die kleine Narbe an der Schläfe, die dem jungen, klaren Gesicht den Reiz von etwas Ungewöhnlichem gab, das sich in ihrem Leben ereignet hatte.

»Du hast Drehbuch studiert?« fragte Venka und kippte den Wein wie Wodka.

»So in der Art.«

»Bist du beim Film?«

»So in der Art.« Der Pfeifentabak kratzte mir im Hals, aber ich beschloß, die Rolle der geheimnisvollen, lasziven Meisterin durchzuziehen.

»Klasse!« Sie kippelte plötzlich mit dem Stuhl und legte die Füße auf das Fensterbrett. »Darf ich so sitzen?«

»Klar. Willst du an der Filmhochschule studieren?«

»Ach, nein. Ich bin einfach bloß so gekommen. Will mich ein bißchen in der Szene rumtreiben.«

Und 'nen reichen Mann aufreißen, dachte ich im stillen. Dann mal los, du Provinzlerin, das sollte dir wohl gelingen.

»Weißt du schon, wo du bleibst?« fragte ich – vorsichtig.

»Ich denke, ja«, antwortete sie – vorsichtig.

»Du kannst bei mir bleiben. Zwei Räume, na ja, weit vom Zentrum …« Spinnst du, Maus! Läßt rein, man weiß nicht, wen, man weiß nicht, wozu …

»Na ja, für den Notfall«, rückte Venka mich nachsichtig zurecht.

Richtig, bleib mal auf dem Teppich, Maus. Ich spürte plötzlich einen leichten Haß auf dieses Mädchen.

»Und woher kennst du Sergej Woloschko?«

»Ach, wir haben uns in unserem heimischen Hollywood kennengelernt, bei ›Usbekfilm‹. Er hat da irgendeinen poetischen Mist gedreht, und ich wollte ein Artikelchen über ihn schreiben, als Seminararbeit. Ich hab mich doch eine Weile auf der journalistischen Fakultät rumgetrieben, aber dann hatte ich die Nase voll und hab's hingeschmissen. Und Sergej wollte mich bumsen, als Meister der Filmkunst.«

Komisch, wenn er's nicht gewollt hätte. Hätte jeder gewollt.

»Hat er's geschafft?« fragte ich lässig.

»Nein. Meine Jungs haben ihm zwei Rippen gebrochen und einen Zahn rausgeschlagen.«

Genau. Der unbekümmerte Sergej hatte mich in der Unterführung in der Kiewskaja mit einer Zahnlücke angelächelt.

Wir tranken noch ein Glas. Wein und Pfeifentabak ergaben zusammen einen unerwarteten Effekt. Mir wurde ein bißchen kodderig.

Venka sah mich unverwandt an.

»Was ist, gefalle ich dir nicht?« fragte ich sie geradezu.

»Du rauchst nicht auf Lunge. Man muß auf Lunge rauchen, sonst ist das Tabakverschwendung, das bringt keinen Kick.«

»Ich werd's mir merken.«

»Und was schreibst du für Drehbücher?«

«Ach, irgendwelchen Käse.«

»Und wird das gut bezahlt?«

»Es geht. Für Brot und Butter reicht's. Und für französische Unterwäsche.« Ich trug nie französische Unterwäsche.

»Ich könnte wahrscheinlich auch schreiben.«

»Ein glücklicher Irrtum.«

»Hör mal, wurde schon mal eins von deinen Drehbüchern wirklich verfilmt?«

Tatsächlich – war schon eins verfilmt worden oder nicht? Nimotsi, huhu! Wenn er wenigstens mal was von sich hören ließe – und ich hing fleißig Silberkettchen um die Fesseln meiner Darstellerinnen …

»Ja«, vermutete ich kühn.

»Und wie heißt er? Vielleicht habe ich ihn gesehen?«

»Wohl kaum. Ich arbeite fürs Ausland. Ach, scheiß drauf, auf die ganze Kunst.« Ich nahm noch eine Flasche Wein aus dem Kühlschrank.

Wir tranken auf mich. Und dann auf sie. Entwickelte sich nicht schlecht, unsere Frauenrunde. Ich hatte wieder die Pfeife rausgeholt und befolgte sorgfältig Venkas provokativen Rat, auf Lunge zu rauchen.

Meine Zunge wurde lockerer, und ich erzählte Venka von Iwan. Ich schaffte es, in meiner Schilderung Leidenschaft durchklingen zu lassen, um wenigstens teilweise meine leere, von der Gegenwart männlichen Rasierzeugs freie Wohnung zu rechtfertigen.

»Ich hasse den Tod! Und ich bin böse auf die, die nicht mehr sind.«

»Ich bin auch böse«, sagte schließlich Venka, nachdem sie länger als nötig geschwiegen hatte.

»Er starb dumm.«

»Kann man klug sterben?«

»Wahrscheinlich schon. Kinder machen, Enkel kriegen und im Schlaf sterben. Oder zwei, drei Sachen im Stil des späten Cortázar schreiben und dann ein paar Hosenträger nehmen und sich aufhängen. Sofort hast du deine Anerkennung als Genie, weil ein totes Genie ungefährlich ist für jedermanns Ehrgeiz. Und selbst wenn du das nur aus paradiesischen Gefilden betrachtest, aus der Höhe des Vogelflugs, ist es allemal die Mühe wert.«

»Das ist ein männlicher Blick auf die Dinge.«

»Das ist ein normaler Blick auf die Dinge.«

»Hör mal, leg dir einen Karusselldreher als Liebhaber zu, und du bist alle diese Gedanken los.«

Jetzt wurde mir wirklich schlecht: Der Tabak saß mir im Hals, reichlich angefeuchtet mit Wein. Mein ganz gut begonnenes Debüt in zwischenmenschlichem Umgang soll anscheinend ziemlich jämmerlich enden, sagte ich mir.

»Genau-genau, Schluß mit der Sauferei«, flüsterte mir der tote Iwan ins Ohr.

»Ich habe dir schon immer gesagt, rauch Shit, dann vermeidest du unnötige Exzesse«, flüsterte mir der abgereiste Nimotsi ins Ohr.

»Ich bin gleich wieder da«, quetschte ich raus und stürzte ins Bad.

An alles übrige erinnere ich mich dunkel: Anscheinend goß Venka mir Wasser über den Kopf und pumpte mich mit Kaliumpermanganat voll, ohne jeden Ekel, was erstaunlich ist für ein Mädchen mit so launischen Lippen.

Als ich zu mir kam, war Venka nicht im Zimmer, und aus der Küche klangen gedämpfte Stimmen.

Nicht schlecht.

Die ganze Welt verfluchend, schleppte ich mich an der Wand entlang in die Küche.

Sie waren zu dritt – Venka und zwei junge Männer.

Einer war Usbeke, ein rassiger Usbeke. Ich kannte diese usbekischen Sprößlinge aus guter Familie noch von der Filmhochschule her. Schmale Körper, stolze Köpfe, kleine, vortrefflich geformte Hände, aristokratischer Schnitt der Augen. Diese Sorte wurde sicher nie in die Baumwolle abkommandiert und mußte nie die Spitzhacke schwingen beim Bau von Bewässerungskanälen.

Der zweite war bei weitem nicht so eindrucksvoll. Ein gewöhnliches Gesicht, keine Exotik. Nur die Stirn war gut. So eine hohe und steile Stirn hatte ich lange nicht gesehen.

»Darf ich bekanntmachen – das ist Maus. Das sind Farchad und Mark. Farik und Marik.«

Ich machte auf Farik und Marik keinen größeren Eindruck als ein abgekauter Zigarettenstummel, den man auf den Asphalt geworfen hat. Sie sahen nur Venka an.

»Maus schreibt Drehbücher. Farik ist Journalist, und Marik macht hier ein Geschäft auf.«

Ich war plötzlich neidisch auf Venka. Mir hätte einer von den beiden völlig gereicht.

»Keine Angst, wir bleiben nicht, wir haben eine Wohnung an der Aleksejewskaja gemietet. Ich ruf dich morgen an.«

Farik und Marik erhoben sich wie auf Kommando, beide waren hochgewachsen, gut gebaut und noch ein wenig grün hinter den Ohren.

Na, zum Teufel mit euch. Die Wohnungstür klappte.

Ich war wieder allein.

Am nächsten Tag rief Venka mich tatsächlich an. Wir saßen in einem Sommercafé beim Kino »Oktober« und tranken einen widerlich warmen Saft. Nach der gestrigen Zecherei ging es mir ziemlich mies, und ich hatte mich nicht getraut, die Pfeife mitzunehmen. Dafür hatte ich eine Packung der teuersten Zigaretten gekauft – eigentlich war es mir immer egal gewesen, was ich rauchte, ich hatte noch nicht gelernt, Vergnügen daran zu haben. Aber im Umgang mit anderen Menschen waren Zigaretten meine Rettung, sie gaben mir die Illusion von Unabhängigkeit und Souveränität.

Iwan, für den ich nicht einmal mittelmäßige Belletristik war, sondern Comic, sagte eines Tages: »Wenn du irgendwelche Probleme hast, dann kauf dir einen Rosenkranz, anstatt dir Lungenkrebs anzulachen.«

Jetzt erinnerte ich mich plötzlich daran, in einem Sommercafé, beim Saft, als ich dieser neunzehnjährigen Rotznase mit den wunderschönen langen Nägeln gegenübersaß.

Ihre Jungs saßen am Nebentisch und sahen aus wie grimmige Leibwächter.

»Hör mal«, sagte Venka ungezwungen. »Mir ist neulich ein Gedanke gekommen. Aber denk nur nicht, daß es eine Frechheit von mir ist. Kurz gesagt, wir könnten doch zusammenarbeiten, oder? Farik ist übrigens Kriminaljournalist, also kriegen wir alles ganz frisch, voll exklusiv. Darum reißt man sich doch gerade, warum sollen wir das nicht probieren.«

Gratuliere, Mädchen, du hast eine Nase wie ein Spürhund für solche willenlosen Amöben wie mich, dachte ich.

Ich schnippte eine Zigarette aus der Packung.

»Wäre besser, du gingest als Topmodel.« Venka schielte verschwörerisch zu ihren Leibwächtern und zwitscherte:

»Mir fehlen zehn Zentimeter zum Standard.«

Ich dachte plötzlich, daß sich nach sieben Jahren alles wiederholen konnte. Und meine Wirbelsäule zeigte zum ersten Mal nach langer Zeit eine Schwäche und verwandelte sich in Efeu, bereit, sich um dieses Mädchen zu winden. Die Versuchung, die Augen zu schließen und sich ganz diesem fremden Willen hinzugeben, war so stark, daß ich die Augen tatsächlich zumachte.

»Sergej hat gesagt, daß du einfach klasse schreibst.«

»Na ja, nicht ich direkt, sondern unser auseinandergebrochenes Autorenkollektiv.«

»Man kann doch so was Ähnliches machen.«

»Was Ähnliches wird es nicht mehr geben.«

»Sag erst einmal noch nichts, überleg es dir einfach. Ruf mich auf jeden Fall an.«

Ich rief nicht an – nicht am nächsten Tag, nicht nach einer Woche. Einerseits gefällt es jedem Menschen, verführt zu werden, egal wovon – Hauptsache, verführt. Aber andererseits konnte ich diese provinzielle Flinkheit nicht aushalten, diese Dreistigkeit, diese Stahlbetonsicherheit, daß die Gruppe gerade dein frisches Blut braucht.

Schließlich hielt es Venka nicht mehr aus und rief an. Als erste.

»Was ist?« fragte sie. »Hast du dich entschieden?«

»Ich glaube, ich bin dazu nicht geeignet. Das Alter, weißt du … Es wird Zeit, über die Seele nachzudenken. Aber komm vorbei – einfach so, ohne geschäftliche Interessen.«

Aber nicht Venka kam, sondern einer der Jungs – Marik.

Er erschien am Abend, ohne vorher anzurufen, mit einer Flasche Wein und mit Blumen – sehr selbstsicher.

»Besser, du hättest Wodka mitgebracht«, sagte ich statt einer Begrüßung.

Er drehte sich auf dem Absatz um, so wie er war, mit Blumen und Wein, und ging Wodka holen. Ich hatte Zeit gewonnen, um meine Gedanken zu ordnen und die Lage zu sondieren. Natürlich, das war eine deutliche Geste, nur wessen – seine eigene oder Venkas?

Ich sah mich flüchtig im Spiegel an – natürlich Venkas, sie hatte beschlossen, eine Figur zu opfern. Aber um ehrlich zu sein, die Figur war äußerst attraktiv.

Wir saßen eine geschlagene Stunde in der Küche und tranken Wodka. Aber ungeachtet der sich leerenden Flasche kam das Gespräch nicht in Gang. Ich war einfach keine Menschen mehr gewöhnt, vor allem nicht so junge.

Und dann war die Flasche leer.

Wir waren beide entzückend nüchtern.

»Na«, fragte ich. »Was weiter?«

»Soll ich noch mal losgehen?« schlug er vor.

»Ach, laß mal. Ich hasse es, das mit besoffenem Kopf zu machen. Du bist doch deswegen gekommen? Spätabends zu einer alternden Frau, die du kaum kennst?«

»Cool«, lobte mich der tote Iwan.

»Echt cool«, lobte mich der verreiste Nimotsi.

Marik errötete überraschenderweise wie ein kleiner Junge.

»Möchtest du Kaffee?« fragte ich.

»Ja.«

»Ich koche welchen.« Mir gefiel plötzlich die Rolle des provinziellen Luders, die aus mir heraussprang wie ein Springteufelchen aus der Tabakdose.

»Ich helfe dir.« Er schnellte hoch.

In der winzigen Küche, an dem winzigen Tisch, war es zu eng für uns beide, immer wieder berührten wir uns. Es war offensichtlich, daß er dabei war, einen Entschluß zu fassen, jedenfalls wurden seine unabsichtlichen Berührungen gezielter.

Los, los, munterte ich ihn in Gedanken auf. Der beste Zeitpunkt, meine Haare mit dem Mund zu berühren. Bloß vergiß nicht, die Lippen zu öffnen, sonst ist dir eine fünf in Schauspiel sicher.

Er berührte tatsächlich mit den Lippen meine Haare, aber er vergaß, sie zu öffnen.

Lausiger Schauspieler, wie ich mir dachte.

Ich lächelte und kippte ihm meinen Hinterkopf ins Gesicht. Marik umarmte mich und tappte wieder ins Fettnäpfchen – seine Hände waren leicht und gleichgültig, es fehlte ihnen das Gewicht des Begehrens. Ich bewegte mich nicht. Ich blieb gelassen.

Ich wartete, bis der Kaffee übergekocht war, um diesem Dummkopf Gelegenheit zu geben, sich aus der Klemme zu ziehen. Marik löste sich erleichtert von mir und griff nach dem Kaffeetopf.

»Übergekocht«, sagte er zerknirscht.

»Na, scheiß drauf!«

Jetzt drehte ich mich um und nahm seinen Kopf frech in meine Hände.

Ich sah, wie seine Pupillen wie gehetzte Tiere unter den gesenkten Lidern hin und her sprangen, wie sich der Mund, die Gefahr spürend, anspannte. Nur die riesige Stirn blieb friedlich und sorglos. Die Stirn gefiel mir.

Ich konzentrierte mich darauf und küßte ihn auf den Mund.

Er kniff die Augen zusammen – wie ein Selbstmörder beim ersten Versuch, an der Dachkante stehend. Und ohne Lust erwiderte er den Kuß.

Ich ließ erst ab von seinem Mund, als ich einen leichten Blutgeschmack spürte – wahrscheinlich hatte er schwaches Zahnfleisch. Ich bemerkte nicht einmal, wie er mich umarmte, und als ich es merkte, öffnete ich flink seinen Gürtel.

»Gehen wir ins Zimmer«, flüsterte ich.

Er kam widerspruchslos hinter mir her, wie ein Lamm zur Schlachtbank. Bevor ich ihn in meine Zwölfquadratmeter-Mausefalle mit Ausblick auf den spärlichen Moskauer Wald trieb, sagte ich: »Ich muß erst duschen ... Warte, ich komme gleich ...«

Im Bad nahm ich das Telefon und wählte aus dem Gedächtnis Venkas Nummer. Sie hob sofort ab.

»Ich bin's. Komm sofort her und hol dein Hündchen ab.« Und ohne eine Antwort abzuwarten, legte ich auf.

Marik lag schon im Bett unter der leichten Decke.

Seine Kleidung war ordentlich über den Stuhl gehängt. Und das rief in mir plötzlich einen kleinen Wutanfall hervor.

Arme, häßliche Maus, in deinem ganzen Leben gibt es keine Spur von der Schlampigkeit der Leidenschaft. Und von allen deinen gelegentlichen Liebhabern, wenn sie sich schon aus Unwissenheit in diesen verwahrlosten Garten der Wonne verlaufen, wird immer ein Geruch nach Formalin ausgehen.

»Komm zu mir«, sagte Marik, wie man vor zehn Jahren in schlechten amerikanischen Filmen gesagt hatte, ich hörte deutlich die näselnde Stimme des Synchronsprechers mit der Wäscheklammer an der Nase.

»Gleich …«

Wenn Venka sich nicht erst schminkt, wenn sie sofort ein Taxi nimmt (und sie mußte ein Taxi nehmen!), wenn es keinen Stau gab – dann würde sie in etwa vierzig Minuten hier sein. Bleibt Zeit zur Imitation leidenschaftlicher Küsse, zur Imitation von Petting und für einen kleinen Streit über den »Flug der Walküren« von Wagner.

Ich defilierte durchs Zimmer, schaltete die Musikanlage an und legte meinen geliebten »Flug der Walküren« auf.

Meine kleine Zelle wurde erschüttert von gewaltigen Akkorden.

»Was ist das denn?« japste Marik.

»Wagner.«

»Warum ausgerechnet Wagner?«

»Er stimuliert Liebesspiel und -spaß. Bei mir jedenfalls.«

»Hast du nicht was Leichteres? Was weniger Konzeptionelles?«

»Da wären noch Brahms, Ravel und bulgarische Choräle.«

Marik seufzte: »Also dann die Choräle …«

Zum Gesang der Bulgarinnen setzte ich mich in den Sessel auf der gegenüberliegenden Seite des Zimmers und starrte Marik an.

Er wurde sichtlich unruhig.

»Kommst du zu mir? Sonst ist das ein bißchen komisch: Ich nackt im Bett, du im Sessel, angezogen … Wir sind nicht auf gleicher Ebene, finde ich.«

»Im Gegenteil. Gerade jetzt sind wir gleich.«

»Du machst mich neugierig.«

Ich ging zum Bett, setzte mich auf den Boden und umarmte ihn. Und zum ersten Mal fühlte ich, daß ich mich für meine zynische Distanziertheit haßte. Komm schon, was kostet es dich, die Augen zu schließen und für eine Sekunde zu glauben, daß dieser Junge nur gekommen ist, um mit dir zu schlafen, gerade mit dir!

Einmal, nur einmal, lockte ich mich.

Der Absturz wird schmerzhaft, gab ich zu bedenken.

Aber was macht das, Hauptsache du wachst nicht allein auf, und im Schlaf kann er dich in den Armen halten …

Schon möglich. Aber er wird dich mit einem ganz anderen Namen anreden.

»Du machst mich neugierig«, wiederholte Marik, der vergeblich auf Antwort gewartet hatte.

»Und du – mich. Wozu bist du überhaupt hergekommen?«

Er küßte mich.

»Dazu.«

Jetzt war der Kuß zwar immer noch nicht leidenschaftlich, aber wenigstens glaubwürdig, und fast hätte ich die Waffen gestreckt.

»Gut. Aber wir müssen nicht hetzen.«

»Nein, das werden wir nicht.« Er gab leicht nach. Zu besprechen war nichts mehr, und wir küßten uns träge. Bis ein forderndes Klingeln an der Tür ertönte.

»Erwartest du jemanden?« fragte Marik.

»Ja. Und du wirst dich sehr wundern«, antwortete ich fröhlich. Alles war wieder in Ordnung. Vor der Tür stand Venka.

»Was ist los?« fragte sie in feige burschikosem Ton.

»Und wo ist der zweite?«

»Sitzt unten auf einer Bank.«

»Rührende Einigkeit. Übrigens, warum hast du mir gerade Marik geschickt? Du hättest dich mit mir absprechen können, diskret … Der Usbeke gefällt mir besser.«

»Entschuldige, das wußte ich nicht.« Keine Spur von Reue. Du gehst ziemlich weit, Mädchen, Moskau ist geradezu geschaffen für so eine wie dich.

»Du wußtest es nicht und hast aufs Geratewohl entschieden, diesen Deppen zu schicken. Nächstes Mal soll er Dale Carnegie lesen: Wie man Freunde gewinnt. Die Kunst, beliebt und einflußreich zu werden.«

»Nicht aufs Geratewohl«, sagte Venka frech. »Sie haben Streichhölzer gezogen. Marik hatte das längere.«

Ich schlug ihr ins Gesicht, aber der Schlag rutschte ab und war nicht überzeugend. Wie immer. Ich brauchte Training.

»Schnapp ihn dir und hau ab hier. Scher dich zum Teufel!«

Und dann passierte etwas Erstaunliches: Sie lachte plötzlich laut los, den Kopf in den Nacken geworfen, lachte bis sie nicht mehr konnte. Dann setzte sie sich auf den Boden und sah mich von unten herauf an.

»Also ist die Verführung in die Hosen gegangen?«

»Ist sie. Mich freut nur, daß er dich nicht betrogen hat.«

Ich ging zur Zimmertür und öffnete sie einen Spalt.

»Marik! Mit Gepäck raustreten, Schätzchen! Du wirst abgeholt.«

Marik erschien im Flur, mit einem Gesicht wie ein geprügelter Hund, angezogen und sorgfältig gekämmt. Er blieb unentschlossen neben Venka stehen. Mich sah er nicht an.

»Sag der Tante tschüs«, befahl sie gebieterisch.

»Verzeih«, quetschte Marik heraus.

»Gott verzeiht«, sagte ich nur, obwohl ich ihm am liebsten eins auf die Fresse gegeben hätte. »Übrigens, damit wir im Stück bleiben: Du kannst deine Messalina mitnehmen.«

»Wen meinst du?« wunderte sich Marik dümmlich.

»Mich«, erklärte Venka.

Marik stand ratlos zwischen Venka und mir.

»Geh schon vor. Ich komm gleich.«

Der gehorsame Marik machte die Tür hinter sich zu. Wir waren allein.

»Na?« fragte ich.

»Darf ich bleiben?«

»Was?!«

»Du gefällst mir sehr.« Venka lächelte entwaffnend.

»Ich denke, deine Männer sollten dir vollkommen reichen...«

»Du verstehst nicht. Sie – sind ich. Und ich bin allein. Ich gebe dir ja recht, das ist irgendwie dumm gelaufen.«

»Dumm!? Womit hast du eigentlich gerechnet?«

»Hab ich dir schon gesagt... Wir könnten zusammenarbeiten... Du kennst mich doch überhaupt nicht ...«

»Ich kenne dich schon. Geh!«

Sie blieb.

Und um vier Uhr morgens, erschöpft von leichtem Küchengequatsche und überwältigt von den Wahnsinnsperspektiven, die in der »Stunde des Stiers« ganz realistisch erschienen, gab ich den Widerstand auf und sagte zu.

Sofort brachten sich halbvergessene, schon ewig nicht mehr benutzte Telefonnummern in Erinnerung; zu ihnen gesellten sich andere, von Venka beschaffte und ebenfalls lebensnotwendige. Während der zwei Monate in Moskau hatte sie schon mehrere Werbeaufträge an Land gezogen – was mich kaum verwunderte – und drei Exposés beim Wettbewerb der Zeitschrift »Filmdrehbücher« durchgebracht.

Farik hatte eine Stelle als Kriminalreporter bei seinem Cousin gefunden, der sich nach dem Massaker von Fergana in Moskau niedergelassen hatte.

Marik, mit seiner sorglosen Stirn, war in einem zweifelhaften halbkriminellen Büro untergekommen und hatte sich einen Jeep zugelegt.

Venka hatte einen Riecher wie ein Jagdhund, sie kannte sich aus mit den Film- und Fernsehclans und in den Werbeagenturen, die sich wie die Kaninchen vermehrten, und mit der gleichen Leichtigkeit angelte sie dort Aufträge für Clips.

Ich brauchte nur die Kohle einzusammeln und idiotische Slogans zu schreiben.

Venka fing plötzlich an, dem toten, aber unvergessenen Iwan so sehr zu ähneln, daß ich mich manchmal fragte, ob es ihm vielleicht gelungen war, sich an der ganzen Schlange da oben vorbeizumogeln und in dieser strahlenden Provinzlerin mit dem eisernen Biß wiedergeboren zu werden.

Meistens hing Venka bei mir in Bibirjowo rum. Im Bad tauchten ihre teuren Kosmetika auf, in den Zimmern flogen ihre teuren Sachen herum. Ich schichtete sie immer wieder pedantisch in das ihr zugewiesene Fach.

Den Schrank hatten wir von dem Geld für eine Seifenreklame gekauft – ich haßte diese Seife.

Venka pfiff auf Reklame, Seife und Extra-Fach – und irgendwann waren alle meine asketischen Pullover und Hemden von ihrem superteuren Eau de Toilette durchtränkt. Dieses Eau de Toilette haßte ich auch.

Ich war es leid, gegen ihre Liederlichkeit zu kämpfen, und fand mich damit ab, daß sie nach und nach mein Zuhause in Beschlag nahm. Ich besorgte ihr einen Nachschlüssel und ließ sie schalten und walten, wie es ihr gefiel.

Für den Anfang wechselte sie erst einmal die Augenfarbe.

»Du hast dich verändert«, sagte ich vorsichtig.

»Ach ... Nichts Besonderes. Ich trage Kontaktlinsen.«

»Ich wußte nicht, daß du Probleme mit den Augen hast.«

»Du hast Probleme mit den Augen«, lachte sie los, umfaßte mich mit beiden Armen und zog mich in den Flur, vor den großen Spiegel.

»Na!? Merkst du nichts? Wir haben jetzt die gleichen Augen. Grüne.«

Zwei Wochen später, als dieses Gespräch längst vergessen war, schleppte sie mich plötzlich zum Friseur. Ich hatte meine Haare niemals in irgendwelchen »Salons« schneiden lassen, ich fand das spießig; meine Haare wurden in mei-nen unterschiedlichen Lebensabschnitten zuerst von meiner Mutter, dann von Iwan und zuletzt von Nimotsi gestutzt.

Jetzt war Venka an der Reihe, aber sie schnaubte bloß und ging mit mir zu ihrem Friseur. Anstelle meiner langen ungepflegten Haare, die ich notgedrungen immer zu einem Pferdeschwanz band, wurde mir jetzt eine richtige Frisur verpaßt, mäßig lang und mit einem gewissen Stil.

Dann kam die Farbe dran. Meine eigene Haarfarbe fand Venka zu trostlos, also mußten meine Haare umgefärbt werden in ein tiefes Dunkelrot mit einem schmachtenden, lodernden Hauch von Kupfer.

»Na siehst du, einfach großartig, die Augen kommen prima zur Geltung, jetzt kann man dich auf die Welt loslassen und zum Decken bringen«, konstatierte Venka. Für sie war das Leben immer ein irgendwie abenteuerlicher biologischer Zyklus.

Und dann ließ sich Venka selbst dunkelrot färben.

Das hätte ich gar nicht bemerkt, wenn nicht Farik gewesen wäre, der sehr oft nach Bibirjowo kam, im Unterschied zu Marik, der nach der vertrackten Verführungsszene fast aus meinem Gesichtsfeld verschwunden war.

»Siehst du, was dieses Miststück mit sich angestellt hat? Sie hat sich die Haare gefärbt!« meldete mir Farik gleich in der Tür und erstarrte für eine Sekunde, meine eigene Haarfarbe betrachtend, die Venkas so sehr ähnelte. »Sagt mal, Mädchen, tragt ihr jetzt Uniform?«

»Natürlich, wir spielen in einer Mannschaft! Bloß ist das keine Uniform, sondern Unisex. Ist gerade Mode in Europa. Hör mal, Maus, dieser Usbeke« – sie piekte Farik in die Seite – »hat mir eine bombige Geschichte erzählt.«

Ich wunderte mich nicht. Alle Geschichten von Farik waren bombig: von banalen Messerstechereien bis zum raffinierten Auftragsmord. Farik erzählte Einzelheiten, bei denen einem das Blut in den Adern gefror, mit einem fröhlichen Zynismus, der jedem Tod einen fast zirkushaften Charakter verlieh. In Fariks Darstellung war der Tod verlockend, faszinierend und ohne Schrecken.

Als Farik nach zweistündigem Sitzen in der Küche einen taktischen Gang aufs Klo machte – die ganze kolossale Menge Dosenbier abgießen –, kam Venka ein glücklicher Einfall: die blutige Horrorstory, die Farik gerade erzählt hatte, aufzuschreiben – in seinem Stil: cool, zynisch und irre komisch.

Für so einen Stil war ich ein bißchen zu schwerfällig, mir

reichte ein ironischer Blick auf die Welt, und ich beschloß, Farik einfach blind zu kopieren. Kopieren konnte ich, egal, wen oder was.

Einen Monat später war das Drehbuch fertig, gewürzt mit Fariks Humor, Venkas Leidenschaft und einer von Maschinenpistolen durchlöcherten Leiche – und ziemlich professionell geschrieben. Das Drehbuch wurde von irgendeinem halbverrückten aserbaidshanischen Produzenten mit Kußhand genommen und sofort gedreht. Venka und ich unterschrieben einen Vertrag, bekamen Bares und gingen zur Aleksejewskaja.

Dort erwarteten uns Wodka, Kaviar, Plow und Farik und Marik.

»Überraschung!« schrie Venka in der Tür. »Darf ich vorstellen, das ist Maus, sie schreibt klasse Drehbücher, einfach genial!«

Farik und Marik hatten mein Erscheinen wohl nicht erwartet, ihre Mienen verdüsterten sich augenblicklich. Ihre Unzufriedenheit war so offensichtlich, daß ich sofort Lust bekam, mich vollaufen zu lassen.

Das tat ich dann auch – ich gab mir ordentlich die Kante und trat ab. Ich kam nicht einmal richtig dazu, mir ihr Zimmer anzusehen, das riesig war wie ein Fußballfeld und vollgestopft mit einer wüsten Menge zerschmolzener Kerzen. Es gab weder Bett noch Sofa, nur weiche Matten, überschüttet mit Blütenblättern. Ein Meer von Blumen – Rosen und Chrysanthemen.

Nur Rosen und Chrysanthemen.

Sonst nichts.

Ich wachte mitten in der Nacht auf. Mein Kopf wollte zerspringen vor Schmerz, mein Hals war steif. Man hatte mich wie eine Stoffpuppe in einen riesigen Sessel gesetzt. Ich war von Stimmen aufgewacht, leisen und wütenden, anklagenden, fordernden, flehenden.

Die Leidenschaft, die in den Stimmen lag, erschreckte mich so, daß ich Angst hatte, die Augen zu öffnen, und nur verstohlen durch schmale Schlitze spähte, wie durch ein Schlüsselloch.

Sie waren alle drei auf der gegenüberliegenden Zimmerseite beim Fenster. Venka saß auf den Matten, vollkommen unerreichbar im Licht der Straßenlaterne. Unerreichbar für mich und für die armen Jungs, die sie belauerten wie Wölfe.

Marik hielt einen Monolog.

»Das ist Verrat, warum verstehst du das nicht?! Du versuchst dieser Maus zu ähneln, diesem Nichts. Mit der verrätst du uns, alle vier. Wir haben doch geschworen ...«

»Jetzt hab ich's mir aber anders überlegt«, zwitscherte Venka.

Marik holte zum Schlag aus, aber Farik fing seine Hand ab.

Es entstand eine jähe Rauferei, die nach einer Minute mit blutigen Nasen endete.

»Sie soll abhauen«, sagte Marik, wieder ruhig, und leckte sein Blut ab.

»Eher haut ihr ab«, provozierte Venka.

»Hör mal, sie hat uns nichts getan. Du willst doch nicht, daß wir sie hassen, nur deswegen, weil sie mit dir zu tun hat?«

»Eher werde ich euch hassen!« Venka blieb stur.

Ich bekam plötzlich Angst. Vor ihrem Haß und vor Venkas Schutz, den ich nicht brauchte.

Jetzt konnte sich Farik nicht mehr beherrschen – er schlug Venka mit voller Kraft ins Gesicht.

»Und ich verpasse dir noch eins, wenn du nicht mit diesem Wahnsinn aufhörst!«

»Wir haben doch schon lange den Verstand verloren. Von dem Moment an, wo wir mit diesem verfluchten Lastwagen zusammengestoßen sind.«

Farik hob wieder die Hand.

»Einen Liegenden schlägt man nicht«, lachte ihm Venka ins Gesicht. Sie streckte sich auf den Matten aus und begann, aufreizend langsam, die Knöpfe ihrer Bluse zu öffnen. »Vielleicht helft ihr einem hilflosen einsamen Mädchen?«

Sie brauchte nicht zweimal zu bitten – ich sah, wie die

Hemden von ihren eckigen, fast identischen Schulten fielen; ich hörte, wie die Zungen ihrer Gürtel schnalzten, wie die Reißverschlüsse an ihren Jeans ungeduldig aufgerissen wurden ...

Die Jungen stürzten sich in Venka, wie in einen Abgrund; sie bedeckten sie wie Wellen; ich erinnerte mich an diese Wellen aus meiner frühen Kindheit am Schwarzen Meer: Sie schlagen über deinem Kopf zusammen, und du kriegst keine Luft mehr. Offenbar bekam auch Venka keine Luft mehr, sie stöhnte auf. Die Jungen wiederholten ihr Stöhnen wie ein Echo. Und ich dachte zum ersten Mal, daß sie so schön, so fast vollkommen nur zu dritt sein konnten.

Ich kam gegen Morgen zu Hause an, legte Venkas Sachen zu einem Haufen zusammen, schleppte sie in den Flur, und hier, neben ihnen, fiel ich in einen schweren Schlaf.

Ich erwachte von einem heftigem, hartnäckigen Klingeln an der Tür. So klingelte nur sie. Jetzt mußte ich ihr also die vorbereiteten Sachen geben und dann diesem irrsinnigen Mädchen auf Nimmerwiedersehen sagen! Aber ich fühlte schlagartig, daß, wenn ich öffnete, wenn ich sie wieder einließe in mein ruhiges, steriles Zuhause, wie ich sie irgendwann eingelassen hatte, dann würde alles wieder von vorn beginnen.

Ich fühlte es und erschrak.

»Bist du's?« fragte ich feige hinter der Tür.

»Mach auf, bitte ... Ich erkläre dir alles«, antwortete sie mit einschmeichelnder Stimme.

»Erspare mir deine Erklärungen. Leb, wie du willst. Deine Hündchen haben recht. Was hab ich damit zu tun?«

Das Klingeln hörte nicht auf.

»Geh weg«, sagte ich müde.

Jetzt begann ein methodisches Hämmern von Fäusten gegen die Tür. Ich lehnte mich mit dem Rücken an den Türrahmen und schloß die Augen.

»Wenn du die Tür einschlägst, werden die Nachbarn die Bullen rufen, und mit Recht.«

Das Hämmern hörte auf.

So, in der Stille, saß ich noch lange. So lange, daß ich mich schließlich traute zu fragen: »Bist du noch da?«

»Ja.« Sie war nicht weggegangen. Sie war neben mir, hinter der dünnen Tür.

»Ich möchte dir eine Geschichte erzählen. Das wollte ich schon lange...«

»Deine Geschichten hängen mir zum Hals raus. Deine perversen Freunde auch.«

»Es ist eine gute Geschichte. Schließ die Augen und hör zu.«

In der Stadt Taschkent wurden zwei Mädchen geboren, Zwillinge. Die eine nannte man Venka, zu Ehren von Papis Mutter, und die andere Sascha, zu Ehren von Mamas Vater. Sascha und Venka liebten einander sehr ... Wenn Venka eine Flechte an den Armen hatte, dann erschienen genau die gleichen Flecken auch auf Saschas Armen. Und als Sascha sich ein Bein brach, konnte Venka auch nicht mehr laufen – genau einen Monat lang, bis der Gips abgenommen wurde. Es vergingen einige Jahre, Venka und Sascha wurden immer schöner, jedenfalls nach Ansicht der Usbeken, die auf dem Alajsker Markt mit getrockneten Aprikosen handelten. Dann, wie es sich für Mädchen gehört, verliebten sie sich in zwei Jungs – Farik und Marik. Es war eine verrückte Liebe, anders konnten sie nicht lieben. Es war eine so verrückte Liebe, daß sie manchmal die Jungen austauschten. Und sie kamen immer ungeschoren davon, weil sie einander so ähnlich waren, daß sogar Mama und Papa sie verwechselten. Wenn William Shakespeare sich mal ordentlich besoffen hätte und doppelt gesehen hätte – dann wären ›Romeo und Julia‹ genauso geworden.«

Ich schnaubte verächtlich.

Und da hörte ich Venkas Stimme.

»Das ist wahr.«

»Na, und?«

»Und dann fuhren sie einmal in die Berge, alle vier. Dort blühten die Pfirsiche, und es war noch nicht sehr heiß. Dic Zwillinge verließen ihre Jungs, um mit Mariks Auto nach

Jangiabad zu fahren. Sie wollten zu einer Fernsprechstation, um ihrem Papa zum vierzigsten Geburtstag zu gratulieren. Sie stritten sich sogar darum, wer als erste am Steuer sitzen dürfe. Sie stießen mit einem Laster zusammen, so einem riesigen »KamAS«. Die, die am Steuer saß, überlebte. Den Schädel leicht angeschlagen, geringfügiges Trauma – zwei Wochen auf der Intensivstation und tschüs.« Venka schwieg.

»Und die zweite?« fragte ich leise, obwohl ich kein Recht hatte, das zu fragen.

»Sie starb. Man hat ziemlich lange gebraucht, um sie aus dem Auto rauszuholen, man mußte die Türen aufschweißen.«

»Verzeih, ich wußte nicht ...«

»Sie wußten es auch nicht, Farik und Marik. Sie wußten nicht, welche von beiden überlebt hat. Sie wissen es bis jetzt nicht.«

»Aber du ... Du weißt doch, welche?« Sie schwieg lange, und dann sagte sie mit einer fröhlichen zarten Stimme, von der ich eine Gänsehaut bekam: »Ich hab es vergessen, das war wohl besser für uns alle. Jeder dachte ja, daß eben sein Mädchen, seine Kleine, seine Schöne, am Leben geblieben war. Keiner wollte dieses lebendige Gesicht vor sich sehen und denken – das ist nicht meine, meine ist tot, umgekommen und aus dem Auto rausgeschweißt ...«

»Und dann?«

»Und dann nahm ich mir einen der Pässe – und wurde Venka. Und vielleicht war ich ja Venka ... Und die Jungs prügelten sich – was sonst –, der eine verlor die Geliebte, der andere das ausschließliche Recht auf die Geliebte. Ich wählte eine schonende Variante für mich und für sie, die andere – ich verliebte mich in beide.«

»Was für ein Quatsch ...«

»Tröste mich, bitte«, bat Venka plötzlich kläglich. »Ich bin so müde ...«

Ich öffnete die Tür, und Venka fiel mir entgegen. Sie hatte die ganze Zeit mit dem Rücken an die Tür gelehnt gesessen – genau wie ich.

Sie verbarg den Kopf in meinem Schoß und schluchzte

laut und jämmerlich. Ich wußte nicht, was ich tun sollte. Ich streichelte einfach ihren Kopf und versuchte nicht einmal, sie zu trösten.

»Du verläßt mich doch nicht?«

Ich konnte nicht nein sagen, obwohl ich durch das unendliche Mitleid zu diesem hochnäsigen und gebrochenen Mädchen hindurch klar und deutlich sah, daß unsere Beziehung eine Illusion war. Für sie war ich nur das Baumaterial für ihre zweite, verlorene Hälfte; den Ton zur Modellierung einer neuen Schwester, anstelle der umgekommenen. Meine Gesichtslosigkeit, meine Bereitschaft, jede Form anzunehmen, genau das brauchte sie, genau das spürte sie in mir. Dieser Gedanke stürmte jäh in meinen Kopf und fegte alle anderen Gedanken beiseite – und ich ließ meine Arme sinken. Venka spürte es, und ihr Körper spannte sich, wie sich die Körper von wilden Tieren spannen, die sich zum Sprung bereit machen.

»Stimmt etwas nicht?« fragte sie.

»Ich bin nicht geeignet... Ich bin nicht geeignet für diese Rolle. Ich habe mein eigenes Leben.«

»Nein. Es ist überhaupt keine Rolle«, log sie verzweifelt, ohne selber zu begreifen, daß sie log. »Geh einfach nicht fort von mir.«

»Deine Jungs werden damit nicht einverstanden sein.« Mir wurde auf einmal klar, daß ich dabei war, meinen Widerstand aufzugeben. Das Richtigste wäre jetzt gewesen, sie ein bißchen zu trösten, meine Wohnung zu verrammeln, und dann zu meinem Papa und seiner Briefmarkensammlung zu fahren, um die zerbrochene Vater-Tochter-Beziehung wiederherzustellen.

Aber während ich den schönen Kopf in meinen Händen hielt, wurde mir bewußt, daß mit diesem Kopf irgendwas nicht in Ordnung war und daß die beiden dummen Jungs mit ihren egoistischen Leidenschaften die Lage nur noch schwieriger machten.

Ich beschloß, alles ein wenig hinauszuschieben. Ich würde eine Entscheidung fällen, aber nicht jetzt, nicht jetzt.

»Deine Jungs werden damit nicht einverstanden sein«, wiederholte ich. »Die bringen mich am Ende noch um.«

»Nein, niemals!« Sie drückte ungestüm mein Handgelenk. »Niemals… Gib ihnen Zeit, sie gewöhnen sich an dich. Du wirst sie lieben, und sie dich … Du suchst dir einen von beiden aus, ich weiß sogar, wen … Und wir sind wieder zu viert.«

Dann schlief sie ein, meine Hand fest umklammert.

Nach einer halben Stunde zog ich vorsichtig meine Hand aus der ihren und war endlich frei – wenn auch nur für kurze Zeit, das war mir jetzt klar.

»Was haltet ihr davon?« fragte ich Iwan und Nimotsi.

»Wechlse die Wohnung, das Geschlecht und das Land«, riet mir der tote Iwan.

»Das ist ein Irrenhaus, klar! Aber andererseits, steig ein bei diesen verrückten Hengsten, und du lebst wenigstens bis zum Klimakterium mit den Freuden des Gruppensex«, riet mir der verreiste Nimotsi.

Ich ging im Zimmer hin und her und nahm unser Photo ab, das über dem Schreibtisch an die Tapete geheftet war – fünftes Studienjahr, Iwan, Nimotsi und ich. Nüchterne Augen, Tom Waits und Ray Charles – »Go, Johnny, go!«

Ich nahm einen Stift und malte mir auf dem Photo eine neue farbige Frisur, eine neue Augenform und andere Lippen.

Und da durchfuhr mich messerscharf der Gedanke, daß Wahnsinn ansteckend sei. Ich will nicht, ich will nicht, ich will nicht! Ich will nicht an der Leine von diesem Mädchen laufen. Sie wacht auf – ich wasche sie, gebe ihr was zu essen, drücke ihr ihre Sachen in die Hand – und »Go, Johnny, go« …

Aber das klappte nicht.

Den Rest des Tages war sie nett. An die Geschichte vom Morgen erinnerte sie sich nicht einmal. Und dann setzte sie sich ans Telefon, nur, um mir anschließend zu berichten, daß sie einen großen Verlag gefunden habe, bei dem man mit ziemlicher Wahrscheinlichkeit irgendwelche Taschenbücher herausbringen könne.

Ich hatte absolut keine Lust, mit ihr zu debattieren, um so weniger, als unter dem Fenster schon lange Mariks Auto zu sehen war.

Die Jungs hatten sogar schon ein paarmal ungeduldig gehupt, aber sie trauten sich nicht, raufzukommen.

»Du mußt los«, sagte ich.

»Ja.« Venka gab verdächtig leicht nach, küßte mich auf die Wange und hielt sich nur noch einen Augenblick im Flur auf, bei ihren Sachen, die ich dort am Morgen aufgestapelt hatte.

Sie wühlte darin herum und zog ein Abendkleid heraus, ein ziemlich freches Teil; dieses kleine Fetzchen Stoff, das sie speziell für die Stierkämpfe im Haus des Films angeschafft hatte und dessen Wirkung auf den ganzen männlichen Viehbestand unfehlbar war, rief in mir merkwürdige Gefühle hervor, einen vagen Neid und ziemlich bewußten Protest.

»Gefällt es dir?« fragte Venka.

»Du weißt doch, daß ich es nicht leiden kann. Du siehst darin wie eine Nutte aus.«

»Eine billige Nutte?«

»Das habe ich nicht gesagt.«

»Ich mag dich schrecklich! Also, tschüs!«

Sie weckte mich mitten in der Nacht, rücksichtslos wie immer.

»Überraschung!«

Sie warf ein kleines Päckchen aufs Bett.

»Hätte das nicht Zeit bis morgen gehabt?« Zum wievielten Mal bedauerte ich, daß ich ihr die Wohnungsschlüssel gegeben hatte.

»Los, steh auf, du Schlafmütze!«

»Bist du verrückt geworden – es ist drei Uhr nachts!«

»Drei Uhr morgens!«

Ich setzte mich im Bett auf, zerzaust und böse in meinem bis zum Hals zugeknöpften Bibernachthemd.

»Sehr erotische Wäsche. Ist das von Cardin?« Venka sah mich mit sanftem Mitleid an. Rotznase!

»Iwanowsker Tuch- und Kammgarn-Kombinat.«

»Deinen Patriotismus in Ehren. Na gut, sei nicht böse! Sieh dir lieber an, was ich dir mitgebracht habe!«

Langsam, mit zwei Fingern, öffnete ich das Päckchen. Ich vertraute Venkas Geschenken nicht sehr.

Es war das gleiche Kleid, sogar dieselbe Farbe. Venkas morgendliches Bekenntnis war weder ein Hirngespinst von mir gewesen noch eine Mystifikation von ihr: Sie hatte tatsächlich beschlossen, aus mir ihr blasses Abbild zu machen, ihre fehlende Hälfte.

»Steh auf und probier an!« Venkas Stimme klang hart.

»Laß mich in Ruhe!«

»Bitte!« Sie wechselte sofort den Ton. «Tu's meinetwegen. Wenn es dir nicht gefällt, zerschneiden wir es zu Weihnachtsgirlanden.«

Das leichte, schwerelose Leder des Kleides unter meiner Hand verlockte mich mit der Unbekanntheit eines anderen Lebens.

Und ich geriet ins Schwanken.

Ich nahm dieses verdammte Kleid und huschte ins Bad. Dort schloß ich die Augen und schlüpfte hinein – wie ein Dieb in eine fremde, unbekannte Wohnung schlüpft.

Ich zählte bis fünf, dann bis zehn, sog die Luft in die Lungen, stieß die Tür auf und erschien vor Venka.

Die hatte inzwischen ebenfalls ihr Kleid angezogen.

»Also, wo ist hier ein Spiegel!« fragte ich laut, um meine Verlegenheit zu überspielen.

»Wozu?« Sie stand mir gegenüber, die Augen vor Vergnügen zusammengekniffen, zufrieden mit dem Effekt, den sie hervorgerufen hatte. »Wozu? Ich bin dein Spiegel! Ich wußte, daß wir uns ähnlich sind, ich habe es gefühlt – hier, guck!«

»Ich will nicht dein Spiegelbild sein!«

»Dann werde ich dein Spiegelbild!« flüsterte sie grimmig zur Antwort.

»Nein.« Das klang nicht überzeugend; während meines ganzen sechsundzwanzigjährigen Lebens hatte ich nicht gelernt, ja oder nein zu sagen. Niemand hatte je Entscheidungen von mir verlangt.

Sie ergriff meinen Arm. »Schau mal!«

Und der leidenschaftslose Spiegel im Flur zeigte plötzlich zwei fast gleiche Gestalten; gleiche Haare, sogar die gleiche Neigung der Köpfe – die ideale Symbiose. Maus! Vielleicht hast ja auch du in der Kindheit deine Zwillingsschwester verloren!? Aber ich konnte niemanden danach fragen, meine Mutter war vor fünfzehn Jahren gestorben, und mit meinem Vater hatte ich bis jetzt keine gemeinsame Sprache gefunden.

Und dann merkte ich, daß mir dieses frivole, verluderte Kleid eigentlich stand, ich durfte nur keine Angst davor haben. Aber ich hatte gar nicht die Kraft, Angst zu haben, einfach keine Kraft: Zu lange hatte ich im Kokon meiner eigenen Gesichtslosigkeit und im Schatten anderer gelebt. Meine nackten Schultern schienen mir zu blaß, die Beine zu dünn, die Brust zu klein …

»Jetzt noch das Make-up«, sagte Venka sachlich. »Und schon haben wir einen wunderschönen Schwan. Übrigens, was für Blumen magst du lieber – Rosen oder Chrysanthemen?«

»Ich mag keine Blumen.« Ich erinnerte mich an ihre Wohnung, überschwemmt von den Blüten genau dieser Blumen.

»Also Chrysanthemen. Dann behalte ich die Rosen.«

Für den Rest des Frühlings kümmerte sich Venka um mein Make-up. Ich duldete demütig ihre ungenierten Hände auf meinem Gesicht. Sie war nicht einmal böse, daß mein Gesicht jede Art von Kosmetik abstieß.

»Verstehst du, alles ist in dir drin. Wenn du spürst, daß du bereit bist, dann spürt dein Gesicht auch, daß es bereit ist.«

Mein Gesicht war nicht bereit, mein Körper war nicht bereit, ich war überhaupt nicht bereit, zu leben; ich brauchte jemanden, der mich führte. Und Venka ist nicht die schlechteste Führerin, sagte ich mir, als es Mai wurde und der Wald vor meinem Fenster das erste Grün zeigte.

Sag schon ja.

Sag ja zu allem. So vor dem Leben Angst zu haben, es so sehr nicht zu wollen, das ist auch Wahnsinn, keinen Deut besser als Venkas verrückte Ideen. Und so bist du wenigstens nicht allein.

Und ich kapitulierte, ich hörte auf, Widerstand zu leisten – und von da an lagen Lidschatten und Lippenstift vortrefflich auf meinem Gesicht – dem Gesicht einer sich in alles ergebenden Porzellanpuppe.

Im Mai war ich ihr schließlich ähnlich geworden.

Und im Juni erschien Nimotsi.

Er tauchte auf, als Venka nach Petersburg gefahren war – nur für zwei Tage, zu Verhandlungen mit dem nächsten selbsternannten Regisseur. Oleg, ich glaube, er hieß Oleg. Er besaß einen Abschluß der Bergakademie, hatte aber zur rechten Zeit auf die stumpfsinnigste Bierwerbung umgesattelt und war damit reich geworden. Jetzt lechzte er danach, als Berühmtheit aufzuwachen oder wenigstens einen Renner auf Videokassette zu bringen. Und wir mit unserer billigen Trivialmasche paßten optimal zu ihm.

Venka wollte mich mitnehmen, aber ich blieb. Ich blieb, um spät am Abend Geraschel hinter der Tür zu hören. Das Geraschel war geringfügig, so geringfügig, daß ich aufmerksam wurde. Meistens hörte man hier das Geschrei irgendwelcher Rapper, das Gestöhne koitierender Pärchen und die haarsträubenden Flüche der Bibirjowoer *Gopniks*, der Underdogs, die sich gegenseitig die Schädel einschlugen.

Ich öffnete die Tür einen Spalt weit, obwohl ich das sonst niemals getan hätte. Das Geraschel war so harmlos, wahrscheinlich irgendwelche Obdachlosen, die sich für die Nacht einrichteten.

Ich öffnete die Tür und erblickte Nimotsi. Er saß auf den letzten Stufen des Treppenabsatzes, direkt unter der geöffneten Luke, in der die frühen Sterne baumelten. Ich erkannte ihn nur an den abgetragenen unsterblichen Schuhen. Jetzt hingen die Schnürsenkel lose herunter, und ein Bein der schmutzigen Jeans war aufgerollt.

Nimotsis Wade war mit einem Gürtel abgebunden. Er setzte sich gerade eine Spritze und verfolgte, wie die Flüssigkeit aus ihr heraus in seinen Körper floß. Die Droge wirkte sofort, Nimotsi lehnte sich entspannt zurück. Auf seinen eingefallenen Schläfen glänzten Schweißtropfen. Unrasiert, mit spitzen Gesichtszügen, in schmutziger Jeansjacke – wenn ich in einer Fußgängerunterführung an ihm vorbeigekommen wäre, hätte ich ihm sicher einen zerknitterten Schein zugesteckt. Und wäre verschämt vorbeigehuscht, ohne ihn zu erkennen.

Ich krallte mich an die Tür, um nicht umzufallen.

»Ich hab dir was mitgebracht«, sagte Nimotsi trocken, griff in seine Hemdtasche und zog einen Anhänger heraus: eine kleine Akropolis an einem Kettchen.

Ich konnte nicht sprechen, ich spürte nur, daß Tränen über mein Gesicht liefen.

»O Gott, bist du das …«

»Nein, *ich* bin es schon nicht mehr …« Er lächelte mich mit dem Lächeln eines Toten an. »Entschuldige mein Aussehen. Dank an die Professorenwitwe, ich hätte dich fast nicht gefunden. Du bist ziemlich weit draußen gelandet.«

Ich half ihm aufzustehen, hob mühelos seinen Körper auf, der leicht wie der eines Kindes war.

»Sehr lieb von dir, vergiß das Gepäck nicht.«

Im Flur sank ich vor Nimotsi auf die Knie und zog ihm vorsichtig die Schuhe aus. Er hatte keine Socken an, die nackten schmutzigen Zehen krümmten sich gleichgültig zusammen.

»Du hast dich verändert«, sagte Nimotsi und sah mich mit zusammengekniffenen Augen an. »Bist du verheiratet, oder was? Oder hast du dir die Augenbrauen gezupft? Und du riechst gut … Schade, daß ich nie mit dir geschlafen habe. Jetzt wird wohl nichts mehr draus. Jetzt wird überhaupt nichts mehr.«

»Du bist so schmutzig …«

»Schmutzig … Das stimmt, Maus! Schmutzig, schmutzig!« Er rastete plötzlich aus und schlug sich mit der Faust an den Kopf – der Kopf ruckte wie bei einem Stoffclown zur Seite. Ich zog ihm das Hemd aus, dann die Hosen. Er ließ es geschehen, als ob er uns dabei von außen zuschaute. Seine Magerkeit bestürzte mich.

»Und mager …«

»Nicht mager, sondern ein Lagerfeld-Model.« Nimotsi strich mit der Hand über seine vorstehenden Rippen. »Ein Rumpf wie ein Bügelbrett. Und einen Arsch wie zwei Pakkungen *Machorka*. So geht man jetzt in Europa.«

Ich setzte ihn in die Badewanne und wusch ihn fast eine Stunde; ihn genierte weder seine Nacktheit noch seine scheußlich zerstochenen Arme. Er blieb vollkommen teilnahmslos. Nur als ich seinen Kopf wusch, umarmte er mich plötzlich und begann zu weinen.

»Verzeih, ich bin an allem schuld.«

»An was denn? Das kann man jetzt doch heilen. Aber wenn ich das gewußt hätte, hätte ich dich niemals weggelassen.«

Er schlug mich plötzlich – mit einer für diesen fast gewichtslosen Körper erstaunlichen Kraft. Mir schoß das Blut aus der Nase.

»Warum hast du mich gehen lassen?! Warum?!«

Nimotsi weinte bitter und qualvoll, ließ sich auf den Boden fallen und begann hysterisch zu schreien.

»Warum?! Warum hast du mich weggelassen?« Ich legte mich schweigend neben ihn und hielt ihn fest. Er schlug mich immer noch, aber die Schläge wurden schwächer.

»Was ist denn bloß passiert – in diesem Jahr?«

»Nicht jetzt. Später. Morgen.«

Plötzlich sah er das Blut unter meiner Nase und prallte zurück, seine Augen kippten nach oben, sein Adamsapfel zuckte so heftig, daß ich einen Augenblick lang dachte, er würde seinen dünnen Hals zerreißen. Er ließ mich los und stürzte ins Zimmer.

Ich ging hinter ihm her – er saß auf dem Bett, in die Ecke verkrochen.

»Bleib weg! Ich hasse Blut!«

Ich konnte die Blutung lange nicht stillen; inzwischen weichte ich seine Sachen ein, aus denen eine dunkelbraune Soße floß, und gab Baldriantropfen in ein Glas.

Als ich ins Zimmer zurückkehrte, saß Nimotsi immer noch in der Ecke auf dem Bett.

»Trink!« sagte ich fest.

»Verpiß dich mit deiner Scheiß-Sowjetmedizin!« schrie er plötzlich. »Das kannst du selber trinken, wenn du im Altersheim verreckst!«

»Was ist los mit dir? Beruhige dich, bitte.«

Ich vergaß die Baldriantropfen, setzte mich aufs Bett und nahm ihn in die Arme. Nimotsi wurde sofort weich, streckte sich aus und schmiegte sich an mich.

»Geh nicht weg!«

Ich hielt seinen Körper in meinen Armen, wiegte ihn, mein armer Junge, armer, armer. Irgendwann hatte Iwan mich ganz genauso gewiegt. Was ist bloß mit dir passiert?

»Alles wird gut«, flüsterte ich. »Es gibt nichts auf der Welt, was man nicht wiedergutmachen kann ... Wir leben, und das ist das Wichtigste. Schlaf, mein Lieber, mein Guter. Du bist zu Hause, und alles kommt wieder in Ordnung.«

Ich erwachte allein. Nimotsi lag nicht mehr neben mir. Ich ging in den Flur und erstarrte – Nimotsi hockte an der Tür, ein Messer in der Hand. Ein albernes stumpfes Messer aus meinem italienischen Eßbesteck.

»O Gott, was machst du da?!«

»Hörst du das?« flüsterte Nimotsi hysterisch. Er war in ein Laken gewickelt. »Da, hinter der Tür!«

»Na, und? Da ist immer irgendwer zu Gange.«

»Sie sind hinter mir her.«

»Du bist ja verrückt geworden.«

»Ich sage dir – sie sind hinter mir her. Wo sind meine Klamotten?«

»Ich habe sie eingeweicht. Morgen früh wasche ich sie, und wir kaufen dir was Anständiges. Damit es dir nicht peinlich ist, dich beim Suchtarzt zu zeigen; diese Typen sind ziemlich konservativ.«

»Blöde Ziege!« Er sah mich haßerfüllt an. »Wer hat dich darum gebeten?! Sie stechen mich ab wie ein Hühnchen, so, wie ich bin, nackt, in ein beschissenes Laken gewickelt!« Er fing an zu wimmern.

»Beruhige dich... Das sind bloß irgendwelche Obdachlosen. Die trinken da immer Wodka.«

Ich schob ihn entschlossen zur Seite. Auf dem Treppenabsatz saßen zwei Obdachlose mit violetten Fressen und freuten sich ihres Lebens.

Ich verscheuchte sie, wie man streunende Hunde verscheucht.

»He, haut ab!«

Die Obdachlosen entfernten sich ohne Murren.

Ich machte die Tür zu und nahm Nimotsi das Messer ab.

»Siehst du, alles in Ordnung. Komm, du kannst doch nicht die ganze Nacht hier im Flur sitzen.«

»Und in einem Kanalisationsrohr, bis zum Hals in der Scheiße, kann ich da die ganze Nacht sitzen? Und in einem Belüftungsschacht? Und in einer Kiste mit einem stinkenden Türken, den das Fieber schüttelt? Ich kann jetzt alles, Maus...«

»Bist du in irgendeine krumme Sache reingeschlittert?«

»Geschlittert!« Nimotsis Gesicht wurde von einer schrecklichen Grimasse verzerrt, er seufzte krampfhaft auf. »Geschlittert – das ist nicht das richtige Wort. Erinnerst du dich an Julenka Kossikina?«

Natürlich erinnerte ich mich an Julenka Kossikina. Die blendend schöne Julenka, das dümmste und gutmütigste Geschöpf der ganzen Schauspielfakultät. Iwan nannte sie »das Schaf«. Julenka konnte man nur in der Horizontalen ertragen, aber in der Horizontalen war sie wirklich göttlich. Alle Regisseure, die etwas auf sich hielten, und ein guter Teil der Drehbuchautoren, die in ihren Herzen die Sehnsucht nach dem Ruhm Tonino Guerras trugen, hielten es für ihre Pflicht, Julenka flachzulegen.

»Klar erinnere ich mich. Sie hat doch einen Griechen geheiratet?«

»Sie ist tot.«

Die Nachricht von Julenkas Tod rief in mir keine Gefühle hervor außer einem leichten Stich von Neid. Noch jemand, der beschlossen hatte, jung zu sterben.

»Man hat sie fünf Stunden lang geprügelt. Zuerst haben sie ihr den Rücken zu einem blutigen Schlamm gepeitscht – weißt du, mit solchen Peitschen, die in Salz eingelegt waren, mit Bleistücken am Ende.«

Erschüttert schwieg ich.

»Und noch etwas. Sie hatte ein Kettchen am Knöchel. Dein Gruß an mich, du warst immer sehr pingelig, du hast niemals vergessen, mir einen Gruß zu schicken.«

Irgend etwas Furchtbares kam langsam auf mich zu. Wir saßen einander gegenüber, gestützt von den Wänden.

»Ich verstehe nicht.«

»Was gibt es da nicht zu verstehen? Sie haben sie zu Tode gequält, fünf Stunden lang, und ich habe die ganze Zeit gefilmt. Ich stand hinter der Kamera, weil der Kameramann kotzte. Hyperrealismus, verdammte Scheiße, Ästhetik, echt Spitze!«

Er schlug den Kopf an die Wand und lachte schrecklich.

»Du ... Du willst sagen, daß ...«

»Daß alle deine Drehbücher bis zum letzten Punkt und Komma in die Wirklichkeit umgesetzt wurden!«

»Das glaube ich dir nicht, du lügst! Laß mich in Ruhe mit deinen bescheuerten Halluzinationen, guck dich an, du bist doch ein Volljunkie!« Ich glaubte ihm tatsächlich nicht, dem Junkie, und weil ich ihm nicht glaubte, beruhigte ich mich schnell.

»Weißt du, wie viele noch zu Tode gequält wurden, nach Julenka? Ich kann nicht mehr, ich kann nicht, ich kann nicht ...«

Er kroch in die Küche, verlor unterwegs das Laken. Ich blieb an der Wand sitzen – zerschmettert, betäubt.

Das ist nicht wahr! Das kann nicht wahr sein, so etwas gibt es nicht! Er muß behandelt werden. Warum habe ich ihn weggelassen!? Der arme, arme Junge.

In der Küche hörte man das Klirren von Geschirr – Tassen und Teller flogen auf den Boden; dann fiel etwas Schweres – die Keramikteekanne, ein teures Stück, das Venka aus einem Antiquitätengeschäft angeschleppt hatte, riesige exotische Vögel mit chinesischen Schlitzaugen, gesprungen vom Alter ...

»Komm her!« schrie Nimotsi hysterisch.

Er saß in der Küche auf dem Boden, inmitten von Scherben. Er hatte seinen Rucksack ausgeleert: ein abgewetztes Notizbuch, Videokassetten, irgendwelche Prospekte und Pläne, ein zerbrochener Kugelschreiber, ein Bleistiftstummel, eine Handvoll Tabletten, kleine fremde Münzen, die ich nie zuvor gesehen hatte; er schnürte den Tragriemen des Rucksacks um sein Bein – so, wie gestern abend auf der Treppe.

»Zum Teufel, ich komm nicht rein! Ich komm nicht rein, verdammte Scheiße!« Er stocherte hilflos mit der Spritze in seinem Bein herum.

Ich sah ihn voller Schrecken an.

»Was glotzt du?« fragte Nimotsi böse. »Hilf mir lieber! Es geht nicht – siehst du das nicht?!«

»Was soll ich tun?« Ich wunderte mich über meine ruhige Stimme, die sogar auf Nimotsi ernüchternd wirkte.

»Ich drücke, und du suchst die Vene. Und stichst rein.«

»Ich hab so was noch nie gemacht.«

»Nicht schwerer als in den Hintern. Mach schon!«

Er zog den Riemen noch enger, aber das war nutzlos, die Venen zeigten sich nicht: nur blasse, von wenigen Härchen bedeckte Haut.

Nimotsi biß die Zähne zusammen und schloß die Augen.

»Na?!«

»Ich kann nicht ... Ich kann keine finden.«

»Los!« Seine Fingerknöchel wurden weiß vor Anstrengung, und als der dünne Lederriemen brach und zerriß, sah ich eine – dünn, zartblau, reglos, wie ein Fisch unter dem Eis.

Die Nadel drang leicht durch die Haut, und ich drückte den Inhalt der Spritze in Nimotsis Körper.

Er sank auf den Boden zurück – mit dem Rücken auf das zerbrochene Geschirr –, streckte die Arme aus und war still.

Einige Minuten lang saß ich apathisch neben ihm, und dann begann ich, die Scherben wegzuräumen.

»Wir finden einen Arzt für dich. Einen guten…«

Ich hob eine Scherbe vom Boden auf – das traurige Schlitzauge eines Vogels sah mich an.

»Du hast meine liebste Teekanne zerbrochen.«

Keine Antwort.

»Kurz und klein geschlagen …«

»Du wirst dich wundern, aber ich glaube, ich habe alles auf der Welt zerschlagen, und dein Froschleben auch. Ich komme dich abholen. Wir müssen hier verschwinden.«

»Wohin denn verschwinden?«

»Hast du denn nicht kapiert, was ich dir erzählt habe? Da, wo ich gearbeitet habe, hat man wirklich Menschen getötet.«

»Ich will deinen Blödsinn nicht hören!« Ich hielt mir die Ohren zu, aber das half nicht: Seine leise Stimme sickerte durch meine Hände.

»Ein ruhiges Plätzchen, in der Nähe von Athen, feine Gegend, Privatgrundstück – da kommt kein Schwein rein. Wachen an allen Ecken, beheizter Swimmingpool … Nur unsere Leute, Osteuropäer. Du weißt ja, wie das abläuft: ›Wir suchen Mädchen als Kellnerinnen in den besten Bars Europas.‹ Immer noch besser, als arbeitslos zu Hause sitzen und für ein paar Kopeken jedem, der es will, den Schwanz zu lutschen … Besser, natürlich, über Polen, die sind gut organisiert. Irgendeine Scheinagentur sammelt mittellose Weiber mit dicken Brüsten und Ärschen ein und treibt den ganzen Viehbestand mit gefälschten Papieren über die Grenze. Zwei Jugoslawinnen waren dabei, die waren Klasse, aber unsere Julenka war trotzdem besser. Wolodka Tumanow hat mich mit diesen Leuten zusammengebracht – er sagte, es gehe um ganz normale Pornos …«

Der ewige Student Wolodka Tumanow war ein Kommilitone von Nimotsi, ein amüsanter Gigolo für die betuchten

Filmwissenschaftlerinnen aus den guten Moskauer Familien. Er ließ sich ständig beurlauben, trieb sich in allen möglichen Klubs rum und bei den Moskauer Modezeitungen. Irgendwann hatte er sich selber mal so eine Zeitschrift zugelegt, die aber nach drei Monaten mit ihrer flauen, faden Erotik pleite machte.

»Ich bin ja selber schuld, ich hätte mich nicht darauf einlassen müssen, ich hätte dich nicht reinziehen dürfen. Aber ich wußte nicht ... Ich dachte, ist ja bloß, um ein bißchen rauszukommen aus der Scheiße, das ist schließlich auch Film, wenn auch dreckiger. Ich sehnte mich nach dem Film. O Gott, wie sehnte ich mich nach dem Film. Ich wußte nicht, daß so etwas draus wird. Und als ich begriff, war es zu spät.«

Ich sammelte schweigend die Scherben auf.

»Wir haben nur drei Filme gedreht, jeder eine Stunde lang. Den vierten haben wir nicht zu Ende gemacht. Aber es gab einen Berg von Leichen. Und von Heroin. Stand alles für das Filmteam zur Verfügung. Und für diese Bestien, die das Schauspielervieh schlachteten, Koks, Morphium, sonst hätte man da nicht überleben können. Entweder Klapsmühle oder Strick. Einer der Typen, ein regelrechter Fleischer, schlachtete so, daß das Blut in die Kamera spritzte. Er war aus Lwow, glaube ich. Er pfiff auf Heroin, soff nur lausigen Sprit, und dann pfiff er auch darauf: Blut ist die stärkste Droge, sagte er... Der hat erzählt, daß das ganze Zeug für alle möglichen hochgestellten Säcke und reiche Perverse in Europa quasi mit Diplomatenpost verschickt würde. Irgend so einer von unseren Superärschen, ein Russe übrigens, steckt hinter dieser Idee.«

»Phantasie zahlt sich heutzutage aus.« Ich hatte es satt, mir sein Gequatsche anzuhören. »Komm, ich bringe dich ins Bett.«

»Unser Kameramann hat sich schon während des ersten Films aufgehängt. Und ich – alle Achtung. Du kannst stolz auf mich sein. Dann haben sie irgendeinen Finnen angekarrt, ein beschissener Phlegmatiker; der hat weitergefilmt.

Er hat die ganzen Körper kontrolliert, damit es gut aussieht. Und uns hat man nicht reingelassen, wir konnten niemanden warnen.«

Stille Tränen entstellten plötzlich sein Gesicht, das auf einen Schlag um zehn Jahre gealtert aussah. »Und sogar wenn wir etwas hätten sagen können, man hätte sowieso niemanden rausgelassen.«

»Dich hat man doch rausgelassen«, ertappte ich ihn und schöpfte endlich Atem. Das ist alles nicht wahr, nicht wahr, nicht wahr!

»Sie haben die Produktion eingestellt, und Schluß. Um ihre bescheuerten Privatgrundstücke sind auf einmal irgendwelche Gestalten rumgeschlichen. Denen stand ›Interpol‹ schon in die Fressen geschrieben.«

»Direkt draufgeschrieben?«

»Nein … Das habe ich später rausgekriegt. Sie haben alle umgelegt. Mich hat einer der Wächter rausgebracht, noch bevor die Schlachterei losging, ein Grieche, prima Kerl. Ich habe ihn mit Morphium versorgt, für seine Mutter, die starb gerade an Krebs. Und dann stellte sich noch raus, daß sein älterer Bruder in Moskau studierte … Ich bin die ganze Zeit bei ihm gewesen, ich weiß nicht, wie lange. Sie haben alle verhört, alle Wächter, die Leute von Interpol, aber sie wußten nichts, in die Villa waren sie nicht reingekommen.

Dieser Grieche hat mich nach Rumänien geschickt, und von Konstanza weiter nach Odessa. Aber sie werden mich trotzdem finden, ich bin der einzige, der alles weiß … Sie finden mich und legen mich um …«

»Steh auf, du erfrierst hier, nackt auf dem Fußboden.«

»Gut, aber du gehst auch mit. Verlaß mich nicht, ja? Ich habe sonst niemanden.« Er zitterte wieder.

»Beruhige dich. Ich bin hier, ich geh nicht weg. Morgen kommt jemand, und wir entscheiden, was wir machen.«

»Was für ein Scheiß-Jemand? Nur du und ich, du und ich!«

»Gut, meinetwegen du und ich.«

»Hast du Geld?«

»Wenn du dir Drogen kaufen mußt: Ich weiß nicht, wo man die herkriegt, ich weiß es wirklich nicht.«

»Ich weiß es. Aber darum geht es nicht. Wir brauchen Dollars, alles, was du hast. Wir fahren morgen. Zuerst irgendwohin nach Osten, hinter den Ural, weit weg, und danach auf die Tschuktschenhalbinsel, von da aus kann man über Alaska in die Staaten abhauen. Oder in Kanada bleiben. Ich will an einem anständigen Ort verrekken.«

»Ich fahre nirgendwohin. Und dich lasse ich nicht fahren. Man muß dich behandeln, Nimotsi! Wenn Iwan dich sähe ...«

»Idiotin! Die kriegen dich sowieso, mit Sicherheit, wenn nicht die einen, dann die anderen.«

»Herrgott, was hab ich damit zu tun? Ich habe Drehbücher auf Bestellung geschrieben, das war's.«

»Aha, und dann wurden nach diesen Drehbüchern Menschen haufenweise ins Jenseits befördert. Kannst du beweisen, daß du nichts davon gewußt hast?«

»Wem beweisen? Der Interpol aus deiner kranken Phantasie? Und überhaupt bin ich schrecklich müde, ich wollte schlafen. Wenn du so um deine Haut zitterst, warum bist du dann nicht in dem kultivierten Europa geblieben und zur Polizei gegangen?«

»Und was hätte ich da gesagt? Man hat sie ermordet, und ich habe dabei zugeguckt?«

»Na, dann hättest du dich eben irgendwo in Holland oder so niedergelassen, als Zyperngrieche getarnt, und dich einbürgern lassen. Dort sind Drogen legalisiert, die kriegt man sogar kostenlos, damit solche kaputten Typen wie du nicht vor ihrer Zeit verrecken.«

»Europa ist klein und übersichtlich, wie eine frisch renovierte Küche ohne Möbel ... Da kann man sich nicht verstecken.« Er litt unter Verfolgungswahn. Alles klar: das ganze Sortiment von psychischen Krankheiten, mein armer Nimotsi.

»Warum dann Kanada? Fahr doch nach Kolumbien, möglichst nahe am Dschungel und am Medellinkartell, eine feine Sache!«

»Ich schaffe es nicht, ich kratze ab. Ich hab nicht mehr viel Zeit.«

Ich hatte es satt, mir seinen Blödsinn anzuhören.

»Warum klammerst du dich so an das Leben, wenn du nicht leben kannst?« Endlich ließ ich Nimotsi stehen und ging aus der Küche, seine blödsinnige Verzweiflung stand mir bis zum Hals.

»Ich will nicht sterben, weil sie dort sind«, sagte Nimotsi mit ruhiger, nüchterner Stimme hinter mir. »Dort, wohin alle nach dem Tod kommen. Dort werden die sein, die sie umgebracht haben. Und ich weiß nicht, was ich zu ihnen sagen soll.«

Er kam ins Zimmer, ruhig und nackt, und legte sich neben mich, schmiegte sich an mich wie ein Kind, so fest, so verzweifelt fest, daß ich beinah weinte.

»Es ist alles gut, es ist alles gut«, flüsterte ich auf ihn ein.

»Aber schlaf nicht ein, bevor ich einschlafe. Ich kann nicht mehr allein sein, ich war die ganze Zeit allein, jetzt will ich nicht mehr, ich will nicht.«

Schließlich schlief er ein, und ich betrachtete noch lange sein erschöpftes Gesicht im Licht des frühen Morgens.

Ich erwachte mit schwerem Kopf und erinnerte mich sofort an den Alptraum der vergangenen Nacht. Gott sei Dank, heute kommt Venka, es war schon neun Uhr. Das heißt, sie kommt bald.

Mein Freund Nimotsi saß friedlich in der Küche und schlabberte Kaffee aus einer Teedose. Den ganzen Tee hatte er auf den Boden geschüttet, »Imperators Auswahl«, richtig teures Zeug! Und auf dem Herd, in einem Topf, gluckerten die Ingredienzien für den nächsten Schuß.

»Hallo!« sagte Nimotsi munter. »Möchtest du Kaffee?«

Ich sagte nichts.

»Und dein Schuß?« Er machte sich offensichtlich über mich lustig, er konnte mir wohl seine verrückte nächtliche Schwäche nicht verzeihen.

»Was hast du hier für eine Verwüstung veranstaltet?«

»Du hast eine miserable Wohnung. So eine kann man ohne Bedauern verlassen.«

»Ich habe nicht vor, sie zu verlassen.«

»Wie ich sehe, hast du nichts von dem begriffen, was ich dir gestern erzählt habe.«

Der Alptraum ging weiter. Ich setzte mich Nimotsi gegenüber und trank den kalten, faden Kaffee aus der Blechdose. Mein armer Nimotsi, der mich von der Sehnsucht nach Iwan gerettet hatte, der in seinen Schuhen auf dem Sofa in der Wohnung an der Awtosawodskaja lag, der mich im Flughafen verwegen küßte ... Ich begann mich fürchterlich zu schämen für die dumpfe Gereiztheit gegen ihn, die nicht vorbeigehen wollte.

»Ich fahre nicht mit«, sagte ich sanft. »Ich habe hier alles: das Leben, einen Haufen Arbeit, Telefonrechnungen ... Ich habe Pflichten den Menschen gegenüber, die ich liebe und die mich lieben.«

»Ach, wer soll das denn sein?! Irgendein lausiger Provinzscheißer mit flinkem Penis, so ein Minigigolo, der die Kohle für seine Schlipse und Liebhaberinnen aus dir saugt?«

»Verpiß dich aus meiner Wohnung!«

»Hast du die etwa von der Knete für die Pornos gekauft?«

Ich konnte nicht mehr mit ihm in einem Raum bleiben. Noch fünf Minuten, und wir hätten ernsthaft Krach gekriegt. Ich ging ins Zimmer und begann ziellos die Sachen aufzuräumen, die Nimotsi überall verstreut hatte.

»Na, was ist?« rief er aus der Küche. »Setzen wir uns 'nen Schuß?«

»Geh zum Teufel!« schrie ich als Antwort.

Im Flur klingelte das Telefon.

»Nimm nicht ab!« brüllte Nimotsi wie am Spieß.

»Dreh nicht durch«, antwortete ich kalt; das ist Venka, Gott sei Dank.

Am anderen Ende der Leitung kein Laut.

»Ruf noch mal an!« Ich pustete in die Sprechmuschel, hörte Schweigen. »Ruf noch mal an, man kann dich nicht hören.«

Nimotsi stand auf der Schwelle zur Küche, kreidebleich.

»Wer war das? Wer hat angerufen?«

»Der Mops im Paletot! Die Verbindung wurde unterbrochen, das war's.«

Ich wählte schnell Venkas Nummer – besetzt.

Nimotsi raste in der Wohnung umher.

»Das sind sie ... Sie haben mich gefunden ... Wir müssen hier abzischen. Wer hat dir bloß den Floh ins Hirn gesetzt, meine Klamotten zu waschen; da hat dich keiner drum gebeten. Wie soll ich jetzt die Biege machen? Und der Rucksack ist auch zerrissen, zum Teufel!«

Er raste noch in der Wohnung herum, als das Telefon wieder klingelte.

Diesmal war es tatsächlich Venka.

»Hey, lebst du noch, meine Alte?«

»Hallo! Hat wohl eben gerade nicht geklappt.«

»Alles hat geklappt.« In Venkas Stimme lag ein versteckter Triumph: So war es immer, wenn sie die Aufträge zu meinen Füßen stapelte. Wie ein Dackel, der mit dem Schwanz wedelt, wenn er vom Herrchen ein Lob für den gestellten Fuchs erwartet. »Dieses respektable Schlappohr war begeistert von unseren Ideen. Was ein Thriller ist, wußte er nicht, aber als ich's ihm erklärt hatte, hat er sich gefreut. Er will irgendwas mit Banken, was richtig reinknallt. Ich habe die ganzen Papiere unterschrieben, Vorschuß kriegen wir Ende der Woche. Freust du dich?«

»Ja«, log ich. Mich beschäftigte jetzt mehr die Frage, was ich mit dem durchgedrehten Nimotsi machen sollte. Ich sah mich außerstande, das alleine zu lösen, ich willenloses, rückgratloses Geschöpf. »Kommst du?«

»Was denn sonst? Das müssen wir feiern. Uniform Nummer fünf. In zwei Stunden bin ich da.«

Nimotsi lehnte am Türrahmen, die Hände vor der nackten Brust verschränkt. Er hatte unserem Gespräch aufmerksam gelauscht. Er trug jetzt Venkas Jeans, die ihm gerade bis zur Mitte der Wade reichten.

»Wie kann man sich bloß so täuschen! Also, mit Männern läuft bei unserem frigiden Weibchen gar nichts, aber den Mädchen läuft sie nach!«

»Es ist nicht so, wie du denkst.« Ich wollte mit ihm keine Diskussion anfangen.

Ich ging ins Zimmer, wegen der Uniform Nummer fünf. Das war das erste ernsthafte Zugeständnis an Venkas heimliche Verrücktheit. Jeden glücklich unterschriebenen Vertrag feierten wir mit einem kleinen Büfett, angetan mit der Uniform Nummer fünf, dem »Arbeitspferd«: Latzhose auf dem nackten Körper, kurze Jeansweste und ein silbernes Armband aus Schildkröten unterschiedlicher Größe. Venka selber hatte die beiden gleichen Latzhosen und gleichen Westen in irgendeinem Schicki-Micki-Laden für alternde Hippies gekauft.

Nimotsi ging mir weiter auf den Wecker.

»Sieh mal einer an, jetzt hast du dich also an eine Tussi gehängt, was, Maus?«

Ich zog mich schweigend an.

»Weißt du, ich habe oft über dich nachgedacht, früher, als ich noch ein Mensch war.« Nimotsis Gesicht wurde plötzlich alt und weich, und ich wollte ihn am liebsten an mich drücken. »Als ich ein Mensch war und nicht dieses verfluchte Stück Fleisch, das sich selbst haßt und vor allen anderen Angst hat. Ich habe sogar versucht, mich an dein Gesicht zu erinnern. Ich habe das Foto verloren, genaugenommen, es ist verschwunden. Ich habe versucht, mich daran zu erinnern, aber es klappte nicht. Ich konnte nicht einmal sagen, ob du schön bist oder nicht.«

»Ich bin häßlich.« Ich biß die Zähne zusammen und schob die Träger der Latzhose über die Schulter. »Ich bin eine häßliche, alternde, fade Schrippe, die nur auf Kosten anderer lebt. Und allmählich so wird wie sie. Aber ich werde nicht wie du, mach dir keine Hoffnung!«

»Ist auch nicht nötig.« Er setzte sich auf den Boden, nahm seinen Kopf wieder in die Hände und fing an zu stöhnen. »Ich würde niemandem erlauben, in dieser Hölle zu leben. Schon gar nicht dir. Später habe ich irgendwann von siamesischen Zwillingen geträumt, einer davon warst du. Den anderen, den zweiten, habe ich nicht erkennen können, als ob ihr mit zusammengewachsenen Hinterköpfen geboren wurdet. Eure Eltern waren entsetzt und hauten mit einem Messer direkt zwischen eure Schädel. Und jetzt suchst du ...«

Das war mir zuviel.

Ich rannte aus dem Zimmer, griff meine Tasche, und drei Minuten später war ich draußen auf der Straße.

Mir war schlecht – so schlecht war mir seit Iwans Tod nicht mehr gewesen. Ich liebte Nimotsi für das, was er an mir nicht kannte, und haßte ihn für das, was er kannte. Weiter mit ihm zusammenzubleiben war unmöglich. Venka kam in zwei Stunden, nein, in vierzig Minuten. Na, warum weinst du, Maus?

Ich versuchte mich zusammenzureißen; sie kommt, das tapfere, zynische Mädchen, das mit zwei Männern gleichzeitig schlief. Die wird Nimotsi eins zwischen die Hörner geben und seinen Wahnsinnsphantasien eins in die Magengrube.

Und wenn sich herausstellt, daß irgendwas von dem, was Nimotsi faselt, wahr ist?

Ich schüttelte den Kopf – zum Teufel, schließlich habe ich ja Venka, und Venka hat Farik, und Farik hat Beziehungen zur Polizei und zum FSB ... Aber zuerst muß er in Behandlung. Wird sicher ein amüsantes Schauspiel – der zahme Nimotsi in Venkas Gesellschaft, Uniform Nummer fünf, dann wird sich zeigen, ob sie mir so ähnlich ist, wie sie allen weismachen will...

So etwa dachte ich, während ich im Kino nebenan saß, in einer Sondervorstellung für Senioren, und mit einem halben Auge den lausigen amerikanischen Actionfilm verfolgte.

Auf dem Rückweg kaufte ich eine Flasche Tequila und Zitronen – und entdeckte dabei in meiner Tasche ein Notizbuch von Nimotsi und eine Videokassette – hat er ein gutes Versteck gefunden, der kleine Verschwörer!

Der Fahrstuhl funktionierte nicht, und fluchend stieg ich zu Fuß in den achten Stock.

Die Wohnungstür stand offen, und hinter ihr röchelte Tom Waits zum Gotterbarmen, natürlich volle Pulle aufgedreht, die Vollidioten! In der Küche stand eine angebrochene Flasche ungarischer Wermut, meine Lieblingssorte – ich hatte noch nie einen feinen Geschmack: Also ist Venka schon da.

Ich trank direkt aus der Flasche und ging, so wie ich war, mit der Flasche in der Hand, zu der fest verschlossenen Zimmertür. Ich wollte sie gerade mit einem Tritt aufstoßen – Hier bin ich, ihr Spätzchen, wie ich sehe, habt ihr euch schon bekannt gemacht -, als hinter ihr das unverkennbare Geräusch zerbrechenden Fensterglases erklang. Das war so heftig und unwirklich, daß man es fast für den Schluß des Liedes halten konnte: Tom Waits liebt solche Effekte – eine Frauenstimme, quietschende Bremsen hinter dem Fenster eines billigen Cafés, als letztes das Gluckern von Whiskey, der über einen dreckigen Plastiktisch vergossen wird; aber in diesem Lied gab es nichts dergleichen.

Meine Knie wurden plötzlich weich: Sie streiten sich und hauen die Fensterscheiben raus … Nimotsi ist vollpumpt mit Stoff und kann sich nicht auf dem Fensterbrett halten, wie Iwan vor sieben Jahren … Venka wirft einen Stuhl nach ihm oder eine Lautsprecherbox, einen Schuh, die Schreibmaschinenhaube … Irgendwas Schräges passiert da…

Bevor ich irgendwas begriff, ertönte ein Schrei, erstickt und voller Verzweiflung.

»Los, weg hier!« sagte jemand hinter der Tür: eine fremde, grobe Stimme, die ich niemals zuvor in meinem Leben gehört hatte. »Hauen wir ab.«

Die Stimme schmiß das Bild glatt über den Haufen.

Ich war nur einen Sekundenbruchteil schneller als die Schatten, die hinter der Mattglasscheibe der Tür vorbeihuschten, und fand mich in der Nische, wo die Wintersachen hingen – eingestaubt und vergessen bis zum Winter. Mit der Wermutflasche saß ich da in meinem Versteck, eine unglückliche, vor Angst zitternde Maus, begraben unter dem schweren Tweed meines Wintermantels, und durch einen Spalt blickte ich entsetzt auf das, was nun im Flur geschah.

Sie waren zu zweit. Das Gesicht des ersten sah ich nicht, nur ein gewöhnliches T-Shirt, gewöhnliche Jeans, Turnschuhe, der rechte mit offenen Schnürsenkeln. Aber der zweite prägte sich meinem Gedächtnis ein – nur deshalb, weil er neben der Küche stehenblieb, als der erste die Wohnung schon fast verlassen hatte.

»Hör mal«, sagte er mit ruhiger Stimme. »Die Flasche!«

»Was für eine beschissene Flasche, zum Teufel? Hast du in deinem Leben nicht genug gesoffen?!«

»Auf dem Küchentisch stand eine Flasche Wermut. Und jetzt ist sie weg.«

Ich preßte mir die Hand vor den Mund, um nicht zu schreien.

»Das ist genau der richtige Zeitpunkt! Haun wir ab!«

Er ging immer noch nicht, ich sah sein schweres, stures Profil mit dem kantigen Kinn eines erfolglosen Boxers; ein Ring am kleinen Finger, der plötzlich den ganzen Gang ausfüllte: eine silberne Schlange, billiger Plunder, Traum jedes Vorstadtganoven. Ein Fleck auf dem dunklen Seidenhemd – Schweiß, Blut?

Endlich, nach einem Augenblick, der mir wie eine Ewigkeit erschien, verschwanden sie. Die Tür schlug zu.

Sie machten sich über den offenen Dachboden davon. Ich hörte noch ihre leichten Schritte, das vorsichtige Schließen der Luke. Ich nahm einen Schluck Wermut aus der Flasche, noch einen, einen dritten; die herbe Flüssigkeit lief über mein Kinn, ich trank und konnte nicht aufhören, bis ich schließlich die Hitze in der Brust und ein leichtes Summen im Kopf spürte.

Mit wackligen Knien erhob ich mich, befreite mich mühsam aus dem Mantel und stieß die Zimmertür auf.

Nimotsi lag in einer Blutlache in der Mitte des Zimmers, in Venkas Jeans, ein Bein absurd verrenkt. Überall war Blut – an den Wänden, auf dem Boden, auf den Manuskripten, die überall verstreut lagen. Ein billiger melodramatischer Effekt, dachte ich plötzlich, seltsam abwesend. Nimotsis Brust war von Kugeln aufgerissen, in einen Brei verwandelt – es sah aus wie die Tat eines Wahnsinnigen. Aber gleichzeitig waren das gut gezielte Schüsse, jeder von ihnen hätte tödlich sein können. Der leichte Wind, der durch das zerbrochene Fenster hereinwehte, zerzauste Nimotsis Haare. Plötzlich bemerkte ich die kleinen Risse und winzigen Narben in seinen Mundwinkeln, gewöhnliche Herpes, nichts Tödliches, aber schrecklich unangenehm; so was hatte ich letztes Jahr gehabt, ich hatte sicher noch ein wenig Salbe übrig ... Ich schlug mir mit der Faust an den Kopf – Salbe?! Da liegt er vor dir, seine Brust ein einziger Brei, und es ist noch nicht klar, was dich hinter dem zerbrochenen Fenster erwartet!

Aber ich wußte schon, was mich da erwartete, hinter dem zerbrochenen Fenster.

Abgeknickte Äste an den Bäumen in Höhe der fünften Etage, gebrochene Zweige an den Sträuchern vor dem Erdgeschoß. Und ganz unten, auf der Erde, lag Venka, in Latzhose und Uniform Nummer fünf. Die Arme ausgebreitet, die Haare ausgebreitet – ich wäre genauso gefallen, bloß hätte ich von oben niemals so wunderschön ausgesehen ...

Wie erstarrt schaute ich auf die tote Venka unter meinem Fenster hinab. Ich wartete, daß jemand den herausgestürzten Körper entdeckte, aber dann sah ich die beiden, die ruhig aus dem Eingang des Nachbarhauses traten und zu dem kirschfarbenen »Neuner« Lada gingen. Der mit dem Ring ließ sich ohne Hast hinterm Steuer nieder. Und erst, als sie schon weggefahren waren, setzten die Hofkinder, die die ganzen Ferien über geistlos in dem staubigen Hof zwischen den Plattenbauten herumhüpften, kreischend die ganze Umgebung in Kenntnis.

Ich wich vom Fenster zurück und schloß, ich weiß nicht wozu, die leeren Fensterrahmen. Die ganze Zeit stand ich neben mir: ein herzloses Biest mit kalter Nase und kalten Händen.

Sie – das bist du. Sie – das bist du.

Die Sonne brannte direkt in die Fenster, und wahrscheinlich war mein Fenster das einzige, in dem sich das Sonnenlicht nicht spiegelte. Halt, halt, warum das einzige? Jetzt ist es Sommer, alle Fenster sind weit geöffnet, da versuch mal herauszufinden, aus welchem die Frau gefallen ist. Aber trotzdem hatte ich nicht viel Zeit, weil sich ganz bestimmt jemand finden würde, der den nutzlosen Rettungswagen anruft. Und die Polizei.

Und Gott sei Dank.

Ich trank wieder aus der Flasche. Von wegen Gott sei Dank. Was sollte ich ihnen erklären? Nimotsis Geschichte von dem blutigen Pornosyndikat nachplappern? (Als ich daran dachte, wurde mir plötzlich eiskalt. Und damit ich nicht vollkommen erfror, versenkte ich diesen Gedanken auf den Boden meiner Seele, von wo ihm schon der Schrekken und die Übelkeit entgegenstiegen – nein, nur nicht jetzt, nicht jetzt ...)

Ich kann nicht die Spur einer vernünftigen Erklärung geben, und außerdem werde ich in eine dunkle Pornogeschichte reingezogen. Und dann die Drogen ... Der Besitz von Drogen ist strafbar, soviel hatte mir Farik erklärt.

Farik.

Ich dachte an die Jungs, und sofort war mir klar, daß ich aus dieser Sache nicht so leicht rauskommen würde – erst die eine verlieren, und dann die zweite auch; und am Tod dieser zweiten war ich schuld, ich, das alternde, farblose Miststück.

Ruhig, ruhig ... Die Papiere, das Scheckheft (der Teufel hat mir eingeflüstert, das ganze Geld auf die Bank zu bringen). Armer Nimotsi, ich hatte einfach nichts für ihn tun können. Ich schmiß die ganzen Sachen hektisch in meinen Rucksack, was für eine Idiotie, wozu brauchst du Venkas Eau de Toilette, und das andere Zeug ist auch für den Arsch ... Schon gut, kann ich später sortieren.

Bleib hier, sagte mir meine normale nüchterne Hälfte. Bleib hier, dreh nicht durch, du bist nicht schuld, du bist einfach gekommen und hast diesen Alptraum gesehen, dieses Gemetzel … Sie wollten dich umbringen und haben eine andere erledigt. Aber warum wollten sie *dich* umbringen?

Die Zahnbürste, du hast die Zahnbürste vergessen, sagte zynisch die andere Hälfte, von deren Vorhandensein ich bisher nicht einmal etwas geahnt hatte.

Beide Hälften gefielen mir nicht – so wenig, daß mir plötzlich die Beine versagten: Ich rutschte an der Wand runter und sah auf Nimotsi, den Freund, von dem ich so viel erhofft hatte. Und dort, hinter dem Fenster, in der Sommersonne, lag Venka, von der ich so viel erhofft hatte.

Um nicht loszuheulen, preßte ich die Faust auf den Mund und kam erst zu mir, als ich warmen Blutgeschmack spürte. Wie bei Marik mit seinem schwachen Zahnfleisch, als wir uns küßten. Gegen schwaches Zahnfleisch muß man Eichenrindentee trinken.

Du wirst verrückt.

Das hysterische Heulen des Rettungswagens zerriß die Luft im Hof. Unten im Treppenschacht waren Stimmen zu hören, der Lift funktionierte wieder – das riß mich aus der Erstarrung.

Ich nahm den hastig vollgestopften Rucksack – nachdenken konnte ich später, später, im letzten Moment legte ich auch Nimotsis Notizbuch und die Kassette dazu – einfach so, wie man getrocknete Blüten zwischen die Seiten legt, zur Erinnerung. Und schlüpfte aus der Wohnung.

Über den Dachboden – natürlich, über den Dachboden. Wenn sie hier raus sind, komme ich auch ungehindert raus.

Die Luke zum Dachboden rührte sich nicht, und das Geräusch des herauffahrenden Lifts kam immer näher, wie eine unabwendbare Strafe für Kleinmut, Feigheit und Verrat.

Endlich gab die Luke nach, ich sprang aufs Dach hinaus und klappte sie hinter mir zu.

Der Treppenaufgang des Nachbarhauses war gleich daneben, ich stieg in den achten Stock hinunter, dann in den siebten – und hier schöpfte ich Atem.

Idiot, Idiot, Idiot! Aber es gab keinen Weg zurück …

Im Hof hatte sich schon eine große Menschenmenge um die tote Venka gebildet. Auch der Rettungswagen stand dort.

»Was ist denn da los?«

»Da hat sich ein Mädchen aus dem Fenster gestürzt!«

»Aus welchem Fenster denn?«

»Aus dem achten Stock oder so.«

»O Gott, tot?«

«Klar.«

»Die ist aus unserem Aufgang … So eine höfliche, hat immer gegrüßt … Sie wohnt im achten Stock … Vor kurzem eingezogen, letztes Jahr …«

»Und was war mit ihr los?«

»Die sollen eine Pistole gefunden haben, lag neben ihr …«

»Hat die sich erschossen, oder was?«

»Nein, aus dem Fenster gesprungen.«

»Wenn sie aus dem Fenster gesprungen ist, wozu dann die Pistole?«

»Komisch, die Jugend heutzutage! Die einen überfallen Leute, die andern schnüffeln Klebstoff … Oder Schlimmeres … Hier ist doch im September erst so ein Typ aus dem Fenster gesprungen, der wollte seiner Frau eins auswischen, aus Eifersucht.«

Ich starrte unentwegt Venka an. Dort, die Arme ausgebreitet, lag ich, die Haare kupferfarben, in Latzhose und Weste. Hingehen, sie in die Arme nehmen, sie schützen vor all diesen Augen, die sich weiden am Schauspiel des Todes. Sie hätte mich nie so liegenlassen, in der Rolle der Leiche einer Unbekannten.

Ich muß hier weg, sagte ich mir – und blieb. Ich konnte mich einfach nicht von dem Körper losreißen, der dort auf der Erde lag.

Erst als die Polizei eintraf, gefolgt vom Wagen der Spurensicherung mit dem trostlosen Schriftzug »Kriminallabor« an der Seite, zog ich mich leise aus der Menschenmenge zurück.

Eine halbe Stunde später lagen zwölftausend Dollar in meinem Rucksack. Ich hatte alles abgehoben, alles, was wir hatten – Venka und ich, unser gemeinsames Geld, das wir mit den Drehbüchern und der Werbung verdient hatten: Sie selbst hatte darauf bestanden, ein gemeinsames Konto einzurichten, und mich mit dem Argument rumgekriegt, daß man der Bürgerin einer ehemaligen mittelasiatischen Republik kein eigenes Konto einrichten würde.

Mit einem scheinheiligen Lächeln für den hochaufgeschossenen Angestellten hob ich das ganze Geld ab. Für ihn war ich immer die erfolgreiche Drehbuchautorin gewesen (»Also, ich habe mich entschlossen, ein Auto zu kaufen, eine günstige Gelegenheit, was meinen Sie, zwölftausend für einen 90er Saab, ausgezeichneter Zustand. Ist das zu teuer?«)

Du Vollidiotin. Die Augen des Angestellten verrieten ihn, aber er sagte trotzdem höflich: »Ich hoffe, Sie werden die Dienste unserer Bank weiterhin in Anspruch nehmen.«

»Unbedingt«, erwiderte ich matt.

Ich mußte jetzt meine Lage überdenken.

Ich ging in die Metro, die unermüdlich ihre Wagen über die Ringstrecke jagte, stellte mich in eine Ecke und schloß die Augen.

»Die Sache steht beschissen. Du mußt dich aus dem Staub machen«, sagte der tote Iwan.

»Genau. Über die Tschuktschenhalbinsel und mit dem Hundegespann nach Alaska. Hauptsache, du frierst dir nicht den Hintern ab«, sagte der tote Nimotsi.

»Und die Eierstöcke«, fügte die tote Venka hinzu.

Ich ließ meinen Kopf auf die Knie fallen.

Alle, die ich liebte, waren tot. Alle ohne Ausnahme.

»Ist Ihnen schlecht?« fragte mich ein Opa mit dem kekken Spitzbärtchen des Akademiemitglieds Pawlow.

Da erst merkte ich, daß ich weinte.

»Alles in Ordnung«, antwortete ich, ohne den Kopf zu heben.

Beruhige dich, reiß dich zusammen, du mußt dich konzentrieren. Aber es gelang mir nicht, mich zu konzentrieren. Ich saß stumpf in meiner schon fast vertrauten Wagenecke und ließ die Erinnerungen durch meinen Kopf gleiten, wie man einen Rosenkranz durch die Finger gleiten läßt; ich dachte daran, welches der Drehbücher Venka dem Petersburger Schlappohr angeboten hatte, und daran, daß in der kommenden Woche die Verhandlungen für den nächsten Werbespot anstanden. Nichts davon würde stattfinden.

Ich wurde es müde, über all das nachzudenken, nahm meinen Rucksack mit dem Geld fest in den Arm und schlief ein.

Ich erwachte davon, daß jemand mich an der Schulter rüttelte.

»Steh auf, Mädchen, du verschläfst noch den Weltuntergang!«

Erschrocken schlug ich die Augen auf. Gott sei Dank: Der Rucksack war noch da.

»Die Metro macht bald zu, und du schläfst immer noch. Du gehörst ins Bett«, zwinkerte mir eine schlecht geschminkte, aber forsche Mama in Uniform zu.

Ich fuhr auf der menschenleeren Rolltreppe nach oben und kam direkt auf dem Leningrader Bahnhof heraus.

Es roch nach Schaschlik und nach Asphalt, der von der Hitze des Tages aufgeweicht war, und nach Hunderten von Menschen, die ankamen und abreisten.

Ich ließ mich zwischen den Verkaufsbuden treiben, kaufte mir ein Würstchen in Teig, einen billigen Walkman, Batterien und eine Kassette dazu: gröbsten Techno, diese Musik habe ich nie kapiert. Das idiotische Gedröhn sprengte meinen Kopf und blies alle Gedanken raus. Das half mir, mich auf die eine Frage zu konzentrieren: Was soll ich diese Nacht tun?

Und da fiel mir Gulja ein.

Gulja war mit mir an der Filmhochschule gewesen, im

selben Studienjahr. Die einzige normale Frau in der ganzen verrückten Hochschulszene. Sofort nach der Uni hatte sie sich einen gutbetuchten Obsthändler gekrallt und sich mit ihm im Wohngebiet Chimki niedergelassen.

Danach kam ein gutbetuchter Bankdirektor, ein gutbetuchter Immobilienmakler – eine ganze Kette, an deren Ende ein gutbetuchter Autor von russischen Fantasy-Romanen stand, den sich Gulja im vergangenen Herbst geschnappt hatte, als wir uns das letzte Mal gesehen hatten.

Jedem ihrer Ehemänner gebar Gulja unvermeidlich ein Kind, und es war jedesmal unvermeidlich ein Junge. Mich hatte ihre Macht über die Männer immer verblüfft – ich verstand lange nicht, was das für eine Macht war, erst in diesem letzten Herbst hatte ich es begriffen.

Gulja war im letzten Monat der Schwangerschaft so teuflisch schön, daß man die Augen nicht von ihr lassen konnte – ein inneres Licht, das von ihr ausging, blendete und bezauberte. Alle neuen Männer traf sie in dieser letzten Phase der Schwangerschaft. Sie liefen ihr nach wie die Ratten dem Rattenfänger. Sie waren bereit, alle ihre vorhandenen Kinder zu adoptieren und neue zu zeugen – ihre eigenen, genauso schön wie die Mutter.

Wenn die Jungen zur Welt gekommen waren, verlor Gulja sofort das Interesse an ihnen, und mit ihr ging eine wundersame Metamorphose vor sich: Sie wurde eine gewöhnliche, in keiner Hinsicht bemerkenswerte Hausfrau. Und dann verschwanden die unabsichtlich betrogenen Männer aus dem Haus, erst für kurze Zeit, dann für immer. Ein paar Monate lang lebte Gulja allein, inmitten von Kindern und Kindermädchen, die ihre ehemaligen Gefährten fürsorglich für die jeweils eigenen Kinder eingestellt hatten – eine Bienenkönigin, die schon das neue Leben unterm Herzen trug und in ihrem Bienenstock herrschte.

Ihr ganzes Interesse galt nur dem ungeborenen Kind, nur mit ihm führte sie wirkliche Gespräche – und in diesen Gesprächen war sie brillant, scharfsinnig und fröhlich. Dieser Frucht, die es sich in ihrem Leib bequem gemacht hatte, brachte sie alle Weisheiten des Lebens bei; sie war aphoristisch wie Bernard Shaw und ein wenig sarkastisch wie Betty Davis auf dem Höhepunkt ihrer Karriere.

Ja, natürlich, Gulja.

Gulja wunderte sich gar nicht über meinen späten Besuch, sie nahm mir schweigend die Tüten mit Obst und Süßigkeiten ab.

»Und, wo sind die Jungs?«

»Auf der Datscha. Die habe ich den Sommer über Sauerstoff tanken geschickt.«

»Und du?«

»Ich warte. Der Kleine ist schon im vierten Monat.«

Vierter Monat, die Zeit des Blühens war noch nicht gekommen. Gulja war noch ungefährlich für Männer.

»Und du ackerst nach wie vor, schreibst noch?«

»Ich schreibe, was sonst?« sagte ich mit ruhiger Stimme, und eine Sekunde lang schien mir, als wäre nichts geschehen.

Wir saßen bis zwei Uhr nachts, alle drei: Gulja, ich und das Baby in ihrem Bauch; er nahm auch an unserem Gespräch teil, auf jeden Fall sprach sie wesentlich öfter zu ihm als zu mir.

Die Zeit zog sich endlos in die Länge; den größten Teil davon spottete Gulja über den Vater des Babys, den gutbetuchten Schriftsteller. Aus ihren Worten schloß ich, daß er für immer das Weite gesucht hatte.

Sie machte mir ein Bett im Zimmer der älteren Kinder, das vollgestopft war mit Stofftieren und zerrissenen Büchern.

Endlich war ich allein.

Jetzt konnte ich den Inhalt des Rucksacks sortieren und meine eigenen Gedanken auch – ausweichen konnte ich ihnen nicht mehr. Heute begann ein anderes Leben, das mit gestern nichts mehr gemein hatte. Gestern noch fuhr Venka im »Roten Pfeil« und lebte, und Nimotsi suchte nach einer Vene unter seiner Haut, aber auch er war am Leben.

Wenn ich ein bißchen suchte, würde ich sicher bei Guljas

Kindern ein Zeichenheft finden und ein paar Skizzen machen können.

Als ich den Entschluß gefaßt hatte, mich dem Papier anzuvertrauen, kam alles ins Lot, und ich beruhigte mich sofort – das Papier hatte mich nie im Stich gelassen.

Ich fand ein Heft mit einem ulkigen Elefanten auf dem Umschlag, nahm einen Kugelschreiber und malte sorgfältig auf eine leere Seite mit der Schönschrift einer altjüngferlichen Bibliothekarin: NIMOTSI. Dann überlegte ich eine Sekunde und malte einen Pfeil: MAUS. Weiter kam ich nicht – in meinem armen Hirn erschien das Bild von heute morgen: Nimotsi in seinem Blut und Venka mit ausgebreiteten Armen.

Um mich von dem Bild zu befreien, versuchte ich, leise die ersten Takte der Internationale vor mich hin zu summen – und als ich an der Stelle ankam, wo es heißt »erkämpft das Menschenrecht«, schrieb ich direkt unter meinen Namen: VENKA. Dann malte ich einen Kreis um unsere drei Namen.

Diese zwei, wer immer sie waren, dachten, sie hätten mich erwischt. Möglicherweise hatten sie es nur auf Nimotsi abgesehen, und Venka war einfach nur Augenzeugin gewesen. Aber dann war seine wirre Geschichte wahr – warum sollten sie sonst einen elenden Junkie umbringen?

Ich preßte meine Hände an die Schläfen.

Verdammt, das würde bedeuten, daß hinter dieser Sache sehr ernst zu nehmende Leute steckten. Aber dann war es eigentlich kaum vorstellbar, daß sie ihn weggelassen hätten, zuerst von diesem höllischen Drehort, dann aus dem Land. Schwer zu glauben, daß so ein Trottel, der sich fast zu Tode gespritzt hatte, sie an der Nase herumgeführt haben sollte. »Er hat mich nach Rumänien geschickt, und weiter von Konstanza nach Odessa«, erinnerte ich mich an Nimotsis Worte. Am wahrscheinlichsten war, daß sie ihn dort aus den Augen verloren und hier schließlich wiedergefunden hatten. Aber wie?

Ich wußte zu wenig, ich wußte einfach verdammt noch

mal viel zu wenig. Und da fiel mir Nimotsis Notizbuch ein.

Doch als ich es aufschlug, zitternd vor Ungeduld, begriff ich, daß es illusorisch war, es schnell durchlesen zu wollen. Eine gute Handschrift hatte Nimotsis nie besessen, und Heroin und psychischer Streß hatten das Ihre getan. Buchstaben und Zeilen schoben sich übereinander, legten sich auf die Seite und ließen monsterhafte Gebilde entstehen. Allein um eine dieser Seiten zu entziffern, brauchte man Tage. Und soviel Zeit hatte ich nicht.

Also, Nimotsi war in eine Geschichte verwickelt, in der Menschen umgebracht wurden, und zwar in großem Stil, und es ging um viel Geld. Er war ein unerwünschter und wahrscheinlich auch der einzige Zeuge, und deshalb hatten sie ihn aus dem Weg geräumt.

Stop. Das heißt, sie haben Wind davon gekriegt, daß er in Moskau ist.

Wieder preßte ich die Hände an die Schläfen. Ich war heute morgen später als er aufgewacht, und dann war ich für zwei Stunden weggewesen. Also mußte in diesen zwei Stunden irgendwas passiert sein. Oder früher?

Ich öffnete noch einmal Nimotsis Notizbuch – ganz am Ende befand sich ein Telefonverzeichnis. Fast alle Namen, die dort eingetragen waren, sagten mir nichts. Sehr wenige Moskauer Nummern, die meisten aus Alma-Ata und Semipalatinsk, einige aus Duschanbe. Nimotsi stammte von dort. Dann noch ein paar Notizen in einer fremden Handschrift, von denen ich nur »Griechenland« und »Athen« entziffern konnte – anscheinend existierte der sentimentale Grieche, der ihn angeblich gerettet hatte, tatsächlich. Außerdem ein paar internationale Adressen – rumänische, polnische, jugoslawische; alles Frauennamen. Ich lächelte – hatte er sich auf seine alten Tage doch noch an die Frauen rangemacht ...

Meine eigene neue Telefonnummer und die neue Adresse, mit einem stumpfen Bleistift hastig hingekritzelt, offenbar gestern, bei der Professorenwitwe. Ich blätterte noch ein paar Seiten um, und plötzlich stieß ich auf eine weitere Notiz des stumpfen Bleistifts: Kino »Forum«, fünf Uhr, roter Ford. Das stand direkt über der Telefonnummer von Wolodka Tumanow.

Es war sehr wahrscheinlich, daß auch diese Notiz gestern oder heute geschrieben wurde, es gab sonst nirgendwo in dem Buch eine weitere Spur dieses Bleistifts. Also hatte er ein Treffen verabredet, aber hatte es stattgefunden, oder sollte es noch stattfinden? Er hätte sich kaum ohne Grund gleich bei seiner Ankunft in Moskau bei Tumanow gemeldet – sie waren nie Freunde gewesen, und wenn man sich noch daran erinnert, was er gestern über Wolodka gesagt hatte … Jetzt wurden mir Nimotsis unverständliche Drohungen klar – mit Grabesstimme hatte er verkündet, er wolle sich Tumanow vorknöpfen und eine Entschädigung verlangen. Das übliche Geschwätz, dem ich keine Bedeutung beigemessen hatte. Also hatte er tatsächlich vorgehabt, den gutmütigen Wolodka zu erpressen, also hatte er sich auf mich nicht verlassen.

Einen Moment war ich beleidigt. Du Esel, wie konntest du nur denken, daß ich dich im Stich lassen würde.

Wieder stiegen mir Tränen in die Augen, aber jetzt war ich auch böse – er hätte Wolodka nicht sagen sollen, daß er bei mir untergekommen war …

Nein, völliger Quatsch, du bist komplett durcheinander – der schwabbelige Wolodka hatte alles mögliche drauf, aber er war bestimmt kein Mafiaboß. Möglicherweise hatte diese Notiz überhaupt nichts mit Wolodka zu tun, sondern stand nur zufällig auf der Seite. Andererseits, wenn er mit dieser Geschichte zu tun hatte, warum hatte man dann Nimotsi nicht gleich in dem roten Ford erschossen? Warum erst Leute an den Rand der Stadt, nach Bibirjowo, schikken?

Klar war nur eins – man hatte ihn ermordet, weil er ein Zeuge war. Und Venka als Zeugin des Zeugen. Blieb jetzt nur noch die Frage: Hatte man eigentlich mich ermorden wollen?

Dieser Gedanke ging mir nicht mehr aus dem Kopf, und mir wurde eiskalt.

Solange Nimotsi nicht nach Moskau kam, stellte ich keine Gefahr dar. Aber er kam, und es war ziemlich logisch, anzunehmen, daß er mir alles erzählt oder gezeigt hatte (ich dachte an die Videokassette, die in meinem Rucksack lag). Schließlich hatte ich ja die Drehbücher geschrieben …

Ja, und? Aber weiter doch nichts. Irgend etwas mußte auf dieser Kassette sein, wovor *sie* Angst hatten.

Ich hatte fürchterliche Kopfschmerzen. Solche Spiele waren nichts für mich. Ich hätte es vorgezogen, als zufälliger Zeuge zu sterben, und fertig. Aber seltsam, daß sie dich nicht erschossen, sondern aus dem Fenster geworfen haben …

Tatsächlich, seltsam. Etwas hatte mich gequält, und jetzt wußte ich endlich, was. Sie hatten Nimotsi mit Kugeln vollgepumpt, obwohl ein einziger professioneller Schuß gereicht hätte. Daß hier Profis am Werk gewesen waren, daran zweifelte ich nicht. Sie hatten ihn erschossen, aber auf den Kontrollschuß in den Kopf hatten sie verzichtet, und Venka hatten sie aus dem Fenster geworfen, obwohl sie sie genausogut hätten abknallen können; das wäre jedenfalls erheblich weniger spektakulär gewesen. Jemanden an einer Stelle aus dem Fenster werfen, wo er sofort entdeckt wurde, war reichlich riskant.

Und was sollte die Pistole, woher kam die? Ich erinnerte mich, daß jemand in der Menschenmenge gesagt hatte: »Die Pistole lag neben ihr.«

Nachdenklich zeichnete ich das Profil eines Mannes, setzte ihm eine Mütze auf, klebte einen Schirm an die Mütze. Über den Schirm pflanzte ich die Kokarde unserer heldenmütigen Miliz. Na, für die war die Sache ziemlich klar: irgendein verrücktes Liebespaar, à la Romeo und Julia oder Bonnie and Clyde, liegen sich schon seit dem frühen Morgen fürchterlich in den Haaren – aus welchem Grund, wissen sie selber nicht – sie erschießt ihn und stürzte sich dann selbst aus dem Fenster… Sehr realistisch, einschließlich der Drogen und des chemischen Heimlabors, das Nimotsi innerhalb einer Nacht in meiner jungfräulichen Küche aufgebaut hatte.

Genau so hätten sich das die faden Typen von der Bezirksmiliz doch vorgestellt, sie haben auch ohne diesen billigen Kleinkram genug am Hals. Also Fall abgeschlossen. Von der Bezirksmiliz droht mir demnach absolut keine Gefahr.

»Von wegen keine Gefahr«, meldete sich plötzlich Iwan. »Die soeben Verblichene, gerade eben aus dem achten Stock gepurzelt, ist auferstanden, hat sich den Staub von der Hose geklopft und ist losgerannt zur Bank, um Kohle zu holen.«

»Ich glaube nicht, daß irgend so ein vermiefter kleiner Untersuchungsführer, der drei Kinder am Hals hat und kaum was verdient, sich auch nur vorstellen kann, daß ich ein Bankkonto habe«, antwortete ich bissig.

»Er vielleicht nicht, aber der Journalist Farik, mit dem ihr ein paar Mal zu dieser Bank spaziert seid, bestimmt«, beharrte Iwan. »Der kriegt sofort spitz, daß die tote Du – überhaupt nicht du bist. Und dieser Farik hat hundertprozentig jeden Zentimeter Körper deiner abartigen Freundin erkundet.«

»Laß doch mal die Anzüglichkeiten«, mäkelte ich.

»Dann eben ohne Anzüglichkeiten! Der liegt gerade in diesem Augenblick ganz bestimmt wach und zermartert sich das Hirn – warum hast du das getan? Vielleicht wegen der zwölftausend? Auf jeden Fall – du bist erledigt.«

»Exakt«, redete Nimotsi dazwischen. »Dieser Idiot jagt dir eine Kugel in deine flache Brust. Und eine Kugel, das ist eine unangenehme Sache, glaube meiner Lebenserfahrung. Die kriegen dich, koste es, was es wolle, das sind echte Racheengel.«

»Ich möchte dir ja keinen Kummer machen, aber das kann gut sein«, sagte Venka traurig.

»Aber ich habe doch überhaupt nichts getan«, versuchte ich mich zu rechtfertigen.

»Warum bist du dann nicht dageblieben? Wer wegläuft – der ist schuldig«, tadelte Iwan. »Aber wenn du schon weggelaufen bist, dann lauf weiter, solange deine Kräfte reichen.«

»Haltet die Klappe, ihr Klugscheißer«, schimpfte ich in Gedanken, schlug eine neue Seite des Heftes auf und teilte sie in drei gleiche Teile.

Über die erste Spalte schrieb ich »Zufallsbeziehungen«, was in meinem Fall die Leute meinte, die Nimotsi umgebracht hatten.

In die zweite kopierte ich das Bild der Milizmütze. In die dritte schrieb ich einfach FARIK und MARIK.

Und einige Zeit später stand darunter:

Also, ich wurde drei verschiedener Vergehen beschuldigt, von drei verschiedenen Gruppen, und an eine höhere Instanz konnte ich mich nicht um Hilfe wenden, außer der halb mythologischen Interpol, wenn Nimotsi nicht gelogen hat.

Wenn Nimotsi keinen Mist erzählt hat. Aber die braucht auch nicht mich, sondern Beweise, und die habe ich nicht.

Von Venka und dem Kriminaljournalisten Farik dressiert, überwand ich meinen inneren Schweinehund, bildete die Summe aus dem Schlimmsten aller drei Spalten – und erst dann zog ich einen Strich. Das Ergebnis meiner Überlegungen sah dürftig aus und bestand nur aus wenigen Wörtern: »Nimm die Beine in die Hand«!

Ich schöpfte Atem – jetzt war mir wenigstens einiges klargeworden. Und als ich mich entschieden hatte, was zu tun war, stand ich vor der Frage, wie ich das machen sollte. Ich hatte nicht einmal einen Reisepaß, und es wäre reiner Wahnsinn gewesen, mir jetzt einen ausstellen zu lassen. Sicherlich gab es auch illegale Wege, die mir mit meinen zwölftausend Dollar durchaus offen stehen mochten, aber mein Unglück bestand darin, daß ich immer so penetrant gesetzestreu gewesen war. Selbst für die Wohnung hatte ich immer korrekt meine Rechnungen gezahlt.

Und da erinnerte ich mich an Aljona Gontscharowa, eine hochnäsige, erfolgreiche Ziege aus Petersburg mit bewegter lesbischer Vergangenheit. Aljona selbst war nur wegen ihrer sexuellen Orientierung interessant, aber ihre Eltern konnten durchaus nützlich für mich sein. Ihre Mutter war Leiterin einer Meldestelle, und der Vater bekleidete einen hohen Posten beim Petersburger Zoll.

Ich könnte nach Petersburg fahren und ...

»Und was?« schnaubte Iwan. »Auf dem Rücken einer ehrlichen, werktätigen Lesbe willst du deine kriminelle Geschichte mit zwei frischen Leichen austragen?«

»Möchte wissen, was ihre hochgestellten Eltern davon halten«, fügte Nimotsi hinzu.

Diese Variante konnte man vergessen.

»Wenn ich an deiner Stelle wäre«, meldete sich plötzlich Venka, »würde ich sie schon rumkriegen!«

Und wie?

»Sie würde sich in mich verlieben, und dann würde ich ihr eine Geschichte auftischen, eine möglichst deftige. Eine extreme Situation und das Gefühl von Gefahr bringen Liebende einander näher.«

Ich hatte zig Jahre mit Aljona im selben Wohnheimtrakt gelebt, und sie war nie auf den Gedanken gekommen, ein Auge auf mich zu werfen. Ich war nicht nach ihrem Geschmack, ohne Pep, humorlos und alles andere als abenteuerlustig, kurz: eine total taube Nuß.

»Wenn du dich bloß verändern könntest«, seufzte Venka.

»Und wie soll das vor sich gehen?« wieherte Nimotsi los. »Die Haut vom Arsch über die Fresse ziehen, oder was? Vielleicht macht dich das ja frischer, und du bist nicht mehr so eine Vollidiotin.«

»Gute Idee«, ereiferte sich plötzlich Iwan. »Und nicht nur für diesen konkreten Fall. Dein früheres Ich verschwindet, es wächst Gras über die Sache, und dann tauchst du wieder auf, wie Bormann in Argentinien, und läßt dich in irgendeiner gottverlassenen Siedlung nieder, mit neuem Gesicht.«

»Du meinst also, ich soll mich bei einem Schönheitsinstitut anmelden?« Filme mit solchen Plots fallen normalerweise in die B-Kategorie.

Wozu ein Schönheitsinstitut? sagte ich mir plötzlich, brav an der Leine meiner toten Freunde laufend, wie in alten Zeiten. Wozu, wenn es Ljowa Lejkind gibt?

Ljowa Lejkind war einer von Guljas verflossenen Ehemännern, angeblich ein guter plastischer Chirurg. Ein total schräger Moskauer Jude, soff wie ein Pferd, und zwar vorzugsweise reinen medizinischen Spiritus, ließ neben Led Zeppelin nichts gelten und heiratete aus Prinzip nur nichtjüdische Frauen. In seiner bemerkenswerten Kollektion gab es außer der Tatarin Gulja noch die Koreanerin Sonja, die Kasachin Aigul und eine Mulattin, deren Name mir entfallen war.

Ljowa war in Moskau mutterseelenallein, die eine Hälfte seiner Verwandten war nach Israel ausgewandert, die andere nach Amerika, in die Nähe von Chicago. Wir hatten bei verschiedenen Gelegenheiten miteinander gesoffen, bei irgendwelchen Feten, nachdem er sich schon von Gulja abgesetzt hatte, unter Zurücklassung eines Söhnchens namens Lentschik.

Aus irgendeinem Grunde gefiel ich ihm, er brachte mich ein paar Mal nach Bibirjowo, und ließ sich sogar zu einem Kaffee überreden.

Aber über den Kaffee ging es nie hinaus. Als ich beim darauffolgenden (und letzten) Mal während einer fürchterlichen Sauftour in seiner versifften Wohnung auf dem Wernadski-Prospekt landete, kam das Wesen seines Interesses an mir ans Licht.

Wie immer beobachtete er mich den ganzen Abend über verstohlen, und dann sagte er: »Eigentlich gefällst du mir, Maus.«

Ich konnte nicht ehrlichen Herzens dasselbe sagen – Ljowa war nicht gerade mein Typ: ein ungeheuer dichter Wust schwarzer Drahthaare, das Kinn immer schlampig rasiert und bläulich von Bartstoppeln, zu dünne unmännliche Finger und eine Höckernase, die wie der Mount Everest aus dem ganzen übrigen flachen Gesicht herausragte.

Aber letzten Endes hatte ich diesen Satz in meinem Leben nicht allzu oft gehört: Du gefällst mir. Und genau aus dem Grund war ich schnell bereit, mit ihm auf eben diesem durchgelegenen Sofa zu schlafen, auf dem wir es uns mit Wodka gerade bequem gemacht hatten.

Aber die folgende Tirade brachte mich wieder auf den Teppich:

»Weißt du, ich würde gern mit deinem Gesicht ein bißchen arbeiten, und ich wette meine unglückseligen Genitalien drauf – wir würden was draus machen.«

»Dann fang am besten mal bei dir selber an.«

»Der Schuster hat die schlechtesten Schuhe, weißt du doch. Und außerdem mögen die Frauen meine krasse semitische Erscheinungsform.«

»Zu denen kann ich mich nicht dazurechnen.«

»Das erwarte ich auch nicht.«

Wir stießen an, leerten die Wodkaflasche, knabberten dazu seinen eingelegten Knoblauch, den es im Hause Ljowa immer in furchteinflössenden Mengen gab, und trennten uns für immer.

An all das dachte ich jetzt, als ich auf dem Teppich im Zimmer von Guljas älteren Kindern saß.

Und ich dachte: Warum nicht? Geld hatte ich, und ein anderer Ausweg war nicht in Sicht. Kaum hatte ich den Entschluß gefaßt, da merkte ich, daß ich zum Umfallen müde war. Aber schließlich hatte ich mir den Schlaf verdient. Und sei es nur deshalb, weil ich am Leben geblieben war.

Ich erwachte sehr spät und begriff zuerst lange nicht, wo ich mich befand. Ein quietschfideler Tausendfüßler aus grünem Plüsch schaute mir direkt ins Gesicht, und an meine Seite drückte sich ein alter Bärbeiß von Weihnachtsmann mit dem Gesicht eines Packers vom Gemüsemarkt. Ich legte meine Hand auf seinen Kopf, und sofort blinkte in seiner Nase eine Glühbirne auf, und aus seinem Leib dröhnte es laut und weihnachtlich: »Jingle Bells.« Ich hatte keine Ahnung, wie man dem Weihnachtsmann das Maul stopft, und bei den Klängen dieser schlichten Melodie erinnerte ich mich voller Schrecken an die Ereignisse des vergangenen Tages und der schlaflosen halbwahnsinnigen Nacht.

Da ertönte ein forderndes Läuten an der Tür, dessen Echo durch die leere Wohnung hallte. Ich hörte, wie Gulja die Tür öffnete und halblaut mit jemandem sprach. Schweißgebadet kroch ich unter die Decke und wartete wie versteinert, wann sie endlich die Tür öffnen und ins Zimmer kommen würden.

Natürlich, sie hatten meine alten Notizbücher gefunden – und wer weiß, was sie da noch alles gefunden hatten … Sie hatten rausgekriegt, bei wem ich untergekrochen sein konnte – es gab schließlich nicht allzu viele. Ich Vollidiotin mußte ja hier bleiben …

Aber die Sekunden wurden zu Minuten, und niemand kam herein. Ich zog mich schnell an und ging in die Küche.

Gulja saß im Schaukelstuhl und las Cortázar.

»Schöne Sache«, quetschte ich hervor, meine trockenen Lippen befeuchtend. »Guten Morgen.«

»Wunderbar«, antwortete Gulja, ohne den Kopf zu heben. »Vor allem ›Ende des Spiels‹.«

»Ich meine den Sessel. In dem kann man in Ruhe sterben. Was kostet so einer?«

»Weiß ich nicht. Den hat Kal Kalytsch angeschleppt, unser Bananenkönig. Wie hast du geschlafen?«

»Göttlich«, gestand ich ehrlich. »Wer war das?«

Unauffällig, ganz unauffällig muß man solche Fragen stellen. Eine Wissenschaft, die ich für die Zukunft erlernen mußte.

»Ach, das Kindermädchen hat ihr Geld geholt. Mach dir irgendwas zu futtern, wenn du willst. Wir haben schon gefrühstückt.«

»Wir« bezog sich auf sie und den Jungen.

Ich hatte keinen Hunger, ich machte mir Tee, trank ihn heiß und verbrannte mir den Mund.

»Siehst nicht gut aus, so bei Tageslicht«, bemerkte die ehrliche Gulja.

»Nicht jeder hat das Zeug für den Laufsteg. Wie geht's

deinen Ehemännern?« Direkt nach Ljowa zu fragen traute ich mich nicht.

»Weiß der Kuckuck. Sie zahlen pünktlich und nerven mich nicht weiter. Das ist die Hauptsache.«

»Ihr habt eine drollige Beziehung. Vor allem der eine hat mir gefallen, wie hieß er, Ljowa, glaube ich. Was macht der so?«

»Lejkind meinst du? Der wollte in die Staaten auswandern. Die haben ihm da wohl 'ne Stelle angeboten oder so was. Vielleicht ist er schon weg.«

Ich schrie beinah vor Enttäuschung auf. Aber vielleicht kam ich ja noch rechtzeitig. Vielleicht ...

»Siehst du manchmal noch einen von unseren alten Bekannten?« Ich mußte weg, aber es schien mir unhöflich, einfach zu gehen.

»Wen soll ich hier denn sehen? Außer daß du mal vorbeikommst, mitten in der Nacht. Und dich hat's ja sicher auch nur per Zufall an meinen Herd verschlagen. Obwohl, im Herbst ist dieser ... Tumanow, oder so, hier vorbeigekommen, Wolodka. Hat mir angeboten, für die Titelseite seiner verrückten Zeitschrift zu posieren. Nackt. Und das im neunten Monat.«

»Und du?«

»Habe ihm Tee vorgesetzt und ihn dann zum Teufel geschickt. Obwohl er sich mit Händen und Füßen sträubte, er sagte, das würde eine großartige Aufnahme, à la Demi Moore. Und ein schickes Auto hatte er.

»Einen roten Ford?« sagte ich automatisch.

»Ob das ein Ford war, weiß ich nicht, aber rot war er.«

Also betraf die Notiz in Nimotsis Notizbuch tatsächlich ein Treffen mit Tumanow, aber darüber wollte ich jetzt nicht nachgrübeln. Möglichst zufällig drehte ich den Kopf und schaute auf die Uhr, die über dem Herd hing.

»Schon nach zwölf! Ich muß los, Gulja. Ich habe eine Verabredung um zwei im Haus des Films.«

Wir küßten uns feierlich ab, ich nahm meine Sachen und verschwand.

Bis zum Abend trieb ich mich in Moskau herum und hielt mich ängstlich außer Sichtweite von jeder Art Uniform. Manchmal schien mir, daß jemand mich verfolge, und ich verstand jetzt diesen fatalen Verfolgungswahn, der Nimotsi befallen hatte.

Gegen Abend kam ich endlich auf dem Wernadski-Prospekt an. Ljowa öffnete nicht sofort. Erst, als ich mich schon erleichtert zum Gehen wenden wollte.

Mit einer Hand hielt er seine Jeans fest, deren Gürtel offenstand, unter seinem Arm klemmte eine zerknitterte Zeitung: Ljowa war ein Pressenarr, wie mir Gulja erzählt hatte. Er las alles, von seriösen Zeitungen bis zum allerletzten Käseblatt.

»Hallo!« sagte ich, als ob wir uns erst gestern gesehen hätten, die letzten Reste von Ungezwungenheit zusammenraffend: Anscheinend hatte ich in dem Jahr, das ich mit Venka im Gespann verbracht hatte, doch etwas gelernt. »Kennst du mich noch?«

Ich war zu sehr mit mir selbst beschäftigt, um auf seine erste Reaktion zu achten, aber ich hätte es tun sollen: In seinen Augen blitzte eine unerklärliche Angst auf, die sofort in Wachsamkeit umschlug.

Er stand in der Tür, den Kopf zur Seite geneigt, und sah mich mit zusammengekniffenen Augen an.

»Stimmt was nicht?« fragte ich frech, über mich selber erstaunt.

»Unglaublich!« sagte er, vorsichtig seine Worte abwägend. »Welcher Idiot hat dich dazu gebracht, dir die Haare rot zu färben? Das bringt die Falten raus. Siehst du das denn nicht?«

»Vielleicht läßt du mich ja mal rein?«

Ljowa trat schweigend zur Seite, ließ mich an sich vorbei und verschloß die Tür.

In der Wohnung hatte sich in dem halben Jahr, in dem ich nicht hier war, nichts verändert. Dasselbe verblaßte Poster von Toulouse-Lautrec in der Diele, derselbe hartnäckige Geruch nach eingelegtem Knoblauch.

»Na, was gibt's?« Die Wachsamkeit wanderte aus den Augen in die Stimme, sie war nicht mehr so deutlich, aber immer noch vorhanden.

»Bietest du mir keinen Kaffee an?«

»Nein.« Er nahm sich zusammen und schien jetzt ganz der alte Ljowa. »Kaffee kann ich dir nicht anbieten, weil ich keinen habe. Bier ist da. Dosenbier.«

»Also her damit.«

Wir ließen uns in der Küche nieder, öffneten wortlos unsere Bierdosen und nahmen den ersten Schluck.

»Und, was ist?« fragte Ljowa.

»Ich habe ein etwas heikles Anliegen.«

Er sagte nichts, zerlegte konzentriert ein nicht mehr ganz frisch aussehendes Stück Stör mit den Händen.

»Also, ich bin reif. Habe mich entschlossen, Rodin zu vertrauen.«

»Das heißt?«

»Ich will Patientin bei dir werden.« Jetzt hieß es präzise arbeiten: Ein bißchen mädchenhafte Verzweiflung, gewürzt mit Selbstironie, das wirkt bei solchen zynischen Männern. »Die Fassade ein bißchen retouchieren lassen.«

»Äh-h.« Ljowa lehnte sich mit dem Rücken an den Kühlschrank und begann mich aufmerksam und ungeniert zu betrachten. »Da bist du zu spät gekommen. Ich praktiziere nicht mehr. Hab den Laden dichtgemacht. Übermorgen verlasse ich dieses gottverdammte Land. Für immer. Gehe in die Heimat der Seifenschachteln, Lockenwickler und des Fast Food.«

»Und da ist nichts zu machen.« Ich vergaß sogar, ein Fragezeichen an den Schluß zu setzen. Damit fiel mein Plan also ins Wasser, Gott sei Dank, weiß der Teufel, wohin mich das gebracht hätte.

»Sag mal ... Was fällt dir denn plötzlich ein?«

»Ich zahle. Hauptsache, du machst es schnell und gründlich.«

»*Schnell* ist für gewöhnlich teurer. Und du mußt bar zahlen«, sagte Ljowa vorsichtig, als ob er, über glitschige Steine balancierend, einen Fluß durchquerte und furchtbare Angst hätte zu straucheln.

»Wieviel?«

»Das hängt davon ab, was du in deinem Gesicht verändert haben willst.«

»Alles«, sagte ich fest. Jetzt waren wir auf gleicher Ebene, das war ein Geschäftsgespräch und kein Flirt mehr: Ware gegen Geld, Geld gegen Ware.

»Du mußt es ja nötig haben«, sagte Ljowa nachdenklich.

»Ich habe mich verliebt«, erwiderte ich. »Und mit meinem Aussehen kann ich keinen Blumentopf gewinnen. Wenn man es ein bißchen korrigieren würde ... Gerade soviel, daß er nicht ablehnen kann, mit mir wenigstens ein Bier zu trinken.«

»Na, jedenfalls – schnell geht das nicht.« Jetzt lag in seinem Blick etwas Neues, ein Ausdruck, als hätte er mich bei einer Lüge ertappt und behielte das für sich. »So was dauert mindestens fünf Monate. Na, vier. Und inzwischen heiratet dein Macker Miss Wolokolamsk.«

»Das ist mein Problem.« Das Geld in meinem Rucksack gab mir Sicherheit. Ich sah, daß Ljowa angebissen hatte, warum auch nicht, er fuhr ja in die Staaten, und ein bißchen Geld konnte dabei nicht schaden.

»Gut. Ich würde fünftausend nehmen. Grüne.«

Ich atmete erleichtert auf.

»Fünftausend. Wenn ich es selber machen würde. Aber ich werde es nicht machen, ich fahre weg, du entschuldigst ... Ein Bekannter von mir wird es machen, ein ausgezeichneter plastischer Chirurg. Er hat einen eigenen OP, alles sehr diskret. Sehr hohes Niveau. Also achttausend. Strapaziert das nicht dein Portemonnaie zu sehr?«

»Nein.«

»Gut, ich rufe Vlad an. Du kannst bis dahin Zeitung lesen. Ich habe da eine sehr nette, ganz in deinem Stil. Lies mal auf Seite vier. Sehr interessant.«

Ljowa verließ die Küche.

Ich nahm mechanisch die Zeitung und schlug die Seite vier auf, die vollgeknallt war mit Kriminalberichterstattung: »Mord an einem Geldboten« – »Alte Frau entkleidet«, »Tragödie in der Konenkowstraße«.

»Tragödie in der Konenkowstraße«.

Das war der platte spöttische Stil, der schon seit einigen Jahren unter den Schreiberlingen solcher Artikel angesagt war. Ich las den Bericht einmal, las ihn ein zweites Mal, solange, bis die einzelnen Sätze ein Bild ergaben.

Der Artikel hatte folgenden Wortlaut: »In der Konenkowstraße ereignete sich gestern ein blutiges Drama. Eine junge Frau erschoß ihren Liebhaber mit einer Pistole und sprang dann aus dem Fenster im achten Stock. Unbekannt ist, worum es bei dem Streit ging. Sehr wahrscheinlich spielten die Drogen, die am Tatort gefunden wurden, bei diesem für unsere Zeit ziemlich alltäglichen Ereignis nicht die geringste Rolle. Pikantes Detail: Bei der unglückseligen Mörderin handelt es sich um die Drehbuchautorin K., die schon seit längerer Zeit blutige Geschichten für inländische Low-Budget-Videos schrieb. Sie war eine der Autoren des bekannten Thrillers »Pljustschicha«. Ihr Beruf wurde unserer realitätsfremden Drehbuchautorin wohl zum Verhängnis. Im wirklichen Leben ist Blut kein Ketchup und das Ende weniger romantisch als im Film. Allen Fans von Quentin Tarantino und Superreißern à la »Leon – Der Profi«* möchten wir diesbezüglich eine gutgemeinte Warnung mit auf den Weg geben. Denkt daran: Kugeln sind nicht immer Platzpatronen, und im dritten Akt geht die Flinte los. Also steigt lieber auf Melodramen um, das ist gesünder.«

»Mir hat dieser Film auch nicht gefallen. ›Pljustschicha‹ ist echt totaler Müll!«

Ich zuckte zusammen und sah mich gehetzt um. Ljowa stand an der Küchentür, die Arme vor der Brust verschränkt.

»Und überhaupt, du bist jetzt ein Star. In zwei anderen

* Film von Luc Besson über einen Berufskiller.

Blättchen schreiben sie ebenfalls über dich. Wahrscheinlich kommt's auch im Fernsehen, aber ich gucke kein Fernsehen ... Aber ich bin froh, daß du am Leben geblieben bist.«

»In welchem Sinn?« quetschte ich raus. Meine Stimme schien mir fremd und ganz weit weg.

»Im primitivsten, biologischen ... Wasser?«

»Kann ich drauf verzichten.«

»Hör mal, mir ist vollkommen wurst, was du angestellt hast. Ich weiß nichts davon und will auch nichts davon wissen, aber ich hoffe, du weißt, was du tust.«

Ich goß mir schweigend ein Wasserglas mit Wodka voll und leerte es.

»Eh-h, Alte, du wirst noch zur Säuferin.« Ljowa nahm mir sanft das Glas ab. »Morgen früh machen wir eine Blutanalyse. Ich hab mit Vlad alles abgesprochen. Ach, eh ich's vergesse ... Es werden noch zweitausend mehr. Risikozuschlag.«

Kollodium-Verband – so heißt das.

Eine weiße Totenmaske, die das alte Gesicht unter sich begräbt. Die Gußform für das zukünftige Gesicht.

Ich lag auf einer absolut sterilen Liege in einem kleinen Zimmer neben dem OP in Vlads Datscha. Ljowa hatte mich hierhergebracht, mit der Blutanalyse und drei Fotos – Profil, Vorderansicht, Ansicht von unten. Die Aufnahmen waren noch feucht.

Vlads Datscha war eine unauffällige Villa zwischen anderen ganz gleichen Villen. Als wir an dem zweistöckigen Ziegelbau ankamen, hupte Ljowa ungeduldig, und die Tore öffneten sich automatisch. Wir rollten weich auf das Grundstück, begleitet von den wachsamen Vogelaugen mehrerer Videokameras.

Vlad erwartete uns schon auf der Vortreppe – ein strenger, hagerer Typ, der irgendwo in der Nähe der fünfunddreißig stehengeblieben war.

Die Männer schüttelten sich schweigend die Hände. Vlad

nahm die Aufnahmen und betrachtete sie sorgfältig, eine unbeschwerte Melodie vor sich hin pfeifend.

»Das ist sie«, stellte Ljowa mich vor. »Ich habe sie mitgebracht, sozusagen *manu propria*.«

»*Manus manum lavat*«, antwortete Vlad melancholisch, und sein Blick glitt gleichgültig über mich. »Gehen wir.«

»Was hat er gesagt?« fragte ich Ljowa flüsternd, als wir in den ersten Stock stiegen.

»Wir sollen uns die Hände waschen vor dem Essen. Er hat einen Sauberkeitstick. Aber sonst ist er ein prima Kerl.«

Ein kleiner Raum im ersten Stock war als kompletter OP eingerichtet. Sterile Sauberkeit, nagelneue Ausstattung, in einer Ecke am Fenster ein Computer.

Vlad studierte aufmerksam die Photos und die Ergebnisse der Analyse.

»Die Blutwerte sind ausgezeichnet, damit kann man in den Weltraum fliegen. Keine Menstruation?« fragte er mich schließlich.

»Nein«, nuschelte ich und wurde rot.

»Na, dann können wir heute gleich anfangen.«

Auf dem Computerbildschirm erschien mein Gesicht. Mein Gesicht.

Dann formten sich daneben die Konturen einer namenlosen menschlichen Maske. Nach und nach nahmen die Lippen, die Augen, die Nase und die Backenknochen Gestalt an.

»Und?« fragte er. »Wie wär's mit dem hier?«

»Ist mir völlig egal.«

»Wen hast du mir denn da angeschleppt?« Vlad sah mich zum ersten Mal mit Interesse an. »Erstaunliche Gleichgültigkeit dem eigenen Schicksal gegenüber.«

»Vlad, gib dem Mädchen eine Chance«, setzte Ljowa sich für mich ein. »Soll sie ihren argentinischen Muchacho heiraten und glücklich werden.«

Das Bild auf dem Monitor veränderte sich noch einige Male, und schließlich sagte Vlad: »Das hier ist gut.«

Auf dem Monitor leuchtete jetzt ein Frauengesicht, das wohl für mich bestimmt war: Die Augenlider zu den Schläfen hin ein wenig schräg, irgendeiner der weitentfernten Vorfahren des Computergesichts hatte mit einem schlankgliedrigen Thai gesündigt; empfindsame Lippen, ein wenig aufgeworfen; die Nase – die Nase der Ururürenkelin einer Römerin, die von Hunnen vergewaltigt wurde.

»Einverstanden«, sagte ich.

»Vlad ist ein Genie, verdammt noch mal!« Ljowa war gerührt. »Für eine lächerliche Summe macht er aus dir so ganz nebenbei eine Nofretete. Und die Brust korrigiert er dir gleich mit. Also, wenn du einen Millionär heiratest, schick ihm einen Korb mit Rosen.«

»Lieber eine Kiste Wodka«, nuschelte Vlad phlegmatisch.

Er brachte mich in ein kleines Zimmer, in dem nur ein Bett und ein Fernseher standen.

Auf dem Bett lag eine Fernbedienung. Die Fenster waren von Jalousien dicht verschlossen.

»Toilette und Bad sind nebenan. Ruh dich erst mal aus.« Er war nicht besonders gesprächig.

Als Ljowa zehn Minuten später zur Tür hereinschaute, stand ich immer noch verwirrt mitten im Zimmer.

Ljowa spielte mit einem Schlüsselbund.

»Die letzte edle Geste!« verkündete er feierlich. »Du kannst nach der Operation ein paar Wochen in meiner Wohnung bleiben ... Bis die Verbände abgenommen werden und du dich ohne Schwierigkeiten auf die Straße trauen kannst. Mehr kann ich nicht für dich tun, entschuldige. Im Juli kommen meine Verwandten aus Owidiopol, um die Wohnung zu verhökern. Ich spreche mit der Alten aus dem Erdgeschoß, Sofja Nikolajewna heißt sie. Die kümmert sich um dich und besorgt dir Lebensmittel.«

Ich schwieg, und Ljowa wurde unruhig.

»Die Alte ist ein harter Knochen, ehemalige Trotzkistin und rechte Opportunistin, die steht ihren Mann. Ich sage ihr, daß du meine Verwandte bist, davon hat sie haufenweise gesehen. Ja, das ist eigentlich alles. Viel Glück!«

»Dir auch.«

Und dann kam die Operation.

Als Vlad mich holte, stand ich, sauber gewaschen und still, am Fenster und schaute durch einen Spalt der Jalousie nach draußen. Hinter dem Fenster floß das Leben sommerlich und faul dahin, das Mädchen aus dem Nebenhaus fuhr mit ihrem Fahrrad auf den akkurat angelegten Steinwegen des Grundstücks. Ein winziger Springbrunnen plätscherte, sauber gewaschene Steine glänzten in seinem Becken. Blumen, die ich noch nie gesehen hatte, waren in einem bizarren geometrischen Muster angepflanzt – der Besitzer des Nachbarhauses, der arrivierte Vater des Mädchens auf dem Fahrrad, hatte wohl gewissenhaft den Photoband »Landschaften Japans« durchstudiert.

»Also, gehen wir zur Schlachtbank?« fragte Vlad fröhlich.

»Ja. Ich bin soweit. In fünf Minuten.«

»Ich erwarte dich im OP.«

Noch einmal warf ich einen Blick auf den Brunnen und die Steine, dann ging ich zurück ins Bad, um mich im Spiegel zu betrachten.

Zum letzten Mal.

Ein bißchen tat es mir um mein Gesicht leid, weil ich mich für immer von ihm verabschieden mußte und nicht wußte, ob ich mit dem neuen glücklicher sein würde. Ich fuhr mit den Fingerspitzen über meine Lippen – Iwan und Nimotsi hatten sie geküßt, aber jetzt waren sie nicht mehr am Leben. Auch Venka lebte nicht mehr. Ihr hatten meine Augen gefallen.

Ich spürte plötzlich, daß mein altes Leben aus mir so jäh verschwand wie Wasser aus einem Trichter. Ich wußte noch nicht, wer ich sein würde, aber die, die ich früher war, würde ich nie mehr sein.

»Dafür eine andere, hab keine Angst davor«, redete Iwan mir zu.

»Und hab keine Angst vor Männern, die sollen vor dir Angst haben«, fügte Nimotsi hinzu.

»Meiner Meinung nach ist das prima«, sagte Venka. »Die dich früher kannten, erkennen dich nicht mehr, dafür lernen dich alle anderen kennen ...«

Ich glitt sehr weich in die Narkose, mein Herz fiel wie in ein Luftloch. Ich sah den toten Iwan auf den Steinplatten vorbeihuschen, den toten Nimotsi, blutüberströmt, Venka auf dem Asphalt, mit dem Gesicht nach unten – sie waren alle nicht mehr schrecklich. Ihr Tod streckte mir einfühlsam die Hand entgegen, er war nett und zuvorkommend und lud mich zu sich ein – wenn du schon mal in der Nähe bist, komm vorbei ...

Nach sechs Stunden war alles erledigt.

Erst am nächsten Tag hatte ich mein volles Bewußtsein wiedererlangt, begraben unter der Maske.

Kollodium-Verband – so heißt das.

Mein Kopf drehte sich ein bißchen, ich spürte meinen eigenen Körper nicht, ich lag und lauschte in mich hinein. Nichts hatte sich verändert, alle alten Ängste kehrten mit neuer Kraft zurück, und ich stöhnte leise. Du bist allein, du bist ganz allein, sogar dein Gesicht hat dich verraten, wie viele Überraschungen es dir noch bereiten wird, weiß nur Gott allein. Was soll ich bloß mit einem neuen Gesicht?

Ein Spion, der Jahrzehnte in einem fremden Land lebte, war zweifellos im Vorteil: Er hatte eine Geschichte, er hatte ein Agentennetz, er trug eine Ampulle mit Gift im Weisheitszahn. Ich hatte weder eine Geschichte noch den erforderlichen Namen dafür, ich war verwundbar. Ich war so sehr verwundbar, daß ich meine Stimmen herbeirief und minutenlang dalag, zusammengerollt zu einem Bündel, besessen, wie Jean d'Arc, und sie erwartete.

Sie kamen in der gewohnten Reihenfolge, fanden sich zu einer Ratsversammlung zusammen, und ich war bereit, mich jeder Entscheidung zu beugen.

»Du siehst zum Kotzen aus«, gab Iwan endlich von sich. »Im Sarg liegt man schöner.«

»Von Särgen verstehst du mehr«, blödelte Nimotsi. »Ich schlage vor, du nennst dich Anna. Ziemlich internationaler

Name, akklimatisiert sich auf jedem Boden und jeder Fresse. Und du bleibst auf dem Teppich und hebst nicht ab damit.«

»Mit so einem Namen geht man ins Kloster und bestickt Servietten, sonst nichts«, wiedersprach Venka. »Da fehlt die Courage.«

»Es muß etwas sein, das nichts mit dir zu tun hat. Irgendwas ganz anderes, damit niemand auf die Idee kommt, sich an dein altes Ich zu erinnern.«

»Eva!« platzte Venka heraus. »Eva finde ich gut!«

»Auch nicht schlecht. Auch ziemlich international«, ließ sich Nimotsi hören. »Was meinst du?«

Eva, Eva – die Buchstaben sprangen wie die Reifen im Reifenspiel, ich fing sie leicht mit dem Stock auf, und ich sagte laut: »Eva.«

In diesem Namen steckte die ganze Wahrheit meiner Situation. Ich war aus dem warmen Paradies meines Lebens vertrieben worden, und niemand konnte mich schützen, außer diesen köperlosen Stimmen. Gleichzeitig lag zum ersten Mal das Leben offen vor mir, ich konnte noch Kain und Abel gebären und einen Haufen Jahre leben, wo ich wollte, und niemand würde mich finden...

Eva. Also dann Eva.

Hinter der Wand brummelte fröhlich der Schöpfer mit seinem Assistenten Vitja. Sie wußten noch nichts von meiner Neugeburt. Plötzlich war es mir unerträglich einsam in meinem Bett. Ich dachte daran, daß auf diesem Laken schon viele vor mir gelegen hatten, und einige hatten sich wahrscheinlich auch einen Namen ausgesucht, der meinem ähnelte.

Ich wußte nicht, wie spät es war, nahm die Fernbedienung und drückte auf einen Knopf. Flimmern auf allen Kanälen.

Also war es Nacht. Aber ich war nicht müde, ich lauschte den Stimmen hinter der Wand. Geh und bitte um irgendwas, um Wodka, roten Kaviar, Mintajleber ... Man kann nicht solange allein in diesem weißen Zimmer sein, in dieser eisigen Wüste.

Ich tastete mich an der Wand entlang zur Tür, öffnete sie und trat auf den Flur hinaus. Ein weicher Teppich dämpfte meine Schritte. Jetzt waren die Stimmen aus der halbgeöffneten Tür deutlicher zu hören. Beim Operationszimmer verließen mich die Kräfte – ich lehnte mich an die Wand und ging langsam in die Knie, vor meinen Augen drehte sich das Muster des Teppichs, das den regelmäßigen geometrischen Formen der Blumenbeete glich, die ich am Tag zuvor gesehen hatte.

So in der Hocke sitzend, nahm ich all meinen Mut zusammen und lauschte dem Gespräch hinter der Tür.

»Hör mal, ich hab diesen Typen in der Glotze gesehen, der aus dem Lager ausgebrochen ist und zwei Wärter erschossen hat ... Den hast du doch auch bearbeitet, Mann ... Der ist echt gut geworden! Mit so einer Fresse kann der jetzt in der Stadtverwaltung sitzen. Diese Disketten sind 'ne Stange Geld wert! Die kannst du für 'n Wahnsinnsgeld verscheuern. Saubere Erpressung. Damit hast du ausgesorgt!«

»Meinst du, ich hab noch lange zu leben?« fragte Vlad träge. »Also, schieb mir mal den Aquavit rüber, dann erkläre ich dir, warum du ein Idiot bist. Mich gibt's doch bloß noch, weil alle denken, daß diese Disketten überhaupt nicht existieren, daß ich alle Informationen lösche ...«

»Und warum löscht du sie nicht?«

»Weil ich schweige wie ein Grab. Ich möchte noch ein bißchen leben. Ausgezeichnete Sache, das Leben! Bloß ist es in meiner Situation keinen Pfifferling wert. Man kann allerdings ein bißchen handeln und vielleicht sogar ein paar Kopeken verdienen, wir werden sehen. Diese Disketten sind meine Verhandlungsgrundlage. Ich bin müde, nur noch müde. Ich kann nicht mehr.«

»Vier Jahre arbeite ich mit dir, und vier Jahre immer dasselbe! Wenn du müde bist, dann schmeiß doch alles hin. Zum Teufel damit.«

»Ich kann es eben nicht hinschmeißen. Ich bete nur darum, daß ich im Bett sterbe. Aber ich fühle es – man wird mich nicht lassen. Und dann werde ich alle mit ins Grab nehmen.« Vlads Stimme wurde dumpf und war kaum noch zu verstehen.

Ich spähte vorsichtig durchs Schlüsselloch.

Vlad saß auf dem Boden, um ihn herum leere Wodkaflaschen und Olivenkerne, dazwischen ein paar Konservendosen, mit dem Skalpell geöffnet. Ich sah ihn ganz – vom Hinterkopf mit den früh ergrauten Haaren bis zu den schlanken, fast femininen Fesseln seiner nackten Füße. Er drückte die beweglichen, dünnen Zehen zusammen, als friere er.

Im Zimmer war es dunkel, nur vom Monitor kam weiches Licht. Auf seiner Oberfläche waren die Bilder zweier verschiedener Gesichter erstarrt. Unbeschwerte elektronische Musik quäkte, es klang wie die optimistischen Hymnen aus der Zeit der chinesischen Kulturrevolution.

Vitja lag, vom Spiritus niedergestreckt, mit dem Kopf auf der Tastatur.

Er antwortete schon lange nicht mehr.

Vlad erhob sich mühsam, warf eine Dose mit Oliven um und wankte zum Computer. Er schob den Kopf seines Assistenten mit einer gleichgültigen Bewegung von der Tastatur, zog die Diskette aus dem Rechner und drehte sich um zur Tür. Ich zuckte instinktiv zurück, obwohl ich wußte, daß er mich nicht sehen konnte.

Vlad schlug schnaufend den Teppich zurück, löste eine Diele aus dem Parkett und warf die Diskette in die Öffnung.

»So ist es besser«, sagte er zu sich selbst. «Keine Beweise ...«

Ich stand vorsichtig auf und ging zurück in mein Zimmer. Ich brauchte keine fremden Geheimnisse, ich wußte nicht einmal, was ich mit meinen eigenen anfangen sollte.

Kaum lag ich im Bett, als sich die Zimmertür öffnete und Vlad hereinschlüpfte. Er bemühte sich, keinen Lärm zu machen, setzte sich auf den Boden und verschränkte die Finger um seine eckigen Knie. Ich wußte nicht, wieviel in der Dunkelheit nebeneinander verbrachten. Ich hörte seinen verhaltenen Atem, und er hörte wahrscheinlich meinen, der viel zu ruhig, viel zu fein war für eine Schlafende. Und er glaubte ihm nicht.

Weshalb sonst sollte er mit ruhiger und unerwartet nüchterner Stimme fragen: »Na, bist du zurück?«

»Sieht so aus.« Ich wählte einen distanzierten Tonfall.

Wir schwiegen wieder eine Weile.

Danach fragte ich unerschrocken, wie in der Kindheit, als ich schneller wachsen wollte, als wäre dann für immer Feiertag und ich hätte einen kurzen Haarschnitt wie eine Erwachsene statt der Rattenschwänze: »Wie werde ich sein?«

»So wie früher«, antwortete Vlad nach einem kurzen Zögern. »Mach dir keine falschen Hoffnungen. Wenn dir der Regen am Frühlingsanfang gefallen hat, dann wird er dir auch weiterhin gefallen, und die Grippe wirst du auch haben, wie zuvor. Nur deine Titten wird man loben.«

»Das klingt schon mal vielversprechend. Übrigens, wir haben uns noch nicht richtig bekannt gemacht. Ich heiße Eva.« Das war ein Probeball. Der Name klang natürlich, er stand schon brav bei Fuß.

»Mein Beileid«, sagte Vlad gleichgültig.

»Wahrscheinlich muß ich Ihnen danken.«

»Bemüh dich nicht. Du hast bezahlt. Ich mache meinen Job.«

»Werde ich mich schnell daran gewöhnen, an das neue Gesicht?«

»Hauptsache, du läßt es nicht irgendwo liegen, weil du es für ein fremdes hältst.« In der Dunkelheit sah ich ihn nicht, nur den Streifen der Zähne zwischen den zu einem Grinsen geöffneten Lippen. »Sie werden sich dran gewöhnen, zwangsläufig. Und geben Sie ihm keine Freiheit, neue Gesichter stellen einem manchmal böse Fallen. Halten Sie die Ohren steif, das ist mein Rat für Sie.«

»Danke, ich werd's mir merken.«

Mir fiel plötzlich auf, daß wir einander siezten. Das erste Kennenlernen, ein nicht teures, aber respektables Restaurant, Kerzen, vielleicht Blumen, der Moment, wo man einander Dummheiten auf die Servietten schreibt.

»Sind Sie verheiratet, Vlad?«

»Nein.«

»Darf ich Sie zum Abendessen einladen? Irgendwann?« Ich war unter dem Schutz der Maske, und ich konnte mir allen möglichen Unsinn erlauben, der mich noch vor einer Woche in Angst und Schrecken versetzt hätte. Du fängst an zu kokettieren.

»Das lohnt nicht.«

»Auch dann nicht, wenn alles in Ordnung kommt und ich genau das Gesicht kriege, das Sie mir prophezeit haben?«

»Dann erst recht nicht ... Sein Gesicht zu ändern ist dasselbe, wie in großem Stil zu lügen. Je besser es gelingt, desto raffinierter wird die Lüge. Und wenn man einmal anfängt zu lügen, dann kann man nicht mehr aufhören. Aber jetzt bin ich müde. Schrecklich müde. Bevor ich gehe, wollte ich Ihnen noch einen Rat geben ...«

»Einen höchst medizinischen wahrscheinlich.«

»Nein, über Medizin sprechen wir morgen. Also, da Sie nun schon diesen Namen gewählt haben ...«

»Aber ...«

»Gehen Sie vorsichtig damit um, sonst weiß der Teufel, wohin er Sie führen kann. Die Leute mögen solche Namen, sie machen sie neugierig. Nehmen Sie sich vor ihm in acht.«

»Ich muß mich noch vor ganz anderen Dingen in acht nehmen.«

»Das wissen Sie selbst am besten. Aber nur im Kino haben Mädchen mit so einem Namen den besten Freund, das freieste Land und am Schluß ihr Happy-End.«

»Was wissen Sie denn über Kino?«

»Und Sie?«

Halt, halt, das ist ein Test, eine Angel mit einem Köder aus deinem ehemaligen Leben. Dein altes Leben geht dich nichts mehr an, mit seiner Schreibmaschine und den Bergen von Drehbüchern. Aber vielleicht gelingt es dir endlich mal, lange Fingernägel zu haben, wenn sie nicht mehr an der harten Tastatur abbrechen. Eva wird sich auf jeden Fall gepflegte lange Fingernägel wachsen lassen, vorausgesetzt, alles geht glücklich aus.

»Ich war ungefähr seit fünf Jahren nicht mehr im Kino.«

»Ich kann Kino nicht ausstehen. Da wird immer ein und dieselbe Geschichte vorgekramt und durchgekaut. Und alle Nebendarsteller bekommen entweder eine Kugel in den Kopf oder dürfen einen kurzen Satz zu den Statisten sagen. Es ist Scheiße, ein Nebendarsteller zu sein, oder?«

»Tja ... Zumindest im eigenen Leben.«

»Machen Sie die Augen zu beim Küssen?«

»Muß man das?« lachte ich.

»Man muß. Jodie Foster macht sie immer zu. Und Vivian Lee auch.«

»Die beiden sind sich nicht besonders ähnlich.«

»Nein, überhaupt nicht. Gute Nacht, Eva.«

Ich blieb noch zwei Tage in Vlads Datscha. Weil ich nichts zu tun hatte, fing ich an fernzusehen. Früher hatte ich das gehaßt, aber Eva konnte es durchaus gefallen, vor allem synchronisierte französische Melodramen. Einmal, als ich durch die Kanäle zappte, sah ich, wie Jodie Foster in »Catchfire« küßt. Jodie Forster, die mir so überraschend ähnlich war in ihrer jähen und chaotischen Flucht durch ganz Amerika. Sie schloß beim Küssen tatsächlich die Augen. Aber sie hatte immerhin jemanden, den sie küssen konnte, und dieser Jemand, Denis Hopper, ein Killer mit einem blöden Saxophon, liebte sie und war bereit, sie zu schützen.

Ich hatte niemanden, der mich schützen konnte, keine fünfzehntausend Dollar und keine Rolle, die sich ein Dutzend schneidiger Hollywood–Schreiber ausgedacht hatten.

Zwei Tage danach brachte mich Vlads Assistent Vitja nach Moskau.

Einen Monat lang lebte ich in der verwahrlosten Wohnung von Ljowa. Einen Monat und drei Tage.

Hinter den Fenstern, die mit Sicherheit seit dem letzten Jahr niemand mehr geputzt hatte, reifte ein gewöhnlicher Moskauer Sommer mit seinem staubigen Grün und den kurzen, unerwarteten Regengüssen heran. Sofja Nikolajewna erwies sich als sympathisches und liebenswürdiges altes Muttchen. Sie versorgte mich mit immer dem gleichen Quark und klaute immer ein paar Kopeken, stets diskret und mit einem entschuldigenden Lächeln.

Sie stellte keine Fragen und brachte mir bei, Billard zu spielen. In ihrem großen Zimmer stand ein Billardtisch, der noch von ihrem Mann stammte, der Ende der dreißiger Jahre erschossen wurde. Er diente gleichzeitig als Eßtisch. Das grüne Tuch war schmutzig und glänzte von Fettflecken. Die Zahlen auf den beinernen Kugeln waren verwischt, aber es war ein echtes Billard! Mit dem Queue konnte diese Trotzkistin umgehen wie der Teufel persönlich. Wir spielten um winzige Altweibereinsätze, aber mein Kapital schmolz unbarmherzig zusammen, und schließlich flehte ich darum, ohne Einsätze zu spielen.

Die Alte war einverstanden und zeigte mir sogar einige raffinierte Stöße noch aus der Zeit des vorrevolutionären Rußland. Das echte russische Billard, nicht das lausige amerikanische! Die Kugeln rollten den ganzen Tag, am Abend und in der Nacht war ich allein. Eingeschlossen wie eine Molluske in meiner Muschelmaske, begann ich verschärft die Gerüche wahrzunehmen – den vom Regen niedergedrückten Staub, gefüllte Paprika, teures Parfüm und Schweiß –, die als bizarre Mischung wie eine Wolke in die Höhe stiegen.

Ich hatte mein Gesicht noch nicht gesehen, aber ich hatte mir schon etwas für mein Mädchen ausgedacht, für Eva. Ich ließ ihr die südliche Herkunft, die ohnehin immer wieder in meiner weichen Aussprache zum Vorschein kommen würde, nur verschob ich die geographischen Koordinaten ihrer Geburt. In ihrem Leben gab es ein kleines bißchen mehr Meer als bei mir, ein kleines bißchen mehr sonnige Tage Ende Oktober und wesentlich mehr Männer. Männer waren immer mein Schwachpunkt gewesen.

Davon abgesehen war natürlich alles an mir ein Schwachpunkt, um ehrlich zu sein, aber ich beschloß, mit der Stimme anzufangen.

Nur meine Stimme konnte mich verraten, meine monotone leise Stimme, die erschrocken reagierte, sobald mich jemand ansprach. So eine Stimme kann jemand wie Eva nicht haben, die für Jacques Prévert schwärmt und für anspruchsvolle französische Melodramen mit klugen und beziehungsreichen Dialogen. Stundenlang variierte ich die Klangfarbe, bis ich eine rausgefunden hatte, die keinerlei Verdacht erregen würde und meilenweit entfernt von meiner früheren war.

Es war eine tiefe Stimme, tief, aber ohne die Vulgarität einer Barsängerin. So eine Stimme kennt ihren Wert, sie läßt sich nicht in den Hintern kneifen, es sei denn, Sie laden mich zu einem Glas Champagner ein, aber sonst keine Freiheiten.

Ich nahm die möglichen Varianten dieser Stimme mit Ljowas altem Kassettenrecorder auf, den er unter dem Bett im Schlafzimmer vergessen hatte. Ich ließ das Band bis zum Abwinken laufen und übte meine neue Stimme, paukte sie ein bis zum Umfallen, wie bei einem Lingafon-Kurs. Mit dem Unterschied, daß ich mir beibrachte, mit dieser Stimme sogar zu denken.

Als sich der neue Klang in meinem Bewußtsein festgesetzt hatte, ging ich an seine Färbung. Sie mußte ein klein wenig müde sein, denn eine Frau ist nur interessant, wenn sie eine Vergangenheit hat. Über die wiederum kann sie das Blaue vom Himmel lügen, es muß nur sinnlich wirken (Der Name Eva brachte mich auf solche Ideen – Vlad hatte recht!). Ab und zu jedoch sollte das kleine Mädchen durchklingen, das man schützen möchte, an die Brust drücken und nicht mehr weglassen.

»Na, du bist ja klasse!« meinte Iwan, als das Training zu Ende ging. »Ich bin anscheinend zu früh gestorben!«

»Echt!« unterstützte ihn Nimotsi. »Jetzt sei kein Idiot und such dir einen Job am Sextelefon! Nach einer Woche bist du ›Held der Arbeit‹ und hast einen Haufen Geld. Die Männer werden Schlange stehen, sie kommen sogar aus Chanty-Mansijsk angereist, darauf kannst du Gift nehmen!«

»Hört sich gut an ... Eva«, lobte Venka mich bescheiden.

Nach zwölf Tagen wurde die Maske abgenommen, und die Fäden an der Brust wurden gezogen.

Ich war wieder in Vlads Datscha, in seinem OP.

»Na, sehn wir uns mal an, was draus geworden ist!« Vlad löste die Maske leicht ab, sie blieb in seinen Händen, und in mein befreites schutzloses Gesicht drangen die Nadeln der harmlosen, aber schon fast vergessenen Luft.

»Ich hoffe, es ist alles in Ordnung, Doktor?« Das sagte ich mit meiner neuen Stimme.

Vlad war verdutzt, die Maske fiel ihm beinahe aus den Händen.

»Meine Güte!« brachte er endlich heraus. »Dieser Name wird dich noch knechten, ganz bestimmt!«

Er nahm mich vorsichtig am Kinn, hob mein Gesicht und betrachtete es aufmerksam.

»Hervorragend«, murmelte er. »Ein hervorragendes Gesicht. Es sollte alles in Ordnung sein. Vitja wird bei dir vorbeikommen, um die Verbände zu wechseln. Noch cirka fünfzehn Tage, bis die Blutergüsse zurückgegangen sind.«

»Ich hatte nie solche Büste! Noch einmal vielen Dank, Doktor!«

»Ein prächtiger Busen ist noch nicht alles. Die Hauptsache ist, gut damit umgehen zu können. Ist dir irgendwas unangenehm? Überhaupt, wie ist es mit der Empfindlichkeit?« Vlad beschäftigte sich professionell gleichgültig mit meiner Brust.

Das rief in mir einen Eindruck von Irrealität hervor: Bin ich das wirklich, die zynisch von einem Menschen ausgebessert wurde, der mir gefällt und dem ich gleichgültig bin? Ich weiß nichts über ihn, und er will nichts über mich wissen ... Nein, ein bißchen weiß ich doch: Die Diskette unter dem Dielenbrett, eines seiner riskanten Geheimnisse. Man mußte nicht besonders klug sein, um zu erraten, daß er plastische Operationen an Kriminellen durchführte. Trotzdem war er mir sympathisch. Ein Mensch, der andere Leute als Materiallager betrachtete, aus der Perspektive der Nasenkorrektur und der Resektion überflüssiger Gesichtshaut, ein Mann, der eine Frauenbrust mit Silikon und mit Polyurethanröllchen vollstopft, anstatt sie zu küssen.

Die Arme.

Ich ertappte mich zum ersten Mal bei dem Gedanken, daß damit eine andere gemeint war, aber nicht ich. Natürlich, Eva verlangte ihr Recht, von der Maus in der Falle blieb immer weniger; sie saß noch demütig in den Falten der blutunterlaufenen Gesichtsstellen, aber das geht bald vorbei, bis schließlich gar nichts mehr von ihr übrig ist.

Die letzten zwei Wochen wechselte mir Vitja korrekt die Verbände.

Dann gab ich Eva einen Nachnamen. Ich entschied mich für »Apostóli«, mit der Betonung auf der vorletzten Silbe. Dieser Name gehörte zu einer lauten griechischen Familie auf dem Hof meiner Kindheit, zu ihrer schönen und leichtsinnigen ältesten Tochter Athina. Ich erinnerte mich daran, wie ihre Locken sich an den Schläfen kräuselten und wie die frühreifen Jungs aus dem Süden ihr den Rock hochhoben, in der Hoffnung, einen Blick auf den oberen Teil ihrer wie zwei Säulen schlanken Beine zu erhaschen. So wurde Eva zu Eva Apostóli.

Einige Male machte ich mich an Nimotsis Tagebuch, aber dafür fehlte mir offensichtlich die Kraft. Ich schaffte es nur, die ersten Seiten zu lesen, die sein Debüt in Griechenland betrafen. Da verging Nimotsi noch vor Wärme und von den Perspektiven, die ihm das sagenhafte Pornogeld versprach. Da stand nichts, was irgendwie mit der grausamen Geschichte zu tun hatte, die mich zwang, in voller Fahrt aus dem altmodischen Personenzug meines Lebens zu springen.

23. Juli. Griechenland kotzt mich an.

Nichts zu tun. Die Meeresfrüchte hängen mir zum Hals raus und zappeln mit den Flossen. Unsere osteuropäischen

Billignutten verführen mit ihren glatten Ärschen und prallen Titten haarige Griechen. Sie rennen alle oben ohne durch die Gegend, der Patriarch von ganz Rußland hätte sie mit dem Kirchenbann belegt. Aber es sieht nicht schlecht aus.

Alle sitzen im Swimmingpool und glotzen bis zum Erbrechen Fernsehen auf sämtlichen griechischen Kanälen. Kein Schwein versteht, worum es geht, weil alles in Griechisch ist. Aber das Pathos kommt rüber. Und sie fiebern nach Kräften mit den Hauptdarstellern mit, die genauso bescheuert sind wie sie selber. Nikos hat ein bißchen Gras mitgebracht, wir haben eine Tüte zusammen geraucht, hat aber nicht angeturnt. Morgen beginnen die Dreharbeiten. Niemand weiß, warum die Farbe noch nicht geliefert wurde. Unklar, womit die Akteure angemalt werden sollen. Der Visagist ist auch noch nicht da, wir haben ihn gestern erwartet, aber er ist nicht aufgekreuzt, die Sau! Die Bullterrier-Typen halten sich abseits und machen finstere Gesichter, wie richtige Sadisten. Wenn man sich ihre Fressen ansieht, ist einem klar, warum sie hier arbeiten und nicht bei der Waschmittel-Werbung. Der Kameramann ist offenbar ein verkappter Perversling, er beschäftigt sich den ganzen Tag nur mit seiner Kamera. Die Weiber posieren ihm gern in allen Stellungen und machen zweideutige Bemerkungen, weil er so ein Schönling ist. Aber allem Anschein nach zieht er es vor, es mit seinem Beruf zu treiben. Er ist Pole, heißt Michail und hat die Hochschule in Łódż abgeschlossen. Gestern hat er mir eins auf die Fresse gegeben, weil ich Zanussi als schöpferisch impotent bezeichnet habe. Zanussi ist sein Lieblingsregisseur, unbegreifliche Geschmacksverirrung … Zur Entschädigung hab ich von ihm ein paar Ausdrücke aufgeschnappt, so was wie : »Łajdaki psia krew« – das heißt ungefähr »Ihr Miststücke«.

Jemand klopft an meinen Bungalow. Das ist Julenka mit Heroin. Ich hab's im Urin.

Die nächste Notiz stammte vom 31. Juli. Die Buchstaben schoben sich so stark ineinander, und die Zeilen rochen nach solchem Entsetzen, daß ich mich fürchtete, weiterzulesen, und das Tagebuch ganz unten auf dem Boden des Rucksacks versteckte, dort, wo die Videokassette lag. Ja, die Videokassette gab es auch noch, aber Ljowa hatte kein Videogerät, wahrscheinlich hatte er es wegen der Abreise verkauft. Und wenn er eins gehabt hätte? Ehrlich gesagt, ich brannte nicht darauf, mir die Kassette anzusehen. Zuerst mußte ich mit mir klarkommen und dann mit allem anderen …

Ich bereitete mich darauf vor, Eva zu treffen, ich wollte in den ersten Reihen derer sein, die die Ankunft ihres Zugs erwarteten, ich bereitete sogar eine Begrüßungsrede für diese Gelegenheit vor.

Bald, sehr bald kommen die Verwandten aus Owidiopol, ich sah sie förmlich vor mir, verschrobene Juden mit dem unvermeidlichen Forschmak* und Gefillte Fisch; ich muß dann diese Wohnung verlassen. Der Plan, den ich mir in der ersten Nacht nach dem Mord ausgedacht hatte, blieb unverändert – Petersburg.

Ja, Petersburg, wo man sich, koste es, was es wolle, die einflußreiche und genußsüchtige Aljona schnappen und versuchen mußte, die Existenz einer gewissen russifizierten Griechin namens Eva Apostóli offiziell zu bestätigen.

Und dann kam der Tag der Begegnung mit Eva.

Es war der letzte Besuch in Vlads Datscha. Ich war jetzt keine scheue Patientin mehr und nahm sogar eine Flasche Sekt mit. Meine Ärzte stießen taktvoll mit mir an und entließen mich in das neue Leben. Mein Kopf drehte sich wie vor dem ersten Rendezvous, ich hörte nur mit halbem Ohr die mit lateinischen Begriffen gespickten Anweisungen, worauf ich achten und wie ich das neue Gesicht schützen sollte. Ich verstand nur eins: Es vergehen noch drei Monate, bevor es sich endgültig entwickelt hat und alle Unebenheiten zurückgegangen sind. Ja, ja, Doktor, ich habe alles verstanden, ich halte mich dran, unbedingt, und ich versuche,

* Gericht aus Hackfleisch oder gehacktem Hering mit überbackenen Kartoffeln.

auf Alkohol zu verzichten, wenigstens die ersten Monate, diese Flasche Sekt zählt nicht ... Weniger Sex? Danke, daß Sie mich vorwarnen, ich wollte eigentlich sofort die Sau rauslassen ... Das war ein Witz ... Ja, möglichst wenig körperliche Anstrengung, das habe ich verstanden. Ich kann Sie in einem halben Jahr aufsuchen? Mein Gott, ich weiß nicht einmal, ob es mich in einem halben Jahr überhaupt noch gibt ...

Ich beendete meinen Besuch in aller Eile, Neugier und heimliche Angst plagten mich. Ich wollte so schnell wie möglich allein sein, um Eva endgültig in mich hineinzulassen und mich in ihr aufzulösen.

Auf dem Weg nach Moskau kaufte ich noch eine Flasche Sekt und den ersten besten Blumenstrauß, der mir unter die Augen kam. Vielleicht sind Eva Blumen nicht so gleichgültig wie mir ...

Mein Herz hämmerte wie rasend, als ich hinter mir die Tür meines momentanen Zufluchtsortes schloß. Morgen schon bin ich nicht mehr hier, allein das, von allem anderen abgesehen, muß man feiern.

Ich zog die schweren, staubigen Gardinen vor die Fenster, damit die niedrige Nachmittagssonne uns nicht störte, Eva und mich, wenn wir uns begegneten – alles sollte ganz intim sein. Ich ließ Wasser in die Wanne und suchte den einzigen Radiosender, der mich nicht nervte – »Nostalgie«. Dort lief zwar derselbe hirnlose Mist wie überall, aber zur vollen Stunde entschädigte einen Yves Montand dafür. »Les feuilles mortes« war ein angemessener musikalischer Hintergrund.

Die Blumen sind überflüssig, dachte ich, aber Sekt paßt genau. Vorsichtig öffnete ich die Flasche, eine viel zu ernste junge Dame, und goß mir ein Glas ein. Dann ging ich damit ins Badezimmer, wo das Licht, von den weißgekachelten Wänden reflektiert, besonders schonungslos war. So konnten wir einander besser betrachten.

Evas wie aus Marmor gemeißelte Brust ragte hoch auf, und ich begann, langsam die Knöpfe meiner Bluse zu öffnen. Dann fiel das Hemd zu Boden, danach die Jeans. Ich trat ganz dicht vor den Spiegel, die Augen furchtlos weit geöffnet. Meine Eva stand vor mir, sie sah mich an.

Es war ein merkwürdiges Gesicht. Seine Züge waren noch nicht endgültig ausgeformt – das war immer noch das fremde Gesicht einer fremden Frau. Ich taxierte sie zynisch wie einen Gegenstand.

Ich fand keinen Makel, bravo, Vlad!

Das Gesicht war so, oder fast so, wie es am ersten Tag aus dem Computer hervorgeleuchtet hatte. Kann sein, die erschrockenen, ängstlichen Augen verdarben es ein wenig – meine Augen! Sie paßten nicht in dieses ruhige, selbstsichere Gesicht. Aber das würde vorbeigehen. Etwas fremdartige, zu den Schläfen hin ein klein wenig schräge Augenlider, gerade Nase, launische Lippen – wenn ich diesem Gesicht irgendwo auf einer Schickimicki-Party begegnet wäre, ich hätte nur verächtlich die Nase gerümpft – seht euch diese hirnlose Tussi an, rennt hinter dicken Brieftaschen her …

Bin das etwa ich?

Ich fing an zu heulen.

Mir wäre niemals im Traum eingefallen, daß sich aus den Tiefen meiner Haut ein solches Gesicht hervorarbeiten würde.

»Meine Herrn! Du bist eine Schönheit!« flüsterte Iwan.

»Ich kann dich beim Film unterbringen«, witzelte Nimotsi. »Ich hab da noch ein paar alte horizontale Beziehungen.«

»Ich habe das immer gewußt«, sagte Venka schlicht.

Zum Teufel mit dem Pathos, Eva, los, trinken wir Sekt, er wird schal … Ich hob das Glas zum Spiegel und stieß mit Eva an, die mich aus seiner Tiefe heraus anschaute.

»Auf dich!«

Und fast sofort veränderte sich der Ausdruck des Gesichts, es verlor seine statische Schönheit und wurde beinahe abstoßend. Erst da nahm ich mich endlich zusammen und hörte auf, mich bei ihm einzuschmeicheln. Man muß Geduld haben – drei, vier Monate, und alles kommt ins Lot.

Ich schnaubte: Drei, vier Monate! Ich mußte mir überlegen, wo ich sie verbrachte. Mit Bedauern trennte ich mich von Eva im Spiegel und tauchte in das warme Wasser.

Ich brauchte diese drei, vier Monate, um zu mir zu finden und das neue Gesicht in den Griff zu bekommen. Aber ich hatte keine Ahnung, wo ich hin sollte.

Denk nach, Eva!

Ich hatte tatsächlich Eva gesagt! Ich lachte. Eigentlich nicht schlecht, Sekt in der Wanne zu trinken, daran konnte man sich gewöhnen. Und so einem Gesicht konnte man das sogar verzeihen. Die Brust ist in Ordnung, den Bauch kann man noch etwas verbessern und die Beine auch. Ogottogott, solche Gedanken sind mir früher nie in den Kopf gekommen – ich hoffe, daß führt nicht dazu, daß ich mir einen Videokurs in »Shaping« zulege, oder womit schlagen die gelangweilten reichen Schnepfen die Zeit tot? Nein, trotzdem ein glücklicher Gedanke, mein Aussehen zu verändern – warum ist mir das bloß nicht früher eingefallen. Davor …

Wovor?

Bevor sie umgebracht wurden. Mir wurde eiskalt in der warmen Wanne.

Sie wurden umgebracht, man hat sie ermordet, und dir fällt nichts Besseres ein, als dir feige ein neues Gesicht machen zu lassen. Damit hast du alle Brücken hinter dir abgebrochen: Wenn jetzt die wackeren Jungs mit den kurzgeschorenen Schädeln und den kugelsicheren Westen die Badezimmertür einschlagen und dich aus der Wanne holen – was sagst du ihnen dann? Daß du Angst hattest? Aber vorher hast du bei einer Pornofilmproduktion mitgemischt und regelmäßig Kohle dafür gekriegt und dir davon diese eine miese Immobilie gekauft? Und als du gemerkt hast, daß es brenzlig wurde, hast du einfach den Kopf verloren und dich aus dem Staub gemacht? Aber so ganz hast du ihn offenbar nicht verloren, denn immerhin hast du ja eine nicht unbeträchtliche Menge Dollars mitgehen lassen …

Mir blieb nur das eine: Laufen, laufen, laufen … »Lauf,

wenn du nicht schießen kannst«, ich glaube, so heißt ein Roman von Sébastien Japrisot. Da rannte auch irgend jemand, aber bei dem ging das böse aus. Zum Teufel!

Das Wichtigste – die nächsten drei Monate überstehen.

Ich schlürfte Sekt, bestaunte meinen wunderbar verwandelten Busen und begann darüber nachzudenken, wo ich diese Zeit überdauern könnte. Natürlich konnte keine Rede davon sein, jetzt schon nach Petersburg zu fahren – Petersburg ohne Aljona war sinnlos. Noch hatte sich mein Gesicht nicht endgültig ausgeformt. Es konnte mich jeden Moment im Stich lassen. Und dann – ein gewisser zeitlicher Sicherheitsabstand zu meinen potentiellen Verfolgern, der Polizei und Nimotsis Pornoleuten, war durchaus von Vorteil. Und außerdem gab es noch zwei unglückliche Liebhaber, die mir auf den Fersen bleiben würden ... Ein Haus auf einer einsamen Insel, das war es, was ich jetzt brauchte. Ein Haus, eine Einsiedelei, eine Mönchszelle, ein Blockhaus am Ende eines gottverlassenen Dorfes ... Doch ein neuer Mensch in einem kaum bewohnten Dorf, das ist immer ein wenig verdächtig. Außerdem ist es kein sehr beneidenswertes Los, als einsamer Fremder mißtrauisch beäugt zu werden. Aber eine Mönchszelle ...

Ich nippte an dem abgestandenen Sekt.

Natürlich, ganz am Anfang der Neunziger war das in der Hochschulszene total angesagt, alle krochen in irgendwelchen Wüsteneien, Refugien und Klöstern in der Gegend von Twersk, Pskow oder Wladimir unter. Eine Zeitlang war das sogar prestigeträchtiger als das traditionelle Trampen in die baltischen Länder oder auf die Krim. Die ausgeflippten Hippies von früher waren jetzt ausgeflippte Esoteriker und Anhänger religiöser Bewegungen geworden. Einige hatten das Ganze nach drei Monaten Natur und karger Klosterkost abgehakt, aber manch einer kam nicht mehr davon los. Ich erinnerte mich an Nelly Reich, die im fünften Studienjahr beschlossen hatte, ganz ins Kloster zu gehen.

Die Geschichte war ein paar Wochen unser liebstes Gesprächsthema, bis sie von Iwans Tod abgelöst wurde. Ich hatte Nelly völlig vergessen. Hier und jetzt, in der Wanne sitzend, erinnerte ich mich an sie. Mein Notizbuch stammte noch aus dem Jahre 1990, und seither hatte ich fast nichts mehr hineingeschrieben, die Adresse mußte also drin sein …

Ich stieg aus der Wanne und ging, nasse Spuren auf dem Parkett hinterlassend, ins Zimmer. Tatsächlich, die Adresse stand auf der dritten Seite, in meiner sauberen Schönschrift von vor sieben Jahren. Das Kloster befand sich im Gebiet von Twersk, von dem ich nur eine vage Vorstellung hatte. Das Städtchen Andreapol war in der Gegend wahrscheinlich eine Art New York, von da aus fuhr man noch drei Stunden mit dem Bus bis zu einem Dorf, dessen Namen derjenige, der mir die Adresse gab, vergessen hatte, aber das ist auch unwichtig. Den Rest der Strecke bringt dich jeder ortsansässige Säufer für zwei Flaschen Wodka mit dem Pferdewagen – so endete die gewissenhafte Wegbeschreibung.

Na, zwei Flaschen Wodka kann ich mir noch leisten.

Ich konnte den Morgen kaum erwarten, packte meine Sachen in den Rucksack, gab die Schlüssel von Ljowas Wohnung bei Sofja Nikolajewna ab, die mich musterte und für hübsch befand (»Nein! Wozu sollte man sich mit so einem reizenden Gesicht operieren lassen!«) und ging zum Bahnhof.

Am Abend (mit drei Flaschen Wodka Fahrtkosten glimpflich davongekommen) war ich schon im Kloster.

Niemand verlangte Erklärungen von mir – man war an Pilger gewöhnt, einige Dutzend befanden sich gerade im Kloster. Die Schwestern, die alle gleich aussahen mit ihren verklärten, entrückten Gesichtern und den ohne Unterlaß durch ihre Hände gleitenden Rosenkränzen, wiesen mich schweigend in eine kleine Zelle ein, die tags zuvor frei geworden war.

Hier, zwischen den weiß gekalkten Wänden, fühlte ich mich endlich außer Gefahr. Durch das schmale Fenster, das Ähnlichkeit mit einer Schießscharte besaß, sah ich den Klosterhof, der in grüner Stille erstarrt war, und kleine Mädchen mit weißen Kopftüchern, die unter göttlicher Aufsicht spielten. Das einschläfernde Summen unsichtbarer Insekten erfüllte mich mit Ruhe und dem Gefühl vollkommener Abgeschiedenheit.

Gleichzeitig schämte ich mich – ich war nicht hierhergekommen, weil ich an Gott glaubte, sondern weil ich betrügen wollte – mich selbst und alle anderen. Das einzige, was mir blieb – das Kopftuch bis zu den Augenbrauen ziehen und mich tapfer in das graue Leinenkleid der Novizinnen hüllen. Am Abend fand ein Gespräch mit der Oberin statt, und ich, die sich nicht einmal richtig bekreuzigen konnte, fürchtete mich sehr davor.

Ich tat, was ich längst hätte tun sollen – ich gab mich in Evas Hände. Mit ihrem launischen Mund würde sie schon alles hinbiegen. Aber hier stellte man mir keine jesuitischen Fragen, hier stellte man überhaupt keine Fragen, man wollte nur wissen, warum ich gekommen war.

»Um mich zu retten«, sagte ich laut, und das war die Wahrheit, wenn es sich auch nicht auf Gott bezog, sondern auf das Leben. »Sie können beichten.« – »Ja, ja ...« – »Sie können hierbleiben, solange, wie Sie wollen. Ihre Pflichten sind einfach: schwere körperliche Arbeit und Gebete. Viele halten das nicht aus, wissen Sie das? Sind Sie bereit?«

»Ich weiß nicht, ob ich bereit bin.«

»Gott mit Ihnen, gehen Sie. Schwester Paraskewa kümmert sich um Sie.«

Schwester Paraskewa war Nelly mit ihren zwei Hochschulausbildungen: die erste in Psychologie und die zweite – Film. Ich erkannte sie nur an ihrem kleinen kapriziösen Muttermal an der Oberlippe. Wie alle Nonnen der Welt hatte sie ein totes unbewegliches Gesicht und bezauberte nur mit den Augen. In ihnen leuchtete ein stiller Fanatismus.

Dieses Feuer, dieser Fanatismus hinderten sie nicht daran, stundenlang in glühender Sonne den klösterlichen Gemüsegarten zu jäten, die Bienenhäuser zu versorgen und die Kühe zu pflegen.

Ich wurde zum Hacken eingeteilt. Aber am schwersten

waren für mich die Nachtmessen und Liturgien beim Qualm der dünnen Kerzen. Ich stand sie ohne Murren durch, immer wieder mich versündigend, weil ich die Sakramente nicht empfing.

In dieser Zeit dachte ich wenig und spürte fast nichts. Alles, was mit mir passierte, geschah in einer anderen Dimension, und unmerklich kam die Versuchung, für immer hierzubleiben, sich zu vergessen, aufzulösen, zu retten, sich blind Gott anzuvertrauen, wie ich mich einmal den Leuten anvertraut hatte, die ich liebte.

Aber je stärker die Versuchung wurde, desto unmöglicher wurde es auch, ihr nachzugeben – ich hatte nicht gelernt zu glauben. Ich kam von der Nachtmesse und saß stundenlang nur da, starrte stumpfsinnig auf meinen weltlichen Rucksack, der ganz andere Geheimnisse bewahrte. Ich mußte, mußte einfach fort von hier.

Von der monotonen Gartenarbeit wurden meine Handgelenke dünner und die Haut an den Händen rauh. In dem kleinen Badehaus betrachtete ich bewundernd meinen flachen Bauch und bearbeitete meine Füße, die sich inzwischen daran gewöhnt hatten, ohne Schuhe zu laufen, mit einem Stückchen Bimsstein. Die Sonne hatte meinem Gesicht eine matte braune Farbe verliehen. Manchmal betrachtete ich es lange und verstohlen in einer Spiegelscherbe, vor Scham vergehend. Eva hatte vollkommen Fuß in mir gefaßt, ich konnte mich auf sie verlassen: Ich konnte lächeln und die Brauen zusammenziehen, ohne Angst haben zu müssen, daß das Gesicht seine Form verliert und der ganzen Welt sagt, daß irgend etwas nicht stimmt.

Alles war, wie es sein sollte, so daß Schwester Paraskewa ganz am Ende des Sommers zu mir sagte: »Du darfst hier nicht mehr bleiben.«

Ich stand da, stützte mich auf den Spaten – wir ernteten gerade Kartoffeln – und wartete darauf, daß sie weitersprechen würde.

»Du mußt fort von hier. Du brauchst Gott nicht, man darf nicht betrügen, das ist Sünde.«

Sie haßte mich fast, die ehemalige Filmwissenschaftlerin Nelly mit dem Hochschulabschluß in Psychologie, sie haßte mich mit dem snobistischen Haß von jemand, der Gott nahestand.

»Ich suche Rettung. Kann Gott jemanden verstoßen, der nach Rettung sucht?«

»Du suchst Rettung nicht in ihm, du suchst Rettung für dich.«

Im Oktober, nach dem ersten Frost, verließ ich das Kloster.

Maus, die graue Maus, fiel von mir ab wie eine alte Haut, zusammen mit dem Kleid der Novizin. Mit dem neuen Gesicht hatte ich ein neues Leben bekommen, was für eins, wußte ich noch nicht. Dieses Unwissen und mehr noch die Erwartung kribbelten mir in den Fingerspitzen.

Ich erreichte Twer und von da aus die Landstraße nach Petersburg.

Zweiter Teil

Petersburg begrüßte mich mit einem deprimierenden endlosen Regen, von dessen Existenz ich nichts geahnt hatte. Als ich in der Stadt ankam, kaufte ich mir als erstes eine billige Jacke: Ich hatte fast nichts zum Anziehen, und in meinem Sommerpullover sah ich albern aus. Ich versteckte mich in der Jacke und konnte endlich aufatmen und mich umsehen.

Petersburg war ganz anders als Moskau. Moskau war eine Lebensart, in Petersburg aber herrschten Zustände, die stark vom Wasser abhingen, dem Wasser über dem Kopf, unter den Füßen und, zur Abwechslung, in den Flüssen und Kanälen.

Ich war nur einmal in Petersburg gewesen, spät im Winter, als auf das Tauwetter jäher Frost folgte und die Stadt von heftigen Stürmen durchgerüttelt wurde. Damals hatte sie mir absolut nicht gefallen, wofür mir der Wüstenasiate Nimotsi, der Verehrer großer Wasser, der Petersburg anbetete bis zur Selbstaufgabe, fast den Hals umdrehte.

Auf dem Moskauer Bahnhof schnappte ich mir fix eine Oma, und eine halbe Stunde später war ich Besitzerin des Schlüssels zu einer kleinen Wohnung auf der Wassiljew-Insel, von der ich nur wußte, daß Joseph Brodsky hier sterben wollte. Das Angebot von zweihundertfünfzig Dollar im Monat hatte einen derart gewaltigen Eindruck bei der Oma gemacht, daß ich ihn nicht einmal mit meinem Ausweis bekräftigen mußte.

In der Wohnung interessierte mich nichts außer dem Vorhandensein einer Wanne. Unterwegs, vollkommen konfus von soviel Zivilisation, kaufte ich haufenweise Cremes und Shampoos, um die fromme Klosterlüge von mir abzuwaschen und meinen Körper auf mein zukünftiges Leben vorzubereiten. Ich nahm nur die teuersten Cremes und die teuersten Shampoos, ich hatte plötzlich Lust, gut auszusehen und gut zu riechen. Diese neue, mir bisher unbekannte frauliche Empfindung brachte mich ganz durcheinander.

Ich räkelte mich bis zum Abend im heißen Wasser und ließ dazu das Radio in voller Lautstärke laufen. Das Leben, von dem ich so lange ausgeschlossen gewesen war, brachte sich aggressiv in Erinnerung.

Aber zuerst mußte ich mich vorbereiten, Kräfte sammeln und eine Strategie aufbauen.

Ich mampfte die Buletten, die ich im Delikatessengeschäft im Erdgeschoß gekauft hatte, und wählte Aljonas Nummer. Wenn bloß die Nummer noch stimmte, seit der Zeit der durchgemachten Nächte im Studentenwohnheim waren sieben Jahre vergangen. Wie ich gehört hatte, lebte sie noch in Petersburg und leistete sich vom Geld ihrer Eltern, die sie abgöttisch liebten, Autos, beheizbare Wasserbetten und Reisen nach Westeuropa.

Aljona mochte Europa mit seinen freien Sitten. Außerdem liebte sie es, in stolzer Einsamkeit in Kneipen zu sitzen und ab und zu Mädchen anzumachen oder junge Typen, je nach Laune. Die Jungs brauchte sie, um sich in Form zu halten und den weiblichen Charme nicht zu verlieren, den sie immer besessen hatte.

Sie war eine richtige Frau mit einem absolut männlichen Charakter – zynisch und scharfsichtig. Absolut männlich war auch ihre Lust, mit dem Kopf durch die Wand zu gehen und immer ihren Willen durchzusetzen. Sie konnte gut flirten und um sich herum eine Aura erschaffen, aus der Funken sinnlicher Begierde schlugen, aber sie verlor sofort das Interesse an einer Person, wenn sie alles bekam. Um Erfolg bei ihr zu haben, mußte man sie erstens neugierig machen und zweitens an die kurze Leine nehmen.

Sie war ein einsamer Wolf, das machte sie den Männern verwandt.

Sie war impulsiv, das machte sie den Frauen verwandt.

Ich wußte alles über sie, oder fast alles. Und ich wußte, daß ein Mensch sich niemals untreu wird, mal abgesehen von mir – ich war bereit, mir mit jedem X-beliebigen untreu zu werden.

Ich wußte, daß ihr Lieblingsparfüm OUTRAGE hieß, was »Vergewaltigung« bedeutet (sie bevorzugte »Schändung«). Ich wußte, was sie gern aß und trank, was sie für Filme mochte und was für Bücher. Sie hatte eine Schwäche für kluge Frauen und für Zitate aus altmodischen sowjetischen Filmen, sie war verrückt nach der Farbe Schwarz und dreiteiligen Hosenanzügen, nach Kurzhaarschnitten und Silber.

Ich mußte mich nur gut vorbereiten, und sie würde mit Sicherheit anbeißen – sie mag neue herbe Eindrücke. Aber noch mehr mochte sie Widerstand. Sanften Widerstand – so würde ich vorgehen.

Ich wählte also Aljonas Telefonnummer.

Langes Rufzeichen, das trockene Knacken des Anrufbeantworters und Aljonas Stimme, an die ich mich fast sofort wieder erinnerte: »Wie sonderbar es auch scheinen mag, ich bin nicht zu Hause …«

Sie war nicht zu Haus, weder um zwölf noch um zwei, ein Nachtvogel, erst am Morgen ging sie an den Apparat, mit mißlauniger Stimme. Ich legte den Hörer auf. Anschließend fuhr ich ins Zentrum, auf den Newski. Ich mußte mich für unsere Begegnung ausrüsten.

Der Newski überraschte mich angenehm mit einem fast europäischen Glanz. Das war noch nicht Moskau, aber schon nicht mehr Leningrad. Ich ging unbeschwert in das teuerste Geschäft, und unter den beifälligen Blicken der Verkäufer erstand ich einen dreiteiligen Hosenanzug von schlichtem Schnitt (à la Marlene Dietrich, das mußte auf Aljona einen unvergänglichen Eindruck machen). Danach beehrte ich ein weiteres Geschäft, wo ich um einem langen Mantel reicher wurde.

Schließlich war die Kosmetik an der Reihe. Nicht zuviel davon, aber sie mußte teuer sein. Nach diesem Prinzip erstand ich einen Lippenstift (dunkel, mit samtigem, geheimnisvollem Glanz), Maskara (klassisch schwarz, keine vulgären Experimente), Rouge, Tönungscreme und noch einen Haufen teurer, angenehm anzufassender Döschen.

Das Parfüm war ein ziemliches Problem, ich wollte es fast schon aufgeben, diese verdammte »Schändung« aufzutreiben, als ich in einem zweifelhaften Lädchen tief im Leib des trostlosen historischen Zentrums unvermutet darauf stieß.

Jetzt fehlte nur noch die Frisur.

Ich beschloß, es sei genug der Protzerei, und ließ mir die Haare im erstbesten Friseurgeschäft schneiden.

Ein junges, schlecht manikürtes Mädchen zauberte mir einen erstaunlich gelungenen Haarschnitt: Aus dem Spiegel sah mich ein sympathisches Biest an, mit fast idealem Schädel, wer hätte das gedacht.

Auf dem Rückweg gab es kleine Unannehmlichkeiten: Übermütige junge Männer machten mich auf unangenehmste Art an. Innerhalb von vierzig Minuten hatte ich drei Einladungen zum Essen, zwei zu einem Ausflug aufs Land, eine ins Bett und einen Heiratsantrag eingesammelt.

»Du bist ja gut drauf!« äußerte Iwan seine Bewunderung. »Ist das Mädchen am Ende erwachsen geworden und aus der Wiege ins Bett gehüpft?«

»Ich hatte schon immer den Verdacht, daß du eigentlich eine Nutte bist«, bestätigte Nimotsi Iwans Befürchtungen.

»Ich wußte, daß es so kommen würde, du mußtest nur aufhören, vor dir selber Angst zu haben.« Venka hielt zu mir.

An einem Zeitungsstand an der Metrostation besorgte ich mir einen Haufen Zeitschriften, von »Burda« bis »Cosmopolitan«, und widmete die halbe Nacht der Zusammenstellung meines Make-up.

Als ich das erledigt hatte und die Kriegsbemalung auf meinem Gesicht angebracht war, probierte ich sorgfältig die neuen Klamotten an.

Große Klasse, du bist bereit!

Am Morgen stand ich vor Aljonas Haus am Krjukow-Kanal. Ich bezog Beobachtungsposten in einem kleinen

Café gegenüber der Toreinfahrt, neben der einige Autos standen: zwei ausländische, deren Namen ich nicht kannte, ein Mercedes, ein Oka und ein silberner Jeep. Ich schlürfte kalten Kaffee und setzte auf den Jeep: Wenn das ihr Auto ist, geht alles gut.

Aljona erschien um zwölf Uhr mittags. Ich erkannte sie sofort: heller lässiger Haarschopf, leichter Mantel aus Glacéleder, hohe Stiefel. Sie sah aus wie jede reiche Tussi. Bei ihrem Erscheinen gab der Jeep ein freudiges elektronisches Piepsen von sich. Du hattest recht, Eva, alles geht gut.

Der erste Teil des Plans war ausgeführt, ich ging leichten Herzens nach Haus, um noch ein bißchen zu schlafen, ein paar letzte Korrekturen an meinem Outfit vorzunehmen und mich für den Abend vorzubereiten.

Im Haus des Filmes lief heute was von Almodóvar. Ich hatte großes Glück, Almodóvar war Aljonas Lieblingsregisseur, folglich würde sie in jedem Fall dort auftauchen.

Auf den Spanier Pedro Almodóvar mit seinen ewigen Materialschlachten von Anilinfarben und Heroin verschwendete ich keinen Blick. Ich ging in die Bar, besetzte einen Ecktisch, bestellte mir ein Glas vom teuersten Wein und fing an zu warten.

Ich kannte ihre Manier – erst zieht sie sich den Almodóvar rein, und dann kommt sie auf jeden Fall hierher, auf ein Gläschen – das ist ihr Stil, ein Gläschen in einer Schickimicki-Bar. Natürlich nur, wenn sie sich nicht in den Kopf gesetzt hat, irgendwo anders hinzugehen, wenn sie kein Rendezvous hat, wenn sie nicht grad ihren Papagei füttern muß, den Hund, die Katze, die Fische, wenn, wenn, wenn …

Aber sie kam – genau in dem Moment, als ich wieder einmal beherzt ein Rudel angesäuselter junger Männer von meinem Tisch abwehrte, die das heftige Bedürfnis hatten, meine Bekanntschaft zu machen.

»Hier ist besetzt«, zischte ich durch die Zähne, und um dem mehr Überzeugungskraft zu verleihen, schaute ich auf die Uhr.

Sie betrat den Raum, und in der ganzen, von Zigarettenrauch umwaberten Menschenmenge fiel ihr Blick sofort auf mich. Eine Minute später stand sie schon an meinem Tisch, ein Glas Cognac in der Hand, ganz selbstverständlich; mein Tisch war der einzige, der nicht voll besetzt war. Ich bemerkte ihren raubtierhaft funkelnden Blick, sie war zum Angriff bereit. Hatte sie sich in der Hochschule noch ein bißchen geziert, jetzt war nichts mehr davon zu spüren.

Aljona taxierte mich, so wie nur Männer eine Frau taxieren, die ihnen gefällt.

»Gestatten Sie?« fragte sie, ganz Dame.

»Bitte«, erwiderte ich gleichgültig und zog meine Knie zur Seite.

Sie hatte sich tatsächlich nicht verändert, nur das Kinn war härter geworden, und die Lippen spannten sich in einer entschlossenen, fast männlichen Linie. Aber sie war teuflisch schön, das mußte man zugeben.

Ich trank meinen Wein aus und erhob mich plötzlich, ohne ein Wort. Zwischen dem Tisch und der Wand war nur wenig Raum, und ich berührte – unbeabsichtigt – Aljonas Brust und legte – rein zufällig – die Hand auf ihre Schulter.

»Entschuldigen Sie.«

Ich war ihr ganz nah – so nah, daß sie den Geruch meines Parfums einfangen mußte, dieses Parfums, das ihr so gefiel. Um die Szene nicht in die Länge zu ziehen, ging ich zum Tresen und bestellte mir noch ein Glas Wein.

Ich kehrte zurück und begegnete ihrem unverhohlen abschätzenden Blick (Ja, du bist ein Profi geworden, Aljona Gontscharowa!). Einige Minuten saßen wir schweigend nebeneinander, nur selten hob sie die Hand, um auf einen der zahlreichen Grüße zu antworten.

Ich sah mit besorgtem Blick auf die Uhr, schloß meine Handtasche (Na, los, siehst du denn nicht, daß dein obskures Objekt der Begierde schon dabei ist, sich auf die Beine zu machen?). Erst da entschloß sie sich.

»Dieses Parfum heißt ›Schändung‹?«

Ich machte ein lässig verwundertes Gesicht.

»›Vergewaltigung‹. Mir gefällt ›Vergewaltigung‹ besser.«
»Ich habe andere erotische Phantasien.«

Selbstverständlich!

»Ich habe Sie noch nie hier gesehen.«

Hier nicht, aber hast du nicht nach den kleinen Auseinandersetzungen mit Iwan meine feuchte Schnauze abgewischt?

»Ich bin zum ersten Mal hier.«

»Erwarten Sie jemanden?«

»Ja. Einen Mann.«

»Ich wäre an seiner Stelle nicht zu spät gekommen. So eine Frau muß man entführen.«

»Man« heißt wahrscheinlich du?

Ich sah sie mit einem gut einstudierten Blick an, eine Mischung aus Erstaunen und Befriedigung – eine Schönheit, die an Komplimente gewöhnt ist.

»Trinken Sie noch ein Glas Wein? Oder was Härteres?«

»Irgend etwas Härteres.« Ich sah wieder auf die Uhr. »Wenn der Abend schon mal im Eimer ist.«

Aljona kam mit einem Glas Cognac zurück, und ich nahm es wohlwollend an.

»Ich heiße Aljona.«

»Eva«

Ja, der Name war glücklich gewählt, ich sah, wie sich Aljonas Lippen genießerisch verzogen.

»Ein vielversprechender Name.«

Wir stießen an. Sie nippte am Cognac, ohne die Augen von mir zu wenden: ein Mädchen mit kurzen Haaren in einem weit geschnittenen Hosenanzug – gerade so weit, um die Figur zu betonen –, grüne Augen, dunkel geschminkte Lippen; natürlich, mit Aljona habe ich ins Schwarze getroffen, ich sollte diesen ganzen Unfug lassen und eine Privatdetektei gründen …

Ich fuhr mir mit der Zunge über die Lippen und zog eine Packung holländischen Tabak aus der Handtasche, eine Zigarettenspitze, eine Maschine zum Drehen und einen kleinen Aschenbecher.

Ohne Aljonas erstaunten Blick zu beachten, drehte ich mit lässigen, fast rituellen Bewegungen eine Zigarette (um mit solcher Leichtigkeit Zigaretten drehen zu können, hatte ich gestern die halbe Nacht geübt) und steckte sie mir in die Zigarettenspitze. Beifällig seufzend bot mir Aljona ihr Feuerzeug an.

»Soll ich Ihnen auch eine drehen?« fragte ich und begegnete ihrem angespannten Blick vollkommen ungezwungen.

Aljona schüttelte den Kopf und nahm aus ihrer Handtasche genau den gleichen Tabak und fast die gleiche Maschine, nur ihre Zigarettenspitze war anders – lang, aus Kirschbaumwurzel geschnitzt. Nachdem sie dieselbe Operation vollzogen hatte wie vorher ich, stieß sie einen Rauchkringel aus.

»Finden Sie nicht, daß wir uns ähnlich sind?«

Natürlich fand ich das, unser ganzer Trakt im Studentenwohnheim war von diesem Tabak vollgestopft gewesen.

»Verblüffend ähnlich«, sagte ich gleichgültig.

»Ist er brünett?« fragte Aljona plötzlich.

»Wer?«

»Ihr Typ. Er sollte brünett sein.«

»Wie kommen sie darauf, daß er brünett ist?«

»Deshalb, weil wir uns ähneln.« Das klang eher heftig als überzeugend. »Und mir gefallen dunkle Haare. Noch einen Cognac?«

Nach dem dritten Cognac flüsterte Aljona mir ins Ohr – und das sah ganz natürlich aus, in der Bar herrschte ein furchtbares Getöse: »Das kann nicht wahr sein, aber ich bin bereit, Unmögliches zu glauben ... Sie riechen nach meinem Lieblingsparfüm, Sie rauchen meinen Lieblingstabak. Finden Sie nicht, daß wir uns duzen sollten?«

Aljona ging mit Siebenmeilenschritten auf ihr Ziel los, es war Zeit, sie ein klein wenig zu bremsen.

»Ich glaub, ich muß jetzt gehen.«

Ich warf ihr diesen Satz hin und beobachtete aus sicherer Entfernung, was sie machen würde.

»Gut«, sagte sie bedachtsam. »Aber wenn er gekommen

wäre, wäre dieser Abend doch nicht so schnell zu Ende gewesen?«

»Was macht das schon für einen Unterschied, er ist nicht gekommen ...« Verschleierte Verzweiflung in meiner Antwort – die Schleppe einer unausgesprochenen Geschichte schleifte folgsam den drei Punkten hinterher.

Sie lachte und sah mir ins Gesicht.

»Wenn es dir nicht so ernst wäre, hätte ich dich zu einem Männerstriptease eingeladen. Aber wenn dieser mißlungene Abend dir die Seele zerreißt, komm mit ins ›Bronx‹. Das ist ein Filmklub. Für angetrunkene Bohemiens. Ich lade dich ein.«

Ich stützte das Kinn auf die Handfläche und berührte meinen Mundwinkel mit dem kleinen Finger. »Ich zahle immer selbst für mich.«

Aljona schoß mit einem Kavalierstart aus der Parklücke, es machte ihr Spaß, mich zu erobern. Ich zog meine Beine auf den weichen Ledersitz, legte den Kopf auf den Unterarm und sah Aljona unverwandt an.

Den ganzen Weg über plauderten wir ungezwungen, ich entsprach ihren Erwartungen in jeder Hinsicht; es war ein laszives Geplauder an der Grenze zum Unanständigen – viele Anspielungen auf Männer und auf Sex im allgemeinen, die ganz natürliche Fortsetzung des Abends. Meine leicht vulgäre Art im Stil der von ihr vergötterten Marlene Dietrich und die Erwähnung von Susan Sonntag als Vermittlerin einer alternativen politischen Erotik brachten Aljona schließlich zur Strecke. Ich spürte, daß sie am liebsten das Lenkrad losgelassen hätte und über mich hergefallen wäre. Ich bekam einen nassen Rücken von diesem intellektuell verkappten Flirt, aber das war es wert.

Als wir das »Bronx« erreichten, hing sie schon an meiner Angel. Ich brachte sie aus dem Konzept: Ich war zu intelligent, um sinnlich zu sein, und zu sinnlich, um intelligent zu sein. Ich hatte eine vergleichbare Ausbildung wie Aljona, aber eine vollkommen andere Sicht auf die Welt. Ich ergriff nicht die Initiative, weil ich der »Schändung« die »Vergewaltigung« vorzog, ich rauchte denselben Tabak ... Ich brachte sogar einige Sätze des von Aljona so geschätzten Max Frisch in unserem Gespräch unter und achtete auf die erforderliche Pause, damit sie die Zitate beenden konnte. Ich war aus dem Nichts aufgetaucht und verkörperte alle ihre geheimen und offenen Sehnsüchte. Ich gab ihr so viele Rätsel auf, daß es einfacher war, mir zu vertrauen, als sie zu lösen.

Das »Bronx« war ein exklusiver Klub. Aljona nahm mich als Gast auf ihre Mitgliedskarte. Man kannte sie hier gut, der Anzahl der Küsse nach zu urteilen, die sie nach rechts und links verteilte.

Die drei niedrigen Räume mit ihren von Grafittis vollgeschmierten Wänden machten auf mich wenig Eindruck. Und das stilisierte Gerümpel, das den Namen »Bronx« rechtfertigen sollte, fand ich bloß lächerlich. Genau das sagte ich Aljona, als sie mich fragte: »Na, gefällt's dir?«

»Konzeptionell ein bißchen dürftig.«

Aljona lästerte mit mir alle Gäste durch, alternative Filmleute, aufgeblasene Werbefilmer, düstere Jazzer, die nicht mal mehr wußten, wie ein Saxophon aussieht, und die üblichen aristokratischen Hohlschädel.

Ich kannte niemanden, außer einem – den kleinen Baschlykow, das Genie der Nebendarsteller; in der Filmhochschule hatte ich mir den Hals nach ihm ausgerenkt. Baschlykow stolzierte wie ein Pfau auf Aljona zu, sie küßten sich vertraulich, und er starrte mich an.

Mit aufrichtigem Interesse.

»Würdest du mir bitte das Mädchen vorstellen, alte Kuh!« wandte sich Baschlykow zärtlich an Aljona.

»Eva«, sagte Aljona widerwillig, und ich sah das Funkeln der Besitzerin in ihren Augen.

»Das habe ich geahnt! Sie ist Eva! Was für ein Gesicht – noch nicht verdorben von der tausendjährigen Geschichte der Zivilisation.« Baschlykow war hocherfreut. »Ich bin Baschlykow. Michail Awetikowitsch. Schauspieler an großen und kleinen Akademischen Theatern ... Oder wie heißt es da bei unserem Klassiker?«

»Genau so«, sagte ich.

»Übrigens, meine Oma war Tschetschenin und hat die ganzen Schrecken der Deportationen von 1944 überlebt. Und jetzt fordert die historische Gerechtigkeit eine materielle Entschädigung ... Aljona, Herzchen, gib mir Geld für einen Film. Lausige vierzigtausend Grüne!«

»Donnerstags geb ich nichts.«

»Und freitags? Komm, sei eine Mäzenin! Die Geschichte der Kunst wird dich nicht vergessen! Eva,« wandte sich Baschlykow an mich, »ich biete Ihnen die Hauptrolle an. Ohne Vorsprechen.«

Ich lächelte nebulös und ließ sie stehen. Im »Bronx« gab es unerwarteterweise das, was mich auf Hochtouren bringen konnte – Billard!

Ich schummelte mich in einen ungeordneten Haufen von Spielern ein, und nach fünf Minuten hatte ich ein Queue in den Händen. Mit Vergnügen bemerkte ich, daß der Unterricht, den ich bei der alten Trotzkistin Sofja Nikolajewna genossen hatte, nicht umsonst gewesen war. Als die letzte Kugel im Loch verschwand, hörte ich lebhaften Applaus, begeisterte Bemerkungen und zweideutiges Zungenschnalzen.

»Machen wir ein Spiel?« sagte eine tiefe, samtige Stimme. Ich wandte mich um und erblickte einen jungen Mann mit dem Aussehen eines Herzensbrechers, Typ magerer Rüde mit klassischem Kopf und zusammengewachsenen Augenbrauen.

Der Rüde legte mit süßem Lächeln einen Fünfzigdollarschein auf das grüne Tuch. Ich zog lässig einen zerknitterten Hunderter aus der Tasche und ließ seinen kläglichen Fuffi darunter verschwinden.

Alle pfiffen, und ein Zuschauer nach dem anderen versammelte sich um uns. Um sich nicht zu blamieren, legte mein kleiner Rüde noch einen Schein dazu, und die Partie begann.

Er spielte nicht schlecht, aber heute war mein Abend – Fortuna war auf meiner Seite. Zwei elegante Stöße, die mir die Alte beigebracht hatte, ernteten beifällige Rufe; ich brachte zwei vollkommen hoffnungslose Kugeln nach Hause – man war bereit, mich zu krönen!

Ich steckte das gewonnene Geld in die Tasche, klopfte mir die Kreide von den Händen, und jetzt erst bemerkte ich Aljona. Sie sah mich unverwandt an, in ihrem Blick mischten sich Begeisterung und Eifersucht.

Ich lächelte sie freundlich an, als sie auf mich zu stürzte, und akzeptierte die Einladung des Rüden, mit ihm eine Flasche Tequila niederzumachen. Ich mußte augenblicklich handeln, Sturm und Drang, kurze Leine. Ich werde dich noch gehörig schmoren lassen.

Mein Rüde hieß Max, das verriet er mir nach dem ersten Toast, und dann drückte er seinen Körper zärtlich an mich und verkündete, er mache Videoclips. Er wunderte sich überhaupt nicht darüber, daß Aljona mich hierher geschleppt hatte.

»Shit!« sagte Max, »Aljona bekommt immer das Beste!«

»Was heißt das?« lächelte ich unschuldig.

»Weißt du das nicht? Sie ist unsere Spezialistin, was Mädchen angeht«

»Was du nicht sagst! Wir haben uns heute erst kennengelernt.« Gott, verzeih mir diese Lügen.

»Dann hast du noch die freie Wahl«, begeisterte sich Max. »Zwischen ihr und mir.«

»Darf ich mich auch für mich entscheiden?«

»Darf ich dich küssen?«

Ich behielt Aljona aus den Augenwinkeln im Blick. Sie saß nicht weit von uns, in einer Runde jämmerlicher junger Männer, die gern auf fremde Rechnung zechten.

»Du hast mir noch keine Antwort gegeben.«

Ich erlaubte es ihm, und seine Lippen berührten vorsichtig die meinen. Ich erwiderte diesen Kuß, ich ließ mich sogar von ihm hinreißen, für einen Augenblick vergaß ich Aljona. Es wurde vollkommen glaubwürdig. Mein Gott, wieviel war mir bisher entgangen …

Er berührte meine Wange mit der Hand, und ich sah, wie

Aljonas Gesicht erstarrte, sich für einen Augenblick in eine japanische Maske des Zorns verwandelte.

»Ich will dich von hier wegbringen, weil ich dich will!« Er wählte den leichtesten und optimalsten Weg.

»Daß ich gut im Billard bin, heißt noch nicht, daß ich gut im Bett bin.«

»Du brauchst gar nichts tun.«

»Das ist männlicher Chauvinismus.«

»Gut, machen wir alles so, wie du es willst.«

Ich küßte ihn freundschaftlich auf die Wange, die fest und sauber rasiert war, und glitt von meinem Stuhl.

»Wo willst du hin?« fragte Max besorgt.

»Ich bin gleich wieder da.«

Ich überwand die Versuchung durch diesen hübschen gepflegten Hengst, ging zur Garderobe, nahm meinen langen Mantel und verließ das Etablissement.

Feuchter Wind schlug mir ins Gesicht, und augenblicklich verflogen die Reste meines Rausches. Langsam ging ich die Uferstraße entlang, deren Namen ich nicht kannte, und hoffte, daß sich würdige Begleiter finden würden.

Nach fünf Minuten hupte es ungeduldig hinter mir. Aljonas Jeep glitt weich an die Kante des Bürgersteigs. Sie öffnete zuvorkommend die Tür. Im Licht der Straßenlaterne sah ich ihr glückliches und ein wenig verlegenes Gesicht. Diesen Gesichtsausdruck kannte ich doch, wie oft hatte ich ihn an der Filmhochschule gesehen – sie war schon verliebt und wartete auf ein Abenteuer, ein kurzes, aber verzehrendes Liebesspiel. Einen Moment lang überkam mich Mitleid mit Aljona und Verachtung für mich selbst: Ich nutzte zynisch ihre Schwäche aus – ich berechnendes, kaltes Biest.

»Ich kann dich mitnehmen.«

»Na, gut.«

Der Vorhang des ersten Akts dieser tragischen Farce war gefallen, aber noch war es zu früh, sich zurückzulehnen.

»Hat dir unser kleiner Hengst imponiert?« fragte Aljona eifersüchtig.

»Amüsanter Typ. Ich hätte nie gedacht, daß ihr Konkurrenten seid.«

»So-o ...« Aljona lachte auf. »Er hat also schon gequatscht. Um so besser, das erspart mir lästige Erklärungen.«

»Mich schockiert das nicht, aber...«

»Du brauchst nicht weiterreden, ich hab verstanden.«

Alles lief hervorragend, ich brauchte nicht einmal zu spielen. Wir waren schon eine ganze Weile unterwegs, ich war fast eingenickt und spürte im Halbschlaf, daß Aljona langsamer fuhr als normal, an den Ampeln ein wenig länger hielt als nötig. Dann stoppte sie: Die Brücken der Newa hatten ihre Rücken aufgerichtet.

»Verdammt, die Brücken sind oben ... Schon nach zwei Uhr.«

»Ich seh's«, sagte ich ruhig.

»Ich schlage eine Alternative vor.« Aljona versuchte ruhig zu wirken. »Ich wohne hier in der Nähe, am Krjukow-Kanal. Du kannst bis morgen bei mir bleiben. Morgen früh fahre ich dich dann nach Haus.«

Ich ließ sie ein Weilchen zappeln.

Aljona breitete entschuldigend die Arme aus.

»Ich hoffe, du hältst das nicht für den Raub der Sabinerinnen?«

»Keinesfalls.«

Sie wohnte im ersten Stock, mit Ausblick auf den Krjukow-Kanal, in einer riesigen Zweizimmerwohnung nach Eurostandard und mit Whirlpool. Hier hätte ich gern meine Tage beendet – das Gesicht in dem weichen flauschigen Teppich neben den Tischbeinen aus Mahagoni, inmitten von Splittern Meißner Porzellans ...

Das Schlafzimmer hatte überhaupt keine Ähnlichkeit mit dem etwas überladenen Wohnzimmer. Die Decke mit Spiegeln verkleidet, mit schwarzem Stoff bezogene Wände, ein riesiges Bett unter einer schwarzen Tagesdecke, auf der grelle Farbflecken explodierten – kleine Kissen mit lateinamerikanischen geometrischen Mustern: ziegelrot, gelb, orange. Über die Länge einer ganzen Wand zog sich ein riesiges Aquarium. Ich hatte so etwas noch nie gesehen: Vor meinen Augen spielte sich das gleichmütige Leben eines Korallenriffs ab, so realistisch, daß mir schwindelte.

» Es tut mir leid«, sagte ich beim Eintreten.

»Ja, ich verstehe. Entschuldige.«

»Ich glaube, du hast keine Probleme mit ...« Ich schwieg und suchte nach dem passenden Wort, »mit Partnerinnen. Außerdem, du kannst dir immer welche kaufen.«

»Du bist hart«, sagte Aljona leise, und sie tat mir leid: ein in verbotenen Gefühlen verirrtes Mädchen. »Weißt du, ab und zu hasse ich mich für meine idiotische Natur. Aber ich kann nichts dafür.«

»Natürlich nicht.« Ich strich ihr sanft über das Haar.

Als ich aus dem Bad kam, in einen frischen Frotteebademantel gehüllt, wartete Aljona auf mich.

»Entschuldige, wir müssen in einem Bett schlafen. Ich habe nur das eine.«

Sie lächelte unschuldig. Ein anderes Bett existierte tatsächlich nicht, das Wohnzimmer wurde von vier riesigen Ledersesseln beherrscht.

»Wirklich? Hast du keine Gästebetten für deine Verwandten, die von weit her kommen?«

»Ich empfange hier keine Gäste, dafür habe ich eine andere Wohnung ... Hier empfange ich nur die, mit denen ich schlafen will.«

Erstaunt hob ich die Augenbrauen.

»So ist das? Und wer zahlt deine Launen?«

»Ich bin eine reiche Tussi, das willst du doch damit sagen?«

»Eine einsame reiche Tussi. Es sieht extravagant aus hier, aber wenig erfreulich.«

»Ich weiß. Auf welcher Seite des Bettes möchtest du liegen?«

»Auf der, wo ich nicht gestört werde. Ich würde furchtbar gern ein paar Stunden schlafen.«

Ich plazierte mich ganz am Rand von Aljonas Bett, das riesig war wie ein Fußballfeld. Aljona legte sich auf die andere Seite, aber bevor sie sich legte, kniete sie sich vor mich hin.

»Du brauchst keine Angst vor mir zu haben.«

»Ich habe keine Angst vor dir. Ich habe genug zu fürchten.« Das klang sehr interessant.

Aljona streckte die Hand aus und berührte sanft meine Haare.

»Sprechen wir morgen darüber. Gute Nacht.«

Ich nahm ihre Hand und küßte sie in die Handfläche. Mein Gott, genau so hatte mich Iwan geküßt; dieselbe vielversprechende Geste brach plötzlich aus mir heraus, ich war immer eine fleißige Schülerin gewesen. Aljona kam näher, aber ich zog mich sofort zurück.

»Das bedeutet nichts, außer gute Nacht«.

»Du machst mich verrückt.«

»Die wievielte auf deiner Liste bin ich?«

»Was?«

»Die wievielte, die dich verrückt macht?«

»Vielleicht habe ich das gefunden, was ich schon immer gesucht habe«, sagte Aljona nachdenklich.

»Sei nicht so voreilig in deinen Schlußfolgerungen.«

»Ich mag den Titel eines Buches von Joyce Carol Oates ...«

»Sprich nicht weiter, ich kenne ihn. »Unheilige Liebe.«

»Was du willst«, sagte Aljona leise. »O Gott, wo bist du bloß hergekommen?«

Aus unserer gemeinsamen Vergangenheit, mein Täubchen! erwiderte ich im stillen.

»Kann man in diesem Haus schlafen, oder geht unser literarisches Quiz noch bis morgen früh weiter?«

»Entschuldige, gute Nacht, schlaf gut«, seufzte Aljona.

Von gut schlafen konnte in dieser von den exotischen Fischen im Aquarium illuminierten Nacht kaum die Rede sein. Ich tat kein Auge zu, der stockende Atem Aljonas beunruhigte mich, ich spürte auf meiner Haut die Wellen, die von ihrem Körper ausgingen, der im Käfig seiner Leidenschaften schmachtete.

Lange, bevor sie sich den Schlaf aus den Augen rieb, war ich aus ihrem Bett verschwunden. Ich hinterließ nicht einmal einen Zettel, kein »danke« für die Dusche, das Handtuch und die Nacht unter dem Porträt von Marlene Dietrich. Als ich allein auf der gefrorenen Straße stand, lachte ich leise, griff mir das erste Auto, das vorbeifuhr und erreichte unbehelligt die Wassiljew-Insel.

Ich gab uns beiden eine Frist von einer Woche, das sollte völlig reichen, um Aljona zur Raserei zu bringen. Sie haßte es, wenn die Kartenhäuschen ihrer Emotionen zusammenstürzten. Mit Sicherheit hatte sie in den letzten Tagen die ganze Stadt auf den Kopf gestellt auf der Suche nach dem Bonbon, das ihr von der Zunge gerutscht war. Ich durfte nur den richtigen Zeitpunkt nicht verpassen.

Während der gesamten Woche sah ich Aljonas Jeep vor dem grauen Gebäude des »Haus des Filmes« geparkt. Sie verbrachte alle Abende dort und ging erst, wenn geschlossen wurde. Ihr Jeep fuhr mit quietschenden Reifen an, sie ließ ihre Wut an dem unschuldigen Reifenprofil aus. Nach sieben Tagen öder Bespitzelung hatte ich die Informationen zusammen, die mir fehlten. Dreimal in der Woche fuhr Aljona brav zu einer kleinen Werbeagentur, wo sie nicht als das größte, aber immerhin als ein großes Tier galt. Das fand ich durch einen einfachen Anruf bei der Agentur heraus. Schwieriger war es, festzustellen, auf welchem Weg sie gewöhnlich zur Arbeit fuhr. Aber schließlich hatte ich auch diese Aufgabe gelöst: Sie nahm fast immer dieselbe Route. Ganz zum Schluß glitt Aljona forsch über die Kalinkin-Brücke.

Für den Fangschuß wählte ich einen ruhigen, sonnigen Tag, trockene Oberflächen waren einfach nötig für meinen in Jeans verpackten Hintern. Eine Stunde vor der Stichzeit postierte ich mich am Geländer der Kalinkin-Brücke gegenüber den Admiralitäts-Werften und spülte mir die Gurgel mit Tequila, damit ich eine Fahne bekam ... Ich gestattete mir, ein klein wenig beduselt zu sein, ein ganz bißchen. In so einem Zustand, wenn man es richtig spielt, scheint jeder Wahnsinn nett und verzeihlich.

Um fünf Uhr fünf, nach der Anzeige der Normaluhr über den Admiralitäts-Werften (meiner Meinung nach bist du schon zu spät dran, meine Teuerste!), erschien Aljonas Jeep auf der Brücke.

Ich nahm meinen kurzgeschnittenen Kopf in die Hände und stellte die Tequilaflasche auf den Asphalt, ich war bereit. Sie mußte mich bemerken.

Ich hörte das Quietschen der Bremsen, und Sekunden später war Aljona neben mir. Sie faßte mich um die Schultern.

»O Gott, bist du das!«

Ich hob meine vom Alkohol ein wenig verschwommenen Augen und sagte zu ihr, als ob nichts geschehen wäre: »Wen man hier alles trifft! Was machst du hier?«

»Nein, was machst du hier? Und überhaupt – was machst du? Was machst du mit mir?«

»Wie meinst du das?«

»Wie konntest du bloß so einfach abhauen ... Keine Adresse, keine Telefonnummer hast du mir dagelassen ... Ich suche dich in der ganzen Stadt! Hänge wie eine Vollidiotin im ›Haus des Films‹ rum.«

Sie stand da, klammerte sich an meinen Schultern fest und schaute mir in die Augen. Ich beobachtete, wie die Spitzen ihrer Wimpern feucht wurden, wie ihre Lippen zitterten – sie wollte sich tatsächlich nicht von mir trennen.

Ich sah sie nachdenklich an, wankte kurz und schloß die Augen.

»E-eh, Sie sind ja besoffen, Euer Wohlgeboren!« entfuhr es Aljona.

Es ist soweit!

»Hör mal, zieh ab, ich hab einen Haufen Probleme ...«, knurrte ich.

»Ich löse deine Probleme in fünf Minuten! Ich muß nur kurz zur Arbeit, höchstens eine halbe Stunde.«

»Mir ist schlecht«, preßte ich raus.

»Scheiße, das sehe ich.« Aljona warf angewidert die Tequilaflasche in die Fontanka (glatte hundertsiebzigtausend Mäuse!). »Na gut, gehen wir.«

Sie setzte mich ins Auto, griff zum Funktelefon, wahrscheinlich um ihre Lämmchen in der Agentur anzurufen, wie ich ihren knappen Anweisungen entnahm.

»Serge, ich komme heute nicht ... Ich kann nicht. Macht nichts, der kann warten, ich kläre das dann selbst mit ihm, die Sache ist schon perfekt. Ja, geb ich dir ... Was – was ... Nein, Familienangelegenheiten. Also, alles klar, ich leg auf ...«

So ist das, Familienangelegenheiten. Sehr nett.

Zehn Minuten später waren wir schon bei Aljona. Sie zog mich aus und setzte mich in ihren prächtigen Whirlpool. Noch nie in meinem Leben hatte mich jemand so umsorgt.

Nach einer langen Dusche (heiß und kalt – Aljona hatte die Qualitäten eines Mitarbeiters der Bezirksausnüchterungsanstalt!) wurde ich ins Bett gebracht und in eine Decke gewickelt.

»Du solltest ein bißchen schlafen«, sagte Aljona im Tonfall einer treuen Ehefrau.

Die Fische glitten, wie eine Woche zuvor, gedankenlos im Kosmos des Aquariums umher, und vom Nichtstun schlief ich tatsächlich ein.

Ich erwachte davon, daß Aljona mein Gesicht sanft mit den Lippen berührte. Mit zarten, gewichtslosen, fast keuschen Küssen. Aljona brachte ihre leichten Bogenschützen in die Schlacht, aber ich wußte, daß die schwere Kavallerie der Leidenschaften in der Nähe bereitstand.

Ich mußte auf der Hut sein, sonst war der Sündenfall unvermeidlich.

Ich öffnete die Augen, ihr Gesicht war ganz nah.

»Hallo!« sagte ich.

»Hallo«, flüsterte sie. »Wie fühlst du dich?«

»Gut.«

Sie zog sich von mir zurück – eine angenehme Überraschung, ich war schon darauf vorbereitet gewesen, mich zu verteidigen.

»Wollen wir zu Abend essen?«

»Nein. Ich muß weg.«

»Ich lasse dich nicht fortgehen.«

»Du hast mich falsch verstanden. Ich muß die Stadt verlassen.«

»Warum?«

Aljona wunderte sich aufrichtig.

»Ich habe große Probleme. Der Mensch ... mit dem ich mich treffen wollte ... Er sollte mir helfen. Er ist aber nicht aufgekreuzt. Ich weiß nicht, was mit ihm los ist.«

»Ich denke, der ist nicht der einzige Mensch, der dir helfen kann. Kann ich was für dich tun?«

»Nein, das ist ausgeschlossen. Das ist eine üble Geschichte. Ich will nicht jemanden da mit reinziehen, der mir sympathisch ist.«

Sie nahm mein Gesicht in ihre Hände, die kühl waren und Fürsorge versprachen.

»Jetzt hast du's zugegeben.«

»Was?«

»Daß ich dir sympathisch bin. Du mußt mir alles erzählen. Ich bin deine Freundin, hast du das noch nicht gemerkt? Laß mich dir helfen. Ich habe viele Möglichkeiten ...«

Ich konzentrierte mich; davon, wie gut ich diese Partie jetzt spielte, wie überzeugend ich sein würde, hing meine Zukunft ab. Den Monolog hatte ich die ganzen Tage geprobt. Ich hatte lange nach einer überzeugenden Geschichte gesucht und mich schließlich dazu durchgerungen, die zu nehmen, die Nimotsi mir erzählt hatte. Ich veränderte sie ein wenig, verlegte das Geschehen von Griechenland nach Moskau, das blutige Grundgerüst der Handlung jedoch ließ ich unangetastet (O Gott, ich nahm die ganze Geschichte nach wie vor als Drehbuch wahr, sonst nichts!). Eine der Nebendarstellerinnen darin war zufällig ich, aber nicht die unglückliche Drehbuchautorin, sondern eine Schauspielanfängerin, die aus einer Laune heraus, oder weshalb auch immer, in dieses schmutzige Geschäft hineingeraten war. Und jetzt, von allen Hunden gehetzt als Zeugin, die aus dem Weg geräumt werden soll, ohne Papiere, wollte ich nur eins: das Land verlassen. Der Mann, der nicht zu der Verabredung ins »Haus des Films« gekommen war, hatte mir einen Paß versprochen. Aber er war nicht aufgetaucht …

Ich brauchte einen Paß, um abhauen zu können.

Alles, was geschah, erschien mir vollkommen unwirklich: Bin ich das tatsächlich – ich!, die so glaubwürdig, so gekonnt einen Menschen belügt, der ehrlich bereit ist, mir zu helfen? Bin ich das wirklich, das zahme Lamm, das im Leben niemals gelogen hat? O ja, das war ich, zur Hölle mit mir! Schließlich fing ich an, mich so zu hassen, daß ich weinte.

Aljona nahm mich bereitwillig in die Arme und grub ihre Lippen in meinen kurzgeschnittenen Hinterkopf. Sie glaubte mir.

»Mein Mädchen … Mein armes Mädchen!« Aljona flüsterte ununterbrochen. Sie war bereit, mich zu beschützen, ohne Bedingungen zu stellen. Für einen Augenblick verlor ich die Kontrolle über mich und hätte ihr beinahe alles erzählt, die ganze Wahrheit. Mach die Augen auf, Aljona, ich bin es, Maus, du kennst mich schon eine Ewigkeit. Verzeih mir.

Aber Maus war gestorben, sie war dort geblieben, im sommerlichen Moskau, und weinte den verlorenen Freunden nach.

»Gleich morgen … Nein, heute noch spreche ich mit meinem Vater. Er hat gute Rechtsanwälte und Leute vom FSB an der Hand. Und mit dem Staatsanwalt der Stadt geht er donnerstags immer ins Badehaus, sie schrubben sich dort gegenseitig den Rücken … Wenn die sich um die Sache kümmern, passiert dir nichts mehr, glaub mir.«

Das fehlte mir gerade noch!

»Nein«, sagte ich fest, »nein, sonst gehe ich sofort. Ich muß da allein durch. Ich weiß, was ich sage, ich habe gesehen, wie diese Leute arbeiten. Niemand wird mich retten. Ich muß verschwinden.«

»Gut«, sagte Aljona. Na, endlich! »Der Paß ist kein Problem. Den besorge ich. Ich kann dich beschützen. Glaubst du mir?«

Ich war bereit, mit meinem Körper für die freundliche Unterstützung zu zahlen. Aber dieses Opfer brauchte ich nicht zu bringen. Ich wußte vieles über Aljona, doch das Wichtigste erfuhr ich erst jetzt – sie haßte es, sich Menschen zu kaufen, sie haßte es, die Schwächen derer auszunutzen, die sie liebte.

Als ich mich ihr näherte, zog sie sich ohne ein Wort von mir zurück. Es fiel ihr nicht leicht, sie wollte mich wirklich, aber sie zog sich trotzdem zurück.

»Merk dir, ich habe nie eine Situation ausgenutzt. Ich will, daß du mich liebst, aber einfach so. Nicht aus Dankbarkeit, nicht weil du dich verpflichtet fühlst und dir dabei wie eine miese Nutte vorkommst. Ich gebe dir die Zeit. Ich warte.«

»Danke«, sagte ich aufrichtig.

Wir waren von diesem Gespräch wie ausgeleert. Sie schlief als erste ein, hielt mich beschützend in den Armen, mit jedem Haar Kämpferin, eine Walküre, fähig, die ganze Welt in Bewegung zu setzen.

Ich blieb bei ihr. Tagsüber verschwand sie und kam abgespannt und müde nach Hause. Wir sprachen nicht über das, was in jener Nacht passiert war. Aber die ganze Zeit gingen wir miteinander um wie Leute, die versuchen, sich so schnell wie möglich kennenzulernen und alle Förmlichkeiten abzulegen. Nachts lag Aljona im Bett, die Hand unterm Kopf (das war ihre liebste Pose) und erzählte mir von der Filmhochschule. Ich kam von dem Gedanken nicht los, daß wir an verschiedenen Hochschulen studiert hatten: Ihre Filmhochschule war voll von lustigen grotesken Geschichten, über die ich Tränen lachen mußte, voll von wunderlichen Typen, über die man herziehen konnte. In meiner Erinnerung gab es eine ganz andere Filmhochschule: Sie war auf die Sphäre eines einzigen Menschen beschränkt: Iwan.

Aljona genoß das Leben, nahm die Dinge leicht, und genauso stellte sie sie dar. Ich erkannte kaum jemanden wieder.

Der aufgeblasene Mistkerl zum Beispiel, der seine eigene heißgeliebte Person mit der gesamten Menschheit verwechselte, das war Iwan. Und der aufgeblasene Mistkerl, der glaubte, er sei der Film persönlich, das war Nimotsi. Über mich verlor Aljona kein Wort – ich fiel, wie immer, unter den Tisch. Nur einmal sprach sie über mich: Sie leben nicht mehr, alle drei. Die dritte, das war wohl Maus: Folglich hatten die Gerüchte auch Petersburg erreicht.

In all diesen schlaflosen Nächten lag in der Mitte des Bettes zwischen Aljona und mir ein Palästinensertuch, das das mittelalterliche keusche Schwert von Tristan und Isolde ersetzte. Es lag dort, damit ich die Schönheit der Geste würdigen konnte. »Wenn du spürst, daß du bereit bist, nimm es einfach weg«, hatte Aljona gesagt.

Manchmal gingen wir abends essen, manchmal fuhren wir aufs Land, dort hatte Aljona eine Datscha. Aber wir kamen kein einziges Mal dort an. Auf den leeren nächtlichen Straßen brachte sie mir bei, den Jeep zu fahren – noch eine ihrer Launen.

Allmählich faßte ich Zuneigung zu Aljona, und – o Schreck! – fing sogar an, zu bedauern, daß ich nicht einfach und natürlich ihr Gefühl erwidern konnte. Zum Glück hatte ich nicht die Zeit, weiter über dieses Thema nachzudenken.

Der Paß wurde genau rechtzeitig fertig.

Aljona brachte ihn eines Abends mit nach Hause, warf ihn lässig auf den Tisch und beobachtete einige Minuten lang mit Vergnügen, wie ich ihn mir ansah. Endlich hatte Eva Apostóli die amtliche Bestätigung ihrer Existenz. Sie war in einer Vorstadt von Petersburg gemeldet, Ort und Geburtsdatum unterschieden sich nicht wesentlich von meinen tatsächlichen, Stempel und Unterschriften bescheinigten alles.

»Wieviel schulde ich dir?«

Sie setzte sich vor mich hin und legte ihren Kopf auf meine Knie.

»Ein Abendessen im ›Astoria‹ und einen langen Kuß für die Nacht, sonst nichts, was über deine Kräfte geht. Und außerdem mußt du mir Bescheid sagen, wenn du vorhast, zu verschwinden. Geh nicht fort, ohne dich zu verabschieden, sonst brichst du mir das Herz.« Sie preßte mir die Knie zusammen. »Abgesehen davon ist es schon zerbrochen. Du kannst mich niemals lieben, bleib dann wenigstens ein bißchen bei mir, anstandshalber.«

Ich schaute auf Aljonas Scheitel und haßte mich – das hatte ich nicht gewollt, ihr Schmerz bereiten.

»Ich bleibe.« Ich sagte das und drückte mein Gesicht in ihre Haare, einem natürlichen Impuls folgend. »Natürlich bleibe ich.«

O Gott, wenn ich gewußt hätte, was passieren würde, ich wäre schon längst abgehauen, so schnell mich meine Beine trugen, ich hätte Aljona sofort verlassen.

Wenn ich nur gewußt hätte ...

Einige Tage später rief sie mich von der Arbeit aus an – sie schätzte es sehr, mich mit unerwarteten Bekenntnissen zu überraschen, wie »Ich stecke im Stau auf der Leutnant-Schmidt-Brücke und bin verrückt nach dir« – und sagte fröhlich: »Halt dir bitte den Abend frei. Wir sind bei einem meiner Bekannten aus Moskau eingeladen, ein sehr exotischer junger Mann. Ich hole dich in einer Stunde ab. Sei bereit.«

»Immer bereit«, antwortete ich und sah mir ihren Lieblingsfilm auf Video zu Ende an. Er hieß, glaube ich, »Herz der Wüste«, eine gewöhnliche Geschichte weiblicher Leidenschaft, die mit wenig Geld, aber viel Gefühl gedreht worden war.

Aljona tauchte auf dem Höhepunkt der optimistischen Schlußszene auf, mit einer Flasche erlesenem französischem Champagner.

»Mach dich fertig, wir fahren!«

»Ist es weit?«

»In meiner Datscha. Er hat keine Bekannten in Petersburg, er ist hier auf Geschäftsreise. Übrigens schreibt er Romane. Er müßte dir gefallen und wird dich seinerseits sicher mit Interesse angucken. Ich bin schon ein bißchen eifersüchtig.«

»Sei nicht so besitzergreifend. Das ist schlechter Stil.«

Wir erreichten die Datscha bei Anbruch der Dämmerung. Aljona hupte ungeduldig am Tor der einstöckigen Villa, die sie bescheiden als Datscha bezeichnete. Ich wußte schon, daß fast ständig irgendeiner ihrer Freunde hier wohnte, die skrupellos ihre Gastfreundschaft ausnutzten. »Palast-Hotel« nannte Aljona ihre Datscha.

Sie hupte, und kurz darauf erschien eine hochgewachsene Männergestalt auf der Vortreppe. Der junge Mann lief Aljona entgegen, öffnete zuvorkommend die Tür, und mit Entsetzen erkannte ich Farik.

Für eine Sekunde drehte sich alles vor meinen Augen. Das ganze Geschehen schien mir irreal. O Gott, ich mußte aus Moskau weglaufen, ich mußte mich selbst verraten, um hier mit dem Menschen zusammenzustoßen, den ich mehr als alles fürchtete …

Mein sorgsam erdachtes Lügengebäude stürzte wie ein Kartenhaus zusammen. Fariks Erscheinen verstieß gegen alle Regeln. Was war das? Eine Gegenüberstellung? Ein pikantes Detail im teuflischen Plan jener Leute, die ihre Partie ohne mich spielten? Oder ein Zufall, eine Laune der Sterne?

Ganz ruhig, es hat keinen Sinn, sich gleich zu verraten, sagte ich mir. Schließlich schützt dich die Maske des *anderen* Gesichts.

Farik küßte Aljona, was für eine Freundschaft, meine Güte, wie hast du das bloß geschafft?

»Und jetzt«, sagte Aljona feierlich, »erlaube mir, dir die Frau vorzustellen, die ich liebe.«

Mit weichen Knien stieg ich aus dem Jeep. Farik streckte eine kühle braune Hand aus, ich stützte mich unbedacht darauf, und er ergriff mein Handgelenk. Ohne Zeit zu verlieren, küßte er meine vor Angst kalte Hand – und augenblicklich brach mir der Schweiß aus: In dem trüben Licht glänzte ein Armband – Schildkröten, kleine und große abwechselnd.

Noch immer sah ich sein Gesicht nicht – nur den ordentlich geschnittenen Hinterkopf; es schien, als wäre er für immer an meine Hand gekettet.

Ich kniff die Augen zusammen, du bist ja so blöd, du sentimentale Idiotin, du hättest dir sofort alle Gegenstände aus deinem ehemaligen Leben vom Hals schaffen müssen. Dieses Armband hatte mir Venka geschenkt, über seine Herkunft wußte ich nichts.

Ich zog meine Hand zurück, und Farik hob endlich den Kopf, sein orientalisches Gesicht war vollkommen ausdruckslos.

Ich versuchte mich zu beruhigen – ein Zufall, natürlich, ein reiner Zufall, die Verbindung zwischen Farik und Aljona wird eine einfache Erklärung finden, man muß nur abwarten.

»Farchad«, stellte er sich vor und erforschte mit seinen bodenlosen Augen mein Gesicht. Pustekuchen, das wird nichts, mein Lieber, Unbefugten ist der Zutritt verboten.

»Eva«, antwortete ich möglichst locker.

»Kennen wir uns von früher?«

»Ich glaube nicht.«

»Farik!« Aljona hob drohend einen Finger. »Kein Flirt, sonst gibt es Mord und Totschlag.«

»Da magst du recht haben«, sagte der schlaue Usbeke langsam. Der gefährliche Scherz ging nur ihn und mich etwas an, aber vielleicht war es auch wirklich nur ein Scherz.

Hab keine Angst, hab vor nichts Angst, und gib dich so natürlich wie möglich.

Aber von Natürlichkeit konnte keine Rede sein, so lange sich das verräterische Armband an meinem Handgelenk befand. Als erstes schloß ich mich in der Toilette ein, nahm das verfluchte Armband ab und steckte es in die Hemdtasche. Vielleicht hat er es gar nicht bemerkt, es war dunkel draußen, höchstwahrscheinlich hat er es nicht bemerkt, am allerwahrscheinlichsten ist, daß er es auch früher nicht bemerkt hatte – Frauen haben doch so viele nette keine Ketten und Kettchen ... Um Unannehmlichkeiten zu vermeiden, mußte ich mich von diesem Indiz befreien. Als das erledigt war, fühlte ich mich sicherer, und als ich zu Farik und Aljona ins Zimmer trat, war mir schon leichter ums Herz.

Sie saßen auf dem Boden, umringt von Kerzen, zwischen sich die noch nicht gefüllten Gläser, und plauderten fröhlich.

»Du kannst dir kaum vorstellen, Eva, wie wir uns kennengelernt haben«, sagte Aljona mit einem Lachen in der Stimme.

»Ich bin schon gespannt wie ein Flitzbogen, die gruselige Geschichte zu hören«, ging ich auf ihren unbeschwerten Ton ein.

»Was das Gruseln angeht, hast du den Nagel auf den Kopf getroffen. Erinnerst du dich, ich habe dir von ein paar meiner Bekannten von der Filmhochschule erzählt ...«

»Ich erinnere mich nicht ...«

»Am bemerkenswertesten war der, der früh starb, noch an der Hochschule ... Die anderen beiden, die zurückgeblieben waren, lebten noch so lange, bis sie sich im Endeffekt gegenseitig erschossen. Und stell dir vor, vor drei Monaten tauchte dieser nette junge Mann auf, reißt mich direkt aus einer Präsentation und behauptet, daß er aus dieser banalen Geschichte einen Bestseller machen will: Eine herzzerreißende Seifenoper für Hausfrauen ... Er ist extra deswegen nach Petersburg gekommen, um Material zu sammeln.«

»Und wie hat er dich gefunden?«

»Er ist doch extra meinetwegen hergekommen! Da ich nun schon mal das Unglück hatte, sie zu kennen. Das Mädchen hieß Maus.«

»Wie?« Ich hob erstaunt die Augenbrauen.

»Sie hieß Maus, der Typ hatte auch so einen idiotischen Spitznamen. Aber ich konnte ihm nicht helfen, außer mit freundschaftlicher Anteilnahme und deutschem Dosenbier. Ich erinnere mich tatsächlich nicht mehr an sie. Ein gesichtsloses Wesen, hing immer irgend jemandem am Rockzipfel und wusch ständig fremde Socken.«

Eine treffende Charakteristik, danke, Aljona! Ich nippte

am Champagner und spürte einen gefährlichen Impuls: Wenn ich dir erzählen würde, daß dieses gesichtslose Wesen schon seit zwei Wochen deinen Jeep fährt, während du vor Verlangen vergehst, mit ihm zu schlafen! Statt dessen fragte ich: »Und dieses gesichtslose Wesen, wie du das nennst, hat jemanden erschossen?«

»Genau so ist das in unserer verrückten Zeit! Ich habe schon bedauert, sie mir damals nicht genauer angesehen zu haben.«

Macht nichts, du hast noch genug Zeit dazu.

»Ist das tatsächlich wahr?« wandte ich mich kühn an Farik.

»Im großen und ganzen schon. Eine verrückte Drehbuchautorin schreibt Geschichten für schlaffe Videokrimis, nimmt heimlich Heroin, hält sich für eine von ihren eigenen Heldinnen und erschießt am Ende den coolen Freund von der Hochschule, kriegt einen furchtbaren Schreck und springt aus dem Fenster ...«

»Für einen Bestseller ein bißchen dünn«, sagte ich sarkastisch.

»Ich weiß. Aber bis jetzt ist das alles, was ich rausgefunden habe. Ich weiß nicht, warum sie das getan hat. Sie hatte keine nahen Freunde, keine Liebhaber. Sogar dieser Bursche tauchte erst ganz am Schluß auf. Aber für einen Nachwuchsschriftsteller mit Phantasie ist es vielleicht ganz brauchbares Material.«

»Also sind Sie Schriftsteller?!«

»Eigentlich bin ich Journalist, Kriminalberichterstatter.«

»Und da haben Sie nichts Amüsanteres gefunden?«

»Ich habe ein persönliches Interesse daran.«

Jetzt ist es raus, sei vorsichtig Eva!

»Diese ganzen Auftragsmorde und Spielchen von großen Politikern hängen den Leuten doch schon zum Halse raus. Und das hier ist eine Geschichte von einfachen Menschen – Liebe, Drogen, Sex ...«

»Na, was den Sex angeht, trägst du ein bißchen dick auf, Baby!« mischte sich Aljona in das Gespräch. »Diese Maus war an der Hochschule bemerkenswert asexuell.«

»Die Menschen ändern sich«, bemerkte Farik sachlich.

»Nicht so sehr. Sex ist wie Geld oder Talent – entweder man hat es oder man hat es nicht. Guck mal Eva an, die ist wahnsinnig erotisch.«

»Ich seh sie schon den ganzen Abend an.«

»Schreiben Sie tatsächlich einen Roman?« lenkte ich das Gespräch in gefahrlose Bahnen.

»In meiner Freizeit. Ich hab ein paar gute Bekannte bei der Miliz, die schieben mir ab und zu was rüber, und ein bißchen denk ich mir dazu, um das Sujet aufzumöbeln.«

»Sehr interessant.«

»Für mich selbst ist das auch interessant. Die zentrale Frage ist ja die, wie der Untersuchungsführer in meinem Roman vorgeht. Wenn sich alles nur um die zwei tragisch Umgekommenen dreht, dann wird das wie eine Seifenoper für Damen, ein Melodram, niemanden trifft die Schuld, außer der Leidenschaft. Aber wenn sich herausstellt, daß es doch noch jemanden Drittes gibt, der die beiden abgemurkst hat, dann wird ein Krimi draus.«

»Aha, und wozu neigen Sie?«

»Zur zweiten Variante.« In Fariks Stimme hörte ich eine leichte Drohung. »Zum Krimi.«

»Und warum?«

»Für Krimis zahlt man mehr.«

»Farchad, für mich bitte ein signiertes Exemplar!« sagte Aljona, sie hatte keine Zweideutigkeit in unserem Dialog bemerkt.

»Tja, aber für einen Krimi braucht man ein paar spannende Verstrickungen«, setzte ich das Spiel fort. Ich wollte Farik noch ein bißchen auf den Zahn fühlen.

»Da kann ich nicht widersprechen. Ich hab sogar ein paar nette Indizien reingebracht. Zum Beispiel, trug die tote – oder die ermordete – Protagonistin ein silbernes Armband. Kein wertloses italienisches Kaufhaussilber. Es gab nur zwei solcher Armbänder. Zwei junge Männer hatten sie bei einem bedeutenden Juwelier in Taschkent anfertigen lassen, um sie ihren Geliebten zum siebzehnten Geburtstag zu schenken. Jedes Armband hatte siebzehn Glieder – große und kleine. Solche Armbänder gab es nie vorher und wird es nie wieder geben.

Mir wäre nicht im Traum eingefallen, daß das Armband, das Venka mir geschenkt hat, ihrer Schwester gehört hatte und speziell für sie angefertigt worden war; die kleinen Schildkröten drohten ernsthaft, mein Leben zu verkürzen. Er hatte Aljona aufgespürt, weil er mich suchte, wahrscheinlich fand er auch Gulja, aber was konnte Gulja ihm schon sagen – nur, daß ich in der Nacht nach dem Mord bei ihr gewesen war. Sonst nichts. Und selbst wenn Ljowa zum Vorschein kam, ihr verflossener Ehemann ... Doch wie konnte er denn zum Vorschein kommen? – Ljowas Spur verlor sich auf Amerikas Autobahnen.

»Meiner Meinung nach ist das zu sentimental – Armbänder als Zeichen ewiger Liebe«, sagte Aljona träge. »Das riecht nach indischem Melodram.«

»Na und, ich bin ja Orientale! Was machen Sie, Eva?«

»Ich bin Schauspielerin«, log ich bescheiden.

»Das sieht man«, reagierte Farik augenblicklich, und wieder spürte ich die versteckte Drohung in seiner Stimme.

»Tanzen wir?«

Er erhob sich geschmeidig, wählte eine CD und legte sie ein.

»Glenn Miller?«

»Gern.«

Er reichte mir die Hand, und wir legten in der Mitte des Zimmers los. Ja, Eva, du konntest schon in der Schule nicht tanzen und hast dich bei der Schuldisko immer in den Ecken der Turnhalle rumgedrückt. Aber Farik war es anscheinend völlig egal, ob ich tanzen konnte oder nicht. Er zog mich energisch an sich, zum Neid von Aljona, und beinahe hätte ich an plötzlich auflodernde Leidenschaft geglaubt. Bestimmt, wenn ich nicht von seiner hündischen Anhänglichkeit an Venka gewußt hätte.

»Kennst du Aljona schon lange?« fragte er.

»Warum?«

»Eure Beziehung erinnert an die heftige Leidenschaft von Menschen, die sich gerade erst kennengelernt haben.«

Nein, Junge, so kriegst du mich nicht. Aber trotzdem, ich mußte auf der Hut sein. Aljona konnte dabei eine ziemlich gute Verbündete sein, auf jeden Fall war klar, auf welcher Seite sie stand.

»Leidenschaft von welcher Seite?« fragte ich.

»Von ihrer selbstverständlich.« Bravo, Farik, Scharfsinn kann man dir nicht absprechen.

»Ach ja? Ich sehe also nicht aus, als wäre ich verliebt?«

»Nein. Ich weiß, wie Verliebte sind.« Seine Hände preßten schmerzhaft meine Schultern.

»Verliebte sind zu allem fähig.« Jetzt drohte er tatsächlich, und ich versuchte angestrengt, dem Gang seiner Gedanken zu folgen, aber es gelang mir nicht. Möglicherweise habe ich irgend etwas mit Maus zu tun, daher kam auch das Armband. Ich kenne seine Geschichte, oder es ist möglich, daß ich sie kenne – sonst hätte ich es niemals abgenommen. Aber wenn er das denkt, geht er mir nicht mehr von der Pelle, wenn er sich schon die Mühe gemacht hat, nach Petersburg zu Aljona zu kommen. Unmittelbare Gefahr besteht jedenfalls nicht. Wir dürfen nur nicht beide allein bleiben, in Gegenwart von Aljona riskiert er es nicht, mich direkt zu fragen.

Glenn Miller beendete seine Komposition mit einer Dur-Kadenz, was meiner Laune wenig entsprach. Ich ergriff die Gelegenheit, trennte mich von Farik und ging zu Aljona in die Küche.

Sie trank einsam Wodka und rauchte nervös.

»Du kommst gut an«, sagte sie düster.

»Von diesem Typen hast du nichts zu befürchten.«

»Zum Teufel!« Aljona fing mit der Zunge eine verräterische Träne ab. »Das fehlte gerade noch! Hast du ein Taschentuch?«

»Warte!« Ich zog eins aus der Tasche, und im selben Moment drehte sich die Küche samt Aljona vor meinen Augen – das Armband war nicht mehr da! Ich wollte es nicht glauben und wühlte sämtliche Taschen durch – nichts.

Ich konnte es im Badezimmer verloren haben, als ich mich frisch machte. Ich suchte mit den Augen den Küchenboden ab. Ruhig, keine Panik. Als ich nichts fand, flüsterte ich Aljona einige tröstende Worte zu und ging ins Badezimmer.

Hier ließ ich mich auf die Knie nieder und suchte überall, sogar unter der Wanne – nichts. O Gott, mach mich nicht verrückt ... Ich hätte es sofort verschwinden lassen müssen, sofort. Reiß dich zusammen. Es konnte auf den Teppich gefallen sein, hinter den Sessel, in dem ich gesessen hab.

»Suchst du das hier?« hörte ich Fariks ölige Stimme.

Ein reizendes Bild – ich auf den Knien, mit den Händen auf dem Boden tastend! Um die Reste meiner Selbstbeherrschung ringend, drehte ich mich hastig um.

»Das hier?« fragte Farik noch einmal. In seinen Fingern baumelte das Armband.

»Was meinst du?« nuschelte ich undeutlich und versuchte, Zeit zu gewinnen.

»Ich dachte, du hast das verloren.«

»Ich habe nichts verloren!«

»Seltsam. Als du aus dem Auto gestiegen bist, war es noch an deinem Arm, und dann war es plötzlich verschwunden. Aber du sagst, du hast nichts verloren. Ausgezeichnetes Stück übrigens, sehr exklusiv.«

»Laß mich vorbei!« Ich schob forsch die Hände in die Taschen und bewegte mich auf die Tür zu.

Farik stieß mich heftig zurück und verschloß die Tür mit dem wackligen Haken.

»Woher hast du dieses Armband?«

Ich schwieg, ich hatte einfach nichts zu sagen.

»Hat es dir Aljona gegeben, ja?!« Er trat ganz nah an mich heran, unerträglich nah. »Von wem hat sie es? Na? Diese Frau, wo steckt sie? Glaub mir, ihr kommt hier nicht lebend raus, bevor ihr mir nicht alles erzählt habt!«

»Aljona weiß nichts. Ich ... Ich habe es gefunden.«

Farik lächelte diabolisch.

»Ach so, gefunden! Sehr gut. Und wo hast du es gefunden? Auf der Straße vor dem schwedischen Konsulat? Im Badehaus? Auf dem Boden im Russischen Museum?«

Ich sah, wie seine Hände schwer wurden, wie sich seine Augen mit Haß füllten.

Jetzt wurde an die Tür geklopft, heftig und fordernd.

»Was ist da los?« fragte Aljona mißmutig.

»Eva ist schlecht!« Farik ließ sich nicht beirren. »Wir kommen gleich!«

Aljona rüttelte an der Türklinke. Los, du rücksichtsvolles Weibsstück, schlag die Tür ein, wo ist deine vielgerühmte Eifersucht?

Farik ließ das Wasser laufen und steckte den Stöpsel in die Wanne.

»Du lagst gerade auf den Knien und hast mit den Händen unter der Wanne herumgetastet. Los, mach den Mund auf!« Er schlug zu, mein Kopf ruckte zur Seite und sprang fast von den Schultern. »Oder soll ich deine perverse Liebhaberin reinholen, damit sie mir alles erzählt?!«

Er war schweißnaß vor Anstrengung. Er stank so heftig nach Alk und scharfem Schweiß, daß ich durchdrehte.

»Pervers? Du bist doch selbst pervers! Du und dein abartiger Busenfreund, ihr habt zu zweit ein unglückliches Mädchen gebumst und wußtet nicht einmal, welche von den Zwillingen überlebt hat ...« Ein Steinchen bröckliger Wahrheit war mir unter den Füßen weggerutscht, es würde wahrscheinlich eine ganze Lawine auslösen, die mich unter sich begraben würde. Ich gab Farik einen Stoß, aber er hielt sich auf den Beinen.

Er sah mich mit weit aufgerissenen Augen an, eine wahnsinnige Vermutung raste in seinen Pupillen.

»Bist ... bist du das?!« Ungläubig streckte er die Hand nach meinem Gesicht aus und versuchte es abzureißen, so wie man die Maske nach dem Karneval abreißt. »Das ist unmöglich ...«

»Alles ist möglich.« Plötzlich brach es aus mir heraus, ich empfand das glühende Verlangen, mich auszusprechen, wenigstens einen Augenblick mein altes, absurdes, unwiederbringlich verlorenes Ich zurückzugewinnen. Die Last des fremden Lebens, die ich bis jetzt nicht bemerkt hatte, schien mir plötzlich unerträglich.

»Also, du warst es doch! Dieser Bursche, der war doch im Ausland ... Du hast es getan! Also du hast Venkas Geld genommen, um dir ein neues Gesicht machen zu lassen. Aber davor ... davor hast *du sie ermordet.*«

»Ich habe sie nicht getötet. Ich erkläre dir alles!«

Farik wurde verdächtig ruhig, sein Gesicht war das eines Wahnsinnigen. Ich sah mit Schrecken die leeren Augenhöhlen, die blassen Nasenflügel, den toten Spalt des Mundes.

»Du hast sie umgebracht«, sagte er. »Du hast sie umgebracht, und du hast uns umgebracht. Weißt du, was das heißt, im Leichenschauhaus zu stehen über dem Körper der einzigen Frau, die du geliebt hast, und zu sagen, das ist eine ganz andere. Was das heißt – sie zweimal zu verlieren und jetzt für immer.

»Sie wurde zufällig getötet, an meiner Stelle.«

»Egal«, sagte das erstarrte, wahnsinnige Ebenbild Fariks. »Ich werde dieses Mißgeschick korrigieren. Zur Hölle mit dir!«

Und er stieß mich in die schon halbgefüllte Wanne. Seine Arme drückten meinen Kopf unter Wasser. Ich versuchte, Widerstand zu leisten, aber er war stärker als ich. Plötzlich wurde ich ruhig und ließ die Arme sinken. Vielleicht war es so am besten, ich kann nicht die ganze Zeit weglaufen, vielleicht ist das ja ein guter Ausweg.

»Was ist das für eine Idiotie«, rief Iwan, »wozu willst du mich so billig imitieren?«

»Willkommen im Klub der Jung-Verstorbenen.« Nimotsi winkte mir zu.

»Hab keine Angst, hab keine Angst!« sprach Venka mir Mut zu.

»Meine Lieben, ich komme zu euch, schade nur, daß nicht genug Luft da ist, ohne Luft ist es ekelhaft, der Hals zerplatzt ...«

Plötzlich wurde Fariks eiserner Griff schwächer, und mein Lebenswille erwies sich als stärker, ich fuhr nach oben. Aljona hatte endlich alle Rücksicht beiseitegelassen und die Tür eingeschlagen, Gott sei Dank, sie war es, die versuchte, Farik wegzuziehen. Es gelang ihr, aber nur für einen Moment. Er schleuderte sie einfach zur Seite wie eine Stoffpuppe; sie fiel genau in dem Moment, als ich aus dem Wasser sprang. Und wieder war sein nasses Gesicht über mir, die gefletschten Zähne und die gesträubten Haare, aber meine Ergebenheit war jetzt verschwunden. Ich wollte leben, wie ich nie hatte leben wollen. Das wird nun nichts mehr, jetzt ersäuft er dich wie ein kleines Kätzchen im Eimer. Ich hatte nichts, womit ich mich wehren konnte. Und er hatte einen Vorteil – seinen Haß, er verzehnfachte seine Kräfte. Ich tastete mit der Hand über die glatten Kacheln – noch eine Sekunde, und Fariks Hände schließen sich um meinen Hals. Warum steht Aljona nicht auf – sie ist die einzige, die mir helfen kann.

Da stieß ich mit der Hand an den kleinen Wandleuchter, der über meinem nassen Kopf brannte. Ohne zu überlegen riß ich ihn herunter, die Birne schlug an die Kacheln und zerbrach mit feinem Klirren, und dann stieß ich meine lächerliche Waffe direkt in Fariks Brust, ein Versuch, die Schlußszene meines dummen nutzlosen Lebens wenigstens für einige Sekunden hinauszuzögern.

Plötzlich wankte Farik und fiel. Ich riß an dem Kabel, es sprang aus der Steckdose und hing hilflos in meinen Händen. Ich warf es zur Seite und stürzte aus dem Bad in die Küche, riß alle Schubladen heraus, griff das erstbeste Messer und drückte es an meine Brust. Jetzt hatte ich wenigstens eine Chance.

»Aljona, er ist wahnsinnig! Komm nicht zu mir!« schrie ich und verkroch mich feige in der Ecke zwischen Büfett und Spüle ... Farik ... Du mußt mich anhören! Ich kann nichts dafür!«

Keine Antwort.

So, das Messer umklammert, saß ich da. Ich wußte nicht,

wie lange, fünf Minuten, fünfzehn, fünfzig. Farik kam nicht. Aljona kam nicht.

Ich nahm meinen ganzen Mut zusammen und streckte die Nase aus der Küche.

Sie lagen Kopf an Kopf.

Beide waren tot.

Farik lag auf dem Rücken. Seine Lippen waren blau und schmal wie ein Bindfaden. Ich begriff, was passiert war. Das nasse Hemd – natürlich, er war ganz naß, er war halb in die Wanne gekrochen, als er versuchte mich zu ertränken. Der arme Farik war durch einen Stromschlag umgekommen.

Nein, du hast ihn umgebracht.

Du. Du hast ihn umgebracht.

Ich packte Farik an den Schultern und riß verzweifelt an seinem Hemd. Wenn er mich getötet hätte, wäre mir leichter.

Ich kroch zu Aljona und schüttelte sie krampfhaft.

»Steh auf! Das ist ein Alptraum hier, du mußt mir helfen …«

Aljona antwortete nicht.

Ich drehte sie um. Auf ihrem arroganten Gesicht war ein Staunen erstarrt.

»Erschreck mich nicht! Aljona! Aljona! Was sind das für blöde Witze? Ich wollte doch heute, verdammt noch mal, das Tuch aus dem Bett schmeißen. Hörst du, Liebes.«

Aljonas Kopf bewegte sich willenlos in meiner Hand. Und erst jetzt sah ich den dunklen Punkt an ihrer Schläfe.

»Wir wollten doch nach Finnland fahren zum Wochenende. Komm schon.« Ich schüttelte sie immer noch verzweifelt. »Verdammt noch mal, spielst du mir was vor? Vielleicht willst du ja eine Mund-zu-Mund-Beatmung, das sähe dir ähnlich.«

Ich hob die Augen und erkannte jetzt die Herkunft des dunklen Punkts an ihrer Schläfe: In der Wand war eine Platte eingelassen, darauf eine Reihe von kunstvoll nachgebildeten und scharf gespitzten Tierhörnern, als Haken für die Handtücher. An einen davon war Aljona mit der Schläfe geschlagen. Ich streckte einen Finger aus und wischte vorsichtig einen Tropfen schwarzen Bluts ab, der auf einem der Hörner zurückgeblieben war. Na also, da ist gar kein Blut, und wenn es kein Blut gibt, dann zählt der Tod nicht.

Ich legte mich neben Aljona und schmiegte mich an ihre noch warme Schulter.

»Was machen wir mit Farik, mein Herz? Ich glaube, ich habe ihn umgebracht. Zuerst hat er dich getötet, und dann habe ich ihn getötet. Du hast mich geliebt, und ich habe ihn getötet.«

Ich muß aufstehen, sonst werde ich verrückt.

Ich kroch von Aljona weg, preßte die Augenlider zusammen und schlug meinen Hinterkopf mit ganzer Kraft gegen die Kacheln. Komm zu dir! Komm zu dir! Dann begann ich zu weinen.

Nimotsi wurde in meiner Wohnung ermordet, Venka starb meinetwegen, Aljona starb meinetwegen, Farik starb meinetwegen. Von wegen starb! Du hast ihn umgebracht. O Gott, ich hasse mich! So viele Mühen und Anstrengungen – nur dafür, daß alle, die an deiner Seite waren, sterben mußten. Ich will nicht mehr, ich will nicht ... Jetzt gehe ich zu den erstbesten Bullen, die ich finden kann – ich bin unschuldig, irgendwer muß mir doch glauben. Und wenn sie mir nicht glauben? Ich habe ja keine Zeugen, alle Zeugen sind tot.

Noch einmal schüttelte ich Aljona. Das kann doch nicht sein, daß ein Mensch aufhört zu leben, bloß wegen eines winzigen lächerlichen Lochs im Kopf. Vielleicht ist alles nicht so schlimm, es gibt alle möglichen medizinischen Fachbegriffe – Koma, zum Beispiel, oder Kollaps oder tiefe Ohnmacht ...

Ohne richtig zu begreifen, was ich tat, packte ich Aljonas Körper unter den Armen und schleppte sie aus dem Badezimmer. Sie war schwerer, als ich dachte. Aber Farik war ganz leicht, erstaunlich leicht sogar. Wie war es ihm nur gelungen, mich beinahe zu ertränken? Ein orientalischer Junge, den die Sonne ausgetrocknet und gewichtslos hatte werden lassen wie eine kleine durchsichtige Zikade. So eine Zikade haben mein Vater und ich gefangen, damals im August, nach Mutters Tod.

Wie im Traum fuhr ich den Jeep an die Haustür und öffnete die Heckklappe. Zuerst Farik, er war leichter. Ich mußte mich nicht lange mit ihm abrackern, bis sein Kopf an der Scheibe lehnte. Seine kraftlosen Beine hatten den Teppich verschoben. Verdammt, Aljona mag keine Unordnung im Auto. Ich zog den Teppich zurecht und ging Aljona holen.

Auf der Vortreppe setzte ich mich einen Moment neben sie, um auszuruhen. Ihr schöner Kopf lag auf meinen Knien – davon hatte sie so lange geträumt. Ich hielt den Atem an und lauschte in ihren Körper hinein – kein Lebenszeichen. Macht nichts, Mädchen, die Ärzte flicken dich zusammen, sie sind geschickt, diese Ärzte. Alles wird gut.

Ich setzte Aljona neben Farik und deckte sie beide mit einem Plaid zu – die Novembernacht war kalt, unter den Füßen knirschte erstes brüchiges Eis.

Erst auf der menschenleeren Straße überwand ich meine Benommenheit, geblendet von den Scheinwerfern eines entgegenkommenden Autos. Im Spiegel huschte Licht über die leblosen Gesichter von Aljona und Farik. Was mache ich eigentlich hier, auf der glatten Straße, bei hundert Kilometern pro Stunde? Wohin bringe ich sie? Der Spuk ging vorbei, ich begriff, daß ihnen nicht mehr zu helfen war. Aber ich jagte den Jeep weiter durch die Nacht, obwohl ich nicht einmal genau wußte, wohin ich überhaupt fuhr, mit zwei Leichen auf dem Rücksitz. Ich merke mir doch nie den Weg. Plötzlich kam mir der wahnsinnige Gedanke, mit voller Geschwindigkeit gegen einen Baum zu rasen, einen Stein, ein Verkehrsschild, gegen einen schweren Laster – mit einem Schlag die Sinnlosigkeit eines Lebens beenden, das nur Unglück bringt.

Aber wenn einer von den beiden doch noch lebt?

Ich brachte den Gedanken nicht zu Ende. Ein riesiger Lastzug raste frontal auf mich zu, ich war auf die Gegenfahrbahn geraten. Der Zusammenstoß schien unvermeidlich, na also, davon hast du doch geträumt!

Ich riß das Steuer heftig herum, und der Jeep, sogar meinen unerfahrenen Händen gehorchend, machte einen Satz zur Seite, ein paar Meter von der stumpfen Nase des Lastzugs entfernt, und schoß von der Straße in den Straßengraben. Ich war wie gelähmt, ich kam nicht einmal auf die Idee, den Fuß vom Gas zu nehmen – der Jeep brach wie ein riesiger Elch durch die Büsche, minutenlang peitschten Zweige die Windschutzscheibe, dann verschwand alles. Vor mir war offener Raum, und unter den Reifen brach mit leichtem Knirschen dünnes Eis. Ich hielt. Das Knirschen hörte auf, aber sofort trat ein anderes Geräusch an seine Stelle, dem ich zuerst keine Bedeutung beimaß.

Einige Minuten saß ich nur da, den Kopf auf das Lenkrad gelegt. Dann schaute ich in den Spiegel: Weder Farik noch Aljona waren darin zu sehen, wahrscheinlich waren ihre Körper vom Sitz gerutscht, als das Auto in den Straßengraben fuhr.

Ich wollte aufstehen und aussteigen, um mir den Jeep anzusehen – aber ich war unfähig, mich zu bewegen, als wäre ich am Sitz festgewachsen. Die Stille im Auto war unerträglich. Um mich von ihr zu befreien, stellte ich das Autoradio an. Unbeschwerter Raggae erklang, nicht gerade die passendste Musik, dazu dieses Geräusch draußen, wie das Schmatzen eines riesigen Tieres ... Als ich es nicht mehr aushalten konnte, öffnete ich die Tür und schrie beinahe auf vor Entsetzen: Der Boden unter dem Auto gab nach, der Jeep sank sichtlich, die Räder steckten schon zur Hälfte im Sumpf. Die bekannten Moore dieser Gegend, wie konnte ich sie vergessen, Aljona hatte mir doch davon erzählt. Ich barg Aljonas Tasche an der Brust – vielleicht waren Papiere darin, die sie brauchte – und rutschte vom Fahrersitz. Ich mußte die Heckklappe aufmachen und versuchen, sie rauszuziehen.

Aber kaum war ich draußen, versanken meine Füße sofort in dem klebrigen, von nächtlichem Reif überzogenen Schlamm. Das war's, es ist aus! Mit einer ungeheuren Anstrengung griff ich nach dem trockenen Ast eines verkrüppelten Gebüschs, das in meiner Nähe auf einem kleinen Erdhügel wuchs. Ich fiel in den Schlamm und kroch weiter – in meinen Rücken schossen Bruchstücke von Musik, gutes, ein wenig heiseres Englisch und das Schmatzen des Sumpfes, der in jeder Minute ein Stück mehr von dem Jeep fraß. Vor Kälte spürte ich meine Beine kaum, die in der übelriechenden Brühe versanken, meine Handflächen brannten von den rauhen Zweigen des Gesträuchs, das jetzt meine einzige Rettung war.

Schließlich erreichte ich den ersehnten festen Boden und krabbelte auf eine kleine Insel aus trockener, harter Erde. Ich barg mein Gesicht in den zerschundenen Händen und begann zu weinen.

Ein war ein merkwürdiges Gemisch aus Weinen und Jammern, das ich von mir gab, anscheinend betete ich und bat um Verzeihung, ich schrie aus voller Kehle und hatte Angst, mich nach dem Jeep umzuwenden; die Musik wurde immer dumpfer und verstummte schließlich ganz. Das Ungeheuer hatte sein Opfer verschlungen, und alles war still.

Bis zum ersten Schimmer des trüben nördlichen Sonnenaufgangs war ich nicht imstande, mich umzudrehen. Ich lag, die Knie unter das Kinn gedrückt, steif vor Kälte, und wärmte meine Hände unter Pullover und Jacke. Ich würde hier sterben müssen, Flucht war zwecklos und zum Scheitern verurteilt …

Erst als es anfing heller zu werden, zwang ich mich, aufzustehen und zurückzuschauen.

Der Jeep war nicht mehr da. Statt dessen breitete sich auf der friedlichen Oberfläche des Sumpfes ein schwarzer Fleck wie eine Wunde aus. Noch ein paar Stunden, vielleicht noch eine Stunde – und nichts wird mehr an ihn erinnern.

Wieder flossen mir Tränen aus den Augen, rollten über die aufgesprungenen Lippen – und mich durchfuhr beißender Schmerz: Offenbar hatte ich mir die Lippen aufgeschürft oder zerbissen, als ich auf den rettenden Erdhügel kroch.

Ich bibberte vor Kälte, der Pullover, das Hemd und die

Jacke waren auf der Vorderseite durchnäßt. Ich zog Pullover und Hemd aus und umgekehrt wieder an, ich wendete die Jacke, aber mir wurde nicht wärmer. Mechanisch öffnete ich Aljonas Tasche. Das teure Leder war hoffnungslos verdreckt, aber das Innere war unversehrt. Ein bißchen Geld für den traditionellen Martini auf dem Heimweg, ein Notizbuch, Visitenkarten, die Hausschlüssel und irgendwelche glänzenden Kärtchen.

Es waren zwei Tickets für die Fähre »Anna Karenina«, Petersburg – Stockholm, erste Klasse. Die Tickets waren auf meinen und Aljonas Namen ausgestellt, sie hatte uns ein nettes Wochenende bereiten wollen. Daneben lagen auch ihr und mein Reisepaß – das war eine Überraschung. Sie war nicht mehr dazu gekommen, es mir zu erzählen. Die Fähre ging am kommenden Samstag, in drei Tagen; also nicht das biedere Finnland – über die Reise dorthin hatten wir schon die ganze letzte Woche gewitzelt, sondern das respektable Schweden, die nördliche Pforte zur großen weiten Welt. Aber jetzt nützte mir das überhaupt nichts mehr. Ich hätte alles dafür gegeben, daß sie nur wieder lebten! Aber sie waren tot, sie ruhten in dem schrecklichen Sumpf. Ich trocknete mein nasses Gesicht mit einem Taschentuch und band es dann vorsichtig um einen von den dünnen Zweigen der Sträucher, die auf dem Erdhügel wuchsen – ich durfte diesen Ort nicht vergessen.

In etwa einhundert Meter Entfernung der schwarze Fleck eines verkümmerten Wäldchens, krumme, verwachsene Bäume und keine Menschenseele.

Bei Tageslicht schien diese Strecke ungefährlich, die Landschaft lockte mit stillem Frieden. Einen Moment noch sammelte ich meine Kräfte, dann brach ich mir ein kleines trockenes Bäumchen ab. Das benutzte ich als Führer, als Taster, um den Wald zu erreichen und nicht im Sumpf zu ertrinken.

Eine Stunde später stand ich, vollkommen erschöpft, auf festem Boden. Ich säuberte, so gut es ging, meine Kleidung mit trockenen Blättern. Dann rollte ich mich unter einem Baum zusammen und fiel in einen schweren Schlaf.

Ich erwachte von der zunehmenden Kälte, bald würde sich wieder weiche Dämmerung auf die Erde senken – sie war jetzt meine einzige Verbündete. Ich ging so lange, bis ich durch die Bäume hindurch die Straße schimmern sah. Hier fuhren ziemlich viele Autos, ich mußte nur das passende aussuchen, um in die Stadt zu kommen.

An den Standlichtern erkannte ich einen riesigen »KamAS« und hob die Hand. An der Filmhochschule war ich nie so hippymäßig draufgewesen und war nie getrampt. Das war eher bei meinen trendigen Kommilitonen angesagt gewesen, von denen hatte ich die simple Technik des Trampens gelernt. Jungs nahmen eine Packung guter Zigaretten mit, Mädchen besser ein paar Präser, auf der Landstraße kann alles passieren, Widerstand ist sinnlos, also besser, man entspannt sich und hat seinen Spaß. Die Fahrer teilen sich in zwei Kategorien: Die eine Hälfte ist scharf darauf, sich deine Lebensgeschichte anzuhören, die andere Hälfte quatscht selber wie aufgezogen, um die Langeweile der endlosen Strecken zu vertreiben.

Ich hatte Glück, mein Fahrer gehörte zur Gattung der Quatscher. Bis wir in Petersburg waren, wußte ich, daß er drei Kinder hat – eine ältere Tochter und zwei Jungen, Zwillinge -, daß seine Frau mit dem vierten Kind schwanger ist – wahrscheinlich wird's ein Junge -, daß er Lebensmittel aus Karelien transportiert und daß sein Kollege hunderttausend Dollar in den Sand gesetzt hat.

Ich nickte mitfühlend und sagte an den passenden Stellen »ach«. Zum Dank brachte er mir das deutsche Wort »natürlich« bei, als universale Bewertung jeder Situation. Vollkommen miteinander zufrieden, trennten wir uns in Petersburg.

Ohne weitere Zwischenfälle erreichte ich die Wassiljew-Insel und fiel kraftlos ins Bett.

Die Fähre fuhr am Samstagabend.

Heute war Donnerstagmorgen, das heißt, ich würde übermorgen nicht mehr in diesem Land sein, und der Alptraum wäre vorbei. Ich beschloß, mir dieses großzügige postume Geschenk Aljonas zunutze zu machen, eine andere Lösung gab es nicht. Ich konnte mir überhaupt nicht vorstellen, was ich in Schweden sollte, aber das war jetzt unwichtig. Noch unwichtig.

Der gesunde Menschenverstand sagte mir, daß ich mich zwar von einem Problem befreit hatte – dem verliebten Rächer Farik. Dafür hatte ich ein vielleicht noch ernsteres Problem am Hals: Aljonas Tod. Noch ein paar Tage, und man fängt an sie zu suchen. Und wenn man bedenkt, was für einen Posten Aljonas Vater innehatte, würde diese Suche gründlich werden. Früher oder später kommen sie zur Datscha und sehen die Reste des friedlichen Gelages: drei Gläser. Sie nehmen Fingerabdrücke, Reifenabdrücke – weiter reichte meine Phantasie nicht, ich hatte keine Ahnung, wie so eine Ermittlung abläuft.

Das waren ziemlich nüchterne Überlegungen, die sich von Zeit zu Zeit an den Wellen meiner Verzweiflung brachen. Ich konnte mich nicht von dem schrecklichen Bild der Leichen im Badezimmer befreien, von meinem verzehrenden Schuldgefühl.

Den ganzen Tag verbrachte ich in der Wohnung. Als es dunkel war, ging ich nach draußen und versenkte Aljonas Handtasche in dem schmutzigen, in vermüllte Ufer eingesperrten Flüßchen, dessen Namen ich nicht kannte. Ein paar Schritte weiter schaute ich mich verstohlen um und warf den Schlüssel der Wohnung am Krjukow-Kanal weg (Gott sei Dank war dort nichts zurückgeblieben, das auf mich hinwies). In einem Aschenbecher verbrannte ich Aljonas Visitenkarten, ihren Reisepaß und das Ticket für die Fähre.

Als die Feuerzungen über die festen Seiten des Passes leckten, fühlte ich mich wie ein unglaubliches Miststück und biß meine schon heilenden Lippen erneut blutig. Das, was ich jetzt tat, schien mir schändlich dem Menschen gegenüber, der mir so aufrichtig, so bedingungslos geholfen hatte. Aber jemand anderes, der schon seine Wurzeln in mir geschlagen hatte, jemand Kaltblütiges, der das Leben kannte, sagte: Es muß sein, man kann ihnen nicht mehr helfen, Aljona kann nicht zurückgeholt werden.

Zum Teufel, das war kaum auszuhalten!

Ich hatte Angst davor, einzuschlafen, wieder und wieder sah ich vor mir den Sumpf, in dem Aljonas Jeep versunken war. Und daß sie, die es so liebte, sich zu amüsieren, zu flirten, guten Cognac zu trinken, daß die so lebensfrohe Aljona ihre letzte Ruhe nicht in einem anständigen Grab unter schwarzem Marmor, gestiftet von ihren ewig trauernden Eltern und Freunden, gefunden hatte, sondern in einer übelriechenden Brühe – der Gedanke daran allein war mir unerträglich.

Dann, wahrscheinlich als Schutzreaktion gegen den Schmerz, hatte ich eine Idee: Vor meiner Abreise würde ich einen Brief an Aljonas Adresse schicken; ich schreibe, wo der Jeep versunken ist, beschreibe den Ort, so gut es geht, aus meiner Erinnerung, und sie ziehen sie raus, wenn man sie noch rausziehen kann, sie waschen ihre Körper ab und begraben sie anständig. Ich lag schlaflos in meinem Bett, biß in die Ecke meines Kissens und flüsterte: »Verzeih mir ... Verzeih mir, meine Liebe, das ist das einzige, was ich für dich tun kann.«

Die eisernen Klauen des Kummers und der Verzweiflung ließen mich zum ersten Mal seit vielen Stunden frei. Das werde ich tun, und vielleicht verzeiht Gott mir, wenn er existiert.

Erst jetzt fiel mir auf, daß ich seit zwei Tagen nichts mehr gegessen hatte und fürchterlich hungrig war. Ich ließ alle Vorsicht beiseite und ging auf den Newski. Ich wählte einen ziemlich respektablen Laden, bestellte ein paar unmögliche Salate, Fleisch mit Pilzen im Topf und dazu ein Glas Rotwein. Ich gab mir Mühe, meinen Wolfshunger im Zaum zu halten, aß gesittet das ausgezeichnet zubereitete Fleisch und spülte es mit dem Wein hinunter.

Ein Abschiedsessen, morgen bin ich schon nicht mehr hier.

Als ich meinen ersten Hunger gestillt hatte, entspannte ich mich und schaute aus dem Fenster – hinter ihm pulsierte das Leben auf dem Newski; geschäftig eilten Menschen hin und her, die ganz andere Geheimnisse hatten, weniger verhängnisvolle, die ihre Freunde nicht das Leben kosteten, Menschen, die nicht das Land verlassen mußten und gehen, wohin der Wind sie wehte, die einfach und ehrlich geliebt wurden und von denen man Kinder haben wollte. Ich beneidete jeden, der vorbeiging, mit jedem von ihnen hätte ich gern getauscht.

Aber irgend etwas war, das mich beunruhigte, zuerst nur vage; hypnotisiert von der monotonen Bewegung auf dem Newski, konnte ich nicht herausfinden, was es war. Bald jedoch entdeckte ich die Quelle meiner Beunruhigung – jemand starrte mich unverwandt an. Jemand, der hier im Café saß.

Ich versuchte, nicht in Panik auszubrechen – es ist nichts Ungewöhnliches, daß jemand eine schöne Frau anstarrt. Ich drehte mich langsam in die Richtung des forschenden Blicks.

Das war er.

Derselbe Typ, den ich am Tag der Ermordung von Nimotsi und Venka in meiner Wohnung gesehen hatte. Ich hätte ihn unter Tausenden, unter Millionen erkannt: Das schroffe Kinn eines erfolglosen Boxers, helle Haare, nicht ohne Schick geschnitten – in gewisser Weise war er sogar schön. Am kleinen Finger ein Schlangenring.

Er sah mich direkt an und lächelte freundlich.

Jetzt bist du dran!

Sie haben dich gefunden und diesen russifizierten Terminator geschickt, um dich zu vernichten. Alle deine Kakerlakenläufe, deine lächerlichen detektivischen Versuche waren vergebliche Liebesmüh. Der Tod sieht dich an mit gedankenlosen, fröhlichen Augen.

Jetzt zieht er eine Pistole aus der Jackentasche, mit Schalldämpfer – wie ein Zauberkünstler ein Kaninchen aus dem Hut zieht. Für einen Sekundenbruchteil bedauerte ich nur eins: Ich werde keinen Brief schreiben, und niemand wird wissen, wo Aljona gestorben und versunken ist.

Er sah mich immer noch an, und ich starb langsam unter seinem Blick, so langsam, daß ich innerlich flehte: Na, mach schnell, zieh deine Knarre und knall mich ab!

Endlich stand er auf und kam direkt auf mich zu. Gott sei Dank, jetzt ist es gleich zu Ende. Das einzige, was ich tat – ich bedeckte meinen armen Kopf mit den Händen, als ob mich das retten konnte.

Ich wartete.

Aber statt eines Schusses hörte ich eine teilnahmsvolle, heisere Stimme: »Ist Ihnen schlecht?«

Seit wann fragt man das Opfer, bevor man es erschießt, nach seinem Gesundheitszustand?

»Ist Ihnen schlecht?« wiederholte mein Terminator nachdrücklicher. »Kann ich Ihnen helfen?«

Nein, er hatte bestimmt nicht vor, mich zu ermorden. Ich hob den Kopf: In seinem Gesicht stand alles mögliche, nur keine Blutgier.

»Danke, es ist alles in Ordnung.«

»Sie sind ja ganz blaß ...« – Natürlich! Ich hätte dich gern in meiner Lage gesehen! – »Hätten Sie etwas dagegen, wenn ich mich zu Ihnen setze?«

Ohne die Antwort abzuwarten, pflanzte er sich breit auf den Stuhl neben mir und berührte dabei leicht mein Knie – die billige Masche eines Provinzlers -, rief den Kellner und bestellte eine Flasche Sekt.

»Darf ich mich vorstellen? Ich heiße Vlas.«

»Eva«, flüsterte ich mit blutleeren Lippen.

»Sagen Sie mir bloß nicht, daß das Ihr richtiger Name ist«, schnaubte er, allerdings ziemlich wohlwollend.

Mir wurde eiskalt. Natürlich, du bist doch keine Eva, er sucht dich unter einem ganz anderen Namen und aus einem ganz anderen Grund.

»Weißt du«, wechselte er plötzlich zum du, »die Mädchen erlauben sich ab und an so dichterische Freiheiten und denken sich allerlei wunderliche Namen aus.«

»Erstens haben wir meines Wissens noch nicht Brüderschaft miteinander getrunken. Also klingt ›du‹ hier reichlich unpassend.« Ich hatte keine Rückzugsmöglichkeit und erlaubte mir den Hochmut einer Frau, die es leid ist, ständig irgendwelche aufdringlichen Typen abzuschütteln. »Zweitens – heiße ich tatsächlich Eva, verwechseln Sie mich also nicht mit Ihren Billig-Nutten.«

»Genau«, bemerkte er erfreut und ließ eine Tirade folgen, in der Art, daß er mich die ganze Zeit dabei beobachtet habe, wie ich mein Fleisch aß – sehr aristokratisch, daß ihm das so gut gefallen habe, daß ich ihm überhaupt sehr sympathisch sei und daß er mich näher kennenlernen wolle.

»Wie nah?« fragte ich in einem Ton, den mir Eva eingab, dem Ton einer Frau, die sich ihre Männer selbst aussucht.

»So nah wie möglich«, antwortete er offen, ein Mann, der immer bekommt, was er will, koste es, was es wolle. Er bedeckte meine Hand mit der seinen.

»Wissen Sie was?« sagte ich, zog aber die Hand nicht weg, »ich kann Ihnen ein paar Nachschlagewerke mit Telefonnummern empfehlen. Sauna, Thai-Massage usw. Dort lösen sie mit Leichtigkeit alle ihre Probleme und vorübergehenden Schwierigkeiten.«

»Ich habe keine Probleme«, erwiderte er einfach. »Und wenn ich mich zu Ihnen gesetzt habe, dann speziell zu Ihnen.«

»Ich bin verheiratet.«

»Das ist nett. Ich hätte mich sehr gewundert, wenn niemand eine so schöne Frau in Besitz genommen hätte.«

»Außerdem habe ich schon einen Liebhaber.«

»Um so besser, dann kannst du vergleichen.«

In seinen Augen war etwas entwaffnend Ungekünsteltes; er war es nicht gewohnt, seine Absichten zu verstecken. Er wollte ganz banal mit mir schlafen. Niemals in meinem früheren Leben war ich einer solchen Situation gewesen. Ich hätte das alles ganz lustig gefunden, wären da nicht dieser Schlangenring gewesen und dieses kantige Kinn. Er hatte meine Freunde getötet, das durfte ich nicht vergessen, und deshalb konnte ich nicht einfach weglaufen.

»Wirst du weiter schweigen?« fragte ich und ließ mich gezwungenermaßen auf sein Spiel ein.

»Ich spare Kräfte. Ich werde sie noch brauchen.«

»Glaubst du? Aber jetzt stehe ich auf und gehe. Was dann?«

»Ich folge dir.«

»Ich rufe die Polizei.«

»Das werde ich sehr bedauern.«

»Aber wirst du mich in Ruhe lassen?«

»Ja.« Sein Gesicht verdunkelte sich sofort, er spielte die Situation im Kopf durch, in der er nicht so großartig aussah, wie er gerne erscheinen wollte. Und sofort gewann seine jungenhafte Courage die Oberhand. »Ja. Aber dann wird es dir sehr leid tun. Ich sage die Wahrheit, dir könnten da ein paar Sachen gefallen ...«

»Ja?«

»Hör mal, wenn du wirklich gehen wolltest, wärst du doch schon längst weg.«

»Du hast dir anscheinend zu viele billige Pornos angeguckt, wo alle bloß daran denken, wie sie einander an den allerunpassendsten Orten bumsen können.«

Ich sah ihn unverwandt an – diesen Menschen, der ein wenig frech war, aber vollkommen normal wirkte, sogar rührend mit seinem peppigen Haarschnitt und diesem albernen Ring. Dieser Mensch hatte meine Freunde getötet. Vielleicht war gerade er es gewesen, der das Magazin in Nimotsis magere Brust geleert hatte, vielleicht hatte gerade er Venkas Körper auf den Asphalt geworfen. Und jetzt versuchte ich, in seinem Gesicht wenigstens irgendwelche Zeichen zu entdecken, Reste eines halbverwischten Mals zum Andenken an die, die es nicht mehr gab; sie mußten doch da sein, diese Male, Blut hinterläßt immer Flecken auf der Seele, wie es auch Flecken auf der Kleidung hinterläßt. Aber in seinen Augen gab es keine Zeichen, keine Male. Ich kam mir vor wie Farik: Er hatte ebenfalls so das Geheimnis von meinem Gesicht herunterreißen wollen und es nicht vermocht.

Zerstreut hörte ich dem belanglosen Gequatsche von

Vlas zu und versuchte dabei angestrengt, die Situation einzuschätzen. Zwei Zufälle nacheinander – das war zuviel. An einen Zufall hatte ich geglaubt. Ich hatte so sehr daran geglaubt, daß ich Farik töten mußte, dessen einzige Schuld darin bestand, seiner kindlichen Leidenschaft nicht entwachsen zu sein. Und jetzt dieser sentimentale Mörder mit dem kantigen Kinn und den plumpen Anmach-Versuchen, woher kam der? Noch ein Zufall, oder verfolgte er mich tatsächlich und würde mich bei der ersten passenden Gelegenheit erledigen?

»Also?« fragte er und riß mich mit fröhlicher Stimme aus meinen Gedanken. »Zahlen?«

Ohne die Antwort abzuwarten, wandte er den Kopf zum Kellner, der am Tresen lümmelte.

Zum ersten Mal sah ich sein Profil – in derselben Haltung und demselben Licht wie einige Monate zuvor. Das Profil eines Mörders. Das Profil, das mein Leben zerstört hatte, mich gezwungen hatte, nicht mehr ich selbst zu sein. Plötzlich empfand ich Haß, kalten Haß, so daß es mir vollkommen gleichgültig war, weshalb er sich zu mir gesetzt hatte: um eine Tussi abzuschleppen, die ihm gefiel, oder um die umzubringen, die ihm vor kurzem entwischt war.

Bis zur Abfahrt der Fähre, bis zur Freiheit, blieben mir noch vierundzwanzig Stunden, ich hatte genug Zeit – entweder zum Sterben oder um mich zu rächen. Das Gefühl naher Vergeltung machte mich trunken.

Draußen nahm er einen Wagen. Er nannte dem Fahrer die Adresse – eine Straße, deren Vorhandensein ich nicht einmal geahnt hatte, irgend etwas aus der halbvergessenen Geschichte der Revolution. Im Auto kam er gleich zur Sache und legte gönnerhaft seinen Arm um mich.

»Du gehst ja flott ran«, sagte ich, allerdings ohne Tadel in der Stimme.

»Du hast ein wunderbares Gesicht«, flüsterte er mir ins Ohr. »Du bist so schön … Ich fühle, daß mich eine große Überraschung erwartet.«

Da hast du recht, dachte ich für mich.

»Du sprichst wie ein sentimentaler Zuhälter.«

»Ich bin kein Zuhälter und werde dir nicht einmal etwas zahlen, wenn dich das beleidigt.«

»Aha, und wer bist du?« fragte ich, obwohl ich sehr gut wußte, wer er war: Nimotsi in einer Blutlache, Venka auf dem staubigen Rasen. »Wir haben einander noch nicht richtig vorgestellt.«

»Sagen wir ...« Vlas hob den Zeigefinger, berührte damit meine Nasenspitze und drückte leicht. »Ich habe ein kleines Geschäft. Klein, aber einträglich. Alles andere muß dich nicht interessieren.«

Wir verließen das Auto in einem Neubaubezirk, an einem fünfzehnstöckigen Turm, der zwischen anderen genau gleichartigen Häuser stand: Hier hatte man keinen blassen Schimmer von der architektonischen Unmäßigkeit des alten Petersburger Stils.

Am nächsten Kiosk organisierte sich Vlas das obligatorische Gentlemen-Set des Playboys: Sekt, eine Schachtel Konfekt, etwas Obst, alles, was seinen Vorstellungen von einem intimen Abend bei Kerzenlicht entsprach. Ich hatte nicht vor, ihn davon abzubringen, und beschränkte mich auf ironische Hmms.

Die kleine Zweizimmerwohnung überraschte mich durch die Lieblosigkeit ihrer Einrichtung. Sie wirkte unbewohnt, wie ein schäbiges Zimmer in einem Provinzhotel. Die schweren Vorhänge vor den Fenstern waren dicht zugezogen, eine alte Liege, ein Tisch, zwei Stühle, ein abgewetzter Schrank. Das edelste Stück war noch die Videoanlage, die auf einem Schränkchen in der Ecke stand.

Auf dem ausgeblichenen Teppich lagen die Hüllen von Videokassetten herum, nichts als Tarantino – lauter abgeschossene Rüben.

»Laß dich nieder«, lud Vlas ein. Glücklicherweise spürte er meine Verlegenheit wegen der armseligen Ausstattung der Wohnung nicht.

»Sieht nicht sehr nach einem romantischen Liebesnest aus«, bemerkte ich.

»Da gebe ich dir recht, Beverly-Hills ist das nicht, entschuldige. Das ist die Wohnung eines Bekannten, er ist kaum hier.«

Ich ging umher und versucht die Tür zum Nachbarzimmer zu öffnen, sie war verschlossen. Vlas fing meinen überraschten Blick auf.

»Da bewahrt er Antiquitäten auf, von seiner verstorbenen Oma. Porzellan und ein paar Perserteppiche. Nimmst du einen Schluck?«

»Einen Schluck von deinem halbtrockenen Pseudo-Champagner? Oder steht noch was anderes zur Auswahl?« Ich wollte tatsächlich etwas trinken, um mich ein wenig zu entspannen.

Vlas kam zu mir, umarmte mich gebieterisch und zog meinen Kopf an sich.

»Du hast doch nichts dagegen?«

Das Spiel mußte zu Ende gespielt werden, natürlich, wie konnte ich etwas dagegen haben, wenn ich schon mit ihm nach oben gekommen war, in eine fremde Wohnung, mit einem mir gänzlich unbekannten Menschen? Er wollte einfach mit einer Frau schlafen, die ihm gefiel. Ich hatte nicht vor, ihn zu enttäuschen: Ich fand seine Lippen, die weich und gefügig waren, ganz so, wie sich ein schönes lüsternes Weib verhalten mußte, das aus keinem anderen Grund mit hierhergekommen war. Der Kuß dauerte und riß mich mit – in einen Strudel von Gefühlen, die ich nie gekannt hatte. Mein Kopf drehte sich plötzlich, und die fremden, glühenden Lippen wollten sich von meinen nicht lösen. Plötzlich war es mir gleichgültig, wozu ich hier war – vielleicht nur deshalb. Mein Gott, ich glich einem naiven, ein bißchen überalterten Schulmädchen mit zerschundenen Knien, das sein Leben in der geschlossenen Anstalt seines eigenen Körpers verbracht hatte und jetzt versuchte, in die Freiheit zu entkommen!

Verzeiht mir.

Es gab nichts, was ich weniger wollte, als daß der Mensch, der meine Freunde getötet hatte, mich dazu brachte, daß sich in meinem Kopf alles drehte. Aber ich war machtlos dagegen.

Verzeiht mir.

Die Stimmen derer, die mir verzeihen sollten, schwiegen.

»Wo ist hier das Bad?« fragte ich, meine Reste von Willen zusammenraffend, und schöpfte Atem.

»Was?« Zuerst verstand er nicht, aber dann riß er sich widerwillig von mir los. »Warte. Ich begleite dich.«

Er begleitete mich tatsächlich ins Bad, wo es nicht einmal ein Handtuch gab, nur zwei Zahnbürsten, zwei Rasierapparate, eine halbausgedrückte Tube Zahnpasta und »Kinderseife« in durchnäßter Verpackung.

Mir war das alles egal, ich ließ meine Kleider einfach auf den Boden fallen, stellte mich unter die Dusche und öffnete die Hähne bis zum Anschlag.

Komm zu dir!

Plötzlich begriff ich mit Schrecken, daß dieser Typ (ein gemeiner Typ, vergiß das nicht!) der erste Mann war, den ich richtig wollte. Ich wollte ihn, es wäre dumm, sich selbst zu betrügen, ich wollte ihn tatsächlich, zum ersten Mal in meinem Leben. (O Gott, wäre dir doch bloß jemand anderes über den Weg gelaufen, irgendein schlauer Computermensch mit runder Brille zum Beispiel, ein reinlicher Reklamemanager, ein Trolleybusfahrer, ein hoffnungsloser Graphomane – irgendwer, bloß nicht dieser Abschaum ...)

Er umfaßte mich von hinten, dieser »Abschaum« – das war eben sein Stil, von allen Tarantinos zugleich abgeguckt, er stieg mit der Flasche Sekt in die Wanne und packte mich. Mein Rücken fiel an seine Brust, und jungenhaft ungeduldig küßte er meinen Nacken. Aber er überwand das Jungenhafte in sich, wie immer bei Tarantino: Seine Lippen rutschten tiefer, sie erforschten meine Schultern, die Schulterblätter und verhielten dann am Strang der Wirbelsäule. Er küßte mich Wirbel auf Wirbel, bis ich fast die Besinnung verlor.

Vlas gab mir den Sekt, ich trank direkt aus der Flasche und drehte mich zu dem Jungen um, der so zärtlich sein konnte. Noch nie hatte ich einen so schönen, einen so wunderschönen Körper gesehen – um so schlimmer für ihn.

Er blickte mich aus weit geöffneten Augen an, seine Nasenflügel bebten wie bei einem ungezähmten Pferd, und er tat, was jeder selbstsichere Mann an seiner Stelle getan hätte: Er beugte sich mit seinem nassen, begehrlichen Mund zu meiner Brustwarze. Der verdammte plastische Chirurg, das lange Doktorchen, hatte mich gewarnt, daß nach der Operation gerade die Brust besonders empfindlich sein würde; eine einfache postoperative Komplikation, eine Nebenwirkung, die bei fünfzehn Prozent der Frauen auftritt. Ich fiel unter diese fünfzehn Prozent, wer hatte das geahnt! Der Gedanke daran war der letzte, der sich klar in meinem Bewußtsein formte …

Ich fühlte undeutlich, daß er mich hochhob und ins Zimmer trug, auf die Liege; daß er mich, naß wie ich war (Entschuldige, Kindchen, in diesem Haus gibt es keine Handtücher!), auf das weiße Laken warf; wie er begann, mich zu streicheln – er bereitete sich ein Aufmarschgebiet. Aber kämpfen brauchte er nicht, ich kam ihm ja entgegen, ich selbst übergab ihm die Schlüssel zur Stadt meines Körpers, die danach lechzte, erobert zu werden. Und die Nomadenhorden drangen in sie ein, die scharfen Lanzen gefällt, drangen in die geheimsten Ecken vor, vernichteten alles, was sich ihnen in den Weg stellte. Ihre kehligen Stimmen verschmolzen zu einer einzigen triumphierenden Stimme. Seine Stimme, die Worte, die sie sprach, klangen mir plötzlich wie Sphärenmusik, wie göttliche Verse, sie peitschten mich auf, zwangen meinen Körper, sich vor Erwartung aufzubäumen. Und als sich endlich der starke, dickflüssige Strom in mich ergoß, löschte er das Feuer nicht, er zwang es nur, von neuem aufzulodern.

Mein Junge, mein Liebhaber billiger Videos, billigen moldawischen Sekts, billiger Gelegenheitsbeziehungen, mein entzückender Mörder, naß von Schweiß, naß vom Wasser, blieb auf dem Schlachtfeld meines Körpers liegen. Aber er war nicht tot, er sammelte nur Kraft, um den Angriff zu wiederholen. Ich selbst peitschte ihn auf, meine Hände, meine Beine, meine Schenkel lenkten ihn schamlos und unnachgiebig, ihm blieb nichts anderes übrig als zu gehorchen, und alles begann von neuem. Ich mußte bekommen, was ich brauchte, ich mußte das bekommen, was ich nie erlebt hatte.

Ich mußte es bekommen, und ich bekam es.

Er drang wieder und wieder in mich ein, und wieder und wieder ließ er nur von mir ab, damit ich mich ihm nähern konnte. Ich vergaß alles, ich erlaubte mir, alles zu vergessen, mein unerfahrener Körper gewann in einem Augenblick alle Erfahrung der Welt, ich mußte ihn nur loslassen.

Ich vergaß die Zeit, ich wußte nicht, wie lange diese Begattung, diese Vereinigung, dieser Akt, diese Gelegenheitsliebe dauerte, aber jetzt schien es, daß ich ihn schneller zuschanden geritten hatte, als wir beide es wollten, er und ich. Vlas kapitulierte, er hißte die weiße Fahne, er bat mich, innezuhalten, er bat mich, zu bleiben, er bat mich, zu trinken, er bat mich, mich nicht anzuziehen, er bat mich um »ein Kotelett, ein großes Kotelett mit Zwiebeln«. Er bat noch um irgendwas und schlief mitten im Satz ein. Eigentlich war er ein Junge, und er schlief wie ein Junge ein, mich fest in seinen Armen haltend.

Er schlief ein und überließ mich mir selbst. Ich kam zu mir, vielleicht zu langsam. Ich fand noch die Kraft, ihn auf die feuchten Haare zu küssen, auf die Nasenwurzel, auf das kantige, gespaltene Lügnerkinn

Das Kinn.

Der Zauber war vorbei.

Ich befreite vorsichtig meinen erstarrten Körper aus der Umklammerung seiner Arme, schlüpfte aus dem Bett und zog mir schnell, als ob ich die Spuren eines Verbrechens verbergen wollte, ein Hemd über. Es war sein Hemd, derselbe scharfe und herbe Geruch. Aber ich hatte nicht die Kraft, es wieder auszuziehen.

Alles war beim alten. Wach auf, Eva, hast du etwa vergessen, wozu du hierhergekommen bist? Nimotsi in einer Blutlache, Venka mit zerbrochenen Knochen ...

Ich durchsuchte Vlas' Jeans – nichts, außer zerknitterten Scheinen, wie bei einem Kind in alle Taschen gestopft. Auf dem Tisch, zwischen Brotkrümeln, lag ein Schlüsselbund. Wahrscheinlich hatte Vlas es dorthin geworfen, als er den Sekt öffnete. Ohne bestimmte Absicht nahm ich es und ging zu der verschlossenen Tür, als würde hinter ihr die Antwort auf alle meine Fragen warten.

Der dritte Schlüssel aus dem Bund paßte, der vorletzte. Ich drehte mich noch einmal verstohlen zu dem schlafenden Vlas um, dann stieß ich die Tür auf, tastete nach dem Lichtschalter und knipste das Licht an.

Ein langer Tisch, ein Vergrößerungsgerät, Negativstreifen, die wie Wäsche an der Leine hingen. Die ganze Wand über dem Tisch war bedeckt von Fotos, auf der ein und dieselbe Person zu sehen war: Ein grauhaariger Papi mit der würdigen Physiognomie eines ehemaligen Parteiarbeiters, inklusive Beamtenscheitel. Die Fotostory hielt das Leben dieses mir unbekannten großmächtigen Papis in allen Details fest. Papi auf einer Ausstellung, Papi am Tisch im Restaurant, Papi auf der Vortreppe seiner Villa, Papi und zwei sehnige Dobermänner, die erheblich sympathischer aussahen als seine Leibwächter. Neben den Fotos hingen Zettel mit Ziffern, Straßennamen, genauen Zeitangaben, ein ausführlicher Plan irgendeines Gebäudes, wahrscheinlich der Grundriß von Papis Residenz …

»Ein ernst zu nehmender Bursche«, schätzte Iwan unverzüglich Vlas' Fähigkeiten ein.

»Und wie er auf so lausigen Aufnahmen die Atmosphäre einfängt«, begeisterte sich Nimotsi. »Ich hätte zu meinen Lebzeiten gern so einen Kameramann gehabt, ich hätte aus ihm einen neuen Sven Nykvist gemacht!«

»Aber es gibt keine Frau bei ihm«, seufzte Venka. »Sehr unromantisch.«

Aufmerksam betrachtete ich die Fotos. Ihr Sinn war mir völlig klar, er lag auf der Hand. Der Papi war der nächste von Fähnchen eingekreiste Wolf. Das waren nicht die Aufnahmen eines jämmerlichen Amateurs aus den proletarischen Moskauer Außenbezirken, hier war alles bis ins kleinste perfekt geplant. Ich sah mich noch einmal aufmerksam in dem Zimmer um und fand schnell die Bestätigung meiner Vermutung: Unter dem Tisch standen ein etwas abgewetzter Diplomatenkoffer und eine Sporttasche. Ich ließ mir den Diplomatenkoffer zum Dessert und öffnete den Reißverschluß der Tasche.

Zwischen lose auf dem Boden verstreuten Patronen lagen dort zwei Pistolen. Wie exotisch – nie im Leben hatte ich Waffen aus der Nähe gesehen. Die kleinere glitt sofort wie zur Probe in meine Hand; die zweite, größere, war furchteinflößend wie im Kino. Einige seltsame Gegenstände versetzten mich in tiefe Nachdenklichkeit, bis ich begriff, daß es Schalldämpfer waren. Nach kurzem Überlegen nahm ich einen der Schalldämpfer und schraubte ihn auf die Mündung der kleinen, hübschen Pistole, einem feinen, eleganten Spielzeug, gerade passend für eine Damenhandtasche aus Krokodilleder.

Sehr eindrucksvoll!

Jetzt war der Diplomatenkoffer an der Reihe. Trotz seiner Unansehnlichkeit war er mit einem Zahlenschloß ausgerüstet. Ich zermarterte mir nicht erst groß den Kopf über die Kombination, ich holte ein Messer aus der Küche und brach ihn einfach auf.

Drinnen befand sich ein zerlegtes Gewehr und ein dazugehöriges Zielfernrohr. Im Gegensatz zum wenig repräsentativen Äußeren war das Innere des Diplomatenkoffers hervorragend zur Aufbewahrung der Waffe hergerichtet. Ausgezeichnetes Stück, Vlas, du bist entlarvt. Du und dein kleines, aber einträgliches Geschäft.

Ich weiß nicht, wie lange ich vor dem geöffneten Diplomatenkoffer saß. Der Anblick des Gewehrs versetzte mich wieder in die Vergangenheit, in der ich alles zurückgelassen hatte. Ich streichelte den kalten Stahl und dachte an Nimotsi, aber nicht als Toten, nein – ich dachte an seine zerlesenen Krimis, seine unsterblichen Schuhe, seine verzweifelte Gier, sich zu retten; ich dachte an Venka, die die Stadt erobern wollte, die sie schließlich tötete. Sie waren die einzigen Menschen, die mir je nahegestanden hatten, meine Familie, mein Recht auf Zukunft, zu ihnen hatte ich mich vor der Einsamkeit gerettet. Und dann kam jemand und nahm sie mir einfach so weg.

Meine Stimmen schwiegen, sie erwarteten eine Entscheidung, meine Entscheidung. Eine erschrockene, stille Maus taugte schlecht für die Rolle der Rächerin, aber Eva war dafür wie gemacht. Ich konnte nicht auf einem weißen Schiff in ein neues Leben reisen, ohne wenigstens einen Teil meiner Rechnungen zu begleichen. Farik hatte viel weniger den Tod verdient als dieser Kerl, aber ich hatte ihn getötet. Jetzt, da ich dieses ganze Arsenal zur Verfügung hatte, konnte ich diesen Abschaum im Nebenzimmer erledigen.

Dieser Grünschnabel hat nie einen Gedanken an die verschwendet, die er ermordete. Er wußte nicht, daß Nimotsi für Garnelen schwärmte und Venkas Eltern zuerst die eine Tochter verloren hatten und dann die andere. Er interessierte sich nicht die Bohne dafür, wie die Dobermänner vom dem todgeweihten Papi hießen. Und wie viele solcher Papis würde es noch geben! Übrigens war mir das gleichgültig, die Hauptsache war, der Mörder meiner Freunde schoß nicht weiter ungestraft ab, was ihm vor die Flinte lief, und ging zwischendurch mit irgendwelchen Nutten ins Bett, in Wohnungen, die für romantische Rendezvous schlecht geeignet waren.

Na, warum sagt ihr nichts?

»Ich bin kein guter Ratgeber. Mord ist für mich bloß ein Genre, eine bestimmte Kombination von Buchstaben auf dem Papier. Du mußt selbst entscheiden«, sagte endlich Iwan.

»Entscheide selbst«, schloß sich Nimotsi an.

Venka sagte kein Wort.

Wellen des Hasses überrollten mich und zogen sich sofort wieder zurück. So kommst du zu nichts. Nimm das Spielzeug in die Hand und geh rüber ins Zimmer.

Ich nahm tatsächlich die Pistole und fühlte mich sofort viel besser. So ist es richtig.

Vlas schlief auf dem zerknitterten Bett, die Arme ausgebreitet, sein kleiner verschrumpelter Penis war halb bedeckt vom Laken. Seine Träume waren sicher schwarzweiß, wie bei einem Hund, wie bei den Dobermännern auf der Fotografie. Ich hob die Pistole, hielt sie an Vlas' Kopf, schloß die Augen und drückte den Abzug.

Kein Geräusch, keine Urteilsvollstreckung.

Ich begriff nicht sofort, daß es an jeder Waffe eine Sicherung gibt, die man lösen muß. Wie man das macht, wußte ich nicht. Ich verlor kostbare Sekunden, und mit ihnen meine Entschlossenheit.

Vlas drehte sich auf die andere Seite und seufzte süß.

Ich konnte ihn nicht töten.

Verdammt, ich konnte ihn nicht töten! Den Sicherungshebel hatte ich schon gefunden, aber ich begriff, daß ich nicht abdrücken konnte. Ich war nicht fähig dazu. Zu deutlich sah ich die Lippen, die mich geküßt hatten, ich sah die Hände, die mich gestreichelt hatten, ich erinnerte mich an alle Worte, die er mir gesagt hatte, gewöhnliche, nichtssagende Worte, Worte, wie Männer sie den Frauen hundertfach sagen, aber er hatte sie gerade mir gesagt. Vollkommen zufällig hatte ich an die Achillesferse seines angesehenen, hochbezahlten Berufs gerührt: Man durfte nichts über einen Menschen wissen, um ihn einfach so erschießen zu können. Ich konnte ihn aus einem einzigen Grund nicht einfach abknallen – ich wußte, wie er seine Frauen küßte, einen Wirbel nach dem anderen.

Ich stand wie erstarrt neben ihm – mit der dummen, nutzlosen Pistole in der Hand, die ich niemals gebrauchen würde.

Niemals, wieviel Zeit mir auch zur Verfügung stünde bis zum Morgen. Mir blieb nichts anderes übrig, als die Waffe wieder in die zu Tasche legen, die Tür zu schließen, den Schlüssel zweimal umzudrehen und für immer fortzugehen. Es hatte keinen Sinn, das Schicksal zu versuchen. Niemand würde jemals erfahren, daß ich mit dem Mörder meiner Freunde geschlafen hatte, daß es mir gefallen hatte, mit einem Mörder zu schlafen.

Es hat keinen Sinn, sich in etwas einzumischen, wovon man nichts versteht. Du jämmerliches, feiges Wesen, such dir einen Ehemann, der zu dir paßt, einen phlegmatischen Schweden, die sich so gern die Nutten nehmen, die nicht mehr im Geschäft sind.

Wahrscheinlich wäre auch alles so gekommen, wenn …

Wenn man mich nicht über den Haufen gerannt hätte.

Ich verlor das Gleichgewicht, die Pistole entglitt mir und rutschte unter die Liege. Eine Hand packte mich noch im Fallen am Kragen und drückte mich auf den Boden – selbstbewußt, respektlos und unnachgiebig. Um so eine vorwitzige Mieze zu bändigen, reichte eine Hand. Die andere tastete unter der Liege herum auf der Suche nach der Pistole: eine breite, kurzfingrige Hand mit borstigen Haaren.

»Lieg still, du Miststück!« Die tiefe Stimme verhieß nichts Gutes.

Also lag ich da, das Gesicht im Staub, halb erwürgt von meinem eigenen Hemdkragen. Ich sah die Hand, die versuchte, die Pistole zu erreichen; ich sah auch die Pistole, wenige Zentimeter von meinem Gesicht entfernt, zwischen Karamelbonbonpapier und einer abgegriffenen Nummer des »Playboy«. Ich streckte mich so gut es ging und schob die Pistole möglichst weit weg – zu mehr reichte meine Kraft nicht.

Man stellte die Suche nach der Pistole ein und schüttelte mich wie einen Sack.

»He, mach die Glotzen auf, du Idiot!« Das ging eindeutig an die Adresse von Vlas. »Was hast du da für ein Miststück angeschleppt!? Wie oft habe ich dir schon gesagt: Laß bei der Arbeit deine Spermien aus dem Spiel! Wartest du darauf, daß dir irgendwann der Schädel gespalten wird, du Supermann?«

Die Stimme, ruhig und tief, klang gar nicht gut. Klar, daß sie mich locker erledigen konnten, kostenlos, es war nicht mal eine Fotographie erforderlich.

Halberstickt öffnete ich fast mechanisch mit der freien Hand die Knöpfe meines Hemds und schlüpfte unerwartet leicht heraus, wie eine Schlange aus der alten Haut. Der Bullterrier hatte solche Kühnheit von mir nicht erwartet – Sekunden später war ich in dem Zimmer mit den Fotografien. In jedem anderen Fall wäre ich zur Wohnungstür gerannt, aber der Schreck verengte meinen Blick und rettete mir, wie sich dann zeigte, das Leben.

Alles entschied sich innerhalb von Sekunden. Ich war niemals besonders reaktionsschnell gewesen, aber jetzt begriff ich augenblicklich: Nur die Tasche kann mich retten – wenn bloß der Reißverschluß nicht zu ist.

Der Reißverschluß war offen, und ich hatte einen Vorteil. Ich sah alles durch die halboffene Tür: den zerzausten Vlas und den zweiten, den Bullterrier, der mich festgehalten hatte, ein unansehnliches Männchen, mittelgroß und mittelbreit, im Intelligenzlerregenmantel. Im Vorbeigehen verpaßte er Vlas einen Kinnhaken, bückte sich schnaufend, zog die Pistole unter der Liege hervor und kam auf die geöffnete Tür zu.

Sein Gesicht war genauso trügerisch wie das Innere des abgewetzten Diplomatenkoffers. Hinter der äußerlichen Einfachheit der hohen asiatischen Wangenknochen, dem einfältigen Gesichtsausdruck eines Dorfschullehrers trat eine geballte Kraft hervor. Tiefe, ruhige Falten führten von den Flügeln einer fleischigen Nase aus zum Mund, er hatte vorspringende Augenbrauen und durchsichtige, ausdruckslose Augen.

»Hast du Trottel ihr das Zimmer aufgemacht?« fragte er Vlas.

»Nichts habe ich aufgemacht«, verriet mich Vlas sofort.

»Um so schlechter für deine Hure.« Der Bullterrier stand schon im Türrahmen, er rieb sich die Nasenwurzel und sah mich eiskalt an, mich Zusammengekauerte, Verschreckte, Nackte. »Komm doch mal, hier kannst du dir Stellung Nummer dreiunddreißig angucken!«

Und hochmütig, sich seiner uneingeschränkten Macht über mich gewiß, drehte er den Kopf zu Vlas.

Hastig nahm ich die schwere Pistole aus der Tasche. Ich

wollte mich nur verteidigen, sonst nichts. Seine Reaktion war gut: Ich sah direkt in eine Pistolenmündung. Er hob die Brauen, ohne jeden Ausdruck in den Augen, und drückte ab.

Der Schuß kam nicht.

Ein Anflug von Ärger huschte über das Gesicht des Bullterriers.

»He, hast du die Patronen rausgenommen …«

Er kam nicht dazu, die Frage zu beenden. Ohne zu begreifen, was ich tat, drückte ich ab, schoß direkt in die durchsichtigen Augen, die wenigstens im letzten Sekundenbruchteil seines Lebens ein wenig erstaunt guckten.

Was anschließend passierte, erschien mir wie Szenen aus einem B-Movie mit schmutzigen puertoricanischen Bandenkriegen: Die Tür zum Zimmer, an der der Bullterrier stand, färbte sich rot vom Blut – feierlicher Salut zur Ehre der Initiation einer Mörderin. Die Kugel besaß eine schreckliche Kraft, sie fegte meinem Widersacher die Hälfte des Schädels weg, die hochmütige Stirn mit den Geheimratsecken. Sie verschonte nur die durchsichtigen Augen, die bloß ihre Farbe veränderten – auch sie färbten sich rot vom Blut, das wie eine Fontäne aus der geöffneten Hirnschale herausschoß.

Der nutzlose Körper fiel wie ein Sack zu Boden; noch einen Moment lang kratzten die kurzfingrigen Hände über das schartige Parkett, dann endete auch dieses Lebenszeichen.

Ein paar Blutspritzer und Hirnmasse landeten in meinem Gesicht.

Wie durch Watte hörte ich Vlas im Nebenzimmer schreien. Ich bewegte mich auf den Schrei zu, so wie ich gerade war, nackt, mit der Pistole in der Hand, und wischte mir im Gehen den Inhalt des fremden Kopfes aus dem Gesicht.

Vlas hüpfte neben dem Bett mit einem Bein in der Hose und sah mich mit irren Augen an, in denen nichts war außer animalischer Angst.

»Nimm die Knarre Weg! Nimm die Knarre weg!« schrie er mit überschnappender Stimme.

Vor lauter Angst schrie ich genauso: »Halt die Klappe, halt die Klappe, halt die Klappe!«

Er schwieg augenblicklich, und die eintretende Stille brachte mich zur Besinnung. Es hat keinen Sinn, sich zu fürchten, es hat keinen Sinn. Du hast es doch schon gesehen, oder? Nimotsi und Venka, Iwan im Leichenschauhaus, du hast sogar seine toten Lippen geküßt. Aber wenn man ihm den Kopf zerschossen hätte – aus ihm wäre auch so ein Brei herausgeflossen; wirklich merkwürdig, daß ausgerechnet aus so einer schwammigen Masse die unglaublichsten Sujets hervorsprießen. Aljona, Farik, warum nur ist dieser Kopf so schrecklich zerplatzt? Das war das Scheußlichste. Ein Loch in der Schläfe als Zugeständnis an den Tod konnte ich noch akzeptieren, ich lausige Ästhetin.

Vlas wimmerte leise in seiner Ecke bei der Liege.

Ich sah mich im Spiegel der geöffneten Schranktür – rote Streifen im Gesicht, mit der Pistole, die meine Hand nach unten zog.

Ich sollte mich anziehen, dachte ich stumpf.

Mechanisch nahm ich ein Hemd vom Boden auf – jetzt war es mein eigenes. Ich zog es mir über, ohne die Pistole aus der Hand zu legen. Einfache, von klein auf gewohnte Verrichtungen – den Arm in den Ärmel, die Knöpfe schließen – ließen mich Zeit gewinnen, ich mußte unbedingt zu mir kommen. Ich hatte einen Menschen getötet, ein kleines schäbiges Menschlein, und zog mich an, als sei nichts passiert.

Mein Herz, das eben noch aus der Brust springen wollte, schlug jetzt langsam wie bei einem Menschen, der in lethargischem Schlaf liegt.

»Dumm gelaufen«, sagte ich mit ausdrucksloser Stimme. »Und ziemlich viel Schmutz.«

Meine Worte machten einen seltsamen Eindruck auf Vlas – er sank auf die Liege und sah mich an. Sprachloses Entsetzen wuchs in seinen Pupillen. Jetzt hatte er Angst um sich, mein Verhalten schien ihm berechnend und kaltblütig.

Die kleine Pause erlaubte mir, meine Kräfte zu sammeln und eine Verhaltensstrategie zu entwickeln.

»Na, da staunst du, Schätzchen?«

War das meine eigene zynische Stimme?

Vlas schluckte krampfhaft.

»Los, jetzt aber dalli!« Ich ließ ihm keine Zeit, sich zu besinnen. »Ist das dein Partner?«

Vlas nickte, vollkommen fertig.

»Und auf den Fotos? Das nächste Opfer?«

Die Gedanken in meinem Kopf rasten wild durcheinander. Vlas mußte meine Aktion für geplant halten, sonst hätte er sofort kapiert, daß er es bloß mit einem völlig verschreckten Weib zu tun hatte.

»Ich warte«, sagte ich hart.

»Ja.«

»Und wer ist das da, auf den Fotos?«

»Rumelidi, Igor Viktorowitsch, der Chef des Konzerns ›Junona‹.«

Rumelidi, sehr gut, ein schlauer, russifizierter Grieche, der Villa auf den Fotos nach zu urteilen, fast ein Landsmann von Eva.

»Was macht er?«

»Erdölprodukte und -transport, Immobilienmakler ... Und aller möglicher Kleinkram, Touristikfirmen und so was. Vielseitiger Mensch.«

»Der Auftraggeber?«

«Kenne ich nicht ... Wirklich nicht ...« Er schielte auf mein Hemd, als hoffte er, die Schulterklappen eines Milizhauptmanns darauf zu entdecken.

»Also keinen Schimmer, der Kleine!« Ich wedelte drohend mit der Pistole vor seiner Nase herum, obwohl ich ganz genau wußte, daß ich sie unter keinen Umständen würde gebrauchen können. Ich bin doch keine Mörderin! Aber das wußte er ja nicht.

Er hob die gefalteten Hände, als wollte er sich schützen –

die flehende Geste der Muttergottes. Die Pistole in meiner Hand hypnotisierte ihn. Ein gewichtigeres Argument als die Blutlache im Zimmer nebenan konnte man sich nicht ausdenken.

»Er ... Sirin«, ein Nicken in Richtung der Leiche, »hat ein Postfach eingerichtet. Dorthin kam das Paket mit den Fotos und den Ortsangaben, irgendwas Harmloses in der Art: Lieber Pawel, das bin ich in der Ausstellung, an der Riviera, im Sanatorium. Was halt zu den Aufnahmen paßt. Bis zum fünfzehnten bin ich in Moskau und so weiter, ich hoffe, wir sehen uns. Das heißt, der fünfzehnte ist der äußerste Termin für die Erledigung des Auftrags. Außerdem die Telefonnummer, die Sirin nach Abschluß der Sache anrufen sollte. Wenn alles erledigt ist, teilten wir dem Auftraggeber immer die Nummer eines Schließfachs in der Gepäckaufbewahrung im Bahnhof mit. Dort wird dann das Geld deponiert.«

»Wieviel?«

»Weiß ich nicht. Ich bin erst seit kurzem im Geschäft.« Vlas wollte sich absichern, womöglich mildernde Umstände für sich aushandeln. »Ich bin Fotograf, kein Killer.«

»Und bist du nie erwischt worden beim Fotografieren?«

»Ich bin als Spitzel ausgebildet.«

»Von wem?«

»Von Sirin. Er hat früher beim KGB gearbeitet, ich glaube sogar, in der Auslandsspionage, ich weiß es nicht genau. Er ist ein Profi ... War ...« Vlas schaute skeptisch auf die Leiche.

»Wann solltet ihr diesen Typen umlegen?«

»Den Griechen meinst du?« Vlas plauderte bereitwillig alles aus, wie ein Fotograf aus einem miefigen Studio im Einkaufszentrum. Richtig unappetitlich. »In zwei Tagen.«

»Wieso ›den Griechen‹?«

»Na ja, Sirin hat den Kunden immer Spitznamen gegeben.«

»Und wie hat er die beiden genannt, die ihr in Moskau

aus dem Weg geräumt habt, in Bibirjowo?« Jetzt ging ich aufs Ganze.

In Vlas' Augen blitzte wieder Angst auf. Er wußte nicht, was ich ihm noch servieren würde.

»In Bibirjowo, im Juni diesen Jahres«, sagte ich. »Da warst du doch dabei.«

»Ja.« Leugnen war zwecklos. »Ja, das war eine idiotische Sache. Ich habe nicht kapiert, wozu man diesen jämmerlichen Junkie und diese Tussi aus dem Weg räumen sollte. Sirin übernimmt normalerweise keine Kunden, deren Jahreseinkommen unter zweihunderttausend Dollar liegt. Und dann diese Scheiße. Da kam mitten in der Nacht ein Anruf, dringend, sehr seltsam alles. Den Typen sollten wir einfach abknallen, mit Kugeln vollpumpen, volle Kanne. Er hat nicht einmal Widerstand geleistet, der reinste Pudding. Ich hab zum ersten Mal mit so einem Mist zu tun gehabt.«

»Also, Sirin wurde angerufen?«

»Ja, er hat die Adresse gekriegt, die Instruktionen und so weiter.«

»Und wie sollte das ablaufen? Was ist mit dem Briefkasten?«

»Keine Ahnung. Das war einer von Sirins alten Bekannten, noch vom KGB. Mehr weiß ich wirklich nicht.«

»Wußte Sirin, worum es ging?«

»Ich glaube nicht. Jedenfalls nichts Konkretes. Wir sollten alles mitnehmen, Kassetten, Notizen und so was alles.«

»Und das Mädchen habt ihr einfach aus dem Fenster geworfen?«

»Ja. Wir haben ihr die Kanone in die Hand gedrückt, wegen der Fingerabdrücke, und dann ab aus dem Fenster. Sirin hat das erledigt«, fügte er schnell hinzu, als er merkte, wie meine Hand mit der Pistole sich verkrampfte.

»Zieh dich an!« befahl ich angewidert. »Man kann dich ja nicht angucken.«

»Dich dafür um so besser«, platzte er heraus. Offenbar fühlte er sich halbwegs außer Gefahr.

»Was ist das hier für eine Wohnung?«

»Er mietet immer gleich ein paar, in Petersburg und in Moskau, für ein oder zwei Monate, solange er an einem Auftrag dran ist.«

»Und du schleppst die Frauen hierher ab?«

»Nein, ich schwör's dir!«

»Und was ist mit mir?«

»Na, du bist ja ein Bulle.« Unsere Unterhaltung nahm unerwartet eine Wendung ins Intime. »Ein hübscher Bulle, der einsatzmäßig Fellatio macht.«

Das war eine hirnlose, flegelhafte Erpressung, und ich wies den vorwitzigen Grünschnabel in die Schranken, indem ich ihm die Pistole direkt unter die Nase hielt.

»Halt die Klappe, sonst liegst du gleich neben deinem Freund.«

»Schon gut, ich bin ja schon still.« Er hatte doch ein bißchen Angst gekriegt, aber nur ein bißchen. »Aber du erlaubst mir doch, in meinem schriftlichen Geständnis zu erwähnen, daß du klasse bumst?«

»Ein schriftliches Geständnis?«

»Ja. Ich bitte sehr darum, Selbstanzeige aufzunehmen.«

»Du bist ja eine echte Pfeife«, sagte ich mit Vergnügen. »Du hättest ruhig erst mal ein bißchen leugnen können. Statt dessen hast du gleich alles locker flockig ausgeplaudert, das ist ja langweilig.«

»Und was hätte das für einen Sinn? Ihr brecht mir doch bloß die Rippen. Und ich hatte schon als Kind Angst vor Schmerzen«, erwiderte er trocken. »Übrigens habe ich meine eigene Meinung über die Hintergründe des letzten Auftrags. Soll ich sie dir verraten?« Vlas feilschte wie ein Melonenverkäufer auf einem mittelasiatischen Markt. »Man müßte mal die Letten unter die Lupe nehmen, die im Erdölgeschäft sind. Prüfe, wer Nutzen daraus zieht, wie die alten Römer sagten. Na, was ist dir die Information wert?«

Ich sagte nichts. Ich dachte nach.

Vlas war anscheinend tatsächlich davon überzeugt, daß ich eine flotte Agentin sei, ein Mitglied der fünften Kolonne im Rücken des Feindes, die sich tapfer unter jeden potentiellen Verbrecher legt – offenbar hatte er zu viele James-Bond-Filme konsumiert. Vlas war stärker als ich, er hätte mir die Pistole mühelos abnehmen können, aber er tat es nicht. Er hatte Angst, daß ich schießen würde, die Leiche im Nebenzimmer war für ihn der Beweis, daß ich es ernst meinte. Außerdem warteten vielleicht gleich hinter der Wohnungstür ein paar kräftige Kollegen. Ich wußte von der Sache in Moskau, also war unser Zusammentreffen kein Zufall gewesen. Man war hinter ihm her, eine andere Erklärung gab es für ihn nicht. Woher sollte er von den dummen Zufällen wissen, die mich verfolgten wie erbarmungslose Parzen? Solange er das dachte, war ich relativ sicher. Aber über den Mord an Venka und Nimotsi hatte mir Vlas nichts Konkretes erzählt. Ich stand wieder ganz am Anfang. Er war nutzlos für mich. Ja, ich haßte ihn, aber sogar aus Rache für alle meine Toten konnte ich ihn nicht kaltblütig umbringen. Einen Moment lang wünschte ich mir sogar, daß er versuchen würde, zu entwischen oder mir die Pistole aus der Hand zu schlagen – dann hätte ich geschossen! Und meine Pflicht gegenüber Nimotsi, Venka, Farik und Aljona wäre erfüllt. Aber eine Möglichkeit mußte sich doch finden! Das Ticket für die Fähre nach Schweden erschien mir jetzt nur wie ein ärgerliches Hindernis.

Ich bleibe. Ich muß bleiben. Mit diesem Entschluß kam auch die Lösung, und sie war so einfach, daß ich unwillkürlich lächeln mußte.

Vlas spürte das Lächeln eher, als er es sah, er hatte einen siebten Sinn, aber er interpretierte es auf eigene Weise.

»Habt ihr denselben Verdacht? Siehst du, mit meinem Hirn ist alles in Ordnung.«

»Mit allem anderen auch«, sagte ich und entschloß mich zu einer anderen Strategie. Ich wußte noch nicht, wohin sie führen würde, aber vielleicht hatte ich Glück, so wie ich bis jetzt Glück gehabt hatte.

»Ich fand's auch gut mit dir. Nein, wirklich. Es war doch klasse, oder?« Er war immer noch der Junge, für den Sex das Thema Nummer Eins war, und eine gute Nummer war wichtiger als ein Sieg bei Borodino oder eine Niederlage bei Waterloo.

»Stimmt.« Zu seiner Überraschung warf ich die Pistole auf den Boden und ließ mich entspannt neben ihn auf den Teppich sinken.

»Sag mal, dein richtiger Name ist nicht zufällig Mata Hari?«

»Mata Hari war bloß ein verlogenes Weibsstück, die bei ihren Liebhabern den Überblick verloren hat. Ich bleibe lieber bei der Wahrheit, und, falls es dich interessiert, ich heiße tatsächlich Eva.« Ich ließ in meiner Stimme die Erinnerung an die vergangene Nacht anklingen. Er sollte das Gefühl haben, daß ich überhaupt nicht nach seinem Blut lechzte.

Er verstand.

»Was hast du vor?« fragte er.

»Ich weiß noch nicht«, log ich. »Das heißt, ich weiß es jetzt noch nicht.«

Die reichlich frivole Pose, in der ich mich auf dem Teppich ausbreitete, signalisierte alles mögliche, nur nicht eingeschlagene Wohnungstüren, Handschellen, Tarnanzüge und schwarze Gesichtsmasken. Mein kleiner Dummkopf fühlte sich unübertrefflich. Er glitt von der Liege herunter und lag schon neben mir. Seine weichen Lippen berührten meine Augen, mehr traute er sich nicht. Er hatte offenbar immer noch Angst. Also ergriff ich die Initiative.

Wir wälzten uns auf dem Boden, nur wenige Meter von dem zerplatzten Kopf seines Komplizen entfernt. Während er mich küßte, tastete ich vorsichtig nach der Pistole. Zeit, die Karten auf den Tisch zu legen und die Bank zu sprengen.

»Warte«, flüsterte ich, »laß uns erst mal überlegen, was wir mit der Leiche anstellen.«

»Ich dachte, deine Kettenhunde übernehmen das«, antwortete er und küßte mich weiter.

Ich stieß ihm hart die Pistole zwischen die Beine.

»Und jetzt reden wir mal Klartext«, sagte ich. »Keine Dummheiten ...«

Sein Gesicht versteinerte über mir zu einer Maske.

»Was willst du von mir? Willst du mich anwerben? Dazu brauchst du nicht solche inquisitorischen Maßnahmen.«

»Ich habe weder mit den Bullen noch mit dem FSB irgendwas zu tun.«

Er biß die Zähne zusammen, und in seinem Gesicht zuckte es nervös. Ich spannte den Schlagbolzen.

»Ich habe doch gesagt, reden wir Klartext. Ich bin in derselben Branche wie du, und ich habe auch einen Auftrag. Mein Auftrag seid ihr.«

»Das glaube ich nicht.«

»Erinnerst du dich an diesen Mord, im Sommer in Moskau? In der Wohnung von diesem halbverreckten Junkie habt ihr nicht das gefunden, was ihr hättet finden müssen.« Ich spielte jetzt va banque, einen anderen Ausweg hatte ich nicht, ich wollte diesen Amateurfotografen für meine Ziele benutzen. »Was ihr Idioten da übersehen habt, kann einigen großen Tieren ein paar Jährchen Knast einbringen, uns zwar sehr großen Tieren. Außerdem habt ihr Spuren hinterlassen …«

»Sirin hat nie Spuren hinterlassen.«

»Man hat euch gesehen, als ihr über den Dachboden ins Nachbarhaus abgehauen seid. Und eure Auftraggeber können so ein Risiko nicht brauchen.«

Er schaute mich ungläubig an – von oben bis unten.

»Warum hast du mich dann nicht gleich umgelegt?« fragte er.

»Tatsächlich, warum eigentlich nicht?« Ich strich mit der Pistole zärtlich über seinen Bauch. »Vielleicht hab ich keine Lust, dich umzulegen, weil mir gefällt, wie du Liebe machst.« Das war keine Lüge. »Ich habe beschlossen auszusteigen. Für Sirin kriege ich ein rundes Sümmchen – das reicht vollkommen, um mich irgendwo niederzulassen, wo das Klima für Frauen geeigneter ist. Aber ich brauche einen Partner. Zu zweit ist es lustiger und außerdem ungefährlicher, findest du nicht?«

»Lustiger, das kann man wohl sagen«, schnaubte Vlas.

»Mit dir ist es wirklich zum Totlachen. Bloß schade, daß Sirin das nicht zu schätzen wußte.«

»Sirin hat gekriegt, was er brauchte. Du bist auch irgendwann dran, so wie jeder, der in unserer Branche arbeitet. Früher oder später kriegst du eine Kugel in die Rübe. In deinem Fall eher früher. Vergiß nicht, du stehst schon auf der Abschußliste. Wenn ich das nicht erledige, tut es jemand anderes, der weniger sentimental ist.«

Endlich löste er sich vorsichtig von mir, ängstlich darauf bedacht, die empfindsame Pistolenmündung nicht zu beunruhigen, lehnte sich zurück und sah mich mit neuem Interesse an – nicht als Frau, sondern als potentiellen Partner.

»Und was schlägst du vor?«

»Wir arbeiten zu zweit, und erst mal legen wir unser Kapital zusammen. Wie gefällt dir dieser Gedanke?«

Er dachte kurz nach.

»Das Risiko ist mir zu groß. Nach der nächsten Nummer schießt du mich plötzlich über den Haufen, und dann hab ich meine Kohle zum Fenster rausgeschmissen und meine Birne gleich mit.«

»Genausogut kannst du mir den Hals durchschneiden.«

»So einen süßen Hals – nie.« Er war schon wieder bei seinen schlüpfrigen Andeutungen, während die Leiche nebenan noch warm war. »Aber vielleicht finde ich eine andere, apartere Methode …«

»Wie du siehst, sind wir in der gleichen Position.«

»Warum sollte ich dir glauben?«

»Weil ich dir glaube.« Ich legte endlich die Pistole vor ihn hin, provokativ, verführerisch: Wie man eine Schachtel Streichhölzer vor eine neugierige Kindernase legt.

Er streckte die Hand nicht nach der Waffe aus, obwohl sie verlockend glänzte, und schwieg.

»Ich habe Freunde in Italien. In Reggio di Calabria. Das ist eine kleine Stadt ganz im Süden, an der Straße von Messina. Ganz hübsch da, und das Mittelmehr ist auch nicht übel …«

»Du bist echt ein Biest«, schimpfte Iwan dazwischen. »Ich habe dir hundertmal von diesem Kaff erzählt, wo ich immer hin wollte, weil mir der Name so gefallen hat. Aber das heißt noch lange nicht, daß du dich mit dem letzten Pisser an dieses Örtchen verziehen sollst, das *ich* mir auf der Landkarte ausgeguckt habe.«

»Halt die Klappe und stör nicht!« Zum ersten Mal schnitt ich Iwan das Wort ab. »Ich reiße mir für euch hier den Arsch auf ...«

»Klingt verlockend«, sagte Vlas gedehnt.

»Sie helfen uns. Und dann, du bist genau der Mann, den ich brauche.«

Das klang zynisch, aber es überzeugte ihn mehr als alles romantische Gequatsche.

»Einverstanden«, sagte er schließlich. »Wann packen wir die Koffer?«

»Das hängt ganz davon ab, ob du die Telefonnummer kennst, die Sirin nach Erledigung des Auftrags hätte anrufen müssen. Ich meine, nach diesem letzten Auftrag.«

Ich fühlte, wie mir Bäche von Schweiß den Rücken runterflossen, ich war naß wie eine Katze. Mir war ein wenig übel von der Nähe der Leiche, und am liebsten wäre ich mit hysterischem Gekreisch aus der Wohnung gerast. Aber ich riß mich zusammen und konzentrierte ich mich auf Vlas, der mich noch immer anstarrte – in seinem Blick lag jetzt ein gewisser Respekt und noch etwas anderes: Er versuchte angestrengt, unter meinen Schildkrötenpanzer zu kommen. Vermutlich bedauerte er, daß man ihn nicht auf dieselbe radikale Art und Weise aufknacken konnte wie Sirins Kopf.

»Und wenn ich die Telefonnummer nicht weiß, ändert das was?« sagte Vlas, seine Worte abwägend.

»Wie man's nimmt. Wir müssen euren Griechen aus dem Weg räumen und kriegen keine Kopeke dafür. Sozusagen eine Wohltätigkeitsaktion.«

»Wozu ihn dann überhaupt umlegen, wenn wir schon beschlossen haben, aus dem Geschäft auszusteigen? Wozu unnötiges Risiko?«

»Wir müssen uns absichern. Gefühle altern schnell, und eh man sich's versieht, sind sie an Altersschwäche gestorben. Aber das Andenken an ein gemeinsam vollstrecktes Urteil währt lange. Wir haben dann einen guten Grund, zusammenzuhalten, wenigstens die erste Zeit.«

War das wirklich ich, die diese furchtbaren Dinge sagte? Das Paradoxe dabei war, daß ich mir das nicht einmal selber ausgedacht hatte; ich sagte einfach fast wörtlich einen von Venkas Dialogen aus unserem letzten Drehbuch auf, eine Passage, die ich eigentlich rausgeschmissen hatte, weil sie total idiotisch und sülzig war. Eine platte Geschichte von einer durchgedrehten Furie, die ihre Beretta erheblich öfter gebrauchte als ihr Hirn. Die großkalibrige Beretta war ein Vorschlag von unserem Fachmann Farik gewesen. Venka hatte damals versucht, mich davon zu überzeugen, daß so eine Beretta zusammen mit einem Haufen hohler Phrasen sämtliche Spießer von ihren Sofas fegen würde, denen die hohen Eierpreise sowieso schon das letzte bißchen Verstand geraubt haben. Damals hatte ich sie ausgelacht – etwas voreilig.

»Klingt nicht schlecht! Ich bewundere deine eiserne Selbstbeherrschung«, sagte Vlas anerkennend.

»Und wenn wir die Kohle dafür einsacken könnten, das wäre doch nett«, gab ich etwas professionelle Habgier dazu. »Also, fällt dir die Telefonnummer jetzt ein?«

»Wollen mal sehen. Also: Schlacht auf dem Peipussee, Churchills Fulton-Rede und der Mord an Kennedy, glaube ich.«

»Was ist das denn für ein Mist?« wunderte ich mich.

»Heiß, was?« freute sich Vlas. »Und alles bloß, weil Sirin kein Zahlengedächtnis hatte, das war seine einzige Schwäche. Er baute sich immer Eselsbrücken. Zum Beispiel der Aufstand von Robert Ket, sagt dir das was?«

»Überhaupt nichts.«

»Das sind die ersten Zahlen von einer der Telefonnummern. Der Aufstand fand 1549 statt, nehmen wir die Eins weg, bleibt 549. Sirin hatte extra ein Handbuch für solche Sachen, er baute ganze Kombinationen. Also – der Aufstand von Robert Ket, die Kuba-Krise und die Hinrichtung von Maria Stuart. Das macht?«

Bei der Kuba-Krise lag ich ein Jahr daneben, im Zusammenhang mit der leidgeprüften Maria Stuart fiel mir nur Nimotsis Lieblingspatience ein.

»Man lernt nie aus.« Vlas grinste nachsichtig. »Die ersten Ziffern weißt du schon: 549. Kuba-Krise – das war 1962. Also haben wir 549-62. Die Stuart wurde 1587 hingerichtet. Das ergibt: 549-62-87. Na?«

»Du bist ja das reinste Lexikon! Und was ist mit der letzten Telefonnummer?«

»Rechne selbst!« Der gebildete Vlas freute sich. »Ich hab's dir schon gesagt: Schlacht auf dem Peipussee, Churchills Fulton-Rede und der Mord an Kennedy.«

»Schon gut, ich glaub's dir ja. Jetzt müssen wir uns erst mal mit der Leiche beschäftigen.«

»Was meinst du damit?« Vlas' Miene verdüsterte sich sofort. »In einen Teppich wickeln und in den Müllcontainer schmeißen?«

»Zuerst brauchen wir mal ein paar Fotos von ihm. Ich will das Geld haben, ein Beweisstück und eine Aufnahme fürs Familienalbum können da nicht schaden. Sirin ist ja nicht so prominent, daß man in den Abendnachrichten über ihn berichtet. Kannst du eine Großaufnahme machen, schön ausdrucksvoll?« fragte ich, den Brechreiz unterdrückend.

»Kein Problem.« Vlas' Kaumuskeln bewegten sich. »Und was tust du inzwischen?«

»Ich beseitige unsere Fingerabdrücke. Wir haben uns hier ausgiebig verewigt. Ich möchte nicht mit dieser Sache in Verbindung gebracht werden, meine unartigen Patschhändchen sind nicht ganz unbekannt.« Ich machte mich ein bißchen wichtig, getreu der alten These, daß eine Frau nur interessant ist, wenn sie eine Vergangenheit hat.

Ohne Mühe brachte ich Vlas dazu, den Film zu entwikkeln und die Abzüge zu vergrößern. Ich mußte unbedingt lernen, wie man Fotos vergrößert, bisher hatte ich davon nur eine vage Vorstellung. Zuerst versuchte ich, ihn möglichst unauffällig bei der Arbeit zu beobachten und mir alles einzuprägen. Dann kam mir der glückliche Gedanke, mein Interesse einfach ganz offen zu zeigen. Das mußte doch dem professionellen Stolz meines kriminellen Fotografen schmeicheln. Ich stellte die eine oder andere blöde Frage, hirnlos-lieb und weiblich dusselig – und er ließ sich gönnerhaft zu weitschweifigen Erklärungen herab. Vlas zeigte sich als ein Fanatiker seines Berufs. Jedenfalls mußte ich meine Vorstellung von Vlas als einem Playboy, der die Frauen schockweise in den Kneipen einsammelt – immerhin auch ein Fulltime-Job – korrigieren.

Schließlich hatte Vlas die Fotos vergrößert. Sirins zerplatzter Schädel wirkte darauf so anmutig wie die Stilleben der niederländischen Maler. Der Tod war jetzt ein Objekt der Kunst, er war nicht mehr real, nicht mehr gegenwärtig. In dieser Form schien er mir um einiges attraktiver zu sein als das Leben in einer Dreißigquadratmeterzelle in einem Plattenbau.

»Und?« fragte Vlas, die Nasenflügel gebläht von Stolz.

»Göttlich. Total ästhetisch.« Ich schnalzte mit der Zunge.

»Ich bin überhaupt ein Ästhet.« Vlas schlang die Arme um mich, in Gegenwart der Leiche, die uns ja nicht zusehen konnte. »Sonst hätte ich mich in dieser Kneipe gar nicht zu dir gesetzt. Ich werde dich fotografieren, dann weißt du, was ich meine. Stell dir vor, du hinter Mattglas, nackt, die Konturen nicht klar zu erkennen, nur eine Brustwarze ganz deutlich, an das Glas gedrückt. Wie findest du das?«

»Zum Verrücktwerden. Aber jetzt hilf mir.«

Obwohl mir vor Übelkeit fast schwarz vor Augen wurde, untersuchte ich Sirins Taschen. Ich fand ein Schlüsselbund, Papiere und ein Notizbuch und nahm sie an mich.

»Was sind das für Schlüssel?« fragte ich Vlas, das Bund in der Luft schwenkend.

»Der lange, der mit dem Bärtchen, ist von der Moskauer Wohnung. Der englische ist von hier, ich habe den gleichen. Die anderen kenne ich nicht.«

»Na gut, das klären wir im weiteren Verlauf des Stücks.«

Wir schleppten die Leiche in eine Ecke des Zimmers. Vlas, der offenbar für den toten Sirin nicht mehr empfand als für eine plattgefahrene Feldmaus, packte ihn am Kopf. Mir blieben die Beine, die in schiefgetretenen sowjetischen Schuhen steckten.

Dann holte ich die Aufnahmen des Griechen und alle Notizen von den Wänden, wischte die Klinken mit einem Lappen ab und schloß die Tür hinter mir.

Vlas verstaute die Waffen in der Tasche. Obendrauf warf er sein kümmerliches Gepäck: ein paar Hemden, einen Pullover und die Tarantino-Kassetten.

»Jetzt fahren wir zu mir, schlafen hübsch aus, und morgen befassen wir uns mit deinem Griechen.«

»Mit unserem. Mit unserem Griechen. Die Leiche lassen wir hier?«

»Nein, die nehmen wir mit. Wir legen sie in Spiritus und geben sie in die Anatomie. Ich kann nur staunen über dich.«

»Ja, tatsächlich. Ich war nie in Italien«, sagte Vlas träumerisch.

Ich erwachte davon, daß er mich küßte.

Mir platzte fast der Schädel vor Schmerzen, er verlangte nach mindestens einer Packung Aspirin. Aber ich mußte wohl reagieren, um meinen Hengst nicht zu enttäuschen. Die Erinnerung kehrte zu mir zurück und mit ihr auch die Bilder – der tote Killer, der aufgeplatzte Kopf mit dem Heiligenschein aus Blut; derselbe Kopf als körnige Fotografie, das Schlüsselbund, die Schlacht am Peipussee und die Ermordung Kennedys, die abgenudelten Kassetten Tarantinos …

Vlas' konzentrierte Nasenwurzel erschien in meinem Gesichtsfeld und verschwand wieder, er verdiente sich im Schweiße seines Angesichts seinen Ruf als heldenhafter Liebhaber – und mir blieb nichts anderes übrig, als mitzuspielen.

Heute ist Samstag, überlegte ich gleichgültig, als er seinen triumphierenden Strom in mich ergoß, heute ist Samstag, am Abend geht die Fähre, das Ticket ist noch gültig, es ist noch nicht zu spät.

Zu spät. Zu spät.

Tagsüber bezogen wir Stellung auf dem lokalen Olymp, von dem aus wir, wie die Götter der alten Griechen, am kommenden Montag das Schicksal unseres unbotmäßigen Stammesbruders besiegeln würden. Vlas hatte mich lange durch zwielichtige Tordurchfahrten geführt, durch versiffte Treppenhäuser und über Dachböden, voll von trüben Erinnerungen an das goldene Zeitalter Petersburgs und voller Katzen. Ich war fast am Ende meiner Kräfte, als wir endlich vor einer Eisentür haltmachten und er sagte: »Hier ist es.«

Die Tür war verschlossen.

»Scheiße!« zischte Vlas ärgerlich.

Er trat gegen die Tür, sein Gesicht verzog sich zu einer mißmutigen Grimasse, wie bei einem Kind, dem man zum Frühstück keinen Joghurt gibt.

»Probier mal!« Ich holte Sirins Schlüsselbund aus der Tasche. Es lag dort seit der vergangenen Nacht, ich hatte es ganz vergessen.

»Mann, du bist ja echt auf Draht!« Vlas war entzückt. »Irgendwie angenehm, mit einem Profi zu arbeiten.«

Einer der Schlüssel paßte tatsächlich, und wir traten auf einen engen, langgestreckten Dachboden, den ein Dachfenster krönte.

»Bittesehr, Madam, die Regierungsloge unseres Kaiserlichen Schauspielhauses, ich hoffe, sie gefällt Ihnen?« sagte Vlas geziert, als ob er diesen staubigen Dachboden eigenhändig zusammengezimmert hätte.

Ich sah mich um.

Der Ort war ideal gewählt: Alle angrenzenden Straßen waren einsehbar. Man mußte die Stadt sehr gut kennen, um diesen Dachboden zu entdecken.

»Fallen wir hier auch nicht auf?« fragte ich.

»Heute ist Samstag, niemand ist da. Übrigens, sein Büro liegt genau gegenüber.

Tatsächlich, der Parkplatz auf der gegenüberliegenden Straßenseite war leer. Zwei immergrüne Bäumchen in Kübeln ragten vorwitzig zu beiden Seiten des Eingangs in die Höhe.

»Billiger Protz«, konstatierte ich. »Kommt vor bei den Griechen.«

»Sein Arbeitszimmer ist im zweiten Stock, zwei Fenster, das dritte und vierte, wenn man von links aus zählt; kugelsicheres Glas.«

»Alle Achtung!« stellte ich entzückt fest. »Hatte er einen speziellen Grund, kugelsicheres Glas einsetzen zu lassen?«

»Ja. Übrigens, sein Mercedes ist auch kugelsicher. Wir haben nur fünfundvierzig Sekunden – vom Parkplatz bis zur Tür.«

»Alles klar.«

»Also fassen wir zusammen.« Vlas spielte so gern Geheimagent mit Lizenz zum Töten. Der erste Mensch in meinem Leben, für den alles – entschieden alles! – Spiel war. »Am Montag kommt er genau um acht Uhr fünfzehn ins Büro, und, wie gesagt, wir haben nur fünfundvierzig Sekunden, um unsere Grünen zu verdienen. Wer übernimmt das?«

Er sah mich verstohlen an, verschmitzt bettelnd, wie ein Kind vor dem Schaufenster eines Spielzeuggeschäfts.

»Wie steht es bei dir mit dem Schießen?« fragte ich. »Das Training nicht geschwänzt?«

»Nein, wenn's der Zufall will, hol ich den Apfel runter.«

»Wenn's der Zufall will, geraten die Spermien ans Ei, dafür brauchen sie kein Training.«

»Hör schon auf, ich bin ziemlich gut, ich hol nicht nur den Apfel runter, sondern sogar den Gripsch.«

»Gut.« Ich versprach ihm sein Spielzeug.

»Dann gibst du Rückendeckung. Du paßt auf die beiden Leibwächter auf, sonst kommen die noch auf die Idee, sich vor die Schießscharte zu schmeißen.«

»Mit Sicherheit werden sie das tun.«

Wir gingen denselben Weg zurück und traten auf die Straße hinaus.

Es fiel der niederträchtige Petersburger Regen, aber nicht einmal der konnte Vlas die Laune verderben: Die Episode mit Sirin war für ihn ohne großen Schaden zu Ende gegangen, die Geschichte mit mir kam in Gang, sie versprach ein wunderschönes Leben in Süditalien, in kleinen Pizzerien am Hafen: dieses idyllische Bild mußte man sich nur immerzu vor Augen halten und dran glauben. Und das tat er, der Trottel.

Um den Regen abzuwarten, gingen wir in ein kleines Café auf dem Newski. Vlas bestellte Kaffee und Cognac, räkelte sich am Tisch und lehnte sein Bein vertraulich an meins.

»Ich muß mir den Griechen aus der Nähe ansehen«, sagte ich, während ich nebenbei sein Spielchen unterm Tisch mitspielte. »Was macht er am Wochenende?«

»Normalerweise hängt er im ›Parisien‹ rum und hört beschissenen Jazz. Der Schuppen gehört ihm. Ich will dich schrecklich, Mädchen.«

»Also« – ich nippte am Kaffee –, »ich lade dich ins ›Parisien‹ ein, zu einem Abend bei Kerzenschein. Aber erst mal staffieren wir dich aus.«

»Ausstaffieren?« wunderte sich Vlas.

»Wir kaufen dir Klamotten. Du kannst da ja nicht in deinen billigen Jeans aufkreuzen.«

»Diese billigen Jeans haben 150 Bucks gekostet. Echte Wrangler.«

»Dann hat man dich über's Ohr gehaun.« Ich war unbarmherzig.

»Kannst du nichts Besseres mit deiner Kohle anfangen? Wir können ihn auch außerhalb der Kneipe anglotzen, so schön ist er nicht.«

»Sollen wir vielleicht vor seiner Tür rumhängen, wie ein paar lausige Schnüffler mit angeklebten roten Bärten? Sei kein Idiot.«

Wir gingen in einen ordentlich teuren Laden, ich suchte selber für Vlas einen Anzug aus. Leichten Herzens trennte ich mich von den restlichen Dollars. Er wußte dieses Opfer allerdings nicht zu würdigen.

»Na, bist du zufrieden?« fragte er mich in der Anprobekabine, wohin wir uns unter den neidischen Blicken des arroganten Verkäufers zurückgezogen hatten, ein Paar Turteltäubchen, das seine Flitterwochen vorbereitet. »Ich kann mit diesem affigen kapitalistischen Protz nichts anfangen.«

»Die Preise für den Anzug und für die Trüffel müssen zusammenpassen, sonst reizen wir den Oberkellner und erregen überflüssigen Verdacht«, parierte ich.

»Du schmeißt ganz schön mit Geld um dich.«

»Wird alles vom Verdienst abgezogen«, sagte ich. »Bilde dir keine Schwachheiten ein.«

»Du Biest!« Er sah mich verliebt an.

Beladen mit den Einkäufen, kehrten wir auf die Wassiljew-Insel zurück, um uns für den Abend erst mal ordentlich auszuschlafen und uns dann den lässigen Glamour von Dandys zuzulegen. Mich packte plötzlich derselbe Eifer wie vor dem Treffen mit Aljona, vielleicht hungerte ja dieses verwandelte Gesicht nach immer neuen Verwandlungen.

»Um wieviel Uhr kommt er normalerweise?« fragte ich Vlas, während ich ihm sorgfältig den Nacken rasierte.

»Um acht Uhr dreißig. Sitzt bis Viertel vor elf im Kreise seiner blöden Saxophone, dann haut er sich in die Falle und wärmt sich die Knochen, der verdammte Pedant.«

»Hat er da irgendwelche Frauen bei sich?«

»Das ist ja die Scheiße, keine Frauen. Bloß seine beiden Köter und die Kellner, das ist vielleicht eine Gesellschaft – zum Totlachen!«

»Und was soll das? Ist er schwul?«

»Ach was. Das geht mir auch auf den Senkel. Mit Weibern – in Ordnung, mit Männern – meinetwegen, aber so … Ich kann solche Typen nicht ab.«

»Kannst du immer das nicht ab, was du nicht verstehst?«

»Man könnte denken, daß es bei dir umgekehrt läuft!«

»Schon gut. Und was macht er da in seiner stolzen Einsamkeit?«

»Er hört Jazz, der Ochse!«

Um sieben waren wir schon, sauber gewaschen und fein

rausgeputzt, im »Parisien«, und gierten nach den Salaten des Hauses und teurem Cognac. Vlas bestellte flugs eine ganze Flasche. Der Jazz hatte keine besonders günstige Wirkung auf sein Gemüt, seine Gedanken kreisten um den Cognac und um sentimentale Erinnerungen an seine freudlose Kindheit, um Tomaten Marke »Ochsenherz« und die sommerlichen Nachprüfungen in Geometrie. Ich hörte nicht besonders aufmerksam zu, ich hätte ihm genau dasselbe erzählen können.

»Wie ich diese satten Fressen hasse!« flüsterte Vlas und betrachtete geringschätzig die Gäste. »High-Society, Scheiße, die Herren des Lebens. Und du bist zu spät gekommen bei der Verteilung des Kuchens, also sitz still und halt die Klappe. Ich würde dieses ganze Pack am liebsten erschießen, diese Sackgesichter!«

»Du hast schon noch Gelegenheit dazu«, heizte ich ihn an.

»Ich fürchte, nicht. Und außerdem, ich will nach Italien. Damit hast du mich gekauft, du Miststück. Ich bin noch nie hier rausgekommen. Und da ist es doch nicht so wie hier, oder?«

»Wirst schon sehen«, versprach ich nebulös.

»Na, dann trinken wir auf das, was ich sehen werde.«

»Auf die Zukunft trinkt man nicht.«

»Na, dann darauf, daß ich mir irgendwann die Pfote durchnage und aus dem Fangeisen rauskomme. Weißt du, was das für mich heißt, rauskommen?«

»Eine Fahrkarte kaufen und abhauen. Ganz einfach, vielleicht sogar erster Klasse.«

»Von wegen! Für mich heißt rauskommen, mich von einem Alptraum zu befreien. Ich habe immer wieder so einen verdammten Traum. Von so einem Ekeltypen, Ljolik Tschernjawski, ein ehemaliger Klassenkamerad. Seit der Schule habe ich ihn nicht mehr gesehen, trotzdem träume ich ständig von ihm, diesem Arschloch. Und sogar im Traum gibt er mir zu verstehen, daß ich ein Stück Dreck bin.«

»Eine verhängnisvolle Leidenschaft?« Ich sah spöttisch in Vlas' vom Cognac gerötetes Gesicht.

»Du machst wohl Witze! Ich habe selber schon überlegt, warum das so ist. Erst vor kurzem hab ich es begriffen. Er war eine fixe Spermie, dieser Ljolik, und sein Papa war Obermaschinist auf einem großen Pott und ständig im Ausland. Und ich war ein kleiner Prolo, meine Mama buckelte an einem Gemüsestand. Er hatte so ein Album mit Kaugummibildchen, das war der Knüller der großen Pausen. Ich war ganz verrückt nach diesem Album, mehr als nach einem Hund oder einem Moped. Alles Blödsinn, ich weiß schon, aber damals ... Da gab es Einwickelpapierchen mit der Brooklynbridge drauf, das war eine Sache, sage ich dir! So kleine, rote, blaue, weiße – und die Brooklynbridge, voll abgefahren, so wie Leben auf dem Mond. Und dann habe ich mich irgendwie auf seinen Geburtstag eingeschmuggelt, frag mich nicht, wie, aber ich hab's hingekriegt. Am Stand meiner Mutter waren gerade gefrorene Ananas in Scheiben reingekommen, ein guter Anlaß. So daß ich fast mit seinen Freunden aus der Parteispitze gleichzog, Ljolik verkehrte sonst nur mit denen. Na, egal. Also, ich hab mich reingeschmuggelt, mit den Ananas hatte ich Schwein gehabt, ich nahm für die ganze Bande welche mit. Dafür bekam ich auch einen Preis, den Hauptpreis meines Lebens. Ich hing die ganze Zeit bei Ljolik in der Küche rum, zwischen Flaschen mit sagenhaften Etiketten. Es gab da jede Menge irre Sachen. Und etwas davon habe ich geklaut – eine Keksdose aus Blech. Auf dieser Dose waren Schiffe – richtige, sie lagen am Ufer, mit gestrichenen Segeln, bei Windstille. Dort, wo diese Schiffe waren, wollte ich sein, lieber als alles auf der Welt. Ich habe diese Dose sogar unter mein Kissen gelegt, ich glaubte so daran ... Niemals in meinem Leben habe ich mir etwas mehr gewünscht, damals nicht und nicht später. Weißt du«, Vlas beugte sich zu mir, »ich habe sogar das erste Mal auf diese Dose gewichst! Ah, du verstehst das nicht!«

Ich streckte meine Hand über den Tisch aus und streichelte seine Wange, die glatte Wange des dreizehnjährigen Vlas. Jetzt sah er Iwan mit seinem Mariupol schrecklich ähnlich. Einen Moment lang hatte ich sogar Lust, ihn an mich zu drücken. Aber nur einen Moment lang.

»Wie hast du das bloß überlebt?« fragte ich mitfühlend.

»Ich hab's nicht überlebt. Deswegen schieße ich diesen Dreck ab, weil ich es nicht überlebt habe.«

Ich sah diese blöde Keksdose beinah vor mir, und Vlas, wie er mit kindlichen Händen zwischen seinen dünnen Knabenbeinen rumfummelt. Um diese Vision von mir abzuschütteln, wechselte ich abrupt das Gesprächsthema.

»Hör mal, warum hat Sirin dich eigentlich immer mitgeschleppt?«

»Aus Verwandtschaftsgefühlen, deswegen.« Er riß sich ungern von seiner Keksdose los. »Er ist doch mein Onkel, der Stiefbruder meiner Mutter.«

»Entschuldige.« Ich wußte nicht, was ich sonst sagen sollte.

»Schon gut. Bei mir gibt's keine Blutrache. Denkst du, daß ich mit ihm glücklich war? Ich fing damals an, mich in unserem Kaff zu langweilen und Unfug zu treiben, da hat meine Mutter mich hierhergeschickt, ihr Bruder sollte mir wohl meinen Dachschaden reparieren. Da hat er mir was Gutes getan, kann man nicht meckern. In der letzten Zeit saß er auf einem Berg Kohle, trotzdem lief er nur in diesen alten sowjetischen Scheißetretern rum und in Unterwäsche Marke ›Bolschewikin‹. Alles, was er vom Leben noch wollte, war, ab und zu jemandem die Rübe wegpusten, wie Zorro und der Herrgott in einer Person.«

»Entschuldige, ich komme gleich wieder.« Ich stand auf und ging auf die Toilette.

Ich stoppte die Zeit, die ich brauchte. Ich kam auf gut zwei Minuten. Zwei Minuten reichen mir, dachte ich.

Der Grieche erschien tatsächlich um acht Uhr dreißig, man hätte die Uhr nach ihm stellen können. Vlas sah mich triumphierend an, seine Informationen waren tadellos. Der Grieche war allein, Vlas hatte auch da nicht gelogen: keine zweifelhaften hirnlosen Topmodels. Nur zwei trostlose Schränke von Leibwächtern, die sich in achtungsvoller Entfernung niederließen.

Ich hatte noch nie einen Mann gesehen, der so schön, so leicht, so vollkommen gleichmütig zu altern schien. Man mußte über dem Leben, über den Leidenschaften stehen, um so altern zu können. Ein Schwarm von Kellnern, mit dem dicken Oberkellner an der Spitze (warum nur leiden alle Oberkellner an Übergewicht?), schwärmte um ihn herum, aber er beachtete sie kaum. Weit mehr Aufmerksamkeit widmete er der Musik, die zu gut war, um aufdringlich zu sein. Wahrscheinlich ist für ihn der eigene Tod bloß ein Geschäftstermin unter anderen, dachte ich. Und begann zu warten.

Nach einer halben Stunde erhob sich Vlas.

»Ich geh pissen«, sagte er mit leichter Unruhe in der Stimme.

Ich hatte zwei Minuten.

Sofort, nachdem Vlas zwischen den Tischen verschwunden war, stand ich auf und ging zu dem Griechen. Ich setzte alles auf eine Karte, diese schlaue, gut abgerichtete Bestie war vielleicht im Schatten der anderen Tische beim Ausgang stehengeblieben und spionierte mir nach (auf jeden Fall hätte ich so gehandelt), aber ich hatte keine andere Wahl. In meinem BH steckte ein ziemlich primitiver Plan des Dachbodens; ich hatte ihn in der Toilette skizziert – auf einem Taschentuch, das ich auf meine vor Angst schlotternden Knie gelegt hatte, Reminiszenz an das erste Studienjahr und die Spickzettel für Philosophie. Aber die Frage des Kampfes zwischen Materialismus und Idealismus lief jetzt allein darauf hinaus, ob mir der Grieche glauben würde, und ich nahm hier die Position der Idealistin ein, ich wollte mein Leben retten, auf Kosten des Lebens eines anderen Menschen.

»Erlauben Sie«, sagte ich mit fester Stimme zu dem Griechen, wobei ich das Fragezeichen wegließ.

»Ich tanze nicht, meine Dame«, sagte der Grieche mit einer beschwichtigenden Geste zu seinen Leibwächtern, die verhinderte, daß sie gleich in Kampfstellung gingen.

»Ich tanze auch nicht, Igor Viktorowitsch«, flüsterte ich.

»Aber ich muß Ihnen etwas Wichtiges mitteilen, was Ihre Sicherheit betrifft.«

Er erhob sich, offensichtlich neugierig geworden, und nahm mich vorsichtig am Ellenbogen, ein galanter, gealterter Hundesohn.

Als wir zu der kleinen Tanzfläche vor dem Podium gingen, sagte ich: »Man will Sie umbringen. Am Montag, um acht Uhr elf, auf dem Weg vom Parkplatz zum Eingang Ihres Büros. Sie haben zwei nette Bäumchen dort. Ein Gewehr mit Zielfernrohr, den Scharfschützen werden Sie nachher an meinem Tisch sehen. Der Plan, auf dem seine Position verzeichnet ist, befindet sich in meinem BH. Also los, zieren Sie sich nicht, greifen Sie zu, wir haben keine Zeit für Vorreden!«

Der Grieche legte sachlich seinen Arm um mich und zog vorsichtig und fast unbemerkt das Papiertaschentuch heraus. Er stellte keine Fragen, er glaubte mir sofort.

»Man hat schon einmal einen Mordanschlag auf Sie verübt«, fuhr ich fort, meine Informiertheit zu demonstrieren. »Ich hoffe, daß dieser Versuch genauso erfolglos sein wird wie der vorhergehende. Aber bitte eröffnen Sie nicht gleich das Trommelfeuer auf Ihre Widersacher. Ich werde auch dort sein.«

»Gut«, sagte er mit klangloser, tiefer Stimme.

»Sie tanzen auch gut«, sagte ich, obwohl ich keine Ahnung davon hatte, was das heißt – gut tanzen. »Und danke für den Ragtime. Führen Sie die Dame an den Tisch.«

Das tat er und brachte es sogar fertig, mir die Hand zu küssen – ich wußte allerdings nicht, worauf sich dieser Kuß bezog: auf mein freiwilliges Geständnis oder auf das Spiel der Jazz-Band.

Ich setzte mich an den Tisch, der Grieche ließ sich an seinem nieder, rief den Kellner und sagte etwas zu ihm.

In diesem Augenblick erschien Vlas.

»Hast du dich gelangweilt?« fragte er arglos, ganz heilige Einfalt.

»Im Gegenteil, ich habe eine sehr erfüllte Zeit verbracht«,

antwortete ich ausweichend. Wenn Vlas mich bespitzelt hatte, dann konnte man den kurzen Tanz mit dem beruflichen Interesse eines Ornithologen für den noch nicht beringten, aber schon erspähten Vogel erklären. Doch ich hoffte, daß er mich nicht bespitzelt hatte, schließlich hatten wir einander schon genug auf den Zahn gefühlt. Trotzdem kroch mir jetzt verräterischer Schweiß aus den Poren und machte sich auf meiner Stirn breit.

»Hör mal, Baby, hier in der Gegend gibt es ein paar nette Lokale. Und nicht so voll. Vielleicht überlassen wir diesen alten Knacker sich selber und beschäftigen uns mit angenehmeren Dingen?«

»Spiel nicht den Idioten, du bist bei der Arbeit.«

»Als du mich verführt hast, warst du umgänglicher.«

»Verführt? Das waren Betriebskosten, wie du das so gern nennst.«

»Ach, sieh an! Ist das ein Beruf – Orgasmus spielen?«

»Sagen wir so: Das ist die Hauptbeschäftigung der meisten Frauen.« Das war, zugegebenermaßen, eine etwas kühne Auslegung der aktuellen Sexualforschung.

»Die Armen!« Vlas schüttelte mitleidig den Kopf. »Aber macht nichts. Heute bumse ich sie in deiner Person so, daß es ihnen mit Sicherheit gefallen wird.«

»Aber bitte ohne Sado-Maso.«

Vlas nahm meine Hand und drückte sie fest: Ich verzog das Gesicht, und Vlas Lippen tat es mir gleich – auf seinem Gesicht lag ein Grinsen, das mir für einen Augenblick wieder das Gesicht des sorglosen Mörders vor Augen brachte.

Vielleicht trug ich ein bißchen zu dick auf mit meinem schulmeisterlichen Ton. Die Intuition sagte mir, daß jetzt Vlas Herr der Lage sein mußte, sonst würde der Sklavenaufstand unvermeidbar sein. Er konnte sehr gefährlich werden, ohne es selber zu begreifen.

»Wo wohnst du in Moskau?« wechselte ich das Thema.

»Na ja«, druckste Vlas verlegen. »In Tekstilstschiki. Ein Scheißbezirk, aber Sirin hat da eine ziemlich saubere Wohnung. Er hat dort sogar die Miete immer pünktlich bezahlt, hat sich immer ziemlich aufgeregt, wenn er mal ein paar Kopeken Strafgebühren berappen mußte.«

»Sieh mal an! Na gut, gehen wir.«

»Was, schon genug geguckt?« Er meinte den Griechen.

»Vollkommen.« Ich schielte vorsichtig auf das Objekt unseres Attentats. Der Grieche war prächtig, er lauschte friedlich seinem monotonen Jazz, als wäre nichts geschehen; er war so ruhig, daß ich für einen Moment fürchtete, er hielte meine Warnung nur für einen flüchtigen nachmittäglichen Traum. Vielleicht war ich ja nicht überzeugend genug gewesen.

Aber jetzt war nichts mehr zu ändern.

Als wir das Restaurant verließen, schickte uns niemand auch nur einen Blick hinterher. Die trägen Leibwächter rührten sich nicht vom Fleck. Auf dem Parkplatz vor dem »Parisien« blieb Vlas plötzlich stehen – er besah sich neugierig einen Ferrari-Sportwagen.

»Kein schlechtes Auto, he? Was meinst du, wieviel Wölfe muß man abschießen für so einen?«

Mein zärtlicher Irrer fing schon im Fahrstuhl an, mich auszuziehen. Die Wohnungstür kriegte er genauso schnell auf wie die Häkchen an meinem Kleid – und nahm mich gleich da, im Flur, auf dem abgenutzten Parkett: Vermutlich hielt er das für den Gipfel der Leidenschaft.

»Ich hab so das Gefühl, ich hab mich ernsthaft in dich verknallt«, sagte Vlas vollkommen aufrichtig, als er dann reglos neben mir lag.

»Dann deck mich zu«, sagte ich, noch außer Atem. »Mir ist kalt. Was für ein Wahnsinn, auf schlecht geputztem Fußboden Liebe zu machen. Und guck mal an, was du mit meinem Abendkleid angestellt hast! Du hast es total zerfetzt.«

»Egal, ich kaufe dir ein neues von meinem Honorar«, beruhigte er mich gönnerhaft. »Betrachten wir es als Hochzeitsgeschenk. Also, sei nicht so furchtbar kleinlich.«

»Bring mich in mein Zimmer, dann glaube ich dir, daß du dich in mich verliebt hast.«

Ich lag auf dem Sofa und legte die Arme hinter den Kopf, ganz Danaë in Erwartung des Goldregens oder eine Theaterschlampe in Erwartung Godots; Vlas ließ sich im Hintergrund nieder. Er schlürfte billigen Wein aus der Flasche und betrachtete mich.

»Woran denkst du?« fragte er endlich träge.

»An Montag«, log ich. »An Montagabend, wenn alles vorbei ist. Eine Leiche auf dem Asphalt, oder zwei im besten Fall – und tschüs, Petersburg!«

»Dieses Hinterwäldler-Städtchen scheint dir ja nicht sehr zu gefallen.«

»Süditalien lockt mich weitaus mehr.« Ich steckte wieder ein Stückchen Speck in die Mausefalle.

»Die weibliche Logik verblüfft mich immer wieder«, näselte Vlas. »Aber wie dem auch sei: Sie lockt dich mit Süditalien, und selber zischt sie ab nach Schweden, auf einem weißen Dampferchen.«

Er zog das Ticket für die Fähre hinter seinem Rücken hervor und wedelte damit in der Luft.

»Du solltest nicht als Killer arbeiten, sondern lieber Frauen das Kleingeld aus der Handtasche klauen«, resümierte ich. Mir war sofort klar, daß meine Position jetzt sogar noch glaubwürdiger geworden war. Wenn das Ticket nicht existiert hätte, man hätte es direkt erfinden müssen: Eine aufgeschobene Reise nach Schweden (natürlich seinetwegen, was denn sonst!) war ein hieb- und stichfestes Argument. »Ich schlafe mit dir, ich pfeife auf Schweden, genügt dir das nicht?«

»Eben nicht. Wie kann man einer Frau vertrauen, mit der man schläft?«

»O Gott, ich sehe, du hast da eine eigene Theorie!«

»Nur eine kleine. Aber ich arbeite daran. Ich werde sie noch erweitern.«

»Da passen wir ja gut zusammen.« Die Fähre war vor zwanzig Minuten abgegangen, und unter ihren Passagieren waren weder Aljona noch ich.

»Ich bin bestimmt soviel wert wie die ganze Fähre. Die

du übrigens schon verpaßt hast.« Vlas stand neben dem Sofa.

»Ich habe sie nicht verpaßt. Ich hatte nicht vor, zu fahren.«

»Dann zieh ich mal los und hole was zu saufen, damit wir dieses fröhliche Ereignis begießen können.« Er packte mich plötzlich hart am Kinn, mit Fingern wie eine Krebsschere. »Ich will dir wirklich gern glauben. Bis jetzt hast du mir keinen Anlaß gegeben, das nicht zu tun. Also enttäusch mich nicht, Kleine.«

Mein Kiefer schmerzte von seinem Griff, gleich würde er krachend zerbrechen, die verdammten trainierten Hände, jetzt hatte ich keinen Zweifel mehr daran, daß sie es waren, die Venka aus dem Fenster geworfen hatten.

»Ich möchte wissen, wie lange wir einander noch belauern werden«, sagte ich und befreite mich aus dem Verlobungsring seiner Finger.

»Solange wir zusammen sind. Oder bis wir uns gegenseitig abmurksen.«

»Das klingt verlockend. Sag mal, Vlas, warst du derjenige, der das Mädchen aus dem Fenster geworfen hat?«

»Darauf kannst du Gift nehmen. Mit mir macht man keine Witzchen.«

»Wobei willst du mich eigentlich erwischen? Ich habe meine Karten auf den Tisch gelegt...«

»Ein As hast du sicher noch im Ärmel, das rieche ich, ich rieche, daß irgendwas faul ist. Aber ich komme noch dahinter, da kannst du sicher sein.«

»Viel Erfolg.«

Vlas küßte mich und ging.

Es ist richtig so, es ist richtig, flüsterte ich mir zu. Nur so geht es, ein Hund soll wie ein Hund sterben. Aber Vlas hatte eher Ähnlichkeit mit dem lebensfrohen Welpen eines irischen Setters, der sich ab und zu daran erinnert, daß er eigentlich grausam sein sollte. Ich ging zu der Tasche mit den Waffen, es wäre dumm, sich nicht abzusichern, wenn man mit so einem Typ zu tun hatte. Dieses müde Mörderhirn flirtet doch schon lange mit dem Wahnsinn. Tatsächlich! Zum Teufel! Vlas hatte alle Patronen herausgenommen! Vor mir lag bloß ein Haufen nutzloses Metall. Da kehrte Vlas auch schon zurück.

Er brachte Wodka für sich und Wein für die Dame mit, ganz nach seinem Kodex – billiger Chic eines selbstsicheren irischen Setters. Er fand mich auf dem Sofa, in derselben unschuldigen Pose wie vorhin: nackte Arme, lässig hinter den Kopf gelegt.

»Also trinken wir auf das weiße Schiff! Ich kann nicht glauben, daß du es meinetwegen sausengelassen hast.«

»Doch, deinetwegen«, erwiderte ich.

»Dabei ist Schweden sicher ein schönes Land. Hast du dir das wirklich gut überlegt? Na schön, also auf Stockholm und Karlson auf dem Dach!« rief Vlas feierlich, trank den Wodka auf ex und blinzelte mir zu. »Wir sind ja auch Karlsons auf den Dächern, findest du nicht? Hocken auf dem Dachboden, drücken den Abzug, und zack! Runter das Köpfchen von den Schultern, wie ein Kürbis …«

»Besauf dich bloß nicht«, bat ich und strich versonnen über seine Haare.

Aber er tat es doch. Ich konnte dabei zusehen: Die harten Züge verschwammen nach und nach, ein Gesicht trat hinter dem anderen zurück, eine ganze Flucht von Gesichtern mit geheimen Winkeln und Türen.

»Hör mal.« Vlas rückte nahe an mich heran. »Vielleicht schicken wir dieses langweilige Leben im Ausland zum Teufel und bleiben hier? Mir hast doch nur du gefehlt, jetzt ist das Personal komplett. Ballern wir ein bißchen rum, nur so zum Vergnügen, und widmen uns in der übrigen Zeit den Herrlichkeiten des Sex, ist das kein Leben?«

Ich sagte nichts.

»Sag ja, Eva«, lockte Vlas. »Das ist doch nicht das Schlechteste. Stell dir vor, wir haben ein Häuschen, sitzen im Schaukelstuhl und schaffen uns einen Kakadu an und Strohhüte. Gewöhnen uns aneinander, und am Ende geilen wir uns bloß noch an Pornovideos auf, und das auch nur am Sonntag vor Ostern. Du trägst ein Nachthemd mit Rüschen, ich einen gestreiften Pyjama. Und jetzt sind wir wie Nomaden, wir sind vogelfrei. Sirin und ich, wir haben diese Zahlscheine für Gas und Strom immer gehaßt.«

»Du kennst doch die Statistik, sei kein Idiot. Früher oder später ...«

»Wird man erschossen, Gott sei Dank. Dafür haben wir nach Herzenslust gelebt und haben auch noch alle möglichen Kreaturen in jene Welt mitgenommen, zur Gesellschaft. Trink, Baby!«

Ich erwachte mitten in der Nacht, ich hatte von Fledermäusen geträumt, die Vlas' Gesicht hatten, sie fletschten die scharfen Zähne, wollten mein Blut und kamen irgendwie nicht an die Haut ran, sie wußten nicht, was das für eine Haut war – ob sie echt war, und ich wußte es selber nicht. Ich erwachte davon, daß Vlas mich heftig an der Schulter rüttelte.

»Los, mach die Augen auf, du Miststück!« Seine Stimme verriet mir, daß er sternhagelvoll war, sein blasses Gesicht jedoch wirkte erschreckend nüchtern.

Das, was ich vor mir sah, vertrieb schlagartig die Reste meines Rausches: Die schwarze Mündung einer Pistole starrte zwischen meine Augen. Ich hatte gar nicht gewußt, wie überzeugend so eine Pistolenmündung sein kann.

»Und jetzt fix, Baby: Was hast du dem Griechen ins Ohr geflüstert?! Ich möchte furchtbar gern euer kleines Privatgespräch hören, bevor ich dich abknalle.«

Aus und vorbei. Ich starrte wie gebannt in das Bullauge des rabenschwarzen Stahls – gleich dahinter sah ich das blankgeschrubbte Deck der »Anna Karenina«, Kinder liefen darauf herum, die sich nicht um die Seekrankheit scherten; unter ihm liebten sich zufällige Reisegefährten, die sich nicht um Präservative scherten; in dem gepflegten Restaurant bebten die Kelche künstlicher Blumen – und du hättest dabeisein können, Eva. Aber du wolltest ja nicht, jetzt bekommst du das, was dir zusteht.

»Entweder machst du endlich dein entzückendes Maul auf, oder ich puste dir die Rübe weg«, sagte Vlas zärtlich.

Ich versuchte mich hinter meiner eigenen spöttischen Stimme zu verstecken.

»Steck die Kanone weg und schlaf weiter. So eine Hinterhofszene fehlt uns gerade noch.«

Vlas knirschte mit den Zähnen, mein herablassender Ton gefiel ihm offensichtlich nicht, wahrscheinlich hatte die Mama vom Gemüsestand ihn in seiner unglücklichen Kindheit genau mit diesem Tonfall bis zum Verrücktwerden gequält.

»Los!« Um seiner Aufforderung Nachdruck zu verleihen, wackelte er mit seiner von Rausch und Anstrengung verschwitzten Hand, in der mir die Beretta wie eine ganz natürliche Verlängerung erschien. »Singen wir jetzt?«

Weiter kam nichts. Wenn er unseren kurzen Tanz gesehen hätte, dann hätte er das gesagt.

»Was soll ich dir erzählen? Von meinen Brieftauben? Wir waren die ganze Zeit zusammen.«

»Außer in der Zeit, in der ich auf dem Lokus war.«

»Dafür brauchst du dich nicht zu schämen. Ich denke, Jesus Christus hat sich auch nicht davor geekelt. Da bist du in guter Gesellschaft.«

»Quatsch keine Opern! Aus irgendeinem Grund wolltest du ihn unbedingt anglotzen. Wozu?« Ein hoffnungslos verspäteter Vorstoß. »Kann sein, du wolltest ihm etwas sagen. Vielleicht hast du es ihm auch gesagt. Wer garantiert mir, daß du mich nicht reinlegen willst?«

»Was macht das für einen Sinn?« Jetzt war mir klar, ich mußte dichthalten: Wenn er mich loswerden wollte, würde er mich sowieso umlegen.

»Vielleicht willst du mich ja verpfeifen und dann die ganze Kohle von diesem Arsch allein abgreifen. Ich seh's doch deiner Fresse an, du liebst doppelte Spielchen!«

Bravo, Vlas! Vielleicht nicht ins Schwarze getroffen, aber eine Acht war das mindestens.

»Du bist kein großes Licht, Vlas, mein Freund. Und fuchtle einer schwachen Frau nicht mit diesem Spielzeug vor der Nase rum. Du besitzt ein überzeugenderes Instrument. Wenn ich dich hätte loswerden wollen, wärst du in einem Aufwasch mit Sirin abgegangen. Oder siehst du das anders?«

Vlas atmete schwer, aber dem konnte er nichts entgegnen. Sein Gesicht hing über mir, naß vor Anstrengung, wie kurz vor dem Orgasmus. Vorsichtig schloß ich die Augen und seufzte – mehr aus mühsam verborgener Angst. Der Mantel meiner schweren Augenlider verbarg die Pistole und brachte mir die Illusion von Sicherheit. Beliebter Kindertrick.

Am besten, du sagst jetzt nichts – vielleicht versucht er Revanche zu nehmen für den Moment, als er mir zu Füßen lag, mit einem Bein in der Hose, und sich vor der Pistole wand, die auf ihn gerichtet war. Vlas war begierig, das Spiegelbild der Angst zu sehen, die er selber vor kurzem ausgestanden hatte. Also war es höchste Zeit, mich zu erschrecken.

Das tat ich. Ich stemmte mich mit den Fäusten gegen seine Schulter und bat leise: »Bitte … bitte …«

»Was denn, hast du Angst?« Er war gleich vollkommen befriedigt. Aber die Kälte der Pistole dicht vor mir verbrannte mir die Nasenwurzel. »Na, die Hosen voll? Ich höre nichts, Kindchen!«

»Ja.« Jetzt hatte ich wirklich Angst. Man mußte schon ein kompletter Idiot sein, um sich mit diesem fröhlichen Mörder auf Gedeih und Verderb einzulassen und zu versuchen, ihm seine Regeln zu diktieren.

»So ist es gut. Also sei beim nächsten Mal ein bißchen höflicher zu Onkel Vlas, und spiel nicht die beschissene Superagentin.« Mit einem selbstgefälligen Lächeln senkte er die Pistole, er fühlte sich jetzt als Herr der Lage. Und sofort wurde er weich wie ein Plüschtier, nahm einen Schluck Wodka aus der Flasche, die am Kopfende stand, und schnarchte fröhlich drauflos.

Ich wußte nicht, wie lange wir so lagen, Vlas, ich und die Pistole. Als er eingeschlafen war, nahm ich die Beretta aus seiner Hand. Verdammt, er hatte sich nicht einmal die

Mühe gemacht, das Magazin reinzuschieben. Aber vielleicht hatte er es auch mit seinem besoffenen Kopf einfach vergessen. Jedenfalls war die Pistole nicht gefährlicher als ein Gasfeuerzeug. Dafür war die Einschüchterungsaktion vorzüglich gelungen.

Ich kroch auf wackligen Knien ich in die Küche, lehnte meine Stirn an den kalten Heizkörper und weinte los. Offenbar hatte ich meine Kräfte für dieses Heim-Rodeo überschätzt.

Schließlich bin ich nicht das Vögelchen Tari, das sich ungestraft zwischen Alligatorzähnen tummeln kann.

»Jetzt geht's dir beschissen, ja?« fragte Iwan mitfühlend. »Ich habe dich gewarnt, sei keine eingebildete Idiotin, du bist nicht Charles Bronson.«

»Nicht einmal Silvester Stallone«, bekräftigte Nimotsi. »Niemand hat solche Opfer von dir verlangt. Das ist nichts für dich. Geh lieber aufs Land und züchte Truthähne.«

»Ja, ja, ja«, sagte ich immer wieder, »ich bin dafür nicht geeignet. Ich kann alles sein – hochbezahlte Liebhaberin, schlechtbezahlte Gouvernante, nur die Waffe der Vergeltung werde ich nie sein. Ihr habt recht, ihr habt recht, wie immer.«

»Natürlich haben wir recht«, tröstete mich Venka.

Ich kehrte ins Zimmer zurück, und ohne mich um den schlafenden Vlas zu kümmern, begann ich hektisch, meine Sachen zu packen. Zum Teufel mit allem, der Spuk war vorbei, mir tat es nur leid um das verfallene Ticket für die Fähre. Aber es gab ja noch andere Möglichkeiten.

Die Tür war von innen verschlossen, alle Rückzugswege waren abgeschnitten. Aber ich versuchte gar nicht erst, die Schlüssel zu finden. Ich kehrte einfach ins Zimmer zurück und zog die Schuhe aus, wie nach einem langen Weg; alles in Ordnung, das war nicht Vlas, der dich eingesperrt hat, du selbst hast den Riegel vor die einsame Kammer deiner Pflichten geschoben.

Es mir war so unerträglich, allein zu sein, daß ich Vlas zu rütteln begann. Zwecklos, er schlief wie ein Stein. Da durchfuhr mich ein Gedanke wie eine scharfe Nadel: Du bist nicht allein, du wirst nie allein sein, solange es Spiegel gibt. Ich schlurfte ins Badezimmer zu der billigen, schlampig an der Wand angebrachten Spiegelscherbe.

Aus der Scherbe heraus sah mich Eva an. Dieselbe Eva, die beschlossen hatte, sich zu rächen. Sie zog energisch die Augenbrauen zusammen, und dann zwinkerte sie mir zu – man muß die Dinge nehmen, wie sie sind. Übermorgen, nein, morgen schon wird sich alles entscheiden. Und du mußt diesen Weg bis zum Ende gehen, da ist nichts zu machen, das Ticket ist nur in eine Richtung gültig.

Ich lehnte meine Stirn an die kalte, tröstliche Stirn Evas – alles in Ordnung, trage dein Kreuz und glaube.

Ich trank den Wodka aus und legte mich neben Vlas.

Und erwachte am Sonntag. Vlas begrüßte mich mit einem Lächeln, das nach Kopfschmerzen aussah. Kater, erklärte er. Über die nächtliche Szene fiel kein Wort, aber man spürte, daß Vlas die Rollen für einige Folgen im voraus festgelegt hatte: der draufgängerische Mafioso und seine gehorsame Frau. Wir gingen zusammen los, Kefir holen, nach dem sein Herz verlangte, und neuen Lippenstift, nach dem seltsamerweise mein Herz verlangte. Die gemeinsamen Einkäufe gaben unserer Allianz die Illusion der Beständigkeit, es war fast eine Idylle. Vlas, in der Rolle des tyrannischen Ehemanns, bestand darauf, daß wir ein Eau de toilette kauften, dessen Geruch ihn in Begeisterung versetzte. »Das Parfüm für dich, Kind, werde ich selbst aussuchen, du hast doch nichts dagegen?«

Ich hatte nichts dagegen.

Außerdem hatte ich nichts gegen die Liebe, mit der er den Rest des Abends ausfüllen wollte. Eine Alternative zu Sex gab es ohnehin nicht, die fremde Wohnung verfügte vorsichtshalber weder über ein Videogerät noch über einen Fernseher.

Zwischen dem zweiten und dem dritten Akt ließ sich Vlas dazu hinreißen, seinem Quentin mit dem Gebiß eines Eisverkäufers untreu zu werden. Er erinnerte sich an

»Natural Born Killers« von Oliver Stone und sagte mir, daß ihm dieses Sujet mehr gefalle – abknallen, was einem vor die Mündung kommt, und sich dann zur Ruhe setzen und Kinder kriegen. »Was hältst du von pinkelnden Babys, Kleine?«

Ihn zog es anscheinend zu den Pantoffeln – eine verzeihliche Schwäche am Vorabend eines Mordes. Ich war nicht in der Lage, irgend etwas Sinnvolles beizusteuern, und Vlas fiel von mir runter und schlief augenblicklich ein. Damit hatte sich das Thema von selbst erledigt. Ich lag den Rest der Nacht wach. Kurz vor Sonnenaufgang fiel mir plötzlich siedend heiß ein: Und was, wenn der Grieche zur Miliz geht? Er hatte nicht den Eindruck eines Mannes gemacht, der mit dem Gesetz in Konflikt steht.

Wie konnte ich das außer acht lassen? Wie konnte ich nur vergessen, ihn darum zu bitten, nicht die Miliz einzuschalten?

»Sei froh, daß du es nicht getan hast«, sagte ich laut, in einem Versuch, mich zu trösten. »Vielleicht ist es besser so. Kaum hast du angefangen, auf eigene Faust zu handeln, schon gab es Tote. Wenn du die Letzte auf der Liste bist – Gott sei Dank, Gott sei Dank ...«

Merkwürdig, dieser Gedanke beruhigte mich.

Sogar Vlas staunte über meine Gelassenheit, als wir uns von der verschlafenen morgendlichen Straßenbahn durchrütteln ließen inmitten einer malerischen Massenszene Petersburger Pilz- und Beerensammler.

Zehn Minuten vor Ankunft des Griechen waren wir auf dem Dachboden. Es war nicht sinnvoll, früher dort aufzutauchen – überflüssiges Risiko, erklärte mir Vlas, das sind keine kleinen Fische, die du im Treppenhaus abmurkst. Er ging mit der Sorgfalt eines Rekruten in Stellung. Offenbar war er aufgeregt, die Großspurigkeit der letzten zwei Tage hatte ihn verlassen, das sah ein Blinder. Wenn ich ihm jetzt vorgeschlagen hätte, die Sache abzublasen – ich wette, er hätte sofort eingewilligt.

Er küßte mich ein letztes Mal mit vor Erwartung starren

Lippen. Rührende Einigkeit der Perlenfischer, bevor sie sich in die Tiefe hinablassen.

»In vier Minuten.« Vlas sah auf die Uhr. »Mit Gott.«

»Du würdest dich wohl am liebsten noch bekreuzigen vor so einer gottgefälligen Sache«, sagte ich spöttisch zu ihm.

»Hab ich nicht gelernt. Ich bin Atheist.«

Die Dächer der Stadt glänzten feucht, wie die Rücken von Robben auf ihren Felsen. Petersburg war wirklich schön, schade, daß ich nicht dazu gekommen war, es lieb zu gewinnen, aber jetzt würde ich wohl kaum mehr Gelegenheit dazu haben. Der Dreck der menschlichen Leidenschaften, zerpeitscht von den Straßen und barmherzig zugedeckt von den Schachteln der Häuser, war von hier oben aus unsichtbar.

Jetzt verstand ich Gott – alles sieht so heil und friedlich aus von oben, als sei es ganz unnötig, einzuschreiten.

»Achtung, da kommt er! Fertigmachen«, verkündete Vlas aufmunternd, weniger für mich als für sich selber.

Die Pistole fest in der Hand, klammerte ich mich ans Dachfenster und erkannte den Mercedes des Griechen. Für einen Augenblick überflutete mich eine kindliche Gekränktheit: Hatte er mir etwa nicht geglaubt? Na, ja, um so schlimmer …

Die Türen des Mercedes öffneten sich, und ein Mann stieg aus – Vlas erfaßte ihn im Zielfernrohr.

»Was ist das für eine Scheiße, das ist nicht der Grieche!« flüsterte er, und im selben Moment kam die staubige Dachbodenluft in Aufruhr – Schatten fielen von den Wänden und wuchsen hinter unseren Rücken in die Höhe. Zwei Typen mit reglosen, konzentrierten Gesichtern packten Vlas, und ehe er überhaupt wußte, wie ihm geschah, war er gefesselt.

Einer der beiden gab ihm eins aufs Maul, mit einem schnellen, heimtückischen Schlag, und Vlas' Gesicht, das so oft siegreich über mir geschwebt hatte, leuchtete plötzlich von Blut, Blut, das so ungewöhnlich hell war, daß es mir nicht echt schien, wie im Theater. Starr vor Schreck sah ich auf meinen Liebhaber – er war doch mein Liebhaber –, und dumpfes Mitgefühl überkam mich.

Vlas, der gar nichts begriff, wurde hinausgetragen – er leistete keinen Widerstand, ich hatte sogar den Verdacht, daß er ziemlich die Hosen voll hatte auf Grund dieses gleichgültigen, fast mechanischen Umgangs mit ihm.

Die beiden Männer waren genauso plötzlich verschwunden, wie sie aufgetaucht waren, es war, als wäre Vlas einfach von einer Welle weggespült worden. Nur das Gewehr mit dem Zielfernrohr war noch da. Jetzt erst begriff ich, daß sein Urteil schon gefällt war – und ich selbst hatte es gefällt, ohne auch nur die Zeit zu finden, mir die weiße Richterperücke überzustülpen.

Ein dritter Mann war auf dem Dachboden zurückgeblieben – er nahm schnell und professionell das Gewehr auseinander und legte es in den Diplomatenkoffer. Dann erst drehte er sich zu mir um. Ich blickte in das vollkommen ausdruckslose Gesicht eines berufsmäßigen Leibwächters.

»Sie werden erwartet«, sagte der Leibwächter mit dumpfer Stimme zu mir. Endlich verschwand auch er, samt dem Diplomatenkoffer. Er hatte mir nicht einmal die Beretta abgenommen, die nutzlos in meiner Hand baumelte.

Ja, ja, sie warten …

Nur um eins wird es mir leid tun – um diese Stadt in der Öffnung des Dachfensters, friedlich und sauber gewaschen von treulosen Himmeln.

Ich vergaß die Zeit. Vor dem Büro des Griechen fuhren ständig ausländische Wagen vor, aus denen schlanke Sekretärinnen heraussprangen, die aussahen wie aus festem Karton ausgeschnitten – Geliebte der Abteilungsleiter und der Marketingmanager.

Und ich war schon niemandes Geliebte mehr, ich fühlte mich leer, wie eine zerdrückte Bierdose. Kein Triumph, keine Befriedigung, nur dumpfe Müdigkeit, die mir die Innereien zerfraß.

Ich wußte, was mit Vlas passieren würde: eine entlegene

Ecke ganz am Rand der Karte des Leningrader Gebiets, eine hastig ausgehobene Grube, eine Kugel in den Hinterkopf. Natürlich, es konnte auch anders ablaufen, aber im Kern blieb es dasselbe – eine Kugel in den Hinterkopf.

Jawohl, ich hatte meine Pflicht getan, aber niemand ist davon wieder auferstanden. Ich mußte plötzlich an Farik denken: Er war es, der die Lizenz zum Töten besaß, er hatte ein Recht auf Rache; dieses Recht gab ihm eine bedingungslose, verrückte Liebe. Ich hatte solche Leidenschaften nie empfunden, hatte nie so geliebt. Sklavische Ergebenheit und blinde Unterwerfung, das war mein Schicksal, das gleichmäßig qualmende Feuer grauer Anhänglichkeit, deren Quelle nicht Kraft, sondern Schwachheit war. Deshalb war auch die heutige Rache unangemessen, fremd und unehrlich.

Plötzlich durchstach ein verirrter Sonnenstrahl den von grauen Wolken bedeckten Himmel, und im trüben Glas des Dachfensters spiegelte sich Evas Gesicht. Nein, zum Teufel, nein, mein eigenes Gesicht, jetzt schon mein eigenes! Ein seltsames Gesicht war das, es verlangte danach, zu lieben, verlangte danach, sich zu rächen für die Liebe, die ihm entgangen war – mit Iwan, mit Nimotsi, sogar mit Aljona. Alles hätte passieren können – und nichts war passiert. Jemand muß dafür die Verantwortung tragen. Irgend jemand muß die Verantwortung tragen.

Ich schloß die Fensterflügel, wie man eine unnötige Diskussion schließt: Jetzt wußte ich genau, daß alles richtig war, daß es so sein mußte, daß ich meinen Weg bis zum Ende gehen würde.

Ich verließ den Dachboden und stieg die vom Alter gezeichnete Treppe nach unten, ohne Umschweife, ohne jede Angst, ohne Zögern: Ich sah sofort den ausländischen Wagen, der neben dem Eingang parkte. Er ließ kurz die Scheinwerfer aufblitzen – kein unnötiger Lärm, alles äußerst dezent –, man erwartete mich.

Der Chauffeur öffnete entgegenkommend die Tür zum Fond. Ich stieg ohne Bedenken in das Auto, ließ mich auf den Rücksitz fallen und – saß neben dem Griechen. Er rückte ein wenig zur Seite und drehte den Kopf, um mich, die verräterische Killerin, besser ansehen zu können.

»Haben Sie Hunger?« fragte der Grieche leise. Was für ein Satz für den Anfang einer Bekanntschaft.

»Eigentlich nicht«, antwortete ich und betrachtete ihn nun meinerseits furchtlos.

»Wie heißen Sie?«

»Eva.« Kurz und klar, vollkommen im Stil einer Macherin.

»Eva«, wiederholte er. »Das ist mir recht.«

»Mir auch. Sagen Sie, was geschieht mit ihm?«

»Was glauben Sie denn?«

»Ich hoffe, dasselbe wie Sie. Sonst hätte sich der ganze Aufwand nicht gelohnt.«

Meine Antwort gefiel ihm und machte ihn gleichzeitig neugierig. Ich sah das in seinem gleichgültigen Gesicht, es war ein bißchen gleichgültiger als nötig.

»Zur Otschakowskaja, Sergej«, sagte der Grieche zum Fahrer. Das Auto fuhr weich an.

»Das ist nicht zufällig das örtliche Büro des FSB?« erkundigte ich mich.

»Nein, ich pflege meine Angelegenheiten selber zu regeln.« Die schlaffen Falten am Mund strafften sich. Der Grieche wirkte wie ein Raubtier vor dem Sprung. Vlas war für ihn nur eine unerfreuliche Episode. Du kannst selber so eine Episode werden, wenn du anfängst zu übertreiben, also paß auf, dachte ich.

»Dann, wenn's geht, fahren wir auf der Wassiljew-Insel vorbei. Ich muß Ihnen etwas aushändigen, damit ist das Thema für mich endlich erledigt«, bat ich ihn.

Der Grieche gab dem Fahrer ein Zeichen. Während der ganzen Fahrt bis zur Wassiljew-Insel sagte keiner ein Wort.

Zwanzig Minuten später stand ich in dem elenden kleinen Zimmer, das mir als Unterschlupf gedient hatte. Das aufgedeckte Bett bewahrte noch den Abdruck von Vlas' Körper, und ich vermied es, hinzusehen. Ich sammelte schnell alles zusammen, was hier an mich erinnerte: Die Kleidungsstücke, die ich für Aljonas Verführung gekauft hatte – ich mochte mich nicht von ihnen trennen, eine kleine weibliche Schwäche; die wenigen Papiere, die ich besaß, Nimotsis Kassette, die ich noch immer nicht angeschaut hatte, sein Notizbuch, mein eigenes Notizbuch und die Fotos des Griechen, mit seinen Hunden und Leibwächtern.

Der Grieche wartete geduldig auf mich.

»Sie sind ein großes Risiko eingegangen, Eva«, sagte er, als das Auto wieder über die vernachlässigten Petersburger Straßen rollte. »Sie sind ein Risiko eingegangen, das vielleicht nicht gerechtfertigt war.«

»Kann schon sein«, stimmte ich zu und reichte ihm lässig das Paket mit den Fotos. »Aber ich sag's Ihnen gleich: Ich habe nicht die geringste Ahnung, wer der Auftraggeber ist. Also ersparen Sie mir das übliche Bodenturnen auf der Folterbank, Armauskugeln und Rösten auf dem Grill nach Art der guten alten Inquisition, es wäre wenig effektiv.«

Der Grieche betrachtete die Fotos mit schlecht verhohlenem Interesse.

»Meiner Meinung nach bin ich ziemlich fotogen«, sagte er schließlich. »Finden Sie nicht?«

»Doch. Ich bin sogar davon überzeugt, daß Sie eine Frau nicht einmal bezahlen müssen, um mit ihr ins Bett zu gehen«, erlaubte ich mir die kleine Anzüglichkeit einer zufälligen Weggefährtin.

»Ich liebe meine Frau.« Die Stimme des Griechen war immer noch genauso leise.

»Ich hoffe, das Gefühl beruht auf Gegenseitigkeit.«

»Leider nicht. Haben Sie die Fotos gemacht?«

»Nein, die hat der Typ gemacht, den ich Ihnen geliefert habe.«

»Ausgezeichnete Arbeit. Er hätte ein hervorragender Fotograf werden können.« Der Grieche sprach über Vlas in der Vergangenheitsform. »Warum haben Sie das getan?«

»Glauben Sie mir, ich hatte meine Gründe dafür.«

»Warum sollte ich Ihnen glauben?«

»Ich habe gesagt, ich könne nicht tanzen – und habe nicht gelogen. Ich habe gesagt, daß Sie eine gute Chance haben, umgebracht zu werden – und ich habe nicht gelogen.«

»Die Elemente der Wahrheit sind oft nur Ornamente der Lüge.«

»Halten Sie mich für ein Detail des Spiels, das gegen Sie geführt wird?«

»Möglicherweise.« Meine Ohren fühlten sich plötzlich taub an von seiner leisen inquisitorischen Stimme.

»Ich habe nicht die Absicht, mich bei Ihnen anzubiedern, ich kann an der nächsten Kreuzung aussteigen und für immer aus Ihrem Leben verschwinden. Ich bin kein Trojanisches Pferd.«

»Sie sind kein Trojanisches Pferd. Sie sind die wundervolle Helena«, gestattete sich der Grieche ein Kompliment. »Das beunruhigt mich ja gerade. Warum haben Sie mir diesen Fotografen ausgeliefert?«

»Ich habe es schon gesagt – ich hatte meine Gründe.«

»Ich hoffe, Sie haben da nicht eine Rechnung mit einem untreuen Liebhaber beglichen.«

»Nein. Es gibt ernstere Gründe als eine unglückliche Liebe.«

»Kann es für eine Frau denn ernstere Gründe geben als unglückliche Liebe?«

»Sie haben eine zu sentimentale Weltsicht für einen Geschäftsmann Ihres Schlages.«

»Kennen Sie sich aus mit Geschäftsleuten meines Schlages?«

«Überhaupt nicht«, gab ich freimütig zu. »Ich bin einfach ein Mädchen, das bei Grün über die Straße geht, mit einem billigen Walkman im Rucksack, während Sie in Ihrem Luxuswagen sitzen und über die rote Ampel fluchen.«

»Um in Ihrem Bild zu bleiben, Eva, Sie sind also diese Art Emporkömmling vom Stadtrand, der zufällig unter ein teures Auto geraten ist?«

Er gefiel mir, der Hurensohn, er gefiel mir entschieden!

»Nicht unter ein Auto. Unter eine Dampfwalze. Unter eine ganz normale Dampfwalze. Aber ich bin am Leben geblieben, und jetzt fordere ich Satisfaktion.«

»Heutzutage ist es gefährlich für Mädchen mit billigem Walkman im Rucksack, Satisfaktion zu fordern. Sie könnten sich eine Kugel in den Hinterkopf einhandeln.«

»Ich weiß. Deshalb halte ich nach Möglichkeit fremde Hinterköpfe hin.«

Der Grieche sah mich aufmerksam an.

»Ich verstehe. Und was erwarten Sie von mir?«

»Ist er tot?« fragte ich, und in meinem Gesicht bewegte sich kein Muskel.

Der Grieche gab schnell eine Nummer in sein Handy ein.

»Alles in Ordnung, Sascha?«

Als er die Antwort gehört hatte, lehnte er sich ins Polster zurück.

»Möchten Sie wissen, wie es vor sich gegangen ist?«

»Nein.«

»Man sollte meinen, diese Sache hätte Ihnen moralische Befriedigung bereitet.«

»Nein.« Ich versuchte, ehrlich zu sein, vor allem mir selbst gegenüber. Ich empfand sogar ein flüchtiges Bedauern für den dummen Vlas, der immerhin gut war in der Schlußszene des Liebesakts und im Entwickeln von Filmen. »Nein. Aber sagen wir mal, das Pflichtgefühl hat seine Portion rohes Fleisch gekriegt.«

»Und wie lange reicht diese Portion?«

»Wie's aussieht, bin ich erst ganz am Anfang des Weges.«

»Sie haben Courage«, erlaubte sich der Grieche plötzlich eine Schwachheit. »Wollen Sie für mich arbeiten? Ich mache selten jemandem ein solches Angebot.«

Ich drehte mich mit dem ganzen Körper zu ihm – eine mutige Sekretärin mit von Wasserstoffperoxid verätzten Haaren, die nein sagt, wenn der Boß ihr unter den Rock faßt.

»Wenn ich das Detail eines Plans wäre, würde ich jetzt ja sagen.«

»Aber?«

»Ich sage nein. Ich habe schon jemanden, für den ich arbeite.«

»Bravo! Da capo!« applaudierte Iwan. »Die Marktweiber werden heulen zwischen ihrem Knoblauch und ihren Bastwischen und sich mit den BH-Trägern die Tränen abtrocknen.«

»Und sämtliche Schauspier aller mexikanischen Seifenopern nehmen gemeinsam die japanische Staatsbürgerschaft an und begehen auf dem heiligen Berg Fudschijama Harakiri«, fügte Nimotsi hinzu. »Aus Neid!«

Wir kamen auf die Otschakowskaja, eine der Straßen, die den Smolny einrahmen. Dieser Bezirk wird heutzutage von den Großneffen und Privatchauffeuren ehemaliger Parteibosse bewohnt und hält sich für elitär. In Begleitung des Fahrers Sergej und zweier Leibwächter, die aus einem Jeep sprangen, stiegen wir in den zweiten Stock eines ganz gewöhnlichen Stalinbaus. Die Leibwächter blieben vor der Tür stehen, und Sergej, der anscheinend nebenamtlich als Hausmädchen, Barmann und Kaltmamsell tätig war, brachte uns dampfenden Kaffee in kleinen Tassen und Cognac.

Ich verzichtete auf den Cognac, aber den Kaffee trank ich gern.

»In vierzig Minuten habe ich einen Termin«, sagte der Grieche. »Erledigen wir schnell die Formalitäten. Also, Sie brauchen nichts von mir.«

»Doch«, sagte ich ehrlich. »Ich brauche Geld.«

Über das Gesicht des Griechen lief eine kaum merkliche Grimasse des Ekels.

»Wieviel?«

»Soviel oder so wenig, daß Sie mich noch als Kämpferin für eine Idee ansehen können und nicht als ein berechnendes Miststück.« Ich versuchte, den schlechten Eindruck zu korrigieren. »Die Sache ist die, ich habe überhaupt kein Geld.«

»Hat Ihnen Ihr verschiedener Freund nicht einmal ein Taschengeld hinterlassen?«

»Das Honorar sollte später kommen. Nach Erledigung des Auftrags«, erinnerte ich den Griechen sanft.

»Reichen Ihnen fünftausend Dollar?«

»Das ist zuviel.« Ich griff nach der leeren Kaffeetasse. »Ich kann ziemlich gut mit einem Viertel davon zurechtkommen. Ich muß die Fahrkosten zahlen und brauche ein bißchen Bares für die erste Zeit.«

Mein Antwort gefiel dem Griechen und schien meine angeschlagene Reputation wieder herzustellen.

»Was haben Sie vor?«

»Ich muß Petersburg verlassen. Ich habe hier nichts mehr zu tun.«

»Gut. Die weiteren Einzelheiten besprechen wir heute abend. Ich lade Sie zum Essen ein. Bis dahin können Sie sich ausruhen. Sergej bleibt hier und zeigt Ihnen alles. Ich hole Sie um sieben ab.«

Er nickte mir zu und verließ das Zimmer. Bald danach klappte die Tür. Jetzt konnte ich mich in Ruhe umsehen.

Die dem Fenster gegenüberliegende Wand zierte eine riesige Kopie des »Gartens der Lüste« von Bosch. Nicht schlecht, der Herr des Hauses hat anscheinend eine ziemlich pessimistische Weltsicht! Bosch war mir früher nie geheuer gewesen, aber jetzt sah ich in ihm einen Verbündeten – vielleicht quälten den respektablen Griechen dieselben Dämonen wie mich.

Während ich das Triptychon betrachtete, erschien Sergej, diesmal mit Bademantel und Handtuch.

»Wünschen Sie noch etwas?« fragte er im tadelnd höflichen Ton einer alternden Amme.

»Höchstens den ›Cosmopolitan‹.«

Sergej breitete die Arme aus.

»Mit Schundliteratur können wir nicht dienen.«

»Und die Frau des Hauses erlaubt sich da keine Schwachheit?«

»Nein. Und außerdem – sie hält sich nicht hier auf. Aber es gibt eine Bibliothek, Fernsehen und einen Fitneßraum.« Sergej wußte offensichtlich nicht, was er mit mir anfangen sollte.

»Nein, derartige Vergnügungen sind mir zu männlich.«

»Wie Sie wünschen. Es gibt auch Video. Vielleicht finden Sie da ja etwas ... Unmännliches. Soll ich Ihnen ein Bad vorbereiten?«

»Bitte.«

Ich schlenderte im Zimmer umher, kratzte versuchsweise mit dem Fingernagel an der Kopie von Bosch und vertiefte mich in die Untersuchung des Schreibtisches. So also sah der Schreibtisch eines erfolgreichen Geschäftsmannes aus: sauber aufgeräumt und total steril, keine Papierleichen auf dem Schlachtfeld der Geschäfte. Verstohlen schaute ich zur Tür und nahm die Fotos in die Hand, die auf dem Tisch standen: Auf einem davon war der Grieche zusammen mit einer Frau. Ihr Gesicht war nicht mehr jung, es wirkte müde und wie um Entschuldigung bittend. Du bist nicht besonders glücklich, mein Freund, dachte ich. Auf einem anderen Foto wedelte ein gepflegter junger Mann mit einem Tennisschläger. Er ähnelte der Frau des Griechen: derselbe um Entschuldigung bittende Ausdruck des Mundes, dieselbe hohe, vielleicht zu hohe Stirn.

Ich stellte die Fotos auf den Tisch zurück und ging in den Flur, folgte dem Rauschen des Wassers und fand problemlos das Badezimmer. Sergej saß auf dem Rand der Wanne, die eher einem kleinen Pool glich, und schlug Schaum.

»Sehr lieb«, lobte ich den Chauffeur und widerstand der Versuchung, ihm für seinen Eifer ein Stück Zucker in den Mund zu stecken. »Gibt es in diesem Haus auch einen Masseur?«

Sergej sprang vom Wannenrand herunter und trat ganz dicht an mich heran. Im nächsten Augenblick spürte ich seinen eisernen Griff an meinem Kinn.

»Bleib auf dem Teppich, mein Täubchen«, sagte er. »Nicht jeder, dem am Morgen das Glück lacht, hat am Abend noch gute Karten. Denk daran!«

»Das hoffe ich sehr, mein Täuberich«, antwortete ich im gleichen Tonfall, die Worte durch seine Finger herausquetschend. »Und du zieh lieber den Schwanz ein und hör auf dein Herrchen, solange er lebt und dich für deine treuen Dienste bezahlt.«

Ich schaute ihm direkt in die Augen, eine Fähigkeit, die ich mit Evas Gesicht bekommen hatte. Der verstorbenen Maus wäre nicht im Traum eingefallen, daß man den Leuten ungestraft in die Pupillen schauen und dort den Wurmfraß ihrer geheimen Ängste und Lüste erkennen kann.

»Ich würde dich mit Vergnügen abknallen«, zischte Sergej und wendete seinen Blick ab.

»Und ich würde mit Vergnügen mit dir schlafen.«

»Miststück!« Jetzt klang in Sergejs Stimme allerdings verborgener Beifall durch. »Ich habe die dumpfe Vorahnung, daß wir uns deinetwegen noch den Arsch aufreißen werden!«

»Mach dir keine Sorgen um deinen Hintern. Und danke für das Bad.« Ich steckte die Hand in den Schaum. »Das Wasser könnte allerdings ein bißchen heißer sein.«

Sergej zog sich zurück, mit leicht angeschlagenem Selbstbewußtsein, und schloß die Tür hinter sich. Wahrscheinlich verschanzte er sich in der Nähe, um mich durch eine Ritze zu begaffen, wie in Hitchcocks »Psycho«. Aber mit einer gefügigen Sekretärin, die aus Dummheit 40000 Dollar gestohlen hat, hatte ich jetzt die geringste Ähnlichkeit, wenn auch mein Selbsterhaltungstrieb mir sagte: Sei auf der Hut. Du darfst nicht stehenbleiben! Bisher hast du nur Nebenfiguren weggeräumt, blinde Werkzeuge, gedankenlose Maschinen, aber da ist noch jemand, und dieser Jemand hat den teuflischen Plan ausgeheckt, der deine Freunde vernichtet hat und dich selber auch vernichten sollte. An ihn mußt du herankommen. Und deshalb mußt du nach Moskau zurückkehren und versuchen, das Knäuel vom anderen Ende her aufzurollen. Du hast die Kassette, die du dir noch nicht angesehen hast, Nimotsis Tagebuch, das du noch nicht gelesen hast, und da ist auch noch der rote Ford von Tumanow. Nimotsi hatte Tumanow angerufen, und sofort wurde er umgebracht. Dieser Ford ging mir jetzt nicht mehr aus dem Kopf, und gleichzeitig beruhigte er mich – genau das war jetzt mein Ansatzpunkt.

Ich stieg aus der Wanne und begab mich auf die Suche nach Sergej, kleine Pfützen hinter mir zurücklassend – macht nichts, unsere streitbare Hausfrau wird sie aufwischen! Die Hausfrau saß im Wohnzimmer, das dem Arbeitszimmer des Hausherrn gegenüberlag, und sah sich mit düsterer Mine ein Video an.

»Hallo!« verkündete ich fröhlich mein Erscheinen.

»n' Abend«, antwortete Sergej düster.

»Ich habe deine verdammten Klamotten durchgeschüttelt. Nicht besonders eindrucksvoll, nicht einmal für eine Anfängerin im Erpressen.«

Er hat in meinen Sachen rumgewühlt! Ich vergaß alles und raste ins Arbeitszimmer, wo ich in meiner Blödheit den Rucksack unter der Obhut von Bosch zurückgelassen hatte. Ich schüttete den Inhalt auf den Teppich – auf den ersten Blick fehlte nichts. Klamotten, Notizbücher, Kosmetik – aber die Kassette! Die Kassette war weg. Ich versuchte Ruhe zu bewahren und kehrte ins Zimmer zurück, wo der unverschämte Chauffeur saß.

»Wo ist die Kassette?« schrie ich von der Schwelle aus.

»Schrei nicht so, du liegst nicht unter einem Mann«, antwortete Sergej grob. »Vor einer Viertelstunde hab ich abgeschaltet. Na, du bist ja pervers! Sieht man dir gar nicht an. Was finden die Leute bloß an so einem Mist?!«

»Du hattest meine Klamotten nicht anzurühren. Ich werde das deinem Boß erzählen.«

»Das kannst du dir sparen«, nuschelte Sergej träge. »Er ist vielleicht höflich zu dir, aber deshalb muß ich dir noch lange nicht um den Hintern scharwenzeln.«

»Führt er dich immer ohne Maulkorb aus?«

»Immer. Könnte ihn sonst teuer zu stehen kommen.«

»Ach, und warum?«

»Er entspannt sich manchmal ein bißchen, und dann kommt es vor, daß er so einem falschen Luder wie dir glaubt. Aber ich entspanne mich nie.«

Ich ging zum Videorecorder und zog die Kassette raus.

»Was schleppst du bloß für einen Mist mit dir rum«, platzte Sergej raus. »Bist du so eine Sado-Maso-Type?«

»Sehe ich so aus?«

»Bei dir blickt keine Sau durch. Du gefällst mir nicht.«

»Du bist auch nicht gerade der Held meiner Träume. Und überhaupt, das geht dich einen feuchten Kehricht an«, setzte ich meine Grobheiten fort. »Ach, übrigens, ich habe auf dem Flur ein paar Pfützen gemacht, die kannst du wegwischen.«

»Du bist ein mieses Weibsstück. Aber wenn man dir den Schwanz einklemmt, dann wirst du winseln.«

»Ich werde nicht winseln, nein. Da irrst du dich, Sergej.«

»Eine Masochistin, das bist du. Und deine Kassette ist Mist.«

»Wieviel hast du gesehen?«

»Bis mir übel wurde. Vielleicht zehn Minuten.«

»Und was hast du gesehen?«

»Weißt du das nicht selber?«

Ich wußte es nicht. Vielleicht war auf dieser Kassette nichts Schlimmes, aber wenn doch, war ich noch nicht bereit dazu, es mir anzuschauen, noch nicht. Aber sehr bald. Sergej war vielleicht nichts aufgefallen, weil er nichts gesucht hatte. Ich wußte, wonach ich suchen mußte, ich würde es ganz bestimmt nicht übersehen.

Jetzt hielt ich die Kassette in den Händen, ich hätte hier und jetzt alles herausfinden können, aber ich tat es nicht. Statt dessen griff ich etwas Neutral Heroisches, ich glaube, es war »Sieben Samurai« von Akira Kurosawa. Während Toshiro Mifune seine Samuraischwerter schwang, hatte ich Gelegenheit, Make-up aufzulegen und mich umzuziehen. Zwanzig Minuten vor der verabredeten Zeit besprenkelte ich Schlüsselbeine und Handgelenke mit »Outrage«, das von der Geschichte mit Aljona geblieben war. O Gott, das war doch gerade erst gestern gewesen. Sein herbes Aroma würde jedenfalls den Griechen nicht verschrecken: Solch ein Geruch macht eine Frau älter, als sie ist, und dem Griechen gefielen allem Anschein nach Frauen, die schon einiges hinter sich haben …

Er kam genau um sieben, Pünktlichkeit war offenbar seine Stärke. Er betrachtete mich mit lebhaftem Interesse, ungefähr so, wie man eine Marmorstatue betrachtet. Mein dezentes Make-up schien ihm überhaupt nicht aufzufallen. Dabei hatte ich die letzte halbe Stunde alles getan, um ihm zu gefallen.

»Na, habt ihr euch gut vertragen?« fragte der Grieche im Tonfall einer alten Jungfer, die ihre Lieblingskatze zum Decken weggegeben hat und jetzt begierig darauf ist, das Ergebnis zu erfahren.

»Sie haben einen hervorragenden Wachhund«, sagte ich mit süßem Lächeln. »Er hat sogar meine Kleidung abgeschnuppert.«

»Sergej vertraut niemanden.«

»Und Sie?«

»Manchmal.«

Eine halbe Stunde später saß ich mit dem Griechen an einem Tisch im »Parisien«. Alles war genauso wie vor zwei Tagen, derselbe Jazz, dieselben Musiker, die sich wieder abmühten, die großen Schwarzen des Jazz zu imitieren. Nur der Tisch, an dem ich mit Vlas gesessen hatte, war nicht besetzt. Die feinen Gläser, von Servietten eingefaßt, hatten Vlas unbeschadet überlebt, sie waren kein bißchen trüber geworden. Ich wurde das Gefühl nicht los, daß Vlas gleich vom Klo zurückkommen müßte, sich im Gehen die Hosen zurechtziehend. Aber er kam nicht. Und statt zynische Sprüche mit meinem einfältigen Liebhaber auszutauschen, war ich nun genötigt, wie eine Dame von Welt Gerichte zu bestellen, von denen ich nicht einmal wußte, daß sie existierten.

Der Grieche war betont höflich, und von weitem sahen wir vermutlich wie ein gewöhnliches Liebespaar aus.

»Wissen Sie was!?« Ich hielt es schließlich nicht mehr aus. »Ich pfeife auf Ihr Restaurant. Bis zu meinem sechsundzwanzigsten Lebensjahr hatte ich keine Ahnung, daß es so was gibt. Bestellen kann ich nicht, und das Fischbesteck könnte ich höchstens dazu benutzen, es diesem

Kellner, der da Maulaffen feilhält, zwischen die Rippen zu schieben.«

»Na, machen Sie sich nicht schlechter, als Sie sind«, tadelte mich der Grieche mild. »Und außerdem sind Fischmesser in der Regel stumpf.«

»Ist mir egal. Bestellen Sie!«

Der Grieche bestellte das Essen, und wir setzten unser mondänes Gespräch fort.

»Sie sind ein amüsantes Ding.« Durch das volle Champagnerglas hindurch sah er mich unverwandt an. »Sergej haßt Sie, das habe ich gleich gemerkt.«

»Das ist kein Grund, mich an die Wand zu stellen.«

»Das ist ein Grund, nachdenklich zu werden. Es kommt selten vor, daß jemand bei ihm so starke Emotionen hervorruft. Das Äußerste, wozu ihn ein Mensch bringen kann, ist angewiderte Gleichgültigkeit.«

»Ein Mensch oder eine Frau?«

»Gute Frage. Aber er ist schon so viele Jahre mein Schatten, und Schatten haben keine persönlichen Vorlieben.«

»An Ihrer Stelle wäre ich da nicht so sicher.«

»Trotzdem. Sie haben wenig Ähnlichkeit mit den anderen.«

»Den Menschen oder den Frauen?«

Der Grieche berührte meine Wange mit den Fingerspitzen – eine unsinnliche Berührung, sie versprach nichts.

»Den Menschen, Mädchen, den Menschen. Ich fürchte, als Frau sind Sie noch ziemlich unentwickelt, Sie sondieren noch Ihre Taktik.« Der Grieche sah mich aufmerksam an. »Ich sehe die ganze Zeit, daß Ihre Persönlichkeit einen doppelten Boden hat, aber ich kann partout nicht erkennen, was darunter liegt. Irgend etwas an Ihnen entzieht sich mir, und ich liebe es nicht, wenn sich mir etwas entzieht.«

»Wenn es etwas mit dem zu tun hat, was passiert ist ...«

»Ich glaube, nicht.«

Der Grieche wählte seine Formulierungen mit Sorgfalt. »Es hat eher etwas mit Ihnen selbst zu tun.«

Natürlich, er war ein scharfsichtiger Mensch, das war nicht Vlas mit seinem propperen Hintern und gut geölten Schwanz. Aber auch er konnte das Wesentliche nicht in Worte fassen. Weil ich das Wesentliche selbst nicht wußte. Ich kannte meine eigene Seele nicht, meine jetzige Seele. Sie hatte sich wie mein Gesicht erst vor kurzem geformt, sie war noch nicht gefestigt und erlaubte sich, bisweilen Grimassen zu schneiden und unschön zu sein. Doch so seltsam es auch scheinen mag, mir gefiel das. Dafür gefiel es dem Griechen nicht – ich erinnerte mich plötzlich an Vlas' schlichtes Credo: Ich hasse das, was ich nicht verstehen kann. Eine natürliche menschliche Reaktion.

»Man müßte Sie einfach mal beobachten, wenn Sie schlafen und sich nicht kontrollieren können. Also hüten Sie sich davor, mit jemandem in einem Bett einzuschlafen. Das ist ein freundschaftlicher Rat.«

Das ständige Sie klang in seinem Mund beinahe wie Spott, eine kleine Verbeugung des Katers vor der Maus, die er am Schwanz hält. »Wann wollen Sie Petersburg verlassen?«

»So schnell wie möglich. Ich habe hier nichts mehr zu tun.«

»Gut. Ich gebe Sergej entsprechende Instruktionen, und er begleitet Sie zum Bahnhof. Das Geld bekommen Sie auch von ihm.«

»Es tut mir leid, daß ich Ihnen Kosten verursacht habe.« Ich machte ein niedergeschlagenes Gesicht.

»Ich glaube, wenn Sie mich nicht gewarnt hätten«, gestand der Grieche endlich, »wären die Kosten wesentlich höher ausgefallen. Für die Firma, die untröstlichen Verwandten und die Geschäftspartner, meine ich. Also stehe ich in Ihrer Schuld. Haben Sie eine Unterkunft in Moskau?«

»Nein«, sagte ich offen. »Aber ich denke, das wird kein Problem sein.«

»Das denke ich auch.« Der Grieche schrieb schnell etwas auf eine Serviette und gab sie mir. »Das ist eine Telefonnummer in Moskau, sie gehört einem Mann, der mir sehr verpflichtet ist. Er wird Ihnen helfen, wenn es Probleme gibt. Und ich glaube, Sie werden Probleme bekommen.«

»Warum?«

»Sie halten sich ausgezeichnet. Aber Sie gehören nicht dazu, Sie sind eine Fremde. Und in die Welt, in die Sie da Ihre Nase gesteckt haben, kommt man sehr schwer rein. Und noch schwerer wieder raus. Das hat mit gewissen unangenehmen Kleinigkeiten zu tun. Eine Kugel in den Kopf ist noch die harmloseste davon.«

»Sie werden wohl recht haben.«

»Und noch ein Rat. Versuchen Sie gar nicht erst, die Regeln zu lernen, Sie werden sie sowieso nicht verstehen. Vor allem fangen Sie nicht an, nach diesen Regeln zu spielen – Sie leben länger.«

»Ich glaube, bei Ihnen heißt das Gesetzlosigkeit«, stichelte ich.

»Bei uns?« Der Grieche brachte sein Gesicht ganz nahe an meins. »Bei uns regelt man alle Probleme zivilisiert und ruhig. Man soll das Big Business nicht mit der Unterwelt verwechseln und sich nicht den Kopf mit billigen Krimis vollstopfen.«

Ich hätte eine Weile über dieses Thema diskutieren können, aber ich biß mir rechtzeitig auf die Zunge.

»Ich werde mir Mühe geben.«

Er beruhigte sich, aber zu guter Letzt konnte er seine Neugier doch nicht beherrschen. Er vergaß sogar sein spöttisches Sie.

»Und trotzdem: Warum hast du mich gewarnt?«

»Wenn an Ihrer Stelle jemand anderes, weniger Imposantes gewesen wäre, hätte ich dasselbe getan. Der Mann, den Ihre Jungs umgelegt haben, war mein Gegner. Ich vermute, nicht der einzige. Er hat Menschen, die mir sehr nahestanden, getötet, und ich habe meine Rechnung mit ihm beglichen.«

Ich spürte eine ungeheure Erleichterung, als ich das laut ausgesprochen hatte. Der Ausbruch klang ziemlich überzeugend und gab mir sogar einen Ablaßbrief für all das, was ich mir vorgenommen hatte.

»Eine romantische Geschichte, aber nicht sehr trostreich. Hast du jemanden, auf den du dich verlassen kannst?«

»Zum Glück nicht.«

»Verlier die Telefonnummer nicht.«

Ich war dankbar für diese Gefühlsregung des Griechen, wenn sie auch nur einen Sekundenbruchteil gedauert hatte. Letzten Endes war er doch nur ein Mensch, er hatte Probleme mit seiner Frau, und sein Sohn spielte Tennis auf einem Foto.

»Ich hoffe sehr darauf, daß, wenn es mir gelingt ... Falls es mir gelingt, das ganze Knäuel aufzuwickeln, ich nicht am Ende des Fadens Sie finde.«

»Das hoffe ich auch. Es war angenehm, mit dir zu tanzen, obwohl du wirklich nicht tanzen kannst. Das mußt du lernen.«

»Ich werde es mir merken.«

Der Grieche hob das Glas und stieß vorsichtig mit mir an.

»Ich denke, du brauchst viel Glück, wenn du diese Angelegenheit entwirren willst. Und Humor, falls sie sich in Luft auflöst.«

»Tja, in dem Fall werde ich mich bei Ihnen um einen Job bewerben. Wenn ich am Leben bleibe. Und wenn Sie noch freie Plätze haben.«

»Ich werde das wohlwollend prüfen.« Er lächelte.

Auf dem Rückweg sprachen wir kaum. Der Grieche brachte mich zur Otschakowskaja und besprach irgendwas mit Sergej, während ich meine Sachen packte.

Zum Abschied küßte er mir die Hand.

»Ich hoffe, ich sehe dich irgendwann wieder. Hals- und Beinbruch!«

»Danke ...«

Der Grieche fuhr fort, und ich blieb wieder mit Sergej zurück.

»Was ist?« fragte ich ihn. »Machen wir uns auf den Weg?«

»Wie du willst«, knurrte Sergej.

»Du bist nicht besonders höflich.«

»Dafür bezahlt mich niemand.«

Dieser harmlose, nebenher gesagte Satz trieb mir plötzlich den kalten Schweiß aus den Poren. Ich dachte an Sirin, das heißt, nicht einmal an Sirin selber, sondern an seinen Paß, den ich in der Nacht des Mordes in meine Tasche gesteckt hatte. Wenn Sergej meine Sachen durchgekramt hatte, konnte er sehr gut auch den Paß gefunden haben. In den vergangenen drei Tagen hatte ich keine Zeit gehabt, ihn loszuwerden. Ehrlich gesagt, es war mir einfach entfallen.

»Ich hoffe, daß du nichts aus meinem Gepäck rausgenommen hast«, sagte ich vorsichtig.

»Nein«, antwortete er mit Bedauern. »Obwohl ich da einige interessante Papierchen entdeckt habe. Na ja, zum Teufel mit dir.«

»So ist's fein. Also wir scheiden in Frieden voneinander.«

Sergej schnaufte und übergab mir ein dickes Kuvert.

»Das ist die Pinke. Damit du um Gottes willen nicht verhungerst, du armes kleines Waisenkind.«

»Bete für mich«, entgegnete ich salbungsvoll. Aber das Kuvert war nicht die letzte Überraschung.

»Ich weiß nicht, womit du den Boß verhext hast. Vielleicht hast du ihm ja ins Ohr gesungen, daß deine Familie irgendwo in einem Dorf bei Samarkand verschimmelt. Er hat mir noch einen Schlüssel für dich mitgegeben. Von einer Bude in Moskau.« Sergej zog ein kleines glänzendes Schlüsselbund hervor und warf es mir zu. »Merk dir die Adresse: Prospekt Mira ...«

Ich konnte mein Glück nicht fassen: Alle Alltagsprobleme lösten sich von selbst, bravo, Grieche, bürgerlich Igor Viktorowitsch Rumelidi, das ist wirklich ein große Geste!

»Ich werde Eure Gastfreundschaft wohl in Anspruch nehmen«, sagte ich, das Schlüsselbund lässig um den Finger drehend, »sprich deinem Boß meine dankende Anerkennung aus und gib ihm einen Kuß von dem armen kleinen Waisenkind. Übrigens, was ist mit dem Zug?«

»Das Ticket bekommst du auf dem Bahnhof. Also, mach dich fertig, wir müssen los. Bis zur Abfahrt sind es noch fünfunddreißig Minuten.«

Der Weg bis zum Moskauer Bahnhof nahm nicht mehr als sieben Minuten in Anspruch, und die ganze Zeit schaute ich auf das nächtliche windige Petersburg, das meine Hände mit Blut befleckt, mir aber keine Linderung gebracht hatte. Es hatte mir jedoch geholfen, eine Entscheidung zu treffen, und wenn es vielleicht auch nicht die beste war, dann auf jeden Fall die ehrlichste. Ich kehrte als ein ganz anderer Mensch nach Moskau zurück. Petersburg wußte das schon.

Am Denkmal von Peter dem Ersten eilte ein junger Mann auf uns zu, der Sergej das Ticket übergab.

»Du hast Glück gehabt, Rotznase«, murmelte Sergej, der mich bis zum Zug begleitete. »Schlafwagen, noch dazu ein eigenes Abteil.«

Er ging fort, als die Ansage verkündete, daß bis zur Abfahrt des »Roten Pfeils« noch fünf Minuten verblieben, und ich spürte einen leichten Stich. Ich wollte ihm gefallen, und er merkte es nicht einmal.

Ich war noch nie in meinem Leben im Schlafwagen gefahren, und jetzt hatte ich ein ganzes Abteil zur Verfügung.

Ich verzichtete auf den Tee, den mir der Schaffner anbot. Und auf den Wodka, den mir zwei angetrunkene Burschen aus dem Nachbarabteil anboten. Die beiden hatten die quietschfidelen Visagen ehemaliger Komsomolzen, die jetzt das Feld des Unternehmertums beackern. Sie zwinkerten zweideutig und versuchten hartnäckig, mich in ihr Abteil zu bugsieren. In ihren wodkavernebelten Gehirnen kreiste deutlich sichtbar eine flaue Variante von einem flotten Dreier. Aber da hatten sie sich verrechnet.

Ich schloß mich in meinem sauber aufgeräumten Abteil ein, zog die Schuhe aus und streckte mich auf dem Bett aus.

Das war's, flüsterten die Räder mir zu, meine Zeit in Petersburg ist vorbei, und mit ihr sind auch einige Leben zu

Ende gegangen. Ich dachte an Aljona und drückte ein paar vage Tränen raus, als ich mich an den Brief erinnerte, den ich niemals geschrieben hatte. Ich hatte ihn doch an Aljonas Adresse schicken wollen, um mitzuteilen, wo man sie und das Auto finden könnte. Aber ich hatte es nicht getan. Alles das, was nach Aljonas und Fariks Tod passiert war, rechtfertigte mich zwar nicht, doch es entschuldigte mich wenigstens irgendwie. Natürlich, wenn ich Vlas nicht begegnet und nach Schweden gefahren wäre ...

Plötzlich kam mir ein anderer Gedanke – so klar und deutlich, daß ich mich wunderte, warum er mir nicht früher gekommen war: der Paß.

Man wird sie suchen. Man suchte sie bereits.

Aljonas Vater wird den Petersburger Schnüfflern keine Ruhe lassen. Mir fielen Aljonas Worte ein: »Mit dem städtischen Staatsanwalt geht er donnerstags ins Badehaus, sie schrubben sich da gegenseitig den Rücken.« Kein Problem für ihn, rauszufinden, daß Aljona ein paar Tage vor ihrem Verschwinden für eine ihrer Freundinnen einen Paß hatte anfertigen lassen. Und in dem Paß klebt mein Foto. Im Moment war es mir völlig egal, ob sie mich fanden oder nicht – und dieses Gefühl war ganz und gar Eva. Genau wie das andere Gefühl – Hauptsache, sie fanden mich nicht, bevor ich das getan hatte, was ich tun mußte.

Aber wenn es sie keine Mühe kostet, die Sache mit meinem Paß herauszubekommen, kriegen sie genauso schnell raus, daß Aljona Gontscharowa eine Reise für zwei Personen nach Schweden gebucht hat. Bevor die Reise zu Ende ist, bis sie in Schweden nachgefragt haben, hat es keinen Sinn, sich ernstlich Sorgen um sie zu machen.

Ich nahm das Kuvert mit dem Geld aus dem Rucksack. In dem Kuvert lagen tausend Dollar, wie vereinbart. Also hatte der Grieche meine bescheidene Bitte, das Honorar für den Verrat an Vlas zu kürzen, nicht als Koketterie betrachtet, sondern als moralische Haltung. Jetzt brauchte ich mir keine Sorgen darum machen, wovon ich in Moskau leben sollte, in diesem gigantischen Staubsauger, der begierig

Geld in sich aufsaugt. Für die erste Zeit würde das reichen, und später würde ich schon irgendeinen halblegalen Job finden. Möglicherweise war sowieso alles zu Ende, ehe der Tausender verbraten war.

Zum ersten Mal während der vergangenen Tage befand ich mich im Zustand relativer Ruhe, ich war nicht gezwungen, meine Handlungsweise in Zehnminutenschritten zu planen, ich konnte mich entspannen und mir eine Strategie ausdenken. Ich deponierte das Kuvert mit dem Geld auf dem Tisch, wo schon meine beiden, jetzt fast nutzlosen Pässe lagen. Der Ausweis und der Reisepaß. Dann kamen die Schlüssel an die Reihe. Ich hatte zwei Bunde – das von meiner neuen Moskauer Wohnung und das Sirins, den ich getötet hatte. Letzteres Bund interessierte mich besonders.

Dann wurde Sirins Paß auf den Tisch gelegt. Ein ehrbarer Mann, da gab es nichts. Der Paß war genauso ehrbar – ein Paß, der so aussieht, flößt Vertrauen ein. Er war kein einziges Mal abhanden gekommen, seit wenigstens zwanzig Jahren hatte er wohlbehalten in der Tasche gelegen. Die Ränder waren abgewetzt, auf dem ersten Blatt, aus dem ich erfuhr, daß Sirin Drondin Leonid Charlampijewitsch hieß, glänzten Fettflecken.

Leonid Charlampijewitsch, geboren 1949 in Kischinjow, geschieden von der Bürgerin Filippowa Vera Borissowna, keine Kinder, gemeldet in Tekstilstschiki. Ich legte Sirins Wohnungsschlüssel auf seinen Paß – in mir reifte der Wunsch, in der nächsten Zeit Sirins Wohnung aufzusuchen. Der Gedanke an den Anruf von dem geheimnisvollen Bekannten Sirins, der die beiden Killer dazu brachte, einen schlecht bezahlten Mord zu begehen, saß wie ein Nagel in meinem Kopf. Vorausgesetzt, es handelte sich um einen engen Freund, konnte man versuchen, in Sirins Notizbüchern oder in seinen Sachen etwas zu finden. Etwas, das mich auf eine Spur bringen würde.

Die Gegenstände der Toten.

Mich verfolgten die Gegenstände der Toten. Venkas Armband, Aljonas Tasche, Sirins Paß, Vlas' Fotos. Die

Gegenstände der Toten – so hätte gut eines der unkomplizierten Drehbücher in Venkas Stil heißen können. Wir hatten mal so etwas Ähnliches bei mir in der Küche in Bibirjowo diskutiert, vollkommen überdreht von zuviel Zigaretten und Bier: Ein Kerl findet die Sachen eines anderen Menschen, sie zwingen ihn, das Leben des anderen zu leben und bringen ihn schließlich um.

»Hör mal, Alte«, mischte sich Iwan ein. »Das ist doch Antonioni: ›Beruf: Reporter‹. Du hättest in der Vorlesung über ausländischen Film nicht schlafen sollen.«

Ich nahm ein Blatt Papier und unterteilte es, wie damals in Guljas Kinderzimmer – jetzt gab es zwei Spalten. Eine halbe Stunde später sah mein Schema so aus:

WOLODKA TUMANOW

1. Bis jetzt am Leben
2. Sollte sich mit Nimotsi treffen, aber nach Anruf und Verabredung eines Treffens wurde Nimotsi umgebracht. Außer Tumanow und mir wußte niemand, daß Nimotsi in Moskau ist.
3. Nimotsi rief Tumanow in der Nacht oder am vorhergehenden Abend an. Als ich ins Kino ging, befand sich das Notizbuch schon in meinem Rucksack, also war das Treffen bereits vereinbart.
4. Man muß Tumanow suchen und über ihn auf die nächste Ebene gelangen.

SIRIN

1. Schon tot.
2. Sollte Nimotsi umbringen nach dem Anruf einer gewissen Person, vermutlich eines nahen Freundes.
3. Wenn man Vlas glaubt, kam der Anruf morgens.
4. Ich muß etwas aus Sirins früherem Leben suchen: Fotos, Telefonnummern, Notizen.
5. Wenn er so schnell der Bitte des Freundes Folge leistete, gab es möglicherweise noch andere Bitten. Oder Sirin ist selber in diese Sache verwickelt.

Hinter den fünften Punkt, der Sirin betraf, malte ich ein dickes Fragezeichen. Es schien mir wenig wahrscheinlich, daß er mit der Sache zu tun hatte. Für ihn war es einfach ein Auftrag gewesen, sonst nichts. Wesentlich interessanter war Tumanows Rolle. Tumanow hatte Nimotsi diesen zweifelhaften Vertrag angeboten. Auch er mußte nicht unbedingt wissen, was in Griechenland passierte, aber für mich stand außer Zweifel, daß er mit den Leuten zu tun hatte, die es wußten.

Bevor der glamouröse Iwan erschienen war, war Nimotsi schon lange mit Wolodka befreundet gewesen. Freilich, der Freundschaft mit Tumanow konnte sich gut die Hälfte der buntgewürfelten Szene von der Filmhochschule rühmen – er war mit allen und niemandem befreundet. Wolodka soff wie ein Pferd, qualmte wie ein Schlot, vergötterte schöne Frauen und war sogar mal mit Julenka Kossikina verheiratet gewesen, dem Obervamp der Filmhochschule.

Halt. Julenka Kossikina.

Ich erinnerte mich an alles, was mir Nimotsi erzählt hatte, an alles, was ich in seinen hastigen Notizen gelesen hatte. Julenka war nicht mehr am Leben. Ob Tumanow das wohl wußte?

Seine Adresse kannte ich nicht, in Nimotsis Notizbuch stand nur seine Telefonnummer und die Nummer seines Autos. Der rote Ford. Ich hatte keine Ahnung, was Tumanow jetzt so trieb. Irgendwann hatte es mal Gerüchte über fragwürdige Zeitungsprojekte gegeben und über irgendwelche Nachtclubs. Nach meiner letzten Information trieb er angeblich sein Unwesen als stellvertretender Kursleiter in einer Regieklasse.

Also mußte ich zur Filmhochschule. Ich hatte noch keinen Plan, wie ich aus Wolodka Informationen rausholen konnte, aber eines wußte ich genau: Ich durfte ihn nicht in die Ecke drängen, ihm eine Kanone unter die Nase halten (die ich, nebenbei gesagt, nicht besaß) und versuchen, ihn zum Reden zu zwingen. Wie jeder ausschweifende Mensch war Wolodka pathologisch feige, aber auch genauso pathologisch aalglatt, wie ein Stück Seife. Wenn er irgendeinen Verdacht schöpfte, dann würde er sich mit Sicherheit rauswinden und es seinem Boß stecken. Mit Nimotsi war es genauso passiert. Der direkte Weg war deshalb nicht empfehlenswert.

Also entschied ich mich für das Nächstliegende. Ich kannte Wolodkas Schwäche für schöne Frauen, und seit einiger Zeit zählte ich mich ohne weiteres dazu. Darauf mußte man setzen, und dann würden wir sehen.

Dabei ließ ich es bewenden.

Der Zug raste durch die Nacht. Moskau kam mit jeder Minute näher, und ich wußte nicht, was es für mich bereithielt ...

Beim Rattern der Räder schlief ich ein, das Geld und die Papiere neben mir auf dem Tisch.

Dtritter Teil

Das war also Moskau mit seinem schmutzigen Platz zwischen den drei Bahnhöfen, auf dem sich ein buntes Völkergemisch tummelt, und alles war wie immer: fragwürdige Chatschapuri, fragwürdiges Bier, fragwürdige Videotechnik in wackligen Verkaufsbuden. Sogar die allgegenwärtigen Zigeuner sahen fragwürdig aus. Echt waren nur die Obdachlosen.

Und echt war ich.

Aljona, Farik, Sirin, Vlas, das Abendessen mit dem Griechen unter dem bigotten Saxophon, dieser ganze stilisierte Petersburger Alptraum trat in den Hintergrund. Zwischen ihm und mir lagen acht Stunden Zugfahrt, die Regenwand des wetterwendischen Gedächtnisses verhüllte ihn, der Selbsterhaltungstrieb schaltete sich ein. Anders konnte es auch nicht sein, mein armer Kopf war noch nicht bereit, eine solche Last in sich zu speichern.

Ich mischte mich unter die morgendliche Menschenmenge, ließ mich von ihr in die Metro tragen und kaufte wahllos alles, was ich an Moskauer Zeitungen kriegen konnte. Dann fuhr ich eine Station auf dem Ring und stieg auf dem Prospekt Mira aus. Der Prospekt erstickte in seinem immerwährenden Stau. Ich empfand leise Schadenfreude für die armen Schweine, die in ihren dicken, teuren Autos saßen. Dann stand ich vor dem gesuchten Haus.

Stalin-Empire, eine Epoche architektonischer Maßlosigkeit.

Ein Hoch auf die Firma, die so hingebungsvoll für ihre Mitarbeiter sorgt!

Die Wohnung entpuppte sich als ein verstaubter Friedhof der Heimelektronik. Alles war vorhanden: Ein Computer, der friedlich am Fenster im großen Zimmer döste, ein Videogerät und eine Stereoanlage. In einer kleinen Bar standen Flaschen, die die fabelhaften Geschmäcker ihrer zeitweiligen Bewohner verrieten: Wodka, Whiskey, Gin, ein Restchen Martini, *Narsan*, unser schwefelreiches Mineralwasser für magenkranke Frühpensionäre, und sogar teurer französischer Cognac.

Der erste Eindruck der Unbewohntheit trog – nach und nach stieß ich auf Spuren menschlicher Anwesenheit: eine Packung Präservative, im Schlafzimmer vergessen, der versteinerte Stummel einer Zigarre in einem schweren Malachitaschenbecher, ein Manschettenknopf, hinter ein Tischbein gerollt, eine Krawatte, die Ähnlichkeit mit einem Heringsschwanz hatte.

Ich wechselte in die Küche – derselbe technische Überfluß: Waschmaschine, Mikrowelle, Küchenmaschine sowie eine Klimaanlage, die in das Fenster eingebaut war. Das war allerdings eine unnötige Vorsichtsmaßnahme, die Fenster der Wohnung gingen auf einen still vor sich hin fröstelnden Hof, der nur von einem Kinderspielplatz à la russe verunstaltet wurde. Blockhäuschen aus grob behauenen Stämmen und ein paar Figuren der russischen Folklore: eine Froschkönigin mit abgebrochenem Pfeil und ein Dummer Iwan, den offensichtlich der Wahnsinn gepackt hatte.

»Siehst du, wie nützlich es ist, manchmal seine Mitmenschen zu verpfeifen«, lobte mich Iwan. »Man gibt dir sofort ein komfortables Nestchen. Noch dazu in der Nähe vom Zentrum.«

»Mach weiter so«, schloß sich Nimotsi an. »Dann hast du bald genug für eine Villa in einem Vorort von Los Angeles zusammen!«

Mir gefiel diese bequeme unpersönliche Einheitswohnung. Hier ließ es sich einige Zeit angenehm leben. Man konnte sich mit Essen und Videokassetten versorgen und abschalten, wenigstens für ein paar Tage.

So verfuhr ich auch. Ich begab mich ins nächste Lebensmittelgeschäft, kaufte auf männlich konfuse Art abgepacktes Essen, lag dann den halben Tag lang auf dem Sofa und las die Moskauer Presse. Seltsamerweise beruhigte mich das, was ich da zu lesen bekam. Mein Fall, für mich selbst die reinste Apokalypse, erschien dort nur als laue Episode neben vielen anderen Kapitalverbrechen, die einem das Blut in den Adern erstarren ließen: eine Schlägerei in einem Nachtclub, ein Kidnapping, ein abgeschlagener Kopf, der fröhlich aus einem Müllcontainer lächelte, die Ermordung eines Großunternehmers und seines unschuldigen Terriers ... Die Zeitungen schrieben über alles, was eine Chance hatte, die abgestumpften Spießer ein wenig zu unterhalten und gleichzeitig dem hungrigen Proletarier der Staatsbetriebe mit dem Finger drohte: Deine ganzen Probleme sind ein Scheißdreck im Vergleich zum Weltuntergang, der sich da gerade hinter deinem Fenster zusammenbraut...

Was mochten wohl Nimotsi gefühlt haben und Venka, als der Tod sie mit seinem Flügel bedeckte.

Du solltest es wissen. Du hast doch die Kassette, die du schon so lange mit dir rumschleppst und nicht anschaust, weil du Angst hast. Aber du mußt es tun – du mußt, und wenn auch nur, damit du weißt, was du für Karten in der Hand hast.

Ich dröhnte mich mit Cognac zu, inspizierte das Videogerät, steckte die Kassette hinein und wartete.

Die ersten Minuten des Bandes waren eher enttäuschend: nackte sorglose Menschen, die vor der Kamera umherstolzierten und einen Wust von Zweideutigkeiten austauschten, um ihre Verlegenheit zu verbergen. Sie waren wirklich schön, wie sie sich dort bewegten oder zwanglos in bequemen Sesseln saßen, Cocktails tranken, lange schwarze Zigaretten rauchten und einander dabei sachkundig betrachteten. Die Kamera erfaßte auch Nimotsi, der mit einem ausgezehrten Kameramann neben der schon installierten Beleuchtungsanlage stand und träge über irgend etwas schimpfte.

Dann war eine Weile Julenka im Bild, ein wenig unscharf, aber trotzdem sehr schön: Sie zankte sich lebhaft mit Nimotsi. Die beiden sahen aus wie ein Vorzeigepaar: der Chefregisseur eines Provinztheaters und seine schrille Ehefrau. Die übrigen Teilnehmer dieser Massenszene beteiligten sich nicht an dem Geplänkel, sie reagierten nicht einmal auf

Nimotsis ulkige Bemerkungen – wahrscheinlich konnten sie kein Russisch.

Die Hauptpersonen waren, außer Julenka und Nimotsi: der Kameramann, der während der ganzen Zeit kein Wort verlor, eine Mulattin mit einem Körper wie in Marmor gemeißelt, hinreißend hohe Brüste und ein flacher, fester Bauch; zwei schöne Soubretten mit auseinanderstehenden schwarzen Augenbrauen; ein paar düstere Typen in Lederwesten und groben Armeestiefeln, die feste, durchtrainierte Waden verdeckten.

Julenka und Nimotsi stichelten einander immer noch, mit den alten Gags von der Filmhochschule, die ich alle wiedererkannte. Dann machte die Kamera einen Schwenk auf die Umgebung, und ich sah, daß die ganze Gruppe sich auf der verglasten Veranda einer Villa befand, die vollgestopft war mit gut gearbeiteten Kopien griechischer Skulpturen, zwischen denen sich ab und an die ziellos schlendernden Körper der Schauspieler verloren.

Die Kamera verhielt auf einer Festeröffnung. Weit weg, ganz im Hintergrund, bemerkte ich einen niedrigen Sportwagen und zwei Personen, die neben ihm standen: Die Gestalten waren klein, eine heller, eine dunkler, offensichtlich Männer. Genaueres war nicht zu erkennen, und sie gaben auch keinen Anlaß für besonderes Interesse. Als die hellere Gestalt sich ins Auto setzte, schwenkte die Kamera wieder auf Julenka und Nimotsi.

Alles das sah mehr nach einem ermüdenden, blödsinnigen Filmabend auf einer Geburtstagsfeier aus, aber ich konnte mich nicht losreißen: Nimotsi verzauberte mich. Er lebte – er wird so lange leben, wie diese Kassette dauert.

Ich schüttelte die Sinnestäuschung ab, spulte die Kassette vor und drückte wieder auf »Play«.

Dieselbe Person, die vorhin die Vorbereitungen aufgenommen hatte, filmte jetzt die eigentlichen Dreharbeiten, und sofort erdrückte mich die Unwirklichkeit dessen, was ich sah.

Auf dem Bildschirm wurde Julenka umgebracht. Sie

wurde wirklich getötet, ich wußte das von Nimotsi. Trotzdem war ich nicht darauf vorbereitet.

Die Kamera hielt leidenschaftslos die Großaufnahme des unglücklichen Opfers fest, und ich sah, wie Julenka röchelte. Männer in derben Armeestiefeln schlugen sie mit Peitschen, offenbar schon seit Stunden – schreien konnte sie nicht mehr.

Im Hintergrund waren andere Stimmen zu hören, die nicht zu dem Film gehörten. Die Kamera schwenkte dorthin, und ich bekam zu sehen, was mit Nimotsi und dem Kameramann geschah. Der Kameramann kniete neben der Kamera – er kotzte. Spritzer klatschten auf Nimotsis Schuhe. Nimotsi schaute direkt ins Auge des Objektivs. Dann wandte er sich ab, weiß wie ein Laken, mit ausdruckslosem, schreckensstarrem Gesicht.

Nach einer Sekunde, die mir wie eine Ewigkeit vorkam, trat ein Mann im Tarnanzug neben den Kameramann. Angewidert ging er um die Kotzflecken herum, packte den Kameramann am Kragen und stieß den fast Bewußtlosen mit der Maschinenpistole in die Seite. Während er ihn aus dem Bild schleppte, vergaß er nicht, in die Kamera zu lächeln; zwischen seinen Zähnen steckte ein Strohhalm. Die obere Hälfte seines Gesichts war hinter einer Sonnenbrille verborgen und der Schädel unter einem lustigen Bandanatuch. Er winkte grüßend in die Kamera, bevor er verschwand, und Nimotsi drehte weiter und weiter.

Aber dann brach ihm plötzlich der Schweiß aus und er klappte hinter der Kamera einfach zusammen. Die zweite Kamera filmte ununterbrochen weiter, sie schwenkte wieder auf Julenka, und was ich dann sah, raubte mir fast den Verstand – Julenka wurde der Hals durchgeschnitten. Ganz professionell wurde die Kehle direkt unter dem Kinn zerteilt, und Julenka lächelte ein letztes schreckliches Lächeln. Das Blut spritzte wie eine Fontäne heraus, ihr Körper wand sich in Krämpfen und sackte zusammen.

Die Kassette war längst zu Ende, über den weißlichen Bildschirm liefen Streifen, und ich saß reglos vor dem Fernsehgerät. Erinnerungen huschten durch meinen Kopf: Die Cafeteria der Filmhochschule, Julenka, deren Erscheinen immer mit Klatschen und Pfeifen begrüßt wurde, Nimotsi klaut ein halbvertrocknetes Sandwich von der Theke, und ich bin ganz am Ende der Schlange …

Ich war schutzlos gegen diese Bilder, und ich besoff mich bis zur Besinnungslosigkeit mit Cognac, ich schüttete ganze Gläser in mich rein. Wären mir in diesem Moment Schlaftabletten in die Hände geraten, ich hätte eine ganze Packung aufgefressen. Einschlafen und nicht mehr aufwachen – das war alles, was ich jetzt wollte.

Aber ich wachte wieder auf, am Mittag des nächsten Tages, mit fürchterlichen Kopfschmerzen und gefühllosem Körper; mein Bewußtsein kehrte langsam zurück. Die leeren Flaschen, der flimmernde Bildschirm, die halb aus dem Videorecorder herausragende Kassette … Ich erinnerte mich und stöhnte auf: Julenka hatte ein Kettchen an ihrem Knöchel getragen, alles war genauso, wie ich es in das Drehbuch geschrieben hatte. Ich wußte jetzt, wie man die anderen, die vorher so unbeschwert vor der Kamera umherspaziert waren, umgebracht hatte, wie gewissenhaft man alle meine brutalen nächtlichen Phantasien in die Wirklichkeit umgesetzt hatte. Ich brauchte keine weiteren Beweise.

Mein vor Schmerz zerspringender Kopf rettete mich für kurze Zeit. Ich konnte einfach an nichts mehr denken. Als ich mich ausgekotzt hatte und ein bißchen zu mir gekommen war, legte ich Nimotsis Kassette ganz unten in den Rucksack und warf Klamotten drauf – als ob das irgendwas ändern konnte.

Im Laufe des letzten Monats hatte ich drei Tode gesehen, an zweien trug ich selber die Schuld; aber keiner davon hatte so starken Eindruck auf mich gemacht, wie Julenkas Tod auf dem Videoband. Vielleicht lag es daran, daß man ihren Tod wiedergeben konnte, wieder und wieder reproduzieren, Hunderte, Tausende, Zehntausende Male. Er war materiell, er ließ sich nicht beiseiteschieben, nicht aus dem Bewußtsein verdrängen. Ich fand noch Wodka in der Bar, ich konnte mich wieder betrinken und wieder in einen Dämmerzustand versinken.

Ich goß mir ein Glas bis oben hin voll und nahm es in die Hand – und merkte rechtzeitig, daß ich mich sofort übergeben würde, wenn ich das Glas bloß an die Lippen setzte.

Ich schüttelte mich und warf das volle Glas an die Wand.

Zum Teufel mit dem Wodka. Ich mußte mich zusammenreißen.

Aber so lange ich hier in der Wohnung blieb, war das völlig unmöglich. Also floh ich nach draußen und schlenderte bis spät in die Nacht durch Moskau, ein Moskau, das in nichts der Stadt meiner Jugend glich. Das heutige Moskau war voll von schönen Huren, Reklameschildern und pickeligen Teenagern auf Rollschuhen. In der Nähe des schon entlaubten Alexander-Gartens fand ich meine Denkfähigkeit wieder, und mit ihr kam ein kalter, nüchterner Blick auf die Dinge.

Du bist schuld, also mußt du das auch in Ordnung bringen. Sie müssen sterben, und wenn schon nicht so wie Julenka, dann wenigstens den Tod, den du für sie bestimmst.

Jetzt konnte ich auch endlich über Nimotsis Kassette nachdenken. Sie war ausgesprochen wertvoll, sie konnte ein Hauptindiz gegen die werden, die hinter diesen blutigen Aufnahmen standen. Aber da war noch etwas, das mir entgangen war. Ich mußte sie mir noch einmal anschauen, ganz genau, ein Bild nach dem anderen. Mir graute bei dieser Vorstellung. O Gott, Nimotsi, wo hast du mich reingezogen? Wie bist du an diese Kassette gekommen? Sie war doch überhaupt nicht für dich bestimmt.

Ich hoffte, ich würde die Antwort auf diese Frage in Nimotsis Tagebuch finden, sofern ich sein Gekritzel entziffern konnte. Aber jetzt mußte ich mich erst einmal mit Tumanow beschäftigen.

Ich war eine Ewigkeit nicht mehr in der Filmhochschule gewesen. Ich hatte versucht, diese farbenfrohe Seite meiner Biographie zu vergessen. Das hatte zum einen mit Iwans Tod zu tun, zum anderen mit meinem menschlichen und beruflichen Unvermögen. Die Filmhochschule schien mir eine Mausefalle, die mich unglückliche Maus zerquetschen würde. Eva war vollkommen frei von solchen Ängsten, sie fuhr mit dem Eifer der Entdeckerin dorthin.

Es hat sich nichts verändert, sagte ich mir, als ich mich in diese heiligen Hallen begab, die mir einmal so vertraut gewesen waren. Nur die Studenten waren unverzeihlich jung geworden, sie machten gewaltig Eindruck mit ihren abgedrehten Klamotten, ihrem coolen, ein wenig provozierenden Slang und mit jenem besonderen blasierten Ausdruck in den trüben Augen, der eine echte Boheme ausmacht.

Die hausbackenen Hippies waren von einer jugendlichen Schickeria abgelöst worden, die zwischen Cafeteria und Raucherecken hin und her wuselte, mit Halsketten und Armbändern klickerte oder Filmrollen aus den Lehrstudios schleppte.

Im Vorführsaal wurden allerdings genau wie vor sieben Jahren fröhlich Butch Cassidy und Sundance Kid* umgelegt, und wie damals kam aus dem dritten Stock Klavierklimpern: Die Schauspielklasse hatte Tanzunterricht.

Die Drehbuchschreiber waren immer noch im zweiten Stock und die Regisseure im ersten. Dorthin begab ich mich, um mich im Fakultätssekretariat über das pädagogische Schicksal Wolodka Tumanows zu informieren.

Innerhalb von zehn Minuten verschaffte mir ein welkes Fakultätswesen ausführliche Auskunft: Ja, Tumanow, Wladimir Alexandrowitsch, arbeitet als stellvertretender Kursleiter im dritten Studienjahr Regie; nein, tut mir leid, er ist jetzt nicht da, er ist nach Kolomna gefahren, zur Beerdigung eines Freundes.

Das war typisch Wolodka – zur Beerdigung eines Freundes zu fahren; ich wunderte mich kein bißchen darüber. Wolodka hatte immer ein ganz besonderes Verhältnis zum Tod gehabt. Er hielt sich stets in den ersten Reihen seiner Zeugen und Verehrer auf, immer schlich er sich zu nahe an

* Western mit Paul Newman und Robert Redford.

den Abgrund und lugte mit kindlicher Neugierde hinab. Die Anzahl unentdeckter Talente pro Quadratmeter auf dem Areal der Filmhochschule war absolut tödlich. Solche Konzentration führt zwangsläufig zu unkontrollierter Eruption von Gefühlen. Und denen, die dabei draufgingen, stand Wolodka treu zur Seite. Er sammelte Geld für das Begräbnis, kümmerte sich um die Trauerfeier und die ermüdenden Verhandlungen mit dem Leichenschauhaus und dem Leichentransport. Auch um den toten Iwan hatte er sich redlich bemüht. Und jetzt war er wieder mal zum Begräbnis eines Freundes gefahren. Nicht weiter verwunderlich, Wolodka saß immer im Vorzimmer des Todes.

Na ja, früher oder später wird er zurückkommen. Ich ließ mir seine Telefonnummer geben, für alle Fälle. Von Nostalgie getrieben, stieg ich in den dritten Stock und traf unerwartet auf jemanden, den ich hier am wenigsten erwartet hätte: Aus dem Männerklo, sich im Gehen die Hose zurechtziehend, kam Serga Kanigin. Nur mit Mühe konnte ich mich davor zurückhalten, mich ihm mit einem Aufschrei an den Hals zu werfen.

Serga hatte Malerei studiert, im gleichen Studienjahr wie Iwan, Nimotsi und ich, und war hoffnungslos in Aljona verliebt gewesen. Dabei war er der Nationalstolz des Mari-Volks, der Tscheremissen, er war der einzige Vertreter dieser traditionell heidnischen Kultur an der Filmhochschule.

Serga war ein ulkiger Typ, treu und ohne Arg. Alle skrupellosen, ordinären Moldawierinnen der Wirtschafts-Fakultät und berechnenden Tatarinnen der Regiefakultät nutzten seine Nachgiebigkeit aus. Ständig fuhr er zum Bahnhof, jemanden abholen oder hinbringen oder schleppte Säcke mit Äpfeln und Kartoffeln – eine ziemlich bedenkliche Angelegenheit für den kleinen Serga mit seinen Vogelknochen. »Mein Taschen-Rambo« nannte Aljona ihn zärtlich.

Er war ungeheuer schüchtern und schrecklich provinziell, alle coolen Liebhaber und Liebhaberinnen von Aljona kamen, um ihn sich anzuschauen, wie man eine bärtige Frau in einer Jahrmarktsbude anschaut. Aber Serga brauchte nur seinen thermonuklearen Selbstgebrannten zu trinken, mit dem ihn die Verwandten aus der fernen Heimat regelmäßig versorgten, und er rastete sofort aus. Bei so einem Wutausbruch hatte er Aljonas Panasonic-Fernsehgerät aus ihrem Fenster im zehnten Stock geworfen und einen Schaukelstuhl, den sie für gepfeffertes Geld auf dem Markt von Ismailowo gekauft hatte, gleich hinterher.

Wenn er seinen Rausch ausgeschlafen hatte, war Serga wieder sanft wie ein Lamm. Er kümmerte sich darum, daß das Schloß an Aljonas Zimmertür repariert wurde, das er in seinem Suff rausgerissen hatte, und lief los, um Brot zu besorgen, das im Wohnheim ständig knapp war. Aljona trug das Auf und Ab der Kaniginschen Gefühle mit gesunder Ironie. Sie brachte dem einfachen tscheremissischen Burschen so furchteinflößende Wörter wie »Fellatio« und »Promiskuität« bei und erzählte ihm von den Reizen gleichgeschlechtlicher Liebe. Aber Serga begriff gar nichts, obwohl er sich Mühe gab, auf dem laufenden zu sein. Er saß in Aljonas Zimmer, lehnte an der Wand und zeichnete Porträts seiner vergötterten Lesbe, was ihn allerdings nicht daran hinderte, sie im Zustand der Volltrunkenheit mit den übelsten Worten zu beschimpfen, von denen die subtilsten noch »dreckige Nutte« und »warme Stute« waren. Wenn er seinen Rausch dann ausgeschlafen hatte, war alles wieder beim alten. Neben seiner Streitlust zeichnete sich Serga, wie viele kleine Männer, durch extremen Ehrgeiz aus. Aus den Ferien brachte er immer einen Haufen von Artikeln über sein geliebtes Ego mit, die in der Presse der Regionalhauptstadt Wesschurga erschienen waren. In der Nähe von Wesschurga lag sein Heimatdörfchen, in dem er ein Nationalheld war, nicht weniger populär als Mutter Theresa in Kalkutta. Auf Aljona machten diese Artikel, geschrieben in einer grauenhaft schwülstigen, verquasten Sprache, natürlich nicht den geringsten Eindruck. Trotzdem blieb Serga immer ihr treuester Freund und ihr Tröster in jeder Liebeskrise.

Iwan und ich beobachteten diese verrückte Beziehung einige Jahre lang, und der unverbesserliche Optimist Iwan sagte ihr ein blutiges Ende voraus, in der Art von »Das Mädchen ohne Mitgift«* und »Dann kriegt dich keiner!« Aber es kam viel banaler. Serga machte sein Diplom mit einer Serie von Arbeiten über das finno-ugrische Volksepos »Kalewala« und bekam unerwartet eine Einladung nach Finnland. Dort verschwand er in der Versenkung. Ich vermutete, um sich von seiner verhängnisvollen, hoffnungslosen Leidenschaft zu Aljona zu befreien.

Und jetzt war er da, nur einige Meter von mir entfernt, und hatte sich überhaupt nicht verändert. Dieselben langen Haare mit dem geraden Scheitel à la junger Gorki. Dieselben schmalen, schrägstehenden Augen. Dieselbe spitze Nase und der chinesisch spärliche Bartwuchs auf dem Kinn. Von hinten sah Serga immer noch wie ein Halbwüchsiger aus.

Ich ging hinter ihm her wie an einer Schnur gezogen. Unsere Schritte klackten synchron in dem widerhallenden leeren Gang. Schließlich hielt es Serga nicht mehr aus und wandte sich um. Ganz automatisch lächelte ich ihn an, ohne an mein neues Gesicht zu denken. Ein freundschaftliches Lächeln, wie man eben einen Freund anlächelt, den man vor langer Zeit verloren und jetzt zufällig wiedergefunden hat. Dieses Lächeln brachte Serga in Verlegenheit.

»Wollen Sie zu mir?« fragte er und rieb sich die Nasenwurzel.

Es war zu spät, einen Rückzieher zu machen, außerdem wollte ich Serga schrecklich gern anfassen, er war doch ein Teil meiner Vergangenheit. Und alle übrigen Teile meiner Vergangenheit waren tot.

»Ich glaube, ja«, sagte ich und sah ihn gierig an.

»Worum geht es?« Serga verschlang mich buchstäblich mit den Augen: ein neues, aber einprägsames Gesicht, der Maler in ihm mußte das zu schätzen wissen.

»Sie sind nicht zufällig Sergej Kanigin?« platzte ich heraus.

* Theaterstück von Alexander Ostrowski.

»Zufällig ja«, antwortete Serga, neugierig geworden, und ich hätte vor Freude ersticken mögen; das war sein unverwüstlicher tscheremissischer Akzent, dieses kleine verräterische Detail, wie das südliche weiche ‚g' aus meinem früheren Leben.

»Ich bin eine Freundin von Aljona Gontscharowa.« Ich sagte das erste, was mir einfiel, ohne die Folgen zu bedenken. Die Erinnerung an Aljona fiel wie ein Wirbelwind über Serga her und warf ihn beinahe um. Gleichzeitig bemerkte ich in der Tiefe seiner tscheremissischen Schlitzaugen versteckte Eifersucht. Und da glaub einer nicht an die ewige Liebe!

»Und?« Er riß sich zusammen.

Auf diese Frage war ich vorbereitet.

»Erinnern Sie sich nicht an mich?« Das war eine plumpe Provokation, und Serga fiel prompt darauf herein: niemand mag es, wenn man ihn der Verkalkung überführt. Er gab irgendwelche undefinierbaren Laute von sich: M-m-n ... nja-m- ähh-m ... doch-doch ...

»Natürlich! Sie sind ...«

»Eva!« half ich ihm. »Wir haben uns kennengelernt, als Aljona nach Amerika abreiste.«

Damit ging ich auf Nummer Sicher. Am Anfang des fünften Studienjahres hatte Aljona eine Reise nach Amerika gemacht, um dort ihre Diplomarbeit über Marlene Dietrich zu schreiben, obwohl man das ganze Material genausogut aus der Unibibliothek hätte holen können. Damals wurde eine grandiose Fete veranstaltet, auf der Serga im vollen Glanze seiner heidnischen Wut auftrat und zwei amerikanische Mitglieder der Mun-Sekte verprügelte, mit denen Aljona oberflächlich bekannt war. Auch die Altistin Danilowa, eine wohlbeleibte Studentin am Konservatorium und potentielle Liebhaberin Aljonas, kriegte ihr Teil ab. Serga riß ihr ein Büschel Haare aus und brach ihr zwei Fingernägel der rechten Hand ab.

Folglich betrachtete er mich ohne jedes Mißtrauen.

»Und wie geht es Aljona?«

»Glänzend«, log ich, obwohl es mir furchtbar weh tat.

»Ist sie verheiratet?« fragte Serga düster.

»Nein.«

Er grunzte zufrieden – was zu beweisen war!

»Was macht sie denn so?«

»Schmeißt mit Geld um sich. Ich soll Ihnen einen Gruß bestellen, wenn ich Sie treffe.«

»Tun Sie das!«

Ich küßte ihn schnell auf die jugendlich nackte Wange. Serga war verdattert.

»Was ist das?«

»Das ist der Gruß. Eigentlich suche ich einen gewissen Wladimir Tumanow. Er unterrichtet hier an der Filmhochschule. Kennen Sie ihn zufällig?« Das war eine rein rhetorische Frage. Der zwar kleine, aber im betrunkenen Zustand tückische Serga hatte dem bulligen Tumanow im zweiten Studienjahr das Nasenbein gebrochen, bloß weil der sich erlaubt hatte, Aljona in den Hintern zu kneifen.

»Aber natürlich! Ich kenne ihn«, freute sich Serga. »Ich arbeite doch mit ihm zusammen! Ich bin Chefmaler in seiner Spelunke ...«

Das kam mir ja sehr gelegen! Ich mußte so viel wie möglich über Wolodkas heutiges Leben erfahren, bevor ich ihn traf.

»Vielleicht können Sie bei ihm ein Wort für mich einlegen?« sagte ich mit unschuldiger Stimme. »Da wir uns ja nun schon kennengelernt haben.«

»Tja ... Also, Sie sind Aljonas Freundin?« Plötzlich wurde er stutzig, wahrscheinlich erinnerte er sich an Aljonas sexuelle Orientierung.

Ich versuchte ihn zu beruhigen, eingedenk der bitteren Erfahrungen der Altistin Danilowa.

»Nur in allgemein menschlichem Sinn. Wir haben zusammen in einer Werbeagentur gearbeitet, und ich bin jetzt nach Moskau umgezogen.«

»Na, das ist eine traditionelle Untugend – nach Moskau umziehen.« Serga war mittlerweile die Güte selbst. Ich war nicht mehr seine Rivalin.

»Wenn du ein halbes Stündchen auf mich wartest, könnten wir einen nützlichen Abend miteinander verbringen. Sofern dich interessiert, was so in der Moskauer Szene abgeht.« In Sergas Blick war wieder kein Hintergedanke zu sehen. »Einverstanden?«

Ich wartete auf Serga in der Cafeteria, bei einem lauwarmen Gebräu, das die größenwahnsinnigen Mitarbeiterinnen der Hochschul-Cafeteria bar jeden Schamgefühls als Kaffee bezeichneten. Genau wie früher konnte man hier kleine Portionen Salat kaufen, und ich hatte das Gefühl, gleich müßten alle Helden meines alten, abgelaufenen Hochschulfilmes den Raum betreten: Iwan, Nimotsi und Aljona.

Aber statt dessen kam Serga in einer volkstümlichen Kunstlederjacke und einem präservativartigen Mützchen. Die vergangenen Jahre hatten ihm nichts anhaben können, obwohl sie sich Mühe gegeben hatten. Ich wurde das Gefühl nicht los, das alles schon einmal erlebt zu haben: daß der kleine Serga mich schon einmal genauso wie jetzt mit seiner schmalen Hand am Ellenbogen gehalten hatte. Er sah mich ganz genau an, aber nicht mit der versteckten Leidenschaft eines Mannes, der mit einer Frau schlafen will, sondern mit der versteckten Leidenschaft des Malers, der unerwartet ein interessantes Modell gefunden hat.

Wir verließen die Metro, um uns noch eine Weile im Bus durchschütteln zu lassen, dann kauften wir Kochwurst im Supermarkt – bei Serga haperte es schon immer an Phantasie und Herzensgröße. Endlich waren wir am Ziel unserer Reise, einem verrotteten Plattenbau, dem Zwillingsbruder meiner Niederlassung in Bibirjowo. Er wohnte im obersten, dem achten Stock, genau wie ich in meinem vergangenen Leben. Und genau wie dort funktionierte auch hier der Fahrstuhl nicht.

Schließlich waren wir in Sergas kleiner Einzimmerwohnung, die ihm nicht nur als Biwak diente, sondern auch als Atelier. Der Geruch frischer Ölfarbe stieg mir beißend in die Nase, und ich zwängte mich zaghaft in das schmale Zimmer, das vollgestopft war mit Bildern, die an den Wänden hingen oder lehnten. Serga sammelte im Vorbeigehen herumliegende Socken, Unterhosen und schmutzige Hemden auf. Um meine Verlegenheit etwas zu überspielen, schlüpfte ich in eine kleine Zelle, die man nur mit einer gehörigen Portion Phantasie als Küche bezeichnen konnte.

Im Ausguß döste das Geschirr mehrerer Tage ungewaschen vor sich hin, auf dem Tisch standen Lösungsmittel und Pinsel in Konservendosen. Und an allen Wänden Bilder, Skizzen, Studien, Mappen mit Entwürfen. Alles, was recht ist, in seinem Schaffen war Serga so fruchtbar wie ein Kaninchen bei der Arterhaltung.

Seine Malerei hatte schon an der Hochschule keinerlei Emotionen bei mir hervorgerufen, sie war schwerfällig, matt und wenig ausdrucksvoll. Aber im Zeichnen war er unvergleichlich. Er war ein Meister der Skizze und machte hervorragende Bleistiftporträts. Manchmal brauchte er nur zwei, drei Striche, um den Charakter eines Menschen zu erfassen.

An der Tür, die zerschlagenes Mattglas zierte, griff ich mir die nächstgelegene Mappe, begann sie durchzusehen – und setzte mich sofort auf den Rand eines Hockers, um nicht umzufallen: Die ganze Mappe war vollgestopft mit Szenen aus der Filmhochschule.

Aus unserer Filmhochschule.

Aljona war die Hauptperson, auf fast allen Skizzen war sie zu sehen: Aljona, aus der Dusche kommend, Aljona, auf dem Fensterbrett sitzend, Aljona, ein Buch lesend, Aljona mit einer Flasche Wodka, Aljona im Winter, Aljona im Sommer, Aljona während der Balz, Aljona mit Liebeskummer. Jedes Blatt war ausführlich beschriftet, Serga lockte offenbar nicht nur der Lorbeer des Malers, sondern auch der des Aphoristikers. Auf einer Studie von Aljona im Schaukelstuhl las ich: »Aljona sitzt nach Betrachten des Films ›Die hundertzwanzig Tage von Sodom‹ von P. P. Passolini im Schaukelstuhl und stellt Überlegungen an über die Männer, die Scheiße und die Vorhaut und darüber, daß man Teewasser aufsetzen muß. 17. April 1990.«

Ich fand einige Blätter mit Skizzen von Iwan, die ausgesprochen eloquente Bildunterschriften trugen: »Der Drehbuchschreiber Iwan polierte eben dem Neger Wonwassen die Fresse, weil dieser sich mißbilligend über die Politik der Sowjetunion im Nahen Osten geäußert hat. 9. Dezember 1989.« Der teerpappenschwarze Wonwassen war im selben Studienjahr mit Serga und füllte regelmäßig das halbe Wohnheim mit Alk ab. Auf einer weiteren Skizze stand: »Der Drehbuchschreiber Iwan verliert eine Flasche Wodka bei einer Wette mit dem Neger Wonwassen, wessen Schwanz länger ist, und äußert jetzt nicht zitierbare Flüche. 29. Oktober 1990.«

Die kleine Küche verschwamm vor meinen Augen, Tränen tropften auf die vergilbten Blätter mit den Skizzen von Iwan – vielleicht hatte ich ihn wirklich geliebt. Jetzt hatte ich jedenfalls nur den einen Wunsch: In die Skizzen hineinzukriechen und dort für immer zu bleiben.

Serga rettete mich vor diesem unbedachten Schritt, er erschien in der Küche.

»Das ist Aljona. Gut getroffen«, sagte ich so harmlos, wie es meine erschütterte Selbstbeherrschung mir erlaubte. »Ihr habt anscheinend eine phantastische Romanze miteinander gehabt, der Menge der Zeichnungen nach zu urteilen.«

»So was Ähnliches«, antwortete Serga ausweichend. »Was ist, essen wir?«

»Du bist hier zu Hause.«

Der Hausherr fegte die Konservendosen mit den Pinseln auf den Boden und wischte den Plastiktisch mit dem Hemdärmel ab. Auf die freigeräumte Fläche von zweifelhafter Sauberkeit baute er ein Stilleben aus der Wurst, einer halbleeren Dose Sprotten aus dem Kühlschrank, einem Glas mit Gurken und einer bauchigen Flasche mit trübem tschermissischem Selbstgebrannten.

»Wie es sich gehört: Auf unser Kennenlernen«, erklärte Serga schüchtern das Erscheinen der Flasche auf dem Tisch. »Wenn du nichts dagegen hast.«

»Aber nein«, sagte ich mutig.

»Eine von uns!« stellte Serga beifällig fest, kramte zwei Gläser aus dem Spülbecken und goß ein.

»Kann ich mir die Hände waschen?«

»Klar.« Serga war ein bißchen erstaunt über meinen unmotivierten Hang zur Sauberkeit. »Ich begleite dich und zeige dir schnell den sonstigen Komfort.«

Im Bad hing ein Porträt von Aljona, in Öl. Die Oberfläche des Bildes war bedeckt von langen, narbenähnlichen Kerben.

»War das ein Geisteskranker?« fragte ich Serga, der neben mir stand, in der Hand ein Handtuch von zweifelhafter Frische.

»So was Ähnliches«, bekannte er zerknirscht. »Jedesmal, wenn ich mich betrinke, schneide ich es mit dem Messer in Stücke. Wenn ich wieder nüchtern bin, klebe ich die Leinwand von hinten zusammen. So lebe ich. Aljona ist ein Miststück. Na, gut, gehen wir trinken.«

Vierzig Minuten später hatte sich Serga gründlich besoffen, und ich wußte fast alles, was ich erfahren wollte. Tumanow, wenn man Sergas Erzählungen glauben durfte, betrieb eine kleine Modelagentur in einem neuen Schickimicki Nachtklub. Er befaßte sich mit der Organisation dubioser Shows – »Miss Busen«, »Miss Po«, »Miss Schenkel« und so weiter. Serga war in dieser Agentur als Maler beschäftigt. Er war auch für die Gestaltung der Wettbewerbe zuständig.

Wir siedelten um ins Zimmer, dort zeigte mir Serga seine letzten Arbeiten, alles, was er jetzt machte: Gestaltung der Wettbewerbe, Skizzen, Studien. Ich blätterte zerstreut die Zeichnungen durch, Scharen mir unbekannter langbeiniger Mädchen, und hörte ihm mit halbem Ohr zu. Der Selbstgebrannte hatte ihn inzwischen in Rage gebracht: »Ich sitze wie eine Eule in dieser Bruchbude, zwischen stinkenden Socken; Moskau ist Mist; die Arbeit ist Mist und nichts wert; die Weiber sind Mist, nichts wert und Nutten; Tumanow ist Mist, nichts wert, eine Nutte und ein Zuhälter.«

»Ein Zuhälter?« fragte ich.

»Bildhaft ausgedrückt. Weißt du nicht, was Konsumatija

ist? Das ist, wenn man unsere Frauen nimmt und sie in alle möglichen Bars verfrachtet, holländische, belgische, griechische. Genaugenommen, in die Türkei, aber das spielt ja keine Rolle. Also, Wolodka ist Lieferant solcher Stripteasetänzerinnen, er hat richtig Geld damit gemacht, während die anderen noch mit den Ohren wackelten und mit Transparenten über den Roten Platz zogen: ›Verbietet die kommunistische Partei.‹ Verdammte Scheiße.«

»Was du nicht sagst!«

»Bloß – sch-sch!« Serga legte den Finger auf den Mund, er war vollkommen blau. »Jetzt ist er ganz oben, liefert den reichen Säcken Mädchen, weißt du, die, die sich bei »Miss Busen« und so abstrampeln. Mich kotzt das alles an, ich kann nicht mehr.«

»Hör mal, Serga, ich brauche echt einen Job, und in Moskau kenne ich niemanden. Vielleicht erzählst du Tumanow von mir und stellst mich als gute Bekannte vor?«

»Vielleicht. Wenn ...« Serga streckte seine schmale Hand nach mir aus.

Ich saß bewegungslos und sah zu, wie Sergas Hand meinen Hals befingerte.

»Du bist auch so ein Miststück«, konstatierte er auf einmal. »Genauso ein Miststück wie diese verdammte Aljona.«

»Ich würde nicht so voreilige Schlüsse ziehen.«

»Und was sitzt du da und rührst dich nicht und läßt dich befummeln?« kicherte Serga betrunken.

»Noch fummelst du nicht«, bemerkte ich sachlich. »Wenn du anfängst an mir rumzufummeln, kriegst du eins in die Eier.«

»Ihr seid alle gleich. Dieses Petersburger Miststück auch. Die hat meine Seele total zerfressen, wie Motten ...« Er brach mitten im Satz ab, sein Kopf fiel auf die Brust, und im nächsten Moment schnarchte er schon friedlich.

Ich sah mir weiter die Bleistiftskizzen an. Die jüngsten stammten von Anfang des Sommers.

Tumanow war deutlich erkennbar, nur das Kinn und die

Zahl der Verehrerinnen waren jetzt umfangreicher. Jedenfalls sah es auf dem kräftigen Zeichenkarton so aus. Irgendwie erinnerten mich diese schnellen, ein wenig naiven Striche an Toulouse-Lautrec. Serga hatte wirklich Talent.

Ich sah noch einige Blätter durch und erstarrte: Auf einer Skizze erkannte ich neben Wolodka Alexander Anatoljewitsch, den Typen, dem ich meine Drehbücher gegeben hatte. Alexander Anatoljewitsch war mit wenigen knappen und leidenschaftslosen Strichen erfaßt, aber er war es ohne Zweifel, dieselben deformierten Boxerohren und der Kopf mit dem strengen Igelschnitt.

Das war ein Glück!

Prima, Serga, jetzt paßt alles zusammen. Unter der Skizze stand: Mai. Nimotsi war im Juni nach Moskau gekommen.

Ich wendete mich verstohlen zu dem schlafenden Serga um. Er lag auf der Seite, den Mund geöffnet. Die rechte Hand war unbequem unter den Körper geklemmt, die Socken runtergerutscht, man sah die dünnen, sehnigen Fußgelenke, an denen nicht ein Haar wuchs.

Ich sammelte alle Skizzen ein, die mit Tumanow und seinem Nachtclub zu tun hatten und steckte sie in meine Tasche, schloß die Mappe wieder und stellte sie hinter die anderen. Sergas umfangreiche schöpferische Produktion gestattete die Hoffnung, daß er sie nicht so bald vermissen würde.

Auf dem Fußboden neben dem Sofa fand ich ein Plaid, damit deckte ich Serga zu und schloß vorsichtig die Zimmertür.

Dann saß ich eine Weile in der Küche und hörte dem tropfenden Wasserhahn im Bad zu.

Die Versuchung war riesengroß, die Skizzen von Iwan ebenfalls mitzunehmen. Aber ich tat es nicht, ich hatte kein Recht dazu. Das war nicht meine Sicht auf Iwan, sollte er in den verstaubten Mappen Sergas bleiben und für alle Ewigkeit fürchterlich fluchen, weil er die Flasche Wodka verloren hat.

Ich lächelte – das war genau Iwans Art.

Dann schob ich die Reste des gastlichen Abendessens im tschermissischen Stil an den Rand des Tisches, nahm ein Blatt Papier und schrieb:

»Danke für den wunderbaren Abend. Es war sehr amüsant. Ich warte mit Ungeduld auf Deinen Anruf. Die Bilder sind großartig, bin bereit, als Modell anzutreten. Kuß. Eva.«

Darunter setzte ich meine Telefonnummer und lehnte den Zettel an die große Flasche mit dem Selbstgebrannten; da konnte Serga ihn nicht übersehen.

Zu Hause, kaum hatte ich mich ausgezogen und ein Aspirin geschluckt – der tschermissische Schnaps forderte seinen Tribut -, machte ich es mir auf der Liege bequem und breitete Kanigins Skizzen vor mir aus. Jetzt hatte ich Zeit, sie im Detail zu untersuchen.

Tumanow und seine Mädchen legte ich gleich zur Seite, sie interessierten mich nicht. Weitaus spannender waren die Zeichnungen mit Tumanows Kumpanen. Selbstredend waren die meisten von ihnen rein zufällig vor den Bleistift geraten, sagte ich mir. Für Serga war das Zeichnen ein bedingter Reflex, er zeichnete wahllos alles, was in sein Gesichtsfeld geriet. Aber diese zufälligen Objekte verdienten einige Aufmerksamkeit. Ich zählte im ganzen zehn verschiedene Männerköpfe.

Als ständige Begleiter Tumanows machte ich vier von den zehn aus – diejenigen, die auf den Skizzen wenigstens zweimal anzutreffen waren -, ich nannte sie »Corps de ballet«. Am glücklichsten traf es Alexander Anatoljewitsch, er war dreimal verewigt.

Der Plan, den ich ausarbeitete, war primitiv, aber eine andere Möglichkeit sah ich nicht. Serga war mir genau im richtigen Moment vor die Füße gelaufen. Er wird meine Visitenkarte, der Schlüssel, der mir die Tür in die zwielichtige Welt Wolodka Tumanows öffnet. Ich brauchte jetzt nur eins tun: getreulich die Rolle der begeisterten Provinzlerin zu spielen, die zu allem bereit ist, um in dem Hexenkessel Moskau Fuß zu fassen. Dieser Weg war der leichteste, er gab keinen Raum für Mißtrauen. Was bleibt einem pfiffigen und hübschen Mädchen schließlich anderes übrig?!

Ich war sicher, daß Serga mich anrufen würde. Erstens hatte er schon in der Filmhochschule den Hang gehabt, sich ständig zu entschuldigen, das war sein spezielles »Katersyndrom« und hatte bei ihm in etwa die Funktion von Gurkenlake nach einem Besäufnis. Er klapperte systematisch alle ab, denen er in der Phase alkoholischer Unzurechnungsfähigkeit auf den Schlips getreten war und entschuldigte sich zerknirscht. Er beruhigte sich erst, wenn die Opfer seiner Heldentaten des Wortes oder der Faust endlich entnervt aufstöhnten: »Alles in Ordnung, Alter. Geh mit Gott!«

Zweitens war ich irgendwie mit Aljona verbunden. Seine hoffnungslose Leidenschaft zu ihr war noch nicht überwunden, die Narben auf der Leinwand wirkten eher wie leidenschaftliche Küsse.

Zunächst mußte ich mich jedoch in Geduld fassen und auf Kanigins Anruf warten. Die beste Gelegenheit, Sirins Höhle einen Besuch abzustatten. An einen Erfolg glaubte ich kaum – Sirin war ein Profi -, aber einen Versuch war es wert. Und die Sache war verlockend einfach. Die Adresse stand deutlich lesbar in seinem Paß, ich brauchte nur hinzufahren und die Tür aufzuschließen.

Ich nahm mir vor, den nächsten Tag dieser Exkursion zu Sirins Hausgeistern zu widmen, solange Serga noch damit zu tun hatte, seinen Kater mit dicken Wurstscheiben und Gurkenlake zu kurieren.

Ich machte mir eine Liste, auf der ich alles notierte, was mich interessieren könnte, um vor Ort keine Zeit mit unnötiger Sucherei zu verlieren – Notizbücher, Fotos, Kassetten, aller möglicher Bürokram, in dem Informationen über Sirin enthalten sein konnten.

Es war wohl das beste, spätabends hinzugehen. Der Adresse nach lag die Wohnung in einem Arbeiterbezirk, und unsere Arbeiter sitzen abends am liebsten zu Hause, trinken Wodka und bumsen zwischendurch ihre aufgeschwemmten Frauen. Sie haben keine Mastino-Neapolitano-Rüden, die man kurz vor Mitternacht Gassi führen muß, und ihre Kinder rauben vorzugsweise am anderen Ende der Stadt Kioske aus.

Ich schrieb Sirins Adresse auf ein Blatt Papier und verbrannte den Paß in dem Malachitaschenbecher – ein überflüssiges Indiz. Venkas Armband war mir eine Lehre gewesen.

Ich warf die Schlüssel von Sirins Wohnung in den Rucksack und legte auch ein Paar Handschuhe dazu. Früher oder später würde Sirins Wohnung geöffnet werden, und ich hatte absolut keine Lust, dort die Visitenkarte meiner Fingerabdrücke zu hinterlassen.

Um halb zwölf war ich in Tekstilstschiki, einem der trostlosesten Moskauer Bezirke. Vielstöckige Plattenbauten, zweitklassige Wohnhäuser aus der Stalin- und Chrustschow-Ära wechselten sich ab mit verfallenen Lagerhallen und verlassenen Betrieben hinter langen Betonzäunen.

Ich fand ziemlich schnell – und ohne fremde Hilfe – Sirins Haus, einen fünfstöckigen grauen Ziegelbau. Sirins Wohnung lag auf der vorletzten Etage, ich stieg hinauf, ohne jemandem zu begegnen.

Einige Sekunden stand ich unschlüssig vor der Tür mit der Nummer 41. Sie befand sich an der Stirnseite des Treppenabsatzes. Zum Glück gab es in den Türen der Nachbarwohnungen keinen Spion, durch den man mich hätte sehen können. Ich hob die Hand und drückte auf den Klingelknopf. In der Tiefe der Wohnung ertönte ein melodisches Läuten. Ich hielt den Knopf fast eine Minute lang fest, dann steckte ich den Schlüssel ins Schloß. Der erste Schlüssel aus Sirins Bund paßte, ich nahm das als gutes Zeichen. Die Tür öffnete sich lautlos, ich stieß sie auf, huschte ins Innere und ließ mich erschöpft auf den Boden sinken: Nein, Einbrechen ist nicht mein Fach. Ich blieb sitzen, bis meine Augen sich an die Dunkelheit gewöhnt hatten. Die ungefähre Aufteilung der Wohnung kannte ich: links das Schlafzimmer, rechts die Küche, in der Mitte ein großes Zimmer, daß verschämt mit der pseudowestlichen Bezeichnung »Wohnzimmer« kokettierte. Auf dem Boden im Flur lagen rechteckig Lichtflecken, wahrscheinlich leuchtete eine starke Straßenlaterne direkt in die Fenster von Sirins Wohnung.

Ich beschloß, mit dem großen Zimmer anzufangen, dessen Tür direkt vor mir war. Ich zog die schweren staubigen Vorhänge zu, ging zurück zur Tür, tastete nach dem Lichtschalter und schaltete das Licht an.

Eine Schlafcouch mit einer absurden Stehlampe am Kopfende. Der eingestaubte Schirm der Stehlampe war behängt mit einer Unmenge verschiedenartigster Glöckchen, offensichtlich waren Sirin die sentimentalen Freuden des Sammlers nicht fremd gewesen. Am Fenster stand ein Schreibtisch, darauf eine abgedeckte Schreibmaschine.

Die der Couch gegenüberliegende Wand wurde von Bücherregalen eingenommen, grob zusammengezimmerte Gestelle, die vom Boden bis zur Decke reichten. Zwei tiefe Ledersessel und ein Zeitungstischchen mit einem sauberen Aschenbecher darauf vervollständigten die Einrichtung.

Sirins Bibliothek verblüffte mich dermaßen, daß ich im ersten Moment vergaß, weshalb ich hergekommen war. Alle Bände waren pedantisch nach Rubriken geordnet, offensichtlich war Sirin nicht nur in der Frage der Mietzahlungen ein Ordnungsfanatiker gewesen. In der Mitte ein ganzes Massiv mit Spezialliteratur – Bücher über fernöstliche Kampfsportarten und Waffengattungen, Erlebnisberichte von den großen kriegerischen Operationen der letzten zehn Jahre, mehrbändige Werke über die Weltkriege und andere militärische Konflikte. Gesondert standen fremdsprachige Originalausgaben und Nachschlagewerke. Sirin hatte sie in die Abteilungen FSB, CIA, Mossad und Intelligent Service geordnet. Auf der anderen Seite Biographien von Lao-Tse, Machiavelli, Bismarck, Churchill, Stalin und Hitler. Einige Regalfächer waren von den russischen Klassikern belegt, und ganz außen drückte sich eine Sammlung von billigen Spionageromanen herum. Die Bibliothek einer Pädagogischen Hochschule irgendwo hinter dem

Bergrücken des Ural würde die Hände ringen und heulen vor Neid.

Beim Überfliegen der Regale fand ich auch ein wenig Lyrik, anscheinend hatte Sirin eine moralische Ader. Vermutlich hatte er in der freien Zeit zwischen zwei Auftragsmorden seinem Neffen Vlas Verse von Baudelaire und Omar Chajjâm rezitiert. Zwischen Zwetajewa und Annenski entdeckte ich ein dünnes Bändchen mit Gedichten von Junna Moriz. Genau das gleiche Büchlein hatte Iwan mir im »Haus des Buches« am Neuen Arbat als Geburtstagsgeschenk geklaut.

Ich ließ das Buch in meinem Rucksack verschwinden. Ihm folgte eine imposante Monographie mit dem Titel »Schußwaffen«; man weiß ja nie, in einem Haushalt kann man alles brauchen.

Während ich die Bücher verstaute, machte ich mir Vorwürfe. Komm zu dir, Eva, deshalb bist du nicht hier!

Ich begann zu überlegen: Als erstes sollte ich mir den Schreibtisch vornehmen, das war der naheliegendste Aufbewahrungsort für das, was ich suchte. Aber meine Bemühungen blieben erfolglos: eine Schachtel mit Mietquittungen, sauber angespitzte Bleistifte, Büroklammern, Notizblöcke mit leeren Blättern, alles in vorbildlichster Ordnung. In der untersten Schublade fand ich ein paar Manuskripte. Beim flüchtigen Durchblättern stellte ich fest, daß Sirin sich ernsthaft für die Geschichte des Ersten Weltkrieges interessiert und sogar einen kleinen Text über die Schlacht bei Verdun 1916 verfaßt hatte.

Aber sonst nichts.

Weder Notizbücher noch alte Postkarten zu Neujahr oder zum Tag der Sowjetarmee, noch Briefe von den Verwandten auf dem Land – nichts, was auch irgendwie auf Sirins Privatleben hinwies.

In einer Schachtel mit der Aufschrift »Dokumente« fand ich nichts weiter als das Reifezeugnis, einen abgewetzten Blechrhombus – die Abschlußplakette irgendeiner technischen Hochschule -, eine Scheidungsurkunde von der

Bürgerin Filippowa und eine Gebrauchsanweisung für den Kühlschrank »Dnepr«.

Beim Durchstöbern dieser nutzlosen Papiere wurde ich den Gedanken nicht los, daß hinter all dem Absicht steckte, als hätte Sirin in seiner Abwesenheit ungebetene Gäste erwartet und sich schon im voraus über sie lustig gemacht.

Dann durchsuchte ich den Fernsehtisch. Hier hatte ich Glück – zwischen dem Karton eines »Ross«-Mixers und einem Schachbrett fand ich eine Plastiktüte mit Fotos.

Ich machte es mir auf dem Teppich bequem und begann geduldig die Fotos durchzuschauen. Die meisten der Aufnahmen stammten aus den sechziger und siebziger Jahren: gerade Schultern bei den Frauenkleidern, weiße Herrenanzüge aus Leinen.

Aus dem ganzen Berg von nichtssagenden Bildern betrachtete ich mir nur das Hochzeitsfoto genauer: Der junge Lenonid Drondin und die junge Vera Filippowa lächeln brav ins Objektiv, das Gespenst der Scheidung ist noch fern. Dieses Foto war als einziges beschriftet: »Da Vera eine Allergie gegen Waschmittel hat, verpflichte ich mich, Socken, Unterhosen und Hemden bis in alle Ewigkeit selbst zu waschen. Leonid Drondin.« Datum. Unterschrift.

Eine Allergie, sehr nett. Wahrscheinlich hatte Sirin irgendwann die Nase randvoll vom Waschen seiner Socken und Unterhosen. Das dürfte wohl der Scheidungsgrund gewesen sein.

Außer diesem intimen Familienkram gab es noch einige offizielle Fotos: Sirin auf einer Konferenz, mit den Schulterstücken eines Oberleutnants, Sirin auf einem Bankett, mit den Schulterstücken eines Majors. Sirin ohne Schulterstücke und praktisch ohne Bekleidung – wenn man von dem volkstümlichen Satinturnhöschen absah, das das Wichtigste dezent bedeckte – beim Schaschlik, im Kreise einer außerordentlich männlichen Gesellschaft.

Prächtig, prächtig! Ich legte die Fotos in die Plastiktüte zurück und versenkte das Ganze im Innern des Fernsehschränkchens. Jetzt blieb mir noch eine letzte Hoffnung –

das Schlafzimmer. Aber ich wußte, daß ich dort nichts finden würde.

Ich war schon an der Tür, als mich ein plötzlicher Gedanke wie ein Blitzschlag traf – das letzte Foto, die Satinhöschen! Ich rannte Hals über Kopf zum Fernsehschränkchen zurück, kramte die Tüte hervor und suchte das Foto mit der Schaschlik-Gesellschaft.

Inmitten der Runde halbnackter Männer stand Alexander Anatoljewitsch! Natürlich, das war er: ungefähr fünfzehn Jahre jünger, die Ohren noch nicht zerdrückt, aber schon mit kurzem Igelschnitt. Ich konnte mich nicht täuschen.

Sirins Freund, der ihn am Abend vor dem Mord angerufen hatte, der ehemalige Kollege vom FSB oder vom KGB. Die Männer auf dem Foto waren sich unglaublich ähnlich, alle trugen den gleichen funktionellen Haarschnitt, militärisch streng. Nur Kollegen konnten als so einträchtige Truppe zum Schaschlik-Essen fahren.

Das war zweifellos ein Glücksfall, wegen dieser einen Fotografie hatte es sich gelohnt, herzukommen. Das erlaubte mir wenigstens eine Vermutung über den Auftraggeber der Morde an Nimotsi und Venka. Die Schnelligkeit, mit der Sirin den Auftrag ausgeführt hatte, die Schnelligkeit, mit der Alexander Anatoljewitsch mit Sirin Verbindung aufgenommen hatte, das ließ auf eine innige Freundschaft schließen. Es war durchaus möglich, daß Alexander Anatoljewitsch Sirin noch einen weiteren Auftrag erteilt hatte.

Ich steckte das Foto in den Band von Junna Moriz, für alle Fälle, die anderen legte ich zurück an ihren Platz. Ich sah mich noch einmal gründlich um, ob irgendwelche Spuren meines Aufenthalts zurückgeblieben waren, dann löschte ich das Licht im Zimmer und huschte in den Flur. Ich überlegte unschlüssig, ob es sich lohne, doch noch das Schlafzimmer aufzusuchen, sicher würde ich dort nichts finden, außer einem Stich mit einer einsamen Birke darauf, einen ordentlich gestapelten Stoß Wäsche und ein zugedecktes Bett.

Vorsichtig öffnete ich die Wohnungstür, aber nach draußen kam ich nicht mehr.

Die Tür flog mit einem Krachen auf, ein donnernder Schlag warf mich zu Boden. Meine Nase erwies sich als ziemlich empfindlich, das Blut schoß in einer Fontäne heraus. Es schmeckte salzig und überraschenderweise ein wenig wie die Sojasoße, mit der in fernen Hochschulzeiten unser chinesischer Bekannter Li Iwan und mich bewirtet hatte.

Während ich mich mit meinen diffusen Empfindungen auseinandersetzte, knackte direkt neben meinem Kopf der Verschluß einer MPi. Dann sah ich vor mir hohe Schnürstiefel – zuerst ein Paar, dann zwei weitere Paare. Man drehte mir geschickt die Hände auf den Rücken, und die Handschellen schnappten zu. Ich kam mir vor wie in einem Fantasyfilm, meine Handgelenke waren jedenfalls nicht bereit, zu akzeptieren, was mit ihnen passierte. Es folgte ein heftiger Tritt in den Unterleib, und bevor der Schmerz wie eine verstimmte Saite in meinem Kopf summte, dachte ich: Ein Glück, daß du kein Mann bist, sonst wären deine Zeugungsorgane jetzt im Eimer.

»Hinlegen!« brüllte das erste Stiefelpaar, während die zwei anderen blitzartig mit heiseren Schreien «Miliz! Alle auf den Boden und Hände hinter den Kopf!« durch die leere Wohnung rasten.

Die Wohnung allerdings schwieg unnahbar, und nach einigen Minuten, vielleicht auch nur Sekunden, kamen die Polizisten zu mir zurück.

Einer durchsuchte meinen mageren Rucksack.

»Ziemlich spärlich!«

Ich drehte vorsichtig meinen Kopf zu den erregten Stimmen, denen man den Verdruß von Jagdhunden anmerkte, die den Fuchs nicht erwischt haben.

»Heb ihn hoch«, sagte einer der Milizionäre.

Ich wurde vom Boden hochgerissen wie eine leichte Luftmatratze, ein Strom von Blut aus meiner Nase ergoß sich über meine Jacke, und ich war insgeheim froh, daß ich zu dieser riskanten Veranstaltung nicht meinen stilvollen neuen Mantel angezogen hatte.

Vor mir standen drei Milizionäre, die Maschinenpistolen im Anschlag, einer von ihnen hielt mich am Kragen fest. Alle drei hatten die entschlossenen Gesichter von Kämpfern gegen die organisierte Kriminalität.

»Guten Abend«, platzte ich heraus und spuckte Blut.

»Das ist ja ein Weib«, pfiff einer der Ordnungshüter.

Ich sah meine Peiniger würdevoll an, soweit meine zerschlagene Physiognomie es mir erlaubte.

Auf dem Treppenabsatz versammelten sich inzwischen die Anwohner, von dem Lärm und abartigen Geschrei angelockt wie Piranhas vom Geruch frischen Blutes.

Einer der Milizionäre beschäftigte sich mit den potentiellen Zeugen, einer nachtaktiven Alten in Filzpantoffeln und ihrem hochaufgeschossenen bebrillten Enkel.

»Kennen Sie die?«

Die Zeugen lieferten mich sofort ans Messer: Nie gesehen, nie gehört; hier wohnt ein Mann, ein sehr intelligenter Mensch. Er ist oft auf Geschäftsreise, und die Wohnung ist mit einer Alarmanlage ausgestattet.

Der Profikiller Sirin hatte also nicht nur seine Rechnungen pünktlich bezahlt, sondern auch noch seine Wohnung mit einer Alarmschaltung versehen!

Dieser Gedanke schien mir so absurd, daß ich anfing zu lachen, erst leise, aber dann immer lauter und lauter. Das brachte die Milizionäre reichlich in Verwirrung; der, der mich festhielt, lockerte vor Verblüffung seinen Griff.

»Was ist mit der los?« fragte er.

»Das siehst du doch, der Schock. Wisch ihr mal die Fresse ab!«

Mein lachender Mund wurde mit einem schmutzigen Lappen abgewischt, den man gleich hier zwischen Sirins ordentlich aufgereihten Schuhen gefunden hatte. Wahrscheinlich besaß keiner der Milizionäre ein Taschentuch, oder sie konnten sich nicht überwinden, es an einer jämmerlichen Einbrecherin einzusauen.

«Sie hat die Tür mit dem Schlüssel geöffnet«, sagte ein Milizionär, der das Schloß begutachtete.

»Natürlich mit dem Schlüssel. Womit denn sonst«, erwiderte ich verwirrt. »Hätten Sie doch geklingelt, bevor Sie zuschlagen. Ich hätte Ihnen aufgemacht.« Meine zerschundenen Lippen wollten mir nicht gehorchen, aber meine Stimme verriet mich. Ich spottete so offensichtlich, daß in den kurzgeschorenen Köpfen der Milizionäre Zweifel aufkeimten.

»Bist du die Wohnungsinhaberin?« fragte mich der Einsatzleiter.

»Ich bin eine Bekannte vom Neffen des Wohnungsinhabers«, plapperte ich drauflos. »Er hat mich gebeten, ein Buch zu holen. Er konnte nicht selber kommen. Da hat er mir die Schlüssel gegeben.«

»Und du wußtest nicht, daß die Wohnung eine Alarmschaltung hat?«

»Hab nicht dran gedacht. Er hat mir irgendwas gesagt, aber es war mir entfallen.« Ich blieb auf meiner Linie. »Wofür halten Sie mich eigentlich?« erkundigte ich mich frech. Zu frech, um sie das ungestraft hinnehmen zu lassen.

»Bestimmt nicht für Clara Zetkin, das ist schon mal klar«, spottete der Einsatzleiter. »Gib uns die Telefonnummer von diesem Neffen, er soll herkommen, dann klären wir das gleich.«

Jetzt haben sie dich.

»Also?«

»Er hat kein Telefon.«

»Die Adresse.«

»Die kenne ich nicht so genau. Irgendwo in der Stretenka. Wir wollten uns morgen treffen. Könnten Sie mir nicht die Handschellen abnehmen, das ist doch lächerlich, meine Güte.«

Ein Milizionär mit einem fast fraulichen Muttermal über der Oberlippe sah den Einsatzleiter fragend an.

»Nimm sie ihr ab«, sagte der. »Sie soll sich waschen, sonst

sagt man uns noch nach, wir würden ehrlichen Bürgern die Fassade verhunzen.«

Die Handschellen wurden mir abgenommen. Ich rieb meine eingeschlafenen Hände. »Gute Handschuhe«, stellte plötzlich der Einsatzleiter interessiert fest. »Ist dir nicht zu warm da damit?«

»Der Winter steht vor der Tür«, sagte ich und versuchte Ruhe zu bewahren. »Oder wollen Sie, daß ich im Bikini rumlaufe?«

»Ich frage, ob es dir in der Wohnung mit den Handschuhen nicht zu warm ist?«

»Ich hatte gerade vor, zu gehen.«

»Na gut, geh mal und wasch dich. Du kommst mit aufs Revier, wir nehmen deine Personalien auf.«

Ich wusch mein Gesicht lange und sorgfältig, obwohl mir klar war, daß es ganz sinnlos war, Zeit schinden zu wollen.

Durch die halbgeöffnete Tür hörte ich, wie der Einsatzleiter Befehle gab.

»Ruf mal die Zentrale und gib Entwarnung. Mir gefallen diese Onkel und ihre Neffen nicht. Und sag dieser Göre, sie soll sich beeilen, das ist keine Sauna hier.«

Flankiert von den Milizionären, ging ich nach unten, wo der Streifenwagen schon auf mich wartete.

Diese Ereignisse waren zweifellos eine Bereicherung für den trostlosen späten Abend des Hofes: Fast in allen Fenstern des Aufgangs brannte Licht, und unsere Gruppe wurde in respektvollem Abstand von Schwärmen Neugieriger begleitet, wie eine alternde Schauspielerin von den gelichteten Reihen ihrer Verehrer. Bloß Applaus kriegte ich keinen, man stieß mich schweigend und ziemlich respektlos in das Auto.

Während wir über die schlecht beleuchteten Straßen von Tekstilstschiki holperten, erfuhr ich viel Interessantes aus dem Privatleben meiner Eskorte.

Eingezwängt zwischen den unsportlichen Körpern der Milizionäre, lauschte ich ergeben ihrem belanglosen Gequassel. Nach kaum fünf Minuten hatte ich raus, daß einer von ihnen Mika hieß und der zweite, der mit dem Muttermal über der Oberlippe, Koka.

Der Einsatzleiter, der vorn saß, schwieg.

Mikas Frau hatte vor einem Monat eine Abtreibung gehabt, es waren postoperative Komplikationen aufgetreten, und Mika verfluchte unermüdlich die Medizin, die staatliche wie die private. Koka gedachte einer Verwandten aus Aprelewka, die Geld für die ausschweifende jüngere Schwester aus ihm heraussaugte, die an irgendeiner privaten Hochschule studieren wollte.

Ich klammerte mich an diese fremden Biographien, die für mich keine Bedeutung hatten, an diese fremden Worte und fremden Namen, nur weil ich Angst hatte, mit meinem neuen Problem allein zu bleiben.

Was machst du jetzt, mein Täubchen? fragte ich mich.

»Die Kleine ist gar nicht übel«, sagte plötzlich der Einsatzleiter, mich im Spiegel betrachtend; ich sah seine Augen, die gesichtslos im silbernen Glas schwammen, schmal und gefährlich, wie die Klinge eines Messers. »Gefällt sie dir, Koka?«

»Ne-ein«, sagte Koka.

»Und was für welche gefallen dir?«

»Solche, die näher am Zentrum wohnen.«

Alle außer mir lachten. Der schlichte Humor von Provinzmännern.

Also, wozu hatte ich diese verdammten Handschuhe an?

Aber es ging nicht um die Handschuhe, das war mir völlig klar. Das Problem lag ganz woanders – ich war aufgeflogen. Von dieser Erkenntnis brach mir der Schweiß aus, so heftig, daß ich erschrak: Er mußte durch die Jacke durchsickern.

Sie bringen dich aufs Revier, um die Personalien aufzunehmen.

Und ganz egal, als was du dich ausgibst, als Geliebte von Sirins Neffen, als Lebensgefährtin von Sirin selbst – den Paß auf den Tisch, bitte sehr!

Über das Weitere wollte ich nicht nachdenken. Sie überprüfen den Paß, und Eva Apostoli, die bis dahin fest auf ihren Beinen stand, verwandelt sich in eine Chimäre, in ein unbekanntes Flugobjekt.

Ich verfluchte mich selber für meine Unvorsichtigkeit und Sirin für seine Vorsicht, die mir diese ekelhafte Überraschung beschert hatte. Freilich, das mußte man Sirin lassen: Auch als Toter kriegte er mich noch am Kragen.

Ich hatte keine Ahnung, was ich jetzt tun sollte – den Mund halten oder alles erzählen. Das eine war so fatal wie das andere. Der Teufel hatte mich das ausquatschen lassen mit dem Neffen Sirins und der Stretenka. Wenn ich ihn nicht herbringe, dann erscheinen alle meine Erklärungen zumindest seltsam. Und die Schlüssel, mit denen ich die Tür geöffnet habe, woher hatte ich die?

Das Auto schaukelte heftig in einer Kurve, und der stämmige Koka fiel gegen mich. Er rückte nur ungern von mir ab und entschuldigte sich nicht einmal. Und was, wenn ich ihnen einen Handel vorschlage, einen schmutzigen Handel, dachte ich plötzlich schamlos. Letzten Endes sind es nur ein paar junge Typen. Besorg's ihnen allen dreien und dem Fahrer noch dazu, und zum Teufel mit ihnen – im Tausch gegen die Freiheit.

»Das ist ja schon Gruppensex, mein Herzchen!« staunte Iwan. »Bist du etwa fähig zu solchen Sachen?«

Fähig, fähig, und wie fähig! So was macht mir erheblich weniger Angst als die Möglichkeit, entlarvt zu werden. Und daß solche Sachen vorkommen, wußte ich aus den halbvergessenen Erzählungen des Kriminaljournalisten Farik.

Ich war drauf und dran, verführerisch loszuzwitschern, als mich wieder die Augen des Einsatzleiters im Rückspiegel fanden. Oh-oh, du bist kein einfaches Mädchen, sagten sie, das wird ein Vergnügen werden, dich zu knacken. Hol mich der Teufel, solche Männeraugen habe ich immer gefürchtet. Sie sagen dir einmal seelenruhig »ja«, nur um dann dreimal »nein« zu sagen.

Kein Geschäft zu machen, sagten die Augen im Spiegel.

Alles klar. Das brauche ich gar nicht erst zu versuchen.

Koka und Mika redeten ihren Vorgesetzten mit einem seltsamen Namen an – Pitomsa. Dieser Name, eher ein Spitzname, setzte sich wie ein Stachel in meinem Kopf fest, ich konnte an nichts anderes mehr denken.

Als wir zum Revier kamen, hatte ich mir immer noch nicht überlegt, wie ich vorgehen wollte. Das Harmloseste in meinem Fall war die fehlende Anmeldung – in Moskau ein ausreichender Grund, den Übeltäter mit scharfen Eckzähnen am Genick zu packen und leicht zu schütteln. Auf solch eine Situation war ich innerlich nicht vorbereitet.

Und am wenigsten war ich darauf eingestellt, von Pitomsa selbst verhört zu werden. Er schnappte sich ein paar Formulare – ich hatte den Verdacht, nur pro forma – und schloß sich mit mir in einem der leeren nächtlichen Diensträume ein.

Er setzte mich auf einen Stuhl, ließ sich selber hinter dem Schreibtisch nieder und legte die Füße darauf. Einige Zeit studierte ich das Muster seiner Stiefelsohlen, an denen Bauschmutz klebte. Pitomsa erkundigte sich zuerst nach meinen Personalien und wandte sich dann der Frage nach den Zielen meines Aufenthalts in Sirins Wohnung zu. Neben ihm lag mein leerer Rucksack, aus dem ein Milizionär die beiden Bücher herausgenommen hatte.

Er blätterte nebenbei mit träger Neugier darin herum.

»Also, was ist, reden wir oder machen wir schöne Augen?« fragte er schließlich.

Mich zog es weder zu dem einen noch zu dem anderen. Ich hielt es für das Beste, gar nichts zu sagen.

»Hast du die Sprache verloren? Paß lieber auf, daß dir das nicht für die nächsten drei Tage die Laune verdirbt.«

»Was soll ich sagen?«

»Erst mal, wer du bist. Dann, was du in der Wohnung gemacht hast.«

»Das habe ich schon gesagt. Man hat mich gebeten, wegen der Bücher vorbeizufahren.«

»Um zwölf Uhr nachts? Ist das nicht ein bißchen spät für einen Besuch?«

»Eher hatte ich keine Zeit.«

»Hör mal, Mädchen, die Sache ist ganz einfach. Wenn du vernünftig erklärst, wer, wozu, warum, dann gehst du hier weg mit dem Gefühl vollster moralischer Befriedigung. Ich will mir ja auch keine überflüssigen Kopfschmerzen bereiten. Also, wo ist der Wohnungsinhaber, warum hattest du die Schlüssel, wer hat dich geschickt? Ich habe dich ja nicht gebeten, zu verraten, ob dein Großvater auf besetztem Territorium war.«

»Ich habe es schon gesagt.« Ich wußte, das war reine Zeitverschwendung, er wird nicht eher Ruhe geben, bis er alles aus mir rausgeholt hat.

»Gar nichts hast du gesagt. Sogar deinen Namen willst du verheimlichen, was wirklich idiotisch ist. Das macht mich bloß mißtrauisch, zwangsläufig. Wo steckt der Wohnungsinhaber?«

»Ich weiß nicht. Warum muß ich das wissen?«

»Bist du früher schon mal da gewesen?«

»Nein.«

»Ach, und dann fährst du auf einmal mitten in der Nacht hin, wenn der Wohnungsinhaber nicht da ist. Du kannst wirklich nicht gut lügen, das sage ich dir, Mädchen.« Pitomsa sah mich an wie ein Habicht, durchdringend und raubgierig. »Und den Neffen ins Spiel zu bringen war auch ziemlich ungeschickt. Es gibt doch gar keinen Neffen, stimmt's?«

»Ich verstehe nicht.«

»Denk bloß nicht, du kannst mich hier verarschen!« schrie Pitomsa. »Was ist, wolltest du die Bude ausrauben, und im letzten Moment ist dir der Arsch auf Grundeis gegangen? Vielleicht gibt es ja wirklich einen Neffen, und du hast ihm die Schlüssel geklaut? Oder sogar dem Onkel selber? Wie heißt er?«

Ich schwieg, obwohl ich am liebsten nicht nur mein jetziges, sondern auch noch mein früheres Ich ausgeliefert hätte.

»Du machst deine Lage nur noch schlimmer, nur noch

schlimmer.« Der verschlafene Blick des Hauptsergeanten oder Obersergeanten, oder was immer er war, hypnotisierte mich, noch eine Sekunde, und ich hätte diese Spannung nicht mehr ausgehalten. Aber das Schrecklichste war, daß ich absolut nicht wußte, was ich ihm sagen sollte.

Es klopfte energisch an die Tür.

Pitomsa ließ nur ungern von mir ab, er stand auf und öffnete die Tür, sprach leise mit jemandem und kam mit sichtlichem Bedauern in den Augen zu mir zurück.

»Tja, also …«, sagte er. »Ich fahre jetzt weg, und du denkst hier inzwischen ein bißchen nach, vielleicht fällt dir ja was ein, solange ich weg bin.«

Er brachte mich in eine finstere Zelle.

Noch nie hatte ich das Gefühl, im Leben so stümperhaft versagt zu haben wie jetzt, als ich auf der grob gezimmerten Holzbank saß. Das Entsetzliche meiner Lage stand in seiner ganzen Abscheulichkeit vor mir.

Früher oder später würde man Sirin finden, und dann erhebt sich die logische Frage: Was habe ich in seiner Wohnung gemacht und mit seinen Schlüsseln? Oder sie bringen meinen Paß in Zusammenhang mit der verschwundenen Aljona.

Ich wollte nicht daran denken, ich hatte Angst, daran zu denken. Aber das war auch egal, jetzt würden andere für mich denken. Ich sah stumpfsinnig auf die dunkelgrün gestrichenen Wände. Letzten Endes konnte ich alles erzählen, alles über die Toten, deren Liste ich selbst anführe. Fragt sich bloß, wie viele Jahre mir das einbringt, ein Totschlag, selbst wenn es Notwehr war, Beteiligung an einem Mord … Nein, an zweien, an dreien … Und ich würde die Jungs von dem Griechen mit reinziehen, denn wer A sagt, muß auch B sagen, du kleinmütige Anfängerin. Der Teufel weiß, wie viele Jahre das bringt.

Ich betete fast zu Gott, daß die Stahltür aufginge und man noch jemanden zu mir setzte: eine Zigeunerin in schmutzigen Röcken, eine Hausfrau, die mit dem Küchenmesser ihren betrunkenen Mann erstochen hatte; irgend jemanden, mit dem ich sprechen könnte, sprechen, sprechen – nur nicht denken.

Ich schlug meinen Hinterkopf mehrere Male an die Wand und begann zu weinen.

Du taugst zu nichts! Spielen wolltest du! Die pfeifen auf deine Pygmäenspiele. So haben wahrscheinlich die Katholiken mit den Hugenotten in der Bartholomäusnacht gespielt.

O Gott, die Bartholomäusnacht.

Mir war auf einmal, als würden sich die Tore des Paradieses vor mir auftun. Und davor stand, mit den Schlüsseln schwenkend, nicht der Heilige Petrus, sondern ein gewisser Oleg Wassiljewitsch Marilow. Mir schwindelte fast von dem Bild.

»Wenn es Probleme gibt, rufen Sie diese Telefonnummer an«, hatte der Grieche gesagt. »Sie gehört einem Mann, der mir sehr verpflichtet ist.«

Der Zettel mit der Telefonnummer steckte in dem Paß, der jetzt wohlbehalten auf dem Prospekt Mira lag. Aber die Telefonnummer selbst hatte ich mir schon im »Parisien« eingeprägt, nach Sirins System. Sie fing an mit der Bartholomäusnacht.

Ich wußte nicht, was für ein Mensch hinter den sieben Moskauer Zahlen stand und ob er mir helfen konnte, aber ich mußte es versuchen.

Ich ging zur Tür und hämmerte verzweifelt mit beiden Fäusten dagegen.

Ich mußte lange warten. Endlich öffnete sich die Schießscharte in der Tür, und darin erschien das picklige Gesicht des Diensthabenden.

»Was willst du?« fragte er mürrisch.

»Ich muß telefonieren. Dringend. Nur ein Anruf. Sonst kriegen wir riesige Unannehmlichkeiten«, drohte ich abstrakt.

»Na, *wir* kriegen wohl keine Unannehmlichkeiten. Aber bei dir fangen sie gerade an, wie ich sehe.«

»Ich habe das Recht auf einen Anruf. Wenigstens bei meinem Rechtsanwalt.«

»Du hast nicht zufällig das Land verwechselt, Täubchen?« erkundigte sich der Diensthabende.

»Bitte, ich bitte Sie. Niemand erfährt davon. Es ist furchtbar, furchtbar dringend«, änderte ich den Ton.

Auf dem Gesicht des Diensthabenden spiegelte sich Verwirrung, er wußte offensichtlich nicht, wem er den Vorzug geben sollte – dem Pflichtgefühl oder dem Mitleid mit einem schönen Mädchen.

»Ein einziger kleiner Anruf.« Ich weinte, vollkommen aufrichtig, und meine stillen Tränen erweichten ihn endlich.

Er öffnete schweigend die Zellentür.

Ich wählte umständlich die Nummer, innerlich zitternd, daß am anderen Ende der Leitung niemand abhob.

Kurzes Tuten! Besetzt, hol mich der Teufel! Ich wählte und wählte, meine Finger krallten sich in die Wählscheibe wie eine Bergsteiger-Seilschaft in die senkrecht abfallende Wand.

Der Diensthabende schielte gelegentlich zu mir hin, obwohl er so tat, als hätte er ein fürchterlich interessantes Gespräch mit einem schnurrbärtigen Sergeanten mit aufgeknöpfter Uniformjacke zu führen.

Endlich kam ich durch. Am anderen Ende der Leitung hörte man lange Rufzeichen; die Sekunden, die sie zerschnitten, kamen mir vor wie eine Ewigkeit.

Nimm schon ab, nimm schon ab, los!

Endlich antwortete jemand mit ernster und wacher Stimme: »Hallo!«

»Ist dort Oleg Wassiljewitsch Marilow?«

»Ja. Wer ist am Apparat?«

»Sie kennen mich nicht. Ich habe Ihre Nummer von Igor Viktorowitsch.«

»Ja, bitte?« Die Stimme straffte sich augenblicklich und wurde aufmerksam, wie die Stimme eines Musterschülers, der vom Lehrer aufgerufen wird.

»Er hat mir Ihre Telefonnummer gegeben. Er hat gesagt, daß Sie mir helfen könnten.«

»Jetzt gleich?«

»Ich bin bei der Miliz. Ich bin da in eine blöde Geschichte reingerutscht. Und er hat gesagt, ich könne mich an Sie wenden.«

»Wie heißen Sie?« fragte Oleg Wassiljewitsch.

»Eva.« Ich legte die Hand an die Sprechmuschel. »Eva Apostóli. Ich bin da irgendwie reingerutscht, verstehen Sie …«

»Etwas Ernstes?«

»Ich weiß nicht … Nein.«

»Die Nummer des Reviers?« fragte Oleg Wassiljewitsch sachlich.

Ich nannte die Nummer des Reviers, die ich auf dem Schild am Eingang gelesen hatte. Dann fügte ich hinzu: »Das ist in Tekstilstschiki. Holen Sie mich hier raus. Bitte.«

Er schwieg, und ich deutete das auf meine Art.

»Wenn Sie nichts tun können, nehme ich Ihnen das nicht übel.«

»Aber nein, ich überlege nur, wie lange ich brauche, um da hinzukommen«, meldete sich endlich der geheimnisvolle Oleg Wassiljewitsch wieder. »Wie war noch mal Ihr Name?«

Ich wiederholte.

»Was wird Ihnen vorgeworfen? Ich hoffe, nicht gerade ein Doppelmord?«

»Aber nein! Jemand hat mich gebeten, etwas aus seiner Wohnung zu holen, und da ist plötzlich die Alarmanlage losgegangen.«

»Na gut, Einzelheiten später. Bis dann.«

Ich legte den Hörer auf und sah den Diensthabenden schon etwas mutiger an.

»Und?« fragte er neugierig.

»Alles in Ordnung. Danke.«

Er brachte mich in die Zelle zurück, die mir jetzt schon bis ins kleinste vertraut vorkam. Ich streckte mich auf der Pritsche aus, schloß die Augen und versuchte mir den geheimnisvollen Oleg Wassiljewitsch vorzustellen. Aus irgendeinem Grund schien mir, daß er dem Griechen ähneln müßte: hager, leicht gealtertes Kinn, scharfe Falten um die

Augen, die grauen Haare nach hinten gekämmt, ein Siegelring am Finger. Nein, mit dem Siegelring übertreibe ich wohl.

Ich legte die Hände unter den Kopf und schlief ein.

Ich erwachte vom Knarren der Zellentür. Pitomsa kam herein. Er konnte kaum seine Wut im Zaum halten, behandelte mich aber mit Respekt. Am liebsten hätte er mir eine reingehauen, sogar seine Miliz-Schulterklappen fletschten die Zähne vor Haß.

»Du hast Glück«, flüsterte er. Ein hochgestelltes Glied der Gesellschaft hat sich hier eingefunden.«

Auf dem Stuhl des Diensthabenden saß, lässig zurückgelehnt, ein Mann in weißem Mantel.

Er hatte überhaupt keine Ähnlichkeit mit dem Mann, den ich mir vorgestellt hatte, bevor ich einschlief. Er sah eher aus wie ein Zwergwiesel oder ein Hermelin.

Ein kleiner, akkurater Kopf, sehr schlanker Körperbau, was nicht einmal der Mantel verbergen konnte. Helle Haare, in denen sich jedes Grau verlieren mußte, und ein ziemlich junges Gesicht, dessen Schnitt die Ähnlichkeit mit einem Zwergwiesel oder Hermelin noch verstärkte. Er lächelte, aber die Zähne waren eine Enttäuschung, sie paßten nicht zu ihm. Sie waren groß und wunderschön weiß, wie Würfelzucker.

»Hallo«, sagte Oleg Wassiljewitsch im Tonfall eines alten Bekannten und klopfte mit den Fingerspitzen gegen meinen Rucksack. »Wir warten schon ungeduldig. Warum bringst du die Mitarbeiter unserer heldenmütigen Organe so in Verwirrung, mein Herz? Wir arbeiten doch im selben Ressort.«

»Sie müssen entschuldigen, Oleg Wassiljewitsch.« Ich breitete die Arme aus. »Es ist einfach so passiert.«

»Ich hoffe, das Mißverständnis ist ausgeräumt?« wandte sich Oleg Wassiljewitsch an die Meute der Bullen. »Also, dann nehme ich sie mit.«

Oleg Wassiljewitsch stand auf, faßte mich an der Hand, und wir begaben uns zum Ausgang, vorbei an bühnenbildähnlichen Trennwänden und Verschlägen.

Als wir auf die Straße traten, schlug uns die trockene Moskauer Nacht ins Gesicht. Noch nie war mir die verdreckte Stadtluft so frisch erschienen. Schweigend gingen wir zu Oleg Wassiljewitschs Auto, einem Škoda-Felicia in der Farbe von nassem Asphalt. Oleg Wassiljewitsch hielt mir die Tür auf.

Ich setzte mich auf den Beifahrersitz und wandte mich zu ihm um.

»Wohin?« fragte Oleg Wassiljewitsch.

»Zum Prospekt Mira, wenn es Ihnen keine Umstände macht.«

»Jetzt macht mir gar nichts mehr Umstände«, schnaubte Oleg Wassiljewitsch.

Eine Weile fuhren wir schweigend dahin. So lange, bis schließlich dumpfer Ärger in mir aufstieg. Was war das für ein empörend leidenschaftsloser Mensch! Holt eine unbekannte Mieze aus dem Bunker und fragt nicht einmal, warum sie dort gelandet ist. Na gut, wenn er nicht fragt – ich frage!

»Das haben Sie ja gut hingekriegt.«

Er konzentrierte sich unbeirrt auf die Straße und würdigte mich keiner Antwort. Auch sein Profil war das eines Tieres, langgestreckt und spitz zog es sich zu den viel zu breiten Nasenflügeln. Es stimmte – ein Zwergwiesel, ich hatte mich nicht getäuscht.

»Wie haben Sie das bloß gemacht?«

Nicht die kleinste Reaktion.

»Ich vermute mal, Sie sind ein unehelicher Sohn des Außenministers. Oder nein, Sie sind ein Berater der OSZE ...«

»Daneben«, ließ er sich endlich zu einer Antwort herab.

»Dann eben nicht. Sie wissen nicht zufällig, was ›Pitomsa‹ bedeutet?«

Endlich gönnte er mir einen Blick.

»Wozu willst du das wissen?«

»Diese Frage quält mich seit Stunden.«

»Zufällig weiß ich es. Das ist eine Art Drahtnetz, das Taucher zum Sammeln von Trepangs benutzen.«

Wieder Schweigen.

»Und was sind Trepangs?« fragte ich dumm.

Oleg Wassiljewitsch lachte. Im Licht vorbeihuschender einsamer Reklamen glänzten seine Zähne auf.

»Sagen Sie, und wenn ich tatsächlich in einen Doppelmord verwickelt wäre, hätten Sie mich dann auch rausgeholt?«

»Auf jeden Fall hätte ich es versucht«, sagte Oleg Wassiljewitsch ernst, ohne mich anzusehen. »Aber dafür hätte ich wohl das ganze Revier in die Luft jagen müssen.«

»Donnerwetter! Sie beeindrucken mich.«

»Das hat nichts mit dir zu tun. Du hast einfach von Igor angerufen, und ich bin gekommen.«

»Ein Hoch auf die Männerfreundschaft!«

»Igor gibt fast niemandem meine Telefonnummer. Aber wenn er sie jemandem gibt ... Dann heißt das, daß er diesen Menschen schützen will.«

»Und Sie sind anscheinend eine ideale Schutzmaschine.«

»Anscheinend«, erwiderte Oleg Wassiljewitsch scharf.

»Wie praktisch für Ihre Frau!«

»Ich bin nicht verheiratet.«

»Welche Verschwendung. Es gibt jede Menge zarter Frauen, die Schutz brauchen. Aber ich habe einfach nur so gefragt. Ohne Hintergedanken.«

»Ich habe auch keine Hintergedanken.«

Der Skoda hielt vor meinem Haus auf dem Prospekt Mira.

»Wenn man Sie demnächst beim Diebstahl marokkanischer Orangen erwischt, rufen Sie mich einfach an. Ich hole Sie raus«, gab mir Oleg Wassiljewitsch mit auf den Weg.

»Ganz bestimmt.« Ich beugte mich plötzlich zu ihm und küßte seine Wange, als Zeichen der Dankbarkeit.

Oleg Wassiljewitsch zuckte vor Überraschung zusammen, drehte sich zu mir um und ließ sich – endlich – dazu herab, mich näher zu betrachten.

»Wissen Sie was?« schlug ich plötzlich vor. »Da Sie mich so zauberhaft gerettet haben, quasi wie ein deus ex machina, kann ich Sie doch nicht einfach so weglassen. Gehen wir rauf und trinken noch etwas. Auf unser Kennenlernen. Einverstanden?«

Oleg Wassiljewitsch zuckte mit den Schultern.

»Gut.«

Wir stiegen in die Wohnung hinauf. Oleg Wassiljewitsch sah sich um und stieß einen Pfiff aus, was sein Image eines Mannes, der sich über nichts wundert, ein wenig störte.

»Schick wohnen Sie!«

»Eigentlich das Appartement des Griechen.«

»Wessen Appartement?«

»Des Griechen!« Ich biß mir auf die Zunge. »Igor Viktorowitsch, meine ich.«

»Seltsame Bezeichnung.«

»Daran ist nichts Seltsames. Nach seiner historischen Heimat. Er hat mir diese Wohnung geliehen. So ähnlich wie Sie, wahrscheinlich ...«

»Scheint so, als bedeutetest du ihm tatsächlich etwas.«

»Sie besitzen einen analytischen Verstand. Ich habe ihm vor kurzem einen kleinen Dienst erwiesen. Aber denken Sie jetzt nicht, ich sei seine Geliebte, die nach Moskau kommt, um Geld auf dem Rummelplatz im Gorki-Park rauszuschmeißen.«

»Fiele mir nicht ein. Igor hat eine Ehefrau.«

Solche Treuherzigkeit paßte irgendwie nicht zu der Erscheinung des kleinen Raubtiers, das mir aus der Klemme geholfen hatte. Ich fand das sogar verletzend: Ein romantischer Retter hat nicht so moralisch zu sein.

»Und Sie denken, man darf sich keine Geliebte halten, bloß weil man verheiratet ist, und sei es mit der wunderbarsten Frau der Welt? So denkt kein Mann. Ich glaube, jeder zweite Mann, selbst wenn seine Frau Claudia Schiffer hieße, würde trotzdem der Nachbarin von der Etage über ihm heimlich hinterherglotzen.«

Oleg Wassiljewitsch hob unwillig die Brauen.

»Was hat das damit zu tun? Ich rede von Igor. Und von seiner Frau.«

»Ist seine Frau so außergewöhnlich?«

»Sie ist seit langem gelähmt. Seit acht Jahren. Ein Wirbelsäulentrauma.«

Hol's der Teufel, das wußte ich nicht! Plötzlich erschien mir der Grieche in ganz anderem Licht. Alle diese ordentlichen Dollarbündel, alle Tochterfirmen und Leibwächter konnten ihn nicht glücklich machen, sie konnten dem einzigen Wesen, das er liebte, nicht die Gesundheit zurückgeben. Ich dachte an die Fotografie auf dem Tisch des Griechen – eine ganz normale Frau mit devoter Neigung des Kopfes ...

»Cognac oder Whiskey?« fragte ich, um meine Verlegenheit zu überspielen.

»Wasser, wenn es geht«, bat Oleg Wassiljewitsch.

»Verstehe. Sie müssen noch fahren.«

»Nein, ich trinke nie.«

»Aufgehört?«

»Nein, ich habe nie getrunken und nie geraucht.«

»Überhaupt nicht?« fragte ich verblüfft.

»Überhaupt nicht.« Oleg Wassiljewitsch rieb sich die Nasenwurzel. »Als ich zwölf war, habe ich meiner Mutter geschworen, niemals zu trinken und niemals zu rauchen.«

Armer Junge! Er liebt es zu schwören und, was das schlimmste ist, er hält sich auch noch dran. Ein seltener Vogel, ein Fall für die Klapse oder auf die Rote Liste der ausgestorbenen Arten.

»Haben Sie ihr Wort nie gebrochen?«

»Nie.«

»Erstaunlich. Ihre Mutter ist sicher begeistert von Ihnen. Und macht Ihnen abends immer ein heißes Bad mit Minze.«

»Sie starb vor fünfzehn Jahren.«

»Verzeihen Sie ...«

»Macht nichts.«

»Also, Sie sind ein Mann, der zu seinem Wort steht«, sagte ich, nachdem ich eine Trauerminute eingelegt hatte. »Dafür mache ich Ihnen einen hervorragenden Kaffee. Nur sagen Sie mir vorher, was für Eide Sie noch ablegt haben, damit ich mich nicht mit irgendwelchen unanständigen Anträgen blamiere.«

»Weiter keine«, lächelte Oleg Wassiljewitsch und betrachtete mich unverwandt.

Ich fühlte mich als Hausherrin und kochte Kaffee. Wir ließen uns einander gegenüber in den Sesseln nieder, ich mit Cognac, er mit Kaffee.

Ich hob mein Glas. »Auf Ihre Gesundheit!«

»Bei mir ist alles in Ordnung«, stellte er pedantisch klar, »aber trotzdem danke. Was haben Sie eigentlich in dieser Wohnung gemacht?«

»Ist das ein Verhör?«

»Bloße Neugier.«

»Man hat mich gebeten, dort etwas zu holen.« Es schien mir unhöflich, nicht zu antworten. »Nichts Kriminelles, eher ein harmloses Souvenir.«

»Und man hat Sie nicht gewarnt, daß die Wohnung eine Alarmschaltung hat?«

»Nein.«

»Seltsam. Sind Sie wenigstens dazu gekommen, zu nehmen, was Sie wollten?«

Mir gefiel diese übertriebene Neugier nicht, und ich lenkte das Gespräch auf ein anderes Thema.

»Was machen Sie, Oleg? Darf ich Sie Oleg nennen?«

»Tun Sie mir den Gefallen.«

»Also, Sie haben keine Frau, aber ein Auto. Sie werden spielend leicht mit unartigen Bullen fertig. Sie trinken nicht und rauchen nicht. Ich fürchte, Ihr schrecklichstes Laster ist die Angewohnheit, barfuß in der Wohnung herumzulaufen.«

»Da haben Sie falsch geraten«, lächelte er. »Es ist die Gewohnheit, nachts zu essen. Am liebsten gefrorenes Obst.«

»Das ist fast dasselbe. Ich glaube, wenn man Ihnen den Rücken kratzt, entdeckt man Flügelansätze. Obwohl, nein, mit einem Paradiesvogel haben Sie keine Ähnlichkeit.«

»Lassen Sie sich bloß nicht einfallen, zu sagen, ich sähe wie ein Iltis aus.«

Nein, einem Iltis sah er absolut nicht ähnlich.

»Hat das schon jemand versucht?« fragte ich.

»Ja.«

»Und Sie?«

»Ich habe gelernt, mit dem Kleinkalibergewehr zu schießen, um solche Frechheiten zu parieren.«

»Was haben Sie sonst noch gelernt?«

»Aikido und russischen Nahkampf.«

Eigentlich gefiel er mir, der solide Oleg Wassiljewitsch. Und ich gefiel ihm wohl auch; jedenfalls machte er keine Anstalten zu gehen, obwohl es längst Zeit war, den Mantel über den Arm zu nehmen und sich zu empfehlen.

»Wie alt sind Sie, Oleg?«

»Fünfunddreißig. Möchten Sie, daß ich Ihnen aus dem Kaffeesatz wahrsage?«

Ich trank abwechselnd Kaffee und Cognac und hatte gerade die Tasse geleert.

»Nur zu! Was muß ich tun?«

Das war reine weibliche Koketterie, ich wußte ganz genau, was zu tun war: Den Satz in der Tasse schwenken und den Inhalt auf die Untertasse kippen – und zwar vom Körper weg. Die Schauspielschülerin Xana Pawlotskaja, die mit Julenka im gleichen Studienjahr war, hatte mich drei Jahre lang mit diesem Kaffeesatzlesen gequält. Xana sagte mit erstaunlicher Präzision immer das Gegenteil von dem voraus, was sich tatsächlich ereignete. Iwan weissagte sie, eine Woche vor seinem Tod, eine glückliche Wendung in seinem Leben, im Zeichen einer älteren, einflußreichen Frau. Aljona stellte sie, auf dem Höhepunkt ihrer Romanze mit der Altistin Danilowa, eine Begegnung mit einem reichen Ausländer in Aussicht, höchstwahrscheinlich aus Belgien, und eine glückliche Heirat. Am längsten hatte es Serga Kanigin ausgehalten, dem Xana regelmäßig irre Sex-Erlebnisse mit einer langhaarigen Schönheit aus Petersburg weissagte. Diese Schönheit pflegte unter einem Komplex unerwiderter Liebe zu Serga zu leiden, und der erste Buchstabe ihres Namens war ein A. Zu guter Letzt blieb ich, sanft und duldsam, wie ich war, ihre einzige Kundin, und Xana tobte ihr volles Programm an mir aus. Hintereinanderweg versprach sie mir: einen jungen Mann, aber nicht aus der Welt der Kunst, Zwillinge (Jungen), eine Wohnung im Zentrum von Moskau, Reisen ins westliche Ausland – höchstwahrscheinlich nach Spanien, wie sie aus der Form der braunschwarzen Brühe am Tassenrand erkannte.

»Nichts Besonderes«, sagte Oleg. »Schwenken Sie den Satz und stülpen Sie die Tasse auf die Untertasse, nahe am Rand, damit es runterläuft.«

Ich folgte seinen Anweisungen; er hob die Tasse hoch und vertiefte sich in das Studium der Kaffeereste.

»Na, und?« fragte ich ungeduldig.

»Sehr interessant«, murmelte er.

»Ja? Erwarten mich Erschütterungen?«

»So etwas Ähnliches... Sehen Sie hier diese Form, die aussieht wie ein Felsen oder eine Klippe? Genau über dem Umriß eines Frauenkopfes ...«

Ich sah beim besten Willen weder eine Klippe noch einen Frauenkopf, nickte aber zustimmend und schnalzte sogar bekräftigend mit der Zunge.

»Das bedeutet, daß sich über Ihrem Kopf möglicherweise Wolken zusammenziehen. Aber es sollte gut ausgehen, weil Sie Hilfe von einer Seite bekommen, von der Sie es nicht erwarten.«

Er erzählte noch irgendwas, während ich aufmerksam sein Gesicht betrachtete. Das schien nichts zu verbergen, es war klar und offen, wie Oleg selbst. Fünfunddreißig Jahre und so altmodisch, auf Fragen direkt zu antworten. Ich hätte zu gern gewußt, womit er sich tatsächlich beschäftigte und wie er mit solcher Arglosigkeit ein ganzes Polizeirevier in den Griff bekommen konnte? So unkompliziert, wie er vorgab, konnte er doch nicht sein.

»Sie hören mir nicht zu«, sagte Oleg plötzlich.

»Im Gegenteil, ich höre sehr aufmerksam zu. Ich warte auf die Anleitung zum Handeln.«

»Unternehmen Sie nichts im Alleingang«, sagte er ernst.

»Woher wollen Sie wissen, daß ich vorhabe, etwas zu unternehmen?«

»Na da, dieser Fleck, der wie eine geballte Faust aussieht. Das bedeutet Bereitschaft zum Handeln, das ist sicher.«

»Und dieser Fleck da, der wie ein segelnder Storch aussieht – der bedeutet die Bereitschaft, nichts zu tun«, sagte ich im gleichen Tonfall.

Oleg lehnte sich im Sessel zurück und fing an zu lachen.

»Sie glauben mir nicht.«

»Warum? Sie haben mir keinen Grund gegeben, Ihnen nicht zu glauben. Im Gegenteil, Sie haben mir in einer schwierigen Situation aus der Patsche geholfen, haben mir Ihre helfende Hand entgegengestreckt. Das war echt super!«

»›Echt super‹ ist, wenn man eine Frau ins Bett kriegt, die man eigentlich gar nicht kriegen dürfte. Was ich gemacht habe, würde ich eher professionell nennen. Ich hab ein paar nützliche Beziehungen«, setzte der ehrliche Oleg zu einer Erklärung an.

»Bitte, reden Sie nicht weiter.« Plötzlich spürte ich, daß er dabei war, den komplizierten Mechanismus seiner Arbeit offenzulegen. Sein geheimnisvoller Charme würde sich verflüchtigen wie der Rauch einer Zigarette. »Lassen wir es, wie es ist. Die Rolle des dämonischen Unbekannten steht Ihnen sehr.«

Ich seufzte. Das klang gekünstelt. Aber ich hatte die ganze Nacht nicht geschlafen – und was für eine Nacht! Das entschuldigte mich. Der taktvolle Oleg reagierte augenblicklich.

»Sie haben recht, es ist schon sehr spät.«

»Nein, noch zu früh«, verbesserte ich, und wir sahen beide auf die Uhr – halb sechs Uhr morgens.

»Ich fahre dann«, sagte Oleg. »Danke für den Kaffee.«

»Es hat mich gefreut, Sie kennenzulernen.«

»Ich hoffe, wir sehen uns wieder. Igor hat mir ohnehin aufgetragen, mich um Sie zu kümmern.«

Er log gnadenlos, das wußte ich. Und selbst wenn ich es

nicht gewußt hätte – sein plötzlich aufflammendes und nun fast jungenhaft wirkendes Gesicht verriet ihn.

Ich brachte ihn zur Tür und gab ihm einen Zettel mit meiner Telefonnummer, er bestand darauf. Ich wartete, bis der Škoda vom Hof gefahren war, dann ging ich zurück ins Zimmer. Jetzt erst merkte ich, wie müde ich war. Ich streckte mich auf dem Bett aus und dachte an Oleg Wassiljewitsch. Ein unendlich lieber Mensch, klug, zuverlässig, treuherzig, aufrichtig, sympathisch, hellhaarig, wortkarg, solide, unverheiratet, taktvoll, feinfühlig, stark, edelmütig. Und er kann aus dem Kaffeesatz lesen und weiß, was Trepangs und Pitomsa sind.

Es ist logisch, daß solche Männer nur ausgemachte Luder mit großen Brüsten und krummen Beinen abkriegen.

Du hast das Kleinkalibergewehr vergessen, Aikido und den russischen Nahkampf, sagte ich zu mir selbst und lächelte.

Ich erwachte vom penetranten Klingeln des Telefons. Ich hörte ihm eine Weile zu, das Hermelinprofil von Oleg vor Augen – wer sonst konnte das sein? Aber als ich den Hörer abhob, hörte ich die Stimme von Serga Kanigin.

»Eva, bitte«, sagte Serga aggressiv. Den Gruß sparte er sich – das war sein Stil.

»Und wer ist da?«

»Ein Bekannter.«

Ich wartete eine Sekunde, klatschte mit der Hand auf den Hörer und sagte dann mit sanfter Stimme: »Hallo.«

»Eva? Hier ist Serga Kanigin, der Maler. Na, wir sind doch zu mir gefahren, in die Prashskaja ... Wir haben Selbstgebrannten getrunken.«

»O Gott, natürlich, jetzt erkenne ich dich! Ich freue mich, daß du anrufst.«

»Hör mal, entschuldige wegen vorgestern. Ich habe gestern den ganzen Tag versucht, dich anzurufen, ich wollte mich entschuldigen. Ich habe da wohl ein bißchen randaliert. Ich habe furchtbare Gewissensbisse, verstehst du. Gut, daß du mir deine Telefonnummer dagelassen hast.«

»Ganz im Gegenteil«, sagte ich fröhlich. »Randaliert hast du kräftig, aber das hat mich sehr amüsiert.«

»Was hat dich amüsiert?« fragte Serga verblüfft.

»Das Toben des Fleisches und die Nacht der Liebe.«

»Wie bitte?« Sergas Stimme klang heiser.

»Das ist doch normal.«

»Ich erinnere mich an nichts.« Wieder diese weiche tscheremissische Aussprache. Wenn Serga sich aufregte, kam der Akzent besonders stark durch.

»Wie bitte? Du hast mich erst mißbraucht und mir dann die Ehe versprochen!«

»Echt? Ich erinnere mich nicht.«

»Es reicht ja, daß ich mich erinnere.«

Am anderen Ende der Leitung schwieg Serga bestürzt.

»Du hast mir deine Telefonnummer dagelassen«, raffte er sich endlich auf, »und ich dachte, ich ruf dich an und lad dich irgendwohin ein. Meinetwegen zu Wolodka in den Klub, er ist gestern gerade zurückgekommen, und heute ist da eine Präsentation, von einer neuen Schwulenzeitung. Ich habe das Titelblatt und das Layout gemacht. Was hältst du davon?«

Wolodka ist im Klub, Wolodka ist irgendwo in meiner Reichweite, das ist zweifellos ein Erfolg.

»Ich erwarte unser Treffen mit Ungeduld. Mein Lieber ...«, fügte ich mit verführerisch gesenkter Stimme hinzu.

»Na, gut. Also: Heute abend um Viertel vor zwölf treffen wir uns an der Metrostation Turgenjewskaja.« Auf die Idee, mich abzuholen, kam er nicht – tatsächlich, nichts hatte sich verändert. Schon an der Filmhochschule hatte Serga keine Ahnung gehabt, wie man einer Frau den Hof macht. Trotz seiner allesverzehrenden Liebe zu Aljona. Das einzige, wozu er taugte, war, einen Platz in der Mensaschlange freizuhalten. Eine Zeitlang bekämpfte Aljona den Hinterwäldler in Serga nach Kräften, aber schließlich mußte sie sich ihr pädagogisches Unvermögen eingestehen. Das war, als Serga, von den zahlreichen Fans seiner unglücklichen Romanze angeheizt, auf dem Gelände der Allunionsausstellung eine Blumenrabatte abräumte und dieses Trauerbild eines Blumenstraußes Aljona überreichte. Aljona schlug ihm den Strauß lachend um die Ohren und erklärte ihm, daß Blumen eine Beleidigung für jede Frau sind, weil sie darauf anspielen, daß ihre Schönheit verwelkt und irgendwann ausgetrocknete Brüste auf sie warten und ein schlaffer Bauch, der bis auf die Knie hängt.

Das klappte ja alles ganz hervorragend, Tumanow begab sich selbst in meine Hände, und niemand anderes als sein alter Freund Serga trieb ihn in die gut getarnte Falle.

Ich tat, was mir in der letzten Zeit schon zur Gewohnheit geworden war: Ich bastelte einen unwiderstehlichen, ein wenig zynischen Vamp aus mir. Ich wußte noch von früher, daß sich Wolodka nach Begräbnissen und Gedenkfeiern jeder Art in besonderer seelischer Hochstimmung befand. In solchen Momenten erwachte in ihm eine wahre Lebensgier, und das hieß bei ihm vor allem: eine Gier nach Frauen. Die Wahrscheinlichkeit war groß, daß ich Wolodka in guter Form erwischen würde.

Gegen Mittag rief Oleg an, um sich zu erkundigen, ob alles in Ordnung sei. Ich beschränkte mich auf ein einsilbiges »Ja«, trotzdem fragte er zaghaft, was ich am Abend machen würde.

»Ich bin schon engagiert«, sagte ich fröhlich.

Oleg Wassiljewitsch war betrübt.

»Ich hoffe, Sie haben würdige Begleiter.«

»Zweifeln Sie nicht daran.«

»Na, wenn was ist … Meine Telefonnummer kennen Sie ja.«

Serga wartete auf mich, nervös von einem Fuß auf den anderen tretend. Er hatte dieselbe Jacke aus Kunstleder an und die Präservativmütze auf. Nur ein weißer Schal von zweifelhafter Frische unterschied sein Alltags- vom Feiertags-Outfit.

Er hob nicht einmal die Augenbrauen, als die Rolltreppe eine attraktive und elegante Dame zu ihm herauftrug, mit der es das reinste Vergnügen sein mußte, sich auf der Straße zu zeigen. Geschweige denn, daß er gar mit der Zunge schnalzte.

Das einzige, was er herausbrachte, war ein flaues Kompliment.

»Du siehst nicht schlecht aus.«

»Danke, mein Lieber.«

Wir schleppten uns durch die Moskauer Gassen in Richtung Zentrum.

»Nimm meinen Arm«, sagte ich.

Er faßte mich gehorsam unter, was ziemlich unbequem war, Kanigin war nicht nur kleiner als Aljona, sondern auch kleiner als ich. Von weitem sahen wir sicher ziemlich komisch aus, die späten Moskauer Straßenpassanten wußten das in gebührendem Maße zu würdigen: Eine aufgetakelte Mieze und ihr armer Verwandter aus der Stadt Torshok in der hinteren Taiga.

Einige Zeit gingen wir schweigend.

»Sag mal, ist das wahr?« fragte Serga plötzlich.

»Was ist wahr?« flötete ich unschuldig.

»Na, daß was war ... zwischen uns. Daß ich dich gepoppt habe.«

Ich begann hemmungslos zu lachen: »Poppen« im Sinne von »miteinander schlafen« war Sergas Lieblingswort. Das war mir völlig entfallen. Wie jeder echte Pechvogel in der Liebe zog er mit Wollust alles in den Schmutz, was damit zu tun hatte, und äußerte sich über körperliche Vergnügungen nur in obszönen Ausdrücken. Wie sich das mit seiner erhabenen Leidenschaft zu Aljona Gontscharowa vereinbarte, kapierte ich nicht.

»Was hast du gemacht?« fragte ich sicherheitshalber, als ich zu Ende gelacht hatte.

»Dich gepoppt ... Na, gebumst.«

»Nein. Das war ein Witz.«

Serga war plötzlich beleidigt, er stieß mich sogar ärgerlich mit seinem scharfen Ellbogen in die Seite.

»Komische Witze machst du ... Und, äh, wie wär's ... Soll ich dich poppen?« fragte Serga mit Leichenbittermiene.

»Wozu?« Ich durchschaute ihn. »Damit ich Aljona was zu erzählen habe?«

Serga winkte flau ab.

Endlich erreichten wir Tumanows Nachtklub. Er trug einen reichlich anmaßenden Namen – »Apartado«. Ein kleiner Platz vor dem Klub war mit teuren ausländischen Autos vollgestopft. Am Eingang stand ein wohlgenährter junger Mann in einem langen kirschroten Mantel.

Serga hob lässig die Hand und grüßte den Portier.

»Die gehört zu mir.«

Der Portier öffnete uns die Tür, und wir standen in einer geräumigen Halle mit niedriger Steindecke. An den Wänden hingen ein paar stilechte Gemälde von Stierkämpfen.

»Corrida de torros! Meine Arbeit«, prahlte Serga. »Wolodka hat mich extra nach Spanien ausgeflogen.«

Das Ambiente war dementsprechend: nicht die billigen Graffitis aus der Petersburger »Bronx«. Die Wände waren mit kirschroter Seide bezogen, von derselben Farbe wie der Mantel des Portiers; in kunstvollen Rahmen hingen blanke Waffen von exotischem Aussehen. Ich kannte davon nur die Banderillas, und die auch nur deshalb, weil ich sie in der Sendung «Klub der Filmforschungreisenden« gesehen hatte. Serga übernahm es mit Vergnügen, mir die übrigen Waffen zu erklären.

»Estocada ist ein Degen für den Stierkampf. Diese Dolche hier, die heißen Puntilla und Descabello. Und das ist ein Estribo, der Steigbügel des Picadors. Weißt du wenigstens, was ein Picador ist?«

»Ein toller Typ in der Arena«, vermutete ich.

»Werd nicht frech! Die Picadores sind die auf den Pferden. Dann gibt es noch den Matador, das ist der Wichtigste. Die Banderilleros, der Puntillero«, Serga kam in Fahrt, »mit einem Wort, die ganze Cuadrilla, so heißt die Truppe. Überhaupt, ich hab viel zu sehen gekriegt, war schlimmer als Flüchtlinge im Krieg …«

»Hör mal, warum heißt der Klub so merkwürdig – ›Apartado‹?«

»›Apartado‹ ist eigentlich die Auswahl der Stiere für die Corrida.«

Jetzt war mir alles klar. Auch hier hatte Tumanows platter Humor ihn nicht im Stich gelassen: Wo sonst kann man »Miss Busen«- oder »Miss Po«-Wahlen veranstalten, wenn nicht im Nachtklub »Apartado«?

Serga gab unsere Sachen einem jungen Mann in buntem Anzug, wahrscheinlich auch eine Art Torero. Wir durchquerten zwei Billardsalons und gelangten in einen großen Saal.

Ich mußte an mich halten, um nicht vor Begeisterung rauszuplatzen: Da hat er sich ja ein nobles Plätzchen eingerichtet, unser Tumanow! Auf jeden Fall konnte man ihm Geschmack nicht absprechen. Der ganze Saal war eine dezente Verherrlichung des spanischen Stils.

»Das ist mein Stammtisch«, sagte Serga mit stolzgeschwellter Brust.

Wir nahmen Platz: Ich in meinen sorgfältig ausgewählten Klamotten und Serga in seinem langen, fast bis zu den Knien reichenden Pullover. Aber man war hier an Serga gewöhnt, so wie man an einen Papagei im Käfig oder an eine Katze gewöhnt ist. Einen Augenblick tat er mir sogar leid, ich begriff, daß all diese Pracht nicht ohne sein Zutun entstanden war. Aber alles, was er dafür bekommen hatte, war ein eigener Tisch in der letzten Ecke und wahrscheinlich die Getränke auf Kosten des Hauses.

»Ich hoffe, die Getränke gehen auf Kosten des Hauses?«

»Nur für mich.« Serga wurde rot. »Für die Dame muß ich zahlen.«

Ein weiterer Torero erschien und brachte einen Tonkrug mit Wein, eine kleine flache Schüssel mit Fleischstückchen und eine Speisekarte. Serga, dessen Vorlieben man hier kannte, bekam eine russische Wodkakaraffe hingestellt.

Er machte sich unverzüglich über den Wodka her, während ich mich in das Studium der Speisekarte vertiefte.

»Hier steht alles auf Spanisch«, flüsterte ich Serga zu. »Ich verstehe nichts.«

»Ich erkläre es dir. Also, Olla Podriga ist eine Suppe, ein ausgesprochener Schlangenfraß, obwohl viele das mögen, das ist hier Kult. Puchero ist auch eine Suppe. Du kannst Paella nehmen, die ist gar nicht schlecht.«

»Paella, was ist das?«

»Das ist so was Ähnliches wie unser Reisbrei.« Serga fehlte wirklich jeder kulinarische Esprit. »Fisch, Fleisch und Safran.«

Endlich hatte ich mit Sergas Hilfe ein Abendessen in spanischem Stil zusammengestellt: Fisch nach asturischer und Fischpudding nach Madrider Art. Während ich auf das Essen wartete, schlürfte ich Wein und aß Fleischscheibchen. Serga erklärte mir, das sei eine Spezialität des Klubs, man nenne das hier Banderillas, und sie würden aus Stierfleisch gemacht. Eine obligatorische Beigabe zum Wein.

»Hör mal, warum sind hier so wenig Gäste?«

»Das ist doch ein exklusiver Klub. Und außerdem ist heute eine Präsentation«, sagte Serga und leckte sich Soße von der Hand. »Für normale Sterbliche ist der Zutritt nicht gestattet.«

Bis um ein Uhr blieb, von durchdringenden Flamenco-Rhythmen abgesehen, tatsächlich alles ruhig. Aber dann begannen die erste Schwalben hereinzuflattern, und der ehrbare Klub verwandelte sich schlagartig in eine echte Spelunke. So viele Schwule, die offen ihre normwidrige Orientierung bekannten, hatte ich noch nie gesehen. In meinem Gedächtnis war nur das Bild des kämpferischen Schwulen-Regisseurs Glebik Narodnizki haftengeblieben. Ewig nüchterne Balten und ewig betrunkene Mongolen waren Glebiks Untergang, aber er auferstand immer wieder wie Phönix aus der Asche, trieb sich weiter in den langen Gängen des Studentenwohnheims herum und verwirrte zarte Jungenseelen, die danach hungerten, zum Film zu kommen. Glebik fand sie überall – auf der Straße, im Trolleybus während der Rush hour, im Getreide-Pavillon auf dem Gelände der Allunionsausstellung, in zweifelhaften Imbißstuben. Denen, die ein bißchen was im Kopf hatten, schob er Kusmin und Oscar

Wilde unter, den weniger aufgeweckten Pornozeitschriften.

Die Schwulen kamen allein oder in ganzen Gruppen. Sie begutachteten ungeniert die prächtigen Kellnertoreros, die einer wie der andere kernige Heteros waren.

Der nachdenkliche Gitarrist wurde von der Bühne verscheucht, mitsamt seinem Flamenco. An seine Stelle traten ein paar geschlechtslose Stars, die eine russifizierte Version von Elton John abzogen. Die Gays schlürften Wein, küßten sich und zwitscherten nette Dummheiten, während sie von einem Tisch zum anderen schlenderten. Immer wieder hörte man Trinksprüche auf das Wohl der erstarkenden Gay-Bewegung und seiner neuen Avantgarde – der erotischen Kunstzeitschrift »Adonis«. Dazu ließ man sich von allen Seiten filmen, um am anderen Tag die Lifestyle-Magazine zu bereichern.

Einige schon angeheiterte Gays kamen an unseren Tisch, drückten Kanigin die Hand und frotzelten ein bißchen über das verlorene Hetero-Schäfchen Serga. Mich übersahen sie geflissentlich, und wenn sie mich einmal anschauten, dann so wie einen Bandwurm, den man aus dem Magen gezogen hat, oder wie eine zerdrückte Kellerassel: mit einem Gefühl abgrundtiefen Ekels. Serga, voll wie eine Haubitze, wurde bald zum Held des Abends – immerhin hatte er das Layout der Zeitung gemacht. Ich fühlte, daß ihm das alles nicht gefiel, seine dörfliche Natur lehnte sich auf gegen diese Surrealität; er schämte sich ein wenig vor mir, insbesondere, als ein Apostel der Moskauer Homosexualität neunundneunzig Prozent der ahnungslosen Heteros als latente Päderasten beschuldigte.

Auf dem Höhepunkt dieses Hexensabbats setzte sich Glebik Narodnizki höchstpersönlich an unseren Tisch! »Lebst du noch, alte Schabracke«, hätte ich gern gerufen und ihm auf den rausgedrückten Hintern geklatscht. In all den Jahren, die ich ihn nicht gesehen hatte, war Glebik noch weibischer geworden. Seine Haut war nie schön gewesen, aber jetzt erkannte ich unter der dicken Schicht von

Schminke blühende Pickel und Furunkel. Trotzdem konnte man ihm einen gewissen unverschämten Charme nicht absprechen.

»Tag, mein Täubchen«, schnurrte Glebik und spitzte seine lasterhaft roten Lippen dem unglücklichen Serga entgegen. »Nett habt ihr's hier, richtig nett. Knackige Ärsche, diese Toreros, man glaubt es nicht. Da stellt sich einem glatt der Rüssel auf. Dabei ist bei mir schon längst alles lahmgelegt von diesem ganzen Organisationsstreß. Sie hetzen uns, sag ich dir, sie hetzen uns, diese scheinheiligen Arschlöcher. Ich habe ein paar von unseren Leuten in der Moskauer Spitze, sogar die heben bloß resigniert die Hände. Und was hast du da für 'ne Cocktailkirsche bei dir?«

»Das ist Eva«, stellte mich Serga vor. »Und das ist Gleb, auch ein Filmhochschulveteran.«

»Erinnere mich bloß nicht an dieses muffige Mausoleum.« Glebik das verzog Gesicht. »Hat sie zufällig auch einen Adam dabei? Den würde ich mir mal ausleihen.«

»Wo ist denn hier das Scheißhaus?« fragte ich vulgär.

»Die ist ja eine Wilde«, entrüstete sich Glebik geziert.

»Ich begleite dich!« Serga sprang auf. Unter Glebiks empörten Blicken verließen wir den Saal. Serga zeigte mir die Treppe, die in den Keller führte, und verschwand selbst im Billardzimmer, wo die hochgewachsenen Wachleute unter den vieldeutigen Achs und Ochs der Schwulen gelassen die Kugeln rollen ließen.

Auf der Toilette, vor einem riesigen Spiegel, drängten sich große, grell rausgeputzte Frauen, die ich erst auf den zweiten Blick als Transvestiten erkannte. Sie schminkten sich die Lippen, richteten die eingelegten Brustpolster und zogen sich die Strümpfe gerade, die ziemlich gut auf ihren eckigen, sehnigen Beinen saßen. Diese rührenden Geschöpfe waren randvoll von den Eindrücken des Abends.

»Geiler Laden, Mädchen.«

»Sehr nett! Echt geile Jungs! Vor allem der am Eingang ...«

Einer der Männer betrachtete mich zuerst interessiert im

Spiegel, dann streckte er eine manikürte Pfote nach meinem Lippenstift aus.

»Was hat'n der für eine Farbe, Schwester?«

Ohne ihn eines Blickes zu würdigen, schlüpfte ich aus der Toilette. Ich fand Serga im Billardzimmer, und wir kehrten zurück in den Saal.

Dort geschah endlich das, worauf ich den ganzen Abend gewartet hatte. Mehrere Tische, die man in der Mitte des Saals zusammengeschoben hatte, waren von Wolodka Tumanow und seinem Gefolge okkupiert. Sein Gefolge bestand mit wenigen Ausnahmen aus Frauen, was ein dumpfes Murren unter den Gays auslöste. Aber niemand traute sich, offen zu protestieren.

Wolodka fühlte sich großartig, dafür sorgten die jungen Frauen um ihn herum, die hemmungslos mit den Homosexuellen flirteten. Außer den Damen kreisten noch ein paar junge Männer um Wolodka, die aussahen wie frischgeschlüpfte Gigolos.

Ich drückte den Rücken durch, installierte auf meinem Gesicht gelangweilte Übersättigung und ging schweigend an Wolodka vorbei, während der kleine Serga auf ihn zusprang und ihn auf russische Art dreimal abschmatzte.

Wir setzten uns wieder an den Tisch, ich guckte intensiv in mein Weinglas und beobachtete Wolodka aus den Augenwinkeln. Mein Erscheinen hatte bei Tumanow eine gewisse Unruhe ausgelöst, er drehte immer wieder seinen riesigen zerzausten Kopf in unsere Richtung. Schließlich hielt er es nicht mehr aus, er kam herüber und setzte sich neben Serga. Der hölzerne Stuhl quietschte jämmerlich unter seinem Gewicht.

»Wer ist das?« wandte er sich mit fröhlicher Direktheit an Serga und zeigte auf mich. »Gehört die nicht ins Gefängnis?«

»Das ist Eva«, stellte Serga mich zum soundsovielten Male vor.

»Jetzt erzähl mir nicht, daß diese wunderbare exotische Orchidee in dem Dörfchen Kolokuda gewachsen ist!«

»Aber nein, sie ist aus Petersburg.«

»Das ist ja nett«, wandte sich Wolodka an mich. »Ich habe mir vor kurzem die Zähne machen lassen, also habe ich jetzt so viele Brücken wie die Newa. Übrigens, welche Brücke gefällt Ihnen am besten?«

»Die Kuß-Brücke«, antwortete ich lächelnd und sah Wolodka mit gleichgültig lockendem Blick an.

»Wenn du jetzt sagst, daß sie deine Freundin ist, kündige ich dir, aber vorher erwürge ich dich!« drohte Wolodka Serga.

Ein Kellner trat an unseren Tisch. Wolodka flüsterte ihm etwas zu, und einige Minuten später erschien er wieder mit einem Krug Wein und einer Schüssel »Banderillas«.

»Ich schlage vor, wir trinken erst einmal Bruderschaft«, rief Tumanow. »Sie erinnern mich an jemanden.«

»Wahrscheinlich an ein Titelblatt vom ›Playboy‹, auf das Sie sich als kleiner Junge einen runtergeholt haben,« sagte ich und sah Tumanow, der vor Begeisterung die Augen schloß, immer noch nicht an. Intuitiv hatte ich den einzig richtigen Ton gewählt, der ihn ködern konnte.

»Ich hab noch nicht kapiert, wovon sie mehr hat – Verstand oder Schönheit?« fragte er, an Serga gewandt, der konzentriert Wodka in sich hineingoß.

»Von jedem etwas. Vor allem Verstand«, antwortete ich selber, legte mein Kinn auf die Hand und schickte einen langen Blick zu ihm hinüber.

Das war zuviel für Wolodka, er ging sofort zum Du über.

»Du bist schon ein prächtiges Weib! Na, was ist, gefällt dir unser Laden?«

»Ja. Besonders der Name. Hast du den ausgesucht? Haben die da« – ich nickte in die Richtung von Tumanows Gefolge – »die Auswahl schon hinter sich?«

»Cornada!« rief Wolodka aus und legte die Hand an die Brust, an die Stelle, wo sich unter einer dicken Fettschicht ein weiches verliebtes Herz verbarg. Dann wandte er sich an Serga: »Übersetze!«

»Cornada, das ist eine tiefe Wunde, durch das Horn des Stiers beigebracht«, sagte Serga düster.

»Du hast mich mitten ins Herz getroffen«, erklärte Wolodka.

»Die Männer schenken mir alles mögliche, aber noch keiner hat mir Hörner geschenkt. Ich bin immer rechtzeitig abgehauen.«

»Na, dann trinken wir auf die Fähigkeit, rechtzeitig abzuhauen«, rief Tumanow. »Um so mehr, da man sie selten antrifft.«

»Sogar noch seltener, als du denkst«, antwortete ich und hob mein Glas.

Serga langweilte sich unverhohlen. Er war immer das fünfte Rad am Wagen, nicht nur in belanglosen Gesprächen. Eine Weile sah er uns noch mit vom Wodka getrübten Augen zu, dann stand er auf und verschwand im Saal. Ich hatte ein ungutes Gefühl, sein schlingernder, kriegerischer Gang und die geballten Fäuste zeigten deutlich, daß es ihn nach emotionaler und physischer Entladung verlangte.

»Wir hätten ihn nicht weglassen dürfen«, sagte ich mechanisch. »Wenn Serga sich vollaufen läßt, sind gebrochene Nasenbeine nicht weit.«

»Woher weißt du denn das?« Wolodka war baß erstaunt.

Ich biß mir auf die Lippen. Sei vorsichtig, Eva, es ist dumm, wegen Kleinigkeiten aufzufliegen.

»Ich habe schon viel von seinen Heldentaten gehört. Aljona Gontscharowa hat mir davon in einer vertraulichen Minute beim Schaschlik in Karelien erzählt. Aljona ist eine nahe Freundin von mir. Ich bin eigentlich auf ihre Anregung hin nach Moskau gekommen. In Petersburg ist es für uns beide zu eng geworden.«

»Ah-ja.« Ein vager Schatten der Erinnerung lief über Wolodkas Gesicht. »Das ist doch dieses Petersburger Miststück, die das Leben unseres kleinen tscheremissischen Freundes kapputtgemacht hat. Na, egal. Ich sehe das philosophisch: Der beste Maler ist ein leidender Maler.«

»Das stimmt.« Ich schielte auf die Wände. »Nach Ihrem Interieur zu urteilen, ist ein Ende seiner Leiden nicht abzusehen.«

»Ach, lassen wir Serga. Reden wir lieber über dich. Also, du bist nach Moskau gekommen …«

»Um hier zu bleiben!«

»Und du glaubst, du kriegst das hin?«

»Ich zweifle keine Sekunde daran.« Jetzt sah ich ihm direkt in die Augen.

Er wandte den Blick nicht ab und schnurrte sanft: »Ich auch nicht.«

Aber weiter kamen wir mit unseren Offenbarungen nicht. Mitten im Saal entstand eine kleine Rauferei, die sich zu einer ausgewachsenen Keilerei steigerte und wie ein Strudel immer mehr Leute in sich hineinzog. Wildes Geschrei erhob sich. Wolodka riß sich mit Bedauern von mir los, genau in dem Moment, als das zarte Klirren von zerbrechendem Geschirr ertönte. Ich blieb gleichgültig sitzen. Allmählich wurde das Bild des Geschehens klarer: Der betrunkene Serga prügelte sich heftig mit Glebik.

Serga schwang seine knochigen Fäuste vor Glebiks Gesicht, während Glebik Kanigin weiberhaft an den Haaren riß, kreischte und mit dem Knie zwischen die Beine stieß.

»Ihr falschen Luder«, krächzte Serga betrunken. »Ich hasse euch, ihr habt mir das ganze Leben versaut!«

Wie immer mit Verspätung kamen die Wachmänner in den Saal, und die Unruhestifter wurden in unterschiedliche Ecken gezerrt. Aber Serga, der in seinem Rausch vollkommen außer Kontrolle geraten war, befreite sich, rannte zu einem Arrangement an der Wand, riß einen Dolch herunter und stürzte sich auf den nächsten Homo. Der Bursche zeterte sofort mit unerwartet kräftiger Männerstimme los. Nur mit Mühe gelang es, Serga zu bändigen, indem man ihn schließlich mit einem Kinnhaken außer Gefecht setzte.

Wolodka, der die ganze Zeit den Ringrichter spielte, gab mit leiser, ruhiger Stimme Anordnungen.

»Bring diesen Ochsen nach Hause«, sagte er zu einem robusten Wachmann. Ewig versaut er einem die Tour, der Vollidiot.«

Als Serga vom Schlachtfeld getragen wurde, wandte sich

Tumanow, die Hände besänftigend über der fast fraulichen Brust zusammengelegt, an ein Häuflein aufgebrachter Gays.

»Also, entschuldigt, Kinder! Da kann man nichts machen, wenn sich der Pöbel erregt. Ich denke, der Zwischenfall ist erledigt.«

»Aber dieser Trottel hat uns die Kamera zerschlagen«, sagte einer der Teilnehmer der Gay-Fete. »Wer bezahlt die Kamera?«

»Also, Freunde, das ist Berufsrisiko. Die Kameraleute von Jacques-Ives Cousteau müssen Schlimmeres ertragen, von unseren Leuten an den Kriegsschauplätzen der Welt gar nicht zu reden. Laßt uns das morgen klären, wenn wir nüchtern sind. Bis dahin spreche ich euch die Entschuldigung der Klubleitung aus.«

Nachdem er die Angelegenheit halbwegs geregelt hatte, kehrte Wolodka zu mir zurück, füllte sein Glas bis oben mit Wein und trank es gierig aus. Dann seufzte er laut und starrte mich an.

»Ich bitte um Entschuldigung für die kleinen Unruhen der ethnischen Minderheit.«

»Macht nichts. Ich habe mich gut unterhalten. Sind das eure Stierkämpfe?«

»Fast«, lächelte Wolodka. »Und du, was machst du?«

»Was kann eine schöne Frau schon tun? Ich atme tief aus voller Brust.«

»Aus eindruckvoller Brust, muß man dazu sagen!«

Im stillen bedankte ich mich noch einmal bei meinem plastischen Chirurgen. In meiner für immer verlorenen Geburtsurkunde könnte er gut und gern in der Spalte des Kindsvaters stehen.

»Und ansonsten?« beharrte Wolodka.

»Geisteswissenschaftlerin, lernwillig, keine Computerkenntnisse, kein Sex«, zählte ich auf.

»Nicht übel, außer dem letzten«, äußerte Wolodka frech. »Was hast du vor in Moskau?«

»Weiß ich noch nicht. Für eine hochbezahlte Prostituierte bin ich nicht zynisch genug, für eine Geliebte nicht dumm genug, für eine Sekretärin habe ich die falsche Haarfarbe. Ich werde erst einmal den Markt studieren.«

Ich mußte den richtigen Moment abpassen, um mich zurückzuziehen, einen Hauch von Geheimnis hinter mir zurücklassend. Als dieser Moment gekommen war, erhob ich mich ganz ungezwungen.

»Gehst du schon?«

»Ich denke, ja. Weißt du, ich bin ein bißchen müde.«

»Ich hoffe, du erlaubst mir, dich zu begleiten?«

Wolodka ließ einen der Wachmänner kommen, der mich schweigend zur Garderobe begleitete. Ein paar Minuten später folgte Wolodka selbst. Er hielt mich vorsichtig am Ellenbogen. Wir traten aus dem Klub und stießen an der Tür mit Alexander Anatoljewitsch zusammen. Er tauchte so unerwartet auf, daß ich erschrak und die Handtasche fallenließ. Sie sprang auf, und heraus purzelten die geheimen Waffen der Frau – Lippenstift, Puder, Taschentuch, Schminktasche. Mein ehemaliger Pornoredakteur ging neben mir in die Hocke und machte sich daran, den Inhalt der Tasche aufzusammeln. Unsere Hände huschten auf den abgetretenen Stufen des Klubs hin und her und berührten einander fast. Endlich hob er die Augen, und ich begegnete standhaft seinem durchdringenden Blick.

»Entschuldigen Sie«, sagte Alexander Anatoljewitsch.

»Das macht doch nichts«, nuschelte ich. Mein ganzer Glanz war futsch.

Noch eine Sekunde, und ich fliege auf, er kann unmöglich die Angst vor dem Erkennen in meinen Augen übersehen. Wolodka rettete die Situation. Er streckte Alexander Anatoljewitsch die Hand entgegen.

»Schura, hallo! Darf ich vorstellen, das ist Eva. Ein neuer Brillant in unserer Krone.«

Alexander Anatoljewitsch küßte ziemlich gewandt meine Hand.

»Schinkarjow.«

Tumanow und Alexander Anatoljewitsch flüsterten noch kurz miteinander, dann holte mich Wolodka ein.

»Ein Geschäftspartner?« Meine Frage wirkte ganz natürlich.

»Wir spielen zusammen Billard«, antwortete Tumanow ausweichend.

»Habe ich richtig gehört: ein neuer Brillant in unserer Krone?« fragte ich, als Wolodka seinen roten Ford aufschloß. »Ich sehe, du hast schon alles entschieden.«

»Wozu die Sache unnötig in die Länge ziehen? Wir haben fünfzehn Minuten, um uns ineinander zu verlieben.«

Ich dachte daran, daß ich mich im Laufe dieses Monats schon in den vierten ausländischen Wagen setzte. Aber dies war ein ganz besonderer Wagen – der Ausgangspunkt meines jetzigen Lebens und die Unterschrift unter Nimotsis Urteil.

»Wohin fahren wir?« fragte Wolodka und ließ sich schwer neben mich fallen.

»Prospekt Mira.«

»Schade. Mir hätte ein weiter weg liegender Bezirk besser gepaßt. Ich habe überhaupt keine Lust, mich von dir zu trennen.«

»Komm ja nicht auf den Gedanken, zu sagen, ich sei dir einfach sympathisch.«

»Das würde mir niemals einfallen!«

Wolodka schaltete die Hifi-Anlage an, und das Wageninnere füllte sich mit der zuckersüßen Stimme von Chris Isaak, dessen Aufgabe es anscheinend war, die Spatzenhirne von Wolodkas Beifahrerinnen zu erweichen.

Die Fahrt war sehr kurz, was Wolodka mit Bedauern konstatierte, als wir bei meinem Haus ankamen.

»Lädst du mich noch auf einen Kaffee ein? Oder auf ein Gläschen Cognac?« fragte Tumanow und guckte unschuldig in die Gegend.

»Wozu? Meiner Meinung nach bist du im Klub ganz ordentlich versorgt worden.«

»Nimm mal an, daß ich weiterreichende Absichten habe«, erklärte Wolodka, allen Anstand über den Haufen werfend.

Ich wendete mich zu ihm um und strich ihm zärtlich über den zottigen Kopf.

»Wenn ich allen Männern Kaffee vorsetzen müßte, die mit mir in die Wohnung raufkommen wollen, wäre ich längst pleite.«

»Ich habe ein geschäftliches Angebot für dich.«

»Dann solltest du mich in dein Büro bestellen. Mir wäre eine Audienz so gegen zwölf vollkommen recht. Früher stehe ich nicht auf.«

»Wie lange bist du schon in Moskau?« fragte er.

»Fünf Tage.«

»Du gehst es ziemlich flott an.«

»Anders funktioniert das nicht. Viele Verlockungen, wenig Zeit.«

»Das heißt also, heute ist für mich nichts drin?« fragte er sachlich.

»Nein.«

»Aber ich darf hoffen?«

»Das ist nicht seriös. Ich bin eine müde und ernsthafte Frau. Ich habe kein Interesse daran, heiße Liebe vorzuspielen, wie deine käuflichen Huren.«

»Und woran hast du Interesse?«

Los, Eva! Wirf dein Fischnetz aus, vielleicht gelingt es dir, in dem trübem Wasser etwas zu fangen.

»Ungewöhnliche Leute, ungewöhnliche Situationen, ungewöhnliches Geld, ungewöhnlicher Sex.«

»Letzteres, bitte, etwas genauer.«

»Das lohnt nicht.«

»Du machst mich neugierig. Ich werde mich nicht auf dich stürzen, aber darf ich dir bitte etwas vorschlagen?«

»Für ›Miss Busen‹ bin ich ein wenig zu alt. Und für sensationelle Reisen in holländische Stripteaseklubs auch.«

Über Wolodkas Gesicht lief ein Schatten.

»Was denn, hat der schmalbrüstige Tscheremisse geplaudert? Laß dir ruhig noch mehr erzählen von dieser Saufnase. Und außerdem sind alle diese kleinen Sünden Vergangenheit, das versichere ich dir.«

»Dann erwarte ich mit Ungeduld, was du noch aus dem Ärmel ziehst.«

»Ich leite einen ziemlich soliden exklusiven Klub, in dem eine gewisse Menge von, sagen wir, einflußreichen Leuten verkehren: Show-Business, Medien-Holdings, Film-Szene. Ab und zu verirren sich sogar ein paar Rohstoffhaie dahin – Öl, Gas, Holz. Und du bist eine kluge Frau, das sieht man. Ziemlich klug. Außerdem schön – eine widernatürliche Mischung. Ein bißchen gesunder Zynismus paßt auch dazu. Bloß keine Unverschämtheit. Ich denke, du könntest dich ganz gut bei uns einleben. Wenn es ordentlich läuft, kannst du sogar die Visitenkarte des Klubs werden. Hör nur auf Onkel Wolodka.«

»Die Visitenkarte? Aber dann, wenn's geht, mit einem Queue in den Händen.«

»Spielst du Billard?« Wolodka staunte Bauklötzer.

»Mein kleines Laster.« Ich trieb meinen Preis hoch. »Nur so nebenbei: Was springt dabei für mich raus?«

»Für Slipeinlagen reicht es«, grinste er schlüpfrig. »Und für ein paar nette Kleinigkeiten auch noch. Über den Preis verhandeln wir das nächste Mal. Das ist ein offizielles Angebot.«

»Ich überleg's mir.«

»Sie überlegt noch! Sie sind ja verrückt geworden, meine Gnädigste! Sogar meine Biester von der Filmhochschule haben nie solche Angebote gekriegt. Und die Mädchen sind echt in Ordnung, ich kenne sie schon ewig. Und du kommst hier an ... Na gut, wenn man einem Notleidenden nicht einmal eine Tasse Kaffee anbietet ...« Er kniff ein Auge zu und sah mich an.

»Tut mir leid.«

»Dann gib mir deine Telefonnummer. Rufen wir uns an.«

Wir tauschten unsere Telefonnummern. Es war dieselbe Nummer, die Nimotsi angerufen hatte.

Ich fiel in einen todesähnlichen Schlaf, und nachdem ich aufgewacht war, wälzte ich mich noch bis zum Mittag im Bett herum. Wie's aussah, versprach das Leben stürmisch zu werden. Sammele deine Kräfte, Eva. Iß Mango und Avocado, kauf Creme gegen Falten und wasserfesten Mascara.

Nach zwei Uhr klingelte das Telefon. Der erste war Tumanow, der anscheinend nie schlief. Wir verabredeten uns für den Abend im Klub, er würde extra einen Umweg machen, um mich abzuholen, danke, sehr liebenswürdig von dir. Dann war Serga an der Reihe. Er entschuldigte sich trübe für den verpfuschten Abend, klagte über das explosive tscheremissische Temperament, und erst am Schluß fragte er: »Na, hast du dich gut amüsiert?«

An seinem boshaften, neidischen Ton merkte ich, daß er den dicken Glückspilz Tumanow meinte.

»Zu meiner Schande muß ich gestehen, ja«, antwortete ich. »Danke, daß du mich mit einem so außergewöhnlichen Menschen bekannt gemacht hast.«

»Habt ihr gepoppt?« fragte Serga direkt. Seine offenkundige Asexualität erlaubte es ihm, mit jeder Frau in so einem herablassend zynischen Ton zu reden.

»So weit kam es nicht.«

»Ich rufe an, weil ...« Serga faßte wieder Mut. »Vielleicht stehst du mir Modell? Ich möchte dich malen.«

Ich war einverstanden. Zumal ich auf diese Art und Weise von Serga, als Stammgast des Klubs, ganz zwanglos Informationen nicht nur über Tumanow sammeln konnte – der interessierte mich ja eigentlich weniger –, sondern vor allem über Schura Schinkarjow, den ich unter der respektvollen Anrede Alexander Anatoljewitsch kannte. Ich bat Serga, zu mir auf den Prospekt Mira zu kommen, und er schien sich darüber zu freuen.

Zwei Stunden später war er da, beladen wie ein Maultier mit einem Sammelsurium von abgewetzten Sporttaschen. Und wieder eine Stunde später saß ich auf einem improvisierten Podest, umrahmt von Requisiten, die Serga mitgebracht hatte: angeschlagene Krüge, von Nestern feiner Risse überzogen, kultische Figuren, die aussahen wie Bestandteile ritueller Opferungen und eine ganz entzückende Kaffeemühle, die bestimmt mehr als ein Jahrhundert auf dem Buckel hatte. Eine Ewigkeit kämpften wir mit dem Stoff, in den Serga mich wickelte; er hatte sagenhafte Farbmuster, die mit ihrer Glut mehr als eine menschliche Seele verbrennen konnten. Endlich war das richtige Arrangement hergestellt.

Serga legte eine Kassette mit ecuadorianischen Inkas ein – eine sanfte Flöte und gutturale Schreie aus der dünnen Luft der Anden.

»Ich finde, du schmeichelst mir«, sagte ich, als sich Serga auf die Leinwand konzentrierte. »Ich hatte immer den Verdacht, daß ich exotisch bin, aber nicht so sehr!«

»Um Exotik geht es hier nicht. Exoten hab ich an der Filmhochschule mehr als genug gesehen. Jede Sorte – solche, die gerade von den Palmen heruntergestiegen waren, solche, die Haschisch rauchen wie unsereiner ›Prima‹ raucht, alle möglichen Inder und Philippinos. Sogar deutsche Frauen, die sich die Beine nicht rasieren«, parierte der hoffnungslos glatte, haarlose Serga. »Mir ist einfach klar, daß du nicht von dieser Welt bist. Du hast ein merkwürdiges Gesicht. Nicht von hier.«

»Ich komme aus dem verdammten Stamm der Amazonen, was?«

»Zuerst habe ich so was Ähnliches gedacht, aber ich fühle, das ist es nicht. Ich kriege es nicht zu fassen, ich dringe nicht zum Wesen vor. Als ob ihr voneinander unabhängig wäret – auf der einen Seite du und auf der anderen dein Wesen. Ich weiß nicht, wie ich das erklären soll.«

Dafür wußte ich es. Als ich hinter den Vorhang meines neuen Gesichts trat und dort ein neues Stück probte, war ich so naiv, zu glauben, daß ich mich vor der ganzen Welt verbergen könnte. Aber dieser tscheremissische Bauernbursche hatte sofort ein Löchlein gefunden, und jetzt spähte er mit aller Konzentration hindurch.

Ich lenkte das Gespräch von diesem heiklen Thema ab und brachte es auf Tumanow. Hier konnte Serga mir wenig helfen, obwohl er mit Tumanow ein ziemlich enges Verhältnis hatte. Seine Skizzen sagten wesentlich mehr über die Menschen aus, als er mit Worten ausdrücken konnte. Schura Schinkarjow kannte er überhaupt nicht: Ab und zu komme er in den Klub, er mache irgendwelche Geschäfte mit Wolodka. Früher war er öfter da, als Wolodka noch Frauen verschob, jetzt seltener.

Wir trennten uns am Abend und vereinbarten die nächste Sitzung. Serga fuhr zur Aufnahme eines Clips, den ihm einer seiner früheren Studienkollegen zugeschanzt hatte, der jetzt in der Werbung arbeitete. »Ich haue ab, Geld scheffeln«, sagte er. Anscheinend verdiente er gar nicht schlecht, obwohl seine vollgerümpelte Wohnung an der Prashskaja und sein vernachlässigtes Äußeres nicht danach aussahen.

Serga hatte nicht einmal eine Gelegenheitsgeliebte, gar nicht zu reden von einer festen Beziehung. Er halte es für unter seiner Würde, seine Kohle für berechnende Blutsaugerinnen rauszuschmeißen. Fast alles, was er verdiente, schickte er an den vielköpfigen Kaniginschen Klan in seinem fernen tscheremissischen Dorf.

Um elf kam Wolodka, um mich abzuholen. Er roch betäubend nach Schweiß und irgendwelchem teuren Eau de toilette.

»Ich bin voll im Streß, den ganzen Tag auf den Beinen«, sagte er. »Na, los, schieben wir ab, Alte!«

So begann mein Moskauer Nachtleben. Nach einer Woche erklärte Wolodka mir, daß er mich im Klub anstelle, und das sei erst der Anfang. Diesem Ereignis gingen einige ziemlich menschenreiche Nächte voraus. Eine davon verbrachte ich beim Billard mit zwei Subjekten, die einander verwirrend ähnlich sahen. Hinterher deutete mir Wolodka an, daß dies die eigentlichen Besitzer des Klubs seien. Sie seien Brüder, und beiden habe ich gut gefallen, was Tumanow sich als persönlichen Erfolg anrechnete.

Es wurde nicht viel von mir verlangt: Ab und zu meinen Namen sagen, worüber die Männer dann ihre obligatorischen Witzchen abließen, mit unschuldigem Gesicht provozierende Sprüche von mir geben und dabei Billard spielen. Ohne Einsatz, als Sieger- oder Verliererprämie gab es die Visitenkarte des jeweiligen Gastes. Diese Visitenkarten sammelten sich in Massen bei mir an. Ich dachte an Venka mit ihrer Leidenschaft, nützliche Bekanntschaften zu sammeln. Mir fehlte allerdings ihr hochfliegender Ehrgeiz, obwohl Wolodka, der mich aus den Augenwinkeln genau beobachtete, anderer Meinung war. Für ihn war das alles nur das geschickte Spiel einer habgierigen Frau. Für die anderen war ich ein amüsantes Ding, noch nicht von Moskau verschluckt und deshalb frisch und interessant. Ich knüpfte mit niemandem besonderen Kontakt, wich zahlreichen Rendezvous aus, und bald hatte ich den Ruf einer unabhängigen, ein wenig zynischen Frau, die das Leben genießt.

Einige Male kam Alexander Anatoljewitsch in den Klub, manchmal in Gesellschaft (für die ich mich am meisten interessierte), aber öfter allein. Er machte allgemein einen sehr distinguierten Eindruck, aber ich erinnerte mich gut an unser erstes Treffen in der Metro und die folgenden Anrufe bei mir: »Ihr Drehbuch ist angenommen …«

Ihn bekam ich nicht an den Haken, obwohl er der einzige war, den ich wirklich leidenschaftlich in meiner Sammlung zu haben wünschte. Ein leichtes Neigen des Kopfes, ein nichtssagendes Lächeln, das war alles. Jedem anderen Mann hätte ich zu verstehen gegeben, daß er mich interessierte, jedem, nur nicht diesem. Offen zu spielen war gefährlich – zu großes Interesse konnte ihn mißtrauisch machen. Nachts lag ich viele Stunden wach und dachte mir immer neue Pläne aus. Aber es kam der Morgen, und bei Tageslicht erschienen sie mir alle lächerlich und unausführbar. Manche Varianten verwarf ich, weil sie zu theatralisch waren, andere waren zu leicht durchschaubar. Außerdem, sagte ich mir, mußt du dir darüber klar sein, daß du nur eine rotznasige Dilettantin bist. Die Tatsache, daß du noch lebst, ist schlicht und einfach Zufall.

Die Lösung kam unerwartet, während der nächsten Malsitzung. Serga änderte das Porträt immer wieder, suchte unentwegt weiter nach einer Spur meines ungreifbaren Wesens. Manchmal schien das Porträt fast abstoßend, und ich erschrak: Serga wiederholte Schritt für Schritt die Entstehung meines Gesichts im letzten Hochsommer. Stück für Stück trug er es zusammen, wie die Teile eines Puzzles – noch ein bißchen, und sie würden sich zu einem verständlichen Bild zusammenfügen.

Wir hatten uns beide an diese sich langsam hinziehenden Stunden gewöhnt. Vielleicht hatte es lange niemanden mehr gegeben, der ihm zugehört hatte; vielleicht gefiel es ihm, daß man sich zu einer Frau so verhalten konnte – ohne jegliche Komplexe und ohne für einen Pechvogel wie ihn nur erniedrigende Liebesspiele.

Und er war ein Pechvogel – einer der Filmhochschulpechvögel, die man daran erkannte, daß sie nie von der Filmhochschule sprachen, und wenn, dann nur in den übelsten Ausdrücken. Serga erzählte viel lieber von seiner Armeezeit, die er in Deutschland verbracht hatte, kurz bevor die Truppen dort abgezogen wurden. Die Deutschen mochte er nicht, die Finnen auch nicht. Er sah sie mit der Geringschätzung des Eingeborenen, der von den Konquistadoren zum ersten Mal erfuhr, daß es auf der Erde Coca Cola und Präservative gab.

Am liebsten erzählte er die Geschichte von zwei farbigen Studienkameraden, die er im letzten Studienjahr in seine entlegene Heimat mitgenommen hatte. Ihr Erscheinen dort schlug ein wie eine Bombe. Die tscheremissischen Bauern liefen den Schwarzen scharenweise hinterher, und die Lokalpresse widmete ihnen eine Doppelseite mit der markanten Überschrift »Gäste aus dem befreundeten Äthiopien in Mari–El«; im Badehaus, wo die beiden sich wuschen, versammelten sich ganze Dörfer. Einer von Sergas geschäftstüchtigen Brüdern kam auf die Idee, daß mit der Zurschaustellung der exotischen Körper in allen Details reichlich Geld zu verdienen sei. Geld kam aber letztlich nicht viel zusammen, man zahlte hauptsächlich mit Lebensmitteln und Selbstgebranntem. Die Schwarzen hatten jedenfalls großen Erfolg, sie beteiligten sich an diversen dörflichen Schlägereien und verführten einige Dutzend Frauen. Zu guter

Letzt mußten sie vor den wütenden Ehemännern die Flucht ergreifen. Serga verließ das Dorf gemeinsam mit den beiden bei Nacht und Nebel auf einem Pferdefuhrwerk. Sie tranken Selbstgebrannten, sangen äthiopische Lieder, zählten die Sterne über Mari-El, und Serga kam es vor, als sei er glücklich.

Aber er war nicht glücklich. Zum Teufel, sein Glück konnte nur dieses Miststück sein, die »warme Stute« Aljona. Doch Aljona gab es in seinem Leben nicht. Manchmal erzählte Serga, der jetzt vollkommen zahm geworden war, von seinen unerfüllbaren Phantasien: vollkommen inkognito nach Petersburg fahren, Aljona beschatten (Die Ähnlichkeit unserer Pläne – meines durchgeführten und Sergas nicht verwirklichten – jagte mir einen Schreck ein), sich ihre Hausschlüssel besorgen, in ihre Wohnung eindringen und ...

»Was – und?« fragte ich.

Damit versiegte Sergas Gesprächigkeit. »Na, ich hätte ihr Blumen hinlegen können, vielleicht einen Zettel.« Tatsächlich? – dachte ich. Dich hat's aber heftig erwischt! »Eine kleine Liebeserpressung«, fügte Serga hinzu.

Es fehlte nicht viel und ich wäre aufgesprungen und hätte ihn abgeküßt: Das war das Wort, nach dem ich gesucht hatte – Erpressung!

Erpressung.

Meine Gedanken bekamen neuen Antrieb, erschlossen sich soeben das neuentdeckte Terrain, und einige Tage später war in meinem Kopf ein ungefährer Plan gereift. Er war ziemlich gefährlich, aber nach reiflicher Überlegung nahm ich ihn an – einen anderen hatte ich nicht. Die erste Stufe dieses Planes konnte ich ganz gut allein bewältigen, das war nicht schwer. Aber auf der zweiten Stufe brauchte ich fremde und – vor allem – männliche Hilfe. Der einzige Kandidat für diese verantwortungsvolle Aufgabe war Oleg Wassiljewitsch, der über meinen nächtlichen Klubaktivitäten ein wenig in Vergessenheit geraten war. Oleg hatte ein paarmal angerufen, aber ich ging nicht an den Haken, wie

Schura Schinkarjow bei mir. Jetzt kam er mir ziemlich zupaß, ich mußte ihn nur sehr feinfühlig vorbereiten.

Um mir über meine Vorgehensweise Klarheit zu verschaffen, versuchte ich, meine Gedanken auf einem Blatt Papier zu ordnen – mein bewährtes Verfahren, das mich noch nie im Stich gelassen hatte. Oben auf das Blatt schrieb ich:

PLAN

1. Die Abwehr ein wenig abschwächen und Tumanow zu verstehen geben, daß seine Bemühungen nicht umsonst sind. Mir unter irgendeinem Vorwand Zugang zu seiner Wohnung verschaffen. Notfalls einwilligen, mit ihm zu schlafen. Aber nur auf seinem Territorium, das ist Bedingung.

Ziel: Mein Erscheinen in Tumanows Wohnung muß selbstverständlich aussehen, sich aus unserer Beziehung ergeben.

2. Versuchen, wenigstens für kurze Zeit und vor allem unbemerkt, die Schlüssel zu seiner Wohnung zu bekommen und ein Duplikat anfertigen zu lassen.

Ziel: In Wolodkas Abwesenheit Zugang zu seiner Wohnung zu erlangen.

3. In die Wohnung eindringen, um dort Brief und Kassette zu hinterlassen. Die Kassette in das Videogerät einlegen, den Brief an einem Ort deponieren, an dem er sofort entdeckt werden muß. Der Inhalt des Briefes muß noch formuliert werden. Er muß Wolodka dazu veranlassen, das Videogerät sofort einzuschalten. In dem Brief erklären, daß Tumanow zu einer bestimmten Zeit einen Anruf zu erwarten hat.

Ziel: Tumanow dazu zwingen, Kontakt zu seinen Partnern aus dem griechischen Pornogeschäft aufzunehmen.

4. Telefonanruf. Vorher Oleg in einige Details einweihen – aber nur in die, die unmittelbar den Anruf betreffen. Die Informationsmenge, die er erhält, kann man nach der Entwicklung der Sache bestimmen.

Ziel: Der Sache den Anschein einer ernsthaften Erpressung geben. Die Kassette muß sie interessieren, vor allem, wenn man andeutet, daß sie nur einen Teil der vorhandenen Informationen darstellt, über die man verfügt.

5. Das Treffen. Wird vereinbart für einen bestimmten Ort und unter bestimmten Bedingungen. Es muß der führende Kopf kommen, nicht Kleinvieh in der Art von Schura Schinkarjow.

Damit war meine Phantasie am Ende.

Wie gut oder schlecht dieser Plan war – er schien mir die einzige Möglichkeit, den Kopf dieser Pornobande, die Leute über Alexander Anatoljewitsch, zu entlarven, diejenigen, die schuld waren am Tod Nimotsis und Julenkas und all der anderen, die ich nicht kannte.

All die anderen. Ich hatte nicht die geringste Ahnung, wie viele es waren. Aber jetzt, nachdem ich die Kassette gesehen hatte, quälte mich ein einziger, doch ziemlich logischer Gedanke: Warum hat niemand nach diesen Menschen gesucht? Aber vielleicht hat man ja nach ihnen gesucht? Und warum war Alexander Anatoljewitsch dann so ruhig? War etwa der bedauerliche Junkie Nimotsi der einzige Zeuge, den man hat fürchten müssen?

Diese Fragen waren bis jetzt ohne Antwort geblieben. Aber ich war sicher, daß ich die Antwort finden würde. Oder zumindest konnte ich denen helfen, die sich vielleicht ernsthaft damit befaßten. Nicht umsonst hat Nimotsi von Interpol gesprochen.

Bis dahin jedoch mußte ich mich vorsichtig an Wolodka heranmachen und stufenweise meinen Plan in die Tat umsetzen. Immer neue und neue Details kamen hinzu. Ich beschloß, nur einen kleinen Ausschnitt des Videos zu benutzen. Er durfte nicht länger als fünf bis sieben Minuten sein. Ich mußte die härteste, entlarvendste Szene nehmen – welche, das wußte ich schon. Dies war auch deshalb erforderlich, um herauszubekommen, wie tief Wolodka in diese Sache verwickelt war. Ja, er hatte Nimotsi ans Messer geliefert, daran zweifelte ich nicht, also hegte er zumindest den

Verdacht, daß mit dem Pornogeschäft etwas nicht in Ordnung war. Aber ich konnte nicht glauben, daß Tumanow seine Frau dorthin geschickt hätte, sei es auch seine ehemalige, wenn er von dem blutigen Schluß gewußt hätte ...

Wolodka um den Finger zu wickeln erwies sich als eine ziemlich mühevolle Sache. Daran war ich selber schuld: Ich hätte nicht von Anfang an unserer Beziehung eine so zynische Note geben dürfen. Jedes Zeichen von Leidenschaft, sogar von einfachem weiblichem Interesse von meiner Seite konnte jetzt total heuchlerisch aussehen. Deshalb entschloß ich mich, meinen eigenen Zynismus ins Absurde zu treiben, damit nichts mehr unmöglich erschien – sogar eine Bettgeschichte. Ein wenig mehr Wein, ein wenig näher die halbgeöffneten Lippen – und schon war es gar nicht mehr so unwahrscheinlich, miteinander im Bett zu landen. Ich fing sogar an, anzügliche Witze darüber zu machen, und Wolodka ging mit Vergnügen darauf ein.

»Sollten wir irgendwann mal zusammen in einem Bett landen, würde ich das Inzest nennen«, sagte ich und meinte unsere Ähnlichkeit in der ironisch herablassenden Weltsicht.

»Ein raffinierter Inzest, würde ich hinzufügen«, erwiderte Wolodka. »Aber warum nicht? Du magst doch ungewöhnlichen Sex.«

Auf diesem Thema ritten wir einige Tage lang herum, und Schritt für Schritt kam ich Wolodka näher – und er merkte es. Schließlich erlaubte ich ihm, mich zu küssen, auf ganz und gar nicht freundschaftliche Weise. Wolodka kommentierte das in seiner typisch frivolen Art, und wir einigten uns auf die Zweckmäßigkeit der Liebesfreuden. Aber stattfinden könnten sie nur auf seinem Territorium.

Er erklärte sich mit Freuden einverstanden.

So betrat ich zum ersten Mal Tumanows Bärenhöhle, die starke Ähnlichkeit mit ihrem Bewohner hatte. Alles in dieser Zweizimmerwohnung sprach von der Anwesenheit mehrerer Frauen, und gleichzeitig residierte keine hier dauerhaft. Die ganze Bude sah aus wie das Hauptquartier des männlichen Chauvinismus: Die Fülle farbig reproduzierter Frauenreize an den undenkbarsten Stellen mußte jede Frau verletzen, die die Absicht hatte, die einzige für Wolodka zu werden.

Ich ging gleich unter die Dusche, wo mich schon ein sauberer Bademantel und eine neue, noch verpackte Zahnbürste erwarteten; Wolodka nahm seine flüchtigen Romanzen ziemlich ernst.

Er kam nicht zu mir unter den heißen Strahl, wie Vlas das getan hatte, sondern saß im Zimmer in einem Sessel und wartete geduldig auf mich. Von dem bekleideten Wolodka, von dem aufgedeckten Bett und sogar vom Cognac auf dem kleinen Tischchen ging ein unsäglicher Geruch von Abgeschmacktheit aus. Wenn doch alles schnell vorbei wäre, dachte ich mit dumpfer Verzweiflung.

Wolodka brummelte irgend etwas der Situation angemessenes, sein massiger Leib schwamm an mir vorbei – offensichtlich in die Dusche; so war es auch. Der dicke Wolodka schwitzte übermäßig, und er wußte von diesem Makel: Solche Mengen von Eau de toilette, Eau de Cologne, Lotions und Cremes hatte ich noch nie auf einem Haufen gesehen.

Ich war beinahe eingeschlafen, bevor er wieder im Zimmer erschien. Offensichtlich genierten ihn seine Abmessungen, er schaltete sofort die Nachttischlampe aus, wie eine trostlose Jungfrau, die zum ersten Mal im Bett eines Mannes gelandet ist. Ich spürte ihn mehr neben mir, als daß ich ihn sah.

Erstaunlicherweise erwies er sich als ein guter Liebhaber. Er wußte, daß er schwerfällig war, und konzentrierte sich deshalb auf leichte, beinahe schwerelose Zärtlichkeiten. Ich konnte mir überhaupt nicht vorstellen, daß Finger und Lippen allein bis zur Extase führen könnten – aber so war das nun mal, ich hatte zu wenig Erfahrung, und deswegen ließ ich ihn einfach alles machen, was er wollte.

Jetzt verstand ich vollkommen die kleinen Hürchen, die seinetwegen dahinsiechten, und nicht nur wegen seines Geldes und seiner Stellung.

Wolodka sah ebenfalls zufrieden aus.

»Na, und?« fragte er. »Der Teufel ist nicht so schwarz wie seine Kinderchen!«

»Sieht so aus«, antwortete ich vollkommen aufrichtig. »Sieht so aus, als könnte ich mich sogar für dich begeistern.«

Wir wälzten uns noch ein bißchen im Bett herum, dann fiel Wolodka in einen totenähnlichen Schlaf. Eigentlich stört der Bauch gar nicht, dachte ich, und der Bart steht ihm sogar prächtig.

Immer öfter fuhren wir nach dem Klub zu ihm, er schien mehr und mehr Geschmack daran zu finden. Ihm gefielen Frauen überhaupt; ihm gefiel es, einen Frauenkörper zärtlich zu liebkosen; das war für ihn viel wichtiger, als selbst Befriedigung zu finden.

Eine Woche nach Beginn unserer Beziehung gelang es mir, Duplikate seiner Schlüssel machen zu lassen. Nicht weit von Wolodkas Haus entfernt gab es eine Schlosserei. Jetzt mußte ich unverzüglich handeln. Am schwierigsten war es, den Text des Briefes zu verfassen. Ich quälte mich einen ganzen Tag damit herum und verbrauchte ein ganzes Paket Schreibmaschinenpapier. Das Ergebnis sah dann folgendermaßen aus:

Du sitzt voll in der Scheiße. Sieh dir das Video an und überzeuge dich selbst. Das ist nur ein kleiner Teil der Pornoaufnahmen aus Griechenland, bei denen du deine Finger im Spiel hattest. Entweder wir einigen uns, oder du siehst das alles in voller Länge im Fernsehen, mit dem entsprechenden Kommentar. Morgen zwischen 22.00 Uhr und 22.15 Uhr erfährst du per Telefon die Bedingungen.

Ich hatte keine Angst, entlarvt zu werden. Der Brief war in Druckbuchstaben geschrieben, und Wolodka würde wohl kaum eine graphologische Expertise einholen. Außerdem war der Bekanntenkreis Tumanows riesengroß. Allein in meiner Gegenwart hatte Wolodka ein gutes Dutzend »nützlicher« Menschen verschiedensten Kalibers kennengelernt.

Ich brachte den Text auf einer harmlosen Glückwunschkarte unter – ein zottiger Welpe und ein Entlein in Matrosenbluse: »Herzlichen Glückwunsch zum Geburtstag«. Ich verbrannte alle Entwürfe und warf die Faserschreiber, die ich benutzt hatte, in den Müllschlucker. Zur Herstellung der Videokopie war es notwendig, ein möglichst billiges Videogerät zu kaufen. Besser, man erregte bei niemandem unnötigen Verdacht.

Auf der Kopie, die ich anfertigte, starb die arme Julenka innerhalb von fünf Minuten.

Ich ging zu Wolodka. Seinen heutigen Zeitplan kannte ich gut: Ausscheidungsrunde eines Wettbewerbs, und dann der Klub, wo er mit dem Moderator eines Moskauer Privatsenders verabredet war.

Im Treppenhaus begegnete mir niemand. Gute fünf Minuten lang klingelte ich an der Tür, um sicherzugehen, dann öffnete ich und trat ein.

In Wolodkas Abwesenheit sah die Wohnung noch vernachlässigter aus. Die Frauen auf den Postern wirkten verlassen; niemand war da, dem sie ihre rasierten Schamhügel zeigen konnten. Ich legte die Kassette in das Videogerät ein und spulte sie an den Anfang. Den Brief plazierte ich an eine Stelle, wo Wolodka ihn sofort finden mußte – in den riesigen Kühlschrank. Wenn er nach Hause kam, trank er für gewöhnlich gleich ein Bier. Ich beschwerte ihn mit einer Bierflasche, betrachtete ein letztes Mal prüfend das Arrangement und schloß die Kühlschranktür, als mich plötzlich ein wilder Gedanke durchzuckte: Noch kann ich das ganze Spiel verändern! Ich kann den Brief und die Kassette einfach wieder mitnehmen, weiter mit Wolodka schlafen, als wäre nichts geschehen, und irgendwann mit jemand anderem, genauso zärtlichem, in den ich mich auch verlieben könnte. Ich könnte Wein trinken im Klub, bei einem Privatsender unterkriechen, als Moderatorin einer frechen Show. Ich könnte heiraten, einen anderen Namen annehmen, und niemand fände mehr eine Spur von mir.

Aber ich dachte an gestern, als ich den Schluß der Aufnahme überspielte: Ich hatte kein Recht dazu, Julenka mit durchschnittenem Hals kann sich nicht selber rächen – jemand anderes muß es tun. Und dieser andere war ich.

Ich schmiß die Nachschlüssel in den Müllcontainer bei meinem Haus. Am Abend ging ich in den Klub. Tumanow war noch nicht dort, obwohl bis zur Verabredung mit dem Fernsehtypen nur noch eine halbe Stunde Zeit blieb.

Als er kam, erkannte ich an seinem fröhlichen Grinsen, daß er noch nicht zu Hause gewesen war. Um so besser, so konnte ich seine unmittelbare Reaktion sehen.

Wolodka schmatzte mich ab, ließ ein paar Standardwitzchen über die Moskauer Vorstadtmädchen vom Stapel und verschwand auf die Toilette – das verschwitzte Gesicht und das Gestrüpp unter den Achseln waschen. Ich wußte, daß sich in seinem Arbeitszimmer ein riesiger Stoß von Hemden und ein paar Anzüge befanden. Jetzt zieht er sich um, trifft sich mit dem nützlichen Menschen vom TV, trinkt mit ihm einen Krug Wein, schiebt seine weiche Hand über meine Brustwarze, wenn der Portier uns die Tür in die kalte Nacht öffnet. Wir setzen uns ins Auto und …

Genauso lief es ab. Oder fast so.

Um drei Uhr erreichten wir Wolodkas Haus. Er war aufgekratzt wie nie: Der Fernsehtyp hatte ihm angeboten, auf seinem Kanal eine eigene Sendung zu machen. Die Leitung der Fernsehgesellschaft war bereit, große Summen zu investieren und Tumanow volle Freiheit zu lassen.

»Carte blanche, meine Liebe!« Wolodka hüpfte in dem engen Gehäuse des Autos vor Freude. »Sie geben mir Carte blanche! Du und ich – zusammen machen wir aus dieser laschen Sache etwas total Phantastisches, Mode, Film, schöne Hälse, schöne Beine.«

»Was habe ich damit zu tun?«

»Nicht *damit* – mit mir, mein Spätzchen, mit mir! Hab ich dir etwa noch nicht gesagt, daß ich in deiner Abwesenheit Sehnsucht nach dir kriege? Ich muß dir einen Nachschlüssel von der Wohnung geben.«

Zu spät. Ich brauche keinen Nachschlüssel mehr.

Wir polterten in die Wohnung, und ich sprang unter die Dusche, kaum daß ich die Stiefel ausgezogen hatte – ein festes Ritual, an das Wolodka schon gewöhnt war.

Das Prasseln des Wassers dämpfte alle Geräusche in der Wohnung, ich hielt das Gesicht in den Strahl und wartete gespannt. Trotzdem erschrak ich.

Mit dem Rücken spürte ich, daß er die Tür zum Bad geöffnet hatte und an der Schwelle stehengeblieben war.

»Was ist los, mein Lieber?« gurrte ich, ohne mich umzudrehen – obwohl ich jetzt nichts lieber wollte, als ihn ansehen. Er hatte genug Zeit gehabt – exakt so viel, um im Kühlschrank nach dem Bier zu greifen, den Brief zu entdecken, ihn zu lesen und die Kassette anzusehen. Ich duschte immer ziemlich lange.

Es kam keine Antwort.

»Hast du beschlossen, das Ritual des Beischlafs zu variieren?« Diese Frage war völlig logisch, bisher war Wolodka kein einziges Mal ins Bad gekommen, während ich drinnen war.

Keine Reaktion – obwohl ich spürte, daß er noch da war, sein schwerer Atem füllte den kleinen Raum des Badezimmers.

Da endlich drehte ich mich um und sah sein aufgelöstes, schreckliches Gesicht: Es hatte den Ausdruck einer einsamen, hilflosen Frau, die allein mit ihrem Vergewaltiger geblieben ist – das Messer ist schon gezückt, und Hilfe ist von niemandem zu erwarten. Wolodkas Bart war zerzaust und zur Seite gedrückt, der immer so sorgsam gepflegte Bart, die Augen waren tief in die Höhlen gesunken. Aber nicht das erschreckte mich, sondern der Geruch. Ein betäubender Schweißgeruch.

Er starrte mich an, klammerte sich förmlich mit den Augen an meine ruhige Silhouette, wie an den Rand eines Abgrunds.

»Was ist los?« fragte ich. »Ist jemand gestorben? Was ist passiert? Du erschreckst mich.«

Er schluckte krampfhaft. Ich spürte, daß er am liebsten

geschrien hätte. Aber er schrie nicht. Die Worte blieben ihm im Halse stecken.

Ich stieg aus der Dusche und zog schweigend den Bademantel über. Dann packte ich den versteinerten Fleischhaufen und rüttelte ihn.

»Was ist mit dir los?!«

Der Geruch raubte mir beinahe das Bewußtsein. Das war nicht derselbe Schweiß, den ich bei ihm kannte. Er roch sehr unterschiedlich – feierlich und fein, wenn er eine Frau auf den Höhepunkt brachte: So riechen gute Liebhaber. Oder schwer, wie nach dem Tragen großer Lasten oder nach dem Holzfällen: So riechen Männer, die erfolgreich sind. Aber dies – das war Angst, animalische Angst.

Endlich brachte Wolodka die Lippen auseinander und krächzte: »Alles in Ordnung. Aber du mußt jetzt gehen. Zieh dich an.«

»Ich gehe nicht eher, bis du mir erklärt hast, was los ist.«

»Ich bitte dich!« Sein Gesicht verzog sich jämmerlich. »Morgen ... Morgen erkläre ich dir alles ...«

Die Qual entstellte sein Gesicht.

»Geh, ich bitte dich.«

Ich zuckte mit den Schultern, warf den Bademantel auf den Boden und begann mich anzuziehen. Er stand daneben, wich mir keinen Schritt von der Seite – als ob er Angst hätte, ich könnte es mir anders überlegen oder zickig werden und bleiben. Los, los, schneller, zum Teufel! las ich aus seiner verkrampften Körperhaltung.

In betäubender Stille kleidete ich mich an, verfolgt von Wolodkas leblosem Schatten, zog die Stiefel an und den Mantel. Als ich schon an der Tür war, wandte ich mich um.

»Ich bin dir nicht böse. Also, morgen kommst du bei mir vorbei, wir haben tagsüber eine Verabredung mit dem Fernsehmenschen, denkst du daran? Ich rufe dich an.«

»Ja, ja.« Wolodka hörte mir überhaupt nicht zu.

»Du bist eine kluge Frau, ich liebe dich. Ich danke dir.«

Er schlug die Tür hinter mir zu, wie man die Tür der Todeszelle zuschlägt: für immer.

Mein Kopf begann vor Anstrengung zu schmerzen. Ich hatte alles erwartet, nur nicht so eine ungeheuerliche Reaktion. Ich verstand nicht, woher sie kam. Julenkas Tod? Die Angst vor denen, die hinter allem stehen?

Ich versuchte, seinem Gedankengang zu folgen: Warum hatten die Erpresser sich ausgerechnet an ihn gewandt? Und nicht an Alexander Anatoljewitsch zum Beispiel? Ausgerechnet er ist aufgeflogen, also ist er das schwache Glied, über das man die ganze Kette zerreißen kann. Jetzt tappt Wolodka im dunkeln: Wenn es nun keine Amateur-Erpresser sind, sondern irgendeine Spezialeinheit der Polizei, die ein raffiniertes Spiel mit ihm treibt?

Ich ging auf die Straße, die still und vor Kälte fast farblos war.

Ganz wenige Lichter, nur die Autos, mit denen die Bürgersteige gespickt waren. Da war Wolodkas Ford. Ich berührte ihn mit der Hand und ging vorbei.

Die Handtasche.

Zum Teufel, ich hatte sie bei Tumanow vergessen. Ich überlegte einen Moment und beschloß, umzukehren. Kosmetik, Puderdose, Lippenstift, ein kleiner Flakon Parfüm – keine Frau über fünfundzwanzig kann ohne diese harmlosen Tricks auskommen. Außerdem waren mein Geld und die Schlüssel drin.

Nein, meine Schlüssel steckten in der Manteltasche. Diese laxe Angewohnheit, ohne Portemonnaie und Schlüsseltasche auszukommen, hatte ich mir schon auf der Filmhochschule zugelegt. Aber das wußte Wolodka ja nicht, und ich hatte eine gute Entschuldigung, um zurückzukommen. So könnte ich sehen, wie er sich fühlte. Vielleicht war er jetzt schon in der Lage, eine halbwegs zusammenhängende Erklärung abzugeben. Irgend etwas, das mir später hilfreich sein konnte – ein geringfügiges Detail, ein beiläufig erwähnter Name.

Ich kehrte um. Als ich noch etwa fünfzig Meter von Wolodkas Haus entfernt war, sah ich eine einsame Gestalt, die aus dem Treppenhaus trat. Fürwahr, heute war die Nacht der Überraschungen. Das haute mich fast um. Ich schlug mir die Hand vor den Mund.

Es war Oleg Wassiljewitsch.

Wäre aus Tumanows Treppenhaus eine mit Bändern geschmückte Gondel herausgeschwommen mit einem singenden Gondoliere darauf, ich hätte nicht verblüffter sein können.

Ich versteckte mich hinter einem Lada und hielt den Atem an. Was tut er hier, in dem Haus, in dem Wolodka wohnt? Es wäre albern, an einen Zufall zu glauben. Er wohnte am anderen Ende von Moskau, wozu sollte er sich um drei Uhr nachts hier herumtreiben?

Ich drückte mich an die Haube des Lada, als der Škoda von Oleg Wassiljewitsch an mir vorbeifuhr. Wahrscheinlich hatte sich Wolodka vorhin so ähnlich gefühlt wie jetzt ich. Die Welt um mich herum, die ich mir mühevoll zusammengezimmert hatte, drohte einzustürzen und mich unter ihren Trümmern zu begraben.

Tumanow war jetzt nebensächlich und meine Handtasche auch, zum Teufel damit, ich hole sie morgen. Aber was tut Oleg Wassiljewitsch hier?

Ich wußte schon, was, ich vermutete es insgeheim lange, tief in einem Winkel meiner Seele, die müde war von der unentwegten Flucht und Heuchelei. Aber ich traute mich nicht, es laut auszusprechen. Und erst, als ein jäher Windstoß mein glühendes Gesicht abkühlte, sagte ich mir: Er verfolgt dich, und du bist selber daran schuld, du hast den Kopf in das Maul eines unbekannten Tieres gesteckt und hast dir nicht einmal die Zeit genommen, dich irgendwie abzusichern. Ich erinnerte mich, wie verdächtig leicht er mich aus dem Polizeirevier rausgeholt hatte und wie er sagte: »Ich hab ein paar Verbindungen.« Natürlich, die hatte er – plus Aikido, Nahkampf und Kleinkalibergewehr. Ich knirschte mit den Zähnen, als ich jetzt an sein Hermelingesicht dachte! Der ist was anderes als die treuherzigen, dicklippigen Bullen vom Streifendienst und vom Revier. Wie sie Oleg Wassiljewitsch angesehen hatten – wie den Vertreter eines konkurrierenden Dienstes mit wesentlich umfassenderen Vollmachten: falsche Herzlichkeit und machtloser Haß. Und wenn er sich in diesen Strukturen befand oder befindet, dann mußte er logischerweise daran interessiert sein, zu erfahren, was ich in Sirins Wohnung tatsächlich gemacht hatte. Festzustellen, was das für eine Wohnung war und wer ihr Besitzer, das sollte ihm keine Probleme bereiten.

Sirin war beim KGB gewesen, Schura Schinkarjow auch, gleiche Turnhosen beim Picknick und gleicher Haarschnitt waren Beweis genug.

Sirin war verschollen, aber vielleicht hatte man ihn ja schon gefunden. Und nicht nur gefunden, sondern die Leiche bereits identifiziert. Das war nicht auszuschließen. Wenn rauskam, daß jemand nach seinem Tod in seiner Wohnung war ...

Vielleicht ist es schon rausgekommen.

Und dieser Jemand – bin ich.

Jetzt kam ich mir lächerlich vor mit meiner naiven Idee, Oleg Wassiljewitsch um Unterstützung bei dem morgigen, nein, schon heutigen Gespräch mit Wolodka zu bitten. Auf einen Schlag hatte ich mich von der Jägerin in die Gejagte verwandelt, dazu brauchte nur dieser verdammte FSB-Typ – ich zweifelte nicht mehr daran, daß er einer war – aus dem Treppenhaus von Tumanow herauszukommen.

Erschöpft erreichte ich mein Haus, bezahlte den Fahrer mit einem zerknitterten Knäuel von Scheinen, das ich in meinem Mantelfutter fand, und fiel in einen tiefen Schlaf, ohne auch nur das Kleid auszuziehen.

Ich erwachte mit dem verzweifelten Entschluß, Oleg Wassiljewitsch zu einer Tasse Kaffee in meine Wohnung zu locken und ihn zur Rede zu stellen. Es war dumm, sich zu verkriechen, ich mußte auf die Dinge zugehen. Letztlich stand er bei dem Griechen in der Schuld, und der Grieche stand in meiner Schuld.

Lange Rufzeichen. Niemand zu Hause.

Danach rief ich Wolodka an, aber auch hier wurde ich enttäuscht: lange Rufzeichen.

Was Tumanow anging, machte ich mir keine Sorgen – er sollte mich um eins abholen. Um zwei erwartete man uns beim Fernsehen. Wenn man die Moskauer Staus berücksichtigte, mußte man soviel Fahrzeit einplanen.

Als er um zehn nach eins noch nicht da war und um fünfzehn nach eins auch nicht, wurde ich ernsthaft unruhig. Bei all seiner lockeren Lebensweise kam Wolodka nie zu spät zu einer Verabredung – das war nicht sein Stil. Irgendwann hatte er mir einmal erklärt, er verdanke seine relativ erfolgreiche Karriere der pedantischen Fähigkeit, genau auf die Sekunde zu einem Termin zu erscheinen. Kommst du ein bißchen zu früh, bist du ein unterwürfiger Bittsteller. Kommst du ein bißchen zu spät, bist du unzuverlässig.

Tumanows Telefon schwieg nach wie vor.

Wo mochte er bloß stecken? Der gestrige Vorfall hatte ihn sehr mitgenommen, das hatte ich gesehen, aber deshalb darf man seine Perspektiven doch nicht aus den Augen verlieren! Ich erinnerte mich an unser Gespräch im Auto. Dieses Angebot von dem Fernsehsender war das wichtigste Angebot, das er in der letzten Zeit erhalten hatte. Das leichtfertig aufs Spiel zu setzen lief allem zuwider, was ich von Wolodka kannte.

Doch das war jetzt nicht das Wichtigste. Der Anruf.

Ich brauchte einen Mann, der am Telefon mit Wolodkas Hintermännern spricht. Ich zweifelte nicht daran, daß sie ihn sichern würden. Die Variante, die mir bis zur letzten Nacht die einzig mögliche erschienen war, nämlich Oleg Wassiljewitsch als Köder zu benutzen, war jetzt problematisch geworden. Wenn ich mich entschloß, es trotzdem zu tun, mußte ich mit offenen Karten spielen. Und das wollte ich auf keinen Fall. Was wußte ich schließlich über Oleg? Er war ein Freund des Griechen, ein sympathischer Bursche, las aus dem Kaffeesatz. Und daß er mir nachspionierte?

Aber einen anderen Kandidaten gab es nicht.

Außer, ich schnappe mir einen Mann auf der Straße und stecke ihm den Text und etwas Geld zu. Ein paar Sätze zu sagen fällt niemandem schwer. Das klang dilettantisch, konnte aber durchaus funktionieren. Und dann hefte ich mich denen an die Fersen, die zu der Verabredung kommen.

Ich redete mir kleinmütig ein, daß es bis zu der im Brief angegebenen Zeit noch lange hin war. Schließlich begab ich mich in den Klub.

Ich ging den Sadowoje-Ring entlang, am »Haus des Kriegsbuchs« vorbei. Dort hatte es einmal eine recht gute antiquarische Abteilung gegeben, in der ich einen Satz Zinnsoldaten gekauft hatte – Panzergrenadiere der Wehrmacht – als Geschenk für Iwan und ein Marine-Wörterbuch für mich. Wo das abgeblieben war, wußte ich nicht mehr. Wenn man immer weiter ging, kam man bis zum Kursker-Bahnhof, von dem die Züge in meine Heimatstadt abfuhren – in der ich niemals mehr sein würde. Dort lebte mein Vater, und dort lagen in der untersten Schublade des polierten Sekretärs meine wenigen Kinderfotos und das Foto vom Schulabschluß: Ich mit halbgelöster Schleife, die dritte von links in der zweiten Reihe, vor einem Hintergrund aus blühendem Flieder und schönen Freundinnen – und darauf das andere Gesicht. Ich fragte einen zufälligen Passanten nach der Zeit. Bis zur Abfahrt des Zuges in meine Heimatstadt, zu den von Entengrütze überzogenen Hafen und den niedrigen Häuschen aus Kalkstein, waren es noch etwas mehr als vierzig Minuten.

Aber der Zug fuhr ohne mich ab, er würde auch morgen ohne mich abfahren und jeden weiteren Tag.

Als ich im Klub ankam, begegnete mir drückende Stille. Der schwere Matadorsumhang des Portiers war nirgendwo zu sehen, keine Wachmänner in der Halle, nur die Bilder, die aus irgendeinem Grund ihren Glanz verloren hatten. Ich fand alle im großen Saal, sie saßen an den Tischen, in kleinen Gruppen zusammengedrängt. Ihre Gesichter waren voller Bedeutsamkeit und schmerzerfüllter Ungeduld. Sogar das sonst satte Kirschrot der Wände schien matt und trüb.

Dann sah ich Serga. Er saß am besten Tisch, der ihm nie zugestanden hatte. Er war schon ziemlich blau; vor ihm stand eine Flasche vom besten Wodka.

Ich trat ganz nahe an ihn heran, beugte mich zu ihm nieder und küßte ihn auf die Wange. Erst da lief ein Schatten des Erkennens über sein Gesicht.

»Wozu bist du hier aufgekreuzt?« fragte er. »Du kommst doch sonst nie vor elf. Weißt du es schon?«

»Was weiß ich?«

»Was passiert ist.«

»Und was ist passiert?« O Gott, ich hätte draufkommen müssen – irgendwas war tatsächlich passiert.

Serga trank Wodka.

»Trink!« Er füllte sein Glas wieder und hielt es mir hin.

»Um fünf Uhr nachmittags mag ich keinen Wodka. Noch dazu ohne was dazu zu essen.«

»Trink!« beharrte Serga. »Auf den Diener Gottes Wladimir Tumanow.«

»Was redest du da?« Ich spürte, wie der Boden unter meinen Füßen schwand und das kleine, spitznasige Gesicht Sergas jäh auf mich zuschoß.

»Dahingegangen«, sagte Serga lakonisch, ohne jede Emotion, als wäre der Papagei des Nachbarn gestorben.

»Was soll das heißen – dahingegangen. Ich bin doch gestern nacht ... Mit ihm war alles in Ordnung.«

»Dahingegangen, das heißt, er ist nicht mehr. Und er hatte vor, ein Bild von mir zu kaufen«, platzte Serga unpassenderweise heraus.

»Was für ein Bild? Wovon redest du?! Was ist mit ihm, hat er einen Unfall gehabt?« Ich wagte nicht, etwas anderes zu vermuten.

»Was für einen Unfall? Er hat sich aufgehängt. Ich war im Leichenschauhaus, hab ihn selbst gesehen.«

»Im Leichenschauhaus?«

Das, was mir Serga in leblosem, düsterem Ton erzählte, erschien mir unglaublich. Zuerst hatte Wolodka versucht, sich die Pulsadern zu öffnen und dafür sogar die Wanne vollaufen lassen, dieselbe Wanne, in der ich vorige Nacht geduscht hatte. Aber das hatte nicht geklappt. Entweder hatte er Angst vor dem Blut gehabt, oder die Klinge war stumpf – auf dem Boden fand man eine aufgerissene Pakkung »Sputnik«-Rasierklingen, die schon ein wenig Rost angesetzt hatten. Oder das Wasser war nicht warm genug gewesen. Auf jeden Fall war er aus der Wanne gestiegen, hatte den Bademantel über den nassen Körper gezogen, ohne ihn zu schließen – er hatte wohl den Gürtel nicht gefunden –, und hatte sich im großen Zimmer aufgehängt. Dabei hatte er den Lüster aus der Decke gerissen. Ich erinnerte mich an diesen Lüster, ein erlesenes Teil, Trauben von kleinen Lampions aus feinem Wachspapier, mit Motiven à la Katsushika Hokusai, die sorgfältige Kopie eines farbigen Holzschnitts aus der Ukiyo-E–Schule.

Er hatte eine der Gardinenschnüre benutzt. Den Gürtel des Bademantels hatte er ja nicht gefunden, Hosengürtel trug er nie, und irgendwelche Stricke gab es in seiner Wohnung nicht.

»Ein scheußlicher Anblick«, preßte Serga zwischen den Zähnen hervor. »Die dünne Schnur, er selber so dick. Erstaunlich, wie es ihm gelungen ist, sie zu befestigen. Sie hat ihm den Hals aufgerissen.«

Wolodka hatte vergessen, den Hahn an der Badewanne zuzudrehen; das Wasser lief den Rest der Nacht und einen Teil des Morgens, bis es in die daruntergelegene Etage durchgesickert war. Die empörten Nachbarn riefen einen Schlosser an. Sie brachen die Tür auf und fanden Wolodka.

»Trink, trink, dann wird dir leichter.« Serga schob mir zuvorkommend den Wodka hin. Ich kippte ihn runter, ohne etwas zu schmecken.

Mein Gott, warum bin ich gestern abend nicht dageblieben, ich hätte mich weigern können, wegzugehen. Er hätte mich ja schließlich nicht mit Gewalt rausgeworfen. Wenn ich geblieben wäre, wäre nichts passiert, und die Lampions hingen alle noch an ihrem Platz. Etwas Fremdes, grausam Fremdes, schüttelte mich: Wach auf, er ist gestorben, weil du – du! ihm diesen blöden Brief untergeschoben hast. Das war kein Selbstmord, das war Mord. Und du hast ihn ermordet, wie du alle anderen vor ihm ermordet hast.

Ich verschluckte mich an dem Wodka, der plötzlich in meinem Hals brannte. Serga klopfte mir auf den Rücken. In Wolodkas Wohnung lagen meine Tasche, die Videokassette und der Brief, alles sonnenklar. Sie werden als erstes die Besitzerin der Tasche ermitteln.

Im Saal entstand Bewegung: Der Kellner Rodik kam, lebhaft gestikulierend, und begann, den anderen Kellnern irgend etwas zu berichten. Der Wachmann Dimitsch erhob sich von seinem Tisch und begab sich zum Ende des Saales, dorthin, wo sich Wolodkas Arbeitszimmer befand.

»In Wolodkas Zimmer sitzt ein Typ von der Miliz«, erklärte Serga. »Er verhört seit einer geschlagenen Stunde einen nach dem anderen. Mich hat er auch zehn Minuten lang ausgequetscht.«

»Und was hat er gefragt?« Ich bemühte mich, meine Unruhe nicht zeigen.

»Was fragt man in solchen Fällen? Neigte der Verstorbene zu Depressionen? Hatte er Probleme im Geschäft oder im Privatleben? Hatte er einen Hang zu Drogen, Alkohol, zu den Prostituierten auf der Twerskaja oder den Schwulen von der Pleschka? Wer waren seine Bekannten, und der ganze Mist.«

»Haben sie jemanden im Verdacht?« Diese Worte fielen mir nicht leicht, aber ich mußte sie aussprechen.

»Die Gardinenschnur«, sagte Serga, vor sich hin starrend. »Klarer Fall, reine Formalität.«

»Vielleicht war es ja Mord? Prüfen sie diese Möglichkeit nicht?«

»Ich gehöre doch nicht zur Ermittlungsabteilung. Aber es sieht nicht so aus.«

Ich schloß die Augen und stellte mir vor, wie der beleibte Wolodka in dem zu engen Frotteebademantel die dünne Drahtschnur am Haken befestigt – der Stoff unter seinen Ärmeln mußte dabei zerrissen sein …

»Du bist ja vollkommen grün im Gesicht, Mensch! Na, los, trink!« sagte Serga im Tonfall einer besorgten älteren Schwester und schob mir wieder ein Glas Wodka hin.

»Und sonst nichts?«

»Was – nichts?«

Irgendwelche Sachen, Kassetten, Taschen, zum Beispiel, hätte ich beinahe gesagt, aber ich hielt mich rechtzeitig zurück.

»Also, ich habe zu diesem Schlitzohr gesagt« – Serga sah mit Bedauern auf die leere Wodkaflasche –, »Wolodka, das war eben so ein spezieller Typ. Er hatte schon immer eine merkwürdige Beziehung zum Tod. Kaum gab einer den Löffel ab, stand Wolodka bereits in der vordersten Reihe der Kondolierenden. Vielleicht ist das eine noch nicht erforschte Art von Schizophrenie, weiß der Teufel.«

Nach einer weiteren halben Stunde mußte ich in Wolodkas Arbeitszimmer. Nein, ich kenne ihn nicht sehr gut, wir haben uns erst vor kurzem kennengelernt. Ja, er schien mir ein ausgeglichener Mensch zu sein. Ich weiß einfach nicht, was ich davon halten soll.

Es war offensichtlich, daß dem Untersuchungsführer, einem älteren, müden Mann, dieser ganze Reigen extravaganter Huren und übersättigter Dandys total zum Hals raushing. Er stellte seine Fragen mit einer gewissen verstohlenen Schadenfreude. Unverkennbar war er zutiefst davon überzeugt, daß Wolodkas Ende ganz logisch und richtig sei. Ein Hund soll wie ein Hund sterben, stand deutlich lesbar in seinen harten Augen. Je mehr von euch arbeitsscheuem Gesindel abkratzen, desto besser. Der schmierige Anzug saß schlecht auf seiner eckigen Figur, die dünnen, nicht jahreszeitgemäßen Schuhe waren abgetragen und die Hose mit Straßenschmutz bespritzt; ohne Zweifel war er mit öffentlichen Verkehrsmitteln zum Klub gekommen.

Wäre die Sache etwas bedeutsamer gewesen, hätten sie ganz andere Leute geschickt, die nicht solche vom Klassenhaß zerfressenen Gesichter mit sich herumtrugen.

Aber eins konnte ich mit großer Wahrscheinlichkeit annehmen: Als die Tür aufgebrochen wurde, waren in der Wohnung weder der Brief noch die Kassette. Vermutlich hatte man auch die Tasche nicht gefunden, sonst hätte man sie den Stammgästen des Klubs als Beweisstück unter die Nase halten können.

Ich dachte daran, wie Oleg Wassiljewitsch aus Wolodkas Treppenhaus herausgekommen war. Vielleicht war er gar nicht mir gefolgt?

Halt, du wirst verrückt.

Ich war bis zur nächsten Straßenecke gekommen, als ich merkte, daß ich die Tasche vergessen hatte, und war umgekehrt. Es waren höchstens zehn Minuten vergangen, nicht mehr. In dieser Zeit hätte man alles mögliche aus der Wohnung herausholen können, wenn man wußte, was man suchte. Aber einen Menschen, der voller guter Aussichten für die Zukunft war, dazu überreden, Selbstmord zu begehen – unmöglich ...

An diesem Abend fuhr ich zu Serga, als ob ich mich dort, am Rande der Stadt, in der von Lösungsmitteln durchtränkten Wohnung, vor meinen Gedanken hätte verstecken können. Wir tranken Selbstgebrannten und spielten bis zur totalen Erschöpfung Karten.

»Kann ich vielleicht ein paar Tage bei dir wohnen?« fragte ich Serga. »Allein ist es mir nicht geheuer.«

»Der Verstorbene hat dich wohl gepoppt, was?« bemerkte der betrunkene Serga scharfsinnig. »Gib's zu, he?! Du bist doch die ganze letzte Woche immer zu ihm gedakkelt. Und ehe man sich's versieht, zack, hängt er sich auf. Aus unglücklicher Liebe. Aber auf so ein Geschenk von mir kann diese bescheuerte Lesbe lange warten.«

Als er sah, daß ich blaß geworden war wie ein Blatt von seinem Zeichenkarton, ließ Serga Gnade walten.

»War bloß ein Scherz. Ich nehme meine Worte zurück. Hör mal, vielleicht wohnen wir bei dir? Das ist näher zum Zentrum, und mehr Platz hast du auch.«

Ich lehnte ab, fuhr aber trotzdem nach Hause. Ich mußte ein paar Sachen holen, vor allem Nimotsis Kassette und sein Notizbuch. Wenn ich schon so leicht in Wolodkas Wohnung gekommen war, gab es keine Garantie, daß nicht irgend jemand von der Sorte des flinken Oleg Wassiljewitsch auch in meine Wohnung eindrang. Zum Glück lagen Kassette und Notizbuch unversehrt an ihrem Platz. Ich verstaute sie im Rucksack, legte einen Pullover obendrauf und verließ die Wohnung. Ich verschloß die Tür und klebte an die untere Türkante einen dünnen Faden – eine banale Art, festzustellen, ob in meiner Abwesenheit jemand in der Wohnung gewesen war oder nicht.

Wieder in der Prashskaja, wartete ich ab, bis Serga eingeschlafen war, dann packte ich die Kassette und das Tagebuch in eine Plastiktüte und schob sie in eine Mappe mit bemosten Skizzen hinter dem Schrank. Jetzt werden sie bestimmt nicht in fremde Hände geraten!

Am Vortag des Begräbnisses wurde Serga angerufen und von Ort und Zeit in Kenntnis gesetzt. Serga, der bis jetzt kein Wort über den toten Wolodka hatte hören wollen, beschloß überraschend, hinzufahren.

»Ich mag diese Abschiedszeremonien nicht«, gestand er mir im Suff. »Aber man muß ihm die letzte Ehre erweisen, zum Teufel mit ihm!«

Spät in der Nacht hörte ich, wie er auf seinem Lager in der Küche weinte – wie ein Kind und fassungslos; ich wollte hingehen und ihn trösten, aber ich hatte Angst davor. Dieser unendlich einsame kleine Mensch war genauso einsam wie ich selbst. Jetzt erst begriff ich, daß ja gerade Wolodka Serga unterstützt hatte. Er hatte ihm Arbeit besorgt und einen persönlichen Tisch im Klub, der überhaupt nicht für solche Waldmenschen wie Kanigin vorgesehen war. Ich dachte darüber nach, was jetzt aus Serga werden sollte, der für das brutale Moskauer Leben absolut ungeeignet war.

Am Morgen holte Serga einen pieksauberen dreiteiligen Anzug aus dem Schrank, ein schneeweißes Hemd und schwarze Schuhe. Als letztes zog er einen langen schwarzen Mantel aus teurem Kaschmir hervor.

»Du erschreckst mich«, sagte ich aufrichtig.

»Ich erschrecke vor mir selber. Ich muß diesen Plunder einweihen, bevor ihn die Motten fressen.« Serga zog sich den zerrissenen Pullover vom Körper. »Er hat natürlich nichts mehr davon, aber was soll's.«

Das Begräbnis war unerwartet edel. Eine Menge von Leuten in kokettem Schwarz: Baskenmützen, modisch taillierte Mäntel, elegante Regenmäntel. Ich dachte, daß sie in genau demselben Aufzug auch auf ihre schicken Partys an allen vier Enden von Moskau gingen; die Farbe der Trauer war in dieser Saison in.

Wie von selbst gruppierte man sich auf dem Friedhof in Interessengemeinschaften: die verschreckte neugierige Herde des Klub-Personals, der nervöse Schwarm ehemaliger Geliebter, Freunde vom Fernsehen, Freunde von der Zeitung, vom Film, Geschäftspartner, die verstohlen auf die Uhr schauten und, hinter den benachbarten Gräbern versteckt, per Handy Verhandlungen führten.

Der Tag war trüb und überraschend still. Der Wind, der die ganze vergangene Woche über Moskau hinweggefegt war, hatte sich gelegt. Gleich begibt sich Wolodka in die gefrorene Erde. Plumpe Erdklumpen werden auf den Sarg fallen, und am Ende der Trauerfeier wird es viel Wodka und viele Witze geben. Wenn ich nicht gekommen wäre, alles wäre jetzt ganz anders. Nicht Wolodka hat alle diese Menschen hier versammelt, sondern ich, ich habe sie versammelt. Höchste Zeit, eine Rede zu halten.

Die Verabschiedung begann, aber ich wagte nicht, an den Sarg zu treten, neben dem nun ein Gedränge entstand: Alle wollten dem Verstorbenen die letzte Ehre erweisen und sich endlich von dem eiskalten Friedhof davonmachen. Ich wußte, was jetzt in den Köpfen dieser trauernden Mädchen vorging; für sie war Wolodkas Tod, wie überhaupt jeder Tod, irgendwie ein bißchen peinlich, etwas, das man so schnell wie möglich vergessen mußte, wie die ersten kindlichen Erfahrungen mit der Masturbation zum Beispiel.

Auch Serga schloß sich dem allgemeinen Strom an. Ich sah, wie er sich zu dem toten Gesicht Wolodkas beugte und ihn auf die Stirn küßte, lange und gefühlvoll. Wahrscheinlich küßte man so die Toten in den entlegenen tscheremissischen Dörfern. Ich dachte, daß Sergas Lippen vielleicht ebenso kalt waren wie Tumanows Stirn.

Die gefrorenen Erdklumpen fielen auf den Sargdeckel und riefen in meiner gefrorenen Seele ein dumpfes Echo hervor; aber immer noch spürte ich nichts, nichts außer schrecklicher Müdigkeit. Von allen möglichen Wegen hatte ich den verhängnisvollsten gewählt. Umkehren war unmöglich.

Unmöglich.

Dann sah ich ihn.

Er war wohl der einzige, der nicht an den Sarg trat, um sich zu verabschieden. Der einzige, außer mir.

Ich spürte einen starken, schmerzhaften Stich im Herzen.

Er war das Ebenbild aller, in die ich mich je verlieben könnte. Und aller, die sich nie in mich verlieben würden.

»Ich glaube, das ist genau das, was ich immer befürchtet habe«, sagte Iwan. »Da kommt so ein Heini mit langen Koteletten und schnappt dich uns weg, flüstert dir mit Schlangenlippen alle möglichen Plattitüden zu – und tschüs und auf Wiedersehen freies Leben. Das Hirn sackt nach unten an die Stellen, die wir alle kennen.«

»Laß dir bloß nicht einfallen, gleich in der ersten Nacht mit ihm ins Bett zu steigen«, gab mir Nimotsi mit auf den Weg. »Warte wenigstens einen Tag, anstandshalber!«

Mein Herz schlug rasend. Zum ersten Mal brauchte ich diese Stimmen nicht mehr, die eine seltsame Macht über mich besaßen. Die Stimmen waren eifersüchtig, sie behüteten mich und hielten mich aufrecht, sie ließen nicht zu, daß ich weinte, nachts während der Prozession der letzten Straßenbahnen, aber jetzt begriff ich, daß ich sie nicht mehr brauchte.

Ich wünschte mir so wahnsinnig, sie loszuwerden, wie ich mir in der frühen Jugend gewünscht hatte, meine Röcke kürzer zu machen – gleich um die Hälfte, mit stumpfer Schere, am ersten Sommertag.

Dieser Typ hatte keine Ähnlichkeit mit irgendeinem von denen, die ich früher gekannte hatte: Unbedeckter Kopf, die Haare dunkler als meine eigenen, dezent kastanienbraun gefärbten, nachlässig zerzaust und weder kurz noch lang – genau solche, in die ich mich verlieben könnte. Fast zusammengewachsene Augenbrauen – genau solche, in die ich mich verlieben könnte. Eine gerade Nase – genau so eine, in die ich mich verlieben könnte.

Das Beste wäre, ich schlüge mir das alles sofort aus dem Kopf. Bestimmt ist er verheiratet oder homosexuell oder ein von Aufsichtsratssitzungen vollkommen ausgelaugter Banker oder Jesus Christus, der sich unter seine Schäfchen verirrt hat. Bestimmt hat er zwei Geliebte, die eine liest ihm in der Wanne aus einer Taschenbuchausgabe von John Fowles vor, die andere schwärmt dafür, sich die Fußnägel himbeerfarben zu lackieren und trennt sich niemals von ihrem Taschenepilator. Sicher hat er einen Hund, Freunde, Verpflichtungen seiner arthritischen Mutter gegenüber. Sicher kann er Wodka nicht ausstehen und raucht Zigarren, deren Ende er mit einer kleinen Guillotine abschneidet. Du lieber Gott, was für krauses Zeug einer alten Drehbuchschreiberin alles einfällt.

Ich schüttelte meine schon wieder nachgewachsenen Haare, um diesen Spuk zu verscheuchen. Wenn jetzt Serga kommt, frage ich ihn auf jeden Fall, was das für ein Cherubino di amore ist, der in dieses Trauertal gekommen ist, und warum ich ihn noch nie gesehen habe. Aber der verdammte Serga kam und kam nicht. Er war am Sarg klebengeblieben und wurde nicht fertig mit seinen verspäteten Bekenntnissen, die er wieder und wieder vor sich her sagte.

Sieh ihn nicht an, befahl ich mir, daraus wird nichts Gutes, sieh nicht hin!

Dieser verdammte Tscheremisse, wenn man ihn wirklich braucht, ist er nicht da.

Endlich tauchte er wieder neben mir auf, und ich fragte ihn: »Hör mal, wer ist das?«

»Wen meinst du?« Serga sah mich zerstreut an. Aber seine Hilfe war nicht mehr nötig, der Typ war verschwunden.

»Ach, nichts.« Und dabei bleiben wir – es war nichts.

»Gehen wir, oder fährst du in den Klub, zur Gedächtnisfeier?«

»Nein«, sagte Serga mit Bedauern. »Ich fahre nicht in den Klub. Ich lasse ich mich doch bloß vollaufen und randaliere. Im Interesse der globalen Sicherheit fahre ich nicht hin. Zischen wir lieber ab nach Hause. Wir können unterwegs Wodka und Pelmeni kaufen.«

Sein argloses Gequassel brachte mich zur Besinnung – da war niemand. Laß dich mit Wodka vollaufen, damit es möglichst schnell morgen wird.

Und dann sah ich ihn wieder. Er ging ein Stück weiter vorn, ganz allein, ich erkannte ihn von hinten – und beschleunigte meinen Schritt, ich lief fast und verwünschte mich selbst für meinen Kleinmut. Der kurzbeinige Serga konnte kaum mit mir mithalten.

»Was veranstaltest du für ein Marathon?« brummelte er unzufrieden hinter meinem Rücken. »Schnuppere lieber die Atmosphäre und gewöhn dich dran. Das wird deine letzte Adresse. Vielleicht suchst du dir schon mal ein passendes Loch aus.«

»Wer ist das?« fragte ich Serga wieder. »Er war bei dem Begräbnis.«

»Wen meinst du denn die ganze Zeit?«

»Den Mann da in dem Mantel.«

»Woher soll ich das wissen? Jetzt laufen doch alle in Mänteln rum und putzen sich die Zähne mit ›Aquafresh‹.«

Der Typ blieb plötzlich stehen und begann, Schmutz und nassen Schnee mit einer kleinen Bürste von den Schuhen zu putzen. Als wir auf gleicher Höhe mit ihm waren, rief er plötzlich Serga an: »Sergej!«

Serga wandte sich um und kniff die Augen zusammen. Bis zum Erkennen vergingen einige Sekunden.

»Ahh. Hallo, Dan.«

Dan, Dan, Dan – tönte es in meinem Kopf.

»Warst du auf dem Begräbnis?« fragte Serga schon weniger unverbindlich.

»Ja. Ich wollte mich verabschieden.«

»Schräge Geschichte. Bis jetzt kann ich nicht begreifen, warum Wolodka sich so einen blöden Witz erlaubt hat.«

»Du hast uns nicht vorgestellt«, sagte Dan. Eine Stimme, ganz leicht im Kern gesprungen, eine Stimme, die dich wie mit bloßen Händen faßt.

»Das ist Eva«, sagte Serga im Ton eines Reitstallbesitzers, der einer trächtigen Stute auf die Kruppe klatscht. »Die rechte Flügelfrau unter Wolodkas Verehrerinnen. Und das ist Danila. Dan.«

Dan sah mich aufmerksam an. Von nahem war er genau so, wie ich ihn mir vorgestellt hatte, nur das Kinn war noch sanfter.

»Seid ihr mit dem Auto da?«

»Aber nein«, antwortete Serga würdevoll. »Wir vergleichen noch die Preise.«

Dieses verdammte »wir«. Was soll er bloß denken!

»Ich kann euch mitnehmen.«

Dan hatte einen Jeep, fast den gleichen wie Aljona. Jener Jeep, der in der Nähe von Petersburg im Sumpf versunken war.

Als wir gerade ins Auto stiegen, rief jemand Dans Namen, er entschuldigte sich und entfernte sich ein paar Schritte von uns.

»Wer ist das?« fragte ich Serga und beobachtete, wie Dan mit dem beleibten Besitzer eines protzigen Mercedes sprach. Den hatte ich schon ein paar Mal im Klub gesehen.

»Was denn, er gefällt dir wohl?« grinste Serga nachsichtig. »Recht so. Der Mann ist in Ordnung, dem will man nicht mal im Suff eins auf die Fresse geben.«

»Ich hab ihn noch nie im Klub gesehen. Ist das ein Bekannter von Tumanow?« Alles richtig, alles erbarmungslos richtig, jeder von Wolodkas Bekannten kann der sein, den ich suche. Serga, mein Lieber, bitte beruhige mich!

»Von wegen ein Bekannter! Meiner Meinung nach hat er eine große Computerfirma.«

»Warum ist dann hergekommen?«

»Blöde Frage! Warum bist du denn hergekommen? Um

ein letztes Verzeih zu sagen. Überhaupt ist dieser Typ verrückt auf alles, was mit Spanien zu tun hat.«

»Woher weißt du das?«

»Wir haben uns in Spanien kennengelernt, in Pamplona. Wir sind bei einer Corrida aufeinandergestoßen. Ich machte gerade eine Serie von Arbeiten für den Klub, die, die jetzt neben den Toiletten hängt. Dan fährt jedes Jahr zu dieser Corrida. Reiche haben eben ihre eigenen Schrullen. Er hat mir ein paar Bilder abgekauft. Von dem Geld hab ich dann die Operation meiner Tante bezahlt, Leistenbruch, du weißt ja selber, wie es in den Kliniken zugeht, man kriegt weder Aspirin noch Binden! Eine Sauwirtschaft ist das geworden!«

Ich hätte Serga samt Tante und Leistenbruch am liebsten auf den Mond geschossen!

»O Gott, Serga, was soll denn das jetzt?«

»Ach, einfach so. Aber er ist wirklich ein prima Typ. Da in Pamplona gibt es so ein komisches Spektakel, wenn die Stiere rausgelassen werden. Du mußt dir vorstellen, die sind total wild, richtig wütende Viecher. Und alle möglichen Idioten und Dorftrottel strampeln sich ab, um in dieser Herde mitzulaufen. Daß die auf die Hörner genommen werden – keine Sache. So was ist da gang und gäbe. Und dieser Computermensch hüpft da zwischen den Stieren rum wie so'n Kamikaze!«

Endlich kam Dan zurück, und wir schwiegen.

»Dem tiefen Schweigen nach zu urteilen, habt ihr wohl über mich gesprochen?« fragte er fröhlich.

»Ach, die Dame hier interessiert sich lebhaft für dich«, verriet mich Serga und blähte sich vor Schadenfreude.

Ich wurde rot, als hätte er etwas Unanständiges gesagt.

»Ich hoffe, du hast ihre Neugierde befriedigt.«

Er ließ den Motor an, und wir fuhren los.

Dan schwieg während der ganzen Fahrt, und je länger dieses Schweigen dauerte, desto trauriger wurde mir zumute. Natürlich, einen Bekannten und seine Begleiterin nach Hause bringen, das ist die schlichte Höflichkeitsgeste eines guterzogenen Moskauer Jungen, mehr nicht. Der verdammte Serga tat währenddessen alles, um jedes Interesse an mir im Keim zu ersticken. Wir vergleichen noch die Preise, wir müssen zur Prashskaja. Solche Leute wie Dan erlauben sich nicht, in fremdem Jagdrevier zu wildern.

Ich konnte meinen Blick nicht losreißen von seinem akkurat geschnittenen Hinterkopf, von der kaum merklichen Vertiefung in seinem Hals. Ich hatte Lust, seine weichen Haare zu berühren. Der Wunsch war so stark, daß ich die Hände zwischen den Knien zusammenpreßte. Ich sehnte mich danach, einfach so mit ihm immer weiter und weiter zu fahren. Und anstatt hier auf dem Rücksitz, säße ich auf dem Vordersitz, statt Winter wäre Sommer und statt dieses Schweigens ...

Serga quasselte für uns drei, sein Mund stand nicht still. Die einzige Verbindung zwischen ihm und Dan waren ein paar Erinnerungen an rasende Stiere und einige bei der Gelegenheit gekaufte Bilder, das war alles. Deswegen redete Serga nur verschwommenes Zeug über Wolodka und über seine Schwester, die heiraten wollte, aber kein Geld hatte.

Dan machte nur ab und zu eine kurze Bemerkung. Als wir ankamen, ging Sergas Monolog über dörfliche Agrartechnik gerade in die ehrenvolle dritte Runde.

»Also, vielen Dank!« sagte Serga. »Hör mal, komm doch noch mit rauf! Genehmigen wir uns 'nen anständigen Schluck Wodka und gedenken in aller Freundschaft des Neuzugangs beim Heiligen Petrus.«

Ich war drauf und dran, Kanigin abzuküssen, als er mir unerwartet einen Schlag ins Kreuz versetzte, daß mir fast schwarz vor den Augen wurde.

»Meine Kleine hier« – Serga klopfte mir herablassend auf die Schulter – »macht uns fix ein paar Häppchen. Sie ist nämlich ein ziemlich häusliches Weib.«

»Danke, nein«, antwortete Dan bedächtig. Ich wünschte mir, wenigstens einen Funken von Interesse auf seinem Gesicht zu entdecken, wenigstens einen Schatten von Neugier, aber ich entdeckte nichts. »Ich habe noch Termine. War schön, sich mal wiederzusehen.«

Das war's. Jetzt verschwindet er für immer aus meinem Leben, ich kann ihn doch nicht an den Händen fassen und festhalten.

Dan überlegte einen Moment, dann zog er eine Visitenkarte heraus und reichte sie Serga.

»Ruf mich morgen um drei an. Ich würde mir gern ein paar Bilder fürs Büro anschauen. Vielleicht suche ich mir was raus.«

Die Visitenkarte verschwand augenblicklich in den Tiefen von Sergas Mantel.

»Das ist ja prima! Ich habe ein paar neue Sachen. Aber damit du's gleich weißt, für weniger als tausend Bucks verkaufe ich nicht.«

Dan wechselte einen Händedruck mit Serga und küßte mir die Hand.

»Hat mich gefreut, Sie kennenzulernen.« Diese nichtssagenden Worte trafen mich schmerzhaft. »Ich hoffe, wir sehen uns wieder.«

Er setzte sich ans Steuer und fuhr scharf an, Serga und ich gingen schweigend ins Haus. Serga hinkte fürchterlich.

»Diese verdammten Hufe! Ich hab mir die Füße wund gescheuert!«

Im Fahrstuhl, zwischen dem vierten und dem fünften Stock, gab ich ihm eine Ohrfeige.

Es fiel ihm nicht einmal ein, sich zu verteidigen, er schüttelte sich bloß und sagte friedfertig: »Wieso zum Teufel sitzt dir auf einmal die Hand so locker?«

»Ich bin halt ein häusliches Weib! Wieso mußt du mich eigentlich als deine Schnalle ausgeben, kannst du mir das mal erklären!?«

»Und wieso mußt du ihn die ganze Zeit ununterbrochen anglotzen? Erzähl mir bloß noch was von Liebe auf den ersten Blick! Ich kenne euch – immer seid ihr auf der Suche, nie wißt ihr, auf welchen Kaktus ihr euch setzen sollt. Miststück!« Zum ersten Mal bezog sich das nicht auf Aljona, sondern auf mich. So allmählich faßte er offenbar Zuneigung zu mir.

Und in neugefaßter Zuneigung haute er mir jetzt eine runter. Es tat nicht weh, aber es kränkte mich.

Nachdem wir unsere Präventivschläge ausgetauscht hatten, wurden wir ein bißchen ruhiger.

»Du hättest das nicht tun dürfen.«

»Ach was, er soll ruhig wissen, daß wir auch nicht von Pappe sind, daß es bei uns auch ein paar klasse Weiber gibt.«

Serga konnte man einfach nicht böse sein, und ich lächelte traurig.

In der Tür steckte ein Telegramm. Sergas Vetter kam auf der Durchreise nach Moskau, für zwei Tage, mit Familie. Die Frau des Vetters war eine echte Zigeunerin, offenbarte mir Serga, und die Kinder kamen ganz nach ihr. Von dem flachsblonden Ehemann hatten sie gar nichts.

Dieser Besuch paßte mir gut. Auch ohne das Telegramm wäre ich weggefahren.

Serga gefiel diese Idee nicht, und er machte einen Gegenvorschlag: Der Vetter samt Familie sollte bei mir auf dem Prospekt Mira wohnen, und wir beide bleiben bei ihm, das Porträt müßte ja auch fertig werden.

Ich stellte mir ein Zigeunerlager in der Wohnung des Griechen vor, ein Nomadenzelt zwischen der Stereoanlage und der Mikrowelle, Reste eines Lagerfeuers auf den Fliesen in der Küche.

»Nein, Serga. Ich fahre lieber zu mir.«

Am Abend war ich schon auf dem Prospekt Mira. Das Fädchen war unbeschädigt, also hatte mich niemand behelligt. Ich konnte Atem schöpfen und darüber nachdenken, was ich jetzt tun sollte, nach Tumanows Tod. Ich war zwar nicht offiziell seine Freundin gewesen, hatte aber doch die eine oder andere Beziehung im Klub angeknüpft. Meine Besuche dort würden also ganz normal aussehen. Und außerdem war Serga dort Stammgast. Ich konnte mich getrost vor dem Hintergrund der hauseigenen Corrida herumdrücken, solange, bis Alexander Anatoljewitsch sich blicken ließe. Es schien mir nicht schwierig, ihn zu verfolgen. Ich mußte seine Adresse rauskriegen, dann die Telefonnummer – und das Spiel konnte losgehen. Er war zweifellos weitaus gefährlicher als Tumanow, aber mir blieb ja nichts anderes übrig.

Lange konnte ich allerdings nicht darüber nachdenken – vor meinen Augen stand ein akkurater Hinterkopf und eine Vertiefung im Hals. Ich hätte sie nicht deutlicher vor mir sehen können, wenn ich mit Dan im Bett gelegen hätte.

Ich hatte mir seine Telefonnummer eingeprägt – hatte diebisch die goldgeprägte Visitenkarte aus Sergas Mantel gezogen und mir die Telefonnummer gemerkt. Ich hatte furchtbare Angst, diese Zahlen zu vergessen, und wiederholte sie im stillen immer wieder. Danil Sikora. Konzern Faena, Präsident.

Was für ein seltsamer Nachname, man weiß nicht, woher er kommt.

Sobald ich zu Hause war, schrieb ich die Telefonnummer auf, obwohl ich genau wußte, daß ich sie nie benutzen würde.

Am nächsten Abend rief ich Serga an. Das war ja letztlich völlig normal: Anrufen, nachfragen, wann er kommt, um das Porträt fertigzumalen, und sich dann, am Ende des Gesprächs ganz nebenbei erkundigen, ob er Dan Bilder verkauft hat. Da ist gar nichts dabei.

Meine Bitte, vorbeizukommen und das Porträt fertigzumalen, brachte Serga schwer in Verlegenheit. Jedenfalls gab er eine ganze Weile keinen Ton von sich.

»Was ist?« Mir gefiel sein Schweigen nicht. »Kommst du morgen?«

»Weißt du, ich habe es verkauft.«

»Was verkauft?«

»Na, dein Porträt.«

»Wie – verkauft? Es war doch noch gar nicht fertig!« Das Porträt war wirklich noch nicht zu Ende gemalt, nur das Gesicht und die Hände hatten so etwas wie ein eigenes Leben. Die Linie der Schulter kippte zur Seite weg, und ein Keramikteller und die kleine Kaffeemühle waren nur angedeutet.

»Weiß ich selber.«
»Und an wen?«
»An Dan.«
Ich war so verblüfft, daß ich fast den Hörer fallen ließ.
»An wen?«
»An den Typen mit dem Jeep von gestern, der dir so gefallen hat. Was sollte ich denn machen? Dieser Idiot hat mir einen Batzen Geld unter die Nase gehalten, und du kennst ja meine Finanzprobleme. Ich hab ihm gesagt, daß der Hintergrund noch nicht fertig ist. Aber er wollte nichts davon hören. Er hat es gekauft und fertig.«
»Und weiter?«
»Nichts weiter. Na, ja«, brummelte Serga. »Er hat noch nach deiner Adresse gefragt. Ich mußte zugeben, daß du nicht meine Freundin bist.«
»Serga!«
»Was denn? Bei zwei Mille darf mein Ehrgefühl ruhig ein wenig leiden!«
»Er hat dich also gekauft?« lachte ich.
»Nein«, erwiderte Sera fröhlich. »Dich hat er gekauft. Für zweitausend Dollar. Ich habe mich gesträubt, ich bin doch kein Zuhälter. Ich wollte ihm statt dessen mein Meisterwerk schenken – ›Tamerlans Geist erscheint Usbeken, die einen Bewässerungskanal graben‹ –, aber er wollte partout nicht. Aber nimm's dir nicht zu Herzen, ich male noch eins, ein noch schöneres ...«
»Wozu braucht er mein Porträt für sein Büro?« fragte ich aufmüpfig.
»Aber nein, fürs Büro hat er andere genommen: Die Seele des Stiers und Turtelnder Ritter. Na, du kennst sie ja.«
Ich dachte an nichts mehr. Jetzt begriff ich, was für ein Glück es war, an nichts zu denken, einfach dazuliegen, ausgestreckt in einer fremden Wohnung, auf einem fremden Bett: keine Erinnerungen, keine Schuld, keine Vergangenheit, keine Zukunft. Und dann floh ich vor Dan in den Schlaf, und er ließ mich mit mir allein, er war ein rücksichtsvoller Mensch.

Am Morgen weckte mich ein beharrliches Läuten an der Tür.

Mir fiel gar nicht ein, mich zu erschrecken, obwohl ich niemanden erwartete. Das erste, was ich erblickte, als ich die Tür öffnete, war ein riesiger Strauß blutroter Rosen und dahinter einen jungen Burschen, der ein Basecap trug, dessen Schirm nach hinten gedreht war, und seltsamerweise eine Felljacke, wie man sie auf dem Land trägt. Er hielt die Rosen an sich gedrückt und sah mich freudig an, mit dem Blick eines Menschen, dem man ein ordentliches Trinkgeld rübergeschoben hatte.

»Guten Morgen! Sind Sie Eva?«

»Nehmen wir's mal an.«

»Das ist für Sie.« Er reichte mir die Blumen, wie man ein Baby der Mutter zum ersten Stillen reicht.

»Danke.« In dem Strauß gab es kein Erkennungszeichen in der Art eines Zettels oder eines Kuverts mit Monogramm; er war entzückend anonym. »Und vom wem ist der?«

»Das müssen Sie selber besser wissen. Wir haben nur den Auftrag gekriegt. Ich gratuliere auf jeden Fall, falls Sie Geburtstag haben. Im Namen der Floristikfirma ›Charly‹.«

Eine geschlagene Minute lang stand ich in der Tür, mein Gesicht in die Blumen gesenkt. Sie blendeten mich mit ihrem leuchtenden Rot, sie schienen wie Küsse, heimlich von den Lippen gestohlen. Hinter jeder Knospe erschien mir Dans Hinterkopf, akkurat geschnitten – die Rosen konnten nur von ihm sein. Aber dann ... Ich kniff die Augen zusammen vor Angst, mir vorzustellen, was dann. Auf jeden Fall mußte jetzt noch etwas folgen. Ein Anruf zum Beispiel: Haben Ihnen meine Rosen gefallen? Eine Einladung zum Essen. Das ist ein ausgezeichneter Cognac, möchten Sie? Eine Einladung an die italienische Adria. Das Kloster San-Giorgio-Maggiore werden Sie bestimmt mögen. Unwillkürlich mußte ich darüber lachen, wie meine Phantasie mit mir durchging. Ich glaube, am meisten gefiel ihm Spanien.

Ich fing an, auf den Anruf zu warten. Aber Dan rief nicht an.

Am Morgen des nächsten Tages erschien wieder der junge Mann in Felljacke und Basecap, und wieder brachte er Rosen. Dreiunddreißig, wie beim ersten Mal.

So ging es die ganze Woche. Die Folter mit den Rosen zermürbte mich, ich war kurz davor, Dan anzurufen: Komm schon, du Dummerchen, ich brauche nicht deine Rosen, ich brauche dich. Aber ich rief nicht an. Das konnte ja nicht ewig so weitergehen.

Serga, der Mitte der Woche auftauchte, brachte mich zum Lachen: unter seinem einen Auge leuchtete ein riesiges Veilchen. Am Vorabend war der Vetter abgefahren, und zum feierlichen Abschluß hatten sie, als Spezialität der Familie, eine Schlägerei veranstaltet, ohne Rücksicht auf das Geschrei der Ehefrau des Vetters und ohne Rücksicht auf die Regeln der Gastfreundschaft.

»Was ist das für eine Plantage?«

»Die werden jeden Tag geschickt.«

»Ah, ja … Ich würde mich an deiner Stelle aber nicht in falschen Hoffnungen wiegen. Wenn er dir so eine Menge Blumen schickt, bedeutet das nur eins: Heiraten wird er dich nie.«

»Wer?«

»Der, der sie schickt. So eine Unmenge Blumen lassen sich schwer mit Kochtöpfen vereinbaren.«

Der junge Mann in der Felljacke hieß Kostik. Wir hatten uns fast schon angefreundet, ich bewirtete ihn sogar mit Cognac. Aber über den Absender der Blumen wußte Kostik nichts. Dann kamen keine Rosen mehr. Ich wartete zur üblichen Zeit, aber weder Kostik noch Blumenstrauß ließen sich blicken.

Ich fühlte mich leer. Ich rief bei Serga an, doch der war nicht zu Hause. Den ganzen Tag lief ich durch das Blumenmeer; einige der Rosen ließen schon die Köpfe hängen, bald würden sie alle verwelkt sein. Aber irgend etwas mußte doch passieren?!

Und dieses Etwas passierte.
Punkt sieben Uhr abends klingelte es an der Tür.
Vor mir stand Dan. Er lächelte. In seinen Händen hielt er den gleichen Strauß. Ein makelloser schwarzer Anzug betonte seine Eleganz. Ich allerdings war überhaupt nicht elegant: Ich trug Jeans und einen alten Pullover.
»Hallo, Eva«, sagte Dan. »Erkennen Sie mich?«
»Sind es wieder dreiunddreißig?« fragte ich und spürte, wie mir die Knie weich wurden.
»Ja.« Er legte den Kopf in den Nacken und lachte so jungenhaft los, daß ich ihn abküssen wollte. »Also, Sie haben gemerkt, daß ich es war? Verzeihen Sie, daß ich Sie so lange mit Aufmerksamkeiten belästigt habe. Ich hätte Sie anrufen und mich Ihnen irgendwie erklären müssen. Aber ich wußte Ihre Telefonnummer nicht.«
»Tatsächlich?« Ich versuchte, in die Antwort den ganzen Sarkasmus zu legen, zu dem ich noch fähig war, aber es gelang mir nicht.
»Na, gut, ich ergebe mich, ich kapituliere«, lenkte er ein. »Ich hatte Angst, aufdringlich zu erscheinen. Ich bin gekommen, um meinen Ruf wieder herzustellen. Was machen Sie heute abend?«
»Wollen Sie mich zum Essen einladen? Sicher ins teuerste Restaurant, Ihrer Vorliebe für schöne Gesten entsprechend. Aber ich mag keine exotische Küche, tut mir leid.« Ich beschloß, standhaft zu bleiben, mich ihm nicht sofort an den Hals zu werfen und zu sagen: Ich habe die ganze Zeit nur an dich gedacht.
»Ich habe heute Geburtstag.«
»Entschuldigen Sie, das wußte ich nicht.« O Gott, was für ein Blödsinn, woher sollte ich das auch wissen? »Ich habe nicht mal ein Geschenk für Sie.«
»Schenken Sie mir sich selbst«, lächelte Dan. »Oder fordere ich zuviel?«
»Sagen Sie nicht solche Banalitäten.«
»Einverstanden, keine Banalitäten. Also, verbringen Sie den Abend mit mir?«

»Ja.«

Er schob den Ärmel zurück und sah auf die Uhr. »Reicht Ihnen eine halbe Stunde? Ich warte im Auto auf Sie.«

Er gab mir die Blumen und ging.

Ich blieb an der Schwelle stehen, benommen, bezaubert, verlegen. Ich begriff nur eins: Es beginnt der ungewöhnlichste Abschnitt meines Lebens. Ich konnte viele Leben Evas leben, und der Töchter Evas, und der Töchter der Töchter Evas, und nicht wissen, was das heißt.

Ich hatte noch fünfzehn Minuten. Fünfzehn Minuten relativer Unabhängigkeit. Keine Ahnung, wie ich sie nutzen sollte. Dan war wie ein wunderbares Abenteuer, das ich noch nie erlebt hatte, aber es wäre dumm, es mit einem trivialen Abendkleid zu beginnen, mit Lippenstift, der unbedingt eine Spur auf seiner glattrasierten Wange hinterlassen mußte – Danke für den wunderbaren Abend -, mit einem Tropfen Parfüm auf den Handgelenken.

Zur verabredeten Zeit ging ich so nach unten, wie ich Dan empfangen hatte – in Jeans und Pullover und in einem langen offenen Mantel.

Als Dan meine laxe Aufmachung sah, lächelte er.

»Na, fahren wir in Ihr Restaurant?« sagte ich in burschikosem Ton.

»Sie sind bewundernswert, Eva. Sie sind genau so, wie ich Sie mir vorgestellt habe. Ich konnte mich nicht täuschen.«

Ich stieg ins Auto und zog die Beine unter mich.

»Na, wo fahren wir hin?«

»Erst einmal zum Flughafen Wnukowo.«

»Zum Flughafen?«

»Sie selbst haben mich ermahnt, nicht so banal zu sein.«

»Ja. Aber das sollte nicht heißen ...«

»Machen Sie sich keine Sorgen, ich stehle Sie genau für zwölf Stunden. Morgen um sieben Uhr sind wir schon wieder in Moskau.«

»Wollen Sie damit sagen, daß wir irgendwohin fliegen?«

»Was heißt ›irgendwohin‹? Wir fliegen in meine Heimatstadt. Ich war seit fünfzehn Jahren nicht mehr dort. Jetzt habe ich auf einmal Lust, zurückzukehren, wenn auch nur für kurze Zeit. Ich tue schon die ganze Woche nichts anderes, als zurückzukehren. Wahrscheinlich deswegen, weil ich Ihnen begegnet bin.«

Ich wußte nicht, was ich antworten sollte. Ich saß einfach da und sah ihn an. Wir schwiegen. Es war ein Schweigen, von dem ich nicht zu träumen gewagt hätte. Ich schloß die Augen und öffnete sie wieder – und die ganze Zeit war vor mir Dans Profil: die klare Linie der Stirn, die grade Nase, das Kinn; feine Linien, würdig, auf Münzen geprägt zu sein. Auf Münzen, die in versunkenen Schiffen neben den goldnen Figuren des Vogels Quetzal begraben liegen.

»Wenn Sie mich weiter so anschauen, fahre ich gegen das nächste Reklameschild oder auf die Gegenspur, oder ich sehe mich gezwungen, Sie zu küssen.«

Wir kamen zum Fluhafen Wnukowo, auf dem ich zu meiner Schande noch nie gewesen war. In meiner Jugend hatten wir gezwungenermaßen die staubigen Züge des Südens und die obere Pritsche im Schlafwagen bevorzugt.

»Welchen Flug haben wir? Sie hätten mir Bescheid sagen müssen, ich habe nicht einmal meinen Paß bei mir.«

»Den brauchen Sie nicht«, sagte Dan.

Auf dem Parkplatz stiegen wir aus dem Auto. Dan zog eine große Sporttasche aus dem Kofferraum und führte mich am Flughafengebäude vorbei auf das Rollfeld. Dort wartete schon ein Privatflugzeug auf uns. Damit hatte ich nicht gerechnet, obwohl ich glaubte, auf alles vorbereitet zu sein.

»Willkommen, Eva!« Dan hielt mich am Ellbogen, während wir an Bord gingen.

»Sie machen mir Angst.«

»Nicht so schlimm. Dieses Flugzeug gehört dem Konzern, und die Chefs benutzen es ab und zu.«

»Hören Sie, wer sind Sie?«

»Machen Sie sich keine Sorgen, ich bin kein Bandit. Und auch kein Erdöl-Magnat und kein Drogenbaron und kein Regierungsbeamter. Ich bin einfach ein Mann, der vorhat, die Frau, die ihm gefällt, mit dem Flugzeug auszuführen. Die ihm sehr gefällt«, fügte er nach einer Pause hinzu.

Während das Flugzeug auf die Startbahn rollte, sich von der Erde losriß und Höhe gewann, schwiegen wir. Dan saß mir gegenüber, und mein Herz fiel ins Bodenlose. Das sind nur Luftlöcher, sonst nichts, versuchte ich mich zu beruhigen.

Dan holte Champagner und zwei Gläser aus einer kleinen Bar, füllte sie und reichte mir eins.

»Fliegen Sie oft mit Frauen, die Ihnen gefallen, durch die Gegend?« Diese kleine Stichelei konnte ich mir nicht verkneifen.

»Nein«, sagte Dan einfach. »Sie sind die erste.«

»Tatsächlich?«

»Erledigen wir die Formalitäten. Ich bin nicht verheiratet und war nie verheiratet. Ich bin Chef eines Konzerns, der mit Bürotechnik und Software handelt. Na, und noch ein paar Kleinigkeiten nebenher. Ich hasse Haut auf der Milch, ich mag Spanien, Yves Montand und guten Cognac. Und ich mag Sie.«

»Yves Montand und guter Cognac. Keine schlechte Gesellschaft. Ich fühle mich geschmeichelt. Trinken wir trotzdem auf Ihren Geburtstag, falls Sie nicht gelogen haben.«

»Ich habe nicht gelogen. Aber wenn ich Sie ansehe, vergesse ich meinen Geburtstag vollkommen.«

»Auf Sie!«

Wir tranken den Champagner, und er stieg mir sofort in den Kopf. Sei vorsichtig, Eva!

In der letzten Zeit war ich ununterbrochen mit dem Tod konfrontiert gewesen. Iwans Tod hatte meine Seele verändert, Nimotsis und Venkas Tod hatte mein Gesicht verändert, der Tod Aljonas, Fariks und der beiden anderen war die Folge davon. Wolodkas Tod hatte mir den heutigen Abend im Flugzeug geschenkt und Dan. Acht Tote. Ich wußte, es würde die Zeit kommen, da sie mich des Nachts aufsuchen würden. Aber jetzt wollte ich nicht daran denken.

Dan schwieg und sah mich nur aufmerksam an.

»Wann sind wir da?« fragte ich, um ihm zu helfen, aus dem undurchdringlichen Dickicht des Schweigens herauszukommen.

»In zwei Stunden.«

»Was ist das für eine Stadt?«

»Eine kleine Stadt. Ich habe immer so getan, als ob ich nichts mit ihr zu schaffen hätte. Ein Haufen von Urlaubern aus dem Norden, die schlecht braun werden; sie haben nicht die Haut dazu. Alle in Shorts und Trägerkleidern und mit gleichen Strohhüten. Viele Feigen, viel Wein, viele Abchasen. Ihre Frauen sind immer in Schwarz, sogar bei fünfunddreißig Grad Hitze. Das Meer sehen sie jahrelang nicht, obwohl sie gleich daneben wohnen.«

»Dort war doch gerade erst Krieg.«

»Auch jetzt gibt es dort eine Vorahnung von Krieg. Aber das Meer ist immer dasselbe.«

»Sie haben einen seltsamen Nachnamen – Sikora ...«

»Mein Großvater war Ungar, er hat in der Leibgarde von Horthy gedient.«

»Horthy?«

»Der ungarische Diktator, Hitlers Verbündeter. Ein etwas feiger Verbündeter. Als er floh, zählte man meinen Großvater zu seinen Gefolgsleuten, und er mußte sich verstecken. Dann begegnete er, irgendwo in Europa, meiner Großmutter, die gerade aus einem Konzentrationslager zurückgekehrt war. Sie verliebten sich ineinander, obwohl das fast unmöglich schien. Sie brachte ihn in die Sowjetunion, sie wollte absolut nichts davon hören, in Ungarn zu bleiben – oder sonst irgendwo. Sie liebte die Feigen zu sehr und die Sommergäste und die Strohhüte. Der Großvater mußte mit ihr gehen, er liebte sie zu sehr. In unserer Sippe sind es immer die Männer, die den Frauen folgen, sogar wenn es Unheil für sie bedeutet. Sie zogen in die Stadt, in die wir jetzt fliegen. Großmutter gab Großvater als Ukrainer aus Tschop aus, das ließ sich in den Nachkriegswirren leicht machen. Außerdem liegt Tschop ganz dicht an der Grenze zu Slowakien und Ungarn, dort gibt es viele Magyaren. Aber ich finde, ich rede viel zuviel. Erzählen Sie mir lieber von sich.«

Die Aufforderung machte mich verlegen. Ich wußte überhaupt nicht, was ich Dan erzählen sollte. Die Vergangenheit, an die ich mich dunkel erinnerte, war zusammen mit der unglücklichen Maus gestorben. Der plastische Chirurg hatte sich mit meinem Gesicht große Mühe gegeben, aber ein neues Leben konnte er mir nicht modellieren. Ich selbst hatte nicht die Zeit gehabt, mir eins auszudenken, und selbst wenn ich es versucht hätte, hätte ich mich nur heillos in Lügen verstrickt. Ich wollte aber nicht lügen. Zum anderen wollte ich mich auch nicht besser machen, als ich war.

»Ein andermal.«

Wir landeten auf einem kleinen Flugplatz, der noch nach Sommer roch – ein frappierender Kontrast zu Moskau. Durch die zersprungenen Betonplatten der Rollbahn krochen die Spitzen welken Grases. Das Flughafengebäude war nur matt beleuchtet. Es gibt hier fast keine Flüge, erklärte mir Dan. Neben dem Gebäude erwartete uns ein Auto, ein älterer Lada. Der Zündschlüssel steckte im Schloß.

»Sieht nicht so aus, als wären Sie seit fünfzehn Jahren nicht mehr hiergewesen«, sagte ich. »Und nach einer spontanen Aktion sieht das auch nicht gerade aus.«

»Ich war wirklich seit fünfzehn Jahren nicht mehr hier. Aber ansonsten haben Sie recht, solche Veranstaltungen benötigen etwas Vorbereitung. Ich habe dafür drei Tage gebraucht und ein paar Telefonate.«

»Sie waren sich wohl sicher, daß ich mitfliegen würde?«

»Nein, ich war mir nicht sicher. Aber ich habe es mir sehr gewünscht. Ich glaube, Serga ist ein guter Maler.«

»Warum?«

»Das Gesicht auf dem Porträt … Das Gesicht einer Frau, die es müde ist, sich zu wehren.«

»Offenbar sehen Sie immer das, was Sie sehen wollen. So bin ich überhaupt nicht.«

»Ich weiß. Sie sind sehr selbstsicher und verdammt schön. Sie haben das wunderbarste Gesicht, das ich je gesehen habe.«

Armer Dan, wenn du nur wüßtest, daß ausgerechnet dieses Gesicht, das ich mir von der Ewigkeit geliehen habe, dich betrügt. Wenn ich so aussähe wie früher, hättest du nicht einen Blick auf mich verschwendet. Aber wie schrecklich wäre das gewesen!

Wir sausten durch die schlafende Stadt, in der Dan geboren war: einstöckige Häuser in dunklen Höfen, breite rissige Bürgersteige, Mauern aus Kalkstein. Dan hielt neben einem kleinen Haus inmitten eines Weinbergs. Er stieg aus und betrachtete es lange.

»Ist das das Haus, in dem Sie geboren wurden?« riet ich. »Ist das Ihr Haus?«

»Von uns wohnt jetzt niemand mehr hier. Die Eltern sind zu meiner älteren Schwester nach Kaliningrad gezogen, und Großvater und Großmutter sind tot. Großvater war sehr lange krank. Er wollte auf keinen Fall, daß Großmutter ihn in seinen letzten Stunden sah. An seinem letzten Lebenstag schrie er sie an, als sie an sein Bett treten wollte, sie ging nach oben in ihr Zimmer und verließ es nicht mehr. Sie starb in derselben Stunde wie er, sogar in derselben Minute. Das heißt, ich wollte immer glauben, daß sie in derselben Minute gestorben sind.«

In einem Fenster leuchtete warmes Licht, sicher brannte dort nur eine kleine Tischlampe. Im ersten Stock sah jemand fern, ein blaues Schimmern lag auf den welken Blättern.

»Erwarten Sie, daß sich jetzt die Tür öffnet und der kleine Dan herauskommt?« fragte ich.

»Nein, Dan hatte Angst vor der Dunkelheit. Und in diesem Anbau war die Küche. Sonntags machte Großvater Gulasch. Er sagte, Gulasch müsse brennen wie Feuer, dann nimmt selbst der Teufel die Beine in die Hand. Fahren wir, Eva.«

Den Rest des Weges bis zum Meer schwiegen wir.

Das Haus war klein, aus unbehauenen Steinen gebaut, man sah es vom Weg aus kaum. Das Meer war ganz nah, aber seine Gegenwart konnte man in der vollkommenen Finsternis nur aus dem leisen Geräusch der Brandung erraten.

»Vorsichtig, Eva, hier gibt es kein Licht«, warnte mich Dan, beugte sich über die steinerne Vortreppe und holte den Schlüssel darunter hervor.

»Bleiben Sie hier stehen«, sagte er. »Ich bereite alles vor.«

Er zog eine Taschenlampe aus der Tasche und trat ins Haus. Wenig später rief er: »Kommen Sie herein!«

Ich stieß die Tür auf und trat ein.

Das ganze Zimmer war von Kerzen hell erleuchtet. Wände aus grob behauenen Steinen voller Lichtreflexe, ein sorgsam geschichteter Holzstapel vor dem dunklem Maul des Kamins, ein niedriger Tisch, der für zwei gedeckt war, Chrysanthemen. Man hatte Dan hier erwartet. Im Schatten dunkel das Bett, von einer schweren Filzdecke verdeckt.

Dan war immer noch in seinem eleganten Anzug, aber barfuß.

»Ziehen Sie Ihre Schuhe aus, Eva«, sagte er. »Der Boden hier ist wunderbar warm. Ich mache inzwischen Feuer im Kamin.«

Ich gehorchte. Der Boden war tatsächlich warm: bernsteinfarbene Bretter, die von innen zu leuchten schienen. Es war ein so unbeschreiblich schönes Gefühl, daß ich auflachte.

Am Kamin standen zwei Sessel. Aber ich wollte mich nicht setzen, ich wollte auf dem Holz umherlaufen und seine ewige Wärme spüren. Nach einigen Minuten begann das Feuer gleichmäßig zu knistern.

»Möchten Sie etwas essen?«

»Nein, danke, ich habe keinen Hunger.«

»Dann vielleicht etwas trinken?«

»Später.« Ich wollte einen klaren Kopf behalten. Ich wußte, ich brauchte nur ein wenig zu trinken, und ich würde Lust bekommen, ihn auf seine hübschen zusammengewachsenen Augenbrauen zu küssen und vielleicht ... Er brauchte mich nicht einmal zu verführen.

»Machen sie sich keine Sorgen, ich habe nicht vor, Sie zu verführen«, sagte Dan plötzlich. Wie schade, dachte ich. »Ich habe zwei wesentliche Fehler.« Er lächelte. »Erstens bin ich zu einem Viertel Ungar, und die Ungarn verhalten sich auf ganz besondere Art den Frauen gegenüber, die sie erobern wollen.«

»Und zweitens?«

»Zweitens bin ich zu zwei Dritteln ein altmodischer Mensch.«

»Na gut, dann trinke ich etwas. Damit Ihr Geburtstag nicht so traurig wird. Wie alt sind Sie geworden?«

»Dreiunddreißig.«

»Also deswegen dreiunddreißig Rosen.«

»Ich wollte sie ein wenig einstimmen.«

»Wenn Sie mir jetzt sagen, das sei das Alter Christi ...«

»Nein, das sage ich nicht. Wir haben doch abgemacht, Banalitäten zu vermeiden. Wissen Sie was, gehen wir zum Meer.«

Das Meer war wie vorhin nicht zu sehen. Dan nahm die Taschenlampe, und wir liefen langsam ein Stück an der Brandung entlang. Unter unseren Füßen knirschten Kiesel.

»Hier in der Nähe ist ein verlassener Leuchtturm«, sagte Dan. »Gehen wir dorthin.«

Der steile Anstieg auf der rostigen Wendeltreppe war mühsam, aber als wir oben angelangt waren, bereute ich es keine Sekunde.

Das Meer füllte den ganzen Horizont aus, an dessen Rand seltene Feuer blinkten. Das war die Fahrstraße, dort waren riesige Schiffe unterwegs. Hier oben war das Rauschen des Meeres kaum zu hören, und am Himmel – ganz nah – leuchteten die Sterne. Fast dieselben wie in meiner Kindheit. Ich fand den Großen Bären und den kleinen Algol an der Deichsel. Ich hatte viele Jahre lang keine Sterne mehr gesehen, ich hatte nicht gewußt, wozu und für wen ich den Kopf hätte heben sollen.

Ich stand auf der kleinen Plattform neben dem zerbrochenen Scheinwerfer. Dan umarmte mich von hinten und bedeckte mich mit den Schößen seines Mantels. Ich hörte seinen leisen Atem, der meinen Hinterkopf umströmte, seine Lippen berührten fast meine Haare.

Ich begann zu weinen.

Es waren stille, mir unbekannte Tränen, sie spülten den ganzen Schrecken der letzten Monate aus meinem Herzen, und mit ihnen strömte der Schmerz über all die Tode, an denen ich schuld war, aus mir heraus. Ruhig, Eva, endlich bist du nach Hause zurückgekehrt, die verlorene Tochter. Er steht hinter dir und wärmt deinen Nacken. Du bist nicht allein, du bist nicht allein.

Ich lauschte auf den leisen Atem Dans und vergaß die Zeit. Er flüsterte in mein Haar. Ich zwang mich, nicht auf seine Lippen zu achten, nicht auf seinen Atem zu hören, sondern auf das, was er sagte.

»Ich kann nicht kämpfen, ich kann nur erobern. Ich bin von zu Hause weggegangen, als ich noch nicht einmal achtzehn war. Nirgends sonst gibt es im Sommer solche Sterne und im Winter solchen Wind. Aber ich bin weggegangen von hier, weil ich das Meer nicht erobern konnte. Es hat nie mir allein gehört. Es betrog mich in jedem Frühling mit dem ersten dicken Sommerurlauber, der sich zeigte. Es betrog mich mit den Familienmüttern – sie hatten immer eine Brut von Kindern und BH-Größe sechs. Es betrog mich mit allen hemmungslos. Deswegen mag ich den späten Herbst und den frühen Winter und die sechzig Tage nach Neujahr, wenn niemand das Meer braucht, wenn es alt, grau und schmutzig aussieht. Warum erzähle ich Ihnen das alles, Eva?«

Ich drehte mich um und verbarg mein Gesicht an seiner Brust. Durch den Duft nach Frische und Eau de Cologne drang ein anderer: der Duft seiner Haut, der dem des Meeres glich und dem des Sandes. Der Duft des Mannes, der mich vor mir selbst retten konnte. Schluß mit dem nutzlosen Kampf gegen die Schatten. Schluß mit dem einsamen Kampf gegen das Böse, der nur Böses gebiert. Du kannst ihn allein nicht gewinnen. Nimm diesen Menschen an, du siehst doch, daß er bereit ist, dich mit sich zu nehmen in jenes Leben, wo man nicht kämpft, sondern erobert.

Dan beugte den Kopf und küßte mich vorsichtig auf den Mundwinkel. Es war ein fast unschuldiger Kuß, mehr konnte sich der altmodische Dan nicht erlauben, aber ich fühlte, daß ich nahe daran war, das Bewußtsein zu verlieren. Wenn er mich richtig küßte – ich würde einfach sterben.

»Wissen Sie was, Dan?«

»Was?«

»Ich habe schrecklichen Hunger …«

Er drückte mich noch fester an seine Brust und drehte mich sanft auf der Plattform.

»Wissen Sie was, Eva?«

»Was?«

»Sie sind wundervoll. Ich bin glücklich. Ich bin sehr glücklich, Eva …«

Im Flugzeug, auf dem Rückweg, schlief ich ein. Ich wachte erst auf, als Dan mich leicht an der Schulter rüttelte.

»Wir sind da, Eva.«

Ich öffnete die Augen, ein wunderschönes nächtliches Märchen zog sich zurück, und ich sah, daß Dans Auto neben meiner Haustür auf dem Prospekt Mira stand. Die Welt hinter den Autofenstern war so trübe, daß mir Tränen in die Augen stiegen.

»Wie bin ich ins Auto gekommen?«

»Ich wollte sie nicht wecken …«

Hatte ich etwa so fest geschlafen, daß ich nicht einmal spürte, wie Dan mich trug? Das war seltsam, das sah Eva überhaupt nicht ähnlich, der Eva, die immer auf der Hut war. Aber was wußte ich jetzt noch über mich? Nur das eine: Ich wollte, daß dieser Mann nicht fortging.

»Kommen Sie mit nach oben zu mir? Ich mache Ihnen einen Kaffee.«

»Es tut mir leid«, sagte Dan und breitete mit Bedauern die Arme aus. »Ich habe heute furchtbar viel Arbeit. Drei Termine am Morgen.«

»Also ist der Feiertag vorbei?«

»Nicht unbedingt.« Er nahm meine Hand und küßte sie zärtlich. »Wenn Sie nichts dagegen haben, komme ich am Abend zu Ihnen.«

»Ich habe nichts dagegen.«

»Gut. Dann um fünf. Ich rufe Sie an.«

Er half mir aus dem Auto und küßte zum Abschied noch einmal meine Hand.

»Das war mein schönster Geburtstag. Ich danke Ihnen, Eva.«

Ich berührte mit den Lippen seine Wange.

»Jetzt bin ich nicht mehr neidisch auf die dicken Ehefrauen der hohen sowjetischen Funktionäre. Aber im Ernst – das war ein wunderbares Abenteuer. Danke, Dan.«

Er fuhr scharf an, er liebte die Geschwindigkeit, das hatte ich schon dort am Meer bemerkt, als er aus dem alten Lada alles herausholte, was er hergab.

Ich schloß hinter mir die Tür zum Treppenhaus, und meine Kräfte verließen mich. Ich setzte mich auf die Stufen und drückte mein Gesicht an die Stäbe des Treppengeländers. Ich wollte schlafen, ich wollte weinen, ich wollte Dan sehen, ich wollte ihn lange nicht sehen, um beim Wiedersehen zu sagen: Wie lange du fort warst! Ich kann nicht mehr ohne dich leben. Ich wollte, daß sich diese Nacht wiederholte, immer wieder und wieder.

»Ist Ihnen schlecht, Fräulein?« fragte jemand hinter mir. Ein Alter mit einem kleinen Hündchen sah mich aufmerksam an. Das Hündchen, ein winziges, jämmerliches Windspiel mit tränenden Augen, sah mich ebenfalls neugierig an.

»Nein, mir geht es gut«, antwortete ich dem Alten und war plötzlich auch in ihn und seinen Hund verliebt. »Mir geht es sehr gut. Aber das kann doch gar nicht sein. Was meinen Sie?«

»Ich meine, daß Sie nicht auf den Steinen sitzen sollten«, sagte der Alte vernünftig. »Sie erkälten sich.«

Ich stand auf, ließ den Alten vorbei und ging in die Wohnung.

Ich steckte den Schlüssel in die Tür und merkte sofort, daß irgend etwas passiert war: Der Schlüssel drehte sich nicht im Schloß. Aus reiner Gewohnheit probierte ich noch eine Weile herum, bis sich die Tür plötzlich mit leisem Quietschen von selber einen Spalt weit öffnete. Mein ganzes Denken ließ mich im Stich, und das Meer war plötzlich weit weg.

Geh nur nicht rein.

Ich dachte krampfhaft nach: Oleg Wassiljewitsch hätte so etwas nie getan, Zwergwiesel und Hermeline sind vorsichtig. Das zerstörte Schloß sah nach einer Einschüchterungsaktion aus. Sofort fielen mir die Kassette, der Brief und die Tasche ein, die ich bei Wolodka gelassen hatte. O Gott, ich hatte sie vollkommen vergessen. Das hätte mir nicht passieren dürfen. Aber es war dumm, auf dem Treppenabsatz herumzustehen, ich mußte reingehen und nachsehen. Und Dan wollte um fünf anrufen.

Ich betrat die Wohnung und ließ die Tür sperrangelweit offen, um mir den Fluchtweg frei zu halten. Niemand war da.

Niemand und nichts. Das Zimmer war vollkommen verwüstet, die Matratzen aufgeschlitzt, die Sessel aufgerissen, der Tisch umgeworfen, der Fernseher zerlegt, das Videogerät auf den Boden geworfen.

Dasselbe Durcheinander herrschte in der Küche. Der gesamte Inhalt der Wandschränke lag auf den Fliesen, mit Buchweizengrütze bestreut, die ich vor ein paar Tagen gekauft hatte.

Die Jagd hatte begonnen. Welchen Tiger hatte ich da bloß am Schnurrbart gezogen? Ich war überzeugt, daß der Tiger auf den Namen Alexander Anatoljewitsch hörte. Es war ziemlich wahrscheinlich, daß sie mich jetzt auch bespitzelten. Ein Glück, daß ich das Tagebuch und die Kassette bei Serga gelassen hatte. Auf jeden Fall mußte ich von hier abhauen, ehe sie kamen und mir ein Loch in die Birne pusteten.

Aber woher wußte Alexander Anatoljewitsch, daß es gerade meine Tasche war? Da war doch nichts, was auf mich hinwies: Parfüm, Lippenstift, Kosmetiktasche, Junna Moriz, die ich in der Metro gelesen hatte. Vielleicht hatte sich Schinkarjow mit Oleg Wassiljewitsch in Verbindung gesetzt, sie waren ja im selben Ressort. In jener Nacht war Oleg aus Tumanows Treppenhaus gekommen. Nein, das ist totaler Quatsch.

Dann erinnerte ich mich an den Abend, an dem ich Wolodka kennenlernte: Meine Handtasche war runtergefallen, und Schinkarjow hatte sie aufgehoben. Solche Leute haben ein professionell gutes Gedächtnis.

Ich preßte meine Faust auf den Mund, um nicht zu schreien. Jetzt wird es ernst.

Dan.

Dan, das ist der, der mir helfen kann, der, der mich schützen kann. Natürlich hatte ich kein Recht, ihm meine Probleme aufzuladen, aber ich hatte gar keine andere Wahl.

Das Wichtigste war jetzt die Kassette. Ich mußte sofort zu Kanigin fahren. Er steht nicht vor neun auf, dann braucht er noch mindestens eine Stunde für die Instandsetzung seines Kopfes nach der gestrigen Dosis Selbstgebranntem. Jetzt war es acht, ich hatte Zeit.

Ich begann meine Sachen in den Rucksack zu packen, ließ es aber sofort wieder sein. Es war mir zuwider, Dinge zu berühren, die die Pfoten von Schinkarjows Handlangern durchwühlt hatten. Pullover, Jeans und Mantel – das ist eine würdige Ausstattung, um sich ins neue Leben zu begeben.

Fünf Minuten später öffnete ich die Haustür.

Ich mußte meinen ganzen Willen zusammennehmen, damit ich mich zuerst aufmerksam umschaute und nicht einfach Hals über Kopf losrannte, so schnell mich meine Beine trugen.

Aus der Haustür trat gerade ein Grüppchen von Eltern mit ihren verschlafenen Erstkläßlern. Auf den Rücken der Kinder baumelten halbleere Ranzen. Auch der finstere Hausmeister, der den Fußweg kehrte, war nicht verdächtig. Es würde schon alles gutgehen, ich mußte mich nur unter Leuten bewegen, auf keinen Fall durfte ich allein bleiben.

Eine Stunde später war ich schon an Kanigins Haus. Jetzt die Kassette nehmen, ein Stück mit dem Bus und ab in die rettende Metro tauchen. Aus dem Stadtzentrum Dan anrufen ... Und dann komme, was wolle.

Ich stand vor Sergas Wohnung und klingelte Sturm.

Der verdammte Serga schlief wie ein Murmeltier. Als ich es leid war zu klingeln, begann ich ungeduldig mit den Fäusten an die Tür zu hämmern. Und da öffnete sie sich genauso nachgiebig wie die Tür eine Stunde zuvor bei mir auf dem Prospekt Mira.

In der Wohnung war es still.

Soo, mein Lieber, mit deinem heidnischen Hang zum Selbstgebrannten hast du dein Hirn jetzt endgültig außer Betrieb gesetzt. Es kommt noch soweit, daß irgendwelche schlauen Langfinger deine Bilder wegschleppen und sie zu Höchstpreisen bei Christie's versteigern lassen. Und du bist wie immer der Gelackmeierte und verreckst auf einem Strohsack wie van Gogh.

»He, du Alkoholiker, was hast ...«

Ich kam nicht dazu, meine Tirade zu beenden, ich konnte nur einen unterdrückten Schrei auszustoßen und mir die Hand auf den Mund zu pressen: Im Zimmer neben dem aufgeschlitzten Sofa lag Serga, mit dem Gesicht auf dem Boden.

Sein Hinterkopf war blutverklebt. Ich wußte sofort, daß es Blut war, ich kannte mich da mittlerweile aus. Sein nackter Körper war voller blutiger Striemen und blauer Flecken, bestimmt hatte man ihn lange mit Füßen getreten, bevor man ihm den Schädel einschlug.

Ich ging hin, um ihn umzudrehen, schrak aber zurück bei dem Gedanken, sein lebloses Gesicht zu sehen. Gottverdammtes Leben, man mußte auf alles gefaßt sein. Und ich war auf alles gefaßt, als ich Serga jetzt trotzdem ins Gesicht sah.

Aber nicht darauf, daß er am Leben war.

Seine Augen waren tief eingefallen, die Lider, die zart waren wie bei einem Baby, geschlossen. Die spitze Vogelnase war noch spitzer geworden. Aber er lebte! Irgendwo in der

Tiefe seiner schmalen Brust bewegte sich kaum spürbar sein Herz.

Ich stürzte zum Telefon, wählte 03 und begann verworren irgendwas in den Hörer zu schreien: »Kommen Sie, kommen Sie schnell, oder er stirbt.« Mit Entsetzen begriff ich, daß ich nicht einmal genau Sergas Adresse wußte, weder die Hausnummer noch die Nummer der Wohnung!

»Warten Sie, legen Sie nicht auf, ich frage nach der Adresse«. Ich rannte hinaus auf den Treppenabsatz und schlug mit den Fäusten an die Nachbartüren. Niemand antwortete, nicht auf mein Klingeln, nicht auf meine Hilferufe. Da erst sah ich die Wohnungsnummer, mit Kreide auf den Kunstlederbezug geschrieben – 242.

Aber wie zum Teufel war noch mal die Hausnummer? Der Wohnblock war endlos lang, ich hatte einfach nicht genug Zeit ... Ich kann ihn nicht allein lassen, ich kann ihn nicht allein sterben lassen. In meiner Verzweiflung wählte ich eine andere Nummer. Wenn nur Dan zu Hause wäre, wenn er nur ans Telefon ginge.

Er war zu Hause.

»Hallo.«

»Dan, hier ist Eva. Ich brauche Ihre Hilfe, dringend.« Meine Stimme klang völlig verzweifelt. »Ich bin in der Prashskaja, bei Serga. Er stirbt, jemand hat ihm den Schädel eingeschlagen. Und ich kann nicht einmal einen Rettungswagen rufen, ich weiß die genaue Adresse nicht, bei den Nachbarn macht niemand auf.«

Dan schwieg einen Moment, dann sagte er: »Passen Sie auf!« und diktierte die Adresse. »Bleiben Sie dort und rufen Sie den Rettungswagen, ich rufe auch an.«

»Ich bitte Sie ...«, flüsterte ich kläglich.

»Ich komme!« Dan zögerte keine Sekunde.

Ich rief den Rettungswagen. Jetzt konnte ich nur noch warten, von mir hing nun nichts mehr ab. Ich wußte nicht, womit ich die Minuten des Wartens ausfüllen sollte, die sich wie eine Ewigkeit hinzogen. Serga konnte inzwischen sterben, und ich vermochte ihm nicht im geringsten zu helfen.

Ich setzte mich auf den Boden neben ihn und legte meinen Kopf an seine Brust: Sein Herz schlug immer noch.

»Du darfst nicht sterben, Serga, Lieber, laß mich nicht im Stich, das überlebe ich nicht, halt noch ein wenig aus«, flüsterte ich ihm leidenschaftlich zu. »Bitte stirb nicht, das ist nicht fair, du hast versprochen, mein Porträt zu malen, stirb nicht, stirb nicht, stirb nicht...«

»Was ist passiert, Eva?!« Starke Hände hoben mich hoch.

Dan war nicht allein gekommen, er hatte einen jungen Mann mit einer Arzttasche in der Hand mitgebracht, der sich sofort mit Serga beschäftigte.

»Das ist Pingwinytsch«, erklärte mir Dan. »Der beste Neurochirurg in Moskau, ich hab ihn unterwegs aufgelesen.«

Pingwinytsch brauchte nur ein paar Sekunden, um die Lage einzuschätzen.

»Haben Sie den Rettungswagen gerufen?« fragte er sachlich.

»Ja, ja.«

»Sieht ziemlich böse aus, er muß schnell in die Klinik, sonst ist es zu spät.«

Mir wurde schwarz vor den Augen, aber Dans Hände hielten mich fest an sich gedrückt. Endlich kam der Rettungswagen.

Pingwinytsch übernahm sofort die Leitung des Rettungsteams. Wie durch einen Nebel hindurch hörte ich kurze Anordnungen und medizinische Termini, die ich nicht verstand.

Serga wurde vorsichtig vom Boden aufgehoben und auf eine Trage gelegt.

»Also«, sagte Pingwinytsch, »wir fahren jetzt zu mir in die Klinik. Das Gehirn ist verletzt, er muß unverzüglich operiert werden.«

Ich spürte, wie ich langsam auf den Boden sank; ich wäre gefallen, wenn Dan mich nicht gehalten hätte.

Die Wohnung leerte sich. Nur Dan und ich blieben zurück. Ich saß stumm auf dem Sofarand. Dan begann, die

Skizzen vom Boden aufzusammeln, nur, um seine Hände irgendwie zu beschäftigen. Aber das war vollkommen nutzlos: Das Zimmer war genauso verwüstet wie meins auf dem Prospekt Mira.

Er gab es auf, setzte sich neben mich und nahm mich in die Arme; diese Geste ließ mich in Tränen ausbrechen, anstatt mich zu beruhigen. Ich heulte los und konnte nicht mehr aufhören.

»Wein doch nicht, wein nicht, Liebes. Pingwinytsch rettet ihn, er ist der Herrgott der Chirurgie persönlich. Wir rufen in der Klinik an und fahren hin. Ich verstehe ja, du hast dich erschrocken.«

Ich löste mich schweigend von ihm.

»Du verstehst gar nichts, Dan. Das ist alles meinetwegen passiert. Ich kann nicht mehr damit leben, ich kann nicht mehr.«

Ich stand auf und ging zum Schrank.

»Hilf mir!«

Dan half mir, den Schrank zu verrücken. Die staubige Mappe mit den Skizzen fiel auf den Boden. Ich kramte darin herum, zog die Tüte mit Nimotsis Kassette und dem Tagebuch hervor und schmiß sie Dan vor die Füße.

»Deswegen wollten sie Serga umbringen. Das haben sie gesucht und nicht gefunden. Das ist meine Kassette. Ich habe sie dort versteckt. Und jetzt geh!«

Dan sah mich verständnislos an.

»Verschwinde! Hau ab!« schrie ich hysterisch. »Ich will nicht, daß du in diesen Fleischwolf gerätst, es sind genug gestorben, ich kann nicht mehr, kann nicht mehr, kann nicht mehr.«

Dan ohrfeigte mich, um meinen hysterischen Anfall zu beenden, und zog mich danach sofort fest an sich.

»Ich gehe nicht weg. Jetzt beruhigst du dich und erzählst mir alles. Alles. Aber zuerst müssen wir die Miliz anrufen.«

»Nein, nein! Ich weiß, wer das getan hat. Die Miliz kann da nichts machen. Du kannst dir das nicht vorstellen.«

»Gut, gut. Fahren wir zu mir. Einverstanden?« fragte

Dan leise. »Sei ganz ruhig, wir reden später darüber. Versprichst du mir das?«

Dan nahm die Wohnungsschlüssel, die an einem Nagel unter einem verrosteten Hufeisen hingen, und verschloß sorgfältig die Tür.

»Das bringen wir später in Ordnung. Hauptsache, er bleibt am Leben.«

Zehn Minuten später verließen wir schon die Stadt. Dans Jeep raste über die Landstraße.

»Wohin bringst du mich?« fragte ich.

»Dahin, wo du in Sicherheit bist«, antwortete Dan. »Auf meine Datscha. Du darfst nicht in der Stadt bleiben.«

Er hielt plötzlich an, wendete sich zu mir und küßte mich fest auf den Mund. Das geschah so unerwartet, daß ich den Kuß nicht einmal richtig erwidern konnte.

»Hör mal, ich habe ihm vor kurzem ein paar Bilder abgekauft, für eine ziemlich große Summe. Vielleicht wurde er einfach ausgeraubt?«

»Nein«, erwiderte ich mit Bestimmtheit. »Das würde ich auch gern glauben. Aber es ist nicht so. In meiner Wohnung haben sie dieselbe Verwüstung angerichtet. Deswegen bin ich zu Serga gefahren.«

Dan sah mich aufmerksam an.

»Vertraust du mir?«

»Ja, ja.«

»Alles wird gut. Ich passe auf dich auf.«

Ich legte den Arm um seinen Hals, drückte mich fest an ihn und spürte, daß ich glücklich war, glücklich, trotz all der Schrecken des heutigen Tages.

Die Landstraße war noch immer leer. Einige schwere Lastzüge huschten an uns vorbei in Richtung Moskau, im Rückspiegel waren die Umrisse eines weit hinter uns fahrenden einzelnen Autos zu erkennen.

Am liebsten hätte ich meinen Kopf auf Dans Knie gelegt, die Augen geschlossen und vergessen, was geschehen war, hätte mir vorgestellt, daß wir einfach nur aufs Land rausfuhren, wo der Winter die Erde schon berührte, wo der gerade gefallene, erste Schnee nicht in schmutzigen Haufen zusammengeschoben wird, daß wir den Kamin anheizen …

Und diese verdammte Kassette verbrennen.

Wir waren gut vierzig Minuten unterwegs, als Dan auf einen Feldweg einbog.

»Gleich sind wir da.«

Hinter den Seitenfenstern stand der schlafende Wald wie eine Wand, aber der Weg war ziemlich breit und mit Stahlbetonplatten ausgelegt. Plötzlich zerriß das durchdringende Hupen eines sich nähernden Autos die Stille. Es war ein Jeep, aber ein wesentlich imposanterer als Dans. Dieses riesige Monster, das jeder Grazie entbehrte, kam rasant näher.

»Sieh mal einer an, da hat es aber jemand eilig«, lächelte Dan, das Auto im Spiegel betrachtend. »Ich muß wohl die Herren vorbeilassen, sonst werden sie uns das Hinterteil abreißen.«

Dan bremste leicht, und der fremde Jeep wuchs sofort bedrohlich hinter uns. Die Leute hinter der Windschutzscheibe waren nicht zu erkennen. Endlich setzte der Fahrer des Jeeps zum Überholen an, aber anstatt vorbeizufahren, bremste er kurz vor Dans Kühlerhaube. Ein Zusammenstoß schien unvermeidlich, doch Dan riß im letzten Moment das Steuer herum und hielt das Auto an.

»Das klären wir gleich, mach dir keine Sorgen«, sagte er in ruhigem Ton zu mir, aber ich sah, wie sich seine Kiefermuskeln spannten.

Ich antwortete nicht.

Ich konnte nichts antworten. Die Angst schnürte mir die Kehle zu: Auf dem Vordersitz, neben dem Fahrer, saß Alexander Anatoljewitsch …

Die Türen des Jeeps öffneten sich, und drei Männer sprangen heraus. In den Händen hielten sie Maschinenpistolen. Aber ich achtete kaum auf sie, mein Blick hing an dem ruhigen Gesicht Alexander Anatoljewitschs.

»Was ist denn los, Leute?« fragte Dan. Er blieb gelassen, trotz der Waffen in den Händen der Männer.

»Da wären wir also«, sagte Alexander Anatoljewitsch fröhlich und stieg schwerfällig aus dem Auto.

»Wer ist das?« fragte Dan flüsternd. »Kennst du ihn?«

»Ja«, antwortete ich. Meine trockenen Lippen gehorchten mir kaum.

»Steig aus!« Die Männer luden die Maschinenpistolen durch, und Alexander Anatoljewitsch öffnete die Tür auf Dans Seite.

Bleierne Schwere senkte sich auf mich herab. Schluß, Ende der Reise. Aber Dan, Dan – weiches Haar am Hinterkopf, die Mantelschöße auf dem Leuchtturm, die mich umhüllten, Sie gefallen mir, Eva, Sie gefallen mir sehr. Der letzte Kuß, hinter dem ein neues, unbeschreiblich wunderbares Leben wartete.

»Lassen Sie ihn los!« schrie ich Schinkarjow mit heiserer Stimme an. »Er weiß nichts. Lassen Sie ihn los, ich komme mit!«

»Wohin denn mitkommen? Wir sind doch schon da!« Alexander Anatoljewitsch stupste Dan wohlwollend die Pistolenmündung unter das Kinn. »Deine geschniegelte Fresse kenne ich irgendwoher. Haben wir uns schon mal gesehen?«

»Kann sein.« Dan war erstaunlich ruhig.

»Na, das ist jetzt unwichtig. Also, ich sage dir – du hast dir die falsche Freundin ausgesucht, mein Junge, echt. Die hat dich ganz schön in die Scheiße geritten. Du hättest dir besser eine andere nehmen sollen, eine anständige, und wärst mit ihr alt geworden. Hättest dir irgendwann eine Geliebte zugelegt, deine Kinder nach Oxford oder nach Cambridge geschickt, zum Studieren. Die Finanzen, sehe ich, erlauben das ja. Aber jetzt wird nichts mehr draus. Macht ihn fertig, Kinder, ich unterhalte mich solange mit unserer Schönheit hier. Die hat wirklich ein flottes Tempo, man kommt gar nicht dazu, mal vernünftig mit ihr zu reden.«

»Nein, nein! Laßt ihn!« Ich klammerte mich an Dans Arme, aber sie zogen ihn schon aus dem Auto, durchsuchten ihn schnell und führten ihn, die Maschinenpistolen in seinen Rücken stoßend, zum nahegelegenen Wald. In der Hand von einem der Männer sah ich einen Spaten mit kurzem Stiel.

Alexander Anatoljewitsch setzte sich auf den Fahrersitz und legte seine Riesenpranke, in der er die Pistole hielt, um meinen Hals. Die Mündung stieß er mir zwischen die Schlüsselbeine, sein schwerer Kopf kam ganz nah an mein Gesicht. Er stank nach Bier, der Geruch raubte mir fast den Atem.

»Hallo!« sagte er wie ein alter Bekannter. »Da haben wir uns ja endlich doch noch getroffen. Du hast ein paar Sachen bei unserem gemeinsamen Freund vergessen, die habe ich dir gebracht.«

Ganz gemächlich legte er die Kassette und meinen ziemlich zerknitterten Brief auf die Ablage des Jeeps vor mich hin.

Ich biß die Zähne zusammen, ich hätte am liebsten laut aufgeschrien. Mein eigenes Leben war mir gleichgültig, schließlich war ich schon im letzten Sommer gestorben. Aber der Spaten mit dem kurzen Stiel ging mir nicht aus dem Kopf.

»Das gehört doch bestimmt dir. Es wäre dumm, das abzustreiten, mein Schwälbchen, wir haben es zusammen mit dem hier gefunden ...«

Schinkarjow plazierte bedächtig meine Handtasche und ihren ganzen vergessenen Inhalt – Kosmetiktasche, Parfüm, Lippenstift – neben die Kassette. Als letztes den Band von Junna Moriz.

»Ich mag natürlich keine Gedichte. Aber manchmal ist es nützlich, darin zu blättern.«

Er hob den abgewetzten Einband des Buches hoch, und ein Foto fiel heraus – das Foto, das ich aus Sirins Wohnung mitgenommen hatte.

Das war das Ende.

Ich biß mir auf die Lippen und spürte den warmen Geschmack von Blut. Was war ich für eine Idiotin, damit hatte ich den Kopf in die Schlinge gesteckt und den des einzigen Menschen, den ich lieben könnte, auch noch. Wie konnte ich dieses Foto vergessen?

»Da ruft mich doch vor kurzem zu ungewohnter Stunde unser gemeinsamer Freund Wolodka an.« Alexander Anatoljewitschs Stimme wurde ölig. »Ruft mich an, das arme Schwein, und seine Stimme zittert richtig, er ist ganz außer sich. Sagt zu mir, komm her, mein Freund Schura, ich habe hier einen anonymen Brief bekommen. Und was meinst du – ich natürlich nix wie hin, mitten in der Nacht, und er ist wirklich völlig von der Rolle. Fängt mir an zu flennen, der Hasenfuß, wo habt ihr mich bloß reingezogen, guck dir das an, ich werde erpreßt! Und was seh ich, liegt doch da dein Täschchen, ganz brav! Habe ich natürlich gleich die Nase reingesteckt, du wirst entschuldigen, ich bin nun mal maßlos neugierig! Und in der Tasche, stellt sich raus, liege ich selber, und noch dazu in Turnhosen. Das Foto ist natürlich nicht besonders gut. Wenn du was gesagt hättest, hätte ich dir ein besseres geschenkt. Warum, überlege ich, schleppt Wolodkas Mieze mein Foto mit sich rum? Vielleicht kannst du mir das ja erklären?«

Die Stimme verriet ihn, eben noch friedlich, klang sie jetzt unverkennbar bedrohlich.

»Na?! Woher hast du diese Aufnahme?«

Ich schwieg.

»Wer hat da außer dir noch seine schmutzigen Finger im Spiel?«

»Interpol.« Endlich kriegte ich die Lippen auseinander, einfach weil das Schweigen unerträglich wurde.

Alexander Anatoljewitsch prustete vergnügt los.

»Was willst du mir denn da für einen Bären aufbinden! Ich kenne diese Interpol, so lausig arbeiten die nicht. Aber wer noch mit dir in Timurs Trupp ist, das interessiert mich sehr.«

»Leck mich!«

Trocken klackte die Sicherung.

»Reiß dich bloß zusammen, so fängt man sich schnell ein

Loch im Schädel ein. Ich kann auch anders, ich habe starke Nerven, nicht wie dein Freund Wolodka. Ich schlage dir ein Geschäft vor: Wenn du mir alles schön brav erzählst – von der Kassette, wer du bist, wo du hingehörst und wer deine Freunde sind –, dann tut's nicht weh, und vor allem geht's schnell. Ich krieg ja sowieso alles aus dir raus, ich bin kein kleiner Junge, der für nichts und wieder nichts durch ganz Moskau hinter dir herrast.«

»Leck mich!« Meine Antworten zeichneten sich nicht durch Vielfalt aus.

»Nicht solche Grobheiten, das ist nicht schön. Wir sind schließlich kultivierte Menschen. Ich stelle doch ganz einfache Fragen.« Er klopfte mit der Hand auf die Kassette. »Das ist eine Kopie. Wo ist das Original?«

Die Plastiktüte mit der Kassette und dem Tagebuch lag im Handschuhfach bei Dan.

»Vielleicht suchen wir mal ein bißchen, was meinst du, Eva?«

Ich zuckte zusammen, aber dann erinnerte ich mich, daß Wolodka uns am ersten Abend einander vorgestellt hatte.

»Gucken wir doch zum Beispiel mal im Handschuhfach nach. Und tatsächlich, da liegt ein Geschenk für Onkel Alexander!«

Aus dem Wald hörte man Maschinengewehrsalven; Alexander Anatoljewitsch grinste breit.

»Du hast kein Glück mit deinen Liebhabern, mein Täubchen. Der eine nimmt sich selbst das Leben – und das hat er getan, darauf gebe ich dir mein Wort! Mein Ehrenkodex erlaubt es nicht, einen Todeskandidaten zu belügen. Und jetzt dieser rotznasige Firmenmensch. He, ich sehe, dir geht das richtig zu Herzen, du wirst ja ganz grün, Mädchen! Gleich hauchst du noch deine Seele aus! Denk jetzt lieber an dich, wie du selber angenehm stirbst, ohne unnötige Quälereien.«

Die Maschinengewehrsalven hörten nicht auf, in meinem Hirn zu dröhnen. Das ist nur das Echo, das in der Kuppel deines Kopfes hängengeblieben ist, sagte ich mir, du wirst dieses trockene Knattern bis an dein Ende hören.

Mein Ende, Gott sei Dank.

»Sind die da verrückt geworden, veranstalten das reinste Feuerwerk!« knurrte Alexander Anatoljewitsch dumpf.

Er war es wohl leid, die Hand an meinem Hals zu halten, oder sie war ihm eingeschlafen; der Druck der Pistole verschwand von meinem Schlüsselbein. Schinkarjow räumte geschäftig alle Indizien meiner ungeschickten Erpressung von der Ablage.

»Du bist eine harte Nuß, wie ich sehe«, sagte er mit einer Art genüßlichem Haß, sogar mit einem vagen Anflug von Respekt in der Stimme. »Aber macht nichts, meine Jungs werden dich ganz fix knacken, das sind groooße Spezialisten.«

Mir war das scheißegal. Wenn ich jetzt ganz kräftig zu Gott betete, dann schickte er mir vielleicht einen sanften Tod.

Aber was dann geschah, ging so schnell, daß ich gar nichts begriff.

Ein grauer Schatten huschte über die Scheiben des Autos, und die Tür auf Alexander Anatoljewitschs Seite wurde aufgerissen, so heftig, daß er beinahe aus dem Auto fiel. Eine Maschinenpistolensalve zerriß die Luft neben mir.

»Auf den Boden und nicht bewegen«, hörte ich die heisere Stimme Dans, bis zur Unkenntlichkeit verzerrt, aber lebend.

Mein Kopf wollte explodieren – er lebt, er lebt!

Noch einige Schüsse – entweder aus Pistolen oder Einzelschüsse aus der MP – und alles war still. Zusammengekrümmt lag ich wie erstarrt im rettenden Bauch des Autos. Ich hatte Angst, auch nur den Kopf zu heben; ich wußte ja nicht, was passiert war. Aber was auch passiert war, es war vorbei.

Totenstille.

Endlich öffnete sich leise die Tür auf meiner Seite. Und jemand hockte sich vor mich hin.

»Lebst du? Ist mit dir alles in Ordnung?«

Mein Gott, es war Dan: ohne Mantel, Jackett und das Gesicht dreckverschmiert, aber lebend. Ich stürzte in seine Arme, drückte seinen nach Erde riechenden Kopf an mich und brach in lautes Schluchzen aus.

»Beruhige dich, ganz ruhig, mein Liebes, es ist alles vorbei, es ist alles vorbei, hörst du?«

Aber ich wollte nicht hören, ich drückte mich immer heftiger an ihn, den man mir auf so schreckliche Weise genommen und den ich nun glücklich zurückgewonnen hatte. Dann schob ich ihn ein Stück von mir weg und schaute lange in sein liebes Gesicht. Ich wischte Schmutz von seinen Wangenknochen, und schließlich begann ich, seine Wangenknochen, die zerzausten Brauen, die kalten Wangen mit Küssen zu bedecken. Und er flüsterte immerzu ganz verwirrt:

»Na, beruhige dich, beruhige dich, mein Liebes ...«

Ich schmiegte mich in den Ärmel seines Jacketts und fühlte plötzlich den salzigen Geschmack von Blut.

»O Gott, Dan, bist du verletzt?«

»Eine Kleinigkeit, denke ich, er hat mich im letzten Moment noch erwischt ... nichts Ernstes.«

»Und was ist mit den Männern, die dich weggebracht haben?«

Dan drückte mich kräftig an sich und versuchte zu lächeln.

»Dumme Situation ... Aber wenn du dein eigenes Grab schaufelst, kannst du nicht wählerisch sein.«

Ich dachte an den Spaten, seufzte krampfhaft und preßte mich noch fester an Dan.

»Aber sie waren doch zu dritt!«

»Siehst du, ich kam nicht dazu, sie zu warnen. Ich habe in einer Aufklärungskompanie gedient, in Afghanistan. Aber die haben mich ja auch nicht gefragt, bevor sie mir die Knarre in die Rippen stießen.«

»Du hast mir nichts davon erzählt.«

»Du hast ja mir auch nichts erzählt. Und ich mußte darauf gefaßt sein, daß mein Mädchen kriminell ist. Du bist doch mein Mädchen?«

»Verzeih, verzeih mir! Ich habe dich in das alles reingezogen. Fahr weg, ich bleibe hier, man muß die Miliz holen, ich bin müde, müde. Dieser ganze Alptraum muß doch mal ein Ende haben.«

»Jetzt hör mal zu!« Er nahm mein nasses Gesicht fest in seine Hände. »Merk es dir, damit wir nie wieder darüber sprechen: Ich werde dich nie verlassen. Ich habe dir doch schon gesagt, das in unserer Sippe die Männer den Frauen folgen, die sie lieben, sogar wenn es ihnen Unheil bringt? Hab ich doch gesagt, oder?«

»Ja, ja ...«

»Aber jetzt müssen wir hier verschwinden, und zwar so schnell wie möglich.«

»Wohin?«

»Nach Moskau. Wir dürfen nicht in der Siedlung aufkreuzen. Wenn man die Toten im Wald findet, nimmt sich die Miliz auf jeden Fall alle vor, die während der letzten Tage in der Siedlung waren. Ich fahre ihr Auto weg, und du wartest hier. Von dieser Minute an stehst du unter meinem Schutz.«

Er ging um den Jeep herum und beugte sich über Schinkarjows Leiche. Ich sah es durch die Windschutzscheibe. Alexander Anatoljewitschs Brust war naß von Blut.

Ich versuchte aus dem Auto zu steigen.

»Bleib da!« rief Dan, sich einen Moment von seinem toten Feind abwendend. »Ich mach das schon selbst!«

Während Dan den toten Schinkarjow in dessen Jeep bugsierte, suchte ich jeden Zentimeter des schmutzigen Straßenbelags ab. Und endlich fand ich das, was ich wollte – den Brief und die Handtasche, zerdrückt und in die Dreckbrühe getreten, die deformierte Kassette und das zerfetzte Bändchen von Junna Moriz. Das Foto lag zwischen den Seiten mit meinem Lieblingsgedicht: »Hinter den Menschen, die nicht verliebt sind, geht die Liebe um wie ein Gespenst.« Auf dem alten Foto war Schinkarjow noch am Leben, auf dem Foto lebte auch Sirin noch, den ich getötet hatte.

Dan wendete den Jeep vorsichtig und fuhr in Richtung Wald.

Ich konnte, konnte nicht allein bleiben. Ich folgte den Reifenabdrücken durch das Dickicht.

Nach einigen Minuten traten die Bäume zurück, und ich sah eine kleine, vom Weg aus nicht auszumachende Lichtung. Da lagen die blutüberströmten Leichen der drei Männer. Aber nicht das war es, was mir naheging. Wie gebannt starrte ich auf das unheilvolle schwarze Rechteck in der Erde: Dieses Grab war für Dan gedacht gewesen.

Meine Beine trugen mich nicht mehr, ich hockte mich an einen Baumstamm. Dan fuhr den Jeep auf die Wiese und machte sich einige Minuten lang in dem Auto zu schaffen. Wahrscheinlich wischt er die Fingerabdrücke ab, dachte ich, seltsam entrückt. Schwerer nasser Schnee fiel vom Himmel. Dan sprang aus dem Auto und kam zu mir herüber.

»Dan!« rief ich schwach. »Dan, ich kann nicht mehr aufstehen ...«

»Wozu bist du überhaupt ausgestiegen? Du solltest dir das nicht ansehen.«

»Ich kann nicht ... Ich kann nicht mehr allein bleiben.« Er nahm meine Hand und führte mich zum Auto. Ich legte den Arm um seinen Hals und schloß die Augen.

Dan jagte das Auto nach Moskau.

Hier, im Auto, erzählte ich ihm alles – alles, ganz von Anfang an. Von dem Pornoauftrag, den ich ohne Nachdenken angenommen hatte, von den zerdrückten Ringerohren von Alexander Anatoljewitsch in der Metro-Station Nowokusnezkaja, von der Ankunft Nimotsis in Moskau und von seinem Tod, von der Ankunft Venkas in Moskau und ihrem Tod, vom Tod ihrer Schwester, die ich nie gesehen hatte ... Vom absurden Tod Fariks und Aljonas, von dem Jeep, der im Sumpf versunken war – fast der gleiche wie deiner, und ich kann ihn sogar fahren. Von der zufälligen Begegnung mit Vlad in dem Petersburger Café, die mir beinahe zum Verhängnis wurde. Von dem Foto des Griechen auf der schäbigen Tapete, von Sirins Tod und dem Tod von Vlas, der ihm folgte. Und wieder Moskau. Mit fremder, lebloser Stimme erzählte ich Dan davon, wie ich mich an dem Tag gerettet hatte, als Venka und Nimotsi umgebracht wurden, wie ich zu Ljowa fuhr und wie sein Freund die plastische Operation an mir vornahm – und die, die man für tot hielt, wieder zum Leben erweckte. Und wie ich beschloß, Rache zu nehmen. Damals wußte ich noch nicht, daß alle, die auf die eine oder andere Art mit der Sache zu tun hatten, sterben mußten. Aber wenn ich es gewußt hätte, was hätte das geändert? Und der mißglückte Erpressungsversuch an Wolodka Tumanow – das war auch ich.

Dan fuhr an den Straßenrand, nahm die Hände vom Lenkrad und schwieg einige Minuten lang erschüttert. Dann zog er mich an sich.

»Ich kann nicht glauben, daß das alles dir passiert ist! Und die ganze Zeit warst du allein und hast nicht einmal versucht, jemandem davon zu erzählen?«

»Wem denn?« fragte ich bitter. »Ich bin doch tot.«

»Du hättest doch weggehen können! Warum bist du zurückgekommen?«

»Um dich zu treffen.« In diesem Augenblick glaubte ich wirklich, daß ich nur deshalb zurückgekommen war.

In Dans Augen stand plötzlich solche Sehnsucht und solcher Schmerz, daß es mir Angst machte.

»Und noch aus einem anderen Grund. Ich muß *ihn* finden.«

»Wen?«

»Den, der Nimotsi umgebracht hat, der Venka umgebracht hat, Julenka und die, die ich nicht kenne. Den, der sie eigentlich umgebracht hat. Ich muß diesen Weg bis zu Ende gehen. Sonst waren alle Opfer umsonst, sonst kann ich mich niemals vor dem Jüngsten Gericht rechtfertigen. Aber das ist es nicht. Ich muß einfach, das ist alles. Denn nicht du warst es, der die Männer dort im Wald getötet hat – ich habe sie getötet. Und das werde ich überall und jedem sagen, weil es wahr ist.«

»Ich habe mich nur verteidigt und dich verteidigt.«

»Ja, ja, natürlich.« Zum ersten Mal fühlte ich mich älter und klüger als Dan. »Du bist das Beste, was es in meinem Leben gegeben hat. Und wenn du jetzt weggehst, bleibst du trotzdem das Beste.«

»Ich gehe nicht fort. Wir gehören jetzt zusammen.«

»Zusammen ...«

»Ich helfe dir, den zu finden, den du suchst. Ein Kopf ist gut, aber zwei sind besser, wie die siamesischen Zwillinge zu scherzen pflegen. Entschuldige! Du hast von der Video-Kassette und dem Tagebuch gesprochen. Sonst gibt es nichts?«

»Nein. Sonst gibt es keine Anhaltspunkte. Bei mir wenigstens nicht. Irgendein Grieche hat Nimotsi geholfen abzuhauen. Ich glaube, Nimotsi war der einzige aus dem Filmteam, der am Leben blieb. Damals am Leben blieb«, korrigierte ich mich.

»Gibt es da etwas auf dem Video? Irgendwas, weswegen man einen Mord begehen könnte?«

»Ich weiß nicht. Ich habe es mir nur einmal angesehen. Man kann das überhaupt nicht ansehen.«

»Aber vielleicht gibt es etwas, was dir entgangen ist? Irgendein nebensächliches Detail am Bildrand, im Hintergrund? Irgendwas, dem du keine Bedeutung beigemessen hast?«

»Ich weiß nicht. Ich kann wirklich nicht ...«

»Gut. Beruhige dich. Ich habe alles mitgenommen, was sie bei sich hatten, ich habe sogar das Portemonnaie von Aleksander Anatoljewitsch geklaut. Aber ich fürchte, das gibt nichts her. Sehr wahrscheinlich hat er irgendein legales Geschäft. Und wenn das, wovon du erzählst – all diese Pornomorde –, wenn das aufgedeckt wurde, haben sie bestimmt sämtliche Spuren beseitigt. Wahrscheinlich noch bevor dein Bekannter nach Moskau zurückgekehrt ist. Diese Burschen haben ein Gespür wie Jagdhunde. Ich denke, du warst für sie nur deshalb interessant, weil die Kassette in deinen Händen war. Vielleicht haben sie sie gesucht, vielleicht haben sie von ihrer Existenz auch gar nichts gewußt, bis du mit deinem Brief aufgetaucht bist. Ich kann mir das gut vorstellen: Sie denken, daß alle Beteiligten dieses Dramas tot sind, und dann stellt sich heraus, daß noch jemand existiert, der hervorragend informiert ist. O Gott, ich hätte dich verlieren können, ohne dich getroffen zu haben.«

»Weißt du, ich war doch sehr häßlich. Furchtbar häßlich, bevor ich ein neues Gesicht bekommen habe. Ich muß dir das sagen. Jetzt weißt du alles über mich.«

»Und was war am häßlichsten? Die Nase oder die Augen?« fragte Dan, nachdem er einen Moment nachgedacht hatte.

»Die Augen.«

Er küßte mich vorsichtig auf die Augen.

»Nein. Eigentlich die Nase.«

Er berührte zärtlich meine Nasenwurzel.

»Wenn ich ehrlich sein soll – am häßlichsten war der Mund.«

Er fand meine Lippen. Es wurde ein langer Kuß, so lang, daß ganz hinten in meinem Kopf, am Halswirbel, ein verrückter und süßer Gedanke aufkeimte: Und wenn ich alt werde und sterbe, bevor sich Dan von mir trennt? Aber der Gedanke wurde im selben Moment bedeutungslos, wie alles andere bedeutungslos wurde.

»Weiß der Teufel, ich will dich. Ich will dich schrecklich«, flüsterte Dan.

»Warum denn ›Weiß der Teufel‹?«

Dan wohnte im Zentrum von Moskau, nicht weit vom Tischinsker Markt. Es war ein stiller, typischer Moskauer Hof, der den brutalen Plattenbauten am Stadtrand in nichts ähnelte.

Dan parkte das Auto, und einige Minuten saßen wir schweigend da.

»Gehen wir«, sagte er schließlich, »ich zeige dir mein Zuhause.«

Er nahm alles aus dem Auto mit, was mit mir und meiner Geschichte zu tun hatte, und wir stiegen in den zweiten Stock.

Etwas Vergleichbares hatte ich nie zuvor gesehen. Einfache Möbel aus rohem Holz in beiden Zimmern. Nur jemand, der sehr reich ist, kann sich solche Einfachheit leisten. Ein riesiger andalusischer Tisch, bestimmt schon hundertmal mit einem Messer abgeschabt, ein breites niedriges Bett, eine Wand, prallvoll mit Büchern. Bildbände und Zeitschriften lagen einfach auf dem Boden herum. Der Boden war aus Holz wie in dem kleinen Haus am Meer. Die Dielen schimmerten bernsteinfarben. Auf einem Tisch standen zwei Computer.

An der Wand neben dem Bett hing mein Porträt. Es gab noch andere Bilder, das heißt, eigentlich keine Bilder, sondern Skizzen. Auf allen waren Stierkampfszenen abgebildet. Sie waren offensichtlich von der Hand eines Meisters (von einem »Aficionado«, wie Dan sagte, ein Mann, der sich in der Kunst der Corrida auskennt), der sich mehr für die Dynamik des Kampfes interessierte als für seine Teilnehmer.

»Du bist zu Hause!« Dan schob mich sanft nach vorn. »Du brauchst dir keine Sorgen mehr zu machen. Es gibt sogar heißes Wasser und Handtücher, ich erledige inzwischen einige Telefonate. Ich habe doch heute ein paar Termine verpaßt.«

»Verzeih mir.«

»Nein, du mußt mir verzeihen«, sagte Dan ernst. »Verzeih, daß ich nicht früher gekommen bin.«

Er bereitete mir selbst das Bad vor, und ich stieg mit Vergnügen hinein. Durch die halboffene Tür hörte ich, wie er ruhig am Telefon sprach, wie er in der Wohnung umherging, vorsichtig, um mich nicht zu stören, wie er mit dem Geschirr in der Küche klapperte.

Und obwohl das warme Wasser mich beruhigte, mich einschläferte, meinen ganzen Körper mit bleierner Müdigkeit erfüllte – allein zu sein und zu wissen, daß er nebenan war, war mir unerträglich. Ich wusch mich in aller Eile, hüllte mich in einen Bademantel, der den Geruch seines Körpers trug, und verließ das Bad.

Dan war in der Küche. Er telefonierte immer noch. Den Hörer unter das Kinn geklemmt wanderte er mit einer riesigen Schüssel vor dem Fenster hin und her und schlug Eier – kein Mixer, keine Küchenmaschine, nur ein alter Schlagbesen, das war alles.

Als er mich sah, bedeckte er die Sprechmuschel mit der Hand und sagte fröhlich: »Ich mache Omeletts. Möchtest du?«

»Gern.«

Ich setzte mich an den Tisch, stützte das Kinn auf die Hände und schaute meinen häuslichen Helden an, der barfuß und mit offenem Hemd in der Küche umherspazierte. Manchmal wandte er sich zu mir um, und ich sah seine Brust mit den kleinen braunen Brustwarzen und ein Stück des flachen Bauchs, dann verlor ich fast das Bewußtsein, und mein Herz begann wie rasend im Hals zu pochen.

»Du bist braun«, sagte ich.

»Ich bin doch Ungar.« Dan lächelte. »Mit südlichem Einschlag.«

»Ich habe es nicht vergessen: erstens Ungar, zweitens altmodisch.«

»Und drittens mache ich sehr gute Omeletts mit Schinken und süßem Paprika. Ich habe Pingwinytsch angerufen. Mit Serga ist alles in Ordnung, er wurde operiert. Jetzt liegt er noch auf der Intensivstation, aber es besteht keine Lebensgefahr. Freust du dich?«

Ich errötete – natürlich freute ich mich, aber gleichzeitig empfand ich tiefste Scham: Über all den schrecklichen Ereignissen, über dem furchtbaren Schlachten im Wald hatte ich den unglücklichen Serga völlig vergessen. Und er war doch nur deswegen so übel zugerichtet worden, weil ich ein paarmal bei ihm übernachtet hatte.

Aber Dan, Dan hatte ihn nicht vergessen. Ich stand auf und küßte ihn auf die Wange.

»Danke, Dan.«

»Warum dankst du mir? Pingwinytsch mußt du danken. Ich habe doch gesagt, daß alles gut wird.« Die letzten Worte hörte ich schon nicht mehr: Wir hatten begonnen, uns zu küssen.

Wir standen mitten in der Küche, meine nackte Brust berührte Dans Brust, und er bedeckte mein Kinn und meinen Hals mit Küssen. Ich wollte bei ihm bleiben, seinen Körper spüren. Er hatte schon lange den Bademantel von meinen Schultern geschoben, sein Hemd fiel zu Boden, aber als seine Hände sich schon um meine Hüften schlossen, riß er sie verzweifelt los.

»Nein«, sagte er gepreßt. »Ich will, daß es lange dauert, lange, lange. Aber jetzt muß ich weg.

»Weg?«

»Ja, ich bin verabredet. Ich habe eine Idee, wegen der Kassette. Wir werden sie auf eine Diskette kopieren. Es gibt jetzt so eine Technik, digital, ziemlich kompliziert. Mein Gott, man kommt von dir nicht los.«

»Das Omelett, Dan!«

Das Omelett war restlos verbrannt, die Küche stand voller Qualm.

Eine halbe Stunde später fuhr Dan weg. Die verbleibende Zeit vorher vermied er es, mich zu berühren: »Zum Teufel, Eva, wenn ich dir zu nahe komme, kann ich nie mehr von dir weg.«

Ich blieb und wartete auf ihn zwischen den ungestümen Linien der Stierkämpfe, den Kastagnetten und kleinen, längst geleerten spanischen Weinflaschen mit handgemalten Etiketten. Noch nie hatte ich so gern gewartet. Und trotzdem schlief ich einfach ein.

Ich erwachte erst, als Dan zurückkehrte. Vor dem trüben, mattweißen Fenster, durch das schon die Nacht hereinblickte, sah ich ihn, wie er sich schnell auszog – eine geschmeidige Silhouette mit scharfen Konturen. Auf dem Tisch zwischen den beiden Computern stand ein Rosenstrauß, und das Zimmer füllte sich allmählich mit dem zarten Duft der Blumen.

Dan schlüpfte ins Bett und nahm mich in die Arme. Sein Mund fand sofort das, was er suchte – meinen Mund, der noch bitter schmeckte vom Schlaf. Dan bedeckte mein Gesicht mit Küssen. Seine Berührungen waren kühl, sie brachten mir den eisigen Atem des verrückten nächtlichen Moskau, dieser Stadt voller kalten Lichts.

Ich schloß die Augen und überließ Dan die geheimsten Winkel meines Körpers. Seine Lippen erforschten sie vorsichtig, jede Berührung löste eine grelle Explosion von Licht aus. Es war fast unerträglich. Ich spürte, wie seine kalten Lippen heiß, fast glühend wurden, sie hinterließen Wunden ungestillter Leidenschaft. Endlich schlossen sie sich um meine Brustwarzen, die sofort hart wurden wie kleine Kiesel am Ufer seines Meeres, und da hielt ich es nicht mehr aus.

»Komm …«, flüsterte ich mit versagender Stimme. Aber Dans Lippen gehorchten mir nicht, sie glitten heimtückisch tiefer, sie hatten beschlossen, mich zu quälen, zu zermürben, mich zur Raserei zu bringen.

»Ich kann nicht mehr, ich sterbe, ich halte es nicht mehr aus … Bitte …«

Und dann bedecke er mich mit seinem Körper, wie die Wellen das ausgetrocknete Ufer bedecken, und ich spürte, wie mit ihm mein verlorenes Leben in meinen Körper zurückkehrte.

Immer wieder nahm er mich mit sich, trieb mich zum Gipfel mit seinen von der Leidenschaft gesprungenen Lippen, und ich spürte jede Windung, jede Bewegung seines schlanken Körpers und antwortete ihm.

Ich erwachte von Küssen, ganz anderen jetzt, morgendlich zärtlichen, aber trotzdem gefährlichen. Ganz in der Tiefe dieser Küsse schlummerte die Begierde.

»Wie geht es dir?« fragte Dan. Ich sah seine weit geöffneten, dunklen Augen dicht neben mir. Er saß am Bettrand und hatte sich zu mir herabgebeugt.

»Ich liebe dich und habe großen Hunger«, sagte ich kläglich und schmiegte mein Gesicht an seins.

»Bist du nicht enttäuscht?«

»Ich bin nur davon enttäuscht, daß du als erster aufgewacht bist.«

»Ich habe überhaupt nicht geschlafen. Ich habe dich nur angesehen.«

»Und?«

»Ich hätte dir sehr gern gesagt, daß ich dich liebe, aber ich hatte Angst, dich zu wecken.«

Ich konnte meinen Blick nicht lösen von seinen zusammengewachsenen Augenbrauen, von seinem zerzausten Haar, den Lippen, die mir solche Worte sagten.

»Ich habe es mir anders überlegt. Ich will nichts essen. Ich will dich!«

Ich schlug die Decke zur Seite. Er legte sich wieder neben mich, schloß mich in die Arme, und alles begann von neuem – wieder und wieder.

Als ich erwachte, lag Dan wieder nicht neben mir. Jetzt saß er vor dem Computer. Ich stand leise auf, ging zu ihm und legte meine Arme von hinten um seine Schultern.

»Bist du aufgewacht?« fragte er und schaute konzentriert auf den Bildschirm. »Ich habe schon den halben Kühlschrank leer gefuttert. Und jetzt muß ich gleich wieder weg. Ich habe das Video angesehen, mehrere Male, ich habe mich dazu gezwungen. Setz dich zu mir.« Er nahm meine Hände und begann ganz langsam zu schaukeln. »Es ist schrecklich. Es ist einfach unvorstellbar.« Über sein Gesicht lief ein Schatten. »Einfach unvorstellbar ... Aber es gibt dort einen Hinweis, eine kurze Einstellung, die Grund genug sein könnte, ein paar Menschen umzubringen. Ich denke, ich kann sie auf eine Diskette kopieren und vergrößern.«

»Ich weiß, was du meinst«, sagte ich einfach.

»Was?«

Mir kam es vor, als würde sein Körper sich anspannen.

»Die Einstellung, als die Kamera aus dem Zimmer rausschwenkt, als Julenka schon tot ist. Man sieht die Umrisse eines Autos und zwei Männer neben ihm, aber man kann die Gesichter nicht erkennen.«

Dan blickte mich aufmerksam an.

»Weißt du, ich bin begeistert von dir. Ich bin wirklich begeistert. Nur in einem hast du nicht recht. Es ist heute möglich, ein Bild fast ohne Verluste zu vergrößern, man muß es nur auf eine Diskette kopieren. Daran mache ich mich heute nacht.«

»Geht das nicht zu Hause?« fragte ich wie eine eifersüchtige Hausfrau.

»Dafür braucht man spezielle Geräte. Was meinst du, gibt es noch Kopien von dieser Kassette?«

»Wenn es sie gäbe, hätten ganz andere Leute Alexander Anatoljewitsch erledigt, bestimmt nicht Dan Sikora«, sagte ich nüchtern.

»Hör mal, du bist einfach fabelhaft!« Dan küßte mich. »Du solltest für den FSB arbeiten und nicht die Geliebte eines jämmerlichen Computermenschen sein.«

Er fuhr wieder weg, und ich war wieder allein. Aber jetzt war ich ruhiger, und mir wurde plötzlich klar, daß Dan unterwegs war, um meine Arbeit zu machen und das zu tragen, was mein Kreuz und nur mein Kreuz war.

Da entschloß ich mich, etwas zu tun, wozu ich niemals den Mut gehabt hätte, wenn ich ein bißchen weniger glücklich, ein bißchen einsamer gewesen wäre: Ich nahm das Tagebuch Nimotsis und schlug es auf den letzten, von Schrecken durchtränkten Seiten auf, die er geschrieben hatte, als er schon die ganze Wahrheit wußte, aber nichts ändern konnte. Wieder sprangen mir die krakligen Zeilen in die Augen, die ich nicht entziffern konnte.

Ich beschloß, anders vorzugehen: Man mußte alle Buchstaben von Nimotsis Handschrift aus der Zeit der ersten Aufzeichnungen, die sich auf Griechenland bezogen, herausschreiben und dann einfach die Deformation verfolgen, die Mutation der Buchstaben. Die Art des Schreibens, die Neigung der Handschrift, ihre markanten Merkmale konnten sich nicht schlagartig verändert haben. Ich versuchte nicht, mich in Nimotsis Schrift einzulesen, sondern sobald ich lesbare Buchstaben entdeckte, suchte ich sofort ihre verkrüppelten Brüder auf den folgenden, späten Seiten.

Ich quälte mich mehrere Stunden damit herum, bis mir

die Augen weh taten, aber es gelang mir, die letzten Seiten des Tagebuchs zu entziffern.

Ich erfuhr allerdings wenig. Am ersten Tag der Aufnahmen für das Video waren zwei Männer in die Villa gekommen – Alexander Anatoljewitsch und ein anderer, den jener immer nur den »Boß« nannte. Sonst fand ich nichts, keine Namen. Auch der Name Alexander Anatoljewitsch war eher zu erahnen, nur die ersten Buchstaben waren ausgeschrieben, dahinter schleppte sich eine schwache Bleistiftspur, die mir vorkam wie Blut.

Und sonst gar nichts.

Zerschlagen und niedergedrückt saß ich am Tisch, bis der mürrische Moskauer Morgen ungefragt durch das Fenster hereinkroch und das Licht der Lampe überflüssig machte.

Und Dans warme Arme mich von hinten umfaßten.

»Wie bist du hereingekommen? Ich habe dich nicht gehört«, sagte ich mit ersterbender Stimme.

»Ich habe einfach die Tür aufgeschlossen. Und du, was machst du?«

»Ich habe Nimotsis Tagebuch entziffert. Die letzte Eintragung, die sich auf den Tag der Aufnahme der Video-Kassette bezieht. Da waren Schinkarjow und noch ein anderer.«

»Wer?« fragte Dan, der meine von der nächtlichen Anstrengung steif gewordenen Finger in seinen Händen wärmte.

»Ich weiß nicht. Schinkarjow nannte ihn Boß. Sie waren beide am Morgen der Aufnahmen da. Waren aus Athen gekommen. Der Boß fuhr nach den Aufnahmen allein weg, Alexander Anatoljewitsch blieb. Verabschiedete seinen Chef und blieb, um sich den Film zu Ende anzusehen. Ich weiß nicht, wer dieser Mann war. Nimotsi hat kein Wort über ihn verloren. Nein, das stimmt nicht, er hat etwas geschrieben. Ich glaube, Schinkarjow hatte den Boß als geistigen Urheber dieses ganzen Unternehmens vorgestellt und gesagt, daß in unserer verrückten Zeit dieses Geschäft Zukunft habe. Besonders, wenn man das Problem der Überbevölkerung berücksichtige. Ich kann darüber nicht mehr …«

»Ich habe dir etwas mitgebracht«, sagte Dan. »Etwas Interessantes.«

Er zog eine Diskette aus der Manteltasche, wedelte damit in der Luft und steckte sie ins Laufwerk des Computers.

Das, was ich auf dem Bildschirm erblickte, ließ mich alles vergessen. Es war ein Standfoto aus dem Video, ich erinnerte mich gut daran, obwohl ich es nur einmal gesehen hatte: ein Sportwagen, zwei Männer – der eine steigt gerade ins Auto, der andere steht daneben, hält ehrerbietig die Tür auf.

Eine ganze Folge von Bildern, weitere Vergrößerungen desselben Ausschnitts, brachten mich den beiden am Auto näher und näher.

Der eine von ihnen war tatsächlich Alexander Anatoljewitsch, derjenige, der die Tür aufhielt. Den zweiten, der sich ins Auto setzte, kannte ich nicht. Dan konzentrierte den Bildausschnitt auf diesen Mann – ein slawischer Typ, nur die schmalen Lippen hatten etwas Skandinavisches.

»Ist das der Boß?«

»Das weiß ich noch nicht«, sagte Dan nachdenklich. »Aber es ist sehr wahrscheinlich, daß sich auf ein derart riskantes Unternehmen nur ein Mensch einlassen konnte, der ein sehr solides legales Geschäft besitzt. Anders kann man so eine Sache nicht aufziehen. Wieviel, sagst du, hast du für das Drehbuch gekriegt?«

»Das letzte haben sie für viertausend gekauft.«

»Jetzt kann ich mir das Ausmaß vorstellen! Viertausend für einen Porno ...«

»Sie haben ja den Schauspielern nichts bezahlt«, unterbrach ich ihn schroff.

»Verzeih mir, daran hatte ich gerade nicht gedacht.« Dan nahm mich in die Arme. »Trotzdem – mit solchen Summen kann man nur in Moskau wirtschaften, ohne Verdacht zu erregen. Und wenn es jemand aus Moskau ist, werden wir ihn ganz sicher ausfindig machen. Ich habe die Jungs vom Sicherheitsdienst schon damit beauftragt.«

»Du hast sogar einen Sicherheitsdienst?«

»Die Firma. Das sind ernst zu nehmende Jungs, viele davon waren früher beim FSB.«

Beim FSB. Ich dachte an Sirin, an Alexander Anatoljewitsch und sogar an den in Vergessenheit geratenen Oleg Wassiljewitsch. Ich hatte Dan kaum etwas von Oleg Wassiljewitsch erzählt, das war eine der wenigen Episoden, die ich in der Eile übergangen hatte. Ich hoffte, daß er mir damals wirklich im Auftrag des Griechen nachspioniert hatte. Außerdem war jetzt Dan bei mir, und mit ihm hatte ich vor nichts Angst.

Für die Dauer einer Woche verwandelte sich Dans Wohnung in eine Einsatzzentrale: Hierher kamen alle Informationen über den Mann auf der Diskette. Er war tatsächlich ein Moskauer Geschäftsmann, hatte mit Erdöl zu tun und besaß außerdem ein Netz von Tankstellen. Er hieß Dmitri Tarassowitsch Kudrjawzew. Kudrjawzew war ein paar Mal nach Griechenland geflogen, gerade in der Zeit, als sich Nimotsis Aufnahmeteam dort befand. Die Jungs von Dans Sicherheitsdienst stellten das anhand der Passagierlisten fest; einer von ihnen hatte Beziehungen zum Flughafen Scheremetjewo. Und das Wichtigste, Alexander Anatoljewitsch Schinkarjow war der Chef von Kudrjawzews Sicherheitsdienst gewesen.

Der Kreis schloß sich.

Dies alles geschah ohne mein Dazutun.

Tagsüber bearbeiteten Dan und ich die eingegangenen Informationen und glichen sie ab, wir durften keine Fehler machen; und in den Nächten liebten wir uns bis zur Erschöpfung.

»Und was ist mit deinem Konzern? Bricht der nicht zusammen, wenn der Chef nicht da ist?« fragte ich ihn irgendwann.

»Ich habe Urlaub genommen.« Er lächelte. »Ich habe sowieso seit fünf Jahren keinen Urlaub mehr gehabt. Und überhaupt, ich denke daran, mich aus dem Geschäft zurückzuziehen.«

»Aus dem Geschäft zurückziehen?«

»Sieh mal«, für einen Moment wurde er ernst. »Die Geschichte mit dem Tod von Schinkarjow und seiner Truppe kommt auf jeden Fall ans Licht. Diese Typen vom FSB verlieren nicht gern ihre Leute. Und ich bin mir gar nicht sicher, ob die Spuren nicht zu mir führen. Deshalb will ich das Land verlassen. Zusammen mit dir. Ich will, daß du diesen ganzen Alptraum vergißt, daß es nur noch dich und mich gibt. Du mußt mir viele Kinder gebären. Ich habe ein Häuschen bei Alicante, das ist in Spanien, am Mittelmeer. Wir werden Wein anbauen, wie Großvater, und Wein machen.«

»Gut. Unter einer Bedingung.«

»Welche?«

»Versprich mir, daß unsere Kinder nie Matadore werden!«

Schließlich waren alle Informationen zusammengetragen und alle Fäden zu einem dichten Netz verknüpft. Dan und ich saßen auf dem Bett, er deckte mich mit seinem Körper zu wie mit einem Mantel.

Es war Mittwochabend, schon am Morgen war Kudrjawzew auf seine Datscha bei Bronnizy gefahren, dort sollte er bis Freitag bleiben. Dan hatte sofort Nachricht davon erhalten. Kudrjawzew war überhaupt ein seltsamer Mensch. Er zog Hunde den Frauen vor, den Mittwochabend dem Samstagabend. Er glich einem einsamen Wolf, der sich nur aufgrund eines Mißverständnisses unter Menschen aufhielt. Er war ohne Wachmänner in Bronnizy, allem Anschein nach fürchtete er nichts. So ein Mensch konnte durchaus auf den Gedanken kommen, Frauen die Kehle durchzuschneiden und zarte Rücken mit Peitschen zu martern.

»Ich kann den Jungs Bescheid sagen, und sie bringen ihn um die Ecke«, flüsterte Dan mir zu. Sein Atem traf meinen Nacken.

»Nein«, sagte ich und wandte mich zu ihm um. »Nein, das muß ich selber tun.«

»Ich verstehe.« Er umarmte mich noch fester. »Ich komme mit dir.«

»Ich muß es tun. Nur schade, daß niemand jemals erfährt, warum er getötet wurde. Und daß niemand erfährt, daß gerade ich es getan habe.«

Dan schwieg lange und angespannt. Als er sprach, wählte er seine Worte sehr vorsichtig: »Warum? Wir können doch ... Hör mal, mir ging gerade durch den Kopf – wir können doch eine Nachricht hinterlassen. Nachher, wenn alles vorbei ist. Das ist wie ein Urteil – wir hinterlassen alle Namen von denen, die getötet wurden. Auf dem Zettel wird auch dein früherer Name stehen, der Name der Vollstreckerin, der Henkerin. Maus darf doch nicht so einfach verschwinden. Sie tut das, was sie tun muß. Und dann wird sie endgültig du, und du wirst dich mit deiner Vergangenheit versöhnen oder sie hinter dir lassen, sie für immer vergessen. Und wir fliegen nach Spanien. Übermorgen, ich habe die Tickets schon bestellt. Niemand wird jemals Eva Apostóli suchen. Aber Maus muß sich rächen, denn dieser Mensch hat sie umgebracht!«

»Vielleicht hast du recht ...«, antwortete ich nachdenklich.

Um zwölf Uhr nachts saßen wir im Auto, einige hundert Meter von Kudrjawzews Datscha entfernt. Näher heranzufahren war unmöglich, seine Datscha wurde lückenlos von Videokameras überwacht. In meiner Tasche lag ein Browning, die ideale Waffe für eine Frau, die ihre Ehre rächen will. In der anderen Tasche der Zettel, den ich noch in Dans Wohnung geschrieben hatte. Es war mir nicht leichtgefallen, aber ich mußte ihn schreiben, Dan hatte recht. Darin trat ich seit langer Zeit wieder unter dem Namen »Maus« auf. Ich hatte ausführlich erklärt, warum ich das getan hatte, warum ich getötet hatte. Und das Schrecklichste, fast Unwirkliche dabei war, daß ich in der Vergangenheitsform über einen Menschen sprach, der noch lebte und jetzt in seiner riesigen Datscha umherging, sich den Bauch kratzte, seine Hunde hinter den Ohren kraulte. Er hatte zwei, genau wie der Grieche, nur die Rasse war kräftiger, nicht so fein – Rottweiler.

Jetzt saß ich im Auto neben Dan, und er hielt mich an der Hand. Ich wußte, daß wir übermorgen in Spanien sein würden, das ich schon liebte, und heute würde er mir sicher dreiunddreißig Rosen kaufen.

Wenn alles vorbei war.

»Es ist Zeit«, sagte ich, und er drückte fest meine vor Entschlossenheit verschwitzten Hände.

»Ich werde dich absichern, ich bin in der Nähe.« Er beugte sich vor und küßte mich auf den Mund. Seine Lippen waren vor Erregung starr.

»Ja.« Ich hörte ihn nicht mehr, ich war in Gedanken schon dort, in der Datscha, die hinter dem hohen Zaun verborgen lag.

Nur ein paar hundert Meter trennten mich vom Finale. Ich ging zu der Datscha, zögerte einen Moment, dann drückte ich entschlossen auf den Klingelknopf.

Im Hof erklang wildes Hundegebell.

»Ja, bitte?« ertönte kurz darauf eine Stimme in der Gegensprechanlage.

»Ich komme aus Moskau …« Ich spürte eine merkwürdige, fast eisige Ruhe, als wäre ich nach Hause zurückgekehrt am Ende einer langen Reise. Jetzt wird der Kopf des Übels umgebracht, und das blutige Drama ist für immer vorbei.

»Ich höre!?«

»Ich komme von Bogdan. Er ist bei der Miliz. Man hat ihn mit LSD erwischt, sie schlagen ihn, sie lassen ihn nicht einmal telefonieren. Er hat mich gebeten, Sie anzurufen. Sie haben mich rausgelassen und ihn dabehalten.«

Damit befand ich mich auf sicherem Boden. Bogdan – der verlorene Sohn Kudrjawzews – war seine einzige schwache Stelle. Bogdan handelte ab und zu mit LSD und brachte sich immer wieder in unangenehme Situationen, und der Vater holte ihn immer wieder aus dem Gefängnis.

»Ich habe versucht, Sie anzurufen, aber ihr Telefon ist wohl nicht in Ordnung.« Das war ein Volltreffer: Zwei Stunden vorher hatten Dans Leute Kudrjawzews Telefonleitung durchgeschnitten.

»Ich weiß«, sagte Kudrjawzew düster. »Ich mache gleich auf. Kommen Sie rein.«

Das Schloß klickte, ich schob das Tor auf und ging über die Steinplatten zum Haus. Kudrjawzew stand schon mit verschränkten Armen auf der Vortreppe.

»Also?« fragte er, mich von weitem betrachtend. »Was ist los?«

»Ich sage doch, man hat ihn mit LSD geschnappt, in Wychino.« Bogdan dealte meist in Wychino, auch das hatten Dans Leute herausgefunden. »Er hat mir gesagt, daß ich von Ihnen für die Unannehmlichkeiten zweihundert Bucks bekommen würde ...«

Kudrjawzew schaute mich von Kopf bis Fuß verächtlich an. Ich versuchte, mich mit seinen Augen zu sehen: Dans alte Jacke, schmutzige Jeans, zerzauste Haare – eine Spießgesellin des kleinen LSD-Dealers Bogdan, klar.

»Gehen wir! Warten Sie, ich sperre bloß die Hunde ein.«

Ich wußte, daß, während Kudrjawzew auf der Vortreppe stand, Dan wahrscheinlich schon auf das Gelände der Datscha gekommen war; denn um mich reinzulassen, hatte Kudrjawzew die Hunde ins Haus gescheucht.

Jetzt erst spürte ich einen leichten Schüttelfrost und ein Gefühl, das mir mit unerwarteter Kraft und Frische zu Kopf stieg: Gleich werde ich eine Kugel in diese schwarze und leere Seele schießen.

Im Nachbarzimmer, das fest verschlossen war, tobten die Hunde wie wild. Auf einem niedrigen Tisch standen ein paar Zwergbäume. Ich glaube, die Kunst, sie zu züchten, heißt Bonsai. Kudrjawzew hatte mir den Rücken zugedreht, er kramte in einem ziemlich abgewetzten Portemonnaie. Als er sich umwandte, hielt er zwei grüne Hunderter in der Hand.

Und ich hielt den Browning in meiner. Ich hielt ihn so, wie Dan es mir beigebracht hatte.

Kudrjawzew sah mich verständnislos an.

»Guten Tag, Dmitri Tarassowitsch. Endlich habe ich Sie ...«

»Ich verstehe nicht ...« Er schaute immer noch ruhig, aber er war unendlich weit weg von dem rettenden Zimmer mit den Hunden. Noch weiter weg, hinter mir, war die Wand mit zwei Jagdgewehren.

»Sie verstehen ... Griechenland und das alles.«

»Was ist mit Griechenland?«

Die Tür öffnete sich, und Dan trat ein. Kaum sah Kudrjawzew ihn, erschrak er wirklich.

»Na los!« schrie Dan. »Keine Sonntagsreden, das ist er nicht wert! Hast du ihm in die Augen geschaut? Jetzt schieß!«

Ich hob den Browning und begriff, daß ich nicht in diese starren, klaren Augen schießen konnte.

»Ich kann nicht ... Ich kann nicht«, dachte ich mehr, als daß ich es sagte. Und Dan stand neben mir und umfaßte mit seiner Hand meine Hand mit der Pistole. Im nächsten Augenblick drückte er selbst den Abzug.

Die Kugel traf Kudrjawzew in die Brust. Er fiel vornüber, bevor er begriff, was passiert war. Dan schoß wieder und wieder, bis das ganze Magazin leer war.

Alles war vorbei.

Kudrjawzews Leiche lag vor uns, die Hunde warfen sich gegen die Tür. Wie durch Watte hörte ich die dumpfen Schläge ihrer schweren Körper. Ich merkte nicht einmal gleich, daß Dan schon nicht mehr neben mir war. Er saß in einer Ecke des Zimmers, die Beine weit gespreizt, und rollte eine Zigarette zwischen den Fingern.

Ich hatte nie gesehen, daß er rauchte.

»Du rauchst?« fragte ich dumm.

»Jetzt rauche ich«, antwortete er, und ich war verblüfft von der Veränderung in seinem Gesicht. Alles, was ich liebte, war daraus verschwunden, jetzt war es leer und grau.

»Wo ist der Zettel?« fragte Dan. Mechanisch zog ich den Zettel aus der Tasche, ging zu der Leiche Kudrjawzews und legte ihn daneben.

»Wir müssen weg«, sagte ich zu Dan.

»Ja, gleich. Warten wir noch ein bißchen.«

»Warten?«

In dem Zimmer, in dem die Hunde eingeschlossen waren, hörte man plötzlich das Geräusch zerbrechenden Glases. Das Hundegebell wurde unerträglich und ging dann über in Jaulen. Zwei Schüsse krachten.

Klägliches, hysterisches Gejaule – und alles war still.

Dan trat zur Tür und öffnete sie.

Auf der Schwelle stand Alexander Anatoljewitsch.

Das war so unwirklich, so unmöglich, daß ich im ersten Moment meinen Augen nicht traute. Ich sah von Dan zu Alexander Anatoljewitsch und wieder zu Dan.

Alexander Anatoljewitsch schlenderte durchs Zimmer, ging zur Leiche Kudrjawzews und stieß sie angewidert mit der Schuhspitze an. Dann hob er den Kopf, schaute zu Dan und applaudierte langsam.

»Na also! Der König ist tot – es lebe der König!«

Die Sinne versagten mir den Dienst, ich versuchte, mich an den Resten meiner Vernunft festzuhalten, wie am Rand eines Abgrunds, aber mein Verstand setzte aus.

»Dan, Dan …« Um nicht verrückt zu werden, mußte ich mich wenigstens auf etwas stützen, und dieses Etwas war der immer noch schweigende Dan.

»Ich verstehe überhaupt nichts. Du hast ihn doch getötet. Dan …«

»Getötet!« Alexander Anatoljewitsch kam zu mir und nahm mir die nutzlose Pistole aus der erstarrten Hand. Sachlich wechselte er das Magazin und reichte Dan den Browning, der die Waffe lässig um den Finger kreisen ließ.

»Und jetzt die Wiederholung! Für die Uneingeweihten!«

»Ich bitte Sie, Maestro!« wandte sich Alexander Anatoljewitsch an Dan.

Dan hob die Pistole und schoß, ohne zu zielen, auf Schinkarjow. Der lachte fröhlich los, und das weiße Hemd färbte sich schlagartig rot.

Alexander Anatoljewitsch knöpfte den Hemdkragen auf und nahm eine Platte heraus, auf der deformierte Zündkapseln und Reste von Plastik klebten, mit Farbe bespritzt, und aus der Tasche zog er zwei Drähte.

»Solche Sächelchen sollten dir bekannt sein, mein Täubchen! Ganz normale Pyrotechnik. Und so was war auf der Filmhochschule! Dan hat erzählt, daß du ein richtiger Filmfreak bist.«

Ich sah Schinkarjow an und sah ihn nicht.

»Dan, sag, daß es nicht wahr ist. Du hast ihn doch getötet! Dort, im Wald.«

»Vielleicht erzählst du dem Mädchen die ganze Geschichte?« erbarmte sich Schinkarjow. »Wäre doch schade, wenn sie stirbt, ohne zu wissen, wie hervorragend das alles ausgedacht war!«

Dan zündete sich endlich die Zigarette an. Er sog den Rauch tief ein und stieß dann einige Ringe aus, einen nach dem anderen; sie schwebten durch das Zimmer.

»Angeblich hat Charlie Chaplin eine Million Dollar für denjenigen ausgesetzt, der dreizehn Ringe hinkriegt, einen nach dem anderen, und einen Strahl von Rauch durch sie hindurchbläst«, sagte Dan. »Habt ihr das nicht gelernt, im Fach Filmgeschichte? Na, egal, ich bringe es nur auf fünf. Aber eine Million Dollar habe ich schon. Ich habe doch eine Million Dollar, stimmt's, Schura?«

»So ungefähr«, bestätigte Schinkarjow bereitwillig.

»Du hättest nicht nach Moskau zurückkommen dürfen, Eva. Darf ich dich Eva nennen? Ich habe mich so daran gewöhnt. Du hättest das Land verlassen und davor die Kassette vernichten sollen, und das Tagebuch auch. Und versuchen sollen, sie möglichst schnell zu vergessen. Glaub mir, dann wäre alles anders gekommen.« Dans Stimme war zärtlich, so zärtlich, wie er immer gewesen war, wenn er mich morgens weckte. »Von dir wollte doch niemand etwas, wir dachten, daß du tatsächlich in der Wohnung zusammen mit diesem Unglücksvogel von Junkie erledigt wurdest. Zum Glück hat der sofort, als er in Moskau auftauchte, Tumanow angerufen, der Trottel. Wollte Geld, versuchte ihn zu erpressen. Natürlich nicht so raffiniert wie du. Wie das ausging, weißt du. Ich bewundere dich wirklich, Eva. Eine plastische Operation machen zu lassen – das war eine hervorragende Idee! Außerdem bist du einfach eine Schönheit geworden. Und wir kamen überhaupt nicht auf den Gedanken, daß die Kassette bei dir sein könnte, denn wenn der Junkie wenigstens ein bißchen seinen Verstand gebraucht und sich mit den richtigen Leuten in Verbindung gesetzt hätte, säße ich jetzt nicht vor dir. Das war unser einziger Schnitzer, daß es Nimotsi gelang, durchzubrennen. Denn auf dieser Video-Kassette, neben Alexander Anatoljewitsch, war in Wirklichkeit ich. Stimmt's, Schura?«

»Stimmt.« Schinkarjow zog das Hemd aus und streifte sich einen Pullover über.

»Diese Dokumentarpornos, in denen am Schluß die bejammernswerten Statisten vor der Kamera getötet wurden, das war meine Idee. Ein normaler Mensch wäre niemals damit einverstanden, auf so schmutzige, so raffinierte Weise vor der Kamera zu kopulieren. Genaugenommen war das ein Geschäft wie jedes andere. Oder hätte es sein können, wenn diese griechischen Bullen nicht dahintergekommen wären.«

»Aber ...« Ich wollte es nicht glauben. Gleich wird Dan loslachen und sagen, daß alles nicht wahr ist, und der schreckliche Spuk ist vorbei. »Aber da auf der Kassette, das warst doch nicht du!«

»Ja, meine Jungs haben in punkto virtuelle Realität nicht schlecht gearbeitet. Wir haben viel Energie reingesteckt, aber es war die Mühe wert.«

»Und das? Wer ist das?« Ich zeigte mit dem Kopf zu der Leiche.

»Oh, das ist ein großer Mann!« sagte Schinkarjow. »War ein großer Mann.«

»Aber greifen wir nicht vor«, bremste ihn Dan. »Also, alles war ruhig, sogar noch, als du zum ersten Mal im ›Apartado‹ aufgetaucht bist, noch so eine niedliche Tussi von Tumanow, weiter nichts. Wir waren gerade mit knapper Not aus der Pornogeschichte rausgekommen. Und dabei war das doch eigentlich eine gute Idee gewesen, sehr zukunftsträchtig! Alexander Anatoljewitsch hatte sich danach aus dem Geschäft mit Tumanow zurückgezogen, und plötzlich ruft ihn Wolodka an und redet von irgendeinem Brief und von einer Video-Kassette aus Griechenland. Alexander Anatoljewitsch ist sofort zu ihm hingefahren und fand alles vor, wovon Tumanow erzählt hatte. Und außerdem noch deine Tasche. Tumanow war total am Boden, er wußte ja nicht, was in Griechenland wirklich passiert war, die zarte Seele.«

»Er hat es nicht ausgehalten – und tschüs!« fügte Alexander Anatoljewitsch hinzu. »Schlinge um den Hals. Ihr Filmtypen habt zu schwache Nerven. Und in der Handtasche lag ein Foto von Sirin, das heißt von Leonid Charlampijewitsch Drondin, und von meiner Wenigkeit. Wie konnte so einem schlauen Ding bloß dieser Fehler mit dem Foto unterlaufen? Wir dachten sogar zuerst, daß du es absichtlich dagelassen hast. Oder deine Hintermänner …«

»Auf jeden Fall«, fiel Dan wieder ein, »haben wir eins und eins zusammengezählt. Hättest du das nicht auch gemacht? Du bist doch so ein kluger Kopf, Eva.«

»Das heißt, als ich dich auf der Beerdigung sah …«

»Ich bin ja extra dorthin gekommen, um dich kennenzulernen. Derselbe Trick, den du mit deiner Freundin Aljona abgezogen hast. Siehst du, wir spielen dasselbe Spiel und nach denselben Regeln. Aber ich hätte nie gedacht, daß du dich in mich verlieben würdest, Eva, ich bin dir wirklich sehr dankbar. Diesen Plan hatten wir eine ganze Woche lang vorbereitet. Genau die Woche, in der die Blumen zu dir kamen.«

»Und das Meer?« Schon lange flossen Tränen über mein Gesicht, ich bemerkte sie plötzlich und vergaß sie sofort wieder.

»Das Meer war echt. Und meine Heimatstadt auch. Und der ungarische Großvater. Er ist tatsächlich meiner Großmutter dorthin gefolgt. Wo ich nicht lügen mußte, habe ich nicht gelogen.«

»Und dieser Mann?«

»Der war der Kern des Plans.«

»Ein ausgezeichneter Plan«, konnte sich Alexander Anatoljewitsch nicht enthalten dazwischenzuwerfen, »meine Anerkennung, Dan.«

»Erinnerst du dich an das Foto aus Thailand bei mir zu Hause?« fragte Dan immer noch genau so zärtlich. »Spanien, das ist mein Traum. Spanien liebe ich wirklich. Thailand – das ist einfach nur Arbeit. An die man noch dazu schwer rankommt.« Dan nickte geringschätzig zu Kudrjawzew hin. »Dieser tote König ist tatsächlich ein König. Aber er hat nichts mit Erdöl zu tun. Er ist ein Kautschuk-König. War er jedenfalls. Erinnerst du dich an das Foto? Es stammt aus der Stadt Surat Thani. Also, in der Nähe dieser Stadt gibt es eine Insel, Pipi, Schura, unser Alexander Anatoljewitsch, amüsiert sich immer über diesen Namen. Also, wenn Thailand achtzig Prozent der Weltproduktion von Rohkautschuk bedeutet, dann ist Pipi ein reines Kautschukparadies! Und Kudrjawzew kontrollierte die Kautschuklieferungen bei uns. Aber er war ein Einzelgänger, der auch sein Imperium am liebsten allein regierte. Und das war sein größter Fehler. Heutzutage kannst du ein Geschäft nur übernehmen, wenn hinter deinem Konkurrenten keine Mitstreiter stehen, denn die fangen notfalls die fallende Fahne auf, bildhaft ausgedrückt. Einige Vorarbeiten in Thailand hatte ich schon erledigt. Aber das Kautschukgeschäft ist zu speziell, zu exotisch, das ist anders als beim Erdöl, wo es immer viel zu viele Konkurrenten gibt und einer dem anderen auf die Zehen tritt. Kudrjawzew aus dem Weg zu räumen und dieses Geschäft selbst zu übernehmen – das wäre viel zu auffällig gewesen. Man wäre sofort der Hauptverdächtige. *Wem nützt es*? Das ist die goldene Regel der Kriminalistik. Und plötzlich bist du mit deiner wahnwitzigen Racheidee auf der Bildfläche erschienen. Das heißt, als wir anfingen, dich zu beschatten, hatten wir keine Ahnung, was du vorhattest. Natürlich, ich habe schon gespürt, daß da so eine Art doppelter Boden war. Dann entstand die Idee mit dem Überfall im Wald. Das war einfach, aber psychologisch ziemlich genau kalkuliert: Eine verliebte Frau wird nichts vor dem Mann verbergen, der gerade ihretwegen vier Banditen umgelegt hat. So ist es dann ja auch gewesen, stimmt's, Eva?«

»Ja, stimmt«, flüsterte ich.

»Aber das, was du mir von dir erzählt hast, hat mich einfach umgehauen. Das war ein Geschenk des Himmels, versteh mich richtig. Was, wenn man Kudrjawzew durch deine Hände aus dem Weg räumte? War das nicht ein glänzender Plan? Du bist doch selbst eine Spielerin und kannst die Schönheit einer Idee würdigen: Die beiden Spiele verbinden und zwei Fliegen mit einer Klappe schlagen.«

Alexander Anatoljewitsch knurrte zufrieden.

»Und als du dann noch sagtest, du bedauertest, daß niemand jemals erfahren wird, daß gerade du Kudrjawzew umgebracht hast, kam mir der Gedanke mit dem Zettel. Nur dieses feine Detail hatte noch gefehlt, obwohl der Plan ja ganz spontan entstanden war. Und das befreite uns von einigen Problemen. Natürlich hätten wir dafür gesorgt, daß die Ermittler auf deinen plastischen Chirurg gestoßen wären. Aber das wäre ein langer Weg gewesen, und so hast du uns den kürzesten gezeigt. Das ist eigentlich schon alles. Eine zarte Rächerin tötet den Dämonen, der alle ihre Freunde umgebracht und ihr Leben zerstört hat. Und danach nimmt sie sich selbst das Leben. Etwas anderes bleibt ihr ja gar nicht übrig, stimmt's? Der psychische Druck ist einfach zu groß.«

»Etwas anderes bleibt ihr ja gar nicht übrig«, wiederholte ich wie ein Echo. Ein rettender Ausweg, mein Gott, ein rettender Ausweg. Das schönste Geschenk Dans, der mich verraten hat. Die ganze Zeit hatte er mich wieder und wieder verraten. Der einzige, in den ich mich wirklich verlieben konnte. Etwas anderes bleibt mir nicht übrig, er hat recht.

»Also ist jetzt ein neuer Kautschukkönig geboren worden. Ich gratuliere«, sagte ich langsam und erkannte meine matte, leblose Stimme selbst nicht wieder.

»Das ist nicht einfach nur Kautschuk, Eva. Thailand, das sind die billigsten Drogen. Man kann im Kautschuk riesige Mengen transportieren, wir haben schon ein paar wirklich bombensichere Möglichkeiten ausgetüftelt.«

Warum ist mein Kopf so leer? Das ist kein Kopf, sondern ein aufgeblasener Luftballon. Was sagt er zu mir? Mein Gott, wenn nur alles schnell zu Ende wäre. Dort werden alle die sein, die ich geliebt habe, sie werden mich erwarten, ganz bestimmt. Was sagt er?

»... das ist ein großes Geschäft, ein ziemlich riskantes Geschäft, aber ich liebe das Risiko. Das ist das einzige, was mir gefällt, außer dir.«

»Ja, ja.« Ich sah Dan mit leeren Augen an.

Aber trotzdem bemerkte ich, wie sich sein Gesicht verwandelte und er für einen kurzen Moment wieder jener Dan wurde, der frühere, der mich nachts an sich gedrückt hatte, der mich wild geliebt hatte, der mich nach Spanien hatte mitnehmen wollen, in das kleine Haus bei Alicante. Jetzt lag in der Tiefe seiner Augen ein solcher Schmerz, daß ich seinen Kopf an mich drücken wollte. Aber das war nur ein kurzer Moment der Schwäche von ihm und von mir.

»Geh raus«, bat Dan Schinkarjow, und der fügte sich widerspruchslos, ging in das Zimmer mit den toten Hunden und schloß die Tür hinter sich.

»Es tut mir sehr leid, Eva.« Dan hob den Kopf und schaute mich an. »Du kannst dir nicht einmal vorstellen, wie leid es mir tut. Wenn wir uns doch unter anderen Bedingungen kennengelernt hätten ... Mein Gott, ich würde alles dafür geben. Ich habe nicht gelogen. Ich hätte dich, ohne zu zögern, geheiratet, weil du das Beste bist, was ich je hatte. Ich weiß, daß ich mit dir glücklich geworden wäre. Ich war glücklich mit dir.«

Ich wußte nicht, ob dies seine Tränen waren oder ob es nur das Spiegelbild meiner eigenen war. Ein Spiegelbild, das aufblitzte und sofort wieder verschwand.

»Niemand ist schuld daran, daß wir uns ins Gehege kamen, lange bevor wir uns begegnet sind. Sogar wenn ich jetzt beschlösse, das ganze Spiel noch umzudrehen, du würdest mir niemals verzeihen. Ich verstehe dich. Aber ich kann nichts mehr tun. Die Einsätze sind zu hoch. Das ist ein großes Spiel, und ich darf es nicht verlieren.«

Dan zog das Magazin mit den Platzpatronen aus dem Browning und schob ein neues hinein – ich wußte, was für eins. Ich beobachtete ihn mitleidig und fühlte mich zugleich erleichtert. Nach dem, was ich in der letzten Stunde erlebt hatte, schien mir dies das einzig Tröstliche. Jetzt mußte nur noch Dan weggehen, unbedingt weggehen, und dann nehme ich diese kleine Pistole und befreie mich für immer von all dem Schmerz.

»Geh weg«, sagte ich zu Dan.

»Ja. Ich verstehe. Verzeih.« Er legte die Pistole auf den Tisch und schob sie zu mir hin.

Mit gebeugtem Rücken durchquerte er das Zimmer und verschwand auf die Vortreppe, in die Dunkelheit der Nacht, die ich nie mehr sehen würde. Die Tür schloß sich hinter ihm.

Schluß.

Jetzt werde ich endlich frei sein. Ein nutzloses Leben geht zu Ende, in dem ich hoffnungslos verloren habe. Dieser letzte Schuß wird der richtigste sein, der ehrlichste.

Ich nahm den Browning – so wie Dan es mir beigebracht hatte.

Frauen bringen sich nicht um, indem sie sich eine Kugel in den Kopf schießen oder die Pistole in den Mund stecken – das ist nicht ihr Stil. Aber du hast nie Stil gehabt, und Gott wird dir verzeihen. Und die, die bald bei dir sind.

Ich nahm den Browning, so wie Dan es mir beigebracht hatte. Und hielt ihn an den Kopf. Und schloß die Augen.

Im selben Moment faßte jemand meine Hand, die sich ohne Waffe sofort verwaist fühlte.

»Du hast noch genug Zeit, um Dummheiten zu machen.« Diese Stimme hatte ich irgendwann schon mal gehört, aber längst vergessen.

Ich öffnete ein wenig die Augen und sah Oleg Wassiljewitsch.

In der Hand hielt er meinen Browning, ich sah nur sein Profil, konzentriert und zornig. Nach einem Moment, der mir wie eine Ewigkeit vorkam, schoß er. Schoß ins Leere.

Fast im selben Augenblick öffnete sich die Tür, hinter der Dan verschwunden war. Jetzt erschien er wieder – eine schwarze Gestalt vor dem Hintergrund der Nacht.

Er begriff nichts, bevor er fiel. Bevor Oleg Wassiljewitsch kaltblütig auf ihn schoß.

Er senkte die Hand, drehte sich zu mir um und rüttelte mich an den Schultern.

»Na!? Wie geht es dir? Es ist alles vorbei, hörst du, alles ist vorbei! Wir müssen weg.«

»Wohin?« Ich war unfähig, mich zu rühren.

»Nicht wohin, sondern weg von hier. Eine dreckige Geschichte, die diese Halunken sich ausgedacht haben! Ich habe alles gehört. Ich saß bei den Hunden und habe alles gehört. Ruhige Viecher, ehrlich gesagt – der beste Rottweiler ist ein toter Rottweiler. Der dritte Hund, der zweibeinige, dieser Alexander Anatoljewitsch, war nicht so harmlos, aber er hat auch keinen Widerstand geleistet. Gehen wir, Eva. Alles ist vorbei, du bist jetzt in Sicherheit.«

Er hob vorsichtig meinen Zettel auf, der neben Kudrjawzews Leiche lag, und steckte ihn in seine Tasche.

»Teufel, ich hätte euch bei Bronnitsy fast verloren, dieser Scheißkerl ist mit seinem Jeep gerast wie ein Selbstmörder. Wenn ich rechtzeitig gekommen wäre, hätten sie diesen Mann nicht umgebracht. Aber dich habe ich, wie es aussieht, ja gerettet. Das kostet dich ein Abendessen im Hotel ›Metropol‹! Gehen wir!«

Wie durch einen Schleier sah ich, daß er die Kassetten aus den Videogeräten der Außenüberwachung zog und professionell alle möglichen Fingerabdrücke beseitigte. Zuletzt wischte er den Browning ab und legte ihn in Dans tote Finger.

Ich sah das alles und war unfähig, mich zu rühren, bis Oleg Wassiljewitsch mich fest am Arm packte, mich zur Tür führte und mich zwang, über den leblosen Körper des Mannes hinwegzusteigen, den ich geliebt hatte.

Oleg Wassiljewitschs Škoda raste Richtung Moskau. Ich saß neben ihm und starrte teilnahmslos vor mich hin. Oleg Wassiljewitsch redete die ganze Zeit auf mich ein, er versuchte mir zu erzählen, wie er mir die ganze Zeit gefolgt war und versucht hatte, mich wenigstens von weitem vor möglicher Gefahr zu schützen. Daß ich in Gefahr war, daran hatte er nicht gezweifelt. Der Grieche gab seine Telefonnummer nie ohne Grund heraus. Und außerdem hatte ihm das der Kaffeesatz aus meiner Tasse verraten, Oleg Wassiljewitsch glaubte ganz fest daran. Es war für ihn nicht schwierig gewesen, etwas über Sirins und Alexander Anatoljewitschs Vergangenheit zu erfahren, um so weniger als man die beiden in der »Firma« schon seit langem im Visier hatte. Er kam in jener Nacht aus Tumanows Haus, weil er mich beschattet hatte. Und dann tauchte Dan auf, zu plötzlich, das war entschieden verdächtig. Dan war bereits im Zusammenhang mit einigen großen Betrugsverfahren aufgefallen, wenn auch bisher nur als Zeuge. Er war furchtlos und kühn, und psychologisch raffinierter als jeder andere. Es war unmöglich, ihn zu schnappen.

Ich wollte das alles nicht hören. Nicht jetzt. Später vielleicht, wenn der Schrecken der heutigen Nacht …

Danach – plötzlich durchbohrte mich dieses Wort. Danach – bedeutete Leben. Das andere Leben.

Ich öffnete das Fenster. Nasse Flocken flogen herein, legten sich auf meine Wimpern und tauten sofort.

Ich schloß die Augen, aber nur, um wieder den Melonengeruch des Schnees zu spüren, der mir den Geschmack eines ganz anderen Lebens zurückbrachte.

»Na, was ist? Das wäre fast schiefgegangen«, sagte der plötzlich zurückgekehrte und alles verzeihende Iwan. »Ich dachte schon, daß du den Löffel abgibst, habe mich schon drauf vorbereitet, dich in Empfang zu nehmen. Aber du, mein Dummerchen, hast dich ganz gut rausgehauen.«

Und der Schnee klatschte in mein Gesicht, so schön und so lebendig.

Für glückliche Ohren
ÜBER 6 MONATE PLATZ 1 DER HÖRBUCH-BESTSELLERLISTE
FRIEDRICH DER GROSSE
Christian Graf von Krockow
FEATURE DER>AUDIO<VERLAG
DONNA W. CROSS DIE PÄPSTIN
HÖRSPIEL DER>AUDIO<VERLAG
Ob groß oder klein: Der Audio Verlag macht alle Ohren froh. Mit Stimmen, Themen und Autoren, die begeistern; mit Lesungen und Hörspielen, Features und Tondokumenten zum Genießen und Entdecken.
Mäuseken Wackelohr
Hans Fallada/Peter Brasch
KINDERHÖRSPIEL DER>AUDIO<VERLAG
DER>AUDIO<VERLAG D>A<V
Mehr hören. Mehr erleben.
Infos, Hörproben und Katalog: www.der-audio-verlag.de
Kostenloser Kundenprospekt: PF 193, 10105 Berlin

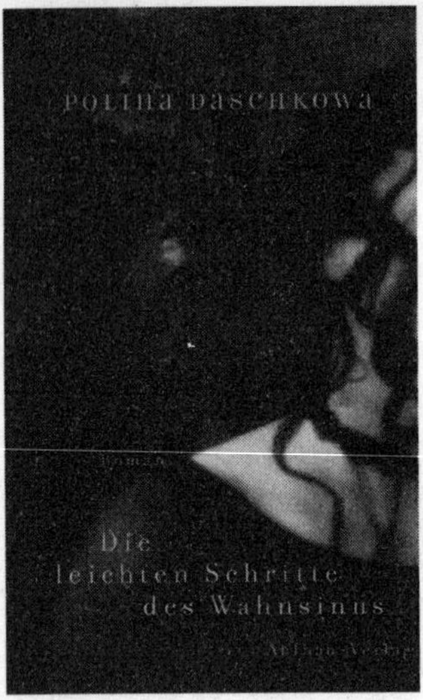

Polina Daschkowa

Die leichten Schritte des Wahnsinns

Roman

Aus dem Russischen von Margret Fieseler

454 Seiten. Gebunden
ISBN 3-351-02914-4

Mit den »Leichten Schritten des Wahnsinns« gab sie ihr Deutschlanddebüt: Krimi-Autorin Polina Daschkowa, die mit mehr als 15 Millionen verkauften Büchern in Rußland ein Star ist. Ihr vielgelobter Thriller um einen Serienmörder und eine couragierte Journalistin spielt zwischen altem und neuem Rußland, Yuppies und Junkies, Mafia, Show-Biz und Ex-KGB.

»Rußlands Starautorin brilliert mit einem Polit-Thriller.«
Vogue

»Ein wahrhaft märchenhafter Kriminalroman.«
Die Literarische Welt

»Unglaublich dicht und spannend.« *Brigitte*

»Eine treffende Diagnose der russischen Gesellschaft.« *NDR*

»Daschkowa erzählt mit der Opulenz russischer Romantradition und beherrscht doch die ganze Klaviatur des echten Thrill.«
Ostthüringer Zeitung

Aufbau-Verlag

Polina Daschkowa

Club Kalaschnikow

Roman

Aus dem Russischen
von Margret Fieseler

445 Seiten. Gebunden
ISBN 3-351-02934-9

Keine beschreibt das moderne Rußland so packend wie sie: Krimi-Autorin Polina Daschkowa, die »russische Minette Walters«. »Club Kalaschnikow«, Daschkowas zweiter Roman in deutscher Sprache, ist ein vielschichtiger, raffiniert komponierter Thriller um die Ermordung des Casinobesitzers Gleb. Er zeichnet ein scharfes Bild des Rußlands von heute, seinen Gewinnern und Verlierern, der Welt der Nachtclubs und der Mafia.

»Die Königin des russischen Kriminalromans.« *Femme*

»Es gibt wenige Bücher, die mir beim Lesen Gänsehaut verursachen. Polina Daschkowa hat es geschafft.«
Gabriele Krone-Schmalz

»Hochspannung.« *stern*

Aufbau-Verlag

Boris Akunin

Fandorin

Roman

Aus dem Russischen
von Andreas Tretner

289 Seiten
Band 1760
ISBN 3-7466-1760-X

Moskau 1876: Im Alexandergarten erschießt sich aus unerklärlichem Grund ein Student. Der 19jährige Fandorin, begabt, unwiderstehlich und als Detektiv frisch im Dienst Seiner Kaiserlichen Majestät, wird stutzig – hinterlassen doch alle Opfer ein ansehnliches Vermögen. Fandorins unerschrockene Ermittlungen führen in rasantem Tempo von Moskau über Berlin und London nach St. Petersburg, vom Selbstmord eines Studenten zur Aufdeckung einer Weltverschwörung.

»Boris Akunin ist ein kriminell guter Schriftsteller neuen Typs. Die Liebhaber gebildeter Unterhaltung haben ihren Autor gefunden.«

FAZ

AtV

Aufbau Taschenbuch Verlag

Lisa Appignanesi

In der Stille
des Winters

Roman

Aus dem Englischen
von Wolf-Dietrich Müller

412 Seiten
Band 1812
ISBN 3-7466-1812-6

Als die Schauspielerin Madeleine Blais am Weihnachtsabend erhängt in der Scheune ihres Anwesens gefunden wird, deutet alles auf Selbstmord hin. Madeleine war in einer Krise, ihre Karriere offenbar am Ende. Einzig ihre Großmutter ist überzeugt, daß es Mord war. Sie bittet Pierre Rousseau, einen engen Freund der Familie, die Polizei auf die richtige Spur zu bringen. Doch Pierre hat seine ganz eigenen Motive, an einen Selbstmord zu glauben. Er hat Madeleine einst geliebt – aber seine Liebe hat ihn zu einem einsamen, verlorenen Menschen gemacht, der vor allem eines nicht will: sich seiner Vergangenheit stellen.

»›In der Stille des Winters‹ ist ein Thriller für alle, die sich an Henning Mankells Büchern erfreuen, weil sie Muße haben für viel Atmosphäre und nachdenkliche Momente.«

Norddeutscher Rundfunk

AtV
Aufbau Taschenbuch Verlag

Eliot Pattison

Der fremde Tibeter

Roman

Aus dem Amerikanischen von Thomas Haufschild

493 Seiten
Band 1832
ISBN 3-7466-1832-0

»Gute Bücher entführen den Leser an Orte, die er nicht so einfach erreichen kann: ein ferner Schauplatz, eine fremde Kultur, eine andere Zeit oder in das Herz eines bemerkenswerten Menschen. Eliot Pattison leistet in seinem Roman all dies auf brillante Art und Weise.«

Booklist

Fernab in den Bergen von Tibet wird die Leiche eines Mannes gefunden – den Kopf hat jemand fein säuberlich vom Körper getrennt. Shan, ein ehemaliger Polizist, der aus Peking nach Tibet verbannt wurde, soll rasch einen Schuldigen finden, bevor eine amerikanische Delegation das Land besucht. Immer tiefer dringt Shan in die Geheimnisse Tibets ein. Er findet versteckte Klöster, Höhlen, in denen die Tibeter ihren Widerstand organisieren – und muß sich bald entscheiden, auf welcher Seite er steht.

In den USA wurde dieses Buch mit dem begehrten »Edgar Allan Poe Award« als bester Kriminalroman des Jahres ausgezeichnet.

Hugo Wilcken

Obsession

Roman

Aus dem Englischen
von Christine Pavesicz

232 Seiten
Band 1810
ISBN 3-7466-1810-X

Der mysteriöse Unfalltod der Frau eines Kollegen reißt einen Endzwanziger aus seinem sorglosen Leben. Plötzlich hegt der smarte PR-Manager Matthew den Verdacht, seine Lebensgefährtin betrüge ihn mit einem anderen Mann. Matthew spioniert ihr nach, beobachtet heimlich ihre Treffen mit dem anderen im Park, reagiert panisch und besessen auf ihre offensichtliche Affäre. In seiner Verzweiflung sucht er die direkte Konfrontation mit seinem Rivalen und begeht im Affekt einen verhängnisvollen Fehler.

Ein aufreibendes Psychodrama um Ehebruch und leidenschaftliches Begehren, geschrieben in einem fast sachlichen Stil, der die Spannung in höchste Höhen steigert.

AtV
Aufbau Taschenbuch Verlag